MIRA®

Der Preis dieses Bandes versteht sich einschließlich der gesetzlichen Mehrwertsteuer.

Umwelthinweis:
Dieses Buch wurde auf chlor- und säurefreiem Papier gedruckt.

Sommergeheimnisse

MIRA®

MIRA® TASCHENBUCH
Band 20013
1. Auflage: April 2010

MIRA® TASCHENBÜCHER
erscheinen in der Cora Verlag GmbH & Co. KG,
Valentinskamp 24, 20350 Hamburg

Deutsche Taschenbucherstausgabe

Titel der nordamerikanischen Originalausgaben:
All That Glitters

Übersetzung: Annegret Hilje

The Way Home

Übersetzung: Eva von der Gönna

Tears Of The Renegade

Übersetzung: Linda Strehl

Overload

Übersetzung: Erdmute Gabriel-Seter

erschienen bei: Silhouette Books, Toronto
Published by arrangement with
HARLEQUIN ENTERPRISES II B.V./S.àr.l.

Konzeption/Reihengestaltung: fredebold&partner gmbh, Köln
Umschlaggestaltung: pecher und soiron, Köln
Redaktion: Stefanie Kruschandl
Titelabbildung: Harlequin Books S.A.; Jupiterimages, München
Autorenfoto: © by Harlequin Enterprises S.A., Schweiz
Satz: Buch-Werkstatt GmbH, Bad Aibling
Druck und Bindearbeiten: CPI – Ebner & Spiegel, Ulm
Printed in Germany
ISBN 978-3-89941-756-2

www.mira-taschenbuch.de

Linda Howard

Verbotenes Feuer

Roman

Aus dem Amerikanischen von
Annegret Hilje

MIRA®

1. KAPITEL

Constantinos ist heute Morgen in London eingetroffen", erklärte Charles unverblümt und ohne Vorwarnung.

Jessica sah ihn einen Moment verblüfft an, dann erst wurde ihr bewusst, was Charles eigentlich gesagt hatte. „Du hast mich ja gewarnt, Charles. Offensichtlich hattest du recht." Nicht, dass sie ihm jemals misstraut hatte, denn sein sicherer Instinkt für Geschäfte war geradezu unheimlich.

Er hatte sie gewarnt. Wenn sie als Aktionärin der Firma ConTech bei Abstimmungen gegen den Hauptaktionär und gleichzeitigen Aufsichtsratsvorsitzenden Nikolas Constantinos stimmte, musste sie sich dessen Zorn einhandeln. Und es sah so aus, als behielte Charles wieder einmal recht.

Tags zuvor war in der Dryden-Sache entschieden worden. Trotz Charles' Warnung hatte Jessica sich gegen die Übernahme der Firma ausgesprochen. Und ihre Stimme hatte den Ausschlag gegeben. Nicht einmal vierundzwanzig Stunden später war Constantinos in London angekommen.

Jessica kannte ihn nicht persönlich, aber sie hatte zahlreiche Horrorgeschichten gehört, wie unbarmherzig er seine Geschäfte zu tätigen pflegte. Er war Milliardär griechischer Abstammung und in diese mächtige Position ganz sicher nicht mit sanften Methoden aufgestiegen.

Sie selbst war nur eine einfache Aktionärin. Wenn er nun schwere Artillerie gegen sie auffuhr, so war das ein klarer Fall von Überreaktion. Doch offensichtlich entgingen auch die kleinsten Probleme nicht seiner Aufmerksamkeit.

Charles hatte ihr vorgeschlagen, für die Übernahme zu stimmen, um sich eine Menge Ärger zu ersparen. Aber Robert hatte ihr in ihrer dreijährigen Ehe immer wieder geraten, sich auf den eigenen Instinkt und das eigene Urteil zu verlassen.

Constantinos musste also akzeptieren, dass sie das Recht besaß, mit ihren Aktienanteilen nach eigenem Ermessen zu verfahren. Ganz gleich, wie mächtig er war, sie wollte keinen Schritt zurückweichen. Charles wusste, wie starrköpfig sie sein konnte.

„Sieh dich vor, Jessica", unterbrach Charles ihre Gedanken. „Du bist dir vermutlich nicht bewusst, welchen Druck er auf dich ausüben kann. Deine Freunde könnten ihre Jobs verlieren, oder es könnten die Hypotheken ihrer Häuser eingefordert werden. Die Banken könnten ihre Geschäftsverbindungen mit dir abbrechen, Werkstätten werden sich weigern, deinen Wagen zu reparieren, oder du kannst ganz plötzlich keine Flüge mehr buchen. Wird dir das jetzt langsam klar?"

Sie sah ihn ungläubig an. „Ist das dein Ernst, Charles? Das kommt mir alles ziemlich albern vor."

„Es ist mir sehr ernst damit. Constantinos ist extrem eigensinnig, und er hat das Geld und die Macht, seinen Willen durchzusetzen. Unterschätz ihn bitte nicht, Jessica."

„Aber das ist ja unmenschlich!"

„Constantinos, wie er leibt und lebt. Wenn er dir anbietet, ihm deinen Aktienanteil zu verkaufen, dann rate ich dir dringend, es auch zu tun."

„Aber Robert ..."

„Ja, ja, ich weiß", unterbrach er sie. „Du fühlst dich Robert verpflichtet, weil er dir die Aktien anvertraut hat und ebenfalls gegen die Übernahme von Dryden gestimmt hätte. Robert war ein ganz großartiger Mann. Aber er lebt nicht mehr und kann dich nicht mehr beschützen. Du musst selbst auf dich aufpassen und hast nicht die Waffen, um gegen Constantinos zu kämpfen. Er kann dich vernichten."

„Aber ich habe gar nicht vor, gegen ihn zu kämpfen", stellte sie klar. „Ich möchte nur so weitermachen wie bisher. Es ist doch unsinnig, wenn er wegen meiner Stimmabgabe so verrücktspielt. Warum sollte er das persönlich nehmen?"

„Er nimmt es nicht persönlich", erklärte Charles, „das hat er nicht nötig. Aber du hast dich gegen ihn gestellt. Jetzt will er eben, dass du auf seinen Kurs einschwenkst. Und glaub ja nicht, du könntest an sein weiches Herz appellieren ..."

„Ich weiß", erwiderte sie lächelnd. „Er hat keins."

„Richtig. Warum sollte er auch nachsichtig sein? Keiner der Aktionäre hat öfter gegen ihn gestimmt als du."

„Das ist mir noch gar nicht aufgefallen. Immerhin bin ich konsequent geblieben."

Charles lachte kurz auf. Er bewunderte Jessica. Sie schien sich ständig unter Kontrolle zu haben und meisterte jede Krise. Aber diesmal war zu befürchten, dass sie sich übernahm. Er wollte nicht, dass ihr jemand wehtat, dass sie verzweifelte wie nach Roberts Tod. Sie war eine starke Frau, kämpferisch, und sie hatte sich endlich wieder gefangen. Dennoch versuchte er, sie vor weiterem Leid zu schützen.

Das Telefon läutete, und Jessica nahm den Hörer ab. „Büro Stanton."

„Mrs. Stanton bitte", sagte eine kühle, unpersönliche Männerstimme.

„Am Apparat."

„Mrs. Stanton, hier ist Mr. Constantinos' Sekretär. Mr. Constantinos möchte Sie heute Nachmittag gerne sehen. Sagen wir gegen halb vier?"

„Halb vier?" Sie sah auf die Armbanduhr. Es war fast zwei.

„Danke, Mrs. Stanton. Ich werde Mr. Constantinos mitteilen, dass er Sie erwarten darf. Auf Wiederhören", erwiderte der Sekretär zufrieden und legte auf.

„So eine Frechheit." Sie betrachtete ungläubig den Hörer und hängte ein.

„Wer war es denn?", fragte Charles beiläufig und stellte die Papiere zusammen, die er ihr zur Unterschrift vorlegen wollte.

„Mr. Constantinos' Sekretär. Ich wurde zur Audienz gebeten. Heute Nachmittag gegen halb vier."

Charles zog die Augenbrauen hoch. „Dann solltest du dich sputen."

„Ich habe um kurz nach vier einen Zahnarzttermin", entgegnete sie gereizt.

„Absagen."

Sie warf ihm einen kühlen Blick zu, und Charles lachte. „Bitte um Vergebung, meine Liebe. Ich ziehe den Vorschlag zurück. Aber sei bitte vorsichtig und denk an meine Worte. Ich muss jetzt los, aber ich rufe dich später an."

„Ja, bis später."

Nachdem er gegangen war, eilte sie nach unten und duschte. Danach stand sie lange unschlüssig vor dem Kleiderschrank und überlegte, was sie anziehen sollte. Schließlich entschied sie sich für ein beigefarbenes Leinenkleid.

Jessica war nicht gerade die Größte und außerdem zart gebaut. Da sie leicht für einen Teenager gehalten werden konnte, zog sie, wann immer möglich, Schuhe mit hohen Absätzen an. Ihr langes, dichtes hellbraunes Haar band sie im Nacken zu einem Knoten zusammen, um etwas strenger zu wirken. Mit Make-up ging sie sehr sparsam um. Sie trug nur einen zarten Lidschatten auf, benutzte einen naturfarbenen Lippenstift und bedeckte die Wangen ihres fein geschnittenen Gesichts mit einem Hauch Rouge.

Jessica betrachtete sich im Spiegel. Sie war fast noch ein Kind gewesen, als Robert sie unter seine Fittiche genommen und aus ihr eine verantwortungsbewusste Frau gemacht hatte. Aber er hatte nie den Versuch unternommen, mit ihr zu schlafen. Sie war heute, mit dreiundzwanzig, immer noch unberührt. Hin und wieder fragte sie sich, ob sie überhaupt eine begehrenswerte Frau war.

Jessica sah auf die Uhr. Es blieben ihr noch fünfundvierzig Minuten, um das ConTech-Gebäude zu erreichen. Im Londoner Verkehr zählte jede Minute. Sie lief die Treppen hinunter, um nach ihrer Hündin Samantha zu sehen, die demnächst Junge bekommen sollte. Sie lag da und schlief zufrieden. Jessica versicherte sich, dass noch Wasser im Napf war, eilte aus dem Haus und stieg in ihren dunkelgrünen Sportwagen.

Eine Minute vor halb vier verließ sie den Fahrstuhl auf der richtigen Etage des ConTech-Gebäudes und ließ sich von einem Angestellten der Rezeption zu den Büroräumen führen. Punkt halb vier öffnete sie die große Eichentür.

Vor ihr lag ein weitläufiger Raum, der mit schokoladenbraunen Teppichen ausgelegt war. Die Sessel waren braun und goldfarben gepolstert. Auf einer Seite der massiven Doppeltüren stand ein großer Schreibtisch, hinter dem ein schlanker dunkelhaariger Mann saß. Er stand auf und betrachtete sie kühl von Kopf bis Fuß.

„Guten Tag, ich bin Mrs. Stanton“, erklärte sie.

„Ach, ja. Bitte nehmen Sie Platz, Mrs. Stanton. Ich bedaure, dass Mr. Constantinos momentan verhindert ist. Aber er wird in Kürze Zeit für Sie haben.“

Jessica setzte sich auf einen der bequemen Sessel. Sie versuchte, sich nichts anmerken zu lassen, obwohl sie das überhebliche Benehmen dieses Mannes ärgerte.

Zehn Minuten später überlegte sie, ob von ihr erwartet wurde, dass sie hier ihre Zeit totschlug, bis sich Constantinos gnädig herabließ, sie zu empfangen. Fünf Minuten wollte sie ihm noch geben, dann würde sie den Raum verlassen, um doch noch ihren Zahnarzttermin wahrnehmen zu können.

Ein Summton auf dem Schreibtisch durchbrach die Stille, und der Sekretär nahm einen der drei Telefonhörer ab. „Ja, Sir", sagte er lebhaft und legte den Hörer auf. Er nahm einen Aktenordner aus einem der Regale, verschwand damit im innersten Heiligtum, kam kurz darauf zurück und schloss die Doppeltüren hinter sich.

Allem Anschein nach konnte es noch einige Zeit dauern, bis Constantinos frei war, und die fünf Minuten waren bereits verstrichen.

Sie stand auf. „Ich habe noch eine andere Verabredung. Vielleicht ruft mich Mr. Constantinos an, sobald er mehr Zeit hat."

Der Mann sah sie erstaunt an, als sie ihre Handtasche nahm und sich abwandte. „Aber Sie können doch nicht einfach gehen ..."

„Ganz im Gegenteil", unterbrach sie ihn und öffnete die Tür. „Guten Tag."

Sie verließ wütend das Gebäude und strebte auf ihren Wagen zu. Jessica atmete mehrmals tief durch, um sich zu beruhigen, dann ließ sie den Motor an. Auch das Verhalten dieses Mannes wird dich nicht aus der Ruhe bringen, sagte sie sich.

Nach der kurzen Routineuntersuchung bei ihrem Zahnarzt fuhr sie zu der kleinen Boutique in der Nähe des Piccadilly Circus, die ihre Nachbarin Sallie Reese führte. Sie durchstöberte die Auslagen des Geschäfts und entschied sich, zwei Abendkleider aus der neuen Kollektion zu kaufen, die Sallie kurz zuvor erst geordert hatte. So sparsam sie auch in anderen Dingen war, liebte Jessica es, schöne Kleider zu kaufen.

„Das war ein anstrengender Tag", stöhnte Sallie. „Aber die Geschäfte liefen gut. Joel wird begeistert sein. Ich habe ihm versprochen, dass er die neue Stereoanlage kaufen kann, falls ich in dieser Woche einen guten Umsatz mache."

Jessica freute sich, dass ihre Freunde sich endlich ein wenig Luxus gönnen konnten, ohne ihr Konto maßlos zu überziehen. Erst die Boutique machte das alles möglich, denn Joels Einkommen reichte nicht aus, um eine junge Familie zu ernähren.

Nach Roberts Tod hatte es Jessica in ihrem luxuriösen Penthouse nicht mehr ausgehalten. Sie hatte ein altes viktorianisches Haus gekauft und ein Zweifamilienhaus daraus machen lassen. Den einen Teil bewohnte sie, während Sallie und Joel mit ihren fünfjährigen Zwillingen Patricia und Penelope den anderen Teil bewohnten.

Sallie und Joel hatten nicht das nötige Kapital gehabt, um ein Geschäft zu eröffnen. Aber als Jessica den kleinen Laden am Piccadilly Circus entdeckte, griff sie sofort zu. Einen Monat später waren die Räumlichkeiten renoviert, Waren beschafft und eine Boutique mit dem Namen „Sallies Klamotten“ eröffnet worden.

Sallie hatte es sich nach kurzer Zeit sogar leisten können, zwei Verkäuferinnen einzustellen. Nach weniger als einem Jahr hatte sie Jessica das geliehene Geld stolz zurückgezahlt.

Sallie erwartete bereits ihr drittes Kind, aber sie und Joel machten sich wegen der finanziellen Mehrbelastung keine Sorgen mehr. So sprach sie begeistert über ihre Schwangerschaft, erfreute sich bester Gesundheit und war stets gut gelaunt.

Nachdem sie den Laden abgeschlossen hatten, machten sich Jessica und Sallie auf den Weg, um die beiden Kinder bei der Tagesmutter abzuholen. Dort hielten sich die Zwillinge außerhalb der Schulzeit auf.

Als Jessica vor dem Haus hielt, rannten die Mädchen auf das Auto zu. „Hallo, Tante Jessica! Hast du Bonbons mitgebracht?“ Das war das übliche Freitagabendritual, und Jessica hatte natürlich Süßigkeiten dabei.

Sallie lud Jessica zum Abendessen ein, aber sie lehnte dankend ab. Sie wollte sich nicht zu sehr in die Familie drängen, und außerdem hielt sie es für besser, wenn Sallie den erfolgreichen Abschluss der Geschäftswoche mit Joel allein feierte.

Als Jessica die Haustür öffnete, schrillte das Telefon. Doch sie schaute zunächst nach Samantha. Die lag friedlich in ihrem Körbchen und wedelte zur Begrüßung mit dem Schwanz. „Immer noch kein Nachwuchs?“, fragte Jessica und griff nach dem Hörer. „Wenn du dir weiter so viel Zeit lässt, dann sind sie groß, bevor sie überhaupt auf der Welt sind.“ Sie nahm den Hörer ab. „Mrs. Stanton.“

„Mrs. Stanton, hier ist Nikolas Constantinos“, antwortete eine tiefe Stimme.

„Hallo, Mr. Constantinos. Schön, von Ihnen zu hören“, erwiderte sie.

„Ich würde gerne für morgen ein Treffen mit Ihnen arrangieren, Mrs. Stanton. Wann wäre es Ihnen recht?“

Überrascht stellte sie fest, dass Constantinos nicht so arrogant zu sein schien wie sein Sekretär. Immerhin fragte er, wann es ihr recht sei, statt ihr einfach einen Termin mitzuteilen. „An einem Samstag, Mr. Constantinos?“

„Ich weiß, das Wochenende steht vor der Tür, aber ich muss arbeiten, ohne Rücksicht darauf, ob es sich um einen Werktag handelt oder nicht.“

Das klang schon eher wie das, was sie von ihm erwartet hatte. „Dann ist mir jede Zeit recht, Mr. Constantinos. Ich habe morgen keine Terminprobleme.“

„Sehr gut. Sagen wir morgen Nachmittag um zwei?“ Er schwieg einen Moment, dann fügte er hinzu: „Und, Mrs. Stanton, ich mag diese Spielchen nicht. Warum vereinbaren Sie einen Termin mit mir, wenn Sie ihn dann doch nicht einhalten?“

„Ich habe diesen Termin nicht vereinbart“, entgegnete sie kühl. „Ihr Sekretär rief mich an, teilte mir mit, wann ich kommen solle, und legte auf, bevor ich einwilligen oder ablehnen konnte. Ich bin dennoch gekommen und habe so lange wie möglich gewartet. Aber ich musste noch einen anderen Termin wahrnehmen.“

„Ich verstehe. Dann muss ich mich bei Ihnen entschuldigen, Mrs. Stanton. Das wird nicht mehr vorkommen. Also dann, bis morgen“, sagte er. Damit war die Verbindung unterbrochen.

Am nächsten Tag ließ sich Jessica viel Zeit, um zu überlegen, was sie zu ihrer Verabredung anziehen sollte. Sie machte mehrere Anläufe und entschied sich schließlich für einen messingfarbenen Rock und eine cremefarbene Seidenbluse.

Als sie um zwei Uhr mit klopfendem Herzen das Büro betrat, sprang der Sekretär sofort mit einer Bereitwilligkeit auf, die darauf hinwies, dass ihm jemand sehr ernsthaft die Meinung gesagt hatte. Dennoch verriet sein Blick, dass er ihr nicht freundlich gesinnt war. Er begleitete sie in Constantinos’ Büro.

„Mrs. Stanton, Sir“, sagte er, verließ den Raum und schloss die Türen hinter sich.

Jessica ging auf den Schreibtisch zu. Constantinos erhob sich gemächlich. Er war groß und breitschultrig und trug einen dunkelgrauen Anzug. Jessica reichte ihm die Hand, aber statt diese zu schütteln, wie sie erwartete, beugte er sich vor und küsste ihre Hand.

Als er den Kopf hob, blickte sie in seine schwarzen Augen. Das

Gesicht verriet seine griechische Herkunft. Er hatte Ähnlichkeit mit dem Bild, das sie sich von einem spartanischen Krieger machte. Charles hatte recht. Er machte nicht den Eindruck eines Mannes, der mit sich spaßen ließ. Und dennoch hatte sie das Gefühl, ihn beeinflussen zu können, wenn sie sehr behutsam vorging.

„Täusche ich mich, oder versuchen Sie, Ihren ganzen Charme einzusetzen, um mich auf Ihre Seite zu ziehen und dann endgültig zu vernichten?“

Er lächelte. „Bei einer Frau setze ich immer zuerst meinen Charme ein.“

„Ach, wirklich? Und? Klappt es für gewöhnlich?“

„Normalerweise ja“, antwortete er. „Aber wieso habe ich bei Ihnen das unbestimmte Gefühl, es mit einer Ausnahme zu tun zu haben, Mrs. Stanton?“

„Vielleicht, weil Sie ein ungewöhnlich scharfsinniger Mann sind, Mr. Constantinos“, entgegnete sie.

Er lachte laut und deutete auf einen Sessel vor seinem Schreibtisch. „Setzen Sie sich, Mrs. Stanton. Wenn wir uns schon streiten, so sollten wir es uns dabei gemütlich machen.“

Jessica nahm Platz. „Sie haben einen amerikanischen Akzent. Das gibt mir fast das Gefühl, zu Hause zu sein.“

„Ich habe auf einem Ölfeld in Texas Englisch gelernt. Leider konnte auch Oxford mein Texanisch nicht bereinigen, obwohl meine Dozenten eher der Meinung waren, ich spräche mit einem griechischen Akzent. Sind Sie aus Texas, Mrs. Stanton?“

„Nein. Aber als Amerikanerin fällt es mir leicht, die texanische Sprechweise herauszuhören. Wie lange waren Sie in Texas?“

„Drei Jahre. Und seit wann sind Sie in England, Mrs. Stanton?“

„Seit kurz vor meiner Heirat. Also etwas mehr als fünf Jahre.“

„Dann waren Sie ja fast noch ein Kind, als Sie heirateten“, entgegnete er verwundert. „Ich hatte angenommen, dass Sie älter wären, mindestens dreißig. Aber das dürfte wohl nicht zutreffen.“

Jessica hob den Kopf. „Ich war achtzehn, als ich heiratete.“

„Wie ich schon sagte, fast noch ein Kind. Ich nehme zwar an, dass es unzählige Frauen und Mütter gibt, die gerade einmal achtzehn sind, aber diese frühe Heirat scheint mir bei Ihnen noch gewichtiger zu sein, da Sie sich einen Ehemann aussuchten, der Ihr Großvater hätte sein können.“

Jessica erwiderte kühl: „Ich sehe keine Veranlassung, mit Ihnen über meine Ehe zu reden. Ich denke, unsere Angelegenheit hat etwas mit Aktien zu tun?“

„Damit haben Sie sicherlich recht. Doch diese Angelegenheit wird ziemlich leicht zu lösen sein. Die Tatsache, dass Sie Ihren Körper und Ihre Jugend einem Sechsundsiebzigjährigen verkauften, deutet darauf hin, dass Sie dem Geld besondere Priorität einräumen. Deshalb sollten wir uns nur auf eine einzige Fragestellung beschränken: Wie viel?“

In den vergangenen Jahren hatte Jessica gelernt, ihren Schmerz hinter einer Maske zu verbergen. Und diese Maske setzte sie auch jetzt ein, um ihre wahren Gedanken und Gefühle nicht zu zeigen. „Es tut mir leid, Mr. Constantinos, aber Sie missdeuten die Situation offensichtlich. Ich bin nicht gekommen, um mich bestechen zu lassen.“

„Ich möchte Sie auch nicht bestechen, Mrs. Stanton, sondern Ihren Aktienanteil kaufen.“

„Meine Anteile stehen nicht zum Verkauf an.“

„O doch“, erwiderte er schmeichelnd. „Ich bin bereit, über dem Nennwert zu kaufen, um Ihnen die Aktien aus den Händen zu nehmen. Weil Sie eine Frau sind, bin ich zu gewissen Zugeständnissen bereit. Aber ich rate Ihnen, meine Gutmütigkeit nicht überzustrapazieren. Versuchen Sie nicht, den Preis zu hoch zu treiben. Dabei könnten Sie sich leicht die Finger verbrennen.“

Jessica stand auf und verbarg die geballten Fäuste hinter dem Rücken. „Ich bin an keiner Summe interessiert, Mr. Constantinos. Ich möchte Ihr Angebot überhört haben. Die Aktienanteile sind zu keiner Zeit verkäuflich, und vor allen Dingen nicht an Sie. Guten Tag, Mr. Constantinos.“

Aber er war nicht so leicht bereit, aufzugeben. Er stand auf und stellte sich Jessica in den Weg. „Nein, nein, Mrs. Stanton, ich kann Sie jetzt unmöglich gehen lassen, ohne mich mit Ihnen geeinigt zu haben. Ich habe extra meine Insel verlassen und den weiten Weg nach England auf mich genommen, um Sie zu treffen und Ihren törichten Entscheidungen, die eine Firma ruinieren, ein Ende zu bereiten. Glauben Sie etwa, Sie könnten mich mit Ihrem hochnäsigen Verhalten einfach abwimmeln?“

„Ich weiß nicht, ob ich hochnäsig bin oder nicht, aber Ihr Anspruch, allmächtig zu sein, geht mir ungeheuer auf die Nerven“, konterte sie sarkastisch. „Die Aktien sind in meinem Besitz, und ich mache damit, was ich für richtig halte. Die Übernahme von Dryden geht zu Lasten der Arbeitsplätze. Deshalb habe ich mich dagegen ausgesprochen und würde es immer wieder tun. Außerdem habe ich nicht allein dagegen gestimmt. Dennoch wollen Sie gerade meinen Anteil an Aktien erwerben. Oder bin ich zufällig nur die erste Aktionärin, die auf Kurs gebracht werden soll?"

„Setzen Sie sich, Mrs. Stanton!", stieß er barsch hervor.

„Ich möchte mich aber nicht setzen ..."

„Ich sagte, setzen Sie sich!" Das klang äußerst gereizt.

Jessica folgte schließlich der Aufforderung und ärgerte sich, dass sie ihm nicht mehr Widerstand entgegensetzte. „Ich gehöre nicht zu Ihren Angestellten!"

„Dessen bin ich mir bewusst, Mrs. Stanton. Glauben Sie mir, wenn Sie eine meiner Angestellten wären, hätte ich Ihnen längst beigebracht, wie Sie sich zu benehmen haben."

„Ich betrachte mein Benehmen als tadellos."

„Tadellos?" Er lächelte spöttisch. „Doch eher schlau und berechnend. Ich stelle mir vor, dass es nicht schwierig war, einen alten Mann zu verführen und ihn zu heiraten. Sie waren gerissen genug, sich einen Mann auszusuchen, der an seinem Lebensende stand. Damit haben Sie sich eine beachtliche Machtposition geschaffen, nicht wahr?"

Jessica hätte am liebsten laut geschrien. Aber sie beherrschte sich und wich seinem Blick aus. Er sollte nicht merken, wie sehr er sie verletzte.

„Haben Sie geglaubt, ich kenne Ihre Geschichte nicht, Mrs. Stanton? Ich versichere Ihnen, dass ich sehr viel über Sie weiß. Ihre Heirat mit Robert Stanton war für alle Menschen, die ihn kannten und bewunderten, ein Skandal. Bis ich Sie kennenlernte, konnte ich mir beim besten Willen nicht vorstellen, wie Sie es geschafft haben, ihn in diese Falle zu locken. Jetzt ist mir alles klar. Jeder Mann, ob jung oder alt, würde ohne zu zögern die Chance beim Schopf packen, sein Bett mit einem so reizenden Wesen zu teilen."

Jessica zitterte, und er bemerkte an ihrer Reaktion, dass er sie getroffen hatte. „Ist Ihnen die Erinnerung daran unerfreulich?", fragte er gefährlich sanft.

Jessica hob den Kopf und erwiderte kühl: „Mein Privatleben geht Sie nicht das Geringste an."

Er betrachtete sie abschätzig. Aber bevor er etwas erwidern konnte, schrillte das Telefon. Er fluchte leise, wandte sich ab und griff zum Hörer. Nachdem er etwas auf Griechisch gesagt hatte, das sehr streng klang, warf er einen Blick auf Jessica.

„Ein dringender Anruf aus Frankreich, Mrs. Stanton. Es dauert nicht lange."

Er drückte einen Knopf und begann ein Gespräch in fließendem Französisch.

Jessica beobachtete ihn ein Weilchen. Dann stand sie auf und verließ ohne ein Wort das Büro.

Jessica versuchte, sich zu beherrschen, bis sie zu Hause ankam. Dann setzte sie sich aufs Sofa und begann zu weinen. Warum nahmen diese scheußlichen Kommentare und Verurteilungen wegen ihrer Ehe mit Robert denn niemals ein Ende? Warum wurde sie fast einer Prostituierten gleichgestellt?

Robert hatte nie an ihrer Liebe gezweifelt, ganz gleich, was die Leute über ihre kurze Ehe sagten. Schön, er hatte sie finanziell abgesichert und ihr beigebracht, wie sie das Geld, das er ihr vermachte, anlegen sollte. Aber darüber hinaus hatte er ihr weit mehr gegeben: Liebe, Sicherheit, Selbstachtung und Selbstvertrauen.

Robert hatte sie ursprünglich adoptieren wollen, aber das wäre rechtlich komplizierter geworden als eine Eheschließung. Er wollte ihr die Sicherheit geben, die sie so vermisste. Sein Ziel war es, sie ein für alle Mal von der Sorge um ihren Lebensunterhalt zu befreien. Deshalb hatte er sie geheiratet.

Ihre Trauung hatte in der Londoner Gesellschaft einen Skandal ausgelöst. Auf den Titelseiten der Boulevardpresse waren Artikel erschienen, die die „verflossenen Liebhaber der unternehmungslustigen Mrs. S." zum Thema hatten.

Sie hatten beide versucht, die Klatschgeschichten zu ignorieren, denn sie wussten schließlich um die wahren Hintergründe ihrer Heirat. Robert liebte sie wie eine Tochter, und er hatte ihre Beziehung niemals anders gesehen. Deshalb war sie auch bis heute unberührt geblieben.

Als Robert noch lebte, hatte sie es nicht gestört, dass sie so wenige Freunde besaßen. Jetzt lebte sie allein. Die meisten Frauen mieden das Gespräch mit ihr, und die Männer verhielten sich so, als wäre sie Freiwild. Wenn sie es recht bedachte, so hatte sie außer Charles und Sallie niemanden, den sie zu ihren Freunden zählen konnte.

Jessica stand auf und ging die Treppen hinunter ins Bad, um zu duschen. Dann trocknete sie sich ab, zog ihre alten Jeans und eine schlichte Bluse an und bürstete kurz ihr Haar. Wenn sie zu Hause war, trug sie es immer offen.

Als sie in die Küche kam, sah sie, dass Samantha sich unruhig in ihrem Körbchen bewegte. Jessica beugte sich zu ihr hinunter, und die Hündin rollte sich auf die Seite und winselte leise. „Sieht so aus, als ginge es heute Abend los, Kleine." Sie streichelte das weiche schwarze Fell. „Wenn ich mich richtig erinnere, so war es an einem Samstag, als du mir fortgelaufen bist und dich in diese Situation gebracht hast."

Jessica setzte sich neben die Hündin und wartete. Die Zeit verstrich und es gab keinerlei Anzeichen, dass die Hundebabys bald kämen. Sie machte sich Sorgen. Hoffentlich war alles in Ordnung.

Jessica rief bei Sallie an, aber niemand nahm den Hörer ab. Ihre Nachbarn waren offensichtlich nicht zu Hause. Sie kaute nervös auf der Unterlippe und suchte im Telefonbuch nach der Nummer des Tierarztes. Vielleicht machte der auch Hausbesuche. Als sie gerade den Hörer abnehmen wollte, läutete das Telefon.

„Mrs. Stanton", meldete sie sich erschrocken.

„Hier ist Nikolas Constantinos."

„Was möchten Sie?"

„Es gibt da noch etwas, das unerledigt geblieben ist …", begann er.

„Das wird es auch erst einmal bleiben müssen", unterbrach sie ihn. „Meine Hündin bekommt gerade Junge, und deshalb kann ich jetzt nicht mit Ihnen reden. Auf Wiederhören, Mr. Constantinos." Sie hängte den Hörer auf und wartete einen Moment, dann griff sie erneut nach dem Telefon und wählte die Nummer des Tierarztes.

2. KAPITEL

Eine halbe Stunde später war Jessica der Verzweiflung nahe. Sie hatte keinen Arzt erreichen können. Vielleicht liegt es daran, dass es Samstagabend ist, überlegte sie. Wenn Samantha keine Hilfe bekam, konnte es sein, dass sie die Geburt nicht überlebte. Die Hündin winselte und wand sich vor Schmerzen, und Jessica fühlte sich so schrecklich hilflos.

Es klingelte. Jessica eilte zur Tür und öffnete.

Nikolas Constantinos trat ein und schloss die Tür hinter sich, als wäre er hier zu Hause. „Was ist los?“, fragte er und reichte Jessica ein Taschentuch.

Sie trocknete sich die Wangen und antwortete schwach: „Mein … mein Hund. Ich glaube, sie schafft es nicht, ihre Jungen zu gebären. Und ich kann keinen Arzt erreichen …“

Er stutzte. „Ihr Hund bekommt Junge?“

Sie brach wieder in Tränen aus und versteckte ihr Gesicht hinter dem Taschentuch. Nach einem kurzen Moment spürte sie plötzlich, wie sich ein Arm um ihre Hüfte legte.

„Weinen Sie nicht“, flüsterte Constantinos. „Wo ist sie? Vielleicht kann ich helfen.“

Aber natürlich. Warum nicht? Weshalb bin ich nicht gleich darauf gekommen?, dachte sie voller Ironie. Warum sollte ein Milliardär nichts von Geburtshilfe verstehen. Sie führte ihn in die Küche.

Zu ihrer Überraschung zog er die Jacke aus, nahm die goldenen Manschettenknöpfe ab und krempelte die Ärmel hoch. Dann kniete er sich neben Samanthas Korb. Jessica kniete sich neben ihn, da die Hündin dazu neigte, nach Fremden zu schnappen. Aber Samantha verhielt sich völlig ruhig, als er mit den Händen über ihren geschwollenen Bauch strich, um sie zu untersuchen. Er redete in seiner Muttersprache beruhigend auf sie ein und streichelte ihren buschigen Kopf. Dann lächelte er und wandte sich an Jessica.

„Scheint alles normal zu sein. Es kann höchstens noch ein paar Minuten dauern.“

„Wirklich? Geht es Samantha gut?“

„Ja, Sie haben Ihre Tränen umsonst vergossen. Hat sie schon einmal Junge bekommen?“

Jessica schüttelte den Kopf. „Ich habe sie vorsorglich immer im Haus gehalten. Aber sie ist mir einmal entwischt und … Nun, Sie wissen ja, wie das so geht."

„Hm, ja, allerdings weiß ich, wie das so geht." Er betrachtete ihre schlanke Gestalt.

Samantha winselte, und Jessica wandte sich ängstlich ihrem Hund zu. Aber Nikolas legte einen Arm um ihre Schulter und drückte sie fest an sich. „Sehen Sie", flüsterte er. „Da kommt das erste Junge."

Samantha warf nacheinander fünf schlüpfrige kleine Wesen, die sie sofort unter ihrem warmen Fell barg. Als sicher war, dass das letzte Junge geboren war, stand Nikolas auf und half Jessica wieder auf die Beine.

„War das die erste Geburt, der Sie zugesehen haben?", fragte er und stupste zärtlich mit dem Finger gegen ihr Kinn.

„Ja … Es war wundervoll, nicht wahr?"

„Wundervoll", stimmte er zu. „Dann wäre ja alles in Ordnung. Die Tränen sind verschwunden, und Sie können wieder aufatmen. Eigentlich bin ich gekommen, um Ihnen eine Verhaltensregel einzutrichtern. Legen Sie nie wieder einfach den Hörer auf, Jessica. Ich kann sehr unangenehm werden."

Sie nahm nur halb wahr, dass er sie mit ihrem Vornamen angeredet hatte. „Es tut mir leid." Sie legte eine Hand auf seinen Arm. „Ich habe das nur getan, weil ich mir so große Sorgen um Samantha machte. Ich wollte den Arzt anrufen."

„Jetzt weiß ich es. Aber zuvor war ich ziemlich verärgert, vor allem nachdem Sie am Nachmittag ohne ein Wort das Büro verließen. Aber als ich Sie sah", – er zögerte einen Moment – „da konnte ich Ihnen nicht mehr böse sein."

Jessica strich sich nervös eine Haarsträhne aus dem Gesicht. „Ich … ich muss ja furchtbar aussehen."

„Ganz im Gegenteil. Sie sehen bezaubernd aus", versicherte er. „Haben Sie eigentlich schon gegessen, Jessica?"

„Gegessen?"

„Ja. Sie machen den Eindruck, als hätten Sie großen Hunger. Ziehen Sie ein Kleid an, und ich lade Sie zum Essen ein. Dabei könnten wir auch Geschäftliches besprechen. Es wäre angebrachter, unser Gespräch nicht bei Ihnen zu Hause stattfinden zu lassen."

Jessica war sich nicht ganz sicher, wie er das meinte. „Ich benötige etwa zehn Minuten. Möchten Sie solange etwas trinken?“

„Nein, ich werde auf Sie warten.“

Jessica lief nach oben und wusch sich das Gesicht mit kaltem Wasser. Sie trug etwas Make-up auf und band die Haare mit einer Spange zu einem Zopf zusammen. Dann nahm sie das lange weiße Seidenkleid aus dem Schrank, schlüpfte hinein und band die Träger des Oberteils im Nacken zusammen. Schließlich steckte sie einen Kamm und einen Lippenstift in die Handtasche.

Als sie wieder nach unten ging, erwartete Nikolas sie bereits am Treppenabsatz. Er bot ihr den Arm an und führte sie die letzte Stufe hinunter. „Sie sind wunderschön“, sagte er leise.

Worauf wollte er hinaus? Sie glitt mit der Zunge über ihre Lippen. Ihr Herz klopfte heftig vor Aufregung.

„Wenn wir jetzt nicht gehen, dann werden wir überhaupt nicht mehr wegkommen“, bemerkte er, und sie verstand diesen Hinweis genau. Er begehrte sie. Vielleicht war er auch ein ausgezeichneter Schauspieler. Je mehr sie darüber nachdachte, desto mehr neigte sie zu der Ansicht, dass er ihr etwas vormachte. Hatte er nicht zugegeben, dass er seinen ganzen Charme bei Frauen wirken ließ, um seinen Willen durchzusetzen?

Er spielt nur den Verliebten, um auf diese Art an deine Aktien zu kommen, überlegte sie. Vermutlich musste sie die Aktien verkaufen, so wie Charles es ihr geraten hatte, und sie wusste, dass sie sich diesem Mann hier auf Dauer nicht widersetzen konnte. Beim Essen wollte sie ihm mitteilen, dass sie bereit war, die Papiere an ihn abzutreten.

Er hatte alle Lichter gelöscht, bis auf eine kleine Lampe in der Küche für Samantha, und überprüfte, ob er die Haustür fest hinter sich geschlossen hatte. „Haben Sie niemanden, der Ihnen im Haus hilft?“, fragte er und führte sie zum Wagen.

„Nein. Ich brauche keine Hilfe.“

„Das heißt, dass Sie heute Nacht allein sind.“

„Ich fürchte mich nicht. Samantha ist im Haus. Sie bellt sofort, wenn sich ein Fremder der Tür nähert. Außerdem wohnen Sallie und Joel Reese im anderen Teil des Hauses. Ich bin also nicht wirklich allein.“

Nikolas öffnete die Tür seines Sportwagens und half Jessica beim Einsteigen. Sie schnallte sich an und betrachtete verwundert die vielen Instrumente und Hebel. Dieses Armaturenbrett hatte Ähnlichkeit mit dem Cockpit eines Flugzeugs. Als er sich neben sie setzte, fragte sie: „Fahren Sie immer selbst?“

„Nein, aber es gibt zeitweise Gelegenheiten, bei denen die Anwesenheit eines Chauffeurs nicht unbedingt erwünscht ist“, antwortete er lächelnd. Der Motor heulte auf, Nikolas legte kraftvoll den Gang ein und fuhr los.

„Haben Sie Ihren Landsitz verkauft?“, fragte er wie aus heiterem Himmel.

Jessica war erstaunt, wie viel er über sie wusste. Aber er hatte Robert schon vor ihrer Heirat gekannt, und deshalb war es ganz normal, dass ihm einige Dinge bekannt waren.

„Robert verkaufte ihn ein Jahr vor seinem Tod“, erwiderte sie. „Und nach seinem Tod habe ich mich von dem Penthouse getrennt. Es war zu groß und kostspielig für mich. Meine Haushälfte ist gerade ausreichend für mich.“

„Ein kleines Apartment hätte es doch auch getan, oder?“

„Ich wohne nicht gerne in Apartments. Und Samantha braucht etwas Platz, um etwas umherlaufen zu können. Außerdem habe ich sehr angenehme Nachbarn. Es gibt hier eine Menge Kinder.“

„Keine sehr schöne Aussicht“, bemerkte er trocken.

„Richtig. Es sei denn, Sie finden den Blick auf volle Wäscheleinen schön“, stimmte sie lachend zu. „Aber es ist dennoch ruhig und angenehm.“

„In Ihrem Kleid wirken Sie eher so, als seien Sie von Diamanten und Nerzen umgeben und nicht von trocknender Wäsche.“

„Und Sie? In Ihrem Seidenhemd und dem teuren Anzug hocken Sie auf dem Boden und betätigen sich als Geburtshelfer bei einer Hündin.“

„Das Leben auf einer Insel ist einfacher als das in London und Paris. Ich bin sozusagen in freier Wildnis aufgewachsen.“

Sie schwiegen eine Zeitlang, bis Nikolas vor einem diskret beleuchteten Restaurant hielt und ein Bediensteter zum Wagen eilte, um ihnen die Türen zu öffnen. Jessica wusste, wohin er sie gebracht hatte. Obwohl ihr Magen sich verkrampfte, war sie bemüht, sich nichts anmerken zu lassen. Er konnte nicht wissen, dass sie Örtlichkeiten dieser Art stets gemieden hatte.

Sie holte tief Luft und stieg aus. Der Wagen wurde auf den Parkplatz gefahren, während Nikolas sie zum Eingang begleitete.

Mach dir keine Gedanken, sagte sie zu sich selbst. Du wirst dich mit ihm unterhalten, etwas essen und den Aufenthalt hier beenden, ohne dich darum zu kümmern, wem du hier begegnen könntest.

Robert hatte nach kurzer Zeit bemerkt, wie unangenehm es für seine junge Frau war, von den Menschen, die ihn kannten, geschnitten zu werden. Sie hatten es schließlich vermieden, in den exklusiven Restaurants zu speisen, in denen er Stammgast war.

Auch dieses Lokal hatten sie einmal vorzeitig verlassen. Das war vor fünf Jahren gewesen. Trotzdem war es immer noch ein schrecklicher Gedanke, an diesem Ort zu essen. Aber sie ging, ohne zu zögern, erhobenen Hauptes durch die Tür, die ihnen ein uniformierter Mann öffnete.

Der Oberkellner warf einen Blick auf Nikolas und verbeugte sich tief. „Mr. Constantinos, welche Ehre für unser Haus!"

„Guten Abend, Swaine. Wir hätten gerne ein ruhiges Plätzchen, etwas abseits von den anderen Gästen."

Während sie dem Oberkellner folgten, hatte sich Jessica wieder soweit gefasst, dass sie dem großen Mann an ihrer Seite einen amüsierten Blick zuwarf. „Ein Tisch in einem versteckten Winkel?", scherzte sie. „Damit niemand sieht, wenn wir uns prügeln?"

Nikolas grinste schelmisch. „Vermutlich werden wir zivilisierter miteinander umgehen."

Swaine wies ihnen einen Tisch an, der sie von den zahlreichen Gästen isolierte. Während Nikolas einen Wein aussuchte, sah sich Jessica um. Vielleicht entdeckte sie ein bekanntes Gesicht. Es war ihr nicht entgangen, dass die Leute sich nach ihnen umgedreht und sie angestarrt hatten. Hatte Nikolas nicht bemerkt, dass die Gespräche bei ihrem Erscheinen verstummt waren? Vielleicht war sie einfach überempfindlich, und die Reaktion der Leute hatte dem Milliardär Nikolas Constantinos gegolten.

„Mögen Sie den Platz nicht?", unterbrach er ihre Gedanken.

„Doch, doch, der Platz ist sehr gut", antwortete sie eifrig.

„Warum sehen Sie dann so verärgert aus?"

„Schlechte Erinnerungen, weiter nichts, Mr. Constantinos. Ich hatte hier mal ein unerfreuliches Erlebnis."

Er schaute sie einen Moment an, dann sagte er ruhig: „Wir können auch gehen, wenn es Ihnen hier unangenehm ist."

„Es ist mir unangenehm“, gab sie zu. „Aber ich möchte nicht gehen. Ich denke, ich sollte mich überwinden. Jetzt ist eine gute Gelegenheit dazu. Immerhin habe ich Sie zum Gegner.“

„Das ist jetzt bereits das zweite Mal, dass Sie auf eine Auseinandersetzung zwischen uns anspielen“, bemerkte er und lehnte sich vor. „Heute Abend wird es keine Wortgefechte geben. In Begleitung einer so reizenden Frau werde ich den Abend nicht mit Streitigkeiten verbringen. Sollten Sie dennoch damit anfangen, werde ich Sie auf der Stelle küssen, um Sie zum Schweigen zu bringen. Das war eine Warnung. Sollten Sie diese Warnung ignorieren, muss ich daraus schließen, dass Sie geküsst werden wollen. Was sagen Sie dazu?“

Sie sah ihn an und begann so laut zu lachen, dass die Gäste an den Nebentischen sich zu ihnen umdrehten. Sie beugte sich zu Nikolas vor und erklärte vertrauensvoll: „Mr. Constantinos, ich werde so süß und charmant sein, wie es mir nur irgend möglich ist.“

Er legte eine Hand auf ihren Unterarm und rieb sanft mit dem Daumen über die Haut. „Ich werde Sie gnadenlos küssen, wenn Sie noch einmal Mister zu mir sagen. Nennen Sie mich Nikolas. Sie werden sehen, das ist gar nicht so schwer. Oder sagen Sie Niko zu mir, wie meine Freunde.“

„Wenn Sie es wünschen.“ Es wird Zeit, mit ihm über die Aktien zu reden, bevor seine charmanten Spielchen ernst werden, überlegte sie. „Aber ich muss Ihnen sagen, dass ich bereits beschlossen habe, Ihnen die Aktien zu verkaufen. Sie müssen also nicht unfreiwillig freundlich zu mir sein. Ich werde meine Meinung auch dann nicht ändern, wenn Sie sich scheußlich benehmen.“

„Vergessen Sie die Aktien. Darüber möchte ich nicht reden.“

„Aber deshalb haben Sie mich doch zum Essen eingeladen“, protestierte sie.

„Also schön, reden wir kurz über diese verdammten Aktien. Warum haben Sie Ihre Meinung geändert?“

„Mein Vermögensberater Charles Welby hatte mir dazu geraten. Ich wollte darauf eingehen, aber Ihr Verhalten ärgerte mich. Doch Charles hat recht, es hat keinen Sinn, gegen Sie zu kämpfen. Sie müssen auch keinen so übermäßig hohen Preis zahlen, wie Sie vorschlugen. Ich verkaufe zum Nennwert.“

Er richtete sich auf und ließ ihren Arm los. „Ich habe Ihnen ein Angebot unterbreitet“, sagte er scharf. „Ich breche mein Wort nicht.“

„Das werden Sie aber müssen, wenn Sie die Aktien kaufen wollen. Ich akzeptiere nur den Nennwert." Sie sah ihn gelassen an.

„Das ist ein sehr dummer Schritt."

„Wie wollen Sie Milliardär bleiben, wenn Sie so dumme Angebote machen?", konterte sie.

Einen Moment fixierte er sie durchdringend, dann warf er den Kopf zurück und lachte amüsiert. Er beugte sich vor und hielt ihre Hand. „Sie sind eine richtige Schneekönigin. Der Verlust von Dryden hat sich doch noch gelohnt, da ich Sie kennengelernt habe. Ich glaube, ich werde nicht so schnell, wie ich geplant hatte, nach Griechenland zurückkehren."

Jessica schaute ihn aus großen Augen an. Es schien so, als meinte er es tatsächlich ernst. Er interessierte sich für sie.

„Stört es Sie, dass ich Gefallen an Ihnen finde?", fragte er, nachdem der Kellner den Wein serviert hatte. „Ich vermute, dass es für Sie nichts Außergewöhnliches ist, wenn ein Mann Sie begehrt."

Jessica versuchte, ihre Hand zurückzuziehen, aber er hielt sie nur noch fester. „Ich glaube nicht, dass Sie Gefallen an mir gefunden haben", entgegnete sie scharf. „Sie versuchen vielmehr, mich auf meinen Platz zu weisen, da ich mich nicht ducke und Ihnen die Füße küsse. Ich sagte bereits, die Aktien gehören Ihnen. Und jetzt lassen Sie bitte meine Hand los."

„Sie irren sich." Er drückte ihre Hand. „Seit Sie in mein Büro kamen, wusste ich, dass ich Sie begehre, Jessica. Wenn mir die Aktien überschrieben werden, so heißt das nicht, dass ich aus Ihrem Leben verschwinde."

„Ich habe nicht die Absicht, ein Verhältnis einzugehen, mit keinem Mann, ganz gleich, um welche Art von Beziehung es sich handeln könnte."

„Das ist sehr interessant. Ich kann verstehen, dass Sie Ihre ehelichen Pflichten gegenüber einem alten Mann nicht sehr erbaulich fanden, aber sicherlich haben Sie auch andere Erfahrungen mit Liebhabern gemacht. Oder wollen Sie mir erklären, Sie wären unberührt in die Ehe gegangen? Ich würde Ihnen nicht glauben. Denn eine Jungfrau hätte sich nicht an einen alten Mann verkauft. Zudem gibt es zu viele Männer, die behaupten, Sie … gekannt zu haben."

Jessica schluckte heftig. „Robert war ein feiner Mensch. Die anderen Männer haben bei mir eher einen faden Beigeschmack hinterlassen. Und Sie, Mr. Constantinos, krönen diese üble Erkenntnis."

Er zog sie unsanft aus dem Stuhl hoch, bis sie halb über dem Tisch lehnte, und küsste sie leidenschaftlich auf den Mund.

Jessica hörte das Tuscheln der Gäste, aber sie hatte keine Möglichkeit, sich gegen Nikolas zu wehren. Schließlich ließ er von ihr ab und setzte sich wieder. „Ich hatte Sie gewarnt, Jessica. Provozieren Sie mich nie wieder."

Sie wich seinem Blick aus und starrte auf das Weinglas. Sie zitterte am ganzen Körper. Am liebsten wäre sie davongelaufen und hätte sich versteckt. Ihr war das Blitzlicht einer Kamera nicht entgangen, mit der diese Szene offensichtlich festgehalten wurde. Der Magen zog sich ihr bei dem Gedanken zusammen, dass das Foto am nächsten Tag in einer der Klatschspalten eines Boulevardblattes erscheinen würde.

Erregt umfasste sie das Glas und nippte an dem kühlen trockenen Wein.

„Wie wäre es, wenn wir morgen segeln gingen?", unterbrach er ihre Gedanken. „Der Wetterbericht verspricht einen herrlichen, warmen Tag. Wir könnten den ganzen Tag faul in der Sonne liegen."

„Nein. Ich möchte Sie überhaupt nicht wiedersehen."

Er lachte herzhaft. „Wie ein schmollendes kleines Kind. Warum schreien Sie nicht frei heraus, dass Sie mich hassen, oder stampfen kräftig mit den Füßen auf?"

„Ich hasse Sie nicht", erwiderte sie. „Das wäre nur vergeudete Energie. Nachdem Ihnen die Aktien übertragen wurden, möchte ich Ihnen nie wieder begegnen. Und ich werde darüber nicht eine Träne vergießen."

„Machen Sie sich doch nichts vor", spottete er. „Ich habe Sie in meine Pläne einbezogen. Ich werde noch so lange es nötig ist in London bleiben. Stellen Sie sich nicht gegen mich, meine Liebe. Das wäre reine Zeitverschwendung. Nutzen Sie Ihre Zeit sinnvoller."

„Sie sind sehr von sich überzeugt, nicht wahr? Es scheint Ihnen unmöglich, sich vorzustellen, dass ich Sie nicht mag. Ich werde Sie wohl nur loswerden, indem ich mit Ihnen nach oben gehe und Sie Ihre Bedürfnisse an mir befriedigen. Diese kleine Mühe wäre es mir wert, wenn ich Sie danach nur noch von hinten sehen müsste."

Er sah sie wie versteinert an. „Sie werden Ihre Wort noch bereuen."

Nur weg hier!, dachte sie und nahm ihre Handtasche. „Ich müsste einmal kurz ..."

„Nein, Sie werden nirgendwo hingehen, sondern sitzen bleiben, bis wir gegessen haben, dann fahre ich Sie nach Hause."

Jessica blieb sitzen und musterte ihn. Als das Essen serviert wurde, nahm er die Speisen zu sich, als wäre nichts geschehen. Sie begann nur zögernd, denn das zarte Lammfleisch und die Karotten formten sich in ihrem Hals zu einem Kloß, den sie nicht schlucken konnte. Als sie aus dem Weinglas trank, blitzte erneut eine Kamera auf. Sie stellte das Glas auf den Tisch und drehte den Kopf weg.

„Lassen Sie sich nicht beeindrucken. Die Kameras sind überall. Das hat nichts zu bedeuten. Sie wollen damit nur ihre Revolverblätter füllen."

„Es scheint Ihnen nichts auszumachen, Zielscheibe für den Klatsch der Leute zu sein."

Er zuckte mit den Schultern. „Das ist ganz harmlos. Dagegen habe ich nichts einzuwenden. Wenn ich privat sein möchte, suche ich keine öffentlichen Plätze aus."

Jessica fragte sich, ob er jemals das Opfer eines so bösartigen Geredes wie sie gewesen sein mochte. Aus den Zeitungen war nur zu erfahren, dass er zu Geschäften und Konferenzen unterwegs war, oder es wurden vage Andeutungen über seine allerneueste Liebschaft gemacht. An Berichte über sein Privatleben jedoch konnte sie sich nicht erinnern. Er hatte erwähnt, dass er auf einer Insel lebte …

„Wie heißt die Insel, auf der Sie leben?", fragte sie, um das Thema zu wechseln.

„Zenas. Das heißt soviel wie ‚Geschenk des Zeus' oder ‚Geschenk der Götter'."

„Leben Sie dort schon lange?"

„Ich bin dort geboren. Die Insel gehört mir."

„Oh!" Natürlich. Warum sollte er auch auf einer Insel leben, die ihm nicht gehörte? „Ist die Insel sehr groß? Wer wohnt sonst noch dort?"

Er lächelte. „Die Insel ist etwa achtzehn Kilometer lang und an der breitesten Stelle neun Kilometer. Es gibt ein kleines Fischerdorf, und die Menschen lassen ihre Ziegen an den felsigen Hängen grasen. Meine Mutter wohnt in einer Villa, zusammen mit dem Personal. Ich schätze, dass etwa zweihundert Personen auf der Insel leben. Dazu kommen die Ziegen, Hühner, Hunde und ein paar Kühe."

Jessica vergaß für einen Moment ihre Probleme und träumte von einem ruhigen, einfachen Leben auf einer Insel. „Wie können Sie es aushalten, nicht dort zu sein?"

„Ich habe viele Interessen, die meine Zeit und Aufmerksamkeit beanspruchen. Und obwohl ich die Insel als mein Zuhause betrachte, bin ich alles andere als ein Einsiedler. Es gibt zahlreiche schöne Orte auf dieser Welt." Er prostete ihr zu.

Jessica betrachtete ihr fast leeres Glas. „Würden Sie mir noch etwas Wein eingießen?"

„Nein", wehrte er freundlich ab. „Sie hatten bereits zwei Gläser. Außerdem haben Sie nur in Ihrem Teller herumgestochert und nichts gegessen. Wenn Sie so weitermachen, werden Sie sich noch betrinken. Hat Ihnen das Essen nicht geschmeckt? Soll ich es zurückgehen lassen?"

„Nein, das Essen war ausgezeichnet, danke. Aber ich würde jetzt gern nach Hause gehen."

„Wenn ich mich recht erinnere, hatten Sie mich aufgefordert, mit nach oben zu kommen, um meine Bedürfnisse an Ihnen zu befriedigen, wenn ich Sie nach Hause bringe. Ich nehme die Einladung an."

„Das muss ein Missverständnis sein. Ich würde Sie gar nicht erst in mein Haus lassen."

„Mein Apartment tut es auch", erwiderte er und warf ihr einen herausfordernden Blick zu.

„Jetzt hören Sie mir genau zu: Die Sache geht mir viel zu weit. Ich stehe nicht zur Verfügung, weder für Sie noch für irgendeinen anderen Mann. Und wenn Sie mich anfassen, werde ich so laut schreien, dass es in ganz London zu hören ist."

Jessica stand auf. Sie wollte nicht eine Sekunde länger sitzen bleiben. „Danke für das Essen. Ich werde mir jetzt ein Taxi rufen. Charles wird sich am Montag mit Ihnen wegen der Aktien in Verbindung setzen."

Nikolas legte die Serviette beiseite und erhob sich ebenfalls. „Ich bringe Sie nach Hause, und wenn ich Sie in mein Auto zerren muss. Wollen wir unseren Abgang zivilisiert vollziehen, oder soll ich Sie über die Schulter legen? Bevor Sie sich entscheiden, müssen Sie wissen, dass Ihnen niemand zu Hilfe eilen wird. Geld ist in mancher Beziehung sehr hilfreich."

„Ja, ich weiß. Also schön, gehen wir."

Er lächelte und legte eine Banknote auf den Tisch. Dann durchquerten sie den Raum und gingen zum Ausgang. Wieder blitzte ein Licht auf, und instinktiv lehnte sich Jessica schützend an Nikolas. Er legte einen Arm um ihre Schultern und sah den Fotografen vorwurfsvoll an. Jessica hörte hinter sich einen Mann, der sich leise entschuldigte.

Nikolas fasste sie fest um die Hüften und führte sie ins Freie zu seinem Wagen, der bereits vorgefahren worden war.

Nachdem Nikolas dem Türsteher und dem jungen Mann, der den Wagen gebracht hatte, ein Trinkgeld gegeben hatte, und er sah, dass Jessica sich auf ihrem Sitz angeschnallt hatte, fragte er: „Warum erschrecken Sie immer so, wenn ein Blitzlicht aufleuchtet?“

„Ich mag keine Publicity.“

„Das wird sich wohl kaum vermeiden lassen. Ihre Heirat hat eine Menge Staub aufgewirbelt.“

„Ich weiß. Ich wurde sogar offen als Hure beschimpft, und hinter meinem Rücken wurden noch schlimmere Dinge über mich gesagt. Aber ich habe mich nie daran gewöhnt. Ich war achtzehn, Mr. Constantinos, und die Presse hat mich geradezu gekreuzigt. Das habe ich niemals vergessen.“

„Hatten Sie erwartet, dass die Öffentlichkeit keinerlei Notiz nimmt, wenn Sie einen reichen, alten Mann heiraten, der so angesehen war wie Robert Stanton?“

„Robert und ich ließen uns nicht mehr in der Öffentlichkeit sehen, als wir merkten, dass ich nie als seine Ehefrau akzeptiert werden würde.“

Nikolas schwieg.

Jessica lehnte sich zurück und schloss die Augen. Sie war müde und abgespannt. Als sie in der Einfahrt zu ihrem Haus hielten, stellte sie erleichtert fest, dass bei Sallie und Joel noch Licht brannte, obwohl ihre Uhr bereits halb elf anzeigte.

3. KAPITEL

Nikolas stellte den Motor ab und steckte den Schlüssel in die Tasche. Dann stieg er aus, ging um den Wagen herum und öffnete Jessica die Tür.

„Ich kann sehr gut auf meinen eigenen Beinen stehen", bemerkte sie barsch, als er einen Arm um ihre Taille legte und sie fast aus dem Wagen hob.

„Deshalb halte ich Sie ja", erklärte er lachend. „Ich möchte verhindern, dass Sie weglaufen."

Jessica sah hilflos mit an, wie er den Hausschlüssel aus ihrer Tasche nahm, die Tür öffnete und das Haus betrat. Sie ignorierte ihn und lief sofort in die Küche, um nach Samantha zu sehen. Sie kniete nieder und streichelte die Hündin hinter dem Ohr. Eines der Hundebabys quiekte, als ob es gestört worden sei. Jessica zuckte zusammen, als sich plötzlich zwei starke Hände um ihren Körper legten und sie hochhoben.

Jetzt reicht es aber, dachte sie, während er sie fest an sich presste. Sie schlug ihm ins Gesicht, krümmte und drehte sich, um sich aus seinem Griff zu befreien. „Nein, verdammt!", schrie sie. „Ich sagte doch, dass ich das nicht will!"

Samantha stieg aus ihrem Körbchen und knurrte. Aber da die Welpen sich lautstark bemerkbar machten, wandte sie sich ab und kümmerte sich wieder um ihren Nachwuchs.

Nikolas verließ mit der heftig strampelnden Jessica die Küche und ließ die Tür hinter sich zufallen. Jessica schlug heftig gegen seine Brust, zappelte und schrie, aber es half nichts. Als er sie plötzlich fallen ließ, schrie sie erneut auf.

Sie fiel zwar auf weiche Kissen, aber Nikolas legte sich augenblicklich auf sie und hielt sie fest. „Ruhe jetzt, verdammt!", zischte er und hob einen Arm. Für einen Moment glaubte sie, dass er sie schlagen wollte. Sie hielt unwillkürlich den Atem an. Aber nichts geschah. Stattdessen schaltete er die Lampe am Ende des Sofas an. „Was ist bloß los?", brüllte er.

Jessica stutzte. Sie bemerkte, dass ihr Kleid hochgerutscht war.

Er hielt ihren Kopf mit beiden Händen und drehte ihr Gesicht zu sich. Sie versuchte zu protestieren, aber es war zu spät. Er presste seinen Mund auf ihre Lippen und küsste sie leidenschaftlich.

Für einen Moment legte sie die Hände auf seine Schultern. Sein Mund war warm und zärtlich. Noch nie zuvor war sie so geküsst worden. Für einen Augenblick, sagte sie sich, erlaubst du dir, in seinen Armen zu liegen und seinen Kuss zu erwidern.

Sie legte die Hände um seinen Nacken und antwortete auf seine herausfordernden Zärtlichkeiten. Er flüsterte ihr etwas zu, und es dauerte eine Zeit, bis sie erkannte, dass er französisch gesprochen hatte und was die Übersetzung seiner Worte ergab. Sofort versuchte sie, ihn abzuwehren, aber sie konnte nichts gegen ihn ausrichten.

Er öffnete den Verschluss des Kleides und küsste ihren Hals.

Jessica war bemüht, ihn aufzuhalten, aber mehr als ein ersticktes „Nein" brachte sie nicht heraus.

Nikolas war dabei, die Träger des Kleides über ihre Schultern zu streifen.

Jessica hielt mit der einen Hand panisch ihr Oberteil fest, während sie mit der anderen versuchte, seinen Kopf von sich weg zu drücken. Er murrte unwillig und hielt ihren Arm fest. Mit der anderen Hand fasste er nach dem Kleid. Mit größter Kraftanstrengung gelang es ihr, die Hand frei zu bekommen.

„Nein!", schrie sie fast hysterisch. „Nein, Nikolas, lass das! Ich bitte dich!"

Er brachte sie mit einem Kuss zum Schweigen, und ihr wurde bewusst, dass sie ihn nicht mehr aufhalten konnte. Sie ließ das Oberteil los und schlug mit beiden Händen auf ihn ein. „Nein! Nein ..." schrie sie kaum vernehmbar. Als er den Kopf hob, stöhnte sie leise: „Bitte, Nikolas! Nicht!"

Er seufzte und ließ sie los. Dann kniete er sich neben das Sofa und legte den Kopf gegen die Polster. „Bring lieber dein Kleid in Ordnung, sonst kann ich für nichts mehr garantieren."

Hastig ordnete sie es und blieb reglos auf dem Sofa liegen.

Nikolas strich mit einer Hand durch sein Haar. „Vielleicht ist es ganz gut so", meinte er und stand auf. „Wir haben keinerlei Vorsichtsmaßnahmen getroffen ... War es das, was dir so Angst gemacht hat, Jessica? Die Angst vor einer ungewollten Schwangerschaft?"

„Nein, das ... das war es nicht. Du ... du hast mir Angst gemacht." Sie setzte sich auf und rieb sich die Tränen von den Wangen. Er sah sie an und reichte ihr das Taschentuch, das er ihr schon einmal für diesen

Zweck geliehen hatte. Sie trocknete sich das Gesicht und gab ihm das Tuch zurück.

Nikolas lachte kurz auf. „So, ich habe dir also Angst gemacht? Das war wirklich nicht meine Absicht.“ Er holte tief Luft.

„Es tut mir leid, Nikolas.“

„Mir ebenfalls.“ Er lächelte und setzte sich auf das Sofa. „Ich möchte dich bald wiedersehen“, erklärte er und nahm ihre Hand. „Gehst du morgen mit mir segeln? Ich verspreche dir, dich nicht zu bedrängen. Ich gebe dir genügend Zeit, mich erst richtig kennenzulernen.“

„Ich glaube nicht, Nikolas. Nicht morgen. Das ist zu früh.“

Er seufzte und stand auf. „Ich rufe dich morgen an. Und komme nicht auf die verrückte Idee, dich vor mir zu verstecken.“

„Du setzt mich unter Druck?“

„Sagen wir, ich sehne mich nach dir. Aber ich kann warten.“

Sie schüttelte den Kopf. „Das könnte eine lange Wartezeit werden“, warnte sie vorsorglich.

„Wir werden sehen“, meinte er. „Wie gesagt, ich werde dich morgen anrufen. Überleg dir das mit dem Segeln noch einmal. Es würde dir sicher gefallen.“

„Ich bin noch nie gesegelt. Ich habe davon keine Ahnung. Es könnte sein, dass ich seekrank werde.“

„Es würde mir Spaß machen, es dir beizubringen“, entgegnete er. Und er meinte nicht nur das Segeln. Er beugte sich vor und küsste sie auf den Mund. „Ich verschwinde jetzt. Gute Nacht, Jessica.“

„Gute Nacht, Nikolas.“ Sie blickte ihm nach, wie er das Haus verließ.

Nachdem er gegangen war, kam ihr das Haus so leer und ruhig vor. Sie hatte das unbestimmte Gefühl, dass Nikolas Constantinos drauf und dran war, ihr Leben völlig auf den Kopf zu stellen.

Obwohl Jessica gereizt zu Bett gegangen war, hatte sie doch tief geschlafen und war gutgelaunt aufgewacht. Sie nahm sich vor, Nikolas in Zukunft aus dem Weg zu gehen. Charles konnte den Verkauf der Aktien in die Hand nehmen.

Fröhlich summend fütterte sie erst Samantha und bereitete sich anschließend einen Toast. Als sie gerade die zweite Tasse Kaffee trank, klopfte Sallie gegen das Fenster der Hintertür. Jessica stand auf und öffnete.

Sallie wirkte ziemlich besorgt. In der Hand hielt sie eine gefaltete Zeitung.

„Stimmt etwas nicht?“, fragte Jessica. „Aber bevor du dich äußerst, trink erst mal eine Tasse Kaffee.“

Sallie verzog das Gesicht. „Kaffee? Wie unzivilisiert! Nein, Jess, du musst dir das ansehen. Joel war der Meinung, ich sollte es dir zeigen.“

Jessica streckte ihr die Hand entgegen, um die Zeitung zu nehmen. Sie ahnte bereits, um was es ging. Sallie hatte die Klatschspalten aufgeschlagen, auf der zwei Fotos zu sehen waren. Auf dem einen war natürlich der Moment abgebildet, als Nikolas sie küsste. Auf dem anderen Bild verließen sie gerade das Restaurant. Ihre Gesichter waren eindeutig zu erkennen.

Sallie zeigte auf den Text unterhalb der Fotos, und Jessica setzte sich, um die Zeilen zu lesen. Widerwillig überflog sie die Zeilen:

„Londons berüchtigte Schwarze Witwe wurde vergangene Nacht dabei beobachtet, wie sie ihr Netz erneut um ein hilfloses und allerorts geschätztes Opfer spann. Der als zurückhaltend bekannte griechische Milliardär Nikolas Constantinos schien dem Charme der Witwe völlig erlegen zu sein. Sollte sie etwa das Vermögen, das ihr der von allen so geschätzte, leider verstorbene Ehemann Robert Stanton hinterließ, bereits aufgebraucht haben? Zweifellos ist Nikolas in der Lage, ihr ein luxuriöses Leben zu bieten. Aber es dürfte naheliegen, dass dieser Mann nicht so leicht zu fangen sein wird wie ihr erster Ehemann. Wir dürfen gespannt sein, wer am Ende als Sieger hervorgeht. Die Witwe schreckt offensichtlich vor nichts zurück. Eine Eigenschaft, die sie im Übrigen mit ihrer Beute teilt. Wir werden den Fortgang der Ereignisse mit Interesse verfolgen.“

Jessica legte die Zeitung auf den Tisch und starrte an die Wand. Eigentlich sollte es dir nichts ausmachen, überlegte sie. Du hast doch erwartet, dass so etwas auf dich zukommen wird. Die Schwarze Witwe … Dieser Ausdruck war sofort nach Roberts Tod aufgetaucht. Sie holte tief Luft. „Und ich hatte diese Gemeinheiten schon fast vergessen. Doch ich werde diesen Fehler nicht noch einmal begehen. Das ist es nicht wert.“

„Aber du kannst dich nicht ewig verstecken“, gab Sallie ihr zu bedenken. Sie deutete auf das Bild in der Zeitung. „Wie bist du überhaupt an diesen großartigen Mann geraten? Wann hast du ihn kennengelernt?“

„Bitte?“ Jessica schaute auf das Foto, auf dem Nikolas sie küsste. „Ich ... ich habe ihn gestern getroffen.“

„Meine Güte! Er sieht einfach toll aus, und sein Ruf ist geradezu schwindelerregend. Wie ist er denn so?“

Jessica seufzte. „Wie du ihn eben beschrieben hast. Ich hoffe, ihm nie wieder begegnen zu müssen.“

„Du musst den Verstand verloren haben!“, stieß Sallie empört hervor. „Also ehrlich, Jess, ich verstehe dich nicht. Die meisten Frauen würden wer weiß was dafür geben, mit diesem Mann auszugehen, und du bist an ihm nicht interessiert?“

„Ich nehme mich vor solchen Männern in Acht“, antwortete Jessica und zeigte auf den Artikel. „Hier hast du ein Beispiel dafür, was die Leute sagen werden. Ich glaube nicht, dass ich das noch einmal durchmachen kann.“

„Tut mir leid, Liebes. Daran habe ich nicht gedacht. Aber denk doch mal! Nikolas Constantinos!“ Sallie klopfte ihr auf die Schulter und verließ das Haus.

Jessica ging ins Wohnzimmer und setzte sich auf einen Stuhl. Als das Telefon läutete, starrte sie sekundenlang auf den Apparat, bevor sie schließlich den Hörer abnahm. „Hallo“, meldete sie sich lustlos.

„Jessica, hast du ...“

Sie nahm den Hörer vom Ohr und legte auf. Nein, sie konnte jetzt nicht mit Nikolas reden. Sie fühlte sich zutiefst verletzt.

Als es kurze Zeit später an der Haustür klingelte, blieb sie teilnahmslos sitzen. Erst als sie hörte, dass Charles ihren Namen rief, stand sie auf und öffnete.

„Guten Morgen“, begrüßte sie ihn angestrengt.

„Ich habe die Zeitung gelesen“, sagte er freundlich. „Ich wollte dich gestern noch anrufen, aber ich hatte außerhalb der Stadt zu tun. Hat Constantinos die Sache mit Dryden erwähnt?“

„Hat er. Ich werde ihm die Aktien verkaufen. Aber wir haben uns wie Hund und Katze benommen. Der Artikel war geradezu harmlos gegen das, was er über meine Ehe sagte. Er hat heute Morgen angerufen, aber ich wollte nicht mit ihm reden, und ich möchte ihn nie wiedersehen. Vielleicht könntest du den Verkauf der Aktien übernehmen."

„Natürlich", erwiderte Charles bereitwillig. „Aber ich glaube, du unterschätzt diesen Mann. Nach dem Foto zu urteilen, ist er an dir weitaus mehr interessiert als an den ConTech-Aktien."

„Ich weiß. Doch er zieht die Reporter und Fotografen gleich dutzendweise an, und damit kann ich nicht mehr umgehen."

„Aber er kann auch die Veröffentlichung eines Artikels verhindern. Sein Einfluss ist enorm."

„Versuchst du für ihn Partei zu ergreifen, Charles?", fragte sie überrascht. „Er ist nur an einer Affäre mit mir interessiert."

Charles zuckte mit den Schultern. „Das sind die meisten Männer", bemerkte er trocken.

„Ja, aber ich habe kein Interesse." Sie ging voraus in die Küche, und Charles folgte ihr.

„Wie ich sehe, hast du keinen Tee gekocht", sagte er und blickte auf die Kaffeekanne. „Setz doch bitte etwas Wasser auf und erzähl mir von deiner Begegnung mit Constantinos."

Jessica seufzte. Sie ließ Wasser in einen Kessel laufen und stellte ihn auf den Herd. „Die Begegnung war geradezu feindselig. Lass dich von dem Foto mit dem Kuss nicht täuschen, Charles. Er wollte mich damit nur bestrafen und mir sozusagen den Mund stopfen. Ich konnte mich nicht …" Sie unterbrach sich, da es an der Tür klingelte.

„Herrje, das ist er! Ich weiß es ganz genau. Ich habe den Hörer einfach aufgelegt. Er wird ziemlich wütend sein."

„Ich werde ihm öffnen, während du dich um den Tee kümmerst", bot Charles an und ging hinaus.

Sie wusste, warum Charles angeboten hatte, die Tür zu öffnen. Niemand hat so viel Fingerspitzengefühl wie er, überlegte sie, während sie die Tassen für den Tee bereitstellte. Charles war immer bemüht, alles Unangenehme von ihr fernzuhalten.

Aber warum hatte ihr Charles eigentlich nicht gleich angeboten, Constantinos zu treffen und mit ihm die Angelegenheit mit den Aktien zu regeln? Je mehr sie darüber nachdachte, desto merkwürdiger kam es ihr vor. Hatte er sich etwa auf Nikolas' Seite geschlagen? Wollte er den Heiratsvermittler spielen? Nicht auszudenken! Was dachte er sich dabei? Er konnte sich doch denken, dass Nikolas Constantinos eine Heirat völlig fernlag. Und Charles kannte sie gut genug, um zu wissen, dass nichts weniger als das für sie in Frage kam.

Nikolas heiraten? Was ist nur los mit mir? Ich kenne diesen Mann erst seit gestern, und schon denke ich darüber nach, dass ich, wenn schon, denn schon, seine Ehefrau werden könnte. Sie hatte sich schon für einige gutaussehende Männer interessiert, aber noch nie zuvor jemanden so begehrt wie Nikolas am vergangenen Abend. Er war grob, unbarmherzig und arrogant. Doch sie spürte, wie sehr er sie begehrte, und es gefiel ihr, dass ihm ihr scharfer Verstand und ihre spitze Zunge großes Vergnügen bereiteten. Es war schwer, diesem Mann zu widerstehen.

Alles in allem fühlte sie sich auf gefährliche Weise von ihm angezogen. Es fehlte nicht viel, und sie würde sich in ihn verlieben.

Jessica starrte verwirrt auf den kochenden Wasserkessel und fragte sich, wie es weitergehen sollte. Wie konnte sie ihm aus dem Weg gehen? Er war kein Mann, der ein Nein einfach so akzeptierte. Außerdem war sie sich nicht sicher, ob sie in der Lage sein würde, ihm zu widerstehen. Er würde ihr niemals die Ehe anbieten, und mit weniger als einer Heirat wäre sie nicht zufrieden.

Jessica nahm das kochende Wasser vom Herd und goss es über den Tee. Sie hatte keine Ahnung, ob Nikolas lieber Tee oder Kaffee trank. Also schenkte sie für sie beide Kaffee ein, stellte alles auf ein Tablett und trug es in das Wohnzimmer.

Nikolas saß auf dem Sofa, während Charles sich einen Stuhl genommen hatte. Sie standen beide auf, als Jessica den Raum betrat, und Nikolas kam auf sie zu, um ihr das schwere Tablett abzunehmen. Dann stellte er es auf den Tisch, nahm Jessica am Arm und setzte sich mit ihr zusammen auf das Sofa.

„Charles und ich haben die Situation besprochen", erklärte er. Jessica sah Charles erwartungsvoll an. Aber Charles lächelte nur schwach, und sein Gesichtsausdruck verriet nichts.

„Welche Situation?", fragte sie.

„Die Sache mit der Presse", antwortete er, während sie Charles die Teetasse reichte.

„Was ist deine Meinung dazu?", wollte sie wissen und wandte sich Nikolas zu.

„Ich werde ein paar Maßnahmen ergreifen, damit du nicht länger zur Zielscheibe dieser scheußlichen Artikel wirst. Hättest du mir gestern Abend erzählt, warum du dich so über diesen verdammten Fotografen aufgeregt hast, hätte ich die Veröffentlichung des Artikels und der Fotos verhindert."

„Das ist nicht mehr nötig, da sich eine solche Situation nicht wiederholen wird. Ich werde mich einfach nicht mehr in der Öffentlichkeit blicken lassen."

„Im Gegenteil", warf Nikolas wütend ein. „Von nun an wirst du an meiner Seite sein. Die Leute müssen dich richtig kennenlernen. Das ist der einzig Weg, den Klatsch zu unterbinden. Die Menschen sollen erkennen, was für eine liebenswürdige Frau du bist. Was dein Temperament betrifft, so möchte ich mich lieber nicht dazu äußern."

„Vielen Dank!", erwiderte sie freundlich.

Charles musste grinsen. „Ich könnte mich ohrfeigen, dass ich eure erste Begegnung verpasst habe", meinte er.

„Die erste war weniger interessant als die zweite", erläuterte Nikolas trocken. „Und die dritte beginnt nicht sehr erfreulich. Ich werde vermutlich den ganzen Tag benötigen, sie davon zu überzeugen, dass sie wegen dieser Angelegenheit nicht so widerspenstig sein muss."

„Ja, das sehe ich auch so", scherzte Charles und stellte die Tasse auf den Tisch. „Ich werde euch jetzt verlassen. Ich habe noch etwas zu erledigen."

„Rufen Sie mich morgen an, dann werden wir die Sache mit den Aktien klären." Er stand auf und streckte ihm die Hand entgegen.

Jessica wurde hellhörig. „Das mit den Aktien ist bereits geklärt", sagte sie entschlossen. „Verkauf nur zum Nennwert! Ich warne dich, Nikolas, ich werde nicht unterschreiben, wenn du zu einem überhöhten Preis kaufen willst."

„Wir werden heute noch heftig aneinander geraten", entgegnete Nikolas.

Charles lachte laut und ging mit Nikolas zur Tür. Sie wechselten ein paar Worte, Nikolas begleitete ihn bis zur Tür und kehrte schließlich zu Jessica zurück. Er stemmte die Hände in die Hüften und stellte sich direkt vor sie.

„Was ich sage, meine ich auch so", warnte sie ihn und stand auf.

„Ich auch", brummte er. Er hob eine Hand und streichelte sanft mit einem Finger über ihre nackte Schulter.

Jessica hielt unwillkürlich den Atem an. Sie blieb wie angewurzelt stehen und genoss seine Zärtlichkeiten. Er strich mit dem Finger über ihren Hals hinauf zum Kinn und hob ihren Kopf ein wenig an. „Hast du dich bereits entschieden, ob du mit mir auf das Boot gehst?", fragte er und betrachtete ihren Mund.

„Ich ... ja. Ich meine, ja, ich habe mich entschieden, und nein, ich werde nicht mitkommen", erklärte sie verwirrt.

„Dann lass uns jetzt irgendwohin fahren. Wenn wir hier bleiben, weißt du genau, was passieren wird, Jessica. Die Entscheidung liegt also ganz bei dir."

„Ich habe dich nicht eingeladen zu bleiben, schon gar nicht den ganzen Tag!", entgegnete sie empört und wich ihm aus.

„Was erschreckt dich so an mir, Jessica? Waren deine Erfahrungen mit Männern so schlecht, dass du Angst hast, mit mir zu schlafen?"

Sie sah ihn wie betäubt an. Sie war nicht in der Lage, darauf eine Antwort zu geben. Ja, sie hatte Angst vor ihm. Sie schluckte heftig. „Du ... du würdest es nicht verstehen, Nikolas. Ich glaube schon, dass eine Frau bei dir in guten Händen ist, um es einmal so auszudrücken, oder?"

„Das möchte ich wohl gerne annehmen", scherzte er. „Aber wenn es nicht darum geht, Jessica, was macht dich dann so schreckhaft wie ein scheues Reh?" Er ging auf sie zu und legte einen Arm um ihre Hüfte. Dann nahm er auf dem Sofa Platz und zog die zappelnde Jessica auf seinen Schoß. „Wovor du auch immer Angst haben magst, es hält dich jedenfalls nicht davon ab, gegen mich zu kämpfen. Und nun, du kleine Wildkatze, erzähl mir, was dich bedrückt."

Jessica war zu müde, gerade in diesem Punkt gegen ihn zu kämpfen. Sie begann zu verstehen, dass es keinen Sinn hatte, sich gegen ihn zu wenden. Sie seufzte und legte den Kopf gegen seine Schulter. Was sollte sie ihm sagen? Dass sie noch nie mit einem Mann geschlafen hatte und deshalb eine gewisse körperliche Scheu davor hatte, intim zu werden? Er würde es nicht glauben. Und sie konnte ihm auch nicht sagen, wie verwundbar ihre Gefühle waren. Er könnte dieses Wissen gegen sie verwenden.

Dann kam ihr eine Idee. Er selbst hatte sie darauf gebracht. Warum sollte sie ihn nicht in dem Glauben lassen, sie wäre so schlecht behandelt worden, dass sie sich seitdem vor allen Männern fürchtete?

„Ich möchte nicht darüber reden", flüsterte sie und presste das Gesicht gegen seine Schulter.

Er drückte sie fest an sich. „Du musst darüber reden", betonte er und küsste sie auf die Schläfe.

„Ich ... ich glaube nicht, dass ich das kann. Lass mir Zeit, Nikolas."

„Wenn es sein muss. Ich möchte dir nicht weh tun, Jessica." Er strich mit den Händen begierig über ihren Rücken. Er wollte sie lieben – jetzt. Sie spürte, wie sehr er sich nach ihr sehnte. „Nein, Nikolas, bitte. Ich kann nicht ..."

„Du weißt gar nicht, was du mit mir machst. Ich bin nicht aus Stein."

Jessica versuchte sich aus seinem Griff zu lösen. „Nein, Nikolas! Nein! Bitte lass mich los."

Er ließ sie augenblicklich los, und sie rutschte von seinem Schoß auf den Boden. „Warte nicht zu lange." Er seufzte schwer. „Geh nach oben und mache dich für einen Ausflug bereit. Ich muss hier unbedingt raus."

Jessica ließ sich das nicht zweimal sagen. Sie lief die Treppen hinauf, kämmte sich, legte etwas Make-up auf und zog Schuhe mit flachen Absätzen an. Mit klopfendem Herzen ging sie schließlich wieder nach unten zu Nikolas.

Er nahm sie zärtlich in die Arme und küsste sie. Dann führte er sie zur Haustür. „Alle Männer werden dir zu Füßen liegen, wenn du so verführerisch aussiehst."

„Ich habe keinerlei Einfluss auf meine Gesichtsfarbe. Wäre es dir lieber, wenn mich deine Küsse kalt ließen?"

„Ganz im Gegenteil. Aber falls es die Aufregung ist, die dich zum Erröten bringt, dann möchte ich dich gerne einmal erleben, wenn du so richtig aufgebracht bist. Ich würde dich sofort an einen stillen Ort bringen, wo wir ungestört zusammen sein könnten."

„Vorher solltest du dich aber versichern, ob ich nicht mitten in eine heftige Auseinandersetzung geraten bin. Wenn ich wütend bin, reagiere ich nämlich ebenfalls mit Erröten. Ich kann mir nicht vorstellen, dass du – bei aller Macht, die du hast – in der Lage bist, jeden Stein, der mir in den Weg gelegt werden könnte, beiseite zu räumen."

„Ich möchte, dass du es mir sofort erzählst, falls dir irgendjemand einen Stein in den Weg legen sollte", forderte er in einem scharfen

Tonfall. „Ich bestehe darauf, Jessica. So einen Mist, wie diesen Artikel von heute Morgen, werde ich nie wieder zulassen, und wenn ich jedem Klatschkolumnisten in London einen Maulkorb verpassen müsste."

Zu ihrem Entsetzen klangen seine Worte nicht wie eine leere Drohung. Er meinte es ernst.

4. KAPITEL

Jessica erschrak, als es an der Tür klingelte. Aber Nikolas legte einen Arm um ihre Taille und führte sie zur Haustür. Unwillkürlich widerstand sie dem Druck seiner Hand. Er lächelte. „Hab dich nicht so", spottete er. „Entspann dich und genieß es!"

Jessica schüttelte den Kopf. Sie war sprachlos. In den wenigen Tagen, die sie Nikolas Constantinos kannte, hatte er ihr Leben völlig auf den Kopf gestellt. Am Morgen hatte er seinem Sekretär eine Gästeliste gegeben und ihn beauftragt, alle anzurufen und für diesen Abend in sein Penthouse einzuladen. Natürlich hatten alle die Einladung angenommen.

Um vier Uhr nachmittags hatte Nikolas sie angerufen. Sie sollte sich für den Abend zurechtmachen. Zwei Stunden später wollte er sie abholen. Sie nahm an, dass er sie wieder zum Essen einlud. Erst als sie bei seinem Penthouse ankamen, hatte er ihr verraten, was er vorhatte.

Jessica war wütend, dass er sie vorher nicht gefragt hatte. Außerdem war sie etwas ängstlich und fühlte sich elend. Natürlich würde niemand in Gegenwart des Gastgebers zeigen, was er von ihr dachte. Aber was spielte es für eine Rolle, ob die Leute ihr Missfallen offen ausdrückten oder es vor ihr verbargen?

Es war auch nicht gerade ermutigend, dass Nikolas' Sekretär Andros anwesend war. Sie hatte erfahren, dass Andros ein Vetter zweiten Grades von Nikolas war. Vielleicht fühlte er sich deshalb so sicher in seiner Position.

„Du siehst sehr blass aus", kritisierte Nikolas sie, gab ihr einen Kuss und öffnete die Tür. Eine Anzahl Gäste trat ein, und Nikolas stellte Jessica als seine „liebe Freundin und Geschäftspartnerin Jessica Stanton" vor.

Jessica war wütend, dass er sie so bezeichnete. Warum präsentierte er sie nicht gleich als seine Geliebte? Dass er sie als Geschäftspartnerin bezeichnete, war eine ganz andere Sache. Denn augenblicklich verwandelten sich alle Gäste in äußerst höfliche Mitmenschen.

Nikolas stellte ihr eine kleine, elegant gekleidete Blondine als Journalistin vor. Dabei drückte er einmal kräftig Jessicas Hand und blinzelte ihr zu. Ganz offensichtlich stand also diejenige vor ihr, die den

Artikel in der Sonntagszeitung über sie geschrieben hatte.

Jessica begrüßte Amanda Waring, obwohl es ihr schwerfiel, sich zu beherrschen. Miss Waring warf ihr einen kurzen Blick zu und lächelte gezwungen, bevor sie über völlig belanglose Dinge zu sprechen begann.

Aber Jessica wandte ihre Aufmerksamkeit wieder Nikolas zu, der gerade von einer attraktiven Rothaarigen stürmisch begrüßt wurde. Sie legte die Arme um seinen Hals und küsste ihn auf den Mund. Es war kein langer und inniger Kuss, aber er deutete doch auf eine gewisse Intimität zwischen den beiden hin.

Nikolas befreite sich aus der Umarmung und wich zurück. Er zog ein Taschentuch aus der Hosentasche und wischte sich den Lippenstift vom Mund, nahm Jessicas Hand und sagte: „Liebling, ich möchte dir eine alte Freundin vorstellen, Diana Murray. – Diana, das ist Jessica Stanton."

Diana lächelte. „Ach ja, ich glaube, ich habe schon einmal von Ihnen gehört", säuselte sie.

Jessica umklammerte Nikolas' Hand fester. „So, haben Sie? Wie interessant", erwiderte sie und drehte sich ab, um Dianas Begleiter vorgestellt zu werden, der den Eindruck erweckte, als ginge ihn das alles gar nichts an.

Unterdessen kümmerte sich Andros um einen Teil der Gäste und übernahm die Pflichten des Gastgebers, sodass Nikolas mit Jessica von einem Grüppchen zum anderen gehen konnte, um ein wenig zu plaudern. Dabei hielt er demonstrativ ihre Hand fest, um zu zeigen, zu wem sie gehörte. Schließlich überließ er Jessica sich selbst und wandte sich einigen Geschäftspartnern zu.

Einen Augenblick sah sie sich panisch nach einer Gelegenheit um, sich etwas abseits in eine Ecke zu setzen. Schließlich ging sie aber auf eine kleine Gruppe zu, der auch Amanda Waring angehörte. Die Damen unterhielten sich gerade fröhlich über eine Komödie, die zurzeit am Theater gespielt wurde.

Amanda hob den Kopf und fragte mit ruhiger Stimme: „Spielt nicht eine gewisse Penelope Sowieso die Hauptrolle? Und hatte sie damit nicht im vergangenen Jahr einen Riesenerfolg in Amerika?"

„Penelope Durwin", fügte eine mollige ältere Dame hinzu. „Ja, sie sollte sogar als beste Darstellerin für eine Filmrolle vorgeschlagen werden. Aber sie scheint dem Theaterleben mehr abgewinnen zu können als der Tätigkeit beim Film."

„Sind Sie nicht auch Amerikanerin?“, fragte Amanda Waring und warf Jessica einen kühlen Blick zu.

„Ich bin dort geboren, ja“, antwortete Jessica. Sollte diese Frage der Beginn eines Interviews sein?

„Haben Sie vor, wieder in Amerika zu leben?“

Jessica unterdrückte einen Seufzer. „Zurzeit nicht. Ich mag England. Ich fühle mich hier wohl.“

„Kennen Sie Mr. Constantinos schon lange?“ Es war nicht zu verkennen, dass Amanda Reporterin war und in Jessica eine willkommene Interviewpartnerin sah. Mehr als das. Jessica galt offensichtlich als die derzeitige Geliebte eines der mächtigsten Männer der Welt. Jedes Wort, das sie sagte, war es wert, gedruckt zu werden.

„Nein, noch nicht lange.“

„Bei einem Mann wie Nikolas geht auch alles ziemlich schnell, nicht wahr, Mrs. Stanton?“, mischte sich eine sanfte Stimme ein.

Jessica drehte sich um und erkannte Diana.

„Sie sagen es“, erwiderte Jessica freundlich und wandte sich wieder der Reporterin zu. „Wir haben uns zum ersten Mal am vergangenen Samstag getroffen.“ Jessica hoffte, ihrer Widersacherin mit offenen Antworten den Wind aus den Segeln nehmen zu können.

Und ihr Verhalten zeigte Wirkung. Miss Warings Interesse war geweckt, und die anderen Frauen griffen ebenfalls in das Gespräch ein. Sie interessierten sich vor allem dafür, ob Jessica einen Besuch auf Mr. Constantinos' Insel plane. Sie hätten gehört, wie wundervoll die Insel sei. Ob er denn England bald verließe? Ob sie ihn begleitete? Während sie die Fragen beantwortete, stellte sie fest, dass Diana sich zurückgezogen hatte. Jessica war erleichtert, denn sie hatte gespürt, dass diese Frau eine Szene provozieren wollte.

Danach verlief der Abend für sie angenehmer. Die Frauen schienen etwas mehr aus sich herauszugehen, als sie feststellten, was für eine ruhige und rechtschaffene Frau sie war, die so gar nicht den Eindruck erweckte, als wäre sie hinter ihren Ehemännern her.

Jessica hatte sich gerade in Nikolas' Schlafzimmer zurückgezogen, um ihre Frisur zu ordnen und das Make-up aufzubessern, als es an der Tür klopfte. Sie wandte sich vom Spiegel ab und öffnete die Tür.

Es war Amanda Waring. „Darf ich Sie kurz stören?“, fragte sie kühl.

„Ja, natürlich. Ich wollte mir nur die Haare ordnen“, antwortete Jessica und ließ die Reporterin eintreten.

„Ich möchte mit Ihnen reden, Mrs. Stanton“, begann Amanda, „und Ihnen versichern, dass nichts von dem, was Sie sagten, in einem Artikel erscheinen wird. Mr. Constantinos erklärte mir, mein Job hinge an einem seidenen Faden. Und ich bin nicht dumm. Ich bin also bereits vorgewarnt.“

Jessica schluckte. „Bitte, was hat er getan?“

„Ich bin sicher, Sie wissen Bescheid.“ entgegnete Amanda verbittert. „Mein Redakteur erklärte mir heute Morgen, sollte noch ein Wort über die Schwarze Witwe in meiner Artikelserie erscheinen, ginge es nicht nur um meinen Job, sondern man würde mich dann auf eine Schwarze Liste setzen. Ein Anruf von Mr. Constantinos an den Herausgeber der Zeitung würde genügen. Ich gratuliere, Sie haben gewonnen.“

„Ich muss mich wohl bei Ihnen für Nikolas entschuldigen, Miss Waring“, erwiderte Jessica ruhig. „Ich versichere Ihnen, dass ich ihn nicht darum gebeten habe. Er ist nicht besonders feinfühlig, nicht wahr?“

Die Reporterin lächelte verkrampft. „Das ist er wirklich nicht“, stimmte sie zu.

„Es tut mir leid, dass er so bösartig war. Sie machen nur Ihren Job. Ich bin für faire Chancen. Ich werde mit ihm reden …“

Die Tür wurde geöffnet, und Nikolas trat ein. Er sah die Reporterin vorwurfsvoll an. „Miss Waring!“

Bevor er weiter gegen Amanda vorgehen konnte, trat Jessica auf ihn zu. „Nikolas, hast du Miss Waring wirklich gedroht, sie werde ihren Job verlieren, wenn sie noch einmal etwas über mich schreibt?“

„Das habe ich.“ Er warf Amanda einen herausfordernden Blick zu. „Ich möchte, dass Mrs. Stanton nicht noch einmal weh getan wird.“

„Ich kann sehr gut auf mich selbst aufpassen. Danke, Nikolas“, erklärte Jessica scharf.

„Aber natürlich kannst du das“, sagte er nachsichtig, als redete er mit einem Kind.

„Nikolas! Ich bin kein Kind mehr, und ich möchte nicht so behandelt werden, als hätte ich keinen Verstand!“

Er nahm ihre Hand und führte sie an seinen Mund. „Schon gut, Liebes“, flüsterte er und küsste ihre Hand. Dann wandte er sich Amanda zu. „Miss Waring, ich habe nichts dagegen, wenn Sie in Ihrem Artikel erwähnen, dass Jessica Stanton als bezaubernde Gastgeberin auftrat. Ich werde es aber nicht hinnehmen, dass Bemerkungen über die Schwarze Witwe oder Mrs. Stantons finanzielle Angelegenheiten in der Zeitung erscheinen. Zu Ihrer Information: Mrs. Stanton und ich haben gerade ein Geschäft abgeschlossen, das Mrs. Stanton ein für allemal finanziell unabhängig macht."

Die Reporterin hob herausfordernd den Kopf. „Darf ich Sie wörtlich zitieren?"

Nikolas grinste schelmisch. „Sie dürfen", antwortete er, und Amanda erwiderte sein Lächeln.

„Vielen Dank, Mr. Constantinos ... Mrs. Stanton", fügte sie hinzu und sah Jessica an. Dann verließ sie den Raum.

„Das musst du jetzt selbst ausbaden", bemerkte Nikolas beiläufig.

„Das ist dein Verdienst", entgegnete Jessica kühl. „Du hast dich wie ein Tyrann aufgeführt."

„Und du bist ein provozierender kleiner Plagegeist", konterte er und nahm sie mühelos in seine Arme, obwohl sie versuchte, sich zu wehren.

„Lass mich!", protestierte sie atemlos und bemühte sich, aus der Umarmung zu entkommen.

„Warum?", flüsterte er und küsste sie auf die Schulter. „Du bist immerhin in meinem Schlafzimmer. Außerdem müsste es dir klar sein, dass dieses Kleid selbst einen keuschen Heiligen aus der Reserve locken könnte, und ich habe von mir nie behauptet, ein Heiliger zu sein."

Einerseits freute es sie, dass ihm das Kleid so gefiel. Es war wirklich provozierend. Das smaragdgrüne Chiffongewebe fiel in leichten Wellen um ihren schlanken Körper. Das Oberteil war ohne Träger und wurde nur von einem feinen Gummizug über der Brust gehalten. Andererseits hatte sie aber nicht geplant, mit ihm allein in seinem Schlafzimmer zu landen.

„Nikolas, hör bitte auf! Du hast Gäste. Du kannst nicht einfach ins Schlafzimmer verschwinden und dort bleiben."

„Kann ich doch!" Er fasste mit der Hand unter ihr Kinn, beugte den Kopf und bedeckte ihren Mund mit Küssen.

Jessica vergaß ihren Protest, schmiegte sich an seinen starken Körper und ließ sich von seiner Leidenschaft mitreißen. Begierig strich er mit den Händen über ihren Oberkörper. Erst als er eine Hand auf ihre Brust legte, bemerkte sie, worauf er aus war. Wieder einmal wurde die Angst stärker als das sehnsüchtige Verlangen. „Nein, Nikolas, bitte!"

Er fluchte etwas auf Griechisch und zog sie wieder an sich, nachdem sie versucht hatte, sich von ihm zu lösen. „Ich möchte dich nicht zwingen", sagte er und küsste sie auf die Stirn. „Du hast üble Erfahrungen gemacht. Ich verstehe deine Ängste. Vertraue mir bitte, Liebes."

„Nikolas, ich …" Sie wollte ihm endlich sagen, dass sie noch nie mit einem Mann geschlafen hatte, dass sie deshalb so zurückhaltend war, aber er legte einen Finger auf ihren Mund.

„Ich möchte es nicht wissen. Ich möchte nichts über andere Männer hören. Ich dachte, ich könnte es ertragen, aber ich habe mich getäuscht. Erzähl mir niemals etwas über einen anderen Mann."

Jessica schüttelte den Kopf. „Nikolas, sei nicht so töricht! Du solltest wissen …"

„Nein." Er hielt sie an den Schultern und schüttelte sie.

Jessica wich zurück. „Also gut, dann steck doch deinen Kopf ruhig in den Sand. Mir ist es gleich, was du machst."

Er sah sie einen Moment verwundert an, dann lachte er. „Das ist dir nicht gleich. Du gestehst es dir nur nicht ein. Du bist nicht nur ängstlich, sondern auch stur. Ein paar Nächte mit mir zusammen würden dich völlig verändern."

Jessica ging zur Tür und öffnete sie. „Du bist nicht nur töricht, Nikolas, sondern auch arrogant."

Als sie sich wieder unter die Gäste mischte, sah sie die wissenden Blicke einiger Leute auf sich gerichtet. Diana warf ihr einen wütenden Blick zu und wandte sich abrupt ab.

Jessica fragte sich, ob zwischen Nikolas und Diana eine engere Beziehung bestand. Sie hoffte, dass es nicht so war. Aber ihr Gefühl sagte ihr, dass sie sich darin täuschte.

Seit diesem Abend bestimmte Nikolas Jessicas Leben vollkommen. Fast jeden Abend nahm er sie auf eine Party oder irgendein Treffen mit oder ging mit ihr in den exklusivsten Restaurants essen.

Es blieb ihr wenig Zeit, sich mit Sallie zu treffen. Doch die freute sich darüber, dass ihre Freundin immer öfter ausging und keine bösartigen Artikel mehr in der Zeitung erschienen.

Amanda Waring erwähnte Jessica in mehreren Artikeln. Sie deutete zwar an, dass der verlängerte Aufenthalt des griechischen Milliardärs Nikolas Constantinos in London auf Mrs. Stantons Charme zurückzuführen sei, erwähnte aber die Schwarze Witwe mit keinem Wort mehr.

Selbst Charles war hocherfreut über Nikolas' Verbindung zu Jessica, eine Ansicht, die ihr überhaupt nicht gefiel. Es war, als hätte sie ein Freund, dem sie vertraute, in die Höhle des Löwen geworfen. Natürlich wusste Charles, was Nikolas von ihr wollte. Schließlich war er auch ein Mann. Und es hatte immer mehr den Anschein, als neigte Charles dazu, Nikolas' Meinung in allen Angelegenheiten zu folgen, die ihre Finanzen betrafen.

So war Jessica bitter enttäuscht, wenn auch nicht überrascht, als Charles, kurz nachdem Nikolas ihre Geschäftsangelegenheiten übernommen hatte, mit einem Vertrag ankam, den sie unterzeichnen sollte.

Charles behauptete zwar zunächst, es ginge nur um unbedeutende Vorgänge, aber als Jessica die Papiere durchlas, erkannte sie, dass sich inmitten tatsächlich unbedeutender Angelegenheiten ein Dokument befand, bei dem es um den Verkauf der ConTech-Aktien zu einem gigantisch überhöhten Preis ging.

Sie nahm den Vertrag heraus und legte ihn beiseite. „Das unterschreibe ich nicht", erklärte sie Charles ruhig.

Er fragte erst gar nicht, um welches Dokument es sich handelte. „Ich hatte gehofft, du würdest es nicht bemerken", gab er unumwunden zu. „Jessica, versuch nicht, dich gegen ihn zu stellen. Er möchte, dass du das Geld bekommst. Also nimm es."

„Ich lasse mich nicht kaufen. Und genau das versucht er. Wie ich dich kenne, machst du dir auch keine falschen Vorstellungen von dem, was er vorhat, nicht wahr?"

Charles starrte auf seine Schuhspitzen. „Ich mache mir überhaupt keine Vorstellungen in dieser Sache", brummte er. „Aber ich bin Realist. Ganz gleich, ob die Sache gut oder schlecht ist, versuche nicht, Constantinos zu übertrumpfen, sondern unterschreibe die Papiere, meine Liebe. Wecke keine schlafenden Tiger."

„Keine Sorge, der schläft nicht. Er liegt auf der Lauer und wartet." Jessica schüttelte entschlossen den Kopf. „Nein, ich unterschreibe das nicht. Lieber verkaufe ich die Aktien an einen Dritten."

„Er möchte aber nicht, dass die Aktien in andere Hände geraten", warnte Charles eindringlich.

„Dann muss er sie zum einfachen Nennwert kaufen." Jessica lächelte zufrieden. In dieser Angelegenheit war sie Nikolas überlegen. Warum hatte sie nicht schon früher daran gedacht, die Aktien an Dritte zu verkaufen?

Charles verließ das Haus mit dem nicht unterschriebenen Vertrag, und Jessica wusste, dass er Nikolas augenblicklich informieren würde. Sie war an diesem Abend mit Nikolas verabredet. Er wollte sich beim Abendessen mit einigen seiner Geschäftspartner treffen. Einen Augenblick dachte sie daran, einfach die Stadt zu verlassen, um einer Auseinandersetzung mit Nikolas zu entgehen. Aber sie verwarf die Idee kurzerhand als kindisch, denn damit schob sie die Auseinandersetzung nur auf.

Also duschte sie und suchte sorgfältig ein Kleid aus, das nicht zuviel von ihrem Körper preisgab. Und doch war das unauffällige schwarze Kleid auf eine Art provozierend, denn als sie sich im Spiegel betrachtete, musste sie unwillkürlich an ihren Ruf als Schwarze Witwe denken. Es war nicht ausgeschlossen, dass auch andere sich daran erinnert fühlten.

Wie Jessica erwartet hatte, kam Nikolas etwa eine halbe Stunde zu früh. Sie öffnete ihm die Tür und erwartete ein Donnerwetter. Aber er trat ein, betrachtete sie von oben bis unten und lächelte sie aus seinen schwarzen Augen freudig an.

Kaum hatte sich die Tür hinter ihm geschlossen, griff er nach ihrer Hand und zog Jessica fest an sich. „Warum?", fragte er zischelnd und beugte den Kopf vor.

„Ich habe meinen Stolz, Nikolas. Ich möchte nicht gekauft werden."

„Das versuche ich auch gar nicht", entgegnete er schroff und küsste sie auf den Mund. „Ich möchte dich nur schützen. Du sollst nie wieder in die Lage kommen, deinen Körper verkaufen zu müssen, auch nicht durch eine Heirat."

„Du willst wohl sagen, dass du sichergehen möchtest, der einzige Käufer zu sein", erwiderte sie aufgebracht.

„Ich hatte es nie nötig, eine Frau zu kaufen. Und wenn wir uns lieben, dann hat das mit Geld nichts zu tun."

Jessica drehte den Kopf zur Seite und rang nach Luft. „Du tust mir weh!“ Er lockerte sofort seinen Griff. Jessica lehnte den Kopf an seine Brust und atmete tief durch. Wie konnte sie ihm ihren Standpunkt deutlich machen?

Nikolas ließ sie los und zog ein Papier aus seiner Jackentasche. Er entfaltete es, legte es auf den Tisch und reichte ihr einen Füller. „Unterzeichne!“

Jessica versteckte die Hände hinter dem Rücken. „Nur zum Nennwert.“ Sie sah ihn gelassen an. Dann spielte sie ihren letzten Trumpf aus. „Ansonsten wird sich ganz sicher ein anderer Käufer finden lassen.“

„Davon bin ich überzeugt“, stimmte er zu. „Aber du würdest es später bereuen. Warum bist du in Geldangelegenheiten nur so stur? Der Preis für die Aktien hat keinerlei Einfluss auf unsere Beziehung.“

„Warum lässt du mich nicht einfach in Ruhe? Ich möchte nichts von dir, weder dein Geld noch deinen Schutz, nicht einmal dich selbst.“

„Mach dir nichts vor!“, sagte er barsch und legte die Arme um sie. Dann berührten sich ihre Lippen. Jessica schloss die Augen. Nikolas glitt mit der Hand unter das Kleid und strich sanft über ihre Brüste. Sie stöhnte leise unter seinen Zärtlichkeiten und schlang die Arme um seinen Hals.

Nikolas bückte sich und legte einen Arm unter ihre Knie, dann hob er sie hoch, trug sie zum Sofa und legte sich neben sie. Jessica strich mit den Händen durch sein Haar. Sie sehnte sich so sehr nach ihm.

Er bedeckte sie mit seinem Körper, und Jessica öffnete die Augen, um ihn anzuschauen. Aber sie sah ihn nur wie durch einen Nebel aus Leidenschaft und Verlangen. Nichts zählte mehr in diesem Augenblick, solange er sie küsste. Sie wollte mehr erfahren, mehr von ihm haben und sich ganz den wundervollen Gefühlen hingeben, die er in ihr weckte.

Nikolas presste sich fest an sie und ließ sie spüren, wie erregt er war. „Lass mich heute Nacht bei dir bleiben“, flüsterte er in ihr Ohr. „Du möchtest es doch genauso wie ich. Hab keine Angst, Liebes. Ich werde gut auf dich acht geben. Lass mich hier bleiben“, wiederholte er drängend.

Jessica schloss die Augen. Ja, sie sehnte sich nach ihm. Aber sie konnte nicht mit ihm schlafen, solange er seine Meinung über sie nicht änderte. Sie wandte den Kopf ab.

Wenn sie mit ihm schlief, dann erfuhr er, dass seine Anschuldigungen falsch waren. Aber er hatte nicht mehr zu bieten als physische Befriedigung und materiellen Gewinn. Sie dagegen bot ihm ihr Herz an, das so viel gelitten hatte und sich so sehr nach ihm sehnte. Ja, sie liebte ihn. Liebe aber konnte er ihr nicht bieten.

Er schüttelte sie sanft und wiederholte seine Frage. „Darf ich bleiben, Liebes?“

„Nein.“ Sie hatte sich zu dieser Antwort durchgerungen, obwohl sie nicht wusste, wie heftig er mit seinem ungestümen Temperament darauf reagierte. „Nein, Nikolas. Nicht…nicht jetzt. Ich bin noch nicht soweit – bitte!“

Er atmete tief durch und strich zärtlich durch ihr Haar. „Du musst keine Angst haben, glaub mir. Vertrau mir. Aber ich kann nicht mehr so lange warten. Es muss bald sein. Lass mich dir zeigen, was es heißt, meine Frau zu sein.“

Das weiß ich bereits, dachte sie verzweifelt. Der Gedanke, von ihm geliebt zu werden, versprach wundervolle, leidenschaftliche Gefühle. Aber seine verlangende Art barg auch die Gefahr, jede Selbstkontrolle zu verlieren und ihm hilflos ausgeliefert zu sein. Und was geschah, wenn er sein Ziel erreicht hatte und sich von ihr abwandte?

Aber wie lange kannst du ihn noch aufhalten?, fragte sie sich. Es war trostlos, denn mit jedem neuen Tag wurde auch ihr Verlangen nach ihm stärker und stärker.

5. KAPITEL

Jessica betrat das Gebäude der ConTech. Sie bemühte sich, ihr Temperament zu zügeln, bis sie auf Nikolas traf. Warte nur, bis ich dich sehe, dachte sie wütend.

„Guten Tag, Mrs. Stanton", wurde sie an der Rezeption freundlich empfangen, und sie grüßte zurück. In wenigen Wochen hatte sich viel verändert. Die Leute schenkten ihr jeweils ein Lächeln, und jeder, der mit ConTech zu tun hatte, behandelte sie ausgesprochen höflich.

Als sie den Fahrstuhl verließ, kam ihr geradewegs Diana Murray aus Nikolas' Büro entgegen. Diana blieb stehen und wartete, bis Jessica bei ihr war.

„Nikolas ist heute Nachmittag aber sehr beschäftigt", säuselte sie und warf Jessica einen herausfordernden Blick zu.

„Ach, ist er das?", entgegnete Jessica schulterzuckend. „Das stört nicht im Geringsten. Er wird mich dennoch sehen wollen."

„Dessen bin ich mir ganz sicher. Aber gönnen Sie ihm noch eine Minute. Er muss sich erst wieder ein wenig abkühlen. Sie wissen ja, wie stürmisch er ist", fügte sie lächelnd hinzu und ging zum Fahrstuhl.

Wahrscheinlich finden die Männer Diana unwiderstehlich, dachte Jessica verärgert. Wenn Nikolas Constantinos nicht sehr behutsam vorging, dann würde ein heftiger Sturm über seinen arroganten Kopf hinwegfegen.

Sie öffnete die Bürotür und traf zunächst auf einen sich wie gewohnt distanziert gebenden Andros, der gerade die Post bearbeitete.

„Mrs. Stanton, ich glaube nicht, dass Mr. Constantinos Sie erwartet."

„Richtig. Sagen Sie ihm bitte trotzdem, dass ich hier bin."

Andros kam ihrer Bitte nach, und kaum hatte er den Hörer aufgelegt, als ein lächelnder Nikolas die Tür öffnete.

„Hallo, Liebling! Das ist aber eine freudige Überraschung. Ich hatte dich nicht erwartet. Hast du dich entschlossen, den Vertrag zu unterschreiben?"

„Nein, das habe ich nicht", antwortete sie und wich seiner Umarmung aus. Sie öffnete die Handtasche, nahm einige Papiere heraus und übergab sie einem verdutzten Nikolas.

„Was ist das?“, fragte er und blickte ihr forschend in die Augen.

„Du wirst es mir sagen“, entgegnete sie barsch. „Ich vermute, dass du der Verantwortliche dafür bist.“

„Stimmt etwas nicht?“, fragte er, nachdem er den Text kurz überflogen hatte. „Scheint alles in Ordnung zu sein.“

„Sicher ist alles perfekt, legal und völlig in Ordnung“, erwiderte sie ungeduldig. „Aber das ist nicht das Problem, und du weißt das.“

„Was genau ist dann das Problem?“ Er setzte sich und legte ein Bein auf den Schreibtisch. „Wozu die Aufregung? Vermutlich wirst du mir erklären, was dich bei dieser Abmachung stört. Noch ist nichts unterzeichnet. Wir können Änderungen vornehmen. Du solltest deine Kopie eigentlich nicht per Post erhalten“, fügte er nachdenklich hinzu. „Es sieht so aus, als hielte sich mein Anwalt nicht exakt an meine Wünsche. Ich werde ihm das mitteilen.“

„Dein Anwalt interessiert mich nicht. Und es ist mir ganz gleich, auf welche Weise ich diese Papiere erhalten habe, denn ich werde sie nicht unterschreiben!“, erklärte sie wütend. „Du bist der arroganteste Mann, dem ich jemals begegnet bin. Ich hasse dich!“

Sein Lächeln erstarb von einer zur anderen Sekunde. Noch bevor Jessica die Tür erreichte, war er aufgesprungen und hielt sie am Arm fest.

„Lass mich gehen!“, schrie sie und wehrte sich heftig gegen seine Umklammerung. Aber Nikolas hob sie einfach hoch, ging mit ihr zu seinem Bürosessel, setzte sich und platzierte Jessica auf seinem Schoß. Dann nahm er den Hörer auf, wählte eine Nummer und sprach mit ruhiger Stimme. „Keine Anrufe mehr durchstellen, Andros. Ich möchte unter gar keinen Umständen gestört werden.“ Er legte den Hörer auf, schlang die Arme um Jessica und zog sie sanft an sich.

„Liebling“, flüsterte er, „reg dich nicht auf. Es ist doch nur ein simpler Vertrag ...“

„Die Sache ist nicht so einfach, wie du sie darstellst“, unterbrach sie ihn heftig. „Du versuchst, mich wie eine teure Hure zu behandeln. Aber das lasse ich nicht zu. Wenn du so über mich denkst, dann möchte ich dich nicht wiedersehen.“

„Du bist für mich keine Hure“, besänftigte er sie. „Du denkst, ich hätte dir Geld angeboten, um mit dir ins Bett zu gehen. Aber das war nie meine Absicht.“

„Natürlich nicht", spottete sie.

„Wirklich nicht. Ich wollte nur für dich sorgen ... das Bankkonto, das Haus. Ich weiß, das Haus gehört dir, aber du musst zugeben, dass es nicht gerade die beste Wohngegend ist."

„Aber ich bin dort glücklich. Ich habe dich nicht darum gebeten und werde es jetzt auch nicht tun. Ich möchte dein Geld nicht. Du beleidigst mich, indem du mir ein Dokument zur Unterschrift vorlegst, in dem ich versichere, dir gegenüber keinerlei Ansprüche aus deinem Vermögen für ‚erhaltene Leistungen' zu fordern."

„Ich wäre ziemlich dumm, wenn ich mein Vermögen nicht absicherte", betonte Nikolas. „Ich glaube nicht, dass du mich verklagen wirst, Liebes, aber ich muss auch an andere Leute denken. Immerhin trage ich die ganze Verantwortung. Das Wohl einer ganzen Reihe von Menschen hängt von mir ab – meine Familie, meine Angestellten. Ich kann mich auf nichts einlassen, was das Wohl dieser Leute leichtfertig aufs Spiel setzt."

„Müssen alle deine Geliebten eine Verzichtserklärung unterzeichnen?", fragte Jessica und wischte sich verärgert eine Träne von der Wange. „Hast du dafür vielleicht sogar Formblätter, bei denen nur noch der Name und das Datum eingetragen werden müssen? Wie viele Frauen wohnen in Apartments oder Häusern, die du so großzügig bereitgestellt hast?"

„Keine!", antwortete er barsch. „Glaubst du im Ernst, ich hätte dich als meine Geliebte auserkoren? Bist du deshalb so verärgert, weil ich klargestellt habe, dass du kein Geld von mir verlangen kannst, es sei denn, ich gebe es dir freiwillig?"

Nikolas beging einen Fehler, als er Jessicas Arm losließ, denn sie begann sofort, heftig mit den Fäusten auf ihn einzutrommeln. Sie schrie, und Tränen liefen ihr über die Wangen, obwohl sie alles versuchte, sie zurückzuhalten. Aber ihre Bemühungen, sich von ihm zu lösen, endeten wie alle anderen Versuche zuvor: Er hielt sie fest, bis sie außer Atem und erschöpft war. Schließlich gab sie auf und lehnte das Gesicht an seine Schulter.

„Jessica!"

„Es ... es tut mir leid", sagte sie schluchzend.

„Ich weiß nicht, was ich sagen soll", flüsterte er. „Ich möchte, dass du mir vertraust, und mache dir immer wieder Angst."

„Sag jetzt nichts. Lassen wir das Thema. Ich werde nicht unterschreiben – basta!“

„Ich wollte dich nicht beleidigen, doch es war juristisch notwendig.“

„Aber ich bin nicht deine Geliebte“, ließ sie ihn wissen. „Es besteht also kein Grund für ein derartiges Dokument.“

„Noch nicht“, stimmte er zu. „Wie ich schon sagte, hat sich mein Anwalt geirrt.“ Sein Tonfall verriet nichts Gutes für den armen Anwalt, aber Jessica war diesem Unbekannten sehr dankbar. Immerhin wusste sie nun, was Nikolas dachte, und sie wünschte sich, diese schmerzliche Wahrheit wäre nur ein Traum.

„Vielleicht ist es besser, wenn wir uns nicht mehr sehen, Nikolas.“

„Ich werde dich nicht gehen lassen. Ich verspreche dir, mich in Zukunft zu beherrschen. Lass uns das alles erst einmal vergessen.“

Jessica hob den Kopf und sah Nikolas verbittert an. Dachte er wirklich, sie könnte vergessen, dass er sie für eine käufliche Frau gehalten hatte? Dieses Wissen hatte sich tief in ihr Herz gebohrt. Aber ebenso quälend war die Gewissheit, dass sie ihn gar nicht aus ihrem Leben vertreiben wollte. Der Gedanke, ihn nie wieder sehen zu können, gab ihr ein Gefühl der Trostlosigkeit und Leere. Sie wusste, dass sie ihr seelisches Gleichgewicht aufs Spiel setzte, aber sie brauchte ihn wie die Luft zum Atmen.

Mehrere Wochen vergingen, in denen sich Nikolas sehr viel zurückhaltender verhielt. Er bestand darauf, dass Jessica ihn bei Einladungen begleitete, und sie war die Gastgeberin, wenn er Gäste zu sich einlud.

Sie fühlte sich angespannt. Wieder einmal waren Gäste zu einer Party geladen worden, und Jessica floh aus der unerträglich qualmigen Raucherluft hinaus in den dunklen Garten, um etwas frische Luft zu inhalieren.

In den Wochen, die sie Nikolas inzwischen kannte, hatte sie gelernt, sich in Gesellschaft locker zu geben, aber hin und wieder verspürte sie das Bedürfnis, allein zu sein. Nikolas hatte die Energie eines Vulkans, der seine Umgebung ständig mit einem Feuerwerk von Anordnungen zudeckte und alle unter seinem Einfluss begrub. Sie wusste nicht, wo er sich zurzeit aufhielt, aber sie nutzte seine Abwesenheit, um die Stille des Gartens zu genießen.

Kurz bevor sie zu dieser Party aufgebrochen waren, hatten sie eine hitzige Auseinandersetzung über den Verkauf der Aktien gehabt, die erste seit der unangenehmen Szene im Büro. Nikolas war nicht bereit gewesen, ihr auch nur einen Schritt entgegenzukommen. Schließlich hatte sie von seinen Anschuldigungen und Wutausbrüchen genug gehabt. Sie hatte den Vertrag genommen, ihn unterschrieben und Nikolas wütend vor die Füße geworfen.

„Da hast du ihn!", hatte sie ihn angeschrien.

Er hatte das Papier aufgehoben, zusammengefaltet, in seine Jackentasche gesteckt und Jessica triumphierend angesehen. In diesem Augenblick wusste sie, dass sie einen Fehler gemacht hatte. Aber da war es zu spät, noch etwas zu ändern.

Jessica schlenderte über den weißen Kiesweg. Sie hätte diesen Vertrag niemals unterschrieben dürfen. Sie hatte aus einer Laune heraus seinem massiven Druck nachgegeben und damit nur das Bild einer käuflichen Verführerin, das er von ihr hatte, bestärkt.

Gedankenverloren ging sie den Weg entlang, als sie plötzlich Stimmen hörte. Sie blieb stehen und erkannte ganz in der Nähe die dunklen Umrisse eines Pärchens, das sich umarmte.

„Nikolas! Ah, mein Liebster ..."

Jessica stand da wie betäubt. Nikolas? Ihr Nikolas? Sie konnte es kaum glauben. Sie warf erneut einen Blick auf das Paar. Diana ... Das war mit Sicherheit Diana. Jessica hatte sie an der Stimme erkannt. Und Nikolas? Sie war sich nicht sicher.

„Was ist los, Diana?", hörte sie ihn reden. „Kümmert sich niemand um eine so hübsche Frau wie dich?"

„Nein, niemand", flüsterte sie. „Ich habe auf dich gewartet."

„Warst du so sicher, dass ich zurückkommen würde?"

Jessica wandte sich ab. Sie wollte nicht mit ansehen, wie er diese Frau erneut küsste. Es tat weh genug, feststellen zu müssen, dass es tatsächlich Nikolas war, der Diana so leidenschaftlich umarmte. Sie entschloss sich, ins Haus zu gehen und sich unter die Leute zu mischen. Hinter sich hörte sie noch, wie Nikolas ihren Namen rief, aber sie ließ sich nicht aufhalten.

Sie füllte sich ein Glas Weißwein ein und durchquerte damit lächelnd den großen Raum. Geflissentlich wich sie allen Gesprächen aus. Sie konnte in dieser Situation mit niemandem reden. Sie wollte nur den

Wein trinken und versuchen, mit dieser schmerzlichen Erfahrung fertig zu werden. Wie sollte sie aber die Party verlassen? War sie stark genug, mit Nikolas zusammen zu gehen, oder sollte sie sich ein Taxi rufen? Für die Antwort blieb ihr noch Zeit. Daran konnte sie später denken, wenn sie genug Wein getrunken hatte, um ihre Gefühle zu betäuben.

Aus den Augenwinkeln sah sie Nikolas auf sich zukommen. Sofort wandte sie sich einem Paar zu, mit dem sie fast zusammengestoßen war, und verwickelte es in ein Gespräch. Doch plötzlich spürte sie eine starke Hand auf ihrem Arm.

„Jessica, Liebes, ich habe dich bereits überall gesucht. Ich muss mit dir reden ... Hallo, Glenna, Clark ... wie geht es den Kindern?"

Glenna erzählte freudig von ihren beiden Söhnen, die Nikolas offenbar persönlich kannte. Während der Unterhaltung hielt er Jessicas Arm fest, und als sie versuchte, ihm zu entwischen, verstärkte er noch den Druck. Dann führte er sie von Glenna und Clark weg und lockerte den Griff ein wenig.

„Du tust mir weh", beschwerte sich Jessica, während sie durch die lachende und plaudernde Menge gingen.

„Sei ruhig!", herrschte er sie an. „Wenigstens bis wir allein sind. Ich glaube, im Arbeitszimmer ist niemand. Dort können wir hingehen."

Als sie im Zimmer waren, schloss er die Tür hinter sich zu.

Jessica sah ihn herausfordernd an. „Nun? Was willst du?"

„Es erstaunt mich immer wieder, dass du wie eine Königin aussiehst, wenn du deinen Kopf so hoch trägst."

„Hast du mich in diesen Raum gebracht, um mir das zu sagen?", fragte sie kühl.

„Unsinn! Jessica, was du eben gesehen hast ... es ist nichts Ernstes."

„Das spielt für mich keine Rolle, da wir ebenfalls keine ernsthafte Beziehung haben. Du bist mir also keine Erklärung schuldig, Nikolas. Ich habe auf dich keinen Anspruch. Betreibe deine kleinen Affären ganz nach Belieben. Es stört mich nicht."

Fast im selben Moment begriff Jessica, dass sie zu weit gegangen war. Nikolas ging wütend auf sie zu, fasste sie bei den Schultern und schüttelte sie heftig. Dann hob er sie hoch, trug sie zum Sofa und legte sich auf sie.

„Verdammt, Jessica, du hast mich völlig verwirrt. Ich träume jede Nacht von dir, und du sagst, es sei dir ganz gleich, was ich mache? Ich werde diese Mauer, die du um dich errichtet hast, durchbrechen …"

Er zog die Träger ihres Kleides über die Schultern und enthüllte ihre schönen Brüste. Begierig bedeckte er sie mit Küssen.

Jessica stöhnte leise. Sie kämpfte gegen das heftige Verlangen an, das seine ungestümen Zärtlichkeiten in ihr weckten. Immer wieder musste sie daran denken, dass sie in seinen Augen nur eine Hure war. Der Gedanke daran, dass er sich in Dianas Arme geflüchtet hatte, trieb ihr die Tränen in die Augen.

Nikolas beachtete ihre hilflosen Befreiungsversuche nicht. Erst als er den Kopf hob und ihr tränenüberströmtes Gesicht sah, ließ er von ihr ab.

„Jessica, weine nicht", sagte er heiser. „Ich werde dir nicht weh tun."

Er hatte nichts verstanden. Sie war bereits verletzt. Es war, als hätte er ihr das Herz herausgerissen. Sie blickte zur Seite und biss sich auf die Lippen, unfähig, auch nur ein Wort zu erwidern.

Er setzte sich auf und nahm ein Taschentuch, um ihre Tränen abzuwischen. „Ich habe nicht vor, dich das erste Mal auf einem Sofa in einem fremden Haus zu lieben. Ich möchte mit dir in ein Bett gehen, in dem ich dir stundenlang zeigen darf, wie schön es zwischen Mann und Frau sein kann."

„Mit jeder Frau", warf sie in Anspielung auf Diana verbittert ein.

„Nein. Denk nicht an sie! Sie bedeutet mir nichts. Sie lässt mich kalt. Es war dumm von mir … Es tut mir leid, Liebling."

„Ach, wirklich?" Sie sah ihn zweifelnd an. „Du hast auf mich keinesfalls einen kühlen Eindruck gemacht."

Er legte das Taschentuch beiseite, umfasste ihr Kinn und zwang sie, ihn anzuschauen. „Habe ich gehandelt wie jemand, der von blinder Leidenschaft fortgerissen wird? Habe ich sie so geküsst wie dich oder ihr zärtliche Worte zugeflüstert?"

„Ja, du hast sie … Nein." Sie brach völlig verwirrt ab. „Du sagtest, sie sei hübsch, aber du hast nicht …"

„Ich habe nicht Liebling zu ihr gesagt, wie zu dir, oder? Ein Kuss, Jessica, ein einziger Kuss. Und dieser eine Kuss reichte, um mir zu zeigen, dass sie nicht die Glut löschen kann, die du in mir entfacht hast. Willst du mir diesen einen Kuss nicht verzeihen?"

„Würdest du es mir verzeihen?", platzte sie wütend heraus und versuchte, den Kopf zur Seite zu drehen. Aber er hielt sie fest.

„Ich würde jedem Mann die Knochen brechen, der so dreist wäre, dich anzufassen. Vermutlich würde ich die Beherrschung verlieren, wenn ich zusehen müsste, dass ein anderer Mann dich küsst. Aber ich würde dich deshalb nie verlassen."

Jessica schloss die Augen. „Und ich kann mich ebenso wenig beherrschen, Nikolas. Es ist für mich unerträglich zu sehen, wie du eine andere Frau begehrst."

„Jessica!"

Es war ihr erstes Eingeständnis, dass er ihr nicht gleichgültig war. Auch wenn sie in den vergangenen Wochen einander nahe waren, so hatte sie bisher immer dem Wunsch widerstanden, ihm das zu sagen. Aber sie konnte es nicht länger für sich behalten.

„Jessica, sieh mich bitte an! Sieh mich an!" Er rüttelte sie, bis sie ihm schließlich in die Augen sah. „Sag es mir!", flüsterte er zärtlich und küsste sie auf den Mund.

Sie legte die Arme um seine Schultern und presste ihn voller Begierde an sich. „Ich liebe dich", stöhnte sie leise. „Ich habe versucht, mich dagegen zu wehren, aber es ging nicht."

„Du gehörst zu mir", flüsterte er und bedeckte ihr Gesicht mit Küssen. „Ich lasse dich nie wieder gehen. Ich bete dich an. Seit Wochen sehne ich mich wahnsinnig nach dir, doch ich hatte Angst, dich zu vergraulen. Aber ab sofort wirst du meine Frau sein." Er lächelte und half ihr, das Kleid anzuziehen. „Lass uns sofort gehen", sagte er mit rauer Stimme. „Ich sehne mich so nach dir."

Sie schmiegte den Kopf an seine Schulter. Es war an der Zeit, allen Mut zusammenzunehmen und ihm zu erzählen, dass sie noch nie mit einem Mann geschlafen hatte. Aber er legte einen Finger auf ihre Lippen. „Sag jetzt nichts", bat er. „Wir werden durch den Hinterausgang verschwinden. Warte hier, während ich uns bei unseren Gastgebern entschuldige. Ich bin gleich zurück."

Als er gegangen war, richtete sich Jessica auf und versuchte, einen klaren Gedanken zu fassen. Sie hatte sich immer vorgestellt, nach einer Liebeserklärung gemeinsame Pläne für die Zukunft zu schmieden, aber Nikolas schien nur einen einzigen Plan zu verfolgen: Mit ihr ins Bett zu gehen.

Als er zurückkam, verließen sie das Haus durch die Hintertür und gingen zum Wagen, der in einer ruhigen Seitenstraße parkte.

London bei Nacht war ein wundervolles Erlebnis. Und in dieser Nacht schien ihr die Gegend um das Themseufer von einem besonderen Reiz zu sein. Sie saß schweigend neben Nikolas und fuhr mit ihm durch die hell erleuchtete City.

Er fuhr sie nicht, wie sie erwartet hatte, nach Hause, sondern zu seinem Penthouse. Als sie mit dem Fahrstuhl oben ankamen und die Türen auseinanderglitten, nahm er Jessica bei der Hand und führte sie durch den dämmrigen Flur zu seiner Wohnungstür. Er schloss auf und ließ sie eintreten. Dann schaltete er das Licht an und ging zum Telefon, um sich zu vergewissern, dass der Anrufbeantworter eingeschaltet war.

„Ich möchte heute Nacht nicht gestört werden", erklärte er und schaute Jessica aus leuchtenden Augen an. „Möchtest du einen Drink?", fragte er und küsste ihre Stirn.

„Nein, nichts."

„Ich auch nicht. Kein Alkohol heute Abend."

Jessica verfolgte mit klopfendem Herzen, wie Nikolas seine Jacke auszog und über einen Stuhl hängte. Dann die Krawatte und die seidene Weste abstreifte. Schließlich hob er Jessica hoch und trug sie durch den Flur in sein Schlafzimmer. Er blieb vor dem riesigen Bett stehen.

„Warte, Nikolas, ich muss dir unbedingt sagen, dass ich …"

„Ich kann nicht mehr warten", unterbrach er sie atemlos. „Ich muss mit dir zusammen sein, Liebling. Vertrau mir, ich werde dich vergessen machen, dass andere Männer dir weh getan haben."

Sein Mund erstickte jede Möglichkeit, etwas zu erwidern. Zärtlich strich er mit den Händen über ihren Körper. Mit zitternden Händen begann er, ihr Kleid zu öffnen, und ließ es schließlich zu Boden gleiten. Dann schmiegte er sich eng an sie und flüsterte ihr liebevolle Worte auf Französisch und Griechisch zu. Langsam und behutsam zog er ihr den Unterrock aus und ließ ihn achtlos zu Boden fallen.

Wir lieben uns. Es ist richtig, was ich tue, dachte sie und knöpfte sein Seidenhemd auf. Sie bedeckte seine Brust mit Küssen. Noch nie zuvor hatte sie ihn so offen ihre Zuneigung spüren lassen. Jetzt aber tat sie es und streichelte sanft seinen Oberkörper. Schließlich begann sie, den Gürtel seiner Hose zu lösen.

„Liebling", flüsterte er und legte eine Hand auf ihre heftig zitternden Hände. Da sie viel zu aufgeregt war, um den Gürtel zu öffnen, half er ihr ungeduldig und zog die Hose aus.

„Ich liebe dich, Nikolas", stöhnte sie leise beim Anblick seines muskulösen Körpers.

Er hob sie hoch und legte sie auf das Bett. Leidenschaftlich erforschte er ihren Körper und trieb sie in eine immer heftiger werdende Erregung. Jessica drängte sich ihm verlangend entgegen. Sie wollte ihn ganz spüren.

„Nikolas, mein Liebling", sagte sie heiser und drehte den Kopf von einer Seite zur anderen. „Ich wusste gar nicht … Liebling, bitte! Es muss wundervoll sein, deine Frau zu sein." Sie streichelte seinen Rücken. „Nikolas … Nikolas!"

Plötzlich erstarrte er und wich zurück. Er stützte sich auf den Ellbogen und sah sie fragend an. Er schwieg einen Augenblick, dann machte er eine heftige, abwehrende Bewegung mit der Hand. „Was heißt ‚meine Frau'? Ich habe nie etwas von Heiraten erwähnt, Jessica. Mach dir nichts vor. So dumm bin ich nun auch wieder nicht."

Sie sah ihn fassungslos an. Nein, er war nicht dumm, da hatte er recht. Sie war die Dumme. Es fiel ihr schwer, gegen aufkommende Übelkeit anzukämpfen. Aber als sie sprach, klang ihre Stimme fast gleichgültig.

„Merkwürdig. Ich dachte immer, heiraten sei eine ganz natürliche Folge für Menschen, die sich lieben. Aber dann hast du in Wirklichkeit nie gesagt, dass du mich liebst, Nikolas?"

Er stand auf und ging zum Fenster. „Ich habe dich nie belogen, Jessica. Ich sehne mich nach dir, wie ich mich noch nie zuvor nach einer Frau gesehnt habe. Aber du bist nicht die Art Frau, die ich heiraten würde."

Jessica hätte am liebsten laut geschrien. Sie setzte sich auf und deckte sich mit dem Betttuch zu. „So? Welche Art von Frau bin ich denn?"

Er zuckte mit seinen breiten Schultern. „Das ist doch ganz klar. Dass Robert Stanton dich geheiratet hat, heißt doch nicht, dass du dich nicht an ihn verkauft hast. Und was ist mit all den anderen? Die zählen wohl nicht. Du hast eine Reihe unangenehmer Erfahrungen gemacht, die dazu geführt haben, dass du nichts für Männer übrig hast. Ich wollte dir meine ganze Aufmerksamkeit zukommen lassen, aber ich habe nie daran gedacht, dich zu meiner Ehefrau zu machen. Meine Mutter wäre beleidigt, wenn ich dich ihr als meine Frau vorstellen würde."

„Welche Art Frau möchtest du deiner Mutter denn präsentieren?", erwiderte sie stolz. „Eine Nonne?"

„Lass diese Bösartigkeiten!", warnte er. „Aber um deine Frage zu beantworten, so wird die Frau, die ich heirate, unberührt sein, eine Frau mit Charakter und Anstand. Ich gebe zu, dass du Charakter hast. Aber was Anstand und Moral betrifft, so zeichnest du dich durch einen Mangel an beidem aus."

„Und wo möchtest du deine Musterjungfrau finden?", stichelte sie.

„Ich habe sie bereits gefunden", antwortete er spontan. „Ich habe mir vorgenommen, die Tochter eines alten Freundes der Familie zu heiraten. Elena ist erst neunzehn, und sie geht in eine Klosterschule. Ich warte, bis sie alt genug ist, um sich mit mir zu verloben."

„Liebst du sie denn, Nikolas?"

„Ich mag sie. Das mit der Liebe kommt später. Sie wird eine folgsame, liebende Ehefrau werden, eine Frau, auf die ich stolz sein kann, und eine gute Mutter für meine Kinder."

„Und du kannst sie mit zu deiner Mami nehmen!", stichelte Jessica weiter.

Er drehte sich wütend um. „Mach dich nicht über meine Mutter lustig. Sie ist eine wunderbare, tapfere Frau. Sie kannte übrigens deinen Ehemann. Überrascht dich das? Sie war entsetzt über diese Heirat, wie die meisten Leute. Ihre Freunde hier in London schrieben ihr über dich. Und das hat die Sorge um ihren alten Freund nicht kleiner werden lassen. Soll ich sie jetzt beleidigen, indem ich mit dir im Schlepptau zu ihr gehe und sage: ‚Maman, erinnerst du dich an die Goldgräberin, die sich den Schatz Robert Stanton schnappte und ihm die letzten Jahre seines Lebens verdarb? Ich habe sie soeben geheiratet'. Bist du wirklich so naiv, das zu denken, Jessica?"

Sie warf die Bettdecke beiseite und stand auf. „Mit einem hast du sicher recht. Ich bin nicht die Frau, die du verdienst."

Er sah schweigend zu, wie sie sich anzog.

„Auf Wiedersehen, Nikolas", sagte sie und schlüpfte schnell in die Schuhe. „Das war eine sehr interessante Erfahrung für mich."

„Sei nicht voreilig", spottete er. „Ehe du diese Wohnung verlässt, solltest du bedenken, dass du mehr Vorteile hast, meine Geliebte zu sein, als du jemals als Ehefrau von Robert Stanton hattest. Ich bin nicht kleinlich, wenn es um Geld geht."

„Nein, vielen Dank", erwiderte sie gleichgültig und öffnete die Tür. „Ich werde auf ein besseres Angebot eines anderen Mannes warten. Bemühe dich nicht, ich finde allein hinaus, Nikolas Constantinos. Du bist dafür nicht passend gekleidet."

Er lachte und hob herausfordernd den Kopf. „Ruf mich an, wenn du es dir anders überlegt hast."

Jessica ging, ohne sich noch einmal umzusehen.

Am nächsten Morgen rief Jessica Charles an, um ihm mitzuteilen, dass sie die Stadt für einige Wochen verlassen wolle.

Sie konnte es in London nicht mehr aushalten. Sie wollte erst zurückkommen, wenn Nikolas die Stadt verlassen hatte und auf seine Insel geflogen war.

„Ich fahre aufs Land nach Cornwall", erzählte sie Charles. „Und sag Nikolas nicht, wo ich bin. Solltest du mir in den Rücken fallen, Charles, so schwöre ich dir, dass ich kein Wort mehr mit dir reden werde."

„Ihr hattet wohl einen kleinen Wortwechsel?", fragte er amüsiert.

„Nein, unsere Wege haben sich ganz schlicht getrennt. Er nannte mich eine Hure und ließ mich wissen, dass ich nicht gut genug für ihn sei, um seine Frau zu werden. Da bin ich gegangen", erklärte sie.

„Du meine Güte! Und wie geht es dir jetzt? Gönn dir bloß Zeit, um zur Ruhe zu kommen!"

„Ich bin die Ruhe in Person", erwiderte sie wahrheitsgemäß. „Ich brauche Ferien, und die gönne ich mir jetzt. Mach dir also keine Sorgen, Charles. Ich nehme Samantha und ihre Jungen mit."

Nachdem sie den Hörer aufgelegt hatte, versicherte sie sich, dass sie alle Geräte im Haus abgestellt hatte, nahm ihre Tasche, verließ das Haus und schloss die Haustür sorgfältig ab. Das Gepäck und die Hunde waren bereits im Wagen.

Der Aufenthalt in Cornwall wird dir sicherlich guttun, sagte sie sich. Das ist genau das, was du brauchst, und vor allem ist es eine Chance, Nikolas Constantinos zu vergessen.

6. KAPITEL

Sechs Wochen lang studierte Jessica eifrig die Zeitungen, um einen Hinweis darauf zu erhalten, ob Nikolas nach Griechenland zurückgekehrt war. Er wurde mehrmals erwähnt, aber dabei ging es nur um Flüge zu Konferenzen. Am nächsten Tag las sie dann, dass er wieder in London war.

Warum bleibt er in England?, fragte sie sich. Sonst war er immer bei nächstbester Gelegenheit auf seine Insel zurückgekehrt. Zu Charles hatte sie keinen Kontakt, konnte von ihm also auch keine Informationen erhalten. Zwar sagte sie sich immer wieder, dass sie nichts von Nikolas wissen wollte, aber das änderte nichts an ihrem Kummer. Sie konnte kaum schlafen und aß wenig.

Sie hatte abgenommen, und ihr ohnehin schlanker Körper wirkte fast zerbrechlich. Statt dich zu erholen, bist du drauf und dran, in einem Sanatorium zu landen, sagte sie sich scherzhaft.

Auch die langen, ermüdenden Spaziergänge mit Samantha und ihrem Nachwuchs änderten nichts an den Schlafstörungen. Nach einiger Zeit hatte sie das Gefühl, immer und überall an Nikolas erinnert zu werden. Sie glaubte, seine Stimme zu hören und seinen Körper zu spüren.

Vielleicht liebte er sie nicht wirklich, dennoch wollte er mit ihr zusammen sein. Hatte er erwartet, dass sie zu ihm zurückkam? Blieb er deshalb in London?

Jessica vertrieb sich die Zeit im Landhaus, ging jeden Tag zum Strand hinunter, an dem sich die Urlauber tummelten. Die Kinder waren ganz verrückt nach den jungen Hunden. Nach und nach hatte sie sich deshalb von den fünf Welpen getrennt und sie verschiedenen Kindern anvertraut. Jetzt war ihr nur noch Samantha geblieben, und die Tage zogen sich endlos hin.

Allmählich begriff sie, dass es keinen Sinn hatte, sich hier in Cornwall zu verstecken. Sie konnte Nikolas einfach nicht vergessen. Der Wunsch, ihn zu sehen und zu spüren, verzehrte sie.

Vielleicht sollte sie zu ihm zurückgehen und in seinen Armen herausfinden, ob sie ihn überhaupt noch liebte. Wenn nicht, so blieb ihr wenigstens die Erinnerung an eine leidenschaftliche Beziehung. Und wenn sie seine Geliebte wurde, erfuhr er auch, dass sie noch nie ein Mann berührt hatte.

Wie mochte er darauf reagieren? Mit einer Entschuldigung? Sie um Vergebung bitten? Sie musste bei dem Gedanken lächeln, dass es nur eine einzige Möglichkeit gab, ihn von ihrer Unschuld zu überzeugen: Sie musste ihre Unschuld verlieren.

Also schön, sie wollte seine Bedingungen akzeptieren, ohne sich von ihm aushalten zu lassen. Ihre Unabhängigkeit und ihren Stolz wollte sie nicht aufgeben. Wenn er seine kleine Griechin heiratete, so würde sie gehen und ihn nie wiedersehen.

Mit diesem festen Vorsatz packte sie ihre Koffer, setzte Samantha in den Wagen und machte sich auf die lange Rückreise nach London.

Nach ihrer Ankunft rief sie sofort bei Charles an und versicherte ihm, dass es ihr gutging.

Am nächsten Morgen beschloss Jessica, zu Nikolas ins Büro zu gehen. Sie schminkte sich besonders sorgfältig und legte etwas mehr Rouge als sonst auf. Die Haare trug sie offen, um ihr Gesicht etwas voller wirken zu lassen. Sie zog ein weites pfirsichfarbenes Kleid an und betrachtete sich zufrieden im Spiegel.

Auf der Fahrt zu ConTech nahm sie sich vor, Nikolas nie wieder die Chance zu geben, sie zu verletzen.

Auf dem Weg zum Fahrstuhl begleiteten sie überraschte Blicke und von allen Seiten ein leises „Guten Morgen, Mrs. Stanton".

An der Rezeption wurde sie freundlich lächelnd empfangen. „Mrs. Stanton, wie schön, Sie wieder hier bei uns zu sehen!"

„Hallo, Irena, ist Nikolas heute im Büro?"

„Ja, aber ich glaube, er hat für heute Nachmittag eine Reise geplant."

„Danke. Ich werde hineingehen, wenn ich darf. Ist Andros hier?"

„Auf Posten, wie gewöhnlich", antwortete sie und rümpfte ein wenig die Nase. Jessica musste lachen. Andros hatte sich offensichtlich auch bei den Angestellten nicht unbedingt beliebt gemacht.

Sie ging in das Büro, und augenblicklich sprang Andros von seinem Sessel auf. „Mrs. Stanton!"

„Hallo, Andros. Ich möchte bitte Nikolas sehen."

„Tut mir leid, Mr. Constantinos hat gerade Besuch. Es wird eine ganze Zeit dauern."

„Und er unternimmt heute Nachmittag eine Geschäftsreise?"

„Ja, richtig." Andros lächelte sie triumphierend an.

„Gut, dann teilen Sie ihm Folgendes mit: Ich akzeptiere seine Bedingungen, falls er noch interessiert sein sollte. In diesem Fall kann er mit mir Kontakt aufnehmen. Das ist alles."

Sie machte auf dem Absatz kehrt und hörte Andros hinter sich protestieren: „Mrs. Stanton, ich kann doch nicht …"

„Sie werden es müssen", unterbrach sie ihn, öffnete die Tür und ließ einen völlig fassungslosen Andros zurück.

Jessica wartete geduldig, bis der Fahrstuhl endlich kam. Andros würde Nikolas die Nachricht in etwa zehn Minuten überbringen, vermutete sie. Nikolas unternahm dann sicher den Versuch, sie telefonisch zu erreichen, nachdem er die Zeitspanne abwartete, die sie brauchte, um nach Hause zu kommen. Wenn sie also sehr spät nach Hause kam, war es umso besser. Sollte er ruhig eine Weile warten.

Auf der Fahrt nach unten hielt der Lift fast in jedem Stockwerk, da einige Leute ein- und ausstiegen. So dauerte es eine Zeit, bis er im Erdgeschoss hielt. Sie ging auf die gläserne Eingangstür zu und wollte sie öffnen, als ihr ein hilfreicher Mann zuvorkam. Als sie sich umdrehte, um sich zu bedanken, sah sie in die schwarzen Augen von Nikolas.

„Du hast Andros so in Panik versetzt, dass er um zehn Jahre gealtert ist", sagte er leicht beschwingt, nahm ihren Arm und begleitete sie durch die Tür.

„Gut. Er hat es verdient", erwiderte Jessica und sah ihn verwundert an. „Wie bist du so schnell nach unten gekommen?"

„Über die Treppen." Er grinste sie verschmitzt an. „Ich wollte dich noch unbedingt aufhalten, um zu verhindern, dass ich dich vor meiner Abreise heute Nachmittag nicht mehr auffinden kann. Das dürfte auch der Grund gewesen sein, weshalb mir Andros deine Nachricht sofort mitteilte. Er weiß, dass ich ihm sonst das Genick gebrochen hätte."

Eine Limousine hielt vor dem Haus, und Nikolas führte Jessica zu dem Wagen. Der Fahrer stieg aus und öffnete die hintere Tür. Nikolas half Jessica beim Einsteigen und setzte sich neben sie auf den Rücksitz. Er nannte dem Fahrer eine Adresse und schloss dann wieder die Trennscheibe zum Fahrerraum.

„Ich habe mein Auto hier", erklärte Jessica.

„Es steht hier sicher, bis wir zurück sind", versicherte er und küsste zärtlich ihre Hand. „Oder glaubst du etwa, ich könnte in Ruhe auf eine Geschäftsreise gehen, nachdem ich von dir eine solche Nachricht erhalten habe? Nein, Liebling, das ist unmöglich. Ich nehme dich mit."

„Aber ich kann nicht weg, wegen Samantha ..."

„Unsinn!", unterbrach er sie. „Ich werde alles arrangieren, um deinen kleinen Hund gut unterzubringen. Du musst nur noch packen, alles andere erledige ich."

„Wohin fahren wir?"

„Nach Paris. Ein paar Tage. Diese Stadt ist wie geschaffen für den Beginn einer Beziehung. Leider werde ich sehr beschäftigt sein, aber die Nächte gehören uns. Vielleicht streiche ich auch die Termine und bleibe mit dir die ganze Zeit im Bett."

„Das ist keine sehr gute Geschäftspraxis", erwiderte sie. „Ich werde mich nicht beschweren, wenn du zu deinen Terminen gehst."

„Das ist nicht gut für mein Ego", scherzte er. „Mir wäre es angenehmer zu hören, dass du dich nach mir verzehrst, so wie ich mich nach dir. Ich hatte fast die Grenze meiner Geduld erreicht, Liebes. Noch eine Woche, und ich wäre nach Cornwall gekommen."

Sie sah ihn erstaunt an. „Du wusstest, wo ich war?"

„Natürlich. Glaubst du, ich hätte dich einfach so gehen lassen? Wenn du nicht zu mir zurückgekommen wärst, hätte ich etwas nachgeholfen."

Es war demütigend, zu wissen, dass sie nicht einmal in Cornwall seinem Einfluss entgehen konnte. Er hatte gewusst, wo sie war, und sie absichtlich schmoren lassen. Jessica wandte sich ab und schaute aus dem Fenster. Immerhin interessierte er sich noch für sie.

Nikolas küsste erneut ihre Hand. „Nimm es mir nicht übel, Liebling. Ich wusste, dass du zu mir zurückkommst. Ich kann sehr großzügig sein. Es wird dir an nichts fehlen. Ich werde dich wie eine Königin behandeln, das verspreche ich."

Jessica zog ihre Hand weg. „Es gibt noch ein paar Dinge, die ich mit dir besprechen möchte, Nikolas", erklärte sie wie beiläufig. „Es müssen einige Bedingungen erfüllt werden, sonst bin ich an einer Beziehung zu dir nicht im Geringsten interessiert."

„Natürlich", stimmte er lächelnd zu. „Wie viel? Möchtest du es in bar, Aktien oder Juwelen?"

Jessica überging sein zynisches Angebot. „Zunächst möchte ich mein Haus behalten. Ich will nicht bei dir wohnen. Du kannst mich besuchen oder ich dich, falls es dir lieber ist, aber ich möchte mein eigenes Leben leben."

„Das hast du nicht nötig."

„O doch. Ich mache mir nichts vor. Eine Beziehung mit dir wird nicht von Dauer sein, und ich möchte verhindern, eines Tages in ein Hotel ziehen zu müssen, nur weil ich mein Haus aufgegeben habe."

„Na schön, einverstanden. Aber du kannst jederzeit bei mir einziehen, wenn du es dir anders überlegt hast."

„Danke. Also weiter, Nikolas." Sie drehte sich um und schaute ihn an. „Ich werde unter gar keinen Umständen Geld oder teure Geschenke von dir annehmen. Wie du schon Amanda Waring sagtest, brauche ich dein Geld nicht. Und schließlich werde ich, sobald du mit Elena zusammenkommst, gehen und dich danach nicht mehr wiedersehen."

„Glaubst du, deine Gefühle für mich würden sich durch meine Heirat ändern?", fragte er ungerührt. „Meinst du wirklich, du könntest mich vergessen?"

„Ich sagte nicht, dass ich dich vergessen würde. Ich habe gesagt, dass ich dich nicht wiedersehen werde, und das meine ich auch so. Ich glaube an die eheliche Treue. Als ich mit Robert verheiratet war, habe ich keinen anderen Mann angesehen."

Nikolas fuhr mit der Hand nervös durch das Haar. „Und wenn ich den letzten beiden Bedingungen nicht zustimme?" Er war offensichtlich ziemlich verärgert. Aber er kniff die Lippen zusammen und versuchte sich zu beherrschen. Er sah Jessica erwartungsvoll an.

„Dann gehe ich nicht mit dir", antwortete sie freundlich. „Ich erwarte, dass du dich an die Bedingungen hältst, Nikolas."

„Also schön, ich stimme deinen Bedingungen zu", erklärte er grimmig und umfasste ihr Handgelenk. „Und was meine Heirat mit Elena betrifft, so werden wir sehen, ob du mich wirklich verlässt. Immerhin bist du aus freien Stücken zu mir zurückgekommen und hast dich mir angeboten."

„Nur meinen Körper", stellte sie klar. „Du hast diese Bedingungen geschaffen, Nikolas. Du bekommst nur meinen Körper, sonst nichts."

„Du hast doch bereits eingestanden, dass du mich liebst", entgegnete er unwirsch. „Oder hast du darauf spekuliert, dass ich dich doch noch heirate?"

Jessica zuckte gleichgültig die Schultern. „Was weißt du schon von Liebe, Nikolas? Wozu darüber reden? Ich werde mit dir schlafen. Was willst du mehr?"

Er ließ ihre Hand abrupt los. „Mach mich nicht rasend", warnte er sie. „Ich könnte dir weh tun, Jessica. Ich sehne mich nach dir, und meine Geduld ist fast erschöpft."

Jessica saß ruhig neben ihm, bis die Limousine vor ihrem Haus hielt. Sie stiegen aus, und Nikolas gab dem Chauffeur Anweisungen, sein Gepäck zu holen und wieder zurückzukommen. Dann ließ er sich von Jessica den Hausschlüssel geben und schloss die Tür auf.

„Kannst du in einer Stunde fertig sein?", fragte er und blickte auf die Uhr. „Die Maschine startet gegen Mittag."

„Ja, natürlich, aber muss ich nicht zuerst einen Flug buchen?"

„Du nimmst Andros' Platz", antwortete er. „Andros wird eine Maschine später nehmen."

„Das wird seine Meinung über mich nicht bessern", scherzte sie und ging zum Treppenhaus.

„Er wird seinen Ärger schlucken müssen. Also los. Das mit Samantha und ihren Jungen werde ich arrangieren."

„Nur Samantha", korrigierte sie ihn. „Die Jungen habe ich in Cornwall abgegeben."

„Das erleichtert die Angelegenheit." Nikolas lächelte.

Jessica ging nach oben und nahm die Koffer heraus. Sie faltete ihre Kleidungsstücke und legte sie hinein. Als sie fast fertig war, schlenderte Nikolas gemütlich ins Zimmer, legte sich so selbstverständlich auf das Bett, als wäre er hier zu Hause, und verfolgte Jessicas Aktivitäten.

„Du hast abgenommen", bemerkte er. „Das gefällt mir nicht. Was hast du gemacht?"

„Ich habe mich auf Diät gesetzt", erwiderte sie schnippisch.

„Diät? Himmel!" Er stand vom Bett auf und nahm Jessica in seine Arme. „Du ruinierst deine Gesundheit. Warum hast du nicht gegessen?"

„Ich hatte keinen Hunger", antwortete sie. „Nicht der Rede wert."

„Nein? Du siehst aus, als würdest du jeden Moment umfallen, Jessica." Er küsste sanft ihre Stirn. „Ich werde zukünftig auf dich achtgeben und dafür sorgen, dass du genug isst. Eigentlich müsstest du dich ein paar Tage erholen. Aber ich fürchte, dazu wirst du nicht kommen. Ich sehne mich nämlich sehr nach dir."

„Das würde ich auch nicht zulassen“, flüsterte sie. „Ich sehne mich auch nach dir, Nikolas.“

„Schade, dass der Wagen gleich kommt, sonst würde ich dich auf der Stelle ... Aber heute Abend. Warte bis heute Abend!“

Jessica schmiegte ihren Kopf an seine Brust. Sie war müde und deprimiert. Und sie war froh, dass er ihr die Kraft gab, sich ein wenig zu erholen.

Ein paar Stunden später saß Jessica in der Luxussuite, die Nikolas hatte reservieren lassen.

Nachdem die Maschine in Orly gelandet war, hatte er Jessica eilig durch den Zoll gelotst, ein Taxi besorgt, hatte sie nach einer halsbrecherischen Fahrt durch den Pariser Verkehr im Hotel abgesetzt und war sofort zu seiner Verabredung aufgebrochen. Jetzt saß sie genervt in ihrem Zimmer und fragte sich, was sie hier eigentlich suchte.

Sie warf einen flüchtigen Blick auf die Einrichtung. Der blassgrüne Teppich brachte den blaugrünen Brokat des Sofas, auf dem sie saß, hervorragend zur Geltung. Es war eine bezaubernde Suite, eine perfekte Kulisse für eine Verführung bei gedämpftem Licht ...

Eigentlich wollte Jessica gar nicht an Nikolas und die kommenden Stunden denken. Sie hatte zwar zugestimmt, seine Geliebte zu werden, aber jetzt, da es soweit war, fühlte sie doch einen starken Widerwillen in sich aufkommen. Du wirst niemals seine Geliebte werden, sagte sie sich und ging unruhig im Zimmer auf und ab. Wie mochte er reagieren, wenn sie sich doch noch weigerte?

Was hast du dir nur dabei gedacht?, überlegte sie. Hat Robert dir nicht mehr an Selbstachtung beigebracht? Nikolas liebt dich nicht. Sein einziges Motiv ist seine Begierde. Wenn du dich ihm hingibst, um deine Unschuld zu beweisen, kannst du nur verlieren, denn es wird ihm nichts bedeuten. Auf diese Art kannst du seine Liebe nicht gewinnen.

Sie erinnerte sich an die Geschichten, die ihr die anderen Mädchen in ihrer Teenagerzeit erzählt hatten, als sie dem Druck der Jungen nachgaben, um „ihre Liebe zu beweisen“. Nach wenigen Wochen liefen deren Freunde den anderen Mädchen nach. Sie selbst hatte sich nie auf dieses Spiel eingelassen.

War die Situation überhaupt vergleichbar? Nikolas war zwar kein

Teenager, aber er interessierte sich ebenfalls nur für Sex. Auch wenn er davon sprach, dass er sich nach ihr „sehnte“ und sie „brauchte“, und sie Liebling nannte, so lief es im Endeffekt doch darauf hinaus, dass er nur mit ihr schlafen wollte.

Es war ganz klar zu erkennen, dass sie eine Herausforderung für ihn war. Er konnte Niederlagen nicht ertragen, dazu war er zu sehr von sich eingenommen. Alles an ihr forderte ihn heraus. Vor allem aber ihre kühle Zurückhaltung und ihr Widerstand gegen seinen Wunsch, mit ihr intim zu werden.

Jessica stand am Fenster und sah hinaus auf die erleuchteten Straßen von Paris. Sie drehte sich nicht einmal um, als Nikolas das Zimmer betrat.

„Jessica, was ist los, Liebling?“

Sie hörte, wie er die Aktentasche fallen ließ und sich ihr von hinten näherte. Er legte einen Arm um sie und küsste sie auf den Nacken. Für einen Moment stand sie wie erstarrt da und spürte das Verlangen, das in ihr erwachte, dann wich sie Nikolas wie in Panik aus.

Er sah sie erstaunt an und ging ein paar Schritte auf sie zu. Sie wich zurück und hielt die Hände abwehrend hoch.

„Jessica?“, fragte er völlig verwirrt.

„Komm mir nicht zu nahe!“

„Wie bitte? Welche Art Spiel spielst du jetzt schon wieder mit mir?“

„Ich … ich habe meine Meinung geändert“, platzte sie heraus. „Ich kann es nicht, Nikolas. Es tut mir leid, aber ich kann das nicht tun.“

„Ach? Wirklich nicht?“ Nikolas explodierte förmlich. Er ging auf Jessica zu und packte ihren Arm. „Ich warte nicht mehr und lasse nicht zu, dass du mich erneut zurückweist. Jetzt, Jessica, jetzt!“

Sie versuchte, sich aus seinem Griff zu befreien. Tränen liefen ihr über die Wangen, und sie bat ihn schluchzend, sie nicht zu berühren.

Nikolas löste sich von ihr und streckte die Hände zur Seite, als wollte er damit zeigen, dass er nicht die Absicht hatte, gewalttätig zu werden. „Also schön, ich werde dich nicht anfassen, das verspreche ich. Siehst du, ich werde mich sogar setzen.“ Er nahm auf dem Sofa Platz und starrte Jessica fassungslos an. „Um Himmels willen, Jessica, warum?“

Sie stand da mit zitternden Knien und versuchte, sich zu beruhigen, um Nikolas ihr Verhalten erklären zu können. Aber sie brachte kein Wort heraus.

„Also gut, du hast gewonnen“, sagte er müde. „Ich weiß zwar nicht, warum du jetzt so reagierst, aber ich nehme deine Ängste und Unsicherheiten sehr ernst. Wenn dir eine Heirat die Sicherheit bietet, die dir fehlt, dann können wir nächste Woche auf der Insel heiraten.“

Jessica griff aufgeregt nach einem Stuhl und setzte sich. „Nein, du verstehst mich nicht“, sagte sie mit vibrierender Stimme.

„Ich verstehe, dass du deinen Preis hast“, flüsterte er ungehalten. „Und du hast mich bis an die Grenze meiner Möglichkeiten getrieben, Jessica. Denk dir jetzt keine weiteren Einwände aus. Du wirst also mit mir schlafen, wenn ich dein Ehemann bin, nicht wahr? Oder wirst du auch noch eine kleine Überraschung für mich im Hut haben, sobald du den Ehering am Finger trägst?“

Er ist viel zu arrogant und dickköpfig, um mir zuzuhören, stellte Jessica wütend fest. Am liebsten hätte sie sein Angebot auf der Stelle zurückgewiesen, aber immerhin hatte er ihr tatsächlich einen Heiratsantrag gemacht.

„Ja, Nikolas, ich werde mit dir schlafen, wenn wir verheiratet sind.“

Er stützte sich auf die Ellbogen und seufzte tief. „Ich werde morgen meine Mutter anrufen. Außerdem werde ich versuchen, meine Besprechungen so frühzeitig zu beenden, dass wir ein Hochzeitskleid kaufen können. Bis wir auf der Insel getraut werden, erwarte ich tapfer weitere Niederlagen dieser Art“, erklärte er verbittert.

„Warum müssen wir auf der Insel heiraten?“, fragte sie unsicher.

„Weil ich dort aufgewachsen bin. Die Insel gehört mir, und ich gehöre zu der Insel. Meine Landsleute würden es mir niemals verzeihen, wenn ich mich nicht bei ihnen auf der Insel nach den alten griechischen Zeremonien trauen ließe.“

„Und deine Mutter?“

Er wandte sich um und sah Jessica starr an. „Es wird ihr weh tun, aber sie wird keine Fragen stellen. Und ich warne dich, Jessica, falls du meine Mutter beleidigst oder ihre Gefühle verletzt, wirst du es bereuen, jemals geboren worden zu sein.“

„Du weißt genau, dass ich das nie tun würde“, entgegnete sie verzweifelt. „Mach mich nicht schlechter, als ich bin, nur weil die Dinge nicht so laufen, wie du sie dir vorgestellt hast.“

„Dir wäre es natürlich lieber, ich wäre so leichtgläubig wie Robert Stanton, der dir jeden Wunsch von den Lippen ablas. Aber eines sollte dir klar sein: Du hattest die Wahl, Jessica. Als meine Geliebte hätte ich dich wie eine Königin behandelt, als meine Ehefrau wirst du nur meinen Namen tragen. Du hast dich entschieden. Vergiss niemals, dass ich Grieche bin. Nach der Trauung gehörst du mir ganz und gar. Denk darüber nach, Liebling."

„Warum sagst du so schreckliche Dinge, Nikolas? Du solltest mich besser kennen. Ich werde dir jetzt sagen ..."

„Ich bin nicht daran interessiert", unterbrach er sie lautstark. „Du solltest jetzt lieber schweigen! Geh nicht zu weit!"

Jessica wandte sich ab und ging ins Schlafzimmer. Nein, sie konnte es nicht tun. Es war so offensichtlich, dass er sie nicht liebte. Wenn sie den Fehler beging, ihn zu heiraten, so erwartete sie nur ein unglückliches Leben. Er würde es ihr nie verzeihen, dass sie ihn dazu gebracht hatte, in eine Heirat einzuwilligen.

Es war besser, einen Schlussstrich zu ziehen und Nikolas nicht mehr wiederzusehen. Es wurde Zeit, England endgültig zu verlassen und in die Staaten zurückzukehren.

„Stell den Koffer wieder hin!", rief er mit bedrohlicher Stimme, als sie den Koffer vom Schrank holte.

„Das ist der einzige Ausweg", verteidigte sie sich. „Du müsstest doch wissen, dass eine Heirat keine Lösung darstellt. Lass mich gehen, Nikolas."

„Ich bleibe dabei, Jessica, wir werden nächste Woche heiraten."

Jessica setzte den Koffer ab und schloss die Schranktür.

„Komm nicht auf die Idee fortzulaufen", warnte er sie. „Und jetzt setz dich zu mir. Ich werde uns ein Essen aufs Zimmer bestellen, dann können wir die Details unseres Übereinkommens besprechen."

Jessica ging zum Sofa und setzte sich, ohne Nikolas anzusehen.

Er gab die Bestellung auf und rief Andros, der ein Stockwerk unter ihnen wohnte, an. Er bat ihn, in einer Stunde in die Suite zu kommen, um ein paar Notizen aufzunehmen. Dann legte er den Hörer auf und setzte sich neben Jessica auf das Sofa. Sie rutschte verunsichert zur Seite.

Nikolas lachte amüsiert. „Ein merkwürdiges Verhalten für eine angehende Braut", scherzte er. „Ich wünsche, dass du mit dieser Schauspielerei endlich aufhörst."

„Ich spiele nicht", wehrte sie ab. „Und du weißt das."

„Und weiter?"

„Nichts weiter. Es ist pure Zeitverschwendung, noch etwas zu sagen. Du machst ja doch, was du willst."

„Heißt das, du stimmst zu, mich zu heiraten?"

„Ja, ich werde dich heiraten", antwortete sie. „Aber zu den Bedingungen, die du mir als deine Geliebte angeboten hast."

„Die gleichen Bedingungen? Soweit ich mich erinnere, wolltest du nicht mit mir zusammenwohnen. Ich brauche wohl nicht zu erwähnen, dass diese Bedingung nicht akzeptabel ist."

„Was den finanziellen Teil betrifft, wird es für dich akzeptabel sein, denn ich werde für mich selbst aufkommen."

„Sehr interessant", meinte er und strich mit einer Hand über ihren Hals. „Wenn du mich nicht wegen meines Geldes heiratest, weshalb dann? Um meinetwillen?"

„Richtig", stimmte sie zu und hielt seinem Blick stand.

„Gut, denn das ist alles, was du bekommen wirst." Er beugte sich vor und küsste sie auf den Mund. Jessica erwiderte seinen verlangenden Kuss. Sie wusste nun, dass er darauf vorbereitet war zu warten, bis nächste Woche, wenn sie seine Frau wurde …

Der Etagenkellner meldete sich, und Nikolas stand auf, um ihm zu öffnen.

Während des Essens wirkte Nikolas erstaunlich ruhig. Er erzählte sogar beschwingt von seinen geschäftlichen Verabredungen und den Problemen, die dort besprochen wurden. Jessica war erleichtert.

Als sie ihre Mahlzeit beendet hatten, gesellte sich Andros zu ihnen.

„Jessica und ich werden heiraten", erklärte Nikolas wie beiläufig. „Nächste Woche auf der Insel. Dienstag. Treffe alle Vorbereitungen und unterrichte die Presse über die Verlobung. Gib ihnen aber keine Details über den Termin der Trauung. Ich werde Maman morgen früh anrufen."

Andros war völlig verblüfft. Jessica konnte seine heftige Ablehnung spüren.

„Wir werden einen Ehevertrag aufsetzen. Schreib dir alles auf, Andros", fuhr Nikolas fort. „Der Vertrag muss morgen auf Leos Schreibtisch landen. Sag ihm, dass ich die Papiere spätestens übermorgen zurückhaben möchte. Sie sollen unterschrieben werden, noch bevor wir auf die Insel kommen."

Andros setzte sich, öffnete die Mappe und nahm einen Füller zur Hand.

„Also: Jessica verzichtet jetzt und im Falle einer Scheidung auf jegliche finanziellen Ansprüche gegen mich“, begann Nikolas und streckte die Beine aus. „Ausgenommen sind persönliche Geschenke meinerseits. Sie verbleiben in ihrem Eigentum.“

Andros warf Jessica einen Blick zu, als erwartete er, dass sie heftig widersprach, aber sie saß reglos da und sah Nikolas an.

„Während der Ehezeit“, fuhr Nikolas fort, „wird Jessica sich einer genau festgelegten Lebensführung unterziehen. Ohne meine Begleitung oder Erlaubnis wird sie die Insel nicht verlassen, und wenn ja, dann nur mit Begleitern, die ich ausgewählt habe. Sie wird mir außerdem die Verwaltung des Vermögens aus erster Ehe übertragen.“ Jetzt warf auch Nikolas einen Blick auf Jessica, aber sie protestierte nicht. Ihre Geschäfte lagen bei Nikolas in guten Händen, und sie hatte keine Angst, dass er sie betrog.

Schließlich trug Nikolas seine letzte Vertragsklausel vor. „Was unsere Kinder betrifft, so wird das Sorgerecht mir zuerkannt. Im Falle der Scheidung erhält Jessica natürlich ein Besuchsrecht auf der Insel eingeräumt. Auf keinen Fall erhält sie die Erlaubnis, die Kinder von der Insel mitzunehmen oder ohne meine Zustimmung zu besuchen.“

Jessica wandte sich ab, um ihre Tränen zu verbergen. Warum diktierte er so harte Bedingungen?

„Keine Einwände, Jessica?“, fragte Nikolas leise.

„Nein, ich stimme allem zu.“

„Dann ist das alles, Andros“, erklärte er.

Als sie wieder allein waren, fügte er hinzu: „Und versuch niemals, eines unserer Kinder für dich zu beanspruchen oder gegen mich auszuspielen, um an mein Geld zu kommen!“

„Ich habe deinen Bedingungen zugestimmt“, platzte Jessica lautstark heraus. „Was willst du mehr? Ich habe gelernt, dass es sinnlos ist, sich gegen dich aufzulehnen.“

„Richtig. Aber du lehnst mich ab.“

„Nein, ich lehne dich nicht ab. Merkst du das denn nicht, Nikolas? Ich erhoffe mir mehr von dir, als du mir jetzt bietest. Und das hat nichts mit deinem Geld zu tun, sondern mit dir persönlich. Bis jetzt hast du mir nicht mehr von dir geboten als das, was auch Diana von dir bekam. Und ich möchte mehr."

„Und du?" Er stand auf und ging unruhig im Zimmer auf und ab. „Was gibst du mir eigentlich? Du weichst mir aus und erwartest dann auch noch, dass ich dir in allem nachgebe."

„Du musst mich nicht heiraten", ließ sie ihn wissen. „Lass mich gehen, und ich verspreche dir, dich nie wiederzusehen."

„Das kann ich nicht. Der Gedanke, endlich mit dir zu schlafen, spukt mir derart im Kopf herum, dass ich verrückt werde vor Sehnsucht nach dir. Das wird keine Hochzeit, Jessica, sondern eher der Versuch, diesem Spuk ein Ende zu bereiten."

7. KAPITEL

Jessica klangen noch Nikolas' Worte in den Ohren, als sie am nächsten Tag unruhig in der Suite auf seine Rückkehr wartete. Andros war schon den ganzen Morgen bei ihr, ohne ein Wort zu sagen, und sein Schweigen nagte an ihren Nerven.

Eine schreckliche Nacht lag hinter ihr. Sie hatte allein in dem großen Bett gelegen und kein Auge zugemacht, während Nikolas sich unruhig auf dem Sofa hin und her gewälzt hatte.

Früh am Morgen hatte er seine Mutter angerufen, während sie sich im Badezimmer einschloss, um das Gespräch nicht mit anhören zu müssen. Als sie das Bad verlassen hatte, war Nikolas bereits gegangen, und Andros war als Aufpasser gekommen.

„Warum haben Sie allen Bedingungen von Niko zugestimmt, Mrs. Stanton?", unterbrach Andros endlich das unerträgliche Schweigen.

Sie sah ihn wütend an. „Warum? Glauben Sie, er war in der Stimmung, ein vernünftiges Gespräch zu führen? Er war wie ein Bündel Dynamit, das darauf wartet, angezündet zu werden."

„Und trotzdem haben Sie keine Angst vor ihm, wie die meisten Menschen", bemerkte Andros. „Ich habe es mir immer und immer wieder durch den Kopf gehen lassen, und ich glaube den Grund zu kennen, weshalb Sie diesem Vertrag zugestimmt haben."

„Und, was haben Sie herausgefunden?" Sie strich die langen Haare aus ihrem Gesicht.

„Ich glaube, Sie lieben ihn", antwortete Andros ruhig. „Ich denke, Sie würden ihn unter allen Umständen heiraten, weil Sie ihn lieben."

Jessica schluckte. Es schien, als wollte Andros ihr zeigen, dass er sie verstand und sie akzeptierte. „Natürlich liebe ich ihn", gab sie leise zu. „Aber Nikolas glaubt mir nicht."

Andros lächelte. „Mrs. Stanton, Niko ist ganz vernarrt in Sie. Wenn er sich wieder beruhigt hat, wird er, genau wie ich, erkennen, dass Sie ihn nur aus Liebe heiraten. Jetzt ist er einfach noch zu wütend, um es begreifen zu können."

Diese Worte ließen sie hoffen. Also schön, Nikolas war angeblich vernarrt in sie. Das war schwer zu glauben. Aber er hatte immerhin in eine Heirat eingewilligt. Offenbar sah er keinen anderen Weg, sie für sich zu gewinnen.

Als Nikolas schließlich kam, fühlte Jessica sich bereits besser. Die beiden Männer sprachen über einige Papiere, die Nikolas aus seinem Aktenkoffer genommen hatte. Dann nahm Andros die Unterlagen und ging in sein Zimmer, während sich Nikolas Jessica zuwandte.

„Bist du bereit?“, fragte er beiläufig.

„Bereit?“ Sie verstand nicht, was er wollte.

Nikolas seufzte ungeduldig. „Wir wollten doch das Hochzeitskleid kaufen. Und du brauchst Ringe, Jessica. Das erwarten die Leute so.“

„Ich muss erst mein Haar machen“, erklärte sie und ging ins Badezimmer.

Nikolas folgte ihr. „Trag es offen, das mag ich lieber.“

Sie ging auf seinen Vorschlag ein und bürstete die Haare nur einmal durch, dann griff sie nach einem Lippenstift.

„Warte!“ Er drehte Jessica zu sich um und küsste sie auf den Mund. Aber statt sie weiter zu bedrängen, löste er sich sofort wieder von ihr und sah sie herausfordernd an. „Jetzt kannst du den Lippenstift auftragen“, flüsterte er und verließ das Bad.

Mit zitternder Hand schminkte sie ihre Lippen. Sie wusste, dass ihn ein Kuss nicht befriedigte. Er wollte alles. Sie wünschte sich nichts sehnlicher, als dass die kommende Woche wie im Flug verging.

Aber wie sollte eine Woche so schnell vergehen, wenn ein einziger Nachmittag sich endlos hinzog. Jessica registrierte die gespannte Atmosphäre, als sie in dem exklusiven Juweliergeschäft saß und sich eine Kollektion Ringe nach der anderen anschaute.

Nikolas war keine Hilfe. Er lehnte sich zurück und erklärte nur, es sei ihm gleich, für welchen Ring sie sich entschied. Er hätte sich keine passendere Bemerkung ausdenken können, um ihr jede Freude zu verderben.

Dagegen gab sich der Juwelier alle Mühe, nett und hilfsbereit zu sein. Aber sie konnte sich für keinen Ring entscheiden. „Nein, die gefallen mir alle nicht“, erklärte sie den Tränen nahe und wollte aufstehen.

Aber Nikolas hielt sie am Handgelenk fest und zwang sie, sitzen zu bleiben. „Ganz ruhig, Liebling. Nicht weinen. Soll ich einen für dich aussuchen?“

„Ja, bitte“, antwortete sie nervös.

„Die Diamanten sind nicht das richtige, Monsieur“, sagte Nikolas.

„Passender wäre etwas Warmes ... Ja, Smaragde, passend zu ihren Augen, in Gold gefasst."

„Natürlich, das habe ich hier", erklärte der Juwelier und brachte die Auslagen mit den Diamanten weg.

„Jessica?"

„Bitte?"

Er nahm ein Taschentuch und trocknete ihre Tränen. „Du weißt, ich kann es nicht ertragen, wenn du weinst", flüsterte er. „Wenn ich dir verspreche, nicht so widerborstig zu sein, wirst du dann lächeln?" Sie nickte ihm zu und lächelte. „So ist es viel besser", meinte er. „Wenn wir allein wären, würde ich dich auf der Stelle küssen", fügte er schnell hinzu, bevor der Juwelier wieder zurück war.

„Ja, das ist schon eher was." Nikolas nahm einen Ring von der Auslage und steckte ihn Jessica an den Finger.

„Eine wundervolle Farbe", stimmte Jessica begeistert zu.

„Ja, das ist genau das, was ich gesucht habe", entschied Nikolas. Der quadratisch geschliffene Smaragd, der von kleinen Brillanten umfasst war, wirkte wie ein Abbild ihrer grünen Augen. Er streifte ihr den Ring vom Finger und übergab ihn dem Juwelier, der ihn sorgfältig beiseite legte und Jessicas Fingerumfang maß. „Und jetzt einen Trauring", sagte Nikolas.

„Zwei", warf Jessica ein und sah Nikolas an. Er überlegte einen Moment und nickte als Zeichen seiner Zustimmung.

„Ich trage nicht gerne einen Ehering", sagte er, als sie das Geschäft verließen.

„Wir heiraten, Nikolas. Sollten wir nicht alles versuchen, um eine erfolgreiche Ehe zu führen? Oder trägst du dich bereits mit Scheidungsgedanken?"

„Ich habe zurzeit nur dich im Kopf", antwortete er offenherzig. „Ringe bedeuten mir nichts. Aber wenn du darauf bestehst, so werde ich einen tragen."

Als sie im Taxi saßen, hörte sie, wie er dem Fahrer die Adresse eines bekannten Modeschöpfers nannte. „Ich weiß zwar nicht, was du vorhast, Nikolas, aber wir haben keine Zeit, um ein Kleid schneidern zu lassen. Ich bin auch einverstanden, ein fertiges Kleid zukaufen."

„Du vergisst, wer ich bin", entgegnete er frostig. „Wenn ich wünsche, dass das Kleid bis morgen Nachmittag fertig wird, so wird es zu diesem Zeitpunkt auch fertig sein."

Als sie das Foyer des Salons betraten, war Jessica überrascht, dass Nikolas wie ein alter Bekannter begrüßt wurde. Eine große, schlanke Dame mit streng frisiertem aschblonden Haar schritt elegant über den grauen Teppich und hieß sie im Salon herzlich willkommen. Sofort erkundigte sie sich, ob Monsieur Constantinos etwas ganz Spezielles zu sehen wünsche ...

Nikolas war außergewöhnlich charmant. Er küsste der Dame die Hand und stellte ihr schließlich Jessica vor. „Wir werden nächste Woche in Griechenland heiraten. Ich konnte meine Verlobte erst gestern überzeugen, deshalb also die überstürzte Trauung. Ich möchte verhindern, dass sie es sich noch einmal überlegt. Es bleibt daher nicht viel Zeit für das Kleid, da wir übermorgen nach Griechenland fliegen."

Die Dame versicherte, es sei selbstverständlich überhaupt kein Problem, das Kleid rechtzeitig fertigzustellen, und fragte, ob sie ein paar Modelle zu sehen wünschten ...

Einige Models erschienen in weißen, zumeist aber pastellfarbenen Kleidern. Aber es war kein weißes Hochzeitskleid darunter, wie Jessica es sich vorstellte. Als Nikolas sich für ein hellrosa getöntes Kleid entschied, widersprach sie heftig.

„Ich mag diesen Farbton nicht. Ich möchte ein weißes Kleid, Madame." Jessica blieb fest bei ihrem Entschluss. Ein weißes Kleid oder gar keins. Schließlich gab Nikolas nach, und Jessica wurde in den Ankleideraum geführt, um ihre Maße aufzunehmen.

„Du hast dich mit deiner Forderung nach einem weißen Kleid geradezu lächerlich gemacht", warf Nikolas ihr auf dem Weg zurück ins Hotel vor. „Du bist auch in Frankreich keine Unbekannte."

„Es ist auch meine Hochzeit", konterte sie dickköpfig.

„Du warst schon einmal verheiratet, meine Liebe."

„Robert und ich haben nur auf dem Standesamt geheiratet, nicht in der Kirche. Ich habe einen Anspruch auf ein weißes Kleid, Nikolas."

„Deiner Lebensgeschichte nach zu urteilen, kannst du dich glücklich schätzen, dass ich dich überhaupt heirate. Ich muss wohl der größte Dummkopf auf der ganzen Welt sein."

Jessica sah zum Fenster hinaus auf die elegant gekleideten Pariser, die einen Einkaufsbummel machten oder vor den vornehmen Cafés saßen. Sie war enttäuscht, dass sie so gut wie nichts von Paris gesehen hatte.

„Dort unten!“ Andros versuchte, den Lärm des Helikopters zu übertönen. „Das ist Zenas.“

Jessica beugte sich vor, um einen Blick auf den Punkt in der Ägäis zu werfen, der schnell größer wurde, und schließlich flogen sie nicht mehr über dem offenen Meer, sondern über eine karge Hügellandschaft. Jessica warf Nikolas, der am Steuerknüppel saß, einen Blick zu. Sie hätte sich gerne von ihm die markanten Punkte der Insel erklären lassen, aber stattdessen machte sie Andros auf das Haus aufmerksam, dem sie langsam entgegenschwebten.

Es war ein gewaltiger, weit ausgedehnter, an die Klippen gebauter Gebäudekomplex mit einer steinernen Terrasse an drei Seiten des Hauses. Das Dach bestand aus roten Ziegeln. Um das weiße Haus waren, hübsch angeordnet, Orangen- und Zitronenbäume gepflanzt. Mit einem Blick nach unten bemerkte sie, dass ein paar winzig aussehende Menschen das Haus verließen und zum Hubschrauberlandeplatz gingen, der sich auf der Kuppe eines rechts neben dem Haus gelegenen Hügels befand. Von dort führte eine Straße zum Haus. Andros erzählte ihr, dass es auf der ganzen Insel nur einen einzigen alten Militärjeep gab, der dem Bürgermeister des Dorfes gehörte.

Nikolas setzte den Hubschrauber weich auf, schaltete den Motor aus und nahm den Helm ab. Er grinste Jessica schelmisch an. „Komm, ich werde dich meiner Mutter vorstellen.“

Er öffnete die Tür und stieg aus. Jessica holte tief Luft und folgte ihm mit klopfendem Herzen.

Andros beruhigte sie. „Keine Sorge, meine Tante ist eine sehr nette Frau. Nikolas dagegen kommt eher nach seinem Vater. Er nimmt jetzt hier dessen Position als Beschützer ein.“

Nikolas nahm sie bei der Hand und führte sie zu der Gruppe, die am Rand des Landeplatzes wartete. Eine kleine, sehr vornehm wirkende weißhaarige Frau kam auf sie zu und sah sie aus blauen Augen an.

Nikolas beugte sich vor und küsste seine Mutter auf die Wange und den Mund. „Maman, ich habe dich vermisst“, begrüßte er sie und nahm sie in die Arme.

„Ich dich ebenfalls“, erwiderte sie warmherzig. „Ich bin sehr froh, dass du zurück bist.“

„Maman, ich möchte dir Jessica Stanton vorstellen“, erklärte er und gab Jessica einen Wink, näherzutreten. „Jessica, meine Mutter, Madelon Constantinos.“

„Ich freue mich, Sie endlich kennenzulernen“, sagte Jessica leise und bemerkte zu ihrer Überraschung, dass sie und Mrs. Constantinos fast gleich groß waren.

„Und ich freue mich, Sie kennenzulernen“, beteuerte Mrs. Constantinos, löste sich von Nikolas und umarmte Jessica. Dann gab sie ihr einen Kuss auf die Wange. „Nikos Anruf hat mich ziemlich überrascht. Sein Vorhaben kommt ziemlich ... unerwartet für mich“, fügte sie kühl hinzu.

„Ja, es war eine ganz plötzliche Entscheidung“, sagte Jessica. Sie spürte, dass Nikos Mutter alles andere als glücklich über die Brautwahl ihres Sohnes war. Dennoch gelang es Jessica zu lächeln, und Madelons Umgangsformen ließen nicht zu, dass sie ihr Missfallen offen ausdrückte. Sie sprach ein fast akzentfreies Englisch, aber als sie Jessica den anderen Hausbewohnern vorstellte, wechselte sie zwischen Französisch und Griechisch. Jessica verstand zwar kein Griechisch, aber sie konnte sich auch auf Französisch mit ihnen verständigen.

Da war einmal die Haushälterin Petra, eine schwergewichtige schwarzhaarige Frau. Die andere Frau war klein und untersetzt. Sie hieß Sophia und arbeitete als Köchin. Sie tätschelte freudig Jessicas Arm. Ganz offensichtlich war sie bereit, jede Braut, die ihr Kyrios Nikolas nach Hause brachte, zu akzeptieren.

Sophias Mann, Jason Kavakis, ein kleiner, schlanker Typ mit dunklen Augen, war als Hausmeister beschäftigt. Er und Sophia lebten in einem eigenen Haus im Dorf, während Petra, die verwitwet war, ein Zimmer in der Villa bewohnte. Diese drei waren die einzigen Hausangestellten. Bei den Hochzeitsvorbereitungen sollten ihnen allerdings die Frauen des Dorfes helfen.

Madame Constantinos hakte sich bei Nikolas unter und gab Anweisungen, wie das Gepäck zu versorgen war. „Andros, hilf bitte Jason, das Gepäck nach unten zu bringen.“ Dann gab sie Nikolas einen Klaps und fügte hinzu: „Und du auch. Warum solltest du eigentlich nicht helfen? Ich zeige Mrs. Stanton unterdessen ihr Zimmer. Sie ist wahrscheinlich sehr müde."

„Ja, Madame", willigte Nikolas ein und warf Jessica einen warnenden Blick zu.

Obwohl sich Mrs. Constantinos bei der Begrüßung sehr kühl verhalten hatte, fühlte sich Jessica wohler. Die alte Dame machte jetzt doch einen lebhaften und freundlichen Eindruck. Sie führte Jessica in die angenehm temperierte Villa, die einen guten Schutz vor der glühenden Sonne Griechenlands bot.

Die Einrichtung war eher bescheiden, aber alle Möbel waren von bester Qualität und sehr robust gebaut. Erdfarbene Töne bestimmten das Bild, und die ziegelroten Bodenfliesen waren mit kostbaren Perserteppichen bedeckt. In den Nischen standen kleine Marmorstatuen und hier und da ein paar zerbrechlich wirkende Vasen sowie hochwertige Töpferwaren.

„Ihr Schlafzimmer", sagte Mrs. Constantinos und öffnete die Tür zu dem weißen Raum, dessen Bogenfenster viel Licht einließen. Die Möbel waren in blassrosa und goldfarbenen Tönen gehalten. „Dazu gehört ein Badezimmer", fügte sie hinzu und öffnete die Tür zum Bad.

„Ah, Niko, du musst Jessica die Villa zeigen, während Petra für sie auspackt", forderte sie Nikolas auf, der gerade mit Jessicas Gepäck erschien und es mitten in den Raum stellte.

Nikolas lächelte. „Jessica möchte sicherlich erst ein Bad nehmen, nicht wahr, Liebling? Du hast die Wahl, eine Besichtigung oder ein Bad."

„Beides", antwortete sie. „Aber zuerst nehme ich ein Bad."

Er nickte und verließ den Raum. „Also, bis in einer halben Stunde!", rief er ihr über die Schulter zu.

Madame Constantinos folgte ihm kurze Zeit später.

Jessica zog sich aus und nahm ein entspannendes Bad. Als sie in das Zimmer zurückkehrte, stellte sie fest, dass Petra in der Zwischenzeit für sie ausgepackt hatte.

Jessica zog ein leichtes Sommerkleid an und wartete auf Nikolas. Aber er kam nicht. Er hatte den Rundgang also nur seiner Mutter zuliebe angeboten. Offenbar hatte er nicht vor, allzu viel Zeit in ihrer Gesellschaft zu verbringen.

Sie saß auf dem Bett und fragte sich, ob es ihr jemals gelingen würde, seine Liebe zu gewinnen.

Der Tag der Trauung brach an mit einem wolkenlosen strahlend blauen Himmel. Jessica stand am Fenster und sah hinaus auf die felsigen Hügel. Sie fühlte sich wohl auf dieser Insel, die dem Mann gehörte, den sie an diesem Tag heiratete.

Nach der Zeremonie und den Feierlichkeiten, wenn sie allein im Schlafzimmer waren, sollte Nikolas die Wahrheit erfahren. Dann wusste er, dass sie immer noch unberührt war. Sie wandte sich lächelnd vom Fenster ab und ging ins Badezimmer, um ausgiebig zu baden und sich zu frisieren.

In den wenigen Tagen, die sie bereits auf der Insel verbrachte, hatte sie viel über die Bräuche der Inselbewohner erfahren. Eigentlich hatte sie erwartet, in einer kleinen weißen Kirche zu heiraten, aber Petra hatte sie über ihren Irrtum aufgeklärt. Die religiösen Zeremonien fanden selten in der Kirche statt. Meistens wurden sie im Haus des Paten des Bräutigams, dem „Koumbaros“ abgehalten, der auch für die Bewirtung zuständig war.

Nikolas’ Pate war Angelos Palamas, ein rundlicher und sehr würdevoll auftretender weißhaariger Mann mit pechschwarzen Augen. Ein improvisierter Altar war mitten in Kyrios Palamas’ größtem Zimmer aufgestellt worden, und gemeinsam mit Nikolas würde sie vor Bruder Ambros, dem Priester, an diesem Altar stehen. Braut und Bräutigam trugen auf dem Kopf traditionell einen orangefarbenen Blütenkranz, den der Pope zum Zeichen ewiger Verbundenheit segnete.

Jessica drehte ihre Haare zu einem Zopf und wickelte ihn über dem Kopf zusammen. Madame Constantinos und Petra konnten jeden Moment kommen, um ihr beim Ankleiden behilflich zu sein. Sie ging zum Kleiderschrank und nahm den weißen Plastiksack heraus, in dem ihr Hochzeitskleid aufbewahrt wurde. Bis zu diesem Zeitpunkt hatte sie das Kleid noch nicht gesehen. Sie legte es behutsam auf das Bett und zog vorsichtig an dem Reißverschluss, um den Stoff nicht einzuklemmen.

Als sie das Kleid herausnahm, stockte ihr Atem, und sie warf es unachtsam auf das Bett. Das konnte nur Nikolas getan haben.

Er hatte ihre Anweisungen in den Wind geschlagen. Statt eines weißen Kleides, wie sie es sich gewünscht hatte, lag ein pfirsichfarben getönter Stoff vor ihr auf dem Bett. Der Salon hatte mit Sicherheit keinen Fehler begangen, dazu hatte sie zu eindringlich auf einem weißen

Kleid bestanden. Nein, das hatte sie Nikolas zu verdanken. Am liebsten hätte Jessica das Kleid auf der Stelle zerrissen.

Sie saß am Fenster und weinte, als Petra hereinkam.

„So reagieren die Frauen immer", tröstete sie Petra mit ihrer tiefen Stimme und nahm Jessica in die Arme. „Die Tränen fließen vor der Trauung, obwohl Sie eigentlich Grund zum Lachen hätten."

„Nein, das ist es nicht", entgegnete Jessica und zeigte auf das Bett. „Es geht um das Kleid."

„Das Hochzeitskleid? Ist es beschädigt oder verschmutzt?" Petra ging zum Bett und hob das Kleid auf.

„Es sollte weiß sein", antwortete Jessica leise.

„Ah!", rief Petra ahnungsvoll und verließ den Raum. Nach wenigen Minuten kam sie mit Madame Constantinos zurück.

Sie ging auf Jessica zu und legte einen Arm um deren Schulter.

„Ich weiß, dass du dich sehr darüber aufregst, meine Liebe, aber es ist dennoch ein sehr schönes Kleid. Du solltest dir wegen dieses Fehlers deinen Hochzeitstag nicht verderben lassen. Du wirst darin wundervoll aussehen ..."

„Nikolas hat eine andere Farbe ausgewählt", entgegnete Jessica angespannt und kämpfte gegen die Tränen an. „Ich hatte aus einem ganz bestimmten Grund auf Weiß bestanden ... Ich wollte ihm das eigentlich alles erklären, aber er hat mir nicht zugehört. Er ließ mich in dem Glauben, das Kleid sei weiß. Während ich in der Umkleidekabine war, muss er eine andere Farbe bestellt haben."

Madame Constantinos holte tief Luft. „Du hast aus einem ganz bestimmten Grund Wert auf die Farbe Weiß gelegt ... Wie soll ich das verstehen?"

Jessica rieb sich erschöpft die Stirn. Sie wusste, dass sie Madelon eine Erklärung schuldete. Vielleicht war es ganz gut, wenn Madame Constantinos die ganze Geschichte erfuhr. „Madame, Sie sollten unbedingt erfahren, dass keine der Geschichten, die über mich erzählt werden, wahr ist."

Madame Constantinos nickte. „Das habe ich mir bereits gedacht. Eine Frau, der so viele Liebhaber zugerechnet werden, hat eine ganz andere Ausstrahlung als du. Ich hatte vergessen, dass sich Gerüchte wie ein Geschwür verbreiten können und sich immer wieder mit eigener Nahrung versorgen. Aber du hast mich daran erinnert, und ich verspreche, es nie wieder zu vergessen."

„Nikolas sagte mir, dass Sie mit Robert befreundet waren", warf Jessica zögerlich ein.

„Ja, ich kannte Robert sehr lange. Er war ein Freund meines Vaters. Er hatte die Fähigkeit, die Dinge etwas anders als die meisten seiner Zeitgenossen zu betrachten. Daran hätte ich denken müssen. Ich habe in der Vergangenheit sehr schlecht über dich gedacht, und ich schäme mich dafür. Kannst du mir das bitte verzeihen?"

„Natürlich." Jessica stand auf, umarmte die ältere Dame und ließ ihren Tränen freien Lauf. „Aber ich möchte gerne erzählen, wie es zu der Hochzeit mit Robert kam. Immerhin heirate ich jetzt Ihren Sohn."

„Wenn du es wünschst, so kannst du es gern tun", erwiderte Madame Constantinos. „Aber du bist mir keine Erklärung schuldig. Wenn Niko zufrieden ist, so bin ich es auch."

„Aber das ist er eben nicht. Er glaubt die Geschichten, die ihm erzählt wurden, und er hasst mich fast so sehr, wie er mich begehrt."

„Unmöglich. Niko kann doch nicht so töricht sein. Es ist doch offensichtlich, dass du keine Abenteurerin bist."

„Aber er ist davon überzeugt. Zum Teil ist es meine Schuld. Anfangs ließ ich ihn in dem Glauben, ich sei misshandelt worden und hätte deshalb Angst vor ihm. Dann versuchte ich, ihm alles zu erklären, aber er hörte mir nicht zu. Er möchte nichts über meine „vergangenen Affären" wissen, wie er sagt, und ist wütend, da ich nicht mit ihm ins Bett gehe …" Jessica stockte. Sie war bestürzt, wie offen sie mit Nikos Mutter redete. Aber Madame Constantinos sah sie überrascht an und begann laut zu lachen.

„Ja, das kann ich mir vorstellen. Immerhin hat er das Temperament seines Vaters geerbt. Also musst du meinen starrköpfigen Sohn davon überzeugen, dass deine Geschichte frei erfunden ist. Hast du schon eine Idee, wie du das anstellen willst?"

„Er wird es merken", antwortete Jessica. „Heute Nacht wird er feststellen, dass ich ein Recht auf ein weißes Hochzeitskleid habe." Jessica erzählte Madame Constantinos, wie sie Robert kennengelernt hatte und was für scheußliche Gerüchte sie hatte über sich ergehen lassen. Sie ließ nichts aus. Sie berichtete auch von Nikos Heiratsantrag und den Bedingungen, die er daran knüpfte.

Madame Constantinos war tief betroffen, als Jessicas Geschichte endete. „Es gibt Zeiten, da würde ich Niko am liebsten eine Vase an den Kopf werfen, auch wenn er mein Sohn ist." Sie betrachtete das Kleid. „Hast du kein anderes? Nichts in Weiß?"

Jessica schüttelte den Kopf. „Nein, nichts. Ich werde es wohl tragen müssen."

Petra brachte ein paar Eiswürfel, die sie in ein Tuch gewickelt hatte, und machte damit Kompressen für Jessicas Gesicht. Nach einer halben Stunde waren alle Spuren ihrer Tränen beseitigt. Madame Constantinos und Petra halfen ihr in das Hochzeitskleid, befestigten den Schleier an ihrem Kopf und führten sie aus dem Zimmer.

Nikolas war bereits im Haus seines Paten. In der Villa hielten sich noch zahlreiche Verwandte auf, Onkel, Tanten und Kusinen, die fröhlich plauderten und Jessica liebevoll tätschelten, als sie vorbeiging.

Andros hatte die Aufgabe, sie den schmalen Weg zum Dorf hinunter zu begleiten. In seinem Smoking hat der große dunkelhaarige Mann eine atemberaubende Ähnlichkeit mit Nikolas, stellte Jessica fest. Er lächelte sie an und reichte ihr den Arm.

Nikos weibliche Verwandte eilten herbei, um ein Spalier zu bilden. Sie standen zu beiden Seiten des Weges und warfen orangene Blüten, während die Frauen des Dorfes, die Nationaltrachten trugen, ihr weiße und pinkfarbene Blüten zuwarfen. Die Frauen begannen zu singen, und Jessica ging über die Blumen hinweg, um den Mann zu treffen, den sie heiraten würde.

An der Tür zu Kyrios Palamas' Haus übergab Andros sie an Nikolas' Paten, der sie zum Altar führte, vor dem Nikolas und Pater Ambros warteten. Der ganze Raum war erfüllt vom flackernden Kerzenlicht, und der süßliche Geruch des Weihrauchs gab ihr ein Gefühl, als träumte sie das alles nur.

Sie knieten vor dem Altar nieder, und Pater Ambros segnete die Blütenkränze auf ihrem Kopf. Die Zeremonie, die folgte, hatten sie sorgsam einstudiert, und Jessica antwortete, genau wie Nikolas, auf die Fragen des Popen. Danach führte sie Pater Ambros dreimal um den Altar, während Kostis, einer von Nikolas' zahlreichen Cousins, Weihrauch schwenkend vor ihnen herging.

Dann brach die Hochzeitsgesellschaft in ein fröhliches Lachen aus, die Gäste umarmten einander und Rufe wurden laut.

„Das Glas! Das Glas!"

Das Brautpaar wurde zum Herd geführt, vor dem ein umgedrehtes Weinglas auf dem Boden stand. Nikolas zertrat es, und die Gäste riefen aus, dass Kyrios Constantinos jetzt der Herr in seinem Hause sei.

Nikolas umfasste Jessicas Hüften und sah sie aus strahlenden Augen an. „Jetzt bist du ganz legal meine Frau", flüsterte er und küsste ihren Mund.

Irgendwie schaffte sie es, einen langen Tag, ausgefüllt mit Festlichkeiten, zu überstehen. Madame Constantinos, Petra und Sophia waren ihr dabei eine große Hilfe. Freundlich machten sie allen klar, dass die neue Kyria sehr erschöpft sei und deshalb nicht tanzen könne.

Nikolas stürzte sich mit einer Begeisterung in die Feierlichkeiten, die Jessica überraschte. Obwohl er ausgiebig tanzte und einen Ouzo nach dem anderen trank, kehrte er immer wieder zu seiner Braut zurück und versuchte, ihren Appetit mit der einen oder anderen Delikatesse anzuregen.

Jessica war bemüht, sich ganz normal zu verhalten, aber sie konnte nicht über die Tatsache hinwegsehen, dass Nikolas ihr mit dem pfirsichfarbenen Kleid den Hochzeitstag verdorben hatte. Sie war sich nicht sicher, ob sie ihm das jemals verzeihen konnte.

Es war schon spät. Die Beleuchtung im Haus bestand nur noch aus dem Kerzenlicht, als Nikolas auf Jessica zuging und sie in die Arme nahm. Die Gäste schwiegen, niemand machte mehr einen Scherz, als der breitschultrige Mann das Haus seines Paten verließ und seine Braut den Hügel hinauf in seine Villa trug.

Erst nachdem Nikolas außer Sichtweite war, setzten die Feierlichkeiten wieder ein, denn dies war keine alltägliche Hochzeit. Nein, der Kyrios hatte sich eine Frau genommen, und nun konnten sie alle auf einen Erben hoffen.

8. KAPITEL

Als Nikolas die Villa erreichte, trug er Jessica über die Terrasse zu der gläsernen Schlafzimmertür, öffnete sie mit einem leichten Stoß und ließ Jessica sanft auf den Boden gleiten.

„Deine Sachen habe ich hierher bringen lassen", erklärte er freundlich und küsste ihre Stirn. „Jetzt entspann dich erst einmal. Ich werde mir einen Drink machen. Du kannst schon mal dein Nachthemd anziehen. Du wirst es zwar nicht brauchen, aber ruh dich erst einmal aus." Er lächelte vielsagend, und Jessica fragte sich, wie viele Gläser Ouzo er wohl getrunken haben mochte.

Sie sah sich hektisch im Zimmer um. Sie konnte unmöglich mit ihm das Bett teilen. Am liebsten hätte sie geschrien und ihm die Augen ausgekratzt. Wütend zog sie das Hochzeitskleid aus, warf es auf den Boden und stieß es mit einem Fußtritt beiseite.

Sie holte tief Luft und wischte sich die Tränen aus dem Gesicht. Sie hasste dieses Kleid, und sie hasste Nikolas dafür, dass er ihr den Hochzeitstag verdorben hatte.

Er würde sicher bald zurück sein, und sie wollte ihm nicht unter die Augen treten, solange sie nur ihre Unterwäsche trug. Außerdem hatte sie nicht die Absicht, ihm zuliebe ein Nachthemd anzuziehen. Sie öffnete den Kleiderschrank, nahm eine Hose und einen Pulli heraus und zog sich den Pulli schnell über den Kopf, als plötzlich die Tür aufging.

Nikolas war sprachlos. Jessica stand vor ihm mit einer Hose in den Händen und starrte ihn verängstigt aus großen Augen an. Er warf einen Blick auf das am Boden liegende Hochzeitskleid.

„Setz dich!", sagte er fast flüsternd. „Ich werde dir nicht weh tun, Liebling. Ich verspreche dir …"

„Behalte deine Versprechungen für dich!", schrie sie heiser und ließ die Hose fallen. „Ich hasse dich, hörst du? Du … du hast mir den Hochzeitstag verdorben! Ich wollte ein weißes Kleid, Nikolas. Das werde ich dir nie vergeben. Und dabei war ich heute Morgen so glücklich, bis ich dieses verdammte Kleid auspackte. Ich … ich hasse dich!"

Er ging langsam auf sie zu und legte die Hände auf ihre Schultern.

„War das so wichtig für dich? Hast du mich deshalb den ganzen Tag lang nicht angesehen? Wegen eines dummen Kleids?“

„Das verstehst du nicht. Ich wollte ein weißes Kleid. Ich wollte es aufheben und unserer Tochter bei ihrer Trauung geben ...“ Sie schluchzte und schaute zur Seite.

Nikolas hielt sie fest in seinen Armen und presste den Kopf gegen den ihren. „Es tut mir leid. Ich hatte keine Ahnung. Bitte weine jetzt nicht, Liebes.“

Jessica sah ihn an. Nikos Entschuldigung überraschte sie. Für einen Moment trafen sich ihre Blicke, dann beugte er sich vor und küsste sie auf den Mund. Er schloss sie fest in seine Arme und küsste sie mit einem Verlangen, das stärker war als je zuvor.

Ungeduldig hob er sie hoch und trug sie zum Bett. „Nikolas, warte!“, rief sie atemlos.

„Ich habe gewartet“, erwiderte er und küsste ihr Gesicht, ihren Hals. „Ich habe gewartet, bis ich fast wahnsinnig wurde. Weise mich heute Nacht nicht ab, Liebling, nicht heute Nacht.“

Ehe sie etwas entgegnen konnte, schloss er ihren Mund mit einem Kuss. Die zärtliche Berührung seiner Lippen ließ sie für Sekunden ihre Ängste vergessen. Und dann war es zu spät. Er war nicht mehr fähig, ihr zuzuhören, sondern ließ sich ganz von seinen Leidenschaften leiten.

„Nein, warte!“ Sie versuchte vergeblich, ihn anzusprechen.

Fieberhaft betrachtete er ihren Körper, während er ihr den Slip auszog. Dann legte er seine Kleidung ab und bedeckte Jessica mit seinem starken Körper. Sie stöhnte leise, als er sie hinabzog in die unermesslichen Tiefen seiner Begierden. Sie klammerte sich blind an ihn, als dem einzigen sicheren Hort in einer unbändig vibrierenden Welt.

Jessica lag in der Dunkelheit und lauschte auf Nikolas' gleichmäßigen Atem. Langsam und vorsichtig, um ihn nicht zu wecken, löste sie sich von ihm und stieg aus dem Bett. Sie konnte nicht neben ihm liegenbleiben, nicht solange ihre Nerven so angespannt waren. Sie musste einen Spaziergang machen, um sich zu beruhigen und sich über ihre Gefühle klarzuwerden.

Leise zog sie die Hose und den Pullover an und schlich auf die Terrasse. Sie sah hinaus auf das Meer, dessen Wellen sich lautstark an den Felsen brachen. Der Strand zog sie wie magisch an. Hier konnte sie spazieren gehen, ohne zu riskieren, jemanden aufzuwecken. Musste nicht bald die Sonne aufgehen? Zumindest hatte sie das Gefühl, Stunden im Schlafzimmer neben Nikolas verbracht zu haben.

Jessica war tief deprimiert. Wie dumm war sie gewesen, als sie glaubte, Nikolas auch nur einen Moment bändigen zu können. Vielleicht wäre es ihr gelungen, wenn er sie liebte. Aber nun wusste sie, dass er sie nur als Objekt seiner Begierde betrachtete. Und dieses Wissen lastete wie ein Felsen auf ihr.

Sie ging langsam an den Klippen entlang und suchte nach dem schmalen Pfad, der zum Strand führte, und als sie ihn entdeckt hatte, begann sie, vorsichtig abzusteigen. Als sie den Strand erreichte, merkte sie, dass die herannahende Flut nur einen schmalen Streifen Sand freigelassen hatte, und die Wellen umspülten ihre nackten Füße. Sie musste die Flut beachten und wieder hinaufsteigen, bevor das Wasser zu tief wurde.

Für eine Weile war es ihr gelungen, die Gedanken an Nikolas zu verdrängen, aber jetzt kehrten sie umso heftiger zurück. Sie hatte ihre Unschuld einem Mann gegeben, der sie nicht liebte. Er hatte nur sein Verlangen an ihr befriedigt, alles andere interessierte ihn nicht. Sie fühlte sich benutzt und erniedrigt.

Vielleicht wäre Nikolas geduldiger gewesen, wenn er nicht so viel Ouzo getrunken hätte. Ja, wenn! Immer wieder sagte sie sich, dass es ihr eigener Fehler war. Sie hätte ihn erst zwingen müssen, ihr zuzuhören.

Eine kräftige Welle umspülte ihre Beine. Die Flut stieg unaufhaltsam, und zum Pfad war es noch ein langer Weg am Strand entlang. Jessica beschloss, die Felsen hinaufzuklettern, statt gegen die Flut ankämpfen zu müssen. Jeden Schritt musste sie genau überlegen, denn das Mondlicht war trügerisch, und es war nicht leicht, die Abstände zwischen den Felsvorsprüngen genau zu ermitteln. Sosehr sie sich auch bemühte, sie rutschte immer wieder ab. Dennoch gelang es ihr, in Reichweite des Pfades zu kommen.

Erleichtert streckte sie sich und stieg auf einen flachen Felsvorsprung. Aber das Gestein war zu locker. Es löste sich und fiel ins Wasser. Jessica schwankte einen Moment und versuchte, das Gleichgewicht zu halten, aber ein anderer Felsbrocken rutschte unter ihrem Fuß weg. Sie fiel mit einem Aufschrei zur Seite und schlug mit dem Kopf gegen das Gestein. Instinktiv hielt sie sich an den Klippen fest, aber die losen Brocken gaben nach, und sie rutschte den Hang hinunter. Ihr Fall löste eine kleine Steinlawine aus, und die Felsbrocken schlugen über ihr zusammen.

Jessica hob den Kopf und rang nach Luft. Als sie die schmerzende Stelle am Kopf betastete, spürte sie eine Schwellung, die schnell größer wurde. Soweit sie feststellen konnte, blutete sie nicht, und sie war auch nicht ins Wasser gefallen. Sie setzte sich auf und versuchte vergeblich, gegen ein Gefühl der Übelkeit anzukämpfen. Allmählich wurde ihr bewusst, dass sie sich den Kopf schwerer verletzt hatte, als sie zunächst annahm. Sie zitterte am ganzen Körper.

Du musst zur Villa, überlegte sie. Irgendjemand muss einen Arzt holen. Sie versuchte aufzustehen, aber ihre Beine waren schwer wie Blei. Schließlich bemerkte sie, dass schwere Felsbrocken quer über ihren Beinen lagen.

Kein Wunder, dass du nicht aufstehen kannst, dachte sie, und versuchte, die schweren Steine beiseite zu schieben. Es gelang ihr, ein paar der Brocken zu beseitigen, und sie fielen einige Meter unter ihr in die See. Aber einige der Steine waren einfach zu schwer für sie. Ihre Unterschenkel waren eingeklemmt.

Jessica hatte plötzlich den Eindruck, alles falsch gemacht zu haben. Ihren nächtlichen Spaziergang hatte sie ebenso vermasselt wie ihre Hochzeit. Sie versuchte zu schreien, obwohl sie wusste, dass sie hier niemand hören konnte. Die Villa war einfach zu weit weg.

Eine Welle schlug in ihr Gesicht. Für einen Moment konnte sie wieder einen klaren Gedanken fassen. Die Flut stieg also weiter. Wie hoch würde der Wasserspiegel an dieser Stelle ansteigen? Oder würde die Ebbe bald wieder einsetzen? Jessica lehnte den Kopf gegen einen Arm. Sie war müde und erschöpft.

Einige Zeit später schien jemand ihren Namen zu rufen. Sie öffnete ein wenig die Augen und sah, dass es bereits Tag wurde. Es war kalt, sehr kalt, und es tat weh, die Augen offenzuhalten. Mit einem Seufzer schloss sie die wieder und fiel wie in einen dunklen Schacht.

Als Jessica erwachte, erkannte sie an den Gerüchen, den Geräuschen und den weißen Kitteln um sie herum, dass sie in einem Krankenhaus lag. Sie öffnete die Augen.

Was war ihr zugestoßen? Hatte sie sich verletzt? Die Arme und Hände gehorchten ihrem Willen. In ihrem linken Arm steckte eine Nadel, von der ein Plastikschlauch hinauf zu einer Flasche mit einer Infusionslösung führte. Die Beine gehorchten ebenfalls, obwohl jede Bewegung äußerst schmerzhaft war und die Muskeln sich steif und wund anfühlten. Alles in allem aber schien sie doch großes Glück gehabt zu haben.

Sie drehte den schmerzenden Kopf und sah sich im Raum um. Die Vorhänge an den Fenstern waren zurückgezogen und ließen den strahlenden Sonnenschein herein. An der Wand und neben ihrem Bett standen mehrere bequeme Stühle. Im ganzen Raum waren große Blumenvasen verteilt, in denen weiße Lilien standen.

Die Tür wurde geöffnet, und Jessica erkannte aus den Augenwinkeln Madame Constantinos.

„Jessica, meine Liebe, bist du wieder wach?“ Madelon Constantinos schloss die Tür leise hinter sich. „Ich sollte es dem Arzt melden. Aber zunächst einmal möchte ich dir einen Kuss geben, wenn ich darf. Wir haben uns alle große Sorgen um dich gemacht.“

„Ich bin die Felsen hinuntergefallen.“

„Ja, ich weiß.“ Madame Constantinos küsste sie sanft auf die Wange. „Das war vor drei Tagen. Zu allem Überfluss hattest du dir neben dem Schock auch noch eine Lungenentzündung eingehandelt. Nikolas war fast wahnsinnig. Wir konnten ihn nicht dazu bewegen, das Krankenhaus zu verlassen, um ein wenig zu schlafen.“

„Ich bin sehr müde“, flüsterte Jessica und schloss die Augen.

„Ja natürlich.“ Madame Constantinos streichelte ihr die Hand. „Ich werde den Schwestern sagen, dass du wach bist. Der Arzt wollte dich sehen“, erklärte sie und verließ den Raum.

Kurz darauf öffnete Jessica die Augen und erkannte den Arzt, der gerade den Puls fühlte. „Hallo!“, begrüßte sie ihn, als er ihr Handgelenk losließ.

„Ebenso“, erwiderte er in perfektem Englisch. „Ich bin Ihr Arzt, Alexander Theotokas. Entspannen Sie sich. Ich möchte mir kurz Ihre Augen ansehen, ja?“

Er leuchtete mit einem schmalen Lämpchen auf die Pupillen und schien sehr zufrieden mit dem Befund. Dann horchte er Herz und Lungen ab, legte das Krankenblatt beiseite und lächelte. „Sie haben eine schwere Gehirnerschütterung überstanden und stehen noch unter Schock. Wir werden Sie hierbehalten, bis sich Ihr Zustand stabilisiert hat. Die Lungen sind fast frei, und die Schwellung an den Fußgelenken ist deutlich zurückgegangen. Sie haben Quetschungen an den Beinen davongetragen, aber zum Glück ist nichts gebrochen. Die Knöchel sind allerdings verstaucht."

„Es ist ein Wunder, dass ich nicht ertrunken bin", bemerkte sie. „Immerhin war gerade Flut."

„Sie waren dennoch völlig durchnässt. Das Wasser stieg bis zu Ihren Beinen. Sie haben sich bemerkenswert schnell erholt. In etwa zehn Tagen können Sie wieder nach Hause."

„So lange?"

„Erst muss sich Ihr Kopf erholen. Und jetzt wartet ein Besucher auf Sie. Niko möchte mit Ihnen reden, bevor er sich endlich schlafen legt."

„Nikolas?" Jessica hatte nicht das Bedürfnis, ihn zu sehen. So viel war zwischen ihnen falsch gelaufen …

„Nein! Jetzt nicht … Ich will ihn jetzt nicht sehen. Sagen Sie ihm, dass ich wieder eingeschlafen bin …"

„Immer nur mit der Ruhe", flüsterte Dr. Theotokas. „Sie müssen ihn nicht empfangen. Aber er hat sich große Sorgen um Sie gemacht. Vielleicht sollten Sie ihm wenigstens raten, ein Hotelzimmer zu nehmen und sich auszuschlafen. Seit drei Tagen hat er kein Auge zugemacht."

Jessica holte tief Luft und willigte leise ein.

Kaum hatte der Arzt mit den Krankenschwestern das Zimmer verlassen, trat Nikolas ein. Er war unrasiert, seine Augen waren gerötet und sein Gesicht blass. „Jessica", begrüßte er sie heiser.

Sie wandte den Blick ab. „Du … du siehst erschreckend aus", flüsterte sie. „Du musst etwas schlafen. Maman und der Arzt sagten, du hättest nicht geschlafen …"

„Sieh mich bitte an, Jessica!"

Sie konnte es nicht. Sie wollte ihn nicht sehen.

„Jessica, bitte sieh mich an!"

„Ich kann nicht. Geh, Nikolas. Es geht mir ganz gut. Ich … ich kann jetzt nicht mit dir reden." Sie schloss die Augen und begann zu weinen. Nikolas murmelte etwas Unverständliches und verließ den Raum.

Zwei Tage später besuchte Nikolas sie wieder. Jessica war ihm dankbar für die Atempause. Madame Constantinos hatte ihr erzählt, dass Nikolas sechsunddreißig Stunden geschlafen hatte. Kein Wunder, denn er hatte völlig erschöpft ausgesehen. Nun wusste sie, dass sie ihn nicht mehr abweisen konnte. Aber wie sollte sie sich ihm gegenüber verhalten? Sie hatte ihm immer noch nicht vergeben, dass er ihr den Hochzeitstag verdorben hatte. Außerdem ärgerte sie sich über die misslungene Hochzeitsnacht.

Ihr Zustand hatte sich soweit gebessert, dass sie das Bett verlassen konnte, auch wenn sie nur ein paar Schritte bis zum nächstgelegenen Stuhl ging. Bei jeder hastigen Bewegung hatte sie unerträgliche Kopfschmerzen, und die Knöchel ließen nicht zu, dass sie viel umherging.

Es war eine Wohltat, auf einem Stuhl sitzen zu können, nachdem sie so lange im Bett gelegen hatte. Und so hatte sie es sich gerade auf einem Stuhl bequem gemacht, als Nikolas ins Zimmer trat.

Er sah sie lange an, dann hängte er das Schild „Bitte nicht stören“ vor die Tür und schloss sie leise. Er ging zum Bettende, stellte sich neben den Stuhl und musterte Jessica.

„Diesmal wirst du mich nicht mehr rauswerfen“, sagte er grimmig.

„Nein“, stimmte sie zu.

„Wir haben viel zu bereden.“

„Ich wüsste nicht, warum“, entgegnete sie barsch. „Was geschehen ist, ist geschehen. Was sollte sich ändern, wenn wir darüber reden?“

„Ich muss alles über deine Ehe erfahren. Ich muss wissen, warum du immer noch unberührt warst. Und, verdammt, Jessica, ich möchte wissen, warum du es mir nicht gesagt hast.“

„Ich habe es versucht“, erwiderte sie leise. „Aber ich schulde dir keine Erklärungen.“

„Ich muss es aber wissen.“ Obwohl Nikolas aufgebracht war, flüsterte er fast. „Verdammt, Jessica … bitte!“

Jessica seufzte. „Ich habe Robert geheiratet, weil ich ihn liebte. Er war der liebenswürdigste Mann, den ich jemals kannte. Und er liebte mich.“ Sie hob den Kopf und sah Nikolas herausfordernd an. „Vielleicht war es eine andere Art Liebe, weil wir nicht miteinander geschlafen haben, aber ich hätte mein Leben für ihn gegeben, und er wusste das.“

„Hat er niemals versucht, mit dir zu schlafen?"

„Nein. Er sagte mir einmal, dass für ihn die Liebe stets jung bliebe, wenn sie nicht mit körperlichen Begierden verwechselt würde."

„Er war alt, zu alt. Er hatte vergessen, dass es Leidenschaften gibt, die einem Mann den Verstand rauben können."

„Sprich nicht so über ihn", verteidigte sie Robert und wandte ihren Blick ab. „Ich habe ihn geliebt. Aber das spielt jetzt alles keine Rolle. Ich denke, es wäre das Beste, wenn ich nach London zurückkehre ..."

„Nein", unterbrach er sie hastig und ging unruhig im Zimmer auf und ab. „Ich werde es nicht zulassen, dass du noch einmal davonläufst. Du bist in der Hochzeitsnacht fortgelaufen. Denk daran, was dir zugestoßen ist. Warum hast du das getan, Jessica? Ich weiß, dass ich ... Warum hast du es mir nicht gesagt? Warum hast du mich nicht gezwungen, dir zuzuhören? Als ich es bemerkte, konnte ich mich nicht mehr zurückhalten. Ich verspreche dir, dass ich mich nie wieder so verhalten werde. Ich fühle mich schuldig, Liebes. Als ich dich bei den Felsen liegen sah, dachte ich schon ..."

Jessica erinnerte sich an die Stimme, die ihren Namen gerufen hatte. Also hatte Nikolas sie bei den Klippen gefunden. Und jetzt fühlte er sich schuldig. Lieber wollte sie nach England schwimmen, bevor sie ihm die Gelegenheit bot, seine Schuld zu begleichen.

„Warum hätte ich es dir sagen sollen? Hättest du mir denn geglaubt? Und ist es meine Schuld, dass du dich wie ein Elefant im Porzellanladen aufgeführt hast? Wer gab dir das Recht, mich so zu verurteilen? Von Anfang an wollte ich dir erklären, dass du mich völlig falsch einschätzt, aber du hast es abgelehnt, mir zuzuhören. Versuche nicht, mir die Verantwortung zuzuschieben! Ich hätte nie aus Cornwall zurückkehren dürfen."

Nikolas stand unbeweglich da und sah sie wie versteinert an. „Ich wäre dir nachgefahren."

„Lassen wir das. Ich wünsche mir jetzt nur noch eine schnelle Scheidung, in aller Stille ..."

„Nein!", brüllte er ungehalten. „Du bist meine Frau, und du wirst meine Frau bleiben. Du gehörst mir, Jessica, und du wirst auf der Insel bleiben, selbst wenn ich dich einsperren müsste."

„Eine sehr charmante Vorstellung!", schrie sie ihm verzweifelt entgegen. „Lass mich gehen, Nikolas. Ich möchte nicht weiter bei dir bleiben."

„Du musst. Es ist meine Insel. Niemand verlässt diese Insel ohne meine Erlaubnis. Und niemand wird dir helfen, von dort zu fliehen. Die Leute halten zu mir."

„Das werden wir ja sehen. Ich werde dich zum Gespött machen", warnte sie ihn. „Und jetzt geh!" Sie stand abrupt auf, ohne Rücksicht auf ihren Zustand. Doch die Schmerzen waren zu stark. Als sie zu wanken begann, versuchte er sie zu stützen. „Lass mich! Geh weg!"

„Gut, ich werde gehen, bis du dich wieder beruhigt hast", sagte er und beugte sich drohend über sie. „Aber ich komme wieder und nehme dich mit zurück auf die Insel. Ob du es willst oder nicht, du bist meine Frau, und wirst es auch bleiben." Mit diesen Worten verließ er den Raum.

Jessica starrte mit tränengefüllten Augen zur Decke. Sie fragte sich, wie sie diesen offenen Schlagabtausch ertragen sollte.

Aber es wurde kein offener Schlagabtausch. In Wahrheit hatte Jessica keine Chance, sich gegen Nikolas zu wehren. Ihre einzige Waffe war ihre kühle Zurückhaltung, und die nutzte sie unerbittlich, sooft er sie besuchte.

An dem Morgen, als sie aus dem Krankenhaus entlassen wurde, kam er in ihr Zimmer und küsste sie flüchtig, bevor sie überhaupt reagieren konnte. „Ich bin froh, dass du schon fertig angezogen bist", bemerkte er und nahm den kleinen Koffer. „Maman und Petra gaben mir die strikte Anweisung, dich so schnell wie möglich wieder zurückzubringen. Sophia hat eine Spezialität extra für dich gekocht. Möchtest du eine Soupa avgolemono, ja? Du wirst begeistert sein."

„Warum ersparst du dir das nicht alles und bringst mich direkt zum Flughafen?", fragte sie kühl.

„Und was machst du in London? Du wärst ganz allein und die Zielscheibe unvorstellbarer Herzlosigkeiten, besonders dann, wenn du schwanger bist."

Am liebsten hätte sie ihn geschlagen. Gleichzeitig beflügelte sie aber der Gedanke, ein Kind von Nikolas zu bekommen. Denn trotz aller Bitterkeit liebte sie ihn ja. „Also schön, ich werde bleiben, bis ich weiß, ob ich ein Baby erwarte oder nicht."

„Das kann eine ganze Weile dauern", meinte er lächelnd. „Und wenn es nach mir ginge, täte ich alles, damit du schwanger wirst, nur um dich auf der Insel zu halten."

„O nein, Nikolas, du wirst mich nicht mehr anfassen!"

Jessica war so aufgebracht, dass sie während der Taxifahrt zum Athener Flughafen kein Wort mit Nikolas sprach.

Sein Hubschrauber stand startklar auf dem Rollfeld. Er öffnete die Tür und ließ Jessica einsteigen. Dann ging er um die Maschine herum, stieg ein und stülpte den Kopfhörer über. Schließlich nahm er mit dem Kontrollturm Kontakt auf.

Jessica lehnte sich zurück und schloss die Augen. Sie hoffte, dass die Kopfschmerzen bald nachließen, aber als der Rotor sich lautstark zu drehen begann, wurden die Schmerzen stärker.

Es war wie ein Wunder, dass sie dennoch den ganzen Rückflug schlief. Nikolas weckte sie, und als sie sich benommen aufsetzte, sah sie, dass offenbar alle Inselbewohner ihre Ankunft erwarteten. Die Menschen winkten ihr lächelnd zu, und Jessica erwiderte ihren Gruß. Nikolas sprang aus dem Helikopter und öffnete die Tür, nachdem Jessica ihren Gurt gelöst hatte.

Nikolas umfasste ihre Hüften und hob sie aus der Maschine. „Ich kann allein gehen", protestierte sie.

„Nicht den Hügel hinunter. Du bist noch zu wacklig. Leg deine Arme um meinen Hals, Liebling. Lass die Leute das sehen, was sie sehen wollen."

Und tatsächlich schien die Szene jeden zu erfreuen. Witzige Bemerkungen wurden gemacht, die Nikolas mit einem Grinsen oder irgendeiner Bemerkung seinerseits erwiderte. Jessica schwor sich, auf der Stelle Griechisch zu lernen, um zu wissen, was er so alles über sie sagte.

Nikolas trug sie zur Villa, direkt in sein Schlafzimmer, und legte sie aufs Bett. „Hier kann ich nicht schlafen, Nikolas", platzte sie heraus, ohne über ihre Worte nachzudenken.

Er setzte sich auf die Bettkante und seufzte. „Es tut mir leid, dass du so empfindest, Liebes, aber du wirst hier schlafen müssen. Genauer gesagt, du wirst hier mit mir schlafen müssen, und davor hast du Angst, nicht wahr?"

„Kannst du mir daraus einen Vorwurf machen, nach allem, was passiert ist?", fragte sie erbittert zurück.

„Ja, das kann ich“, antwortete er gelassen. „Du bist eine intelligente, erwachsene Frau, und du solltest dir vorstellen können, dass unser künftiges Beisammensein nichts mit den Vorkommnissen in der Hochzeitsnacht zu tun haben wird. Ich war ziemlich betrunken, frustriert, und ich habe die Kontrolle verloren. Beim nächsten Mal wird es dir genauso gefallen wie mir.“

„Verstehst du denn nicht, dass ich dich gar nicht will?“ Es war ihr unbegreiflich, wie ruhig er gegen ihren Willen sein zukünftiges Liebesleben plante. „Wirklich, Nikolas, du musst enorm überzeugt von dir sein, wenn du dir einbildest, ich wollte nach dieser Nacht noch mit dir schlafen.“

Nikolas reagierte ungehalten. „Sei froh, dass ich dich so gut kenne, Jessica, sonst müsstest du deine Worte bitter bereuen. Ich weiß jetzt, wie du reagierst, wenn dir weh getan wurde, und du hattest viele Jahre Zeit, diese Maske einzuüben, die Kühle ausdrücken soll. Aber du hältst mich nicht weiter zum Narren. Ich kann mich noch sehr genau an jene Nacht in London erinnern, als du zu mir kamst und mir sagtest, dass du mich liebst. Du warst zauberhaft, schüchtern, und das alles war nicht gespielt. Erinnerst du dich daran?“

Jessica schloss erschrocken die Augen.

Jene Nacht – wie sollte sie diese Nacht vergessen haben, als sie ihm ihr Geheimnis in dem Glauben anvertraute, er würde ihre liebevollen Worte erwidern. Aber stattdessen hatte er von seiner Leidenschaft geredet, und kein Wort von Liebe war über seine Lippen gekommen.

„Wie sollte ich das vergessen haben?“, schrie sie ihn an. „Ich war so dumm, dich zu nahe an mich herankommen zu lassen. Und kaum hatte ich die Worte ausgesprochen, musstest du mir deine wahre Meinung über mich ins Gesicht schleudern. Du hast mir die Augen geöffnet und mich aus meinem Traum aufgeweckt. Liebe kann vergehen, Nikolas.“

„Deine niemals“, flüsterte er lächelnd. „Du hast mich geheiratet, und du wolltest ein weißes Hochzeitskleid. Dein ganzes Verhalten schrie förmlich danach, dass du für immer meine Frau werden wolltest. Und so wird es auch sein. Ich habe dir weh getan und dich unglücklich gemacht, aber es wird wieder gut. Sobald unser erstes Kind geboren wird, wirst du alles vergessen haben.“

Am liebsten wäre sie nach seiner Bemerkung aus dem Bett gesprungen und fortgelaufen, aber sie blieb liegen und weinte. Nikolas nahm sie in die Arme und versuchte, sie zu trösten. Und merkwürdigerweise beruhigte sie seine Nähe. Dabei entspannte sie sich und kuschelte sich an ihn und presste das Gesicht gegen seine Brust. „Nikolas …“

„Ja, Liebling?“, flüsterte er in ihr Ohr.

„Lässt du mir etwas Zeit?“

„Ich gebe dir Zeit, dich ganz und gar zu erholen“, raunte er und strich die Haare aus ihrem Gesicht. „Aber ich sehne mich wie wahnsinnig nach Ihnen, Mrs. Constantinos.“

„Bitte, dräng mich nicht“, flüsterte sie. „Ich werde es versuchen. Ich will es ja. Aber ich … ich weiß einfach nicht, ob ich dir vergeben kann. Wir haben uns in eine ziemlich schwierige Lage gebracht, Niko.“ Es war das erste Mal, dass sie seinen Kosenamen benutzte.

„Ich weiß. Aber wir müssen trotzdem versuchen, etwas aus unserer Ehe zu machen.“

Jessica hatte bis zum späten Nachmittag geschlafen. Sie stand auf und ging zum Badezimmer, wo Petra bereits ein Schaumbad für sie vorbereitet hatte.

Nachdem sie die Haare hochgesteckt hatte, stieg Jessica in die Wanne und ließ sich bis zum Kinn ins Wasser gleiten. Sie griff nach der Seife, als die Tür ohne Vorwarnung geöffnet wurde und Nikolas hereinplatzte.

„Tut mir leid, ich wollte dich nicht erschrecken“, behauptete er grinsend.

„Ich nehme ein Bad“ entgegnete sie empört.

„Das sehe ich. Ich werde dir Gesellschaft leisten. Es ist das erste Mal, dass ich dir beim Baden zusehen darf, und keine zehn Pferde würden mich hier fortschaffen können.“

„Nikolas!“

„Bleib ruhig.“ Er stupste mit dem Finger an ihre Nase. „Ich verspreche dir, dass ich dich auch nicht anmachen werde.“

Sie wusste genau, dass er log. Wenn er blieb, würde er sie zum Bett bringen, um mit ihr intim zu werden. „Geh weg, Nikolas!“, schrie sie heiser. „Bitte, geh jetzt!“

„Also schön“, sagte er enttäuscht und ging zur Tür. „Ich lasse dich allein. Und wie ich dich allein lassen werde. Du kannst das Bett für dich haben. Ich werde anderswo schlafen.“ Er schlug die Tür hinter sich zu, und Sekunden später hörte sie auch die Schlafzimmertür knallen.

Es ist so sinnlos, dachte Jessica. Diese Ehe war zum Scheitern verurteilt. Irgendwie musste sie Nikolas davon überzeugen, sie freizugeben. Und nach dem, was an diesem Abend vorgefallen war, stellte sie sich das nicht allzu schwierig vor.

9. KAPITEL

Nikolas wollte auf jeden Fall verhindern, dass Jessica die Insel verließ. Er betrachtete die Auseinandersetzung wie eine Schlacht, die er unbedingt gewinnen musste. Aber er hielt sich zurück, wartete ganz einfach ab und behielt Jessica im Auge.

Nach ihrer Entlassung aus dem Krankenhaus waren alle sehr nett zu ihr gewesen. Vor allem Nikos Mutter sowie Sophia und Petra, hatten sich äußerst zuvorkommend verhalten. Sie wurde umsorgt, und es fehlte ihr an nichts.

Jessica wollte ihnen keinen Kummer bereiten. Sie und Nikolas ließen die anderen in dem Glauben, dass er deshalb in einem anderen Zimmer schlief, weil ihre Kopfschmerzen sie immer noch plagten und Nikolas so unruhig schlief, dass es ihrer Genesung zuträglicher war, eine Zeitlang allein zu schlafen. Diese Erklärung wurde auch allgemein akzeptiert.

Jessica hatte es nicht eilig, so schnell wie möglich zu genesen. Sie nutzte ihren Zustand als Waffe gegen Nikolas. Von Zeit zu Zeit legte sie sich hin und bedeckte die Augen und die Stirn mit einem nassen Tuch. Sie konnte auf diese Weise die anderen davon überzeugen, dass sie längere Ruhezeiten benötigte, in denen sie allein sein musste.

Eigentlich hasste sie es, mit solchen Tricks zu arbeiten, aber schließlich musste sie sich schützen. Andererseits wartete sie auf eine Chance, die Insel verlassen zu können.

Die Gelegenheit dazu bot sich eine Woche später, als Nikolas bei Tisch erklärte, am nächsten Morgen zusammen mit Andros nach Athen zu fliegen. Dort wollten sie eine Nacht bleiben und am nächsten Tag zur Insel zurückkehren.

Das war ihre Chance!

Sie brauchte sich nur an Bord des Helikopters zu verstecken. Nach der Landung in Athen musste sie nur warten, bis Nikolas und Andros die Maschine verlassen hatten. Dann konnte sie zum Terminal gehen und sich ein Ticket kaufen, das sie aus Athen herausbrachte.

Den ganzen Abend überlegte Jessica, wie sie ihren Plan verwirklichen konnte. Sie packte ihre wichtigsten Privatsachen in den kleinsten Koffer, den sie finden konnte, und versteckte ihn im Schrank. Immer wieder zählte sie ihr Geld, das sie seit der Reise von England nach Paris in einer Brieftasche bei sich führte. Es war zwar nicht sicher, ob die Summe reichte, sich ein Flugticket nach London zu kaufen, aber es war genug, um Griechenland erst einmal verlassen zu können.

Auch wenn sie nur bis Paris kam, konnte sie Charles anrufen, um sich den fehlenden Betrag schicken zu lassen. Nikolas führte zwar ihre Geschäfte, aber sie besaß immer noch ein Privatkonto, zu dem er keinen Zugang hatte.

Wenn alle schliefen, wollte sie zunächst den Koffer im Hubschrauber verstecken. Von ihren bisherigen Flügen wusste sie, dass hinter den Rücksitzen ein kleiner Freiraum war, der vermutlich genug Platz für sie und den Koffer bot. Der Helikopter war für sechs Passagiere ausgelegt, und die Sitze waren breit und komfortabel. Nikolas würde die Maschine sicher selbst steuern, während Andros neben ihm saß. Sie kämen wohl kaum auf die Idee, sich den hinteren Teil der Kabine näher anzusehen.

Nachdem Jessica die Brieftasche weggelegt hatte, machte sie ihre Abendtoilette und legte sich ins Bett. Sie lag ruhig und entspannt da und achtete auf jedes Geräusch in der Villa …

Die Schlafzimmertür öffnete sich, und Nikolas trat ein. „Bist du noch wach?“, fragte er leise.

Jessica knipste die Lampe an. „Was ist los?“ Sie setzte sich auf, während Nikolas die Tür hinter sich schloss und näher kam.

„Ich brauche ein paar Sachen aus dem Schrank“, erklärte er.

Jessica zuckte kaum merklich zusammen. Sie blieb wie erstarrt sitzen und sah zu, wie Nikolas den Schrank öffnete. Wie würde er reagieren, wenn er den gepackten Koffer fand? Warum hatte sie nicht daran gedacht, dass er seine Sachen ebenfalls im Schrank aufbewahrte?

Er nahm einen der dunkelbraunen Lederkoffer heraus. Jessica atmete erleichtert auf. „Geht es dir gut?“, fragte er und sah sie durchdringend an. „Du siehst krank aus.“

„Nur Kopfschmerzen, wie gewöhnlich.“ Sie bemühte sich, mit ruhiger Stimme zu antworten. „Soll ich für dich packen?“

Nikolas grinste verschmitzt. „Danke für das Angebot, aber ich glaube, ich kann meine Hemden selbst zusammenlegen. Sobald ich zurück bin“, fügte er nachdenklich hinzu, „werde ich mit dir zu Doktor Theotokas gehen, um dich noch einmal untersuchen zu lassen.“

„Wegen der Kopfschmerzen? Sagte er nicht, dass es noch eine Zeit dauern kann, bis sie ganz weg sind?“

Er nahm ein Hemd aus dem Schrank und legte es sorgfältig zusammen, bevor er es in den Koffer packte. „Ja, aber ich möchte sicher sein, dass keine anderen Komplikationen auftreten."

Wie eine Schwangerschaft? Dieser Gedanke kam ihr sofort. Die Möglichkeit bestand durchaus. Wäre es nicht eine Ironie des Schicksals, wenn sie nach ihrer Flucht von Nikolas feststellte, dass sie tatsächlich schwanger war? Sie war sich nicht sicher, was sie in diesem Fall tun würde. Es war besser, den Gedanken erst einmal zu verdrängen.

Schweigend beobachtete Jessica, wie Nikolas den Koffer packte. Nachdem er ihn verschlossen hatte, stellte er ihn beiseite und setzte sich zu Jessica aufs Bett. Seine Nähe verunsicherte sie.

„Ich werde bei Morgengrauen die Insel verlassen", erklärte er lächelnd. „Ich werde dich also nicht wecken. Gibst du mir noch einen Gutenachtkuss?"

Er beugte sich vor und küsste sie auf den Mund.

„Gute Nacht, Liebes", sagte er zärtlich und strich mit einer Hand über ihre nackte Schulter. Er hielt einen Moment den Atem an und betrachtete sie sehnsüchtig. „Gute Nacht." Er beugte sich vor und küsste sie erneut.

Diesmal aber berührten sich ihre Lippen lange und zärtlich. Jessica legte die Hand unwillkürlich auf seinen Arm, strich über seine Schulter und berührte sanft seinen Nacken. Nikolas presste die Lippen immer leidenschaftlicher gegen die ihren und zog die Bettdecke beiseite. Er hob den Kopf und betrachtete voller Begierde ihre Brüste. Langsam glitten seine Finger zu den Trägern des Nachthemds und streiften sie über die Schulter. Jessica wehrte sich auch nicht, als er mit einer Hand unter den Stoff schlüpfte und ihre Brüste streichelte. Stattdessen küsste sie sanft seine Wangen.

„Jetzt sage ich dir wirklich gute Nacht", flüsterte er und bedeckte ihren Hals mit Küssen.

Jessica genoss seine Zärtlichkeiten. Warum war er in der Hochzeitsnacht nicht so behutsam und zärtlich?, überlegte sie. Wahrscheinlich wären alle diese Probleme nicht aufgetaucht. Sie stöhnte leise. Seine Zärtlichkeiten weckten ein tiefes Verlangen in ihr, und sie legte die Arme um ihn. Aber Nikolas hob den Kopf und wich zurück.

Er lächelte triumphierend. „Gute Nacht, Liebling", flüsterte er und zog die Träger wieder über ihre Schultern. „Wir sehen uns in zwei Tagen.“ Er nahm den Koffer, ging aus dem Zimmer und schloss die Tür leise hinter sich.

Jessica lag auf dem Bett und biss sich vor Wut auf die Lippen. Er hatte sie so zärtlich verführt, dass sie ihre Ängste vergaß, und nun ließ er sie absichtlich frustriert zurück. Warum hatte er das getan? Wollte er sich damit für ihr bisheriges Verhalten rächen, oder war es nur ein kalkuliertes Manöver, um sie aus der Fassung zu bringen?

Nun, ganz gleich, welches Motiv er für sein Verhalten hat, dachte sie, du wirst seinen sexuellen Begierden, für die du nur das Objekt bist, nicht nachgeben.

Jessica hatte den Wecker auf zwei Uhr gestellt, in der Hoffnung, ein wenig schlafen zu können. Als nach wenigen Stunden Schlaf der Wecker klingelte, stellte sie ihn ab und stieg aus dem Bett. Sie zog sich Jeans, Hemd und Schuhe an, ging zum Schrank und nahm den Koffer heraus. Dann schlich sie zur Glastür, die zur Terrasse führte, und trat ins Freie.

Der Mond war nicht zu sehen, aber die Sterne spendeten genügend Licht, um den Weg hinauf zum Landeplatz des Helikopters zu finden. Nach einer kurzen Strecke spürte sie Schmerzen in den Fußgelenken und wurde unangenehm daran erinnert, dass sie noch nicht ganz gesund war. Ihr Herz klopfte stark. Als sie die Maschine erreichte, blieb sie stehen und atmete erst einmal tief durch.

Die Tür des Helikopters war leicht zu öffnen. Jessica stieg ein und schaltete eine Taschenlampe an, um die Rücksitze zu beleuchten. Der Raum zwischen den Sitzen betrug kaum sechzig Zentimeter, und der Versuch, zusammen mit dem Koffer Platz zu finden, scheiterte. Sie versuchte es noch einmal, indem sie sich in den Zwischenraum zwängte und erst dann den Koffer zwischen sich und die letzten beiden Sitze klemmte.

Es würde zwar auf dem Flug nach Athen unmöglich werden, sich auch nur einen Millimeter zu rühren, aber es war dennoch die bestmögliche Lösung. Sie ließ den Koffer hinter den Sitzen liegen und kroch aus der Maschine.

Erst da stellte sie fest, dass sie eine Decke vergessen hatte. Sie nahm sich vor, noch eine zu besorgen, mit der sie das harte, kalte Metall etwas polstern konnte.

Gut gelaunt ging sie den Hügel hinunter zur Villa und schlich in das Schlafzimmer. Sie hätte auch im Helikopter bleiben können, aber sie musste damit rechnen, dass Nikolas noch einmal nach ihr sah, bevor er abflog. Dann sollte er sie schlafend im Bett vorfinden. Unter dem Nachthemd behielt sie allerdings ihre Sachen an, denn möglicherweise blieb ihr nicht viel Zeit, vor den beiden Männern in den Helikopter zu steigen.

Sie zog die Schuhe aus, stellte sie neben das Bett und legte sich hin, um sich ein wenig auszuruhen. Schlafen konnte sie nicht mehr, dazu war sie viel zu aufgeregt. Ungeduldig lauschte sie allen Geräuschen im Haus, die darauf hindeuteten, dass jemand aufstand.

Es wurde draußen langsam hell, als Jessica das Geräusch von fließendem Wasser hörte. Jetzt wusste sie, dass sie nicht mehr lange zu warten brauchte. Sie drehte sich zur Seite, um die Tür im Auge zu behalten, und zog die Decke bis zum Kinn. Sie zwang sich, ruhig und tief zu atmen, und wartete.

Sie hörte seine Schritte nicht. Erst als Nikolas die Tür öffnete und ein schmaler Lichtstreifen in das Zimmer fiel, wusste sie, dass er nach ihr schaute. Kurz darauf wurde die Tür wieder geschlossen.

Jessica atmete erleichtert auf. Sie stieg aus dem Bett und schlüpfte in die Schuhe. Dann nahm sie die Wolldecke, die sie bereitgelegt hatte, und verließ das Haus.

So lautlos wie möglich lief sie den Berg hinauf.

Wie viel Zeit blieb ihr? Sekunden? Das Herz klopfte heftig vor Aufregung. Wenn die beiden das Haus verließen, bevor sie den Helikopter erreichte, dann war ihre Flucht vorzeitig beendet.

Sie versuchte die Tür zu öffnen, aber so leicht sie sich zuvor hatte öffnen lassen, so widerspenstig zeigte sich der Mechanismus diesmal, da sie nervös war. Kostbare Sekunden vergingen, bevor es ihr endlich nach mehreren Versuchen gelang.

Jessica stieg ein und schloss die Tür hinter sich. Sie warf einen flüchtigen Blick auf das Haus. Es war niemand zu sehen. Eilig stieg sie nach hinten zu den Rücksitzen. Sie hätte nie gedacht, dass eine Flucht so nervenaufreibend sein könnte. Mit zitternden Händen zog sie den Rücksitz vor und verkroch sich in ihrem Versteck.

Sie war so müde, dass sie trotz der unbequemen Lage auf der Stelle einschlief. Erst als Nikolas und Andros in den Helikopter stiegen, wurde sie wieder halbwegs wach. Offenbar war ihnen nichts Außergewöhnliches aufgefallen. Trotzdem hielt sie eine Weile den Atem an und bewegte sich nicht.

Nikolas und Andros wechselten ein paar Worte auf Griechisch, und Jessica ärgerte sich, dass sie kein Wort verstand. Madame Constantinos und Petra hatten ihr zwar ein paar Worte beigebracht, aber sie hatte keine großen Fortschritte gemacht.

Dann hörte sie das Triebwerk, das den Rotor in Bewegung setzte. Die Vibration der Maschine war unangenehmer, als sie gedacht hatte. Augenblicklich bekam sie einen Muskelkrampf im linken Arm. Vorsichtig begann sie, den schmerzenden Arm zu massieren. Sie war froh, dass der Lärm des Rotors ihr leises Stöhnen übertönte.

Schließlich hob der Helikopter ab, nahm schnell Fahrt auf und steuerte auf die offene See hinaus.

Jessica hatte keine Ahnung, wie lange der Flug gedauert hatte. Sie war eingeschlafen und wurde erst wieder wach, als der Lärm des Rotors und die Vibration nachließen. Das war ein Zeichen dafür, dass sie gelandet waren.

Nikolas und Andros wechselten ein paar Worte und verließen kurz darauf die Maschine.

Jessica wartete noch eine Zeitlang, bevor sie ihr Versteck verließ. Ihr Körper fühlte sich so steif an, dass sie sich erst mal in einem der Sitze ausstreckte und ihre schmerzenden Beine rieb. Dann holte sie den Koffer hinter dem Sitz hervor und sah hinaus. Sie holte tief Luft, öffnete die Tür und stieg aus.

Sie war überrascht, dass niemand Notiz von ihr nahm, als sie quer über das Rollfeld zur Empfangshalle ging. Normalerweise wurden die ankommenden Fluggäste kontrolliert, das wusste sie von früheren Flügen. Die Tatsache, dass niemand auf sie zukam, um zu fragen, was sie hier tat, irritierte sie.

Jessica ging zu den Damentoiletten und schloss sich in einer der Kabinen ein. Sie öffnete den Koffer und nahm ein Kleid heraus. Sie zog die Jeans und das Hemd aus und verstaute die Sachen im Koffer. Dann zog sie eine Strumpfhose an und schlüpfte in das blaue Kleid. Schließlich nahm sie die Brieftasche in die Hand und verließ die Kabine.

Vor dem Spiegel steckte sie ihre Haare mit ein paar Nadeln über dem Kopf fest und schminkte sich die Lippen rot. Während sie sich im Spiegel betrachtete, wünschte sie, sich hinter einer Sonnenbrille verstecken zu können.

Als sie zum Schalter kam, fragte sie nach dem Preis für ein Flugticket nach London. Nachdem sie erleichtert festgestellt hatte, dass sie genügend Bargeld dabei hatte, buchte sie den nächstmöglichen Flug. Aber zu ihrem Entsetzen startete die nächste Maschine nach London erst nach dem Mittag. Der Gedanke, so lange warten zu müssen, war nicht geeignet, ihre Nerven zu beruhigen.

Bis zum Abflug wurde sie sicherlich bereits vermisst. Vielleicht stellten sie gerade in diesem Augenblick fest, dass sie nicht im Haus war. Ob sie vermuteten, dass sie die Insel verlassen hatte? Warum nur hatte sie keine Nachricht hinterlassen und behauptet, dass sie Nikolas auf seinem Flug begleitete? Niemand hätte sie vor seiner Rückkehr vermisst.

Da ihr Magen zu rebellieren begann, ging sie in das Flughafenrestaurant und bestellte ein Frühstück. Sie setzte sich an einen freien Tisch und versuchte, ein paar Bissen zu sich zu nehmen. Der Gedanke, dass ihre übereilte Flucht noch scheitern könnte, erschreckte sie zutiefst.

Jessica ließ das Essen fast unberührt und kaufte ein Modemagazin. Sie blätterte hastig die Seiten durch, um ihre Ängste zu verdrängen. Ein Blick auf die Uhr bestärkte sie nur in ihrer Furcht. Sicherlich war Nikolas bereits informiert worden. Was mochte er unternehmen? Seine Möglichkeiten waren faktisch unbegrenzt. Er konnte alles in die Wege leiten, um zu verhindern, dass sie das Land verließ. Sie musste im Jet sitzen, bevor er die Gelegenheit dazu bekam.

Die Zeit verging endlos lange. Jessica zwang sich immer wieder zur Ruhe. Der Terminal füllte sich langsam mit Touristen. Es war fast Mittag. In eineinhalb Stunden war sie bereits in der Luft, wenn sich der Start nicht verzögerte.

Als sie plötzlich eine Hand auf ihrem Arm spürte, blieb sie reglos sitzen.

War es ein Fremder?

Die eisige Stille ließ sie ahnen, dass ihre Hoffnung unbegründet war. Sie drehte den Kopf ... und blickte gefasst in die dunklen Augen ihres Ehemannes.

Nikolas verzog keine Miene. Dennoch spürte sie, wie zornig er war. Noch nie zuvor hatte sie ihn in solch einer Verfassung erlebt, und es kostete sie mehr Mut, als sie zu haben glaubte, aufzustehen und seinem Blick standzuhalten.

Nikolas zwang sich zur Ruhe. Er bückte sich und nahm Jessicas Koffer auf. „Komm mit mir!“, zischte er sie an und hielt ihren Arm fest, als wollte er damit verhindern, dass sie seiner Aufforderung nicht nachkam.

Nikolas führte Jessica hinaus zu den Parkplätzen, wo bereits eine dunkelblaue Limousine wartete. Zu Jessicas Überraschung saß Andros auf dem Rücksitz. Er rutschte beiseite, während Nikolas Jessica beim Einsteigen half und sich neben sie setzte. Er gab dem Fahrer eine Adresse, und der Wagen fuhr los.

Während der Fahrt sprachen sie kein einziges Wort. Jessica war froh, dass Andros mit im Wagen saß, denn so musste Nikolas sich beherrschen. Sie wollte nicht daran denken, was geschah, wenn sie später allein waren.

Die Limousine hielt vor einem modernen Hotel, das eher in eine Stadt wie Los Angeles passte als in eine so altehrwürdige Stadt wie Athen.

Jessica versuchte, mit Nikolas Schritt zu halten. Sie eilten durch den Hoteleingang und nahmen den Fahrstuhl zu einem Penthouse.

Nikolas öffnete die Tür eines luxuriösen Apartments. „Lass sie nicht aus den Augen!“, befahl er Andros kurz und bündig und ging wieder, ohne Jessica eines Blickes zu würdigen.

Andros pfiff leise durch die Zähne und sah Jessica bekümmert an. „So wütend habe ich ihn noch nie erlebt.“

Sie seufzte tief. „Es tut mir leid, dass du in die Sache verwickelt wurdest.“

Er zuckte mit den Schultern. „Auf mich wird er erst dann wütend, wenn ich dich entkommen lasse. Und genau das habe ich nicht vor. Wie bist du überhaupt von der Insel weggekommen?“

„Ich habe mich im Helikopter versteckt“, erklärte sie und setzte sich auf einen Sessel. Sie strich mit den Fingern über das königsblaue Polster. „Ich hatte alles geplant, und es lief wie am Schnürchen … Mein Pech war, dass die Maschine nach London erst nach dem Mittag flog.“

Andros schüttelte den Kopf. „Das hätte nichts geändert. Niko hätte alles darangesetzt, vor dir in London zu landen, um dich abzufangen."

An diese Möglichkeit hatte sie nicht gedacht. „Ich brauchte einfach etwas Zeit zum Nachdenken, deshalb bin ich gegangen."

Andros setzte sich ihr gegenüber. „Jessica, bitte denk daran, Niko ist kein Mann, der Kompromisse schließt. Ich weiß zwar nicht, was zwischen euch beiden falsch gelaufen ist, aber ich dachte, dass sich nach der Trauung alles zum Guten ändern würde."

„Wohin ist er gegangen?"

„Zu einem Termin. Es muss eine dringende Angelegenheit sein, sonst wäre er nicht zurückgegangen. Außer mir weiß übrigens niemand etwas von deinem Ausflug. Er hat es mir auch erst gesagt, als wir auf dem Weg zum Flughafen waren."

Andros bestellte Essen für sie beide, und wieder einmal musste Jessica sich zwingen, etwas zu sich zu nehmen. Die Zeit zog sich endlos dahin. Ihr blieb nichts anderes übrig, als auf Nikos Rückkehr zu warten.

Die Sonne ging bereits unter, als Nikolas endlich zur Tür hereinkam. Er sprach kein Wort zu Jessica, wechselte aber ein paar Sätze mit Andros auf Griechisch. Andros nickte und verließ das Apartment. Jetzt war sie mit Nikolas allein.

„Bestell ein Essen, während ich dusche. Und versuch nicht zu gehen. Meine Leute werden dich abfangen, noch bevor du die Straße erreicht hast", sagte er leise, lockerte die Krawatte und ging in einen anderen Raum.

Jessica zweifelte nicht an seinen Worten. Sie nahm den Hörer ab und bestellte ein Abendessen, das ihr Gesprächspartner in einem exzellenten Englisch entgegennahm.

Nikolas kam zurück, gerade als das Essen eintraf. Seine Haare waren noch feucht vom Duschen, und er trug eine einfache schwarze Hose und ein weißes Hemd, das an mehreren Stellen auf seiner nassen Haut klebte.

„Setz dich!", forderte er sie beiläufig auf. „Du hattest einen anstrengenden Tag. Du musst erst wieder zu Kräften kommen."

Das Lammkotelett und die Artischockenherzen waren das Beste, was Jessica jemals gekostet hatte. Sie aß plötzlich mit großem Appetit, trotz ihres feindselig gesinnten Gegenüber.

Sie war fast fertig, als Nikolas wieder das Wort ergriff. Offenbar hatte er gewartet, um ihr nicht den Appetit zu verderben.

„Ich habe Maman angerufen und ihr gesagt, dass du hier bei mir bist. Sie hat sich natürlich große Sorgen gemacht. Du solltest dich nach der Rückkehr bei ihr für deine Gedankenlosigkeit entschuldigen. Allerdings habe ich erzählt, du hättest dich in den Helikopter geschlichen, um bei mir in Athen sein zu können. Sie war sehr erfreut, dass es dir wieder so gut geht, dass du mir auf so romantische Art und Weise folgen konntest."

„Ich habe zu spät daran gedacht, eine Nachricht zu hinterlassen."

Nikolas machte eine wegwerfende Handbewegung. „Das spielt keine Rolle. Es sei dir vergeben."

Jessica legte die Gabel beiseite und nahm allen Mut zusammen.

„Ich wollte dich nicht verlassen. Auf jeden Fall ..."

„Es sah aber verdammt danach aus!"

„Nicht für immer."

„Da könntest du recht haben. Spätestens nach zwei Tagen hätte ich dich gehabt." Es sah so aus, als wollte er in diesem Punkt noch etwas hinzufügen, aber er behielt es für sich und sagte stattdessen: „Wenn du fertig bist, solltest du vielleicht ein Bad nehmen. Ich möchte mir deine Entschuldigungen nicht anhören."

Jessica überlegte einen Moment, ob sie sich Nikolas widersetzen sollte. Aber sie presste die Lippen zusammen und tat, was er ihr aufgetragen hatte. In dieser Stimmung war es unmöglich, vernünftig mit ihm zu reden. Und wenn sie weiter seinen sarkastischen Reden zuhörte, verlor sie bald die Geduld.

Also schloss sie sich in dem riesigen Badezimmer ein und nahm eine Dusche. Nachdem sie sich abgetrocknet hatte, entdeckte sie einen blauen Bademantel, der an einem Haken an der Tür hing. Da sie ihr Nachthemd nicht dabeihatte, zog sie den Bademantel über, krempelte die langen Ärmel hoch und verließ das Bad.

„Sehr reizvoll", bemerkte Nikolas, der sich auf dem Bett ausgestreckt hatte.

Jessica blieb stehen und sah ihn an. Er hatte alle Lichter, außer der Lampe neben dem Bett, gelöscht und die Bettdecke zurückgeschlagen. Und er hatte sich ausgezogen.

Es war keine Frage, was er wollte. Sie wischte sich nervös die Haare aus der Stirn. „Ich möchte nicht mit dir schlafen."

„Prima, ich habe auch nicht die Absicht zu schlafen."

„Lass deine Wortspielereien! Du weißt sehr wohl, was ich meine."

Nikolas betrachtete sie von Kopf bis Fuß. „Ich weiß, dass du nicht das Bett mit mir teilen möchtest. Aber ich bin dein Ehemann, und ich habe es satt, immer in einem leeren Bett zu liegen."

„Warum kannst du nicht einmal Rücksicht auf meine Gefühle nehmen?"

Er schüttelte nur den Kopf. „Jetzt zieh den Bademantel aus und komm her!"

Sie kreuzte die Arme vor der Brust und musterte ihn. „Ich habe dich nicht verlassen. Ich brauchte nur etwas Zeit, um nachdenken zu können …"

„Jessica, Liebling, kommst du jetzt her, oder soll ich dich holen?"

„Du wirst mich vermutlich holen müssen", entgegnete sie unnachgiebig. Sie musste unwillkürlich an ihr erstes Beisammensein denken. Und Nikolas schien ihre ängstlichen Gedanken zu erraten, denn sein Gesichtsausdruck wirkte nicht mehr ganz so streng wie zuvor.

„Du musst keine Angst haben", sagte er leise und stand vom Bett auf.

„Nein, ich will nicht." Sie hob eine Hand, um sich zu wehren, aber Nikolas fasste die Hand, zog Jessica zu sich und nahm sie fest in die Arme.

„Ohne Kampf", flüsterte er, öffnete den Bademantel und ließ ihn über ihre Schultern gleiten.

Jessica wich zurück und schüttelte den Kopf. „Nein."

Er nahm sie hoch und trug sie die wenigen Schritte zum Bett. „Entspann dich", sagte er zärtlich und legte sie auf das kühle Laken. „Ich werde sehr behutsam sein, Liebling. Du brauchst keine Angst zu haben."

Er streichelte sanft ihren Körper und küsste verspielt ihr Ohr, während er immer wieder leise versicherte, wie geduldig er diesmal sein wollte.

Jessica versuchte, sich den verführerischen Zärtlichkeiten auf ihrer Haut nicht hinzugeben, aber ihr Widerstand schwand mehr und mehr, bis sie sich fast unmerklich in seinen Armen zu entspannen begann. Unwiderstehlich erwachte ein Verlangen in ihr, das sie so nicht gekannt hatte. Schließlich drehte sie den Kopf und küsste leidenschaftlich seinen Mund.

Langsam verlor sie unter seinem warmen Körper jede Selbstkontrolle und drängte ihm lustvoll entgegen, bis er sich behutsam auf sie legte, um eins mit ihr zu werden und ihre Sehnsucht zu stillen.

Aber Nikolas war nicht so leicht zu befriedigen. Sie hatte seinen Stolz verletzt, als sie versuchte, ihn zu verlassen. Er nutzte die langen Stunden der Nacht, um ihr zu zeigen, dass er der Stärkere war. Zu keiner Zeit verlor er die Selbstbeherrschung, sondern steigerte mit seinen Zärtlichkeiten ihr Verlangen, um es gemeinsam mit ihm zu genießen. Nichts zählte mehr außer dem berauschenden Gefühl, in seinen Armen zu liegen und ihn zu lieben.

Erst als sie am nächsten Morgen erwachte und ihren schlafenden Ehemann betrachtete, befiel sie ein Gefühl der Kälte, und sie fragte sich, warum er das getan hatte.

Wollte er nur beweisen, wer in ihrer Beziehung den Ton angab? Auch in den Momenten der tiefsten Leidenschaft hatte er nicht von Liebe gesprochen. Sie hatte das Gefühl, als hätte er nur mit ihr geschlafen, um seine Macht zu demonstrieren. Und nicht zuletzt hatte er vor, sie zu schwängern.

Jessica drehte sich unruhig von einer Seite zur anderen. Sie fühlte sich elend. Warum konnte er sie nicht so lieben, wie sie ihn liebte? Tränen liefen ihr über die Wangen.

„Jessica?“ Nikolas stützte sich verschlafen auf einen Ellbogen. Sie drehte den Kopf und sah ihn traurig an. „Was ist los mit dir, Jessica?“ Er strich mit den Fingern über ihre feuchten Wangen.

Wie sollte sie ihm antworten, da sie doch nicht wusste, wie ihr geschah.

Einige Zeit später gab ihr ein besorgt dreinblickender Dr. Theotokas eine Spritze und tätschelte freundlich ihren Arm.

„Es ist nur ein leichtes Beruhigungsmittel. Sie brauchen noch viel Ruhe. Eine Gehirnerschütterung heilt nicht in ein paar Tagen aus. Sie haben sich völlig überanstrengt, physisch und psychisch. Jetzt zahlen Sie den Preis dafür.“

Jessica lächelte. Sie lag nackt im Bett ihres Ehemannes. Der Arzt war kein Dummkopf. Er musste blind sein, wenn er nicht erkannt hatte, wie sie und Nikolas die Nacht verbracht hatten …

Nikolas wechselte mit Dr. Theotokas noch ein paar Worte in ihrer Landessprache, dann verließ der Arzt das Haus.

„Fühlst du dich besser?“, fragte Nikolas, nachdem er wieder im Schlafzimmer war und sich auf das Bett gesetzt hatte.

„Ja, es tut mir leid.“ Jessica seufzte.

„Eigentlich müsste ich mich entschuldigen“, flüsterte er. „Alexander hat mich gerade einen Riesendummkopf genannt, weil ich nicht besser auf dich achtgegeben habe.“

„Und – was nun?“

„Wir fliegen zurück auf die Insel, und du wirst die Zeit damit verbringen, am Strand zu liegen.“ Er schaute ihr in die Augen. „Er hat mir strengstens verboten, das Bett mit dir zu teilen, bis du dich vollkommen erholt hast. Du hast gewonnen, Jessica. Ich werde dich nicht mehr bedrängen. Darauf gebe ich dir mein Wort.“

10. KAPITEL

Sieben Wochen später stand Jessica auf der Terrasse und blickte hinaus auf die weiße Jacht, die vor der Bucht ankerte. Sie strich immer wieder mit der Hand über ihren Bauch. Es würde zwar noch eine Zeit dauern, bis ihr Zustand zu erkennen war, aber ihr war nicht entgangen, dass Petra und Sophia einander zulächelten, wenn sie wieder einmal ihr Frühstück nicht angerührt hatte.

Ein Baby!

Einerseits war sie glücklich darüber, ein Kind von Nikolas zu erwarten, andererseits jedoch tief deprimiert, weil ihre Beziehung sich seit ihrer Rückkehr auf die Insel nicht verändert hatte.

Andros hatte tags zuvor die Jacht gebracht. Nikolas wollte eine Kreuzfahrt machen und hatte deshalb Andros damit beauftragt, die Jacht von ihrem Anlegeplatz zu holen und in der Bucht zu ankern. In zwei Tagen wollte er ablegen und seine Mutter und Jessica mitnehmen.

Sie wandte den Blick von dem Boot ab und richtete ihn auf Sophia, die ihr ein Glas Fruchtsaft, Toast und Tee auf einem Frühstückstablett brachte.

Sophia wusste, dass Jessica Nikolas nichts davon erzählt hatte, dass er Vater wurde, aber Jessica wollte es ihm bald selbst sagen.

„Ich gehe ein wenig spazieren“, teilte sie Sophia mit und gab ihr das leere Glas. Dann ging sie langsam den Pfad hinunter, der zum Strand führte.

Samantha begleitete sie und sprang aufgeregt neben ihr her. Nikolas hatte den kleinen Hund auf die Insel bringen lassen, und Samantha genoss ihr neues Zuhause, das ihr unbegrenzt Auslauf bot. Die Kinder im Dorf waren ganz verrückt nach ihr, aber sie war völlig auf Nikolas fixiert.

Jessica sah ihren Hund streng an. „Verräterin!“ Aber Samantha bellte so ausgelassen, dass Jessica lachen musste.

Sie nahm ein Stück Treibholz, warf es fort und ließ es Samantha zurückbringen. Da Samantha in letzter Zeit ziemlich schnell ermüdete, vermutete Jessica, dass ihr Vierbeiner wieder einmal familiäre Bande geknüpft hatte. Nikolas hatte lachend berichtet, dass er sie mit einem Hund aus der Nachbarschaft beobachtet hatte.

Jessica setzte sich in den Sand und streichelte Samanthas Kopf. „Da haben wir etwas gemeinsam, meine Kleine", sagte sie wehmütig, und Samantha winselte wie zur Bekräftigung.

Schließlich machte sich Jessica wieder auf den Weg über den Pfad und konzentrierte sich ganz darauf, nicht zu stolpern, als sie plötzlich hinter sich, völlig überraschend, eine barsche Stimme vernahm.

„Was machen Sie da?"

Jessica schrie erschrocken auf und drehte sich abrupt um. Aber die rasche Bewegung war zuviel für sie. Einen Moment sah sie noch Nikolas, der sich über seinen gelungenen Scherz freute, dann wurde es dunkel vor ihren Augen.

Als Jessica erwachte, lag sie im Schlafzimmer auf dem Bett. Nikolas saß neben ihr und strich mit einem nassen Tuch über ihr Gesicht. Er sah sehr ernst aus.

„Es tut mir leid", sagte sie mit schwacher Stimme. „Ich weiß überhaupt nicht, warum ich in Ohnmacht gefallen bin."

„Wirklich nicht? Maman hat eine sehr gute Erklärung dafür. Petra und Sophia ebenfalls. Warum hast du mir nichts gesagt, Jessica? Die anderen wissen es bereits."

„Was hätte ich dir sagen sollen?" Sie zögerte und versuchte, den Zeitpunkt hinauszuzögern, an dem sie es ihm tatsächlich sagen musste.

„Keine Spielchen", entgegnete er barsch und beugte sich über sie. „Erwartest du ein Baby?"

Nur sie beide waren im Zimmer, und dieser Augenblick würde sich nie wiederholen. Sie lächelte geheimnisvoll, nahm seine Hand und legte sie auf ihren Bauch. „Ja, wir bekommen ein Baby."

Nikolas legte sich neben Jessica auf das Bett und nahm sie in seine Arme. „Ein Baby", flüsterte er. „Warum hast du es mir nicht gleich gesagt? Wusstest du denn nicht, wie glücklich du mich damit machen würdest?"

„Ich wusste, dass du mich niemals gehen lässt, wenn du etwas von dem Baby weißt …"

„Möchtest du denn noch gehen? Küss mich, Liebling. Es ist schon so lange her, und ich brauche deine Zärtlichkeiten."

Es war lange her. Nikolas hatte sich strikt daran gehalten, sie nicht zu berühren. Und nachdem sie sich erholt hatte, vermisste auch sie seine Nähe.

Er küsste ungewöhnlich sanft ihren Mund. Nie zuvor hatte er sie so zärtlich berührt. Sie schmiegte sich noch enger an seinen Körper. Sie sehnte sich so sehr nach ihm.

Nikolas stöhnte leise und öffnete Jessicas Kleid. Ungeduldig zog er sie aus, während sie mit zitternden Händen sein Hemd aufknöpfte. Er half ihr, den Gürtel seiner Hose aufzuschnallen, und zog sich hastig aus.

Jessica gab sich ihm mit einer unbändigen Leidenschaft hin, die sie für den Mann empfand, den sie von ganzem Herzen liebte. Nichts anderes zählte mehr zwischen ihnen.

Als sie wieder in die Wirklichkeit zurückkehrten, lag Jessica in Nikos Armen, den Kopf an seine Schulter geschmiegt, während er liebevoll mit der Hand über ihren Körper strich. Sie lächelte ihn an und sah, dass er ihr Lächeln zufrieden erwiderte. Seine schwarzen Augen wirkten schläfrig.

„Ich wusste gar nicht, dass eine schwangere Frau so erotisch sein kann“, sagte er schwerfällig.

„Du solltest mich jetzt nicht aufziehen!“, protestierte sie.

„Ich ziehe dich nicht auf. Bis jetzt warst du für mich einfach begehrenswert, aber seit ich weiß, dass du ein Kind von mir erwartest, möchte ich nicht eine Sekunde mehr von deiner Seite weichen, Jess.“

Dieser Nachmittag hatte alles verändert, das wusste sie. Sie liebte ihn. Jetzt musste sie alle Bedenken beiseite schieben und sich auf diese Liebe konzentrieren, um ihrem Leben einen Sinn zu geben.

Seit sie auf die Insel zurückgekehrt war, hatte sie in ständiger Angst gelebt, dass er mit ihr schlafen wollte. Aber an diesem sonnigen Nachmittag hatte er ihr bewiesen, dass es wundervoll sein konnte, sich zu lieben. Und doch ging ihr die Erinnerung an die Hochzeitsnacht nicht aus dem Sinn.

„Keine verlorenen Nächte mehr“, sagte er, als wollte er ihre Gedanken erwidern. Er beugte sich über sie, und sein harter, fast brutaler Gesichtsausdruck erinnerte sie plötzlich wieder an sein Verhalten in der Hochzeitsnacht. Unwillkürlich stieß sie mit den Händen gegen seine Schultern. „Fass mich nicht an!“

Nikolas zuckte zurück. „Keine Sorge“, erwiderte er streng und stieg kopfschüttelnd aus dem Bett. „Ich habe nichts mehr zu dem Thema zu sagen.“ Er nahm seine Hose. „Versuche mich nicht mehr zu überzeugen, Jessica. Ich bin es müde, verdammt …“ Er brach ab und zog die Hose an.

„Nikolas, warte, es ist nicht …“

„Es interessiert mich nicht!“, brüllte er und sah sie wie versteinert an. „Ich werde dich nicht mehr belästigen.“ Er eilte aus dem Schlafzimmer, ohne sich noch einmal umzusehen.

Jessica stand ebenfalls auf, zog den Morgenmantel über und verließ das Schlafzimmer. Sie musste Nikolas finden und ihm erklären, warum sie ihn abgewiesen hatte.

Als sie das Wohnzimmer betrat, traf sie auf Madame Constantinos. „Geht es dir gut, meine Liebe?“, fragte sie Jessica und blickte von ihrem Buch auf.

„Ja. Ich … Weißt du, wo Nikolas ist, Maman?“

„Ja, er und Andros haben sich im Arbeitszimmer eingeschlossen und strikte Anweisung gegeben, nicht gestört zu werden. Andros fliegt morgen geschäftlich nach New York.“

Nikolas hatte Andros den Fusionsauftrag übertragen? Sie wusste, dass Nikolas diese wichtige Angelegenheit ursprünglich selbst regeln wollte. Wenn er Andros die Verantwortung dafür übertrug, so konnte das nur heißen, dass er sich die Zeit nehmen wollte, um mit ihr auf der Jacht zu sein. Wie konnte sie nur so blind gewesen sein?

„Stimmt etwas nicht?“, fragte Madame Constantinos besorgt.

„Ja … nein. Ja, doch. Wir hatten gerade eine Auseinandersetzung“, gab Jessica zu. „Ich habe ihm etwas gesagt, dass er missverstanden hat.“

„Aha, ich verstehe.“ Madame Constantinos schaute sie mit ihren klaren blauen Augen an. „Du hast ihm von dem Kind erzählt?“

„Ja, aber das ist nicht der Grund, weshalb er so wütend ist.“

„Nein, natürlich nicht. Nikolas wäre niemals über den Gedanken, Vater zu werden, wütend“, scherzte Madame Constantinos. „Er ist zweifellos stolz wie ein Pfau.“

„Ja“, bestätigte Jessica.

Madame Constantinos warf einen Blick zur Tür, die zur Terrasse führte, und lächelte. „So, Niko ist also wütend, ja? Lass ihn heute Nacht allein, meine Liebe. Er würde dir jetzt vermutlich gar nicht zuhören. Lass ihn eine Zeitlang in seinem eigenen Elend schmoren. Das ist nur eine kleine Strafe für das, was er dir angetan hat.“

„Es war nicht nur sein Fehler, Maman.“ Jessica weinte.

„Gräm dich nicht so“, ermutigte Madame Constantinos sie. „Du kannst ja nicht mehr klar denken. Warte es ab, morgen sieht alles ganz anders aus.“

Am nächsten Morgen hatte Jessica nur den einen Gedanken: Sie wollte Nikolas sehen, ihn berühren. Sie sehnte sich danach, in seinen Armen zu liegen. Sie liebte ihn.

Als sie das Wohnzimmer betrat, sah sie Madame Constantinos auf der Terrasse sitzen. Sie ging durch die Glastür, um Nikos Mutter zu begrüßen. „Wo ist Niko, Maman?“, fragte sie mit vibrierender Stimme.

„An Bord der Jacht. Setz dich, mein Kind, und frühstücke mit mir. Sophia wird dir etwas Leichtverdauliches bringen. Hast du dich heute Morgen unwohl gefühlt?“

Überraschenderweise ging es ihr diesen Morgen gut. „Aber ich muss Nikolas so bald wie möglich sehen.“

„Alles zu seiner Zeit. Du kannst jetzt nicht mit ihm sprechen, also wirst du erst einmal frühstücken. Denk an das Baby, Liebes.“

Jessica setzte sich, und in diesem Moment erschien Sophia mit einem Tablett. Da Jessica in den vergangenen Wochen ein wenig Griechisch gelernt hatte, bedankte sie sich bei der Köchin in deren Muttersprache, und Sophia tätschelte als Zeichen der Zustimmung freundschaftlich ihre Hand.

In der Ferne konnte Jessica die Jacht erkennen. Es gab nur einen Weg, zu Nikolas zu gelangen: Sie musste sich von einem Fischer hinausfahren lassen. Bis zum Dorf war es zwar nicht allzu weit, da ihr aber die Schwangerschaft doch ein wenig zu schaffen machte, zögerte sie, sich bei dieser Hitze auf den Weg zu machen. Wie Madame Constantinos sagte, musste sie auf das Baby Rücksicht nehmen.

Nachdem sie so viel gegessen hatte, dass sowohl ihre Schwiegermutter als auch Sophia sich mit ihr zufrieden zeigten, schob sie das Tablett beiseite.

„Liebst du Niko eigentlich?“ Madame Constantinos’ Frage kam für Jessica völlig überraschend.

„Ja. Aber ich habe alles verdorben. Er wird mir niemals vergeben, was ich zu ihm gesagt habe. Wenn er mich liebte, wäre es ganz anders …“

„Woher willst du wissen, dass er dich nicht liebt?“

„Weil er nichts anderes im Kopf hat, als mit mir ins Bett zu gehen.

Er sagt, dass er mich begehrt, aber er hat nie zu mir gesagt, dass er mich liebt."

„Ah, ich verstehe." Madame Constantinos nickte ahnungsvoll. „Weil er dir nie sagte, der Himmel sei blau, nimmst du jetzt an, dass der Himmel unmöglich diese Farbe haben kann. Jessica, meine Liebe, du solltest mit offenen Augen durch die Welt gehen. Glaubst du wirklich, Niko hätte einen so schwachen Charakter, dass er nur ein Sklave seiner Begierden ist? Er begehrt dich, ja. Auch das gehört zur Liebe."

Jessica wagte kaum noch daran zu glauben, dass Nikolas sie wirklich liebte. Zu oft hatte er ihre Gefühle ignoriert. Und das sprach sie auch offen vor Madame Constantinos aus.

„Ich habe nicht gesagt, Niko sei ein besonders gutherziger Mensch", entgegnete die ältere Frau. „Ich spreche aus eigener Erfahrung. Niko ist ein Abbild seines Vaters. Sie sind einander zum Verwechseln ähnlich. Es war nicht immer angenehm, Dämons Frau zu sein. Alles musste nach seinem Willen geschehen, sonst wurde er rasend vor Zorn. Niko ist genauso."

„Aber dein Mann liebte dich", bemerkte Jessica und blickte hinüber zur Jacht.

„Das tat er. Aber wir waren bereits sechs Jahre verheiratet, als er es mir sagte. Und das auch nur deshalb, weil mich der Tod unseres zweiten Kindes so tief schmerzte. Als ich ihn fragte, seit wann er mich denn liebe, sah er mich ganz erstaunt an und sagte: ‚Seit dem ersten Tag. Wie kann eine Frau nur so blind sein? Zweifle nie daran, dass ich dich liebe, auch wenn ich es nicht ausspreche.' Und so verhält es sich auch mit Niko." Sie musterte Jessica eine Weile und fügte hinzu: „Ja, Niko liebt dich. Ich kenne meinen Sohn. Du hast ihm völlig den Kopf verdreht."

„Aber all die Dinge, die er zu mir gesagt hat …", entgegnete Jessica zweifelnd.

„Ich weiß. Er ist sehr stolz, und er war sehr wütend über sich, dass er sein Verlangen nach dir nicht kontrollieren konnte. Auch ich habe Fehler gemacht. Da ich glaubte, mein Freund Robert habe eine Frau geheiratet, die nur auf sein Geld aus war, habe ich sehr ungehalten reagiert. Niko liebt mich und wollte mich nur schützen. Aber er konnte andererseits nicht auf dich verzichten. Und du, Jessica, warst zu stolz, ihm die Wahrheit zu sagen."

„Ich weiß“, gab Jessica weinend zu. „Und ich habe ihn gestern so schlecht behandelt. Ich habe alles verdorben, Maman.“

„Nun weine nicht. Wenn du ihm seinen Stolz vergeben kannst, so wird ihm das auch gelingen.“ Madame Constantinos legte mütterlich eine Hand auf Jessicas Arm. „Siehst du, Niko verlässt jetzt die Jacht. Warum läufst du ihm nicht entgegen und triffst dich einfach mit ihm?“

„Ich ... ja.“ Jessica stand auf.

„Und sei vorsichtig!“, rief Madame Constantinos hinter ihr her. „Denk an mein Enkelkind!“

Jessica ging langsam den schmalen Pfad hinunter zum Strand. Immer wieder warf sie einen Blick auf das kleine Ruderboot, das sich dem Ufer näherte. Ihr Herz klopfte wild. Ob Madame Constantinos recht hatte? Liebte er sie wirklich?

Nikolas hatte bereits das Boot an Land gezogen und gegen den Wellengang gesichert, als Jessica durch den Sand auf ihn zulief. Er trug nur kurze blaue Jeans. Sie blieb stehen und betrachtete seinen muskulösen Körper.

Nikolas drehte sich um und sah sie an. Es war so ein seltsamer Ausdruck in seinen Augen. Ihr war klar, dass er nicht den ersten Schritt machen würde. Das musste sie tun. Also nahm sie allen Mut zusammen und gestand ihm mit ruhiger Stimme: „Nikolas, ich liebe dich. Kannst du mir verzeihen?“

„Natürlich“, antwortete er wie beiläufig und ging auf sie zu. „Warum?“

„Deine ... deine Mutter hat mir die Augen geöffnet.“ Sie brachte fast kein Wort heraus. Er machte es ihr wirklich nicht leicht. „Ich habe jetzt erkannt, dass ich mir mit meinem Stolz alles verdorben habe. Ich liebe dich, und selbst wenn du mich nicht liebst, so will ich mein ganzes Leben bei dir bleiben. Aber ich hoffe, dass du mich liebst.“

Nikolas fuhr sich mit einer Hand durch das Haar. „Bist du blind? Ganz Europa weiß, dass ich verrückt nach dir bin. Glaubst du etwa, ich wäre nur auf Sex aus gewesen?“

Sie legte die Hand auf seine nackte Brust. „Ich liebe dich“, flüsterte sie aufgeregt. „Kannst du mir verzeihen, dass ich so dumm und blind war?“

Nikolas stöhnte und vergrub sein Gesicht in ihrem Haar. „Natürlich kann ich das. Wenn du mir verzeihen kannst und mich liebst, obwohl ich dich so behandelt habe? Wie sollte ich dir da noch böse sein? Außerdem wäre mein Leben ohne dich nichts wert. Ich liebe dich." Er hob den Kopf und wiederholte: „Ich liebe dich."

Jessica zitterte am ganzen Körper, als sie seine letzten Worte hörte. Sie presste sich fest gegen Nikolas und küsste ihn leidenschaftlich. Im nächsten Moment hob er sie hoch und trug sie durch den Sand.

„Wohin bringst du mich?", fragte sie flüsternd und glitt mit den Lippen über seine Schulter.

„Dort hinten zu den Felsen, wo wir allein sind und wo uns keiner sehen kann."

Kurz darauf waren sie von den schützenden Felsen umgeben, und Nikolas legte Jessica behutsam auf den warmen Sand. Er liebte sie so zärtlich und zurückhaltend, als befürchtete er, ihr weh zu tun. Jessica registrierte erleichtert, dass der Schmerz und der Ärger der vergangenen Monate wie weggewischt waren. Sie konnte sich ganz dem Genuss hingeben.

„Wir haben so viel Zeit verloren. Hätte ich es dir nur erzählt ...", flüsterte sie.

„Pst!" Er unterbrach sie und strich ihr durch das Haar. „Keine Selbstvorwürfe, Liebling. Ich bin auch nicht frei von Schuld. Und es fällt mir nicht leicht, einen Fehler einzugestehen." Er lächelte und streichelte sanft ihren Rücken. „Ich weiß jetzt, warum du so feindlich gegen mich eingestellt warst. Aber jedesmal, wenn du mich abgewiesen hast, war es für mich wie ein Schlag ins Gesicht. Ich hätte mir gewünscht, dich allein zu lassen und einfach zu vergessen, aber ich konnte es nicht. Das hat mich wie wahnsinnig geärgert. Ich konnte mir einfach nicht eingestehen, dass ich verloren hatte."

Er küsste sie und streichelte zärtlich ihren Körper. „Du bist wundervoll", flüsterte er leidenschaftlich. „Ich habe so oft davon geträumt, so wie jetzt mit dir vereint zu sein. Ich werde nicht eine Minute von dir weichen."

„Hm, wir sollten jetzt wirklich gehen", erwiderte Jessica verträumt. „Maman wird bereits auf uns warten."

„Ja, du hast recht." Nikolas setzte sich auf. „Ich möchte nicht, dass sie uns suchen lässt. Und du bist müde, nicht wahr?"

„Müde?"

„Du wirst dich nicht wachhalten können, stimmt's? Du musst sicher ein wenig schlafen."

„Ja, ich bin so müde, dass ich mich kaum bis zum Abendessen wachhalten werde."

Nikolas lachte und half ihr beim Anziehen. Hand in Hand gingen sie den Pfad hinauf zur Villa. Jessica war überglücklich. Zum ersten Mal in ihrem Leben war alles so, wie sie es sich immer gewünscht hatte. Sie liebten einander, und sie trug ihr Kind unter dem Herzen. Sie wollte Nikolas die ganze Geschichte ihrer ersten Ehe erzählen, ihm erklären, warum sie sich hinter den Lügen der anderen Menschen, und sogar vor ihm, verschanzt hatte, und es würde nichts an ihrer Liebe ändern.

„Wann hast du gemerkt, dass du mich liebst?", fragte sie zufrieden.

„Als du in Cornwall warst." Er blieb stehen und sah sie grimmig an. „Das war zwei Tage bevor Charles mir sagte, wo du dich aufhältst. An zwei Tagen habe ich versucht, dich telefonisch zu erreichen, und ich habe stundenlang vor dem Haus gestanden und gehofft, dass du zurückkommst. Ich hatte solche Angst, dich zu verlieren. Da wusste ich, dass ich dich liebe."

Jessica sah ihn erstaunt an. Wenn er schon zu einem so frühen Zeitpunkt gewusst hatte, dass er sie liebte, warum hatte er dann auf diesen beleidigenden Bedingungen in ihrem irrwitzigen Ehevertrag bestanden?

Als sie ihm diese Frage stellte, sah er sie nur an und nahm sie in seine Arme. „Ich habe gelitten, deshalb musste ich mich wehren. Es tut mir leid, Liebling. Ich habe dieses verdammte Papier bereits in Stücke gerissen. Aber ich dachte, du wärst nur auf mein Geld aus, und dieser Gedanke machte mich rasend, weil ich dich so liebte. Ich musste dich für mich gewinnen, auch wenn du nur auf mein Geld aus warst."

„Ich wollte dein Geld nie haben. Ich bin froh, dass du jetzt mein Geld verwaltest. Es hatte mich ebenfalls rasend gemacht, dass du mir eine so riesige Summe für die ConTech-Aktien zahlen wolltest, obwohl ich ablehnte."

„Heute weiß ich das, aber seinerzeit dachte ich eben, dass du es genau darauf abgesehen hättest. Die Hochzeitsnacht hat mir die Augen geöffnet, und als ich aufwachte und du nicht mehr da warst ..." Er brach ab und schloss die Augen. Die Erinnerungen daran waren qualvoll für ihn.

„Denk nicht mehr daran. Ich liebe dich."

Er öffnete die Augen und schaute Jessica liebevoll an. „Auch wenn ich fast wahnsinnig vor Eifersucht oder schrecklich frustriert bin, so bewahre ich mir immer noch einen Funken Verstand." Er lächelte. „Deshalb konnte ich dich auch zu meiner Frau machen." Er hob sie hoch und trug sie beschützend auf seinen Armen.

„Maman wartet auf uns. Wir wollen ihr die gute Nachricht mitteilen. Dann kannst du dein Nickerchen machen. Ich bringe dich nach Hause, Liebes ..."

Nikolas trug sie langsam den Hang hinauf zu ihrem gemeinsamen Zuhause. Jessica legte die Arme um seinen Hals und kuschelte sich eng an ihn. Seine Liebe gab ihr das Gefühl, endlich geborgen zu sein.

– ENDE –

Linda Howard

Die Frau im Verborgenen

Roman

Aus dem Amerikanischen von
Eva von der Gönna

MIRA®

PROLOG

Patrick Malone sah Anna nicht an. „So funktioniert das nicht. Du kannst entweder meine Sekretärin oder meine Mätresse sein, aber nicht beides. Die Wahl liegt bei dir."

Die Hand über dem Stapel Akten, in dem sie gerade nach einem Vertrag suchte, hielt Anna Sharp mitten in der Bewegung inne. Patricks Aufforderung kam wie ein Blitz aus heiterem Himmel, und wie vom Blitz getroffen kam Anna sich auch vor. Such es dir aus, hatte er gesagt. Entweder – oder. Patrick meinte immer, was er sagte, und handelte danach.

Ganz klar sah sie die beiden Alternativen vor sich, je nachdem, welche Antwort sie gab. Wenn sie sich dafür entschied, seine Sekretärin zu bleiben, würde er sich ihr nie wieder auf eine Weise nähern, die auch nur im Entferntesten als persönlich ausgelegt werden könnte. Sie kannte Patrick gut, kannte seinen eisernen Willen und seine Fähigkeit, sein Leben in einzelne Bereiche aufzuteilen. Sein Privatleben vermischte er niemals mit seinen Geschäften – und umgekehrt. Wenn sie die Rolle seiner Mätresse wählte, würde er sie aushalten, wie Männer es seit Jahrhunderten taten, und dafür würde sie ihm zur Verfügung stehen, wann immer er Zeit oder Lust hatte, sie zu besuchen. Er würde von ihr erwarten, dass sie ihm bedingungslos treu blieb, während er ihr nichts versprach – weder Treue noch eine Zukunft.

Der gesunde Menschenverstand und ihre Selbstachtung verlangten, dass sie die achtbare Position der Sekretärin gegenüber der eher horizontal zu sehenden Stellung der Mätresse wählte, doch Anna zögerte. Sie war seit einem Jahr Patricks Sekretärin und schon fast so lange in ihn verliebt. Wenn sie sich für ihre Stelle entschied, würde er sie niemals näher an sich heranlassen als in diesem Moment. Als seine Mätresse hätte sie wenigstens die Möglichkeit, ihre Gefühle auf ihre Weise auszudrücken. Und die in seinen Armen verbrachten Stunden könnte sie als Ausgleich zu einer Zukunft ohne ihn betrachten, auf die sie sich unweigerlich gefasst machen musste. Patrick war kein Mann für immer, kein Mann, mit dem eine Frau ein ganzes Leben planen konnte. Er scheute vor jeder Bindung zurück.

„Was ist, wenn ich mich dafür entscheide, deine Geliebte zu sein?", fragte sie leise. Das Wort Mätresse widerstrebte ihr.

Erst jetzt hob er den Kopf. Der Blick aus seinen grünen Augen war prüfend. „Dann suche ich mir eine neue Sekretärin“, erklärte er rundheraus. „Und denke ja nicht, dass ich dich heiraten werde. Das ist völlig ausgeschlossen.“

Anna atmete tief durch. Deutlicher hätte er es nicht ausdrücken können. Aus der überwältigenden körperlichen Anziehungskraft, die sie vergangene Nacht übermannt hatte, würde niemals mehr werden, jedenfalls nicht für ihn. Er würde es nicht zulassen.

Sie fragte sich, wie er so gleichmütig bleiben konnte, nachdem sie sich hier auf diesem Teppich stundenlang leidenschaftlich geliebt hatten. Wäre es nur einmal geschehen, hätten sie es als Ausrutscher betrachten können, doch sie hatten einfach nicht voneinander lassen können. Von jetzt an würde sie immer, wenn sie Patricks Büro betrat, daran denken müssen, wo sie es getan hatten – auf dem Boden, auf der Couch, auf dem Schreibtisch, der jetzt mit Verträgen und Angebotslisten übersät war, ja sogar im Badezimmer hatten sie sich geliebt. Patrick war kein sanfter Liebhaber gewesen, sondern fordernd, heftig und beinahe außer Kontrolle. Dennoch hatte er nicht nur nach eigener Erfüllung getrachtet, sondern darauf geachtet, dass auch für sie jede Begegnung mit einem Höhepunkt endete. Bei dem Gedanken, vielleicht nie wieder solche Leidenschaft zu erleben, zog sich ihr Herz schmerzlich zusammen.

Anna war siebenundzwanzig und bisher noch niemals verliebt gewesen. Selbst als Teenager hatte sie nie für einen Mann geschwärmt oder einen festen Freund gehabt. Wenn sie diese Chance nicht ergriff, würde sich vielleicht nie wieder eine bieten, jedenfalls nicht mit Patrick.

Anna traf ihre Entscheidung. „Ich wähle die Rolle deiner Geliebten“, sagte sie leise. „Unter einer Bedingung.“

In Patricks Augen war etwas aufgeblitzt und bei ihren letzten Worten ebenso schnell wieder verschwunden. „Es gibt keine Bedingungen.“

„Doch, eine“, beharrte sie. „Ich bin nicht so naiv, zu glauben, dass diese Beziehung …“

„Keine Beziehung“, fiel er ihr ins Wort. „Es wäre ein Arrangement.“

„… dass dieses *Arrangement* von Dauer ist“, fuhr sie unbeirrt fort. „Ich will auf jeden Fall weiterhin meinen eigenen Lebensunterhalt verdienen, damit ich nicht eines Tages mittellos auf der Straße stehe."

„Für deinen Lebensunterhalt sorge ich", erklärte er. „Keine Angst, du wirst jeden Pfennig verdienen." Sein Blick glitt über ihren Körper, und Anna wurde heiß. „Ich werde ein Aktiendepot auf deinen Namen einrichten, damit du abgesichert bist. Arbeiten kommt jedoch nicht in Frage."

Es war ihr schrecklich, dass er ihre Beziehung – und trotz seines Leugnens war es eine Beziehung – auf die Stufe einer rein finanziellen Abmachung stellte, doch sie wusste, dass er sich nur auf dieser Basis festlegen konnte. Sie dagegen würde ihn auf jeder Basis nehmen, die er wünschte.

„Also gut", sagte sie, bemüht Worte zu finden, die er akzeptieren und verstehen würde. Worte, in denen keinerlei Gefühl mitschwang. „Dann haben wir eine Abmachung."

Patrick sah sie lange an. Wie immer verriet seine Miene nicht, was er dachte. Nur das Feuer in seinen Augen verriet ihn. Dann stand er auf, ging zur Tür und schloss sie ab, obwohl es schon spät war und sich außer ihnen niemand mehr im Büro befand. Als er sich ihr wieder zuwandte, sah sie seine Erregung. Ihr ganzer Körper spannte sich an, und ihr Atem ging stoßweise.

Er streckte die Arme nach ihr aus. „Dann können wir genauso gut jetzt beginnen", sagte er und zog sie an sich.

1. KAPITEL

Zwei Jahre später

Anna hörte Patricks Schlüssel im Schloss und setzte sich auf. Ihr Herz schlug plötzlich schneller. Er war einen Tag eher zurückgekommen als geplant, und er hatte ihr natürlich nicht Bescheid gesagt. Er rief niemals an, wenn er auf Reisen war, denn damit hätte er zugegeben, dass sie eine Beziehung hatten. Aus dem gleichen Grund bestand er auch nach zwei Jahren noch darauf, dass sie in getrennten Wohnungen lebten. Noch immer fuhr er jeden Morgen erst nach Hause, um sich umzuziehen, ehe er ins Büro ging.

Anna sprang nicht auf, um ihn zu umarmen. Auch das wäre ihm als unnötige Gefühlsduselei erschienen. Inzwischen kannte sie den Mann, den sie liebte, in- und auswendig. Sie wusste zwar nicht warum, doch Patrick schreckte vor allem zurück, was auch nur im Entferntesten mit Fürsorge und Gefühlen zu tun hatte. Er nannte sie nie bei einem Kosenamen. Flüchtige Zärtlichkeiten kannte er nicht. Im Bett sprach er von Erregung und Verlangen, doch niemals von Liebe. Dabei war er ein sinnlicher, rücksichtsvoller Liebhaber. Anna liebte es, mit ihm zu schlafen, nicht nur, weil sie jedes Mal Erfüllung fand, sondern weil sie ihm unter dem Mantel körperlichen Verlangens all die Zuneigung zeigen konnte, die er außerhalb des Bettes von sich wies.

Wenn sie im Bett waren, hatte sie einen Grund, ihn zu berühren, zu küssen, ihn festzuhalten. In solchen Momenten war auch er freigiebig mit Liebkosungen. Während der langen Nächte war er unersättlich, nicht nur nach Sex, sondern auch nach ihrer Nähe. Jede Nacht schlief sie in seinen Armen ein, und wenn sie im Schlaf einmal wegrückte, wachte er auf und zog sie wieder an sich. Wenn der Morgen graute, zog er sich in sein Schneckenhaus zurück, doch in den Nächten gehörte er ihr allein. Manchmal hatte sie das Gefühl, dass er diese Nächte ebenso brauchte wie sie, und das aus den gleichen Gründen. Nur nachts wagte er, Liebe in irgendeiner Form zu geben und anzunehmen.

Anna zwang sich, still sitzen zu bleiben und das Buch aufgeschlagen zu lassen. Erst als die Tür sich wieder schloss und der Koffer mit einem Plumps auf dem Boden landete, blickte sie lächelnd auf. Wie seit drei Jahren schlug ihr Herz bei Patricks Anblick gleich schneller. Der

Gedanke, ihn nie wieder zu sehen, tat ihr weh. Eine Nacht mit ihm hatte sie noch. Dann würde sie das *Arrangement* beenden müssen.

Patrick sah müde aus. Unter seinen Augen lagen dunkle Schatten, und die senkrechten Falten neben seinem Mund wirkten tiefer als sonst. Trotzdem war sie jedes Mal von neuem berührt, wie unglaublich gut er aussah mit seinem sonnengebräunten Teint, dem dunklen Haar und den klaren grünen Augen. Er hatte niemals von seinen Eltern gesprochen, und Anna fragte sich, welche Kombination von Genen eine so ungewöhnliche Farbgebung hervorbrachte. Doch wie so vieles war auch dieses Thema tabu.

Patrick zog das Jackett aus und hängte es in den Schrank. Währenddessen ging Anna zur Bar und goss ihm zwei Fingerbreit Scotch in ein Glas. Zufrieden seufzend nahm er es entgegen und trank einen Schluck, während er mit der anderen Hand seine Krawatte lockerte. Anna trat einen Schritt zurück, damit er sich nicht bedrängt fühlte, doch ihr Blick ruhte auf seiner breiten, muskulösen Brust, und wie immer bei seinem Anblick jagte das Blut schneller durch ihre Adern.

„Ist in Mailand alles glatt gegangen?", erkundigte sie sich. Das Geschäft war immer ein unverfängliches Thema.

„Ja. Carlucci hat Schwierigkeiten, seine Kredite zu bedienen, genau wie du gesagt hast." Patrick trank sein Glas leer, stellte es ab und fasste Anna bei der Taille. Überrascht bog sie den Kopf zurück. Was machte er da? Normalerweise hielt er sich an einen festen Zeitablauf, wenn er von einer Reise zurückkam. Während sie ein leichtes Essen zubereitete, duschte er. Dann aßen sie, er las die Zeitung oder berichtete ihr von den Ereignissen der Reise, und dann gingen sie schließlich ins Bett. Erst dann ließ er seiner Sinnlichkeit freien Lauf, und sie liebten sich stundenlang. So war es zwei Jahre lang gewesen. Weshalb verstieß er jetzt gegen seine eigene Gewohnheit und griff nach ihr, kaum dass er zur Tür herein war?

Sie konnte den Ausdruck in seinen Augen nicht deuten, doch dieses Glitzern war ungewöhnlich. Sein Griff um ihre Taille war hart.

„Ist etwas nicht in Ordnung?", fragte sie besorgt.

Er lachte kurz auf. „Nein, nein. Es war nur eine furchtbar anstrengende Reise." Noch während er sprach, schob er sie in Richtung Schlafzimmer. Dort begann er sofort, sie zu entkleiden. Anna ließ es geschehen, ohne den Blick von ihm zu wenden. Bildete sie sich etwas ein, oder malte sich Erleichterung auf seinen Zügen ab, als sie endlich nackt vor ihm stand? Er zog sie so fest an sich, dass es weh tat. Seine Hemdknöpfe drückten sich in ihre Brüste, doch sie achtete nicht darauf. Wie immer, wenn er sie hielt, flammte Verlangen in ihr auf.

Sie zerrte an seinem Hemd. „Denkst du nicht, es wäre bequemer, wenn du das ausziehst?“ Ihre Finger glitten zu seiner Gürtelschnalle. „Und das?“

Patricks Atem ging stoßweise. Durch die Kleidung hindurch konnte sie seine Hitze spüren. Anstatt sich auszuziehen, hob er sie hoch und trug sie zum Bett. Mit ihr in den Armen ließ er sich darauf fallen und drehte sich dann so, dass sie unter ihm war. Als er mit seinem muskulösen Schenkel ihre Beine auseinanderdrängte und die Hüften in die so geschaffene Höhle presste, seufzte sie auf.

„Anna“, stöhnte er. Er umfasste ihr Gesicht und küsste sie wie ein Verdurstender. Dann griff er nach unten, um seine Hose zu öffnen. Er war wie von Sinnen, und sie konnte sich nicht erklären, warum. Doch sie spürte, wie verzweifelt er sie brauchte, und hielt ganz still. Als er in sie eindrang, bäumte sie sich auf. Es schmerzte, weil sie noch nicht bereit war, doch sie schob die Finger in sein Haar und versuchte, ihm die einzige Art von Trost zu spenden, die er von ihr annehmen konnte. Was war nur mit ihm los?

Sobald er in ihr war, schien die Verzweiflung nachzulassen. Auch die Anspannung fiel von ihm ab. Mit einem erstickten Laut ließ er sich auf sie sinken. Dann stützte er sich auf die Ellbogen. „Es tut mir leid. Ich wollte dir nicht wehtun.“

Lächelnd strich sie ihm das zerzauste Haar glatt. „Ich weiß“, antwortete sie und zog seinen Kopf herunter, um ihn zu küssen. Der Schmerz hatte nachgelassen, und wie immer, wenn er in ihr war, spürte sie tiefe Freude. Anna sprach diese Freude niemals aus, sondern versuchte, sie mit ihrem Körper auszudrücken. Dabei sagte sie im Geiste: *Ich liebe dich*. Als er begann, sich zu bewegen, wiederholte sie die Worte stumm und fragte sich, ob es wohl das letzte Mal sein würde.

Später erwachte sie aus einem leichten Schlaf und hörte das Wasser in der Dusche rauschen. Eigentlich sollte sie aufstehen und das Essen zubereiten, doch sie war von eigenartiger Trägheit erfüllt. Wie konnte sie sich mit Salat und Steak befassen, wenn der Rest ihres Lebens davon abhing, was in den nächsten Minuten geschehen würde? Die Aussprache ließ sich nicht länger aufschieben.

Vielleicht war die heutige Nacht doch nicht die letzte. Schließlich waren auch früher schon Wunder geschehen.

Anna hoffte zwar auf ein Wunder, war jedoch durchaus auf die raue Wirklichkeit vorbereitet. Sie würde aus der schicken Wohnung ausziehen, die Patrick ihr zur Verfügung gestellt hatte. Ihre nächste Bleibe würde nicht in zueinander passenden Farben eingerichtet sein, aber das machte ihr nichts aus. Es gab Wichtigeres als aufeinander abgestimmte Teppiche und Vorhänge. Wichtig war nur Patrick, und den würde sie nicht behalten können. Hoffentlich war sie stark genug, um nicht zu weinen oder zu betteln. Eine solche Szene wäre ihm zuwider.

Ein Leben ohne ihn würde sehr schwer für sie werden. Sie liebte ihn mehr als vor zwei Jahren, als sie zugestimmt hatte, seine Geliebte zu werden. Wie oft hatte er ihr eine Freude bereitet, dabei jedoch so getan, als hätte sich die Gelegenheit zufällig ergeben, damit sie ja nicht dachte, er hätte sich ihretwegen Mühe gemacht. Wenn sie für ihn kochte, aß er wie ein Wolf. Selbst bei harmlosen Erkältungen hatte er sie bemuttert und darauf bestanden, dass sie sich von einem Spezialisten untersuchen ließ. Und er hatte sein Versprechen gehalten und ihr ein Aktiendepot zusammengestellt, das sie wirklich finanziell unabhängig machte.

Niemals hatte Anna einen Menschen gekannt, der so viel Liebe brauchte wie Patrick – und sie so vehement zurückwies.

Er war beinahe fanatisch in seiner Selbstbeherrschung. Deswegen fand sie es so faszinierend, dass sie ihn beim Liebespiel dazu bringen konnte, diese Selbstbeherrschung zu verlieren. So wie heute war es jedoch noch nie gewesen. Nur wenn sie miteinander schliefen, sah sie den wirklichen Patrick, der seine Leidenschaft sonst sorgfältig verbarg. Am meisten liebte sie seinen Anblick, wenn er sie in den Armen hielt, das schwarze Haar feucht, die Augen leuchtend, während er immer tiefer in sie eindrang.

Anna hatte keine Fotos von ihm. Deshalb würde sie die Bilder in ihrem Kopf bewahren müssen, damit sie sie sich immer vor Augen rufen konnte, wenn die Einsamkeit unerträglich wurde. Später würde sie dann sein geliebtes Gesicht mit einem anderen vergleichen und nach Ähnlichkeiten suchen, die sie sowohl trösten als auch quälen würden.

Sie strich sich über den Bauch, der noch immer flach war und nichts verriet von dem Kind, das darin wuchs.

Obwohl sie schon im vierten Monat war, hatte sie bisher kaum Symptome ihrer Schwangerschaft verspürt. Die letzte Regel war die erste, die ganz ausgefallen war. Die erste nach der Empfängnis war leicht gewesen, und die zweite hatte nur aus wenigen Tröpfchen bestanden. Deshalb war sie vorsorglich zum Arzt gegangen, der ihr eröffnete, dass sie kerngesund, aber schwanger sei. Sie hatte sich morgens nie erbrechen müssen. Die wenigen Anfälle von Übelkeit hatte sie erst im Nachhinein als das erkannt, was sie waren. Ihre Brüste wurden allmählich empfindlicher, doch ansonsten fühlte sie sich wie immer. Der größte Unterschied waren die überwältigenden Gefühle, die sie für dieses Baby empfand. Patricks Baby. Wilde Freude, dass es da war. Der Wunsch, es zu beschützen. Ungeduld, es in den Armen zu halten. Und die traurige Gewissheit, dass sie wegen des Kindes den Vater verlieren würde.

Patrick hatte von Anfang an keinen Zweifel daran gelassen, dass er sich nicht binden wollte. Ein Kind war die stärkste Bindung, die es überhaupt gab. Das würde ihm unerträglich sein. Allein das Wissen um ihre Schwangerschaft würde ihn vermutlich in die Flucht schlagen.

Sie konnte es ihm nicht einmal übel nehmen. Schließlich hatte sie diese Beziehung mit offenen Augen begonnen. Patrick hatte niemals versucht, etwas vor ihr zu verbergen, hatte ihr niemals irgendwelche Versprechungen gemacht und stets betont, dass er ihr außer körperlicher Nähe nichts bieten könne. Er hatte die Regeln festgelegt und hielt sich daran. Es war nicht seine Schuld, dass die Empfängnisverhütung nicht funktioniert hatte, und er konnte auch nichts dafür, dass es ihr das Herz brechen würde, wenn er ging.

Die Dusche wurde abgedreht. Kurz darauf kam Patrick nackt ins Schlafzimmer und rubbelte sich das feuchte Haar. Als er Anna immer noch im Bett fand, runzelte er die Stirn. Er warf sich das Handtuch um den Nacken, setzte sich auf die Bettkante und legte ihr die Hand auf den flachen Bauch, um ihre Wärme zu spüren. „Alles in Ordnung?“, fragte er besorgt. „Bist du sicher, dass ich dir nicht wehgetan habe?“

Sie fasste nach seiner Hand. „Mir geht es gut“, versicherte sie. Mehr als gut, wenn sie daran dachte, wie seine Hand auf dem Kind ruhte, das er ihr geschenkt hatte.

Patrick gähnte und streckte sich. Von seiner früheren Anspannung war nichts mehr zu spüren. Seine Augen hatten den zufriedenen, trägen Ausdruck wie so oft nach dem Liebesspiel. „Ich habe Hunger. Wollen wir hier essen oder ausgehen?"

„Lass uns hier bleiben." Anna wollte ihren letzten Abend mit ihm nicht in einem überfüllten Restaurant verbringen.

Als er aufstehen wollte, hielt sie ihn fest. Überrascht sah er sie an. Sie atmete tief durch. Wenn sie es jetzt nicht sagte, würde sie den Mut gar nicht mehr aufbringen. Doch ihre Worte waren nicht die, die sie so sorgfältig zurechtgelegt hatte. „Ich frage mich … Was würdest du tun, wenn ich schwanger würde?"

Es schien, als hätte sich ein Vorhang über sein Gesicht gelegt. Sein Blick wurde kühl. „Ich habe dir von Anfang an gesagt, dass ich dich unter keinen Umständen heiraten werde. Es wäre also zwecklos, schwanger zu werden, um mich dazu zu bringen. Wenn du es auf eine Ehe abgesehen hast, bin ich der Falsche. Unter diesen Umständen sollten wir unser Arrangement vielleicht beenden."

Die Anspannung war wieder da. Anna sah sie in jedem Muskel seines Körpers, als er auf der Bettkante saß und auf ihre Antwort wartete. Von Besorgnis war nichts zu entdecken. Er hatte seine Entscheidung getroffen, und nun wartete er auf ihre. Es schmerzte sie, doch seine Reaktion war nicht mehr, als sie erwartet hatte. Aber sie hatte nicht die Kraft, die Worte auszusprechen, die ihn dazu bringen würden, aufzustehen, sich anzuziehen und die Wohnung zu verlassen. Nicht jetzt. Sie würde es morgen tun. Auf diese letzte Nacht mit ihm wollte sie nicht verzichten. Noch einmal wollte sie ihm sagen, dass sie ihn liebte – auf die einzige Weise, die er zuließ.

2. KAPITEL

Patrick wachte zeitig auf. Draußen dämmerte es gerade erst, doch er konnte nicht wieder einschlafen. Die Frage, die Anna ihm am Abend zuvor gestellt hatte, ließ ihm keine Ruhe. Für einige albtraumhafte Augenblicke hatte er sein ganzes Leben einstürzen sehen, bis Anna ihn auf ihre ruhige Weise anlächelte. „Nein, ich würde niemals versuchen, dich zu einer Ehe zu zwingen. Es war nur eine Frage."

Sie schlief noch, ihren Kopf auf seine linke Schulter gebettet. Er hatte den linken Arm um sie gelegt. Seine rechte Hand ruhte auf ihrer Hüfte. Von Anfang an hatte er nicht schlafen können, wenn sie nicht ganz nah bei ihm war. Patrick hatte sein ganzes Erwachsenenleben allein geschlafen, doch als Anna seine Geliebte geworden war, hatte er zu seiner Überraschung festgestellt, dass er ohne sie kein Auge zutun konnte.

In letzter Zeit war es schlimmer geworden. Geschäftsreisen hatten ihn früher nie belastet. Im Gegenteil, er hatte es genossen, für einige Tage in eine fremde Umgebung, ein anderes Land einzutauchen. In letzter Zeit hatte er jedoch keinen Spaß mehr daran. Die letzte Reise hatte ihn besonders angestrengt. Die Verspätungen, die kleinen Ärgernisse und Probleme waren nicht ärger gewesen als sonst, doch was er bisher gleichmütig hingenommen hatte, störte ihn jetzt. Wenn ein Flugzeug nicht pünktlich startete, bekam er einen Wutanfall. Eine verlegte Blaupause konnte den nachlässigen Mitarbeiter seine Stellung kosten. Ein schadhaftes Bauteil ließ ihn laut fluchen. Am schlimmsten jedoch war die Schlaflosigkeit gewesen. Die Geräusche im Hotel und das fremde Bett hatten ihn nicht zur Ruhe kommen lassen. Dabei hätte er wahrscheinlich weder das eine noch das andere wahrgenommen, wenn Anna bei ihm gewesen wäre. Allein diese Erkenntnis hatte einen Schweißausbruch verursacht. Dazu kam das quälende Verlangen, so schnell wie möglich nach Denver, nach Hause zu Anna, zu gelangen. Erst als er ihren warmen Körper im Bett unter sich gespürt hatte, hatte er sich endlich entspannen können.

Sobald er die Wohnung betreten und Anna gesehen hatte, war er von heftigem Begehren erfasst worden. Anna hatte ihn mit ihrem ruhigen Lächeln angeblickt, die dunklen Augen klar und sanft, und seine schlechte Laune war Verlangen gewichen. Zu Anna zu kommen war wie eine Zuflucht. Sie hatte ihm einen Drink eingegossen und war nahe an ihm vorbeigegangen. Dabei war ihm ihr Duft in die Nase gestiegen, der Duft, der ihm im Hotel gefehlt hatte. Noch jetzt ging ihm der heftige Ausbruch seiner Leidenschaft nach.

Anna. Ihre heitere Gelassenheit und ihr weiblicher Duft waren ihm schon am ersten Tag aufgefallen, als er sie als Sekretärin eingestellt hatte. Von Anfang an hatte er sie begehrt, doch seine Gefühle verdrängt, weil er bei der Arbeit keine Komplikationen brauchen konnte. Allmählich war das Verlangen jedoch stärker geworden, bis es ihm Tag und Nacht keine Ruhe mehr ließ und seine Selbstbeherrschung Risse bekam.

Anna hatte ihm schier den Verstand geraubt. Sie hatte seidiges hellbraunes Haar mit blonden Strähnen und dunkle Augen. Ihre Haut hatte einen warmen Bronzeton. Sie würde niemals auffallen, doch ihr Anblick war so erfreulich, dass sie überall Blicke auf sich zog. Die Leidenschaft ihrer ersten gemeinsamen Nacht hatte ihn zutiefst verblüfft, weil er noch niemals die Beherrschung verloren hatte. Jedenfalls nicht bis zu diesem Tag. Bei Anna hatte er sie verloren, und manchmal kam es ihm vor, als hätte er sie seitdem nicht wiedererlangt.

Bisher hatte er nie einen anderen Menschen nahe an sich herangelassen, doch nach der ersten Nacht war ihm klar gewesen, dass er diese Affäre nicht so einfach beenden konnte wie sonst. Diese schlichte Tatsache hatte ihn zu Tode erschreckt. Er war nur damit zurechtgekommen, indem er sie von allen anderen Bereichen seines Lebens fernhielt. Anna konnte seine Geliebte sein, sonst nichts. Sie durfte nicht zu wichtig für ihn werden. Noch heute musste er aufpassen, dass er sie nicht zu nahe an sich heranließ. Anna konnte ihn zerstören, und im tiefsten Inneren wusste er das. Niemand sonst hatte ihm je gefährlich werden können, und manchmal war er versucht, einfach zu gehen und nie wiederzukommen. Doch das konnte er nicht. Er brauchte Anna zu sehr. Nur wurde es immer schwieriger, das vor ihr geheim zu halten.

Ihr Arrangement erlaubte es ihm, jede Nacht mit ihr zu schlafen und sich in ihrem warmen, biegsamen Körper zu verlieren. Im Bett konnte er sie küssen, die Hände über ihre samtige Haut gleiten lassen und ihren Duft tief einatmen. Im Bett konnte er seine Sehnsucht nach ihr wenigstens für eine Weile stillen. Im Bett klammerte sie sich an ihn, öffnete sich ihm und liebkoste ihn auf eine Weise, dass er den Verstand verlor. Sobald sie zusammen im Bett waren, konnte sie nicht aufhören, ihn zu berühren – und er genoss es. Manchmal musste er an sich halten, nichts Unüberlegtes zu rufen, wenn sie ihn streichelte und sich an ihn presste.

Doch obwohl sie seit zwei Jahren praktisch zusammenlebten – seine eigene Wohnung, auf der er beharrt hatte, betrat er praktisch nur noch zum Umziehen –, wusste er wenig mehr über Anna als am Anfang. Anna war keine Frau, die andere ungefragt mit Einzelheiten über ihr früheres Leben überschüttete. Ihm hätte sie sicher davon erzählt, doch wenn er sie fragte, hätte er ihr damit das Recht eingeräumt, sich nach seiner Vergangenheit zu erkundigen. Einer Vergangenheit, an die er selbst nicht mehr denken wollte. Er wusste, wie alt sie war, woher sie stammte, wo sie zur Schule gegangen war, er kannte ihre Sozialversicherungsnummer und ihre früheren Jobs, denn das alles hatte in ihrer Personalakte gestanden. Sie war gewissenhaft, sorgfältig und zog ein ruhiges Leben einem hektischen vor. Sie trank selten Alkohol. Wenn er darüber nachdachte, hatte sie in letzter Zeit nicht einmal ein Glas Wein getrunken. Sie las viel, und zwar sowohl Sachliteratur als auch Belletristik. Außerdem mochte sie Pastellfarben und aß nicht gern scharf.

Doch Patrick wusste nicht, ob sie jemals verliebt gewesen und was aus ihrer Familie geworden war. „Keine" stand unter der Rubrik „Nächste Angehörige" in der Personalakte. War sie in ihrer Schulzeit Cheerleader gewesen, hatte sie jemals Ärger wegen Schulstreichen gehabt? Er hatte keine Ahnung, warum sie nach Denver gezogen war und wovon sie träumte. Patrick kannte nur die Tatsachen, die jedermann zugänglich waren. Von Annas Erinnerungen, ihren Hoffnungen wusste er nichts.

Manchmal hatte er Angst, sie könnte ihm eines Tages entgleiten. Wie sollte er vorhersagen, was sie tun würde, wenn er nicht wusste, was in ihr vorging? Er hatte sie niemals gefragt, sie nie ermutigt, mit ihm über ihr vergangenes Leben zu reden. Seit zwei Jahren lebte er in der Furcht, sie zu verlieren, ohne etwas dagegen tun zu können. Patrick hatte nicht gelernt, sich einem anderen Menschen zu öffnen und ihn dadurch an sich zu binden. Allein der Gedanke, sie könnte herausfinden, wie viel sie ihm bedeutete, versetzte ihn in Panik.

Er spürte sie an seiner Seite, und das Verlangen nach ihr erwachte von neuem. Wenn sie sonst schon keinen Kontakt hatten, blieb ihnen wenigstens das – ein beinahe verzehrendes Verlangen nacheinander. Patrick hatte niemals etwas von einer Frau gewollt außer Sex. Jetzt war es eine Ironie des Schicksals, dass er Sex dazu benutzte, sich einer Frau wenigstens etwas nahe zu fühlen. Sein Herzschlag beschleunigte sich, als er begann, Anna zu streicheln. In ihr konnte er sich verlieren und wenigstens für eine Weile alles vergessen außer den unglaublichen Wonnen, die sie einander bereiteten.

Es war einer jener sonnigen Tage, an denen die Helligkeit schier überwältigend war. Die Luft war klar und für Ende April außergewöhnlich warm. Ein vollkommener Tag – und doch fühlte Anna sich innerlich wie tot. Wie oft bei schönem Wetter hatte sie auf der Terrasse fürs Frühstück gedeckt. Sie schenkte Patrick noch eine Tasse Kaffee ein und hielt ihr Glas mit dem Orangensaft fest umklammert, damit er nicht merkte, wie ihre Hände zitterten.

„Patrick.“ Sie konnte ihn nicht ansehen. Ihr war übel, doch das lag weniger an ihrer Schwangerschaft als an ihren überreizten Nerven.

Er ließ die Zeitung sinken und blicke sie an.

„Ich muss fort“, sagte sie leise.

Patrick wurde blass. Einen Moment lang saß er da wie versteinert. Nicht einmal seine Lider zuckten. Eine leichte Brise ließ die Zeitung rascheln. Jetzt endlich bewegte er sich und faltete die Seiten sorgsam zusammen, als bereitete ihm jede Bewegung Schmerz. Der Zeitpunkt war da, und er wusste nicht, wie er den Verlust ertragen sollte. Einen Moment lang befürchtete er, nicht einmal die Stimme würde ihm gehorchen. Er blickte auf Annas gesenkten Kopf. Die hellen Strähnen ihres Haares reflektierten das Sonnenlicht. Bei jeder anderen Frau hätte er sich mit dem Unvermeidlichen abgefunden. Doch bei Anna musste er den Grund herausfinden.

„Warum?“, fragte er heiser.

Anna zuckte zusammen. „Patrick, es ist etwas passiert. Ich habe es nicht geplant. Es ist einfach geschehen.“

Sie hat sich in einen anderen verliebt, dachte er und wunderte sich, wie sehr der Gedanke schmerzte. Er hatte Anna hundertprozentig vertraut. Nicht im Traum wäre er darauf gekommen, dass sie sich mit anderen Männern traf, wenn er verreist war. Offenbar hatte er sich geirrt.

„Verlässt du mich wegen eines anderen?", fragte er schroff.

Sie blickte auf. Diese Frage hatte sie nicht erwartet. „Nein", flüsterte sie. „Das könnte ich nie."

„Was ist es dann?" Sein Körper war bis zum Äußersten angespannt.

Anna atmete tief durch. „Ich bin schwanger."

Einen Moment lang blieb seine Miene unbewegt, doch dann schien sie zu versteinern. „Was hast du gesagt?"

„Ich bin schwanger. Seit fast vier Monaten, um genau zu sein. Das Baby kommt Ende September."

Er drehte ihr den Rücken zu und ging zur Balkonbrüstung. „Ich hätte nie gedacht, dass du zu so etwas fähig bist", sagte er kalt. „Du hast mich wirklich hereingelegt. Nach deiner Frage gestern Abend hätte ich eigentlich wissen müssen, was mich erwartet. Eine Ehe wäre für dich noch lukrativer als ein Prozess um Alimente, nicht wahr? Aber du wirst so oder so einen großen Gewinn machen."

Anna stand auf und ging leise zurück in die Wohnung. Patrick blieb an der Brüstung stehen, die Hände zu Fäusten geballt. Jetzt musste er gleichzeitig mit blindem Zorn, der Gewissheit, verraten worden zu sein, und dem Schmerz fertig werden, der nur darauf lauerte, sich Bahn zu brechen.

Doch es hielt ihn nicht lange draußen. Er folgte ihr in die Wohnung, entschlossen herauszufinden, wie groß seine Torheit gewesen war. Zuerst würde der Schmerz dadurch noch heftiger werden, doch er musste es einfach wissen. Er hatte sich für unverwundbar gehalten, aber Anna hatte ihm seine Achillesferse gezeigt. Wenn er diese Sache überwunden hatte, würde er wahrhaft unverletzlich sein.

Anna saß ruhig an ihrem Schreibtisch und schrieb etwas. Er hatte erwartet, sie beim Packen zu finden, doch offenbar hatte sie es gar nicht eilig.

„Was machst du da?"

Sein Ton ließ sie zusammenfahren, doch sie schrieb unbeirrt weiter. Vielleicht hatten seine Augen sich noch nicht an das schwächere Licht im Raum gewöhnt, denn sie wirkte blass und schmal. Hoffentlich fühlt sie sich auch nur einen Bruchteil so elend wie ich, dachte er.

„Ich habe gefragt, was du da machst."

Anna setzte ihren Namen und das Datum unter das Schriftstück und reichte es ihm. „Hier." Es fiel ihr nicht leicht, ruhig zu sprechen.

„Jetzt brauchst du dir keine Sorgen wegen eines Vaterschaftsprozesses zu machen."

Patrick nahm das Papier entgegen und las den Text – erst einmal, dann ein zweites Mal. Dennoch konnte er nicht glauben, was da stand. „Ich schwöre aus freien Stücken, dass Patrick Malone nicht der Vater meines Kindes ist. Er hat gegenüber mir und meinem Kind keinerlei rechtliche oder finanzielle Verpflichtungen."

Anna stand auf und ging an ihm vorbei. „Bis heute Abend werde ich die Wohnung geräumt haben."

Patrick starrte auf den Bogen Papier in seiner Hand. Vor lauter widersprüchlichen Gefühlen war ihm ganz schwindlig. Er konnte nicht fassen, was sie getan und wie wenig Aufhebens sie darum gemacht hatte. Mit wenigen Worten hatte sie sich um eine große Summe Geldes gebracht, denn er hätte jeden Betrag gezahlt, um sicherzustellen, dass sein Kind gut versorgt war. Nicht wie …

Er begann zu zittern, und Schweiß brach auf seiner Stirn aus. Das Papier in der Hand, ging er ins Schlafzimmer, wo Anna einen Koffer aus dem Schrank nahm.

„Das ist eine verdammte Lüge!", schrie er, zerknüllte den Bogen und warf damit nach ihr.

Anna zuckte zusammen, blieb aber ruhig. Insgeheim fragte sie sich, wie viel sie noch ertragen konnte, ehe sie in Tränen ausbrach. „Natürlich ist es eine Lüge", antwortete sie und legte den Koffer aufs Bett.

„Das Baby ist meins."

Ihr Blick war eigenartig. „Hast du etwa daran gezweifelt? Als ich diese Erklärung geschrieben habe, habe ich mich nicht der Untreue bezichtigt. Ich wollte dich lediglich beruhigen."

„Beruhigen?" In den drei Jahren, seit sie ihn kannte, hatte sie ihn noch nie so außer Kontrolle erlebt. „Wie soll ich mich beruhigen, wenn ich weiß, dass mein Kind … mein Kind …" Er brachte den Satz nicht zu Ende.

Anna nahm ein Kleidungsstück nach dem anderen aus der Kommode und legte es ordentlich in den Koffer. „Wenn du weißt, dass dein Kind – was?"

Er schob die Hände in die Taschen. „Wirst du es überhaupt bekommen?", fragte er.

Anna erstarrte. „Wie meinst du das?"

„Genau so, wie ich es gesagt habe. Planst du eine Abtreibung?"

Zum ersten Mal blickten ihre braunen Augen kalt. „Warum fragst du?"

„Die Frage ist doch wohl angemessen."

Er hat wirklich keine Ahnung, dachte sie unglücklich. Wenn er wüsste, wie mir zu Mute ist, würde er niemals denken, ich könnte sein Kind abtreiben. All die Liebe, die sie ihm in den vielen Nächten ihrer gemeinsamen Zeit gezeigt hatte, war einfach an ihm abgeprallt. Vielleicht hatte er ihre Leidenschaft für die Kunst einer ausgehaltenen Frau gehalten, die ihren Gönner bei Laune halten wollte.

Doch Anna sprach nichts davon aus. „Nein", sagte sie kurz angebunden. „Ich werde das Kind nicht abtreiben lassen."

Patrick machte eine abrupte Handbewegung. „Und wie soll es weitergehen? Wenn du das Kind bekommen hast, was wirst du dann machen?"

Zunehmend ungläubig hörte sie ihm zu. Hatte er den Verstand verloren oder sie? Was sollte sie seiner Meinung nach wohl unternehmen? Darauf gab es verschiedene Antworten – einige offenkundig, andere weniger. Erwartete er, dass sie die zahlreichen Tätigkeiten aufführte, die bei der Pflege eines Babys anfielen, oder wollte er wissen, was sie für Pläne hatte? Da er sich normalerweise sehr präzise ausdrückte, war sie erst recht erstaunt.

„Was ich machen werde? Das, was vermutlich alle Mütter tun."

Sein Gesicht wirkte grau unter der Bräune. „Das ist mein Baby", sagte er und fasste sie hart bei den Schultern. „Ich werde alles tun, was nötig ist, um dich daran zu hindern, es wie ein Stück Müll wegzuwerfen."

3. KAPITEL

Vor Entsetzen lief es Anna kalt über den Rücken. Einen Moment lang war sie sprachlos. Ihr Mund war halb geöffnet, als sie Patrick ungläubig ansah. Mehrfach setzte sie an, und als sie die Worte endlich herausbrachte, klang es wie ein Krächzen. „Wegwerfen? Lieber Himmel! Warum sagst du so etwas?"

Patrick zitterte am ganzen Körper. Sie spürte es nicht nur in seinen Händen, sie sah es auch. Seine Qual linderte ihre eigene. Sie wusste zwar nicht, was ihm zu schaffen machte, aber er brauchte Hilfe – mehr als sie. Anna folgte allein ihrem Instinkt und legte ihm die Hände auf die Brust.

„Ich würde nie etwas tun, das deinem Baby schaden könnte", sagte sie behutsam.

Sein Zittern wurde stärker. In seinen grünen Augen spiegelte sich ein Gefühl, das sie nicht deuten konnte. Er biss die Zähne zusammen und kämpfte darum, die Selbstbeherrschung zurückzugewinnen. Anna sah den inneren Kampf und wusste, was es ihn kostete, zu gewinnen. Noch ein Augenblick, dann waren seine Hände wieder ruhig, und sein Gesicht war zwar noch immer blass, doch unergründlich. Er nahm die Hände von ihren Schultern und ließ sie sinken.

„Du braucht die Wohnung nicht zu räumen", sagte er, als hätten sie ausschließlich über dieses Thema gesprochen. „Warum steigst du nicht einfach in den Mietvertrag ein?"

Anna wandte sich ab, damit er nicht sah, wie verletzt sie war. Einen Moment lang hatte sie geglaubt, er wollte ihr sagen, dass sich zwischen ihnen nichts ändern würde. Doch er hatte keineswegs die Absicht, den Status quo beizubehalten. Nach wie vor wollte er die Beziehung beenden. „Nicht …" bat sie und hob die Hand. „Bitte nicht."

„Was soll ich nicht?", fragte er herausfordernd. „Warum soll ich nicht dafür sorgen, dass du es bequem hast?"

Anna ließ den Kopf sinken. Jetzt war sie es, die um Selbstbeherrschung rang. Auf einmal war sie schrecklich müde. Wenn das das Ende war, warum sollte sie Patrick nicht die Wahrheit sagen? Etwa aus Stolz? Das war ein jämmerlicher Grund dafür, etwas geheim zu halten, das ihr Leben von Grund auf verändert hatte. Sie atmete tief durch. „Verlang nicht von mir, dass ich ohne dich hier wohnen bleibe", sagte sie. „Du bist der Grund, warum ich hier bin. Ohne dich habe ich hier nichts verloren." Sie wandte sich ihm zu und sah ihn an. „Ich liebe dich. Wenn ich dich nicht von Anfang geliebt hätte, wäre ich niemals hierhergekommen."

Der Schock ließ ihn noch blasser werden. Er bewegte die Lippen, doch es kam kein Ton heraus.

„Ich habe geplant fortzugehen, weil ich dachte, du wolltest es so", fuhr sie mit fester Stimme fort. „Du hast von Anfang an keinen Zweifel daran gelassen, dass du keinerlei Bindungen willst. Also habe ich nichts anderes erwartet. Selbst wenn du unser ... *Arrangement* fortsetzen möchtest, wäre das nicht möglich. Ich kann nicht Mutter und gleichzeitig deine Geliebte sein, die dir jederzeit zur Verfügung steht und keine Ansprüche stellt. Babys nehmen auf die Wünsche anderer keine Rücksicht. Unter den gegebenen Umständen muss ich also fort. Das heißt jedoch nicht, dass ich aufhöre, dich zu lieben." Das werde ich nie, setzte sie im Stillen hinzu.

Patrick schüttelte den Kopf, sei es aus Unglauben, sei es, weil er das eben Gehörte einfach nicht wahrhaben wollte. Er ließ sich aufs Bett sinken und blickte starr auf den offenen Koffer, ohne ihn zu sehen. Anna hatte damit gerechnet, dass er zornig oder abweisend reagieren würde, doch er schien einen Schock zu haben, als wäre ihm etwas Schreckliches widerfahren. Sie setzte sich neben ihn und versuchte, seine Miene zu enträtseln. Das war bei Patrick schon schwierig, wenn er entspannt war. Jetzt wirkte sein Gesicht wie aus Stein gemeißelt.

Anna verschränkte die Hände. „Ich habe nicht erwartet, dass du so reagieren würdest", sagte sie leise. „Ehrlich gesagt, war ich überzeugt, es würde dir nichts ausmachen."

Er hob den Kopf und sah sie scharf an. „Du dachtest, ich würde einfach gehen und keinen Gedanken mehr an dich oder das Baby verschwenden?", fragte er vorwurfsvoll.

Anna ließ sich nicht einschüchtern. „Genau das habe ich erwartet. Was hätte ich denn sonst denken sollen? Du hast mir niemals Grund zu der Annahme gegeben, ich wäre mehr für dich als eine bequeme Anlaufstelle für deine sexuellen Bedürfnisse."

Patricks Herz zog sich zusammen. Er wandte sich ab. Anna dachte, er sei nur aus Bequemlichkeit mit ihr zusammen. Dabei zählte in seinem Leben allein die Zeit, die er mit ihr verbrachte. Er hatte ihr das zwar nie gesagt – in dieser Hinsicht hatte sie Recht. Im Gegenteil, er hatte alles getan, damit sie es nicht erfuhr. War das der Grund, warum er sie jetzt verlieren würde? Patricks Schmerz war so heftig, dass er nicht sagen konnte, was mehr wehtat – die Gewissheit, dass er sie verlor, oder dass er ein Baby gezeugt hatte, das er niemals sehen würde.

„Weißt du, wohin du gehen wirst?"

Anna seufzte leise. Jetzt hatte er auch ihren letzten Faden Hoffnung durchtrennt. „Nein, aber Wohnungen gibt es genug. Ich habe mich schon umgesehen, wollte aber nichts festmachen, ehe ich mit dir gesprochen habe. Erst einmal ziehe ich in ein Hotel. Es wird nicht lange dauern, bis ich etwas finde. Du hast dafür gesorgt, dass ich keine finanziellen Sorgen habe. Dafür bin ich dir dankbar. Vor allem aber bin ich dir für mein Baby dankbar." Sie brachte ein schwaches Lächeln zu Stande, doch Patrick hatte das Gesicht abgewandt und sah es nicht.

Er lehnte sich vor, stützte die Ellbogen auf die Knie und massierte sich mit einer Hand die Stirn. „Du brauchst nicht in ein Hotel zu gehen", sagte er brummig. „Warum bleibst du nicht einfach hier, bis du eine passende Wohnung gefunden hast? Es wäre doch unpraktisch, zwei Mal umzuziehen. Außerdem müssen wir eine ganze Menge rechtlicher Dinge klären."

„Nein, das müssen wir nicht", widersprach sie. „Du hast mich gut abgesichert. Ich bin durchaus imstande, selbst für mein Baby zu sorgen. Wenn du denkst, ich wollte dich finanziell zur Ader lassen, hast du dich getäuscht."

Patrick richtete sich auf. „Und wenn ich nun zum Unterhalt beitragen will? Schließlich ist es auch mein Kind. Oder hattest du vor, mir Besuche bei euch zu verweigern?"

Anna verstand gar nichts mehr. „Heißt das, du möchtest das Kind gern sehen?" Damit hatte sie nicht gerechnet. Auf ein kaltes, schnelles Ende ihrer Beziehung war sie gefasst gewesen, aber das ...

Wieder malte sich Erschrecken auf seinen Zügen ab, als wäre ihm eben erst klar geworden, was er da gesagt hatte. Er schluckte, stand auf und lief ruhelos im Zimmer auf und ab. Anna hatte das Gefühl, ein in die Falle geratenes Tier zu beobachten. „Ist schon gut", sagte sie sanft.

Anstatt ihn zu beruhigen, schienen ihre Worte ihn noch mehr aufzuwühlen. Er fuhr sich mit der Hand durchs Haar und wandte sich abrupt zur Tür. „Ich kann nicht ... Erst einmal muss ich nachdenken. Bleib hier, solange du willst."

Ehe sie ihn zurückrufen konnte, war er fort. Die Haustür fiel vernehmlich ins Schloss. Anna blickte auf die leere Stelle, wo er eben noch gesessen hatte, und erinnerte sich an seinen gehetzten Gesichtsausdruck. Patrick war ein Mensch mit großen Problemen, doch sie konnte nicht einmal raten, was sie verursachte. Er hatte niemals ein Wort über seine Herkunft verloren, sodass sie nichts über seine Kindheit oder seine Eltern wusste. Falls er überhaupt noch Angehörige hatte, kannte sie sie nicht. Verwunderlich war das nicht, denn schließlich hatte Patrick noch seine eigene Wohnung und ließ auch seine Post dorthin schicken. Außerdem war es nicht sehr wahrscheinlich, dass er seiner Familie die Telefonnummer seiner Geliebten mitgeteilt hatte, damit man ihn jederzeit erreichen konnte.

Anna blickte sich in der Wohnung um, die sie zwei Jahre lang als ihr Zuhause betrachtet hatte. Trotz Patricks großzügigem Angebot wusste sie nicht, ob sie es so lange hier aushalten würde, bis sie eine neue Bleibe gefunden hatte. Ihre Worte, sie wolle hier nicht ohne ihn sein, waren die Wahrheit gewesen. Hier war alles voll von Erinnerungen an ihn, die nur sehr langsam verblassen würden. In dem Bett, auf dem sie gerade saß, war ihr Kind gezeugt worden. Einen Moment lang dachte sie darüber nach und lächelte dann. Vielleicht auch nicht. Patrick hatte wenig davon gehalten, ihre Liebesspiele aufs Schlafzimmer zu beschränken. Ebenso gut hätte es auf dem Sofa, unter der Dusche oder sogar auf der Küchentheke passiert sein können, als er sie an einem kalten Winterabend beim Kochen überrascht hatte und nicht mehr warten wollte.

Diese Tage voller Leidenschaft waren jetzt vorbei, aber darauf war sie gefasst gewesen. Selbst wenn Patrick nicht wie erwartet reagiert hatte, blieb das Endergebnis das gleiche.

Patrick lief ohne Ziel durch die Stadt. Noch immer war ihm ganz schwindlig von dem doppelten Schock, den Anna ihm versetzt hatte. Es gelang ihm weder, seine Gedanken zu ordnen, noch seine Gefühle unter Kontrolle zu bringen. So viele Jahre lang hatte er jeden einzelnen Aspekt seines Lebens beherrscht und die Augen vor den Dingen verschlossen, die vor so langer Zeit passiert waren. Er war überzeugt, das

Ungeheuer gezähmt, den Albtraum überwunden zu haben. Dennoch hatte die Mitteilung, dass Anna sein Kind erwartete, ausgereicht, um ihn völlig aus dem Gleichgewicht zu werfen. Und sie würde ihn verlassen. Ja, sie würde fortgehen.

Patrick hätte am liebsten die Faust gen Himmel geschüttelt, um das Schicksal zu verfluchen, das ihm das angetan hatte, aber nicht einmal dazu hatte er die Kraft. Er hätte sich auf den Gehweg geworfen und wie ein krankes Tier geheult, doch er wusste, dass es nicht helfen würde. Zuflucht und Frieden würde er nur dort finden, wo er sie bisher auch gefunden hatte – bei Anna.

An die Zukunft konnte er nicht denken. Er hatte keine Zukunft, keinen Anker. An die vielen endlosen Tage, die sich vor ihm erstreckten, wollte er gar nicht denken, solange er nicht wusste, wie er den nächsten überstehen sollte. Ein Tag ohne Anna war ein verlorener Tag.

Er hatte ihr nie sagen können, wie viel sie ihm bedeutete. Nicht einmal sich selbst hatte er es eingestehen wollen. Nach seiner Erfahrung war Liebe nur die Aufforderung zu Verrat und Zurückweisung. Ihn hatte nie jemand geliebt. Wer liebte, öffnete der Zerstörung von Geist und Seele die Tür. Diese Lektion hatte er von klein auf gelernt, und zwar gründlich. Sein bloßes Überleben hatte von einem harten Panzer der Gleichgültigkeit abgehangen, und im Laufe der Jahre hatte er eine Schicht nach der anderen hinzugefügt.

Wann war aus dieser Schutzhülle ein Gefängnis geworden? Sehnte sich eine Schildkröte jemals danach, ihren Panzer zurückzulassen und ungehindert loszulaufen? Wahrscheinlich nicht. Doch er hatte nicht das Glück, eine Schildkröte zu sein. Anna hatte gesagt, sie liebe ihn, und selbst wenn das nicht stimmte, hatte sie ihm die Gelegenheit gegeben, wenigstens noch eine Weile zu bleiben, wenn er nur den Mut hatte, sie zu ergreifen. Er hatte den Mut nicht gehabt, denn dann wäre auch der Rest seines Panzers zerbrochen. Dann wäre er von neuem dem Schrecken ausgesetzt, der in seiner frühesten Kindheit begründet lag und über Jahre der Misshandlungen gewachsen war.

Als Patrick plötzlich vor seiner Wohnungstür stand, wusste er nicht, wie er hingekommen war. Er war kilometerweit gelaufen. Benommen holte er den Schlüssel aus der Tasche.

In der Wohnung roch es nach abgestandener Luft. Keine Spur von einer Atmosphäre, in der man sich willkommen fühlte. Anna war niemals hier gewesen, und das merkte man. Erst jetzt gestand er sich ein, dass er aus dieser Wohnung geflohen war, wann immer sich eine Gelegenheit dazu bot. Hier war es düster wie in einem Grab, und er hatte nicht gewusst, wie er Licht in diese Dunkelheit bringen sollte. Das einzige Licht, das er je gekannt hatte, war von Anna gekommen, und an diesem Licht hatte er nur kurze Zeit teilgehabt, ehe er sie mit seiner ungezügelten Lust vertrieben hatte. Von Anfang an hatte er die Finger nicht von ihr lassen können. Er hatte Anna viel öfter geliebt, als er es für möglich gehalten hätte, weil er nur tief in ihr Frieden fand. Durch seine Schuld war sie schwanger, und deshalb hatte er sie verloren.

Was sollte er ohne sie nur machen? Ohne Anna funktionierte er einfach nicht. Wie sollte er sich auf Verträge oder Verhandlungen konzentrieren? Bisher war ihm das nur gelungen, weil er wusste, dass sie am Ende des Tages auf ihn wartete. Durch harte Arbeit hatte er für sie gesorgt und sichergestellt, dass es ihr niemals an etwas fehlen würde. Jedes Mal, wenn er in ihrem Namen Aktien erwarb, hatte er tiefe Befriedigung gespürt. Vielleicht hatte er geglaubt, dass seine sorgfältige Verwaltung ihrer finanziellen Angelegenheiten sie dazu bringen würde, bei ihm zu bleiben. Warum hatte sie nicht erkannt, dass sie bei ihm besser aufgehoben war als bei irgendjemand anderem oder gar auf sich allein gestellt?

Dennoch wollte er nicht einmal daran denken, dass sie vielleicht nur bei ihm geblieben war, weil er ihr finanzielle Sicherheit bot. Wenn er das von Anna glaubte, gab es nichts mehr, wofür sich zu leben lohnte. Nein, er hatte immer gewusst, dass ihr dieser Teil ihres Arrangements widerstrebte.

Es hatte keinen Grund gegeben, warum sie bei ihm bleiben sollte – es sei denn, sie liebte ihn wirklich.

Zum ersten Mal gestattete er sich, darüber nachzudenken, was sie gesagt hatte. In dem Moment, als sie es tat, hatte es so viel anderes gegeben, was er verarbeiten musste. Nun jedoch hörte er ihre Worte wieder und wieder.

Sie liebte ihn.

Den Rest des Tages und bis weit in die Nacht saß Patrick in seiner dunklen Wohnung. Als die Uhr Mitternacht schlug, überquerte er eine innere Grenze. Auch wenn er all seine Hoffnungen auf eine winzige Chance setzte, blieb ihm nichts anderes übrig.

Wenn Anna ihn wirklich liebte, konnte er sie nicht so gehen lassen.

4. KAPITEL

Anna hatte kaum ein Auge zugetan und war wie gerädert. Sie hatte zwar nicht erwartet, dass sie tief und fest schlafen würde, doch damit, dass sie stundenlang wach liegen und an die Decke starren würde, hatte sie auch nicht gerechnet. Die leere Stelle neben ihr im Bett tat ihr körperlich weh. Patrick war oft geschäftlich verreist gewesen, und trotzdem hatte sie geschlafen. Jetzt war jedoch nicht nur sein Platz leer, sondern auch ihre Seele. Anna hatte gewusst, dass es schwierig sein würde, aber so schwer hatte sie es sich nicht vorgestellt. Trotz aller guten Vorsätze hatte sie geweint, bis ihr der Kopf schmerzte.

Vor lauter Erschöpfung versiegten die Tränen schließlich, doch der Schmerz blieb und wich die ganze Nacht nicht.

Wenn so die Zukunft aussah, wusste sie nicht, ob sie sie ertragen konnte, nicht einmal mit dem Baby. Sie hatte gedacht, dass Patricks Kind, für sie ein kostbares Geschenk, sie über seinen Verlust hinwegtrösten würde, doch im Moment half der Gedanke wenig. Noch fünf lange Monate würden vergehen, bis sie das Baby im Arm halten könnte.

In der Morgendämmerung stand sie auf und machte sich eine Kanne koffeinfreien Kaffee. Heute hätte sie einen Schuss Koffein gut gebrauchen können, doch sie wollte kein Risiko eingehen. Vielleicht würde das vertraute Ritual des Kaffeekochens ihr Gehirn überlisten. In ihren Bademantel gehüllt saß sie am Küchentisch und nippte die heiße Flüssigkeit.

An der Glastür zur Terrasse rannen unablässig Regentropfen herunter und platschten auf den Steinboden. So schön wie das Wetter am Tag zuvor gewesen war, so kalt und scheußlich war es heute. Der April machte seinem Namen wirklich alle Ehre. Wenn Patrick da gewesen wäre, hätten sie sich im Bett aneinander gekuschelt und sich gefreut, dass es keinen Grund gab, aufzustehen.

Anna ließ den Kopf sinken, als der Kummer sie von neuem übermannte. Ehe ihre Augen noch vom letzten Tränenausbruch abgeschwollen waren, ging es schon wieder los. Dass Liebe so wehtun konnte!

Sie hörte nicht, wie die Tür aufgeschlossen wurde, doch Schritte auf dem Steinboden ließen sie hochschrecken. Hastig wischte sie sich übers Gesicht. Vor ihr stand Patrick. Er wirkte ebenso müde und erschöpft wie sie. Offenbar war er überhaupt nicht im Bett gewesen, denn er trug noch die gleichen Sachen wie am Vortag. Nur eine Lederjacke hatte er als Schutz gegen den Regen übergezogen. Wie es schien, war er zu Fuß gekommen, denn das schwarze Haar klebte ihm am Kopf, und Tropfen rannen ihm übers Gesicht.

„Nicht weinen", sagte er rau.

Es war Anna peinlich, dass er sie beim Weinen überrascht hatte. Sie hatte sich immer Mühe gegeben, ihre Gefühle vor ihm zu verbergen, denn sie wusste, dass sie ihn in Verlegenheit brachte. Außerdem sah sie mit ihren rot geweinten Augen und dem zerzausten Haar alles andere als verlockend aus. Eine Geliebte sollte stets wie aus dem Ei gepellt wirken, dachte sie und begann um ein Haar wieder zu weinen.

Ohne den Blick von ihr zu wenden, zog Patrick die Jacke aus und hängte sie über die Stuhllehne. „Ich wusste nicht, ob du noch da bist", sagte er gepresst. „Gehofft habe ich es, aber ..." Er verstummte. Im nächsten Moment hatte er sie hochgehoben und trug sie ins Schlafzimmer.

Anna schrie leise auf und klammerte sich an ihm fest. Auch bei jenem ersten Mal in seinem Büro hatte er sich so blitzartig bewegt, als hätte sich seine gesamte Leidenschaft hinter einem Damm aufgestaut, der endlich brach. Es schien, als hätte er sie mit einer einzigen Bewegung in die Arme genommen und mit sich auf den Teppich gezogen. Noch ehe sich Überraschung in Freunde verwandelte, hatte er auf ihr gelegen. Sie hatte die Arme voll Verlangen nach ihm ausgestreckt, und es waren Stunden vergangen, ehe er sie wieder losließ.

Die gleiche Heftigkeit spürte sie jetzt in seinem Griff, als er sie aufs Bett legte, ihren Bademantel öffnete und auseinanderschlug. Darunter trug sie ein dünnes seidenes Nachthemd, doch auch das schien ihm zu viel. Schweigend betrachtete sie sein Gesicht, als er ihr den Bademantel abstreifte und ihr das Nachthemd über den Kopf zog. Unter seinem Blick beschleunigte sich ihr Herzschlag, und sie spürte ein Ziehen in den Brüsten. Tief in ihrem Körper entflammte ein Funke.

Patrick öffnete ihre Schenkel und kniete sich dazwischen. Mit einer Hand nestelte er seinen Gürtel auf. Seine Augen glitzerten. „Wenn du das nicht willst, sag es lieber jetzt."

Anna hätte ihn ebenso wenig abweisen können, wie sie fähig gewesen wäre, mit dem Atmen aufzuhören. Einladend streckte sie ihm die

Arme entgegen und zog ihn an und in sich. Sein Stöhnen war nicht nur Ausdruck der Lust, sondern der Erleichterung, dass der Schmerz aufhörte. Nur hier fühlte er sich vollkommen geborgen.

Anna wand sich vor Erregung hin und her. Patricks feuchte Kleidung auf ihrer Haut gab ihr das Gefühl, noch niemals so nackt gewesen zu sein. Nur an der Stelle zwischen ihren Beinen lag Haut auf Haut. Dieses Gefühl steigerte ihre Erregung so sehr, dass sie viel zu schnell den Höhepunkt erreichte.

Er hielt ganz still und verteilte viele kleine Küsse auf ihrem Gesicht. „Nicht weinen", flüsterte er. Erst jetzt merkte sie, dass ihm Tränen in den Augen standen. „Nicht weinen. Es muss noch nicht vorbei sein."

Erst jetzt merkte sie, dass sie ihre Verzweiflung über das vermeintlich rasche Ende ihres Liebesspiels laut hinausgeschrien hatte.

In zwei Jahren körperlicher Intimität hatte Patrick ihren Körper genau kennen gelernt. Deshalb fand er jetzt auch den Rhythmus, mit dem ihr Verlangen von neuem aufflammte – rasch genug, um sie zu erregen, aber so langsam, dass sie die Ekstase hinauszögern konnten. Keiner von beiden wollte, dass dieser Liebesakt zu Ende ging, denn solange sie so beieinanderlagen, würden sie sich dem Gespenst der Trennung nicht stellen müssen. Wenn sie sich jetzt voneinander lösten, würde das mehr bedeuten als das Ende ihres Liebesspiels. Es wäre ein Auseinanderreißen, das keiner ertragen könnte.

Patricks Kleidung, die sie eben noch erregend gefunden hatte, wurde jetzt zu einer Barriere, die sie von ihm fern hielt. Ungeduldig zerrte Anna an den Knöpfen. Sie musste seine Haut auf ihrer fühlen. Er richtete sich gerade lange genug auf, um das hinderliche Kleidungsstück abzustreifen und hinter sich zu werfen. Als sie sein drahtiges Brusthaar auf ihren empfindlichen Brustspitzen fühlte, schrie sie leise auf.

Er umfasste beide Brüste und küsste die steil aufgerichteten Spitzen. Zum ersten Mal fiel ihm auf, dass sie leicht geschwollen waren. Auch die Höfe wirkten dunkler als sonst – Anzeichen für das Baby, das in ihrem immer noch flachen Bauch heranwuchs. Ein Schauer durchlief ihn bei dem Gedanken, dass sie eben den Akt wiederholten, durch den ein winziges Leben entstanden war.

Beinahe hätte er schon in diesem Moment den Höhepunkt erreicht. Sein Baby! Das Wissen um eine Tatsache war nicht das gleiche wie die

Erkenntnis, und ihm war gerade aufgegangen, dass dieses Baby ein Teil von ihm war und seine Gene trug. Blut von seinem Blut, untrennbar mit dem von Anna vermischt. Ein lebender Teil von ihnen beiden. Noch nie hatte er solchen Besitzerstolz gefühlt. Sein Baby!

Und seine Frau. Seine Anna, süß und warm, mit ihren strahlenden dunklen Augen.

Sie hatten den Scheitelpunkt der Welle erreicht, und jetzt schlug sie über ihnen zusammen – erst über ihr, dann über ihm. Zusammen ließen sie sich in die Unendlichkeit fallen und tauchten zusammen wieder auf, erschöpft und glücklich.

Sie lagen eng umschlungen. Keiner von beiden wollte der erste sein, der den Bann brach. Anna ließ die Finger durch Patricks Haar gleiten. „Warum bist zu zurückgekommen?“, flüsterte sie. „Es war schon beim ersten Mal schwer genug, dich gehen zu sehen. Musstest du mir das ein zweites Mal antun?“

Anna spürte, wie Patrick sich anspannte. Früher hätte sie ihm niemals gesagt, was sie empfand. Sie hätte gelächelt und die Rolle der perfekten Geliebten gespielt, die niemals irgendwelche Forderungen stellte. Doch diesen Schutzschild hatte sie abgelegt, als sie ihm ihre Liebe gestand. Jetzt gab es kein Zurück mehr. Sie würde ihre Gefühle nicht mehr verleugnen.

Er drehte sich zur Seite und nahm sie mit sich. Automatisch zog sie ein Bein etwas hoch und legte es um seine Taille. Beide atmeten erleichtert auf, dass sie sich trotz des Stellungswechsels nicht voneinander gelöst hatten.

„Musst du denn ausziehen?“, fragte er schließlich. „Warum kannst du nicht einfach dableiben?“

Sie rieb das Gesicht an seiner Schulter. „Ohne dich würde ich es hier nicht aushalten.“

Es blieb ihr nicht verborgen, wie schwer ihm die nächsten Worte fielen. „Und wenn ich auch bleibe? Wenn wir einfach so weitermachen wie bisher?“

Anna hob den Kopf, damit sie seine geliebten Züge im vom Regen getrübten Licht studieren konnte. Sie wusste, welch große Überwindung es ihn gekostet hatte, ihr ein solches Angebot zu machen. Bisher hatte er jeden Anschein von Fürsorge peinlich vermieden. Nun jedoch zeigte er ihr, wie sehr er auf sie angewiesen war. Er brauchte mehr

Liebe als jeder andere Mann, dem sie jemals begegnet war, doch sie wusste nicht, ob er sie auch annehmen konnte. Liebe brachte Verantwortung und Verpflichtungen mit sich. Liebe musste mit Kompromissen bezahlt werden.

„Kannst du es denn?" Ihr Ton war ebenso traurig wie ihr Blick. „Ich bezweifle nicht, dass du es versuchen würdest, aber würdest du es auch ertragen? Wir können die Uhr nicht zurückdrehen. Es hat sich vieles verändert. So wie früher wird es nie wieder sein."

„Ich weiß", sagte er. Sein Blick tat ihr weh, denn sie sah, dass er nicht wirklich an einen glücklichen Ausgang glaubte.

Bisher hatte sie sich niemals nach seiner Vergangenheit erkundigt – ebenso wenig wie sie ihm ihre Liebe gestanden hatte –, doch ihre kleine abgeschiedene Welt war ohnehin aus den Fugen geraten. Manchmal musste man ein Risiko eingehen, wenn man etwas gewinnen wollte.

„Warum hast du mich gefragt, ob ich unser Baby wegwerfen würde?"

Die Frage hing wie ein Schwert über ihnen. Anna spürte, wie Patrick zusammenzuckte und seine Pupillen ganz klein wurden. Als er Anstalten machte, sich von ihr zurückzuziehen, schlang sie ihr Bein fester um ihn und hielt ihn an der Schulter fest. Er bewegte sich nicht, obwohl er ihr an Körperkräften weit überlegen war. Wenn er bei ihr blieb, dann deshalb, weil er ihre Berührung so nötig brauchte. Mit Zärtlichkeit hielt sie ihn, wo Kraft versagt hätte.

Er schloss die Augen, als könnte er die Erinnerung so verdrängen, doch es gelang ihm nicht. Solange Annas Frage nicht beantwortet war, würde er keine Ruhe finden. Bis heute hatte Patrick noch nie über sein schreckliches Geheimnis gesprochen. Die Wunde war zu tief, als dass sie durch eine Aussprache hätte geheilt werden können. Mit dieser Gewissheit lebte er von klein auf. Er hatte getan, was er tun musste, um zu überleben. Diesen Teil seines Lebens hatte er verdrängt. Jetzt darüber zu reden, war eine Qual für ihn, aber Anna verdiente die Wahrheit.

„Meine Mutter hat mich weggeworfen", sagte er schließlich heiser. Mehr brachte er nicht heraus, weil seine Kehle plötzlich wie zugeschnürt war. Hilflos schüttelte er den Kopf. Weil er seine Augen immer noch geschlossen hatte, sah er das Entsetzen in Annas Blick nicht, das rasch tiefem Mitleid wich. Tränen standen in ihren Augen, aber sie kämpfte dagegen an. Wenn sie ihn jetzt unterbrach oder ablenkte, würde er sich ihr vielleicht nie wieder öffnen. Stattdessen streichelte sie seine Brust und versuchte, durch Berührung Trost zu spenden, wo Worte unzureichend waren. Außerdem würde sie den Kampf gegen die Tränen verlieren, wenn sie zu sprechen versuchte.

Doch als Sekunden zu Minuten wurden, erkannte sie, dass er nicht weiterreden würde, es vielleicht gar nicht konnte, wenn sie ihm nicht half. Sie schluckte ein paar Mal, um die Fassung wiederzugewinnen. Als sie sprach, klang ihre Stimme zwar nicht wie immer, doch die Liebe darin war unverkennbar.

„Wie meinst du das? Hat deine Mutter dich verlassen oder zur Adoption freigegeben?"

„Weder noch." Jetzt drehte er sich tatsächlich weg und bedeckte die Augen mit dem Arm. Obwohl sie ihn lieber ganz nah bei sich behalten hätte, gab sie ihm den Abstand, den er brauchte. Manchen Dingen musste man allein ins Auge sehen, und dieses war wohl eines davon. „Meine hat mich auf den Müll geworfen, kaum dass ich auf die Welt gekommen war. Sie hat mich nicht etwa auf den Stufen einer Kirche abgelegt oder in einem Waisenhaus abgegeben. Dann hätte ich mir schöne Geschichten zurechtlegen können, dass sie mich zwar über alles geliebt habe, aber zu krank gewesen sei, um für mich zu sorgen. Alle anderen Kinder dachten sich solche Geschichten aus, aber meine Mutter hatte dafür gesorgt, dass ich niemals so naiv sein würde. Ich war erst einige Stunden alt, als sie mich in einen Mülleimer warf. So etwas lässt sich auch bei großzügiger Auslegung nicht als Mutterliebe verkaufen."

Anna hielt sich die Faust vor den Mund, um nicht laut aufzuschluchzen. Obwohl sie vor Tränen fast blind war, hielt sie den Blick auf sein Gesicht geheftet. Jetzt, da er endlich redete, musste sie gegen die Versuchung ankämpfen, ihm den Mund zuzuhalten. Wie konnte eine Frau ihrem Kind etwas so Entsetzliches antun?

„Sie versuchte nicht nur, mich loszuwerden", fuhr er ausdruckslos fort, „sondern mich umzubringen. Es war Winter, als sie mich wegwarf, und sie machte sich nicht die Mühe, mich warm einzuwickeln. Ich weiß nicht einmal mein genaues Geburtsdatum. Man fand mich morgens um halb vier an einem vierten Januar, aber es war nicht mehr festzustellen, ob ich vor oder nach Mitternacht zur Welt gekommen war. Ich wäre beinahe erfroren. Mein ganzes erstes Lebensjahr habe ich auf Kosten der Fürsorge in einem Krankenhaus verbracht. Als ich endlich ins Waisenhaus kam, hatte ich so viele Menschen kommen und gehen sehen, dass ich mit niemandem mehr etwas zu tun haben wollte. Wahrscheinlich hat mich deshalb niemand adoptiert. Die Leute wollen Babys, kein dürres kränkliches Kleinkind, das schreit, wenn sie die Hand nach ihm ausstrecken."

Er schluckte und nahm die Hand von den Augen weg. Blicklos starrte er zur Decke. „Ich habe keine Ahnung, wer meine Eltern waren. Von meiner Mutter wurde nie eine Spur gefunden. Man nannte mich nach dem katholischen Priester, der mich getauft hatte – Patrick. Malone ist der Name der Stadt, in der man mich fand. Nach einigen Jahren kam ich zu verschiedenen Pflegefamilien, aber dort ging es mir noch schlechter als im Heim. Man schubste mich herum wie ein lästiges Anhängsel. Das Jugendamt hatte nicht genug Pflegefamilien und ließ mich jahrelang bei einer Familie, obwohl ich stets von blauen Flecken übersät war, wenn die Betreuerin vorbeikam. Erst als mein sogenannter Pflegevater mir mit einem Tritt zwei Rippen brach, holte man mich von dort weg. Damals war ich zehn. Schließlich fand man ein recht nettes Ehepaar, dessen eigener Sohn gestorben war. Vielleicht dachten sie, ich könnte ihnen diesen Sohn ersetzen, aber es funktionierte nicht – für sie nicht, und für mich erst recht nicht. Sie waren nett zu mir, aber jedes Mal, wenn sie mich ansahen, bemerkte ich den stummen Vorwurf, dass ich nicht Kenny war. Doch sie gaben mir genug zu essen und sorgten dafür, dass ich regelmäßig zur Schule ging. Als ich meinen Abschluss in der Tasche hatte, bin ich gegangen und habe niemals zurückgeblickt."

5. KAPITEL

Was Anna eben erfahren hatte, erklärte sehr viel über den Mann, zu dem Patrick geworden wahr. Kein Wunder, dass er nicht imstande war, Liebe zu nehmen und zu geben. Wenn ihn die ersten achtzehn Jahre seines Lebens etwas gelehrt hatten, dann dass er sich nicht auf das verlassen konnte, was andere Liebe nannten und das er selbst niemals kennen gelernt hatte. Patrick konnte sich nicht mit hübschen Geschichten vormachen, dass seine Mutter ihn in Wirklichkeit geliebt habe. Eine Frau, die ihr Kind liebte, hätte es niemals nackt in einer Mülltonne abgelegt. Auch von den überarbeiteten Schwestern im Krankenhaus hatte er keine echte Zuneigung erfahren. Kinder lernen schnell, und als er ins Waisenhaus gekommen war, hatte er bereits begriffen, dass er sich auf niemanden verlassen konnte. War es da verwunderlich, dass er sich in sein Schneckenhaus zurückgezogen hatte?

Diese Lektion verstärkte sich noch, als er in seiner Kindheit von einer Pflegefamilie zur anderen geschoben worden war. In einigen war er misshandelt, in anderen nur ignoriert worden. Nirgendwo hatte er wirklich dazugehört. Wo sollte ein solcher Außenseiter erfahren, was Liebe ist? Nirgends, lautete die schmerzliche Antwort. Patrick hatte mehr als nur Armut überwinden müssen. Ihm hatte jegliche menschliche Zuneigung gefehlt. Wenn sie sah, was er aus seinem Leben gemacht hatte, war sie tief beeindruckt von seiner schieren Willenskraft. Wie hart hatte er arbeiten müssen, um nicht nur seinen College-Abschluss zu machen, sondern noch dazu so gute Noten zu erzielen, dass er unter verschiedenen Stellenangeboten wählen konnte? Nach wenigen Jahren hatte er bereits seine eigene Firma besessen.

Nach der herzzerreißenden Geschichte seiner Kindheit waren sie beide zu ausgelaugt gewesen, um der Sache tiefer auf den Grund zu gehen. In stillschweigendem Einvernehmen waren sie aufgestanden und hatten all das getan, was sie an normalen Tagen auch taten. Doch dies war kein normaler Tag. Die letzten vierundzwanzig Stunden hatten sie beide viel Kraft gekostet. Sie redeten wenig und wenn, dann nur darüber, was sie zu Mittag essen würden.

Patrick war da und machte keine Anstalten zu gehen. Anna sah dies als Hoffnungsschimmer und begann deshalb nicht mit dem Packen. Im

Moment genügte ihr seine bloße Anwesenheit.

Erst am späten Nachmittag dieses verregneten Tages kam er wieder auf das Thema zu sprechen, das sie beide bewegte. „Du hast meine Frage von heute Morgen nicht beantwortet. Können wir so weitermachen wie bisher?"

Anna sah, dass er immer noch unter starker Anspannung stand, doch er schien ruhiger. Ihrer eigenen Reaktion war sie sich nicht so sicher, doch sie würde die Belastung lieber aushalten, als ihn zu vertrösten und damit zu riskieren, ihn von neuem in die Flucht zu treiben.

Sie setzte sich ihm gegenüber und versuchte, ihre Gedanken zu ordnen. „Was mich angeht", sagte sie schließlich, „wäre mir nichts lieber als das. Der Gedanke, dich zu verlieren, hat mich beinahe umgebracht. Ich weiß nicht, ob ich es noch einmal durchstehen würde. Aber ich darf nicht nur an mich denken. Nein, falsch, wir dürfen beide nicht nur an uns denken, sondern vor allem an unser Kind. Am Anfang wird es ihm genügen, Mommy und Daddy zu haben. Doch was wird später, wenn es zur Schule kommt und herausfindet, dass andere Eltern verheiratet sind? Wir sind hier in Denver und nicht in Hollywood. Ein unverheiratet zusammenlebendes Paar wird noch akzeptiert, aber das ändert sich, wenn ein Kind da ist."

Patrick hielt den Blick auf seine Hände gerichtet. „Was wäre anders, wenn du ausziehst? Die Eltern unseres Kindes wären immer noch nicht verheiratet, aber du würdest es allein großziehen. Glaubst du wirklich, dass das besser wäre? Ich weiß zwar nicht, was für einen Vater ich abgeben werde, aber besser als gar keiner wäre ich allemal."

Anna biss sich auf die Lippe. Brachte sie ihn wirklich dazu, zu betteln, am Leben ihres gemeinsamen Kindes teilzuhaben? Das war niemals ihre Absicht gewesen, vor allem nicht nach seinem Geständnis vom Morgen. „Ich bin sicher, du wirst ein wunderbarer Vater sein. Bitte denk nicht, ich würde dich von unserem Kind fern halten wollen. Nur bezüglich unserer Wohnverhältnisse bin ich mir nicht sicher."

„Aber ich. Ich will dich, und du ... willst mich." Noch immer konnte er sich nicht dazu überwinden, das Wort Liebe auszusprechen. „Wir müssen doch nicht gleich etwas unternehmen. Wie du sagst, werden Jahre vergehen, bis unser Kind alt genug ist, uns mit anderen Eltern zu vergleichen. Du hast den schwierigsten Teil der Schwangerschaft noch vor dir, und ich werde nachts kein Auge zutun, solange ich nicht weiß, dass mit dir alles in Ordnung ist. Bitte bleib wenigstens, bis das Baby auf der Welt ist. Ich könnte mit dir zu den Geburtsvorbereitungskursen gehen und dir bei der Entbindung beistehen.“ Obwohl sein Ton bestimmt war, sah sie das Flehen in seinem Blick und gab nach. Wenn sie ihn jetzt wegschickte, würde er vielleicht niemals darüber hinwegkommen.

„Nichts wäre mir lieber“, sagte sie leise und sah einen Moment lang Erleichterung in seinem Blick, ehe er sich hinter der Fassade der Gleichmut verschanzte.

„Dann hole ich morgen meine Sachen.“

Anna sah ihn überrascht an. Sie hatte erwartet, dass er zum Status quo zurückkehren wollte, was hieß, dass er zwar bei ihr schlafen, auf dem Weg zur Arbeit aber in seiner Wohnung vorbeifahren und sich umziehen würde. Der Gedanke, dass seine Anzüge von jetzt an in der geräumigen Kleiderkammer neben ihren Sachen hängen würden, freute und ängstigte sie zugleich. Das war lächerlich, denn sie hatte sich nichts mehr gewünscht, als ein ausgefülltes Leben an Patricks Seite zu führen. Im Moment jedoch veränderte sich zu viel in ihrem Leben zu schnell. Die Schwangerschaft machte sich von Tag zu Tag deutlicher bemerkbar. Obwohl sie bisher kaum Symptome gespürt hatte, nahm sie die Veränderungen jetzt war.

Gegen eine dieser Veränderungen kämpfte sie schon den ganzen Tag an. Jetzt konnte sie nicht mehr. Tränen stiegen ihr in die Augen und kullerten ihr über die Wangen. Sofort war Patrick an ihrer Seite und bettete ihren Kopf an seine Brust. „Was ist denn?“, fragte er angstvoll. „Willst du nicht, dass ich zu dir ziehe? Ich dachte, ich könnte mich dann besser um dich kümmern.“

„Das ist es nicht“, schluchzte sie. „Oder doch. Ich bin glücklich, verflixt! Seit ich hier wohne, habe ich mich danach gesehnt, dass du ganz hier lebst. Aber du hast dich nicht um meinetwillen dazu entschlossen, sondern wegen des Babys!“

Patrick wischte ihr mit dem Daumen die Tränen ab. Seine dunklen Brauen waren zusammengezogen. „Natürlich tue ich es deinetwegen“, erklärte er ungeduldig. „Das Baby kenne ich doch noch gar nicht. Es ist ja kaum etwas zu sehen. Ich will nur nicht, dass du länger als unbedingt nötig allein bist.“ Seine Miene wurde noch finsterer. „Warst du überhaupt schon beim Arzt?“

Anna suchte nach einem Taschentuch und putzte sich die Nase. „Ja. Erst dort habe ich erfahren, dass ich schwanger bin. Meine letzte Periode bestand nur aus Tröpfchen und die davor war auch schon sehr leicht. Ansonsten hatte ich keinerlei Symptome."

„Ist das normal?"

„Jedenfalls ist es nicht unüblich. Der Arzt hat mir versichert, dass alles in Ordnung sei. Einige Frauen haben während der ersten Monate noch Blutungen, andere nicht. Manchen wird morgens übel, manche können essen, was sie wollen. An mir habe ich bisher nur bemerkt, dass ich schneller müde werde und leicht in Tränen ausbreche."

Patrick wirkte erleichtert. „Dann weinst du wegen des Babys?"

„Nein, deinetwegen!"

„Tu es nicht." Er zog sie an sich und küsste sie auf die Stirn. „Ich mag es nicht, wenn du weinst."

Er hatte keine Ahnung, wie herrlich es war, so liebevoll und fürsorglich behandelt zu werden. Sie hatte sich so danach gesehnt! Auch ihr Leben war nicht reich mit Liebe gesegnet gewesen, obwohl sie niemals so schlimme Misshandlungen erlebt hatte wie Patrick. In ihren Träumen hatte sie sich ein Leben mit ihm ausgemalt in einer gemütlichen Wohnung oder einem Haus, mit der Gewissheit, dass er jeden Abend nach Hause kommen würde. In diesen Träumen hatte er sie zur Begrüßung und zum Abschied umarmt und ihr gezeigt, wie sehr er sie liebte, während er ihr in Wirklichkeit körperliche Intimität und eine emotionale Wüste geboten hatte. Sein Sinneswandel kam so plötzlich, dass sie Angst hatte, daran zu glauben. Trotzdem würde sie nichts tun, was die schöne Seifenblase vorzeitig zum Platzen bringen würde. Solange Patrick da war, würde sie jeden Moment genießen.

Patrick hielt Wort und zog am nächsten Tag mit Sack und Pack bei Anna ein. Zu ihr selbst sagte er nichts, doch in ihrer Gegenwart nahm er zwei Anrufe entgegen, die ihr die Ernsthaftigkeit seiner Absichten bewiesen. Einmal sprach er mit einem Universitätsdozenten, der als Nachmieter in seine Wohnung ziehen wollte, das andere Mal bestätigte er seine neue Anschrift für einen Nachsendeantrag bei der Post. Dies bestätigte ihr, wie viel ihm daran lag, ihre Beziehung fortzusetzen.

Anna hatte ihn heimlich auf Anzeichen von Gereiztheit oder Ruhelosigkeit beobachtet, denn in ihrer Beziehung hatte sich mehr geändert, als dass aus zwei Wohnsitzen einer geworden war. Sie hatte ihm gestanden, dass sie ihn liebte. Diese Worte ließen sich nicht auslöschen oder vergessen. Durch seine Reaktion auf ihre kurze Trennung hatte er ihr gezeigt, wie sehr er an ihr hing. Obwohl sie körperlich schon seit zwei Jahren intim waren, war diese Art Nähe für ihn völlig neu, und sie sah ihm an, dass er manchmal einfach nicht wusste, wie er sich verhalten sollte. Es schien fast, als bewegte er sich in einem fremden Land, dessen Sprache er nicht verstand und wo er deshalb auch die Straßenschilder nicht lesen konnte.

Von Tag zu Tag wurde er neugieriger auf das Baby und bestand darauf, sie zum nächsten Untersuchungstermin beim Arzt zu begleiten, der für einen Tag kurz nach seinem Einzug vereinbart war. Als er herausfand, dass man etwas später in der Schwangerschaft das Geschlecht des Kindes durch Ultraschall feststellen konnte, wollte er sofort wissen, wann das sein würde und wie oft sich die Ärzte irrten. Da er sich bisher nie für das Geschlecht des Babys interessiert hatte, fragte sich Anna, ob er sich vielleicht einen Sohn wünschte. Bisher hatte er nichts erwähnt, und ihr war es völlig gleich, ob das Kind ein Mädchen oder ein Junge war. Wenn sie von dem Baby sprachen, war stets die Rede von „es“ und nicht von „er“ oder „sie“.

Wie würde er auf einen Sohn reagieren? Er würde sich selbst sehen, wie er als Junge gewesen war, und die Chance haben, die Wunden seiner eigenen Kindheit zu heilen, indem er dafür sorgte, dass sein eigenes Kind nichts als Liebe erfuhr. Vor ihrem inneren Auge sah sie, wie er einem schmutzigen, entschlossenen kleinen Jungen geduldig zeigte, wie man einen Baseballschläger schwang. Über Jahre hinweg würden sie bei jedem Spiel als Zuschauer auf der Bank sitzen und jede Bewegung ihres Sohnes mit Stolz verfolgen. Jeder Treffer würde der beste sein, der je gelandet wurde, jeder Fang der beeindruckendste, weil der Junge *ihrer* war.

Obwohl der gesunde Menschenverstand sie davor warnte, konnte sie nicht aufhören, von einer Zukunft mit Patrick zu träumen. Ein Wunder war bereits geschehen – er hatte sie nicht verlassen, als er von ihrer Schwangerschaft erfuhr. Sie würde auf ein weiteres Wunder hoffen.

Nachts im Bett legte sie den Kopf auf seine Brust und lauschte dem regelmäßigen Pochen seines Herzens. Ihre Hand glitt auf ihren Bauch. Ihr Baby hörte ihren Herzschlag ebenso wie sie den von Patrick und würde ihn hoffentlich als genauso beruhigend empfinden.

„Du scheinst dich wirklich für die Ultraschalluntersuchung zu interessieren“, sagte sie schläfrig.

„Hmm“, brummte er. Sie hob den Kopf, doch außer den Umrissen seines Kinns konnte sie nichts erkennen.

„Du kannst es wohl kaum noch erwarten, zu erfahren, ob es ein Junge oder ein Mädchen ist.“

Er bewegte sich unruhig. „Stimmt, ich wüsste es gern. Was ist mit dir? Wünschst du dir einen Jungen oder ein Mädchen?“

„Mir ist es gleich“, antwortete sie gähnend. „Hauptsache, es kommt gesund zur Welt. Allerdings wäre es nicht schlecht, vorher Bescheid zu wissen, damit wir rechtzeitig einen Namen aussuchen und das Kinderzimmer in den richtigen Farben einrichten können.“

„Das Kinderzimmer.“ Er klang überrascht. „So weit hatte ich noch gar nicht gedacht. Bisher kann ich mir nur ein winziges, in eine Decke gewickeltes Wesen vorstellen, das dort bleibt, wo wir es hinlegen, und nicht viel Platz braucht. Warum muss ein Baby eigentlich ein Zimmer für sich haben?“

Anna lächelte. „Weil sonst überall in der Wohnung die zahlreichen Dinge herumliegen würden, die ein Baby braucht. Und wo soll es schlafen?“

Die Frage verblüffte ihn, denn er lachte plötzlich laut auf. Wie selten hatte sie ihn bisher lachen hören. „Ich dachte bei uns – auf dem Arm, den du gerade nicht brauchst. Normalerweise würde ich es ja auf meiner Brust schlafen lassen, aber wie ich höre, sind Babys nicht stubenrein.“

Sie lachte leise. Noch nie in ihrem Leben war sie so glücklich und zufrieden gewesen. „Ich nehme an, du hättest gern einen Jungen. Vorhin habe ich mir gerade vorgestellt, wie du ihm das Baseballspielen beibringst.“

Plötzlich spannte sich Patricks Körper an. „Nicht unbedingt“, sagte er gepresst. „Ich hätte eigentlich lieber ein kleines Mädchen.“

Vor Überraschung war Anna ganz still. Was hatte ihn an ihrer Frage so betroffen gemacht? Er schwieg lange, doch als sie schon beinahe eingeschlafen war, sagte er leise: „Wenn es ein Mädchen ist, wirst du es vielleicht mehr lieben.“ Im nächsten Moment war sie hellwach.

6. KAPITEL

Was ist mit deiner Familie?", erkundigte sich Patrick am nächsten Morgen. Er tat es ganz vorsichtig, als befürchtete er, etwas falsch zu machen. Familien waren etwas, das andere Leute hatten, und nach seinen Erfahrungen in den verschiedenen Pflegefamilien nicht unbedingt erstrebenswert. Doch er wollte mehr über Anna wissen, wollte so viel wie möglich über sie herausfinden für den Fall, dass er eines Tages nach Hause kam und sie nicht mehr da war. „Hast du ihnen von dem Baby oder von mir erzählt?"

„Ich habe keine Angehörigen", erwiderte sie und goss Milch auf ihr Müsli. Sie sagte es ganz beiläufig, doch seine Neugier war geweckt.

„Keine Angehörigen? Bist du Waise?" Er hatte viele Waisen gesehen, traurige, verängstigte Kinder, deren Welt zusammengebrochen war und die nicht wussten, wie es weitergehen sollte. Vielleicht war seine Situation, so schlimm sie auch gewesen war, einer solchen Erfahrung noch vorzuziehen. Seine Mutter war nicht gestorben, sondern hatte ihn einfach in eine Mülltonne gesteckt. Wahrscheinlich waren sie und sein Vater noch am Leben, obwohl er bezweifelte, dass sie zusammengeblieben waren. Vermutlich war er das Produkt einer kurzen Affäre, möglicherweise sogar einer einzigen flüchtigen Begegnung.

„Ja, aber ich war nie im Waisenhaus. Meine Mutter starb, als ich neun Jahre alt war. Mein Vater sagte, er könne sich nicht richtig um mich kümmern, und brachte mich zu seiner Halbschwester. Um die Wahrheit zu sagen: Er wollte sich vor der Verantwortung drücken. Nach den Worten meiner Tante zu urteilen, war er nie sehr verantwortungsbewusst. Selten hielt er es lange bei einer Arbeitsstelle aus. Sein Geld brachte er in Bars durch. Als ich vierzehn war, kam er bei einem Autounfall ums Leben."

„Was ist mit deiner Tante?", wollte Patrick wissen. Ihm fiel ein, dass unter der Rubrik Familie in ihrer Personalakte „Keine" gestanden hatte. „Hast du noch Kontakt zu ihr?"

„Nein. Sie starb etwa ein Jahr bevor ich anfing, bei dir zu arbeiten, aber ich bezweifle, dass ich sie noch einmal gesehen hätte. Wir hatten kein besonders herzliches Verhältnis. Sie und Onkel Sid hatten selbst sieben Kinder. Ich war einfach ein weiterer Esser, den sie satt kriegen mussten. Dazu kam, dass sie sich nie besonders gut mit Dad verstanden hatte. Tante Carol sah aus, als hätte sie für das berühmte Bild einer amerikanischen Bauersfrau Modell gestanden, das im Museum in Chicago hängt – verbissen und sauertöpfisch. Geld war in der Familie immer knapp, und ich kann es ihnen nicht verdenken, dass sie zuerst für ihre eigenen Kinder sorgten."

Zorn stieg in Patrick auf, als er sich Anna als kleines Mädchen vorstellte, das ebenso wie er nie richtig zu einer Familie gehört hatte. Er hatte nie etwas anderes gekannt, doch es machte ihn wütend, dass auch Anna so entwürdigend behandelt worden war. „Und deine Vettern und Kusinen? Hörst du noch manchmal von ihnen?"

„Nein, wir konnten nie viel miteinander anfangen. Wir haben uns zwar leidlich vertragen, doch gemeinsam hatten wir nichts. Außerdem sind sie alle von der Farm weggezogen. Ich weiß überhaupt nicht, wo sie jetzt leben. Wenn ich es wirklich wollte, könnte ich wahrscheinlich den einen oder anderen aufspüren, aber wozu?"

Eigenartig, Patrick hatte nie gedacht, dass Anna ganz allein in der Welt stand und eine ähnliche Kindheit hinter sich hatte wie er. Wenn auch auf andere Weise hatte auch sie Zuneigung und Fürsorge entbehren müssen. Wenigstens waren ihr körperliche Misshandlungen erspart geblieben, und deshalb konnte sie noch auf andere Menschen zugehen und ihre Liebe ausdrücken. Solange er zurückdenken konnte, hatte er gewusst, dass es sinnlos war, etwas zu erwarten, zu erhoffen oder etwas von sich preiszugeben, denn das würde ihn verwundbar machen. Er war froh, dass Anna ein solches Leben nicht gekannt hatte.

Dennoch konnte es nicht leicht für sie gewesen sein, ihm zu sagen, dass sie ihn liebte. War sie gegen eine Zurückweisung gewappnet gewesen? Denn genau das hatte er getan – er war in Panik geraten und davongelaufen. Am nächsten Morgen hatte er schreckliche Angst gehabt, dass sie ihn vielleicht nicht mehr sehen wollte, nachdem er sie so mies behandelt hatte. Doch sie hatte ihn wieder aufgenommen und ihm gezeigt, dass sie ihn noch immer liebte – nicht nur ihn, sondern auch sein Baby. Manchmal konnte er es kaum glauben.

„Und die Pflegefamilie, bei der du gelebt hast?", erkundigte sie sich. „Besuchst du sie noch manchmal, oder telefonierst du mit ihnen?"

„Nein. Ich habe noch am Tag der Abschlussfeier auf der High School meine Sachen gepackt und bin weggegangen, aber sie haben wahrscheinlich ohnehin nicht erwartet, dass ich in Kontakt mit ihnen bleiben würde. Natürlich habe ich mich verabschiedet und mich bedankt."

„Wie hießen die Leute denn?"

„Emmeline und Harold Bradley. Sie waren anständige Leute. Vor allem Harold hat sich Mühe mit mir gegeben, aber sie konnten mich nun einmal nicht zu ihrem Sohn machen. Das habe ich immer in ihren Augen gesehen. Ich war nicht Kenny. Vor allem Emmeline schien es mir übel zu nehmen, dass ich und nicht Kenny am Leben war. Keiner von beiden hat mich jemals berührt, wenn es nicht unbedingt sein musste. Sie haben mir ein Dach über dem Kopf, genügend zu essen und Kleidung gegeben, aber Zuneigung hatten sie nicht für mich übrig. Ich glaube, sie waren ziemlich erleichtert, als ich ging."

„Bist du denn nicht neugierig, ob sie überhaupt noch leben oder ob sie noch am gleichen Ort wohnen wie früher?"

„Warum sollte ich? Mich verbindet nichts mit den Bradleys, und sie würden wohl auch nicht besonders erfreut sein, mich zu sehen."

„Wo haben sie denn gewohnt?"

„Etwa hundertzwanzig Kilometer von hier in Fort Morgan."

„Das ist ja gar nicht weit weg! Meine Verwandten wohnten in Maryland. Da ist es leichter verständlich, dass wir nicht in Kontakt geblieben sind."

Patrick zuckte die Schultern. „Ich bin auf ein College in einem anderen Staat gegangen und hätte sie gar nicht besuchen können. Da ich zwei verschiedene Jobs hatte, um die Studiengebühren bezahlen zu können, blieb mir nicht viel freie Zeit."

„Aber du bist nach Colorado zurückgekommen und hast dich in Denver niedergelassen."

„In einer Großstadt ist die Nachfrage nach Ingenieuren größer."

„In Amerika gibt es viele Großstädte. Worauf ich hinauswill – du warst so nahe, aber du hast sie nie angerufen, um ihnen zu erzählen, was aus dir geworden ist oder dass du wieder in Colorado lebst."

„Nein, habe ich nicht", entgegnete er unwirsch. „Meine Güte, Anna, es sind fünfzehn Jahre vergangen, seit ich meinen College-Abschluss gemacht habe. Die Bradleys haben während dieser langen Zeit mit Sicherheit keine Kerze für mich ins Fenster gestellt. Sie wussten, dass ich nicht wiederkommen würde."

Anna verfolgte das Thema nicht weiter, vergaß es aber auch nicht.

Harold und Emmeline Bradley. Die Namen würde sie sich gut merken. Diese Menschen hatten Patrick jahrelang ein Zuhause gegeben. Auch wenn er es nicht glauben wollte, waren sie bestimmt interessiert zu erfahren, was aus ihm geworden war.

Ohne ein Wort des Abschieds ging er zur Arbeit. Auch als er am Abend zurückkam, war er noch immer düsterer Stimmung. Anna ließ ihn in Ruhe, doch sein anhaltendes Schweigen beunruhigte sie. Hatten ihre Fragen ihn so verärgert, dass er daran dachte, sich von ihr zu trennen? Aber schließlich hatte er zuerst nach ihrer Familie gefragt. Wie konnte er es ihr da übel nehmen, dass sie ebenfalls neugierig geworden war. In den Tagen, seit sie ihm von dem Baby erzählt hatte, war er ihr zugänglicher denn je vorgekommen, doch plötzlich wurde sie sich bewusst, dass ihn immer noch eine Mauer umgab. Es war ihr gelungen, einige Stücke herauszuschlagen, aber der Großteil stand noch.

Das Gespräch über seine Pflegefamilie war Patrick unangenehm gewesen, hatte ihn jedoch auch nachdenklich gemacht. Wenn er und Anna nichts dagegen unternahmen, würde ihr Baby auch keine richtige Familie haben. Unter den gegebenen Umständen konnte er sich nicht vorstellen, dass sie weitere Kinder haben würden. Zu seiner Überraschung gefiel ihm die Vorstellung eines ganzen Hauses voller Kinder. Er wollte, dass sie eine richtige Familie wurden, nicht nur ein Paar, das zufällig ein Baby hatte.

Patrick hatte zwar nie von einem Zusammenleben mit seiner Mutter geträumt, sich als Kind jedoch oft wehmütig gefragt, wie es wohl wäre, eine richtige Familie zu haben, wo er hingehörte und geliebt wurde. Angesichts der gnadenlosen Wirklichkeit war von dieser Wunschvorstellung nicht viel übrig geblieben, doch er konnte sich noch erinnern, dass für ihn der Begriff Familie immer Sicherheit bedeutet hatte. Eltern waren für ihn nie konkrete Personen gewesen, sondern schemenhafte Figuren, die zwischen ihm und der Gefahr standen. Sein Kind sollte nie auf solche Wunschvorstellungen angewiesen sein, sondern in der Geborgenheit eines richtigen Zuhauses leben.

Noch vor einer Woche hätte das, was er jetzt in Erwägung zog, ausgereicht, um ihn in Panik zu versetzen, inzwischen jedoch hatte er begriffen, dass es Schlimmeres gab. Anna zu verlieren wäre viel schlimmer. Er hoffte, dass er nie wieder einen solchen Tag und eine solche Nacht erleben musste, weil er sonst vielleicht den Verstand verlieren würde. Verglichen damit war das, was er jetzt überlegte, ein Kinderspiel.

Etwas zu überlegen war eine Sache, seine Gedanken in Worte zu fassen eine andere. Beklommen beobachtete er Anna, obwohl er wusste, dass er ihre Antwort unmöglich vorhersagen konnte. Hinter der heiteren Fassade war sie eine tiefgründige und komplexe Persönlichkeit, die mehr sah und verstand, als ihm lieb war. Da so viele ihrer Gedankengänge vor ihm verborgen blieben, konnte er nicht sicher sein, wie sie reagieren würde und warum. Wenn sie ihn liebte, dürfte sie eigentlich nicht zögern, doch sicher sein konnte er nicht. Sie war imstande, ihr eigenes Glück zu opfern – vorausgesetzt, er konnte sie überhaupt glücklich machen –, wenn sie überzeugt war, es wäre besser für ihr Baby.

Eigenartig, welchen großen Einfluss das Baby schon vor seiner Geburt auf ihr Leben ausübte. Manchmal hatte Patrick richtig Angst. Er hatte das Gefühl, nahe an einem Abgrund zu stehen. Eine falsche Bewegung, und er würde in die Tiefe stürzen. Andererseits war die größere Offenheit, die Intimität, mit der Anna und er jetzt miteinander umgingen, jede Minute der Beunruhigung wert. Die Einsamkeit von früher, die er nicht nur für selbstverständlich angesehen, sondern sogar gesucht hatte, würde er nicht noch einmal ertragen.

Dennoch war es ein Entschluss, der ihn nervös machte und viel Kraft kostete. Schließlich wählte er Worte, die nicht so ausgelegt werden konnten, als böte er sich selbst an, als gestünde er seine Gefühle und seine Verletzlichkeit ein, sondern die wie ein belangloser Vorschlag klangen. „Ich finde, wir sollten heiraten."

Nichts hätte Anna in größeres Erstaunen versetzen können. Ihre Beine gaben nach, und sie musste sich rasch setzen. „Heiraten!", rief sie ungläubig und überrascht zugleich.

Patrick war nicht besonders erfreut, dass ihr der Gedanke noch nicht gekommen war. „Jawohl, heiraten. Es wäre doch nur vernünftig. Wir wohnen zusammen und bekommen ein Baby. Eine Heirat ist nur der logische nächste Schritt."

Anna schüttelte den Kopf, nicht aus Ablehnung, sondern weil sie nicht klar denken konnte. Sie hatte nie erwartet, einen Antrag zu bekommen, weil eine Heirat „der logische nächste Schritt" war. Nein, falsch. Sie hatte überhaupt nicht mit einem Heiratsantrag gerechnet, sich aber heimlich danach gesehnt. Allerdings hätte sie sich gewünscht, Patrick würde sie aus anderen Gründen bitten, seine Frau zu werden, nämlich weil er sie liebte und ohne sie nicht leben konnte. Sie vermutete zwar, dass es so war, doch wenn er es ihr nicht sagte, würde sie es niemals genau wissen.

Es war keine einfache Entscheidung, und Anna überstürzte nichts. Patricks Gesicht war ausdruckslos, während er auf ihre Reaktion wartete, doch seine tiefgrünen Augen verrieten, wie viel ihre Antwort ihm bedeutete. Er wollte, dass sie Ja sagte. Sie wollte gern Ja sagen. Die Frage war nur, ob sie ihn in dem blinden Glauben heiraten sollte, dass er sie liebte. Eine kluge Frau würde sich Zeit lassen für einen Entschluss, der nicht nur sie selbst, sondern auch ihr Kind betreffen würde, denn eine gescheiterte Ehe hinterließ bei allen Narben.

Anna hatte in blindem Vertrauen gehandelt, als sie vor zwei Jahren ihre Stelle aufgegeben hatte, um Patricks Geliebte zu werden, und es niemals bereut. Die zwei Jahre mit ihm waren die schönsten ihres Lebens gewesen, und sie hätte niemals darauf verzichten wollen. Eine Schwangerschaft ändert jedoch alles, dachte sie mit leichtem Lächeln. Sie durfte jetzt nicht nur an sich, sondern musste vor allem an das Baby denken. Der logische Schritt war nicht unbedingt der beste, obwohl ihr Herz sie dazu drängte, sofort Ja zu sagen.

Ernst sah sie Patrick an. „Ich liebe dich, aber das weißt du ja."

Früher hätte ein solches Geständnis ihn in die Flucht getrieben. Jetzt erwiderte er ihren Blick ruhig. „Ja, das weiß ich." Die Gewissheit versetzte ihn keineswegs in Panik, sondern erschien ihm als das kostbarste Geschenk, das er jemals bekommen hatte.

„Ich möchte so gern Ja sagen, aber ich habe Angst. Es war zwar deine Idee, dass wir zusammenbleiben, und du warst wunderbar, aber ich bin nicht sicher, dass du noch genauso empfindest, wenn das Baby einmal auf der Welt ist. Dann wird sich nämlich alles ändern. Ich möchte nicht, dass du dann unglücklich bist oder das Gefühl hast, in einer Falle zu sitzen."

Patrick schüttelte den Kopf, als könnte er so die Antwort abwenden, vor der er sich fürchtete. „Keiner kann sagen, was die Zukunft bringt. Ich weiß, warum du dir Sorgen machst, wie ich reagieren werde. Um ehrlich zu sein, ich habe selbst ein bisschen Angst. Aber ich freue mich auch. Ich will dieses Baby. Ich will dich. Lass uns heiraten und die

Sache offiziell machen." Er lächelte schief. „Das Baby würde den Familiennamen Malone tragen. Die zweite Generation einer neuen Dynastie."

Anna atmete tief ein. Sie durfte jetzt nicht tun, wonach ihr Herz verlangte. „Ich kann dir noch keine Antwort geben", flüsterte sie und sah, wie seine Züge sich anspannten. „Es wäre einfach nicht richtig. Ich möchte gern Ja sagen, Patrick. Das wünsche ich mir mehr als alles andere, aber ich bin nicht sicher, ob es richtig wäre."

„Das wäre es", erklärte er bestimmt.

„Dann wird es das auch in ein oder zwei Monaten noch sein. In der letzten Woche ist zu viel zu schnell geschehen – das Baby, du. Ich möchte keine falsche Entscheidung treffen, und im Moment bin ich nicht vom Verstand, sondern ausschließlich von Gefühlen gesteuert."

Patricks Blick war fest und voller Willenskraft. „Ich kann dich nicht zwingen, Ja zu sagen, aber ich werde dich immer wieder fragen. Ich werde dich in den Armen halten und mit Zärtlichkeit überschütten, bis du dir ein Leben ohne mich nicht mehr vorstellen kannst."

Anna stiegen Tränen in die Augen. „Das kann ich ohnehin nicht."

„Ich gebe nicht auf, Anna. Wenn ich etwas will, lasse ich nicht locker, bis ich es habe. Ich will dich, und ich werde dich bekommen."

Sie wusste genau, was er meinte. Wenn er sich etwas vornahm, verfolgte er sein Ziel unbeirrt, bis er es erreicht hatte. Es war etwas beunruhigend, dass diesmal sie das Objekt seiner Entschlossenheit war.

Patricks Lächeln war siegesgewiss. „Darauf kannst du dich verlassen."

7. KAPITEL

Heirat. Der Gedanke beschäftigte Anna tagsüber und erfüllte nachts ihre Träume. Mehrmals war sie kurz davor, alle Vorsicht in den Wind zu schlagen und Ja zu sagen, doch ein Teil von ihr war einfach noch nicht bereit für einen so folgenreichen Schritt. Bisher hatte sie sich mit der Rolle als Patricks Geliebte zufrieden gegeben. Jetzt reichte es ihr nicht aus, einfach nur seine Frau zu sein, jetzt wollte sie, dass er sie liebte und seine Liebe sowohl ihr als auch sich selbst eingestand. Auch wenn sie vermutete, dass es so war, konnte sie sich erst dann darauf verlassen, wenn er mit seinen eigenen Gefühlen im Reinen war. Jetzt sagte er zwar „Ich will dich", aber zu „Ich liebe dich" konnte er sich noch nicht durchringen.

Anna verstand durchaus, dass Emotionen Patrick Schwierigkeiten bereiteten. Manchmal, wenn sie allein war, weinte sie um ihn – um das Baby, das seine Mutter in eine Mülltonne gesteckt hatte, das einsame, verängstigte Kleinkind und schließlich den misshandelten Jungen, der sich an niemanden um Hilfe hatte wenden können. Niemand hätte eine solche Kindheit ohne tiefe Narben auf der Seele überstanden. War es da ein Wunder, dass Patrick die Fähigkeit verloren hatte, Liebe anzunehmen und zu geben? Wenn sie die Situation objektiv betrachtete, sah sie, dass er bereits so weit gegangen war, wie er konnte.

Mehr erwartete sie eigentlich auch nicht, aber sie sehnte sich danach.

Immer wieder kehrten ihre Gedanken zu den Bradleys zurück. Nach Patricks Worten hatte er sechs Jahre bei ihnen gewohnt, also von zwölf bis achtzehn. Sechs Jahre waren eine lange Zeit, und Anna konnte sich nicht vorstellen, dass die Bradleys ihn in dieser Zeit nicht wenigstens ein bisschen lieb gewonnen hatten. War es möglich, dass sie ihn aus mehr als Pflichtgefühl bei sich behalten hatten, er damals aber nicht imstande gewesen war, das zu erkennen? Wie mochten sie sich wohl gefühlt haben, als sie nie wieder von ihm hörten?

Wenn sie auch nur einen Funken menschliche Wärme besaßen, hatten sie sich bestimmt um ihn gesorgt. Sie hatten ihn vom Kind zum Mann aufwachsen sehen und ihm als Einzige ein Zuhause gegeben – bis Anna seine Geliebte geworden war und er in ihrer Wohnung Geborgenheit gefunden hatte. Es war durchaus möglich, dass der Verlust ihres Sohnes sie daran gehindert hatte, außer Mitleid und Pflichtgefühl etwas für Patrick zu empfinden. Mitleid! Das hätte er gehasst. Wenn er wirklich gespürt hatte, dass sie ihn bemitleideten, war es kein Wunder, dass er niemals zurückgekehrt war.

Obwohl sie wusste, dass es nichts nützte, grübelte Anna tagelang über das Problem nach. Wenn sie Gewissheit haben wollte, würde sie nach Fort Morgan fahren und die Bradleys suchen müssen. Vielleicht vergeudete sie damit auch nur ihre Zeit. Schließlich waren neunzehn Jahre vergangen. Es war gut möglich, dass sie weggezogen waren oder gar nicht mehr lebten.

Nachdem sie den Entschluss einmal gefasst hatte, fühlte sie sich besser, obwohl sie wusste, dass Patrick strikt dagegen sein würde. Doch sie wollte sich durch seinen Widerspruch nicht von ihrem Vorhaben abbringen lassen.

Allerdings würde sie nicht hinter seinem Rücken handeln. Nach dem Abendessen sagte sie beiläufig: „Ich fahre morgen nach Fort Morgan."

Patrick kniff die Augen zusammen. „Warum?"

„Ich will versuchen, die Bradleys zu finden."

Er faltete die Zeitung zusammen und legte sie auf den Tisch. „Das ist absolut sinnlos. Ich habe dir doch erzählt, wie es war. Warum zerbrichst du dir deswegen überhaupt den Kopf? Es ist neunzehn Jahre her. Die Bradleys haben mit unserem jetzigen Leben überhaupt nichts zu tun. Damals kanntest du mich noch gar nicht."

„Teilweise fahre ich aus Neugier", gestand sie ehrlich. „Aber noch wichtiger ist es mir, herauszufinden, ob du dich damals in ihnen getäuscht hast. Du warst noch so jung. Vielleicht hast du sie falsch eingeschätzt. Und wenn du dich geirrt hast, dann haben sie neunzehn Jahre lang mit dem Gefühl gelebt, nicht einen Sohn verloren zu haben, sondern zwei."

„Nein", sagte er bestimmt. Sein Ton ließ keinen Zweifel daran, dass er nicht etwa einen Vorschlag ablehnte, sondern einen Befehl erteilte.

Anna zog die Augenbrauen hoch. „Ich habe dich nicht um Erlaubnis gebeten", sagte sie ruhig, „sondern dir mitgeteilt, wo ich sein werde, damit du dir keine Sorgen machst, wenn du anrufst und ich nicht zu Hause bin."

„Ich habe Nein gesagt."

„Das habe ich gehört. Aber ich bin nicht mehr die Frau, die du aushältst …“

„Da hatte ich gestern Nacht aber einen anderen Eindruck“, unterbrach er. Seine grünen Augen blitzten vor Zorn.

Anna hatte nicht die Absicht, mit ihm zu streiten. Stattdessen lächelte sie ihn an. „Da haben wir uns geliebt“, stellte sie richtig. Und es war wunderbar gewesen. Sex zwischen ihnen war immer wild und leidenschaftlich gewesen, doch seit Patrick ganz zu ihr gezogen war, war noch eine weitere Dimension dazugekommen – eine überwältigende Zärtlichkeit, die es früher nicht gegeben hatte. Jetzt ließen sie sich Zeit für die Liebe. Es schien, als wäre ihm vorher stets bewusst gewesen, dass er irgendwann aufstehen und gehen musste. Nun war er entspannt und ließ sich mehr Zeit, was den Genuss für beide erhöhte.

Ein Muskel zuckte in seinem Gesicht bei der Erwähnung des Wortes Liebe, doch gleich darauf war seine Miene wieder ausdruckslos.

„Ich bin nicht mehr die Frau, die von dir ausgehalten wird“, wiederholte Anna. „Dieses Arrangement ist beendet. Ich bin die Frau, die dich liebt, mit dir lebt und dein Baby bekommt.“

Er blickte sich um. „Du magst glauben, dass jetzt alles anders geworden ist“, sagte er mit unterdrücktem Zorn, „aber für mich sieht es hier aus wie immer.“

„Weil du für unseren Lebensunterhalt sorgst? Das war deine Entscheidung, nicht meine. Wenn du dich dabei besser fühlst, suche ich mir morgen einen Job. Es hat mir ohnehin nie gefallen, ausgehalten zu werden.“

„Nein!“ Diese Vorstellung gefiel ihm erst recht nicht. Es war ihm stets im Bewusstsein gewesen, dass sie ihn weniger leicht verlassen würde, wenn sie von ihm abhängig war. Gleichzeitig hatte er in Aktien für sie investiert, um sie finanziell abzusichern. Dieser Widerspruch hatte ihm noch nie behagt, aber er hatte dafür sorgen wollen, dass sie nicht mittellos dastand, wenn ihm etwas zustieß. Schließlich reiste er viel und hielt sich ständig auf Baustellen auf, wo Unfälle an der Tagesordnung waren. Außerdem hatte er vor einem Jahr ein Testament abgefasst, in dem er ihr sein ganzes Vermögen hinterließ, ihr jedoch nie davon erzählt.

„Ich will nicht, dass du allein so weit fährst“, erklärte er schließlich, doch er wusste selbst, dass er sich an Strohhalme klammerte.

„Die Fahrt dauert keine zwei Stunden, und laut Wettervorhersage wird es morgen warm und sonnig. Doch ich warte gern bis zum Wochenende, wenn du mich begleiten willst."

Bei ihren Worten wurde seine Miene verschlossen. Er war nie wieder nach Fort Morgan zurückgekehrt, weil nichts ihn dorthin zog. Zugegeben, die Bradleys hatten ihn nicht schlecht behandelt. Von allen Pflegefamilien, in die ihn das Jugendamt gesteckt hatte, war es ihm bei ihnen noch am besten gegangen. Aber dieses Kapitel seines Lebens war abgeschlossen. Er hatte die Tür dazu zugemacht, als er fortgegangen war. Die Jahre danach hatte er wie ein Sklave geschuftet, um sicherzustellen, dass er nie wieder auf fremde Hilfe angewiesen sein würde.

„Vielleicht sind sie auch weggezogen", meinte sie. „Ich will einfach nur wissen, ob sie noch da sind."

„Dann nimm den Telefonhörer ab, und ruf bei der Auskunft an. Sprich mit ihnen, wenn sie noch da sind. Aber lass mich da raus. Ich will nicht mit ihnen reden und sie erst recht nicht sehen. Also versuch nicht, mich in die Sache hineinzuziehen."

Anna war nicht überrascht, dass er mit seiner Vergangenheit nichts mehr zu tun haben wollte. Seine Erinnerungen waren nicht von der Sorte, die man wie einen Schatz hütete. Außerdem hatte sie sowieso nicht erwartet, dass er sie begleiten würde.

„Ich will nicht einfach anrufen", entgegnete sie, „sondern hinfahren und das Haus sehen. Vielleicht entscheide ich dann, keinen Kontakt aufzunehmen. Das hängt alles davon ab, was ich vorfinde."

Mit angehaltenem Atem wartete sie auf seine Reaktion. Ein Argument konnte er vorbringen, das sie nicht entkräften konnte. Wenn er sie bat, um seinetwillen nicht zu fahren, würde sie es nicht tun. Wenn er tatsächlich um etwas für sich selbst bat, konnte sie ihm den Wunsch nicht abschlagen. Er war schon so oft in seinem Leben zurückgestoßen worden, dass sie ihm keine weitere Kränkung zufügen würde. Doch sie wusste, dass er gerade deswegen die Bitte nicht direkt äußern würde. Er würde niemals zugeben, dass ihm etwas persönlich wichtig war. Er würde befehlen, Einwände erheben, aber niemals sagen: „Bitte tu es nicht."

Patrick stand auf und lief ruhelos auf die Terrasse. Anna griff wieder nach ihrem Teil der Zeitung und tat so, als würde sie lesen, doch ihr Herz schlug schnell. Dies war ihre erste ganz normale Auseinandersetzung gewesen. Zu ihrer Freude waren sie verschiedener Meinung, und nichts war passiert. Patrick war weder hinausgestürmt, noch schien er zu erwarten, dass sie ging. Es war herrlich. Endlich konnte er ihr so weit vertrauen, dass er keine Angst mehr haben musste, ein Streit könnte ihre Beziehung beenden.

Sie hatte sich Sorgen gemacht, dass er bei einer Auseinandersetzung, die es zwischen allen Paaren einmal gab, überaus heftig reagieren würde. Alle normalen Leute stritten irgendwann einmal. Noch vor zwei Jahren wäre Patrick überhaupt nicht imstande gewesen, eine so persönliche Diskussion zu führen.

Er gab sich wirklich Mühe, doch sie sah, wie schwer es ihm fiel, sich zu öffnen. Die Umstände hatten ihn dazu gezwungen, ihr von seiner Vergangenheit zu erzählen, aber er hatte nicht versucht, die bröckelnde Mauer um sich herum wieder aufzubauen. Er schien zu akzeptieren, dass sie gewisse emotionale Grenzen überschritten hatten und ein Zurück nicht möglich war.

Anna wusste nicht, was sie erreichen konnte, wenn sie die Bradleys tatsächlich fand. Vielleicht gar nichts. Sie wollte Patricks Pflegeeltern einfach nur einmal sehen und selbst ein Gefühl dafür bekommen, wie seine prägenden Jahre verlaufen waren. Wenn sie überhaupt daran interessiert waren, würde sie ihnen berichten, dass es ihrem Pflegesohn gut ging, dass er ein erfolgreicher Geschäftsmann geworden war und selbst bald Vater sein würde.

Immer noch mit dem Rücken zu ihr fragte Patrick plötzlich: „Hast du wegen meiner Vergangenheit Angst davor, mich zu heiraten? Willst du die Bradleys finden, damit du sie über mich ausfragen kannst?“

„Nein!“, rief sie entsetzt. „Ich habe doch keine Angst, dich zu heiraten.“

„Meine leiblichen Eltern könnten alles Mögliche sein – Verbrecher, Drogenabhängige. Möglicherweise ist meine Mutter Prostituierte. Es kann auch sein, dass einer meiner Vorfahren geisteskrank war. Ich an deiner Stelle hätte Angst vor einer Heirat. Aber die Bradleys werden dir nichts sagen können, weil niemand weiß, wer meine Eltern waren.“

„Deine leiblichen Eltern sind mir gleichgültig“, sagte sie ruhig. „Ich kenne dich. Du bist grundsolide, ehrlich, sehr nett, fleißig und sexy.“

„Warum heiratest du mich dann nicht einfach, wenn ich doch ein so guter Fang bin?“

Eine gute Frage, dachte sie. Vielleicht war es wirklich töricht, zu warten. „Ich möchte nur nicht, dass wir in der Eile etwas tun, das vielleicht für uns beide nicht richtig ist."

„Anna, ich will auf keinen Fall, dass mein Kind unehelich zur Welt kommt."

„O Patrick." Ihr Lachen klang traurig. „Ich verspreche dir, dass ich meine Entscheidung noch lange vor der Geburt treffen werde."

„Aber du kannst mir nicht versprechen, dass du Ja sagst."

„Ebenso wenig, wie du mir garantieren kannst, dass unsere Ehe gut gehen wird."

Über die Schulter hinweg sah er sie zornig an. „Du hast mir versichert, dass du mich liebst."

„Das stimmt auch. Aber kannst du sagen, dass du mich liebst?"

Er antwortete nicht. Traurig betrachtete Anna ihn. Ihre Frage konnte auf zwei verschiedene Arten ausgelegt werden. Er liebt mich, dachte sie, aber er kann es nicht sagen. Vielleicht glaubte er, er hätte sich nicht festgelegt, solange er die Worte nicht ausgesprochen hatte.

Schließlich meinte er: „Muss ich es aussprechen, damit du mich heiratest?"

„Nein. Hier geht es nicht um einen Test, den du bestehen musst."

„Nein?"

„Bestimmt nicht."

„Du sagst, du willst mich nicht heiraten, weil du nicht weißt, ob ich es aushalte, aber ich bin bereit, es zu versuchen. Du bist diejenige, die davor zurückscheut, sich festzulegen."

Frustriert sah sie ihn an. Als sie noch für ihn arbeitete, hatte sie allzu oft erlebt, wie raffiniert er verhandeln konnte. Jetzt nahm er einfach ihre eigenen Argumente und wendete sie gegen sie. Sie war froh, dass er ihrer sicher genug war, um diese Taktik anzuwenden, aber sie wusste auch, worauf sie sich in Zukunft gefasst machen musste, wenn sie tatsächlich heirateten. Sie würde viel Entschlossenheit brauchen, um eine Debatte mit ihm zu gewinnen.

Sie zeigte mit dem Finger auf ihn, obwohl er ihr immer noch den Rücken zugewandt hatte und sie nicht sehen konnte. „Ich scheue nicht davor zurück, mich festzulegen, aber ich will es nicht jetzt tun. Meinst du nicht, ich habe das Recht, ein bisschen vorsichtig zu sein?"

„Nicht, wenn du mir vertraust."

Dass er sie nach wie vor nicht ansah, machte sie misstrauisch. Und plötzlich wurde ihr klar, warum er sein Gesicht vor ihr verbergen wollte. Er war keineswegs so entrüstet oder aufgeregt, wie er klang, sondern setzte diese Taktik nur ein, um sie dazu zu manipulieren, ihn zu heiraten. Alles zusammen gehörte zu seiner Strategie, seinen Willen durchzusetzen.

Sie ging zu ihm, legte ihm die Arme um die Taille und lehnte den Kopf an seinen Rücken. „Es wird nicht funktionieren", sagte sie leise. „Ich habe dich durchschaut."

Zu ihrer Überraschung spürte sie, wie er tief einatmete, dann lachte er plötzlich. Im nächsten Moment hatte er sich umgedreht und umarmte sie nun seinerseits. „Vielleicht kennst du mich zu gut", brummte er, aber sein Ton verriet, dass er sich damit abgefunden hatte.

„Oder du brauchst Schauspielunterricht."

Wieder lachte er und rieb seine Wange an ihrem Haar. Kurz darauf war er wieder ernst. „Fahr zu den Bradleys, wenn es unbedingt sein muss. Aber ich sage dir gleich, dass du dort nichts herausfinden wirst."

8. KAPITEL

Fort Morgan war eine Kleinstadt mit etwa zehntausend Einwohnern. Anna fuhr eine Weile herum, bis sie sich etwas orientiert hatte, und hielt dann an einer Telefonzelle, um die Adresse der Bradleys herauszusuchen. Was sie tun würde, wenn diese nicht im Telefonbuch standen, wusste sie nicht. Es konnte bedeuten, dass sie weggezogen oder verstorben waren. Vielleicht hatten sie auch eine Geheimnummer.

Sie hätte Patrick fragen können, aber es ging ihr gegen die Ehre, ihn bei einem Projekt, das er missbilligte, um Unterstützung zu bitten. Außerdem waren neunzehn Jahre vergangen, und es gab keine Garantie, dass die Bradleys noch immer im gleichen Haus lebten. Es konnte auch sein, dass sie aus Fort Morgan weggezogen waren.

Das Telefonbuch war nicht besonders dick. Sie blätterte zum Buchstaben „B“ und ließ dann den Finger die Reihe nach unten gleiten. Bailey ... Banks ... Black ... Boatwright ... Bradley. Harold Bradley. Sie schrieb sich Adresse und Telefonnummer auf und überlegte dann, ob sie vorher anrufen und sich den Weg beschreiben lassen sollte. Schließlich entschied sie sich dagegen. Sie wollte Patricks Pflegeeltern unangemeldet gegenübertreten. Menschen, die vorgewarnt worden waren, konnten ihre wahren Reaktionen verbergen.

Also fuhr sie zur Tankstelle, ließ volltanken und erkundigte sich dort nach dem Weg. Zehn Minuten später fuhr sie langsam durch eine Wohnstraße und spähte nach den Hausnummern. Schließlich hielt sie vor einem gut gepflegten, aber einfachen Haus. Es sah aus, als wäre es vor gut vierzig oder fünfzig Jahren entstanden, und hatte vorne eine altmodische Veranda. Der weiße Anstrich war länger nicht erneuert worden, doch man konnte keineswegs behaupten, dass das Haus gestrichen werden musste. Auf der Veranda standen verschiedene Topfpflanzen in der Sonne, aber der Garten wirkte kahl. Neben dem Haus gab es eine frei stehende Garage, in der nur Platz für ein Auto war.

Anna stieg aus. Jetzt, da sie hier war, hatte sie Zweifel bekommen. Doch unverrichteter Dinge wollte sie nicht umkehren. Sie stieg die drei Stufen zur Veranda hoch. Direkt an der Wand stand eine altmodische Hollywoodschaukel. Anna fragte sich, ob die Bradleys im Sommer draußen saßen und den Nachbarn bei der Gartenarbeit zuschauten.

Eine Klingel gab es nicht. Also klopfte Anna an die Tür. Eine grauweiß getigerte Katze kam zu ihr und strich ihr um die Beine.

Nach einer Minute klopfte sie noch einmal. Diesmal hörte sie Schritte, und ihr Herz schlug schneller. Gleichzeitig wurde ihr übel. Verzweifelt schluckte sie. Ausgerechnet jetzt musste sich ihre Schwangerschaft auf diese Weise bemerkbar machen! Hoffentlich musste sie sich nicht übergeben.

Die Tür ging auf, und dann stand Anna einer großen, schlanken Frau mit einem strengen Gesicht gegenüber. Nur das Fliegengitter trennte sie noch, und das hielt die Frau geschlossen. „Ja?", fragte sie mit eine Stimme, die eingerostet klang.

Anna war so bestürzt über diesen Mangel an Entgegenkommen, dass sie drauf und dran war, als Ausrede für ihr Erscheinen nach dem Weg zu fragen, und wieder zu fahren, ohne Patrick auch nur zu erwähnen. Doch die Frau stand ganz still da und wartete geduldig, dass Anna ihr Kommen erklärte. Diese Gelassenheit gab den Ausschlag.

„Mrs. Bradley?"

„Ja, ich bin Mrs. Bradley."

„Mein Name ist Anna Sharp. Ich suche die Bradleys, bei denen Patrick Malone als Pflegesohn aufwuchs. Bin ich hier richtig?"

Die Frau wirkte plötzlich hellwach. „Ja." Noch immer hielt sie die Tür geschlossen.

Annas Hoffnungen schwanden. Wenn Patrick hier, wo er aufgewachsen war, keine Liebe erfahren hatte, würde er vielleicht niemals imstande sein, welche zu geben oder anzunehmen. Welche Chancen hatte ihre Ehe unter diesen Bedingungen? Und wie würde ihr Kind sich mit einem Vater entwickeln, der stets auf Abstand blieb?

Doch nun, da sie einmal hier war, würde sie auch zu Ende führen, was sie angefangen hatte. „Ich bin eine Bekannte von Patrick", begann sie. Im nächsten Moment wurde die Tür förmlich aufgerissen.

„Sie kennen ihn?", fragte Mrs. Bradley eifrig. „Wissen Sie, wo er ist?"

Anna trat einen Schritt zurück. „Ja."

Mit einem Kopfnicken bedeutete Mrs. Bradley ihr einzutreten. „Kommen Sie herein."

Beklommen kam Anna der Einladung nach, die wie ein Befehl geklungen hatte. Von der Veranda ging es direkt ins Wohnzimmer. Die

Möbel dort waren alt und stellenweise abgewetzt, aber der Raum war blitzsauber.

„Setzen Sie sich."

Anna tat wie geheißen. Mrs. Bradley machte die Fliegengittertür sorgfältig wieder zu und wischte sich dann die Hände an der Schürze ab. Anna beobachtete die Bewegungen dieser kräftigen, abgearbeiteten Hände und erkannte, dass Mrs. Bradley genauso nervös war wie sie.

Erschrocken stellte sie fest, dass Mrs. Bradleys Gesicht sich verzerrt hatte, so als würde sie gegen ein starkes Gefühl ankämpfen. Im nächsten Moment rollte eine Träne über ihre Wange. „Was macht mein Junge?", fragte sie erstickt. „Geht es ihm gut?"

Sie saßen am Küchentisch. Mrs. Bradley trank Kaffee, Anna begnügte sich mit einem Glas Wasser. Mrs. Bradley hatte sich wieder gefangen, obwohl sie sich immer noch gelegentlich mit dem Schürzenzipfel die Augen abtupfte.

„Erzählen Sie mir von ihm", bat Emmeline Bradley. Aus ihren blassblauen Augen sprach Freude, aber auch Schmerz.

„Patrick ist Ingenieur geworden", berichtete Anna und sah, dass sich jetzt auch Stolz dazu gesellte. „Er hat seine eigene Firma und ist sehr erfolgreich."

„Ich habe das immer gewusst. Er war so intelligent. Lieber Himmel, war dieser Junge schlau. Harold und ich haben so oft darüber gesprochen, dass Patrick Köpfchen hat. In der Schule hat er nur Einser geschrieben. Er war allerdings auch sehr fleißig."

„Er hat sein Studium selbst finanziert", fuhr Anna fort, „und als einer der Besten abgeschlossen. Er hätte bestimmt bei einem großen Bauunternehmen Karriere machen können, aber er wollte lieber selbstständig sein. Ich war eine Zeit lang seine Sekretärin."

„Na, so etwas, seine eigene Sekretärin", staunte Mrs. Bradley. „Aber wenn er sich einmal etwas vorgenommen hatte, zog er es auch durch, selbst als er noch ein kleiner Junge war."

„So ist er heute noch", sagte Anna lachend. „Er sagt genau, was er meint, und tut genau, was er sagt. Bei Patrick weiß man immer, woran man ist."

„Als er hier war, hat er nicht viel gesprochen, aber das war verständlich. Der Junge hatte so viel durchgemacht, es war ein Wunder, dass er überhaupt redete. Wir haben versucht, ihm viel Freiraum zu lassen, und uns ihm nicht aufgedrängt. Manchmal hat uns das Herz wehgetan, wenn er aufsprang, sobald wir einen Wunsch äußerten. Dann zog er sich zurück und wartete ab, ob er es auch richtig gemacht hatte. Wahrscheinlich hatte er Angst, wir würden ihn wegschicken, wenn er nicht perfekt war, oder ihn sogar misshandeln, wie es ihm in einigen anderen Pflegefamilien ergangen war."

Tränen stiegen Anna in die Augen. Sie konnte sich so gut vorstellen, wie Patrick damals gewesen war – klein, schmal, misstrauisch und ohne jede Hoffnung.

„Nicht weinen", sagte Mrs. Bradley, aber auch sie wischte sich wieder über die Augen. „Er war zwölf, als er zu uns kam, zaundürr und ungelenk. Er hinkte, weil die Frau, bei der er vorher gewohnt hatte, ihn mit dem Besen von der Veranda gestoßen hatte. Dabei hatte er sich den Knöchel schwer verstaucht. Auf dem Rücken hatte er blaue Flecken, als hätte ihn der Besen auch dort getroffen. Ich fürchte, er wurde regelmäßig geschlagen. Auf dem Arm hatte er eine Brandnarbe. Er hat nie erwähnt, was passiert ist, aber der Betreuer vom Jugendamt sagte uns, ein Mann habe seine Zigarette auf Patricks Handgelenk ausgedrückt. Vor uns zeigte er nie Angst, aber lange Zeit machte er sich ganz steif, wenn wir ihm zu nahe kamen. Er war stets darauf vorbereitet, zu kämpfen oder davonzulaufen. Es schien ihm lieber zu sein, wenn wir auf Abstand blieben, also ließen wir ihn in Ruhe, obwohl wir ihn so gern in den Arm genommen und ihm gesagt hätten, dass ihm niemals wieder jemand etwas tun wird. Aber er war wie ein Hund, der zu oft geschlagen worden war. Er hatte jedes Vertrauen zu den Menschen verloren."

Annas Kehle war wie zugeschnürt. „Er ist noch heute manchmal sehr distanziert und hat Probleme, mit Gefühlen umzugehen. Aber es ist schon besser geworden."

„Dann kennen Sie ihn sehr gut? Sie sagten, Sie seien seine Sekretärin gewesen. Arbeiten Sie jetzt nicht mehr für ihn?"

„Nein, schon seit zwei Jahren nicht mehr." Sie errötete. „Wir erwarten ein Baby, und er hat mich gebeten, seine Frau zu werden."

Die Farbe in Emmelines Augen mochte verblasst sein, doch sie waren immer noch scharf. Jetzt musterte sie Anna sehr genau. „Zu meiner Zeit haben wir es umgekehrt gemacht, aber die Zeiten ändern sich. Es ist keine Schande, einen Menschen zu lieben. Ein Baby, hmmm? Wann kommt es denn? Für mich wäre es fast wie ein eigenes Enkelkind."

„Im September. Wir wohnen in Denver, also gar nicht so weit weg."

Emmeline schüttelte traurig den Kopf. „Wir haben sehr bald gemerkt, dass Patrick nichts mehr mit uns zu tun haben wollte. Er verabschiedete sich, sobald er seinen Schulabschluss in der Tasche hatte, und wir wussten, dass es ein Abschied für immer sein würde. Ich kann es ihm nicht vorwerfen. Als er zu uns kam, hatte er schon so viel durchgemacht, dass es ihm nicht möglich war, ganz Teil einer Pflegefamilie zu werden. Die Frau, die ihn zur Welt gebracht hat, wird sich eines Tages vor dem Herrgott dafür rechtfertigen müssen, was sie ihm angetan hat. Wenn man sie jemals gefunden hätte, ich wäre zu ihr gegangen und hätte sie windelweich geprügelt."

„Mir geht es genauso", gestand Anna, und ganz im Gegensatz zu sonst blickten ihre Augen hart.

„Mein Mann ist vor einigen Jahren gestorben", sagte Emmeline. „Ich wünschte, er könnte jetzt hier sein und hören, was für ein Prachtkerl Patrick geworden ist. Aber ich denke, er weiß es auch so."

Der einfache Glaube dieser Frau war anrührender als alle Beteuerungen. Anna war froh, dass sie hergekommen war.

„Patrick hat mir erzählt, dass Sie Ihren eigenen Sohn verloren haben", sagte sie vorsichtig. Hoffentlich würde sie keine alten Wunden wieder aufreißen. Ein Kind zu verlieren war das Schrecklichste, was Eltern widerfahren konnte.

Emmeline nickte und blickte versonnen aus dem Fenster. „Kenny. Es ist jetzt schon dreißig Jahre her, seit er zum letzten Mal krank wurde. Er war von Geburt an nicht gesund. Sein Herz war nicht in Ordnung, und damals hatte man noch nicht die Möglichkeiten wie heute. Die Ärzte hatten uns von Anfang an darauf vorbereitet, dass wir ihn nicht lange bei uns haben würden, aber auch wenn man das weiß, wird es nicht leichter. Er starb, als er zehn war, der arme Kleine. Damals war er kaum größer als ein Sechsjähriger."

Nach einer Weile begann sie zu lächeln. „Bei Patrick dagegen wusste man gleich, dass er groß und stark werden würde, obwohl er ganz abgemagert und zerschlagen bei uns ankam. Ein Jahr nachdem er zu uns gezogen war, begann er zu wachsen. Vielleicht hatten ihm nur regelmäßige Mahlzeiten gefehlt. Was konnte dieser Junge essen! In einem halben Jahr wuchs er über dreißig Zentimeter. Immer wenn wir ihm Jeans kauften, waren sie nach einigen Wochen schon wieder zu kurz. Bald war er größer als Harold und schien nur aus Armen und Beinen zu bestehen. Dann wurde er kräftiger, und bald war er ein Prachtkerl. Es dauerte nicht lange, bis die Mädchen vor unserem Haus kichernd auf und ab flanierten in der Hoffnung, einen Blick auf ihn zu erhaschen. Es waren viel mehr als in unserem Viertel wohnten."

Anna lachte auf. „Wie hat er denn darauf reagiert, plötzlich im Mittelpunkt des Interesses zu stehen?"

„Er ließ sich nie etwas anmerken. Wie ich schon sagte, war er sehr fleißig in der Schule. Außerdem scheute er immer noch zurück, wenn jemand ihm zu nahe kam, und hatte deshalb nie eine Freundin. Die Mädchen kamen trotzdem in Scharen. Ich kann es ihnen nicht verdenken. Im Vergleich zu ihm wirkten alle Gleichaltrigen mickrig. Als er fünfzehn war, begann er sich zu rasieren. Er hatte einen richtigen Bart, nicht nur einen Flaum wie die anderen Jungen. Brust und Schultern waren breit geworden, und weil er viel Sport trieb, entwickelte er Muskeln."

Anna zögerte. Einmal musste sie noch auf Kenny zu sprechen kommen. Emmeline konnte gar nicht genug von Patrick erzählen, vielleicht, weil sie so lange keine Gelegenheit dazu gehabt hatte. Nun, da sie endlich jemand vor sich hatte, der ihn kannte, drängten alle Erinnerungen an die Oberfläche.

„Patrick hatte oft das Gefühl, Sie würden ihn ablehnen, weil er nicht Kenny war."

Emmeline schüttelte überrascht den Kopf. „Ihn ablehnen? Er konnte doch nichts dafür, dass Kenny gestorben war. Über den Tod eines Kindes kommt man nie hinweg, doch als wir Patrick bekamen, war Kenny schon einige Jahre tot. Wir hatten ohnehin geplant, ein Kind zu adoptieren oder Pflegekinder aufzunehmen. Nachdem Patrick zu uns kam, tat Kennys Verlust nicht mehr so weh. Manchmal denke ich, er hat sich gefreut, dass wir jetzt ein anderes Kind hatten, für das wir sorgen konnten, und Patrick hat uns davor bewahrt, zu oft zu grübeln. Wie konnten wir ihn ablehnen, nachdem er so Schreckliches durchgemacht hatte? Kenny war nicht gesund, aber er wusste immer, dass wir ihn lieb hatten. Obwohl er jung starb, hatte er in mancher Hinsicht mehr Glück als Patrick."

„Er braucht so dringend Liebe." Wieder hatte Anna einen Kloß im Hals. „Aber es fällt ihm schwer, auf andere zuzugehen oder jemanden an sich heranzulassen."

Emmeline nickte. „Vielleicht hätten wir uns noch mehr Mühe geben sollen, nachdem er gelernt hatte, dass wir ihm nichts tun würden, aber da hatten wir uns schon daran gewöhnt, ihm nicht zu nahe zu kommen. Er schien sich wohler zu fühlen, und wir haben ihn nicht gedrängt. Wenn ich jetzt zurückblicke, weiß ich, was wir hätten tun sollen, aber damals schien er nicht mehr zu wollen." Schweigend wiegte sie ihren Körper auf dem alten Küchenstuhl hin und her. Dann schüttelte sie den Kopf. „Ablehnen? Niemals. Meine Güte, wir haben ihn doch von Anfang an ins Herz geschlossen."

9. KAPITEL

Patricks Züge spannten sich an, als Anna ihm erzählte, dass Harold gestorben war, und seine leuchtend grünen Augen wirkten plötzlich dunkler. Eigentlich hatte sie erwartet, er würde nichts über die Bradleys hören wollen, aber sie hatte sich geirrt. Falls er neugierig war, verbarg er es allerdings gut, denn Fragen stellte er keine. Erst die Mitteilung von Harolds Tod lockte ihn aus der Reserve. „Wohnt Emmeline denn jetzt allein in dem alten Haus?“

„Ja. Ich hatte den Eindruck, dass sie noch sehr rüstig ist. Als ich ihr erzählte, dass ich dich kenne, hat sie geweint.“ Sie atmete tief ein. „Warum besuchst du sie nicht einmal?“

„Nein“, entgegnete er kurz angebunden.

„Weshalb nicht?“

Anna spürte, wie er sich von ihr zurückzog. Seine Miene wurde verschlossen. Unwillkürlich musste sie daran denken, was Emmeline gesagt hatte. Sie und ihr Mann hatten es zugelassen, dass Patrick auf Distanz ging, anstatt ihn einfach in den Arm zu nehmen. Sie griff nach seiner Hand. „Sperr mich nicht aus, Patrick. Ich liebe dich und will diese Sache mit dir gemeinsam durchstehen.“

Seine Miene war unergründlich, doch sie spürte, dass er ihr aufmerksam zuhörte. „Wenn ich ein Problem hätte“, fuhr sie fort, „würdest du mir helfen wollen oder mich mir selbst überlassen?“

Etwas blitzte in seinen Augen auf, war jedoch wieder verschwunden, ehe sie es deuten konnte. „Ich würde das Problem für dich lösen“, erklärte er und drückte ihre Hand fest. „Aber ich habe kein Problem.“

„Ich denke doch.“

„Also bist du entschlossen, mir bei diesem Problem zu helfen, auch wenn ich überzeugt bin, dass es gar nicht existiert?“

„Genau. Das ist der Sinn einer Beziehung. Wir mischen uns in die Angelegenheiten anderer ein, weil sie uns wichtig sind.“

Früher einmal hätte Patrick sich gegen ein solches Eindringen in seine Privatsphäre verwahrt, doch heute fühlte er sich eigenartig geborgen – auch wenn Annas Beharrlichkeit ihn ärgerte. Sie hatte recht – Beziehungen gründeten sich darauf, dass einer für den anderen da war. Bisher hatte er das nur bei anderen beobachtet. Jetzt erlebte er es zum ersten Mal selbst. Irgendwie war aus ihrem „Arrangement“ eine „Beziehung“ geworden, eine Beziehung voller Komplikationen, Forderungen und Pflichten. Dennoch hätte er die Uhr um nichts in der Welt zurückdrehen wollen. Zum ersten Mal in seinem Leben hatte er das Gefühl, so akzeptiert zu werden, wie er war. Anna wusste alles über ihn, kannte alle schrecklichen Einzelheiten seiner Geburt und Kindheit. Und dennoch war sie da.

Unvermittelt zog er sie rittlings auf seinen Schoß, damit er ihr ins Gesicht sehen konnte, während sie sprachen. Diese Stellung war sowohl körperlich als auch seelisch sehr intim für ein Gespräch, aber Patrick wollte es so. „Diese Zeit meines Lebens war sehr schwer“, versuchte er zu erklären. „Deshalb möchte ich nicht daran erinnert werden und auch den Ort nicht noch einmal sehen.“

„Vielleicht sind deine Erinnerungen durch alles, was vorher geschehen war, verzerrt“, sagte sie sanft. „Du hieltest die Bradleys für kalt und dachtest, sie würden dich ablehnen, weil du nicht Kenny warst. So empfanden sie aber gar nicht.“

„Anna“, entgegnete er geduldig. „Ich war da.“

Sie umfasste sein Gesicht. „Du warst ein verängstigter kleiner Junge. Vielleicht warst du so daran gewöhnt, zurückgestoßen zu werden, dass du gar nichts anderes mehr erwartet hast und das Verhalten der Bradleys falsch auslegtest?“

„Betätigst du dich jetzt als Amateurpsychologin?“

„Vernunft erfordert kein Universitätsdiplom“, erklärte sie, lehnte sich vor und gab ihm rasch einen Kuss. „Emmeline hat mir stundenlang von dir erzählt.“

„Und nun hältst du dich für eine Expertin.“

„Was dich angeht auf jeden Fall“, fuhr sie ihn an. „Vergiss nicht, dass ich dich jahrelang studiert habe, von dem Moment an, als ich anfing, für dich zu arbeiten.“

„Du bist sehr hübsch, wenn du wütend bist“, meinte er. Plötzlich machte ihm die Unterhaltung Spaß. Er konnte sie aufziehen, und sie würde ihn trotzdem lieben. Feste Bindungen hatten auch Vorteile.

„Dann werde ich gleich noch viel hübscher werden“, warnte sie.

„Damit komme ich klar.“

„Das denkst du, du großer starker Mann.“

„Allerdings.“ Er legte ihr die Hände um die Hüften und presste sie an sich. „Ich bin mir sogar sicher."

Einen Moment lang schloss sie die Augen, doch gleich darauf funkelte sie ihn empört an. „Versuch nicht, mich abzulenken."

„Was heißt hier versuchen?"

Er hatte Recht. Es war ihm bereits gelungen, und zwar mühelos. Da Anna jedoch noch nicht fertig mit ihrer Argumentation war, wollte sie aufstehen, aber er hielt sie fest. „Bleib, wo du bist."

„Solange ich auf deinem Schoß sitze, können wir nicht reden. Du wirst nur noch Sex im Kopf haben. Wohin soll das führen?"

„Vermutlich direkt auf die Couch. Es wäre schließlich nicht das erste Mal."

„Patrick, könntest du mal einen Moment ernst sein?" Im nächsten Augenblick hielt sie verdutzt inne. Sie konnte nicht glauben, worum sie ihn gerade gebeten hatte. Er war ein außergewöhnlich ernsthafter Mann, der selten lachte oder auch nur lächelte. In der vergangenen Woche hatte sie ihn öfter dabei ertappt als während der letzten drei Jahre.

„Ich bin ernst", versicherte er. „Sowohl was diese Stellung angeht als auch in Bezug auf Emmeline. Ich will nicht zurück nach Fort Morgan. Die Vergangenheit ist für mich abgeschlossen."

„Emmeline liebt dich. Sie hat dich ihren Jungen genannt und gesagt, unser Baby wäre ihr Enkelkind."

Patrick wirkte erstaunt. „Wirklich?"

„Du solltest mit ihr reden. Deine Erinnerung ist einseitig. Die Bradleys wussten, dass du nach den schlechten Erfahrungen in den anderen Pflegefamilien Angst davor hattest, Erwachsene könnten dir zu nahe kommen. Deshalb haben sie nie versucht, dich zu berühren. Sie dachten, sie würden es dir damit leichter machen."

Seine Miene wurde finster, als Erinnerungen in ihm emporstiegen.

„Wolltest du denn, dass sie dich in den Arm nehmen?", fragte sie. „Hättest du es zugelassen?"

„Nein", antwortete er nachdenklich. „Ich hätte es nicht ertragen. Selbst als ich schon auf dem College war und erste sexuelle Erfahrungen sammelte, wollte ich nie, dass das Mädchen die Arme um mich legt. Erst als ..." Er verstummte plötzlich. Sein Blick ging ins Leere. Anna war die erste Frau in seinem Leben, die ihn im Arm halten durfte. Bei allen anderen hatte er die Hände über den Kopf gedrückt, oder er hatte sich hingekniet, sodass sie ihn nicht umfassen konnten.

Doch das war nur Sex gewesen. Bei Anna war es von Anfang an Liebe gewesen. Es hatte Jahre gedauert, bis er es endlich erkannte.

Er hätte Emmeline oder Harold niemals erlaubt, ihn zu umarmen, und das hatten sie genau gewusst.

Waren seine Wahrnehmung und damit auch seine Erinnerungen verzerrt durch seine früheren Erlebnisse? Wenn er wirklich alles nur durch den Filter seiner Erfahrungen sah, dann war nichts so, wie es schien. Die Schläge und Grausamkeiten in den anderen Pflegefamilien hatten ihn gelehrt, sich auf Ablehnung gefasst zu machen, und er war zu jung gewesen, um analytisch zu denken.

„Willst du wirklich weiterleben, ohne es genau zu wissen?", fragte sie eindringlich und lehnte sich vor. Er hatte das Gefühl, in ihren braunen Augen zu versinken. Unvermittelt zog er sie an seine Brust.

„Ich bin gerade dabei, ein neues Leben mit dir aufzubauen. Lass die Vergangenheit ruhen, Anna. Ich habe jahrelang versucht, sie zu vergessen. Jetzt, da es mir beinahe gelungen ist, wäre es doch sinnlos, alles wieder aufzuwühlen."

„Patrick, du magst deine Kindheit verdrängen, aber vergessen kannst du sie nicht. Sie hat dich zu dem Mann gemacht, der du heute bist. Und Emmeline liebt dich. Hier geht es nicht nur um dich, sondern auch um sie. Sie steht ganz allein auf der Welt. Denk nicht, dass sie sich beklagt hätte, weil du seit fast zwanzig Jahren kein Wort hast hören lassen. Sie wollte nur wissen, wie es dir geht, und war unglaublich stolz, als ich ihr berichtete, wie erfolgreich du bist."

Patrick schloss die Augen, als könnte er so die Bilder in seinem Kopf unterdrücken, doch es nützte nichts. Emmeline war immer eine starke Persönlichkeit gewesen, während er Harold als weicher, sanfter in Erinnerung hatte. Erstaunlicherweise konnte er ihr Gesicht ganz deutlich vor sich sehen, schmal mit ausgeprägten Zügen. Niemals böse, aber streng und geradlinig. Sie hatte hohe Anforderungen an Sauberkeit gestellt. Zum ersten Mal in seinem Leben hatte er ordentliche Kleidung gehabt und sich nicht mehr schämen müssen, abgerissen und schmutzig in die Schule zu gehen.

Der Gedanke, dass Emmeline zwanzig Jahre lang an ihn gedacht und sich Sorgen gemacht hatte, bedrückte ihn. Bisher hatte sich niemals jemand um ihn gesorgt, und deswegen war er gar nicht auf den Gedanken gekommen, dass sie es tun könnte. Er hatte gedacht, es wäre für alle Beteiligten das Einfachste, einen sauberen Schnitt zu machen und niemals zurückzublicken.

Anna war der Ansicht, man müsse zurückschauen, um festzustellen, wo man herkam und was sich verändert hatte. Vielleicht hatte sie Recht. Vielleicht würde jetzt manches anders aussehen.

Aus Gewohnheit schob er seine Gefühle zur Seite, und plötzlich stand ihm die Lösung ganz klar vor Augen. Er wollte nicht nach Fort Morgan. Er wollte, dass Anna ihn heiratete. Anna wollte, dass er Emmeline besuchte. Es gab einen Weg, diese drei unterschiedlichen Wünsche miteinander zu vereinbaren.

„Also gut, ich fahre zu ihr", sagte er leise. Anna hob den Kopf und sah ihn fragend an. „Allerdings nur unter einer Bedingung."

Einen Moment lang maßen sie sich schweigend. Unwillkürlich musste er an den Beginn ihrer Beziehung zurückdenken, als Anna erklärt hatte, sie würde nur unter einer Bedingung seine Geliebte werden. Damals hatte er ihr den Wunsch abgeschlagen und sie gezwungen, auf alle Ansprüche zu verzichten. Auch sie würde sich daran erinnern, und er fragte sich, ob sie jetzt allein aus Prinzip Nein sagen würde. Nein, das entsprach nicht Annas Natur. Sie war nicht nachtragend und außerdem klug genug, um zu wissen, dass ein Fall mit dem anderen nicht verglichen werden konnte. Patrick akzeptierte auch, dass er nicht immer gewinnen würde. Das war in Ordnung, solange Anna die Siegerin war. Wenn sie gewann, hatten sie beide etwas gewonnen.

„Dann lass mal hören", meinte sie, obwohl sie es bereits wusste. „Wie lautet die Bedingung?"

„Dass du meinen Heiratsantrag annimmst."

„Du würdest unsere Ehe zu einer Bedingung herabwürdigen, die erfüllt werden muss?"

„Ich werde alles tun, was nötig ist, und jedes Argument anführen, das mir einfällt. Anna, ich kann dich einfach nicht verlieren. Das weißt du."

„Du verlierst mich doch gar nicht."

„Ich will es aber schriftlich und mit Siegel haben. Ich möchte, dass du ganz offiziell meine Frau wirst. Ich will dein Mann sein, und unsere Kinder sollen meinen Namen tragen." Er lächelte etwas verzerrt. „Das ist meine Art, meine schreckliche Kindheit aufzuarbeiten. Ich möchte, dass meine Kinder es einmal besser haben als ich."

Von allen Argumenten, die er anführte, war es das letzte, das ihr ans Herz ging. Sie barg das Gesicht an seinem Hals, damit er ihre Tränen nicht sah. Bis sie zu sprechen wagte, musste sie einige Male schlucken. „Also gut“, sagte sie. „Du hast mich überzeugt.“

Wegen wichtiger geschäftlicher Termine konnten Patrick und Anna nicht sofort nach Fort Morgan fahren, sondern würden bis zum nächsten Wochenende warten müssen. Anna rief bei Emmeline an, um ihr Bescheid zu sagen. Überschwang lag nicht in Emmelines Natur, doch Anna hörte, wie sehr sie sich freute.

Endlich war es so weit. Schon auf der Fahrt wuchs Patricks Anspannung. Er hatte überall im Staat Colorado in Pflegefamilien gelebt, doch in Fort Morgan hatte er die längste Zeit verbracht und deshalb die meisten Erinnerungen daran. Noch heute konnte er sich jedes Zimmer des Hauses, jedes Möbelstück, jedes Bild und Buch genau vorstellen. Er sah Emmeline vor sich, wie sie in der Küche stand, das Haar zu einem einfachen Knoten gesteckt, eine Schürze über dem Kleid, während köstliche Düfte vom Herd aufstiegen und das ganze Haus erfüllten. Einmal hatte sie einen Apfelkuchen mit viel Butter und Zimt gebacken. Am liebsten hätte er ihn auf einmal aufgegessen, doch weil er stets Angst hatte, alles, was ihm etwas bedeutete, könnte ihm weggenommen werden, beschränkte er sich auf ein Stück und verbarg seine Begeisterung. Emmeline hatte damals sehr viel gebacken.

Ohne sich auch nur einmal orientieren zu müssen, fand Patrick den Weg zum Haus. Als er am Straßenrand anhielt, pochte sein Herz zum Zerspringen. Er hatte das Gefühl, in einer Zeitmaschine um zwanzig Jahre zurückversetzt worden zu sein. Natürlich hatten sich Kleinigkeiten verändert – die Veranda war etwas abgesackt, und die Autos, die am Straßenrand parkten, waren neu. Doch das Haus war noch immer weiß und der schmucklose Rasen sorgfältig gepflegt. Auch Emmeline, die jetzt auf die Veranda trat, stand noch immer kerzengerade. Ihr schmales Gesicht war ernst.

Er öffnete die Tür und stieg aus. Ohne zu warten, dass er ihr die Tür öffnete, war Anna auf ihrer Seite ausgestiegen, machte jedoch keine Anstalten, zu ihm zu gehen.

Plötzlich konnte er sich nicht bewegen. Keinen einzigen Schritt konnte er weiter. Nur wenige Meter entfernt stand die Frau, die er zwanzig Jahre lang nicht gesehen hatte. Sie war die einzige Mutter, die er je gekannt hatte. Seine Brust schmerzte, und er konnte kaum atmen. Patrick hatte keine Ahnung gehabt, dass er so empfinden würde, dass er sich plötzlich wieder in den verängstigten Zwölfjährigen verwandeln würde, den der Betreuer des Jugendamtes hier abgeliefert hatte. Ein Junge, der hoffte, endlich Geborgenheit zu finden, und doch damit rechnete, wieder zurückgestoßen zu werden. Auch damals hatte Emmeline auf der Veranda gewartet. Auch damals hatte er in ihr ernstes Gesicht geblickt und nichts als Angst verspürt. Er hatte sich so sehr gewünscht, angenommen zu werden. Sein Herz hatte zum Zerspringen geklopft, aber er hatte so getan, als wäre es ihm gleichgültig, wie man ihn hier empfing. Und deshalb hatte er sein Herz verhärtet und sich auf die einzige Weise geschützt, die er kannte.

Emmeline trat auf die Treppe zu. Heute trug sie keine Schürze, sondern eines ihrer wenigen Sonntagskleider, doch aus alter Gewohnheit wischte sie die Hände am Rock ab. Jetzt blieb sie stehen und blickte auf den großen, starken Mann, der immer noch am Straßenrand stand. Kein Zweifel, es war Patrick. Er war zu einem atemberaubend gut aussehenden Mann herangewachsen, doch das hatte sie immer gewusst. Schon damals hatte er die sonnengebräunte Haut, die klaren grünen Augen und das schwarze Haar gehabt. In diese Augen blickte sie jetzt und sah den gleichen Ausdruck wie vor fünfundzwanzig Jahren – angstvoll und verzweifelt. Näher würde er nicht herankommen, das wusste sie. Er wäre auch damals davongelaufen, wenn der Betreuer vom Jugendamt ihn nicht am Arm festgehalten hätte. Seinerzeit war Emmeline auf der Veranda stehen geblieben, weil sie ihn nicht verschrecken wollte. Vielleicht war es ein Fehler gewesen, zu warten, bis man ihr den Jungen brachte. Patrick brauchte Menschen, die auf ihn zugingen, weil er nicht wusste, wie man den ersten Schritt tat.

Plötzlich begann sie zu lächeln. Und dann kam Emmeline, diese strenge, zurückhaltende Frau, mit ausgebreiteten Armen die Treppe herunter auf ihren Sohn zu. Tränen liefen ihr über die Wangen, aber das Lächeln wich nicht aus ihrem Gesicht.

Etwas in Patrick zerbrach. Er hatte nicht mehr geweint, seit er ganz klein gewesen war, aber bis er Anna kennen gelernt hatte, war Emmeline der einzige Anker in seinem Leben gewesen. Mit zwei Schritten war er bei ihr, nahm sie in die Arme und brach in Tränen aus. Emmeline hielt ihn ganz fest und wiegte ihn hin und her. „Mein Junge, mein Junge“, wiederholte sie unablässig. Jetzt streckte er eine Hand nach Anna aus, die immer noch am Auto wartete. Im nächsten Moment hielt er die beiden einzigen Frauen, die er jemals geliebt hatte, im Arm.

Es war der zwölfte Mai. Muttertag.

EPILOG

Anna erwachte aus tiefem Schlaf und schlug die Augen auf. Die Szene vor ihr ließ sie eine ganze Weile reglos verharren. Patrick saß an ihrem Bett, genauso wie er während der Wehen und der Geburt nicht von ihrer Seite gewichen war. Sie hatte Sorgen und Qual wegen ihrer Schmerzen in seinem Gesicht gesehen, aber auch tiefe Freude, als das Baby endlich auf der Welt war, und Tränen in den grünen Augen, als er seinen winzigen schreienden Sohn betrachtete.

Jetzt hielt er das schlafende Baby auf dem Arm und betrachtete voller Ehrfurcht die winzigen, perfekt geformten Hände, die rosigen Fingernägel. Als sein Sohn reflexartig seinen Zeigefinger packte, hielt er den Atem an. Mit der freien Hand strich er über die fast unsichtbaren Augenbrauen, die samtige Wange, den rosigen Mund. Ihr Sohn passte genau in seine großen Hände, obwohl er respektable sieben Pfund wog.

Anna drehte sich auf die Seite und lächelte Patrick an. „Ist er nicht wunderschön?", flüsterte sie.

„Noch nie im Leben habe ich etwas so Vollkommenes gesehen", erwiderte er fasziniert. „Emmeline ist in die Cafeteria gegangen, um etwas zu essen. Ich musste ihr das Baby praktisch mit Gewalt wegnehmen."

„Na ja, schließlich ist es ihr einziges Enkelkind. Vorläufig."

Patrick betrachtete sie ungläubig, denn die Geburt war lang und schmerzvoll gewesen, doch dann blickte er wieder auf ihren Sohn und verstand, dass sie für ein solches Wunder noch viel mehr auf sich nehmen würde. Sein Lächeln ging ihr durch und durch. „Solange das nächste ein Mädchen ist."

„Wir werden unser Bestes tun."

„Übrigens haben wir immer noch keinen Namen für ihn."

„Den Rufnamen darfst du aussuchen. Den zweiten Vornamen habe ich bereits ausgewählt."

„Und der wäre?"

„Patrick, natürlich. Der zweite Patrick Malone. Hast du vergessen, dass wir eine Dynastie aufbauen?"

Er fasste nach ihrer Hand, streckte sich neben ihr auf dem Bett aus, und gemeinsam bewunderten sie ihren Sohn.

– ENDE –

Linda Howard

Führe mich in Versuchung ...

Roman

Aus dem Amerikanischen von
Linda Strehl

MIRA®

1. KAPITEL

Es war bereits nach elf Uhr abends, als der breitschultrige Mann in der offenen Verandatür erschien. Er stand nur da, vollkommen ruhig, und betrachtete die Party mit einem leicht amüsierten Gesichtsausdruck.

Susan bemerkte den Mann sofort. Sie war sich sicher, dass sie ihn noch nie zuvor gesehen hatte, denn er gehörte zu der Sorte Männer, die man nie mehr vergaß.

Er war groß und muskulös. Das maßgeschneiderte schwarze Dinnerjackett schmiegte sich um breite Schultern. Doch es war nicht diese selbstverständliche Eleganz, die der Fremde ausstrahlte, sondern sein Gesicht, das ihn so besonders machte.

Er sah aus wie ein Abenteurer, was noch von den dunklen Augenbrauen betont wurde, unter denen saphirblaue Augen blitzten. Augen wie Stahl, dachte Susan. Ein Schauer lief ihr über den Rücken, und mit einem Mal waren ihre Instinkte zum Leben erwacht, während sie den Fremden wie gebannt musterte.

Sein Blick sagte ihr, dass er ohne Zögern bereit war, Risiken einzugehen und die Konsequenzen zu tragen. Seine Züge waren hart. Der schwarze Bart und die kühn blickenden Augen gaben ihm etwas Verwegenes. Sein dichtes dunkles Haar glänzte im Schein der Kerzen.

Zunächst schien niemand den Fremden zu bemerken, doch dann, nach und nach, wandten sich ihm die Blicke aller Anwesenden zu, und eine feindselige Stille machte sich breit. Unangenehm berührt sah Susan zu ihrem Schwager Preston Blackstone. Er war der Gastgeber. Doch anstatt den Fremden zu begrüßen, stand er nur da wie erstarrt und sah den Mann fassungslos an. Aus Prestons Gesicht war alle Farbe gewichen.

Inzwischen waren die Gespräche in dem Raum verstummt, und sämtliche Gäste schauten den Fremden an. Selbst die Musiker auf dem Podium hatten aufgehört zu spielen.

Susan wurde unsicher. Was ging hier vor? Wer war dieser Mann? Sie schaute zu Preston und bemerkte seine nervöse Anspannung. Er sah aus, als ob er gleich auf den Fremden losgehen wollte, doch das würde sie nicht zulassen.

Egal, wer der Mann war, er war Gast der Blackstones, und diese

Unhöflichkeit wollte sie keinen Moment länger dulden. Sie trat an den anderen Partygästen vorbei nach vorn.

Die Aufmerksamkeit aller konzentrierte sich nun auf sie. Auch der Fremde richtete den Blick auf Susan und betrachtete die schlanke, anmutige Frau abschätzend aus zusammengekniffenen Augen.

Ihre Züge waren klar und ebenmäßig, sie trug ein zartes cremeweißes Seidenkleid, das ihr beim Gehen um die Knöchel spielte, und um ihren zarten Hals lag eine schlichte Perlenkette. Mit dem hochgesteckten dunklen Haar und den weichen Locken, die ihr um die Schläfen fielen, wirkte sie auf anziehende Weise unberührt – und unberührbar. Wie eine unwiderstehliche Herausforderung.

Auf ein Kopfnicken von ihr begann die Band wieder zu spielen, zuerst zögerlich, dann beherzter. Nun hatte Susan den Mann erreicht. Sie streckte ihm die Hand hin.

„Guten Abend", sagte sie freundlich, während alle mit angehaltenem Atem zusahen. „Ich bin Susan Blackstone. Möchten Sie tanzen?"

Der Fremde nahm ihre Hand, doch statt sie zu schütteln, hielt er sie einfach fest und strich mit seinem rauen Daumen über ihren weichen Handrücken. Seine blauen Augen wirkten aus der Nähe noch hypnotischer. Amüsiert hob er eine Braue, zog Susan an sich und begann, mit ihr zu tanzen.

Niemand sonst tanzte, aber nachdem Susan ermunternd den Blick zu den Anwesenden schweifen ließ, füllte sich die Tanzfläche nach und nach wieder mit weiteren Paaren.

Susan fühlte, wie der Fremde die Hand mit einem sanften, aber unerbittlichen Druck in ihrem Kreuz spreizte. Er zog sie näher an sich, und ihre Brüste strichen leicht gegen seinen muskulösen Brustkorb. Susan spürte die Hitze seines Körpers, und ihr wurde warm. Auf einmal fiel es ihr schwer, seinen Schritten zu folgen, und sie musste sich konzentrieren, um ihm nicht auf die Füße zu treten.

Ein erregendes Prickeln überlief sie, und ihre Hand zitterte in seiner. Zärtlich streichelte er über ihren Rücken.

„Haben Sie keine Angst, ich tue Ihnen nichts", raunte er ihr ins Ohr.

Wie sie bereits geahnt hatte, war die Stimme des Mannes sanft und tief, und wieder überlief sie ein kleiner Schauer. Beim Blick auf seine wohlgeformten Lippen machte sich ein nie gekanntes Begehren in ihr breit, und Susan fragte sich, ob sein Mund so berauschend schmeckte, wie er aussah.

Wieso reagierte sie auf diesen Mann wie ein Teenager? Sie war doch erwachsen, und nicht einmal als Teenager war sie jemals so hin und weg gewesen, dass sie bei einem bloßen Blick aus Männeraugen zu zittern begann.

Aber in diesem Blick, mit dem er sie musterte, lagen Anerkennung, eine Frage ... und Erwartung.

Susan reagierte so selbstbewusst, wie es ihr in der Situation möglich war. „Eine seltsame Bemerkung", erwiderte sie, stolz darauf, dass ihre Stimme nicht gezittert hatte.

„Finden Sie?" Sein Tonfall wurde noch sanfter und vertraulicher. „Dann können Sie nicht wissen, was ich denke."

„Nein." Sie beließ es dabei und zog es vor, nicht auf seine Andeutung zu reagieren.

„Aber Sie werden es noch erfahren", versprach er. Seine Stimme war jetzt nur noch ein tiefes Vibrieren, das jeden Nerv in ihr berührte.

Er verstärkte den Druck um ihre Hüften, um Susan enger an sich zu ziehen. Nicht so nah, dass sie hätte protestieren müssen, aber doch gerade noch eng genug, dass sie die Muskeln an seinen Oberschenkeln spüren konnte, während er mit ihr tanzte.

Susan verkrampfte die Hände auf seinen Schultern und kämpfte gegen den Drang, die Hand in seinen Kragen zu schieben, um seine nackte Haut zu spüren.

Geschockt über sich selbst, hielt sie den Blick starr auf den Kragen seines Jacketts gerichtet und versuchte, nicht an seine Hände zu denken.

„Ihre Schultern sehen aus wie Satin", murmelte er rau. Bevor sie seine Absicht auch nur erahnen konnte, hatte der Fremde den Kopf gebeugt und mit seinen warmen, festen Lippen die zarte Haut berührt.

Zitternd schloss Susan die Augen. Gott, was war nur los mit ihr? Sie wollte diesen Mann in sich spüren, und dabei wusste sie noch nicht einmal seinen Namen! Aber alles in ihr reagierte auf ihn, sie hatte die Kontrolle verloren, und sie konnte nur noch daran denken, wie es wäre, wenn seine Lippen ihren Körper liebkosen würden ...

„Hören Sie auf", versuchte sie, aber es klang wenig überzeugend, im Gegenteil. Ihre Haut brannte, erregende Schauer liefen ihr in Wellen über den Rücken.

„Warum?“, fragte er und strich mit den Lippen von ihrer Schulter zu ihrem Ohr.

„Weil die Leute schon schauen“, murmelte Susan wenig überzeugend und versuchte vergebens, das Entzücken zu unterdrücken, das dieser Mann in ihr auslöste.

Mühsam holte sie Luft. Es war unmöglich, seine Erregung nicht zu spüren, und verwirrt sah sie ihm in die Augen.

In seinem Ausdruck lagen weder Verlegenheit noch eine Entschuldigung. Und zu ihrem Erstaunen stellte Susan fest, dass sie auch keine Entschuldigung erwartete. Das Einzige, was sie wollte, war, sich seinen sehnigen Händen hinzugeben.

„Ich weiß ja nicht einmal, wer Sie sind“, sagte sie mit einem verunglückten Lächeln.

„Würde das etwas ändern?“ Sanft blies er ihr eine Locke aus der Stirn. „Aber wenn Sie sich dabei besser fühlen: Es bleibt in der Familie.“ Er schenkte ihr ein strahlendes Lächeln.

Susan hielt einen Augenblick die Luft an, bevor sie wieder sprechen konnte. „Ich verstehe nicht ganz.“

„Holen Sie noch mal so tief Luft, dann ist es egal, ob Sie verstehen oder nicht“, murmelte er. Fast schmerzhaft wurde Susan bewusst, dass sich ihre Brüste an seinen harten Körper pressten.

Er senkte den Kopf. „Ich bin auch ein Blackstone, obwohl die anderen das nicht gern hören.“

Susan schaute ihn irritiert an. „Aber ich kenne Sie gar nicht. Wer sind Sie?“

„Ja, kennen Sie denn nicht die ganzen Klatschgeschichten? Die Bezeichnung Schwarzes Schaf wurde vermutlich speziell für mich erfunden.“

„Ich weiß von keinem Schwarzen Schaf. Wie heißen Sie?“

„Cord Blackstone“, antwortete er. „Cousin ersten Grades von Vance und Preston Blackstone, einziger Sohn von Elias und Marjorie Blackstone“, schloss er mit einem dämonischen Lächeln. „Und Sie? Wenn Sie eine Blackstone sind, dann bestimmt keine geborene. Ich würde eine Blutsverwandte wiedererkennen, die so aussieht wie Sie. Also, mit welchem meiner hoch geschätzten Cousins sind Sie verheiratet?“

„Vance“, sagte sie. Einen Moment lang überschattete ferner Schmerz ihre Züge, und nur ihre Willensstärke ermöglichte es ihr, ruhig weiterzusprechen. „Er ist tot, wie Sie wahrscheinlich wissen.“ Nichts konnte die Trostlosigkeit verbergen, die plötzlich ihre leuchtenden Augen verdunkelte.

Sanft drückte er sie. „Ja, ich habe davon gehört. Es tut mir leid“, erwiderte er teilnahmsvoll. „Verdammt, was für eine Verschwendung. Vance war ein guter Kerl.“

„Ja, das war er.“ Es gab nichts, was sie dazu noch hätte sagen können. Noch immer hatte sie sich nicht mit dem sinnlosen Unfall abgefunden, der Vance das Leben gekostet hatte.

„Wie genau ist es passiert?“, fragte er.

Susan wunderte sich. Wusste er denn nicht, wie Vance gestorben war? „Ein Bulle hat ihn überrannt“, entgegnete sie schließlich. „Vance ist verblutet, bevor wir ihn ins Krankenhaus bringen konnten.“

Er war in ihren Armen gestorben. Als hätte er geahnt, dass er sterben würde, hatte er seine blauen Augen bis zuletzt auf Susan gerichtet. Auf seinen Lippen hatte ein heiteres Lächeln gelegen, das ihr schier das Herz zerriss, während sein Blick sich immer mehr verschleiert hatte und dann für immer erloschen war.

Seltsamerweise linderte Cord Blackstones Anteilnahme ihre Trauer ein wenig. In seinen blauen Augen lag plötzlich ein ganz eigener Schmerz, und Susan überlegte, ob auch er einmal einen Sterbenden im Arm gehalten hatte. Vielleicht einen Freund? Cord verstand, was sie durchgemacht hatte. Und weil er sie verstand, war die Last plötzlich leichter zu tragen.

„Erzählen Sie“, sagte Cord und riss sie aus ihren Gedanken. „Sie sind wahrscheinlich direkt von der Schule für höhere Töchter in Vances Armen gelandet?“

Ein kleines Lächeln spielte um ihre Lippen. „Wieso glauben Sie, dass ich auf einer solchen Schule war?“

Cord ließ seinen Blick über ihre runden Brüste gleiten. „Weil Sie so offensichtlich ... vollendet sind. Ich sehe nichts, was Mutter Natur vergessen hätte.“ Mit seinen festen, warmen Fingern strich er über ihren Rücken. „Wie weich Ihre Haut ist“, flüsterte er leise. „Und, habe ich recht?“

Eine leichte Röte überzog ihre Wangen, obwohl Susan geschmeichelt war. „Nein“, gab sie lächelnd zu. Hätte sie Cord gekannt, hätte sie an seinem Blick bemerkt, auf wie dünnes Eis sie sich begab. „Ich war vier Monate an der Universität von Kalifornien, bis meine Mutter einen Schlaganfall hatte und ich nach Hause zurückkehrte, um sie zu pflegen. Ich habe mein Studium danach nicht mehr aufgenommen."

„Wäre auch Zeitverschwendung gewesen, die Lilie noch weiter zu vergolden", brummte er und ließ seinen Blick wieder über ihre Kurven gleiten.

Bei der unverhohlenen Bewunderung dieses Mannes durchströmte Susan eine unerwartete Hitze. Er sah aus, als wollte er sich hinunterbeugen, um sein Gesicht genau zwischen ihren Brüsten zu verbergen – und Susan zitterte vor Verlangen danach, dass er genau das tat. Cord Blackstone war mehr als verlockend, er war gefährlich!

Sie musste irgendetwas sagen, um den Bann zu brechen. Schließlich griff sie auf das nächstliegende Thema zurück. „Sind Sie erst heute in Biloxi angekommen?"

„Ja, heute Nachmittag."

Seine gekräuselten Lippen verrieten ihr, dass er ihr Ablenkungsmanöver durchschaute. Wieder blies er ihr sanft eine Locke aus dem Gesicht, und Susan fühlte, wie ihr ganzer Körper pulsierte.

„Kurz nach meiner Ankunft erfuhr ich, dass die Blackstones heute Abend eine Party geben würden", sagte er langsam. „Und da dachte ich, um der alten Zeiten willen schaue ich da mal vorbei und sorge für etwas Aufruhr."

Susan lächelte. „Machen Sie so was öfter?"

„Wenn ich Preston damit ärgern kann, bestimmt", antwortete er. „Preston und ich haben uns nie vertragen", erklärte er. „Vance war der Einzige, mit dem ich zurechtkam. Er hatte sich nie etwas aus diesem arroganten Wir-sind-die-Blackstones-Gehabe gemacht. Aus diesem lächerlichen Familienkult."

Er hatte recht. Susan lächelte, weil Cord Vances Natur so gut gekannt hatte.

Nach außen hin hatte Vance sich den Forderungen der Blackstone-Familie angepasst, die an ihn gestellt wurden, aber immer mit einem Augenzwinkern. Manchmal hatte Susan gedacht, dass ihre Schwiegermutter Imogene ihrem Sohn die Hochzeit mit ihr nie verzeihen würde. Vance hatte sich mit seiner Wahl für Susan gegen die Tradition der Blackstones gewandt, eine Frau aus ihren Kreisen zu heiraten.

Unwillentlich schloss Cord die Arme fester um Susan. „Und, aus welcher angesehenen Familie hat man Sie für Vance ausgesucht?"

„Ich komme aus einfachen Verhältnissen. Vance hat mich geliebt und ich ihn. Deshalb haben wir geheiratet."

Cord gab einen tonlosen Pfiff von sich. „Von diesem Schock wird sich Imogene bestimmt nie erholen. Ihr Sohn mit einer Frau aus einfachen Verhältnissen", meinte er und lächelte spöttisch.

Susan musste ebenfalls lächeln. Es bereitete ihr Vergnügen, mit diesem verwegenen Mann zu reden, der einen so seltsam fesselnden Blick hatte. Sie war überrascht, denn seit langer Zeit hatte sie keine solche Freude mehr gespürt … eigentlich nicht mehr seit Vances Tod vor fünf Jahren. Zu viele Jahre und Tränen lagen dazwischen, aber plötzlich schien alles anders; sie selbst fühlte sich anders.

Es kam ihr vor, als wäre sie tot gewesen und erst jetzt wieder zum Leben erwacht.

Cord musste gespürt haben, dass sie nahe daran war, der Versuchung nachzugeben, mit dem Feuer zu spielen. „Hier sind so viele Leute. Gehen Sie mit mir in den Garten", flüsterte er heiser an ihr Ohr und fuhr mit der Zunge die Konturen ihrer Ohrmuschel nach.

Susan war wie elektrisiert, aber das ging zu weit. Mit einem Schlag verebbte das Verlangen, das ihren Verstand betäubt hatte. „Mr. Blackstone!"

„Cord", verbesserte er sie lachend. „Immerhin sind wir fast verwandt, nicht wahr?"

Sie hatte keine Gelegenheit zu antworten, weil Preston dazwischenkam. Die ganze Zeit war Susan bewusst gewesen, dass er jeden ihrer Schritte beobachtete. Jetzt legte er ihr eine Hand auf den Arm und schaute seinen Cousin frostig an.

„Hat er dich beleidigt, Susan?"

Sie überlegte kurz, was sie antworten sollte. Wenn sie Ja sagen würde, gäbe es wahrscheinlich eine Szene, und das wollte sie auf alle Fälle vermeiden. Ein Nein dagegen wäre gelogen, denn Cord war zu weit gegangen. Aus einem Geistesblitz heraus entgegnete sie ausweichend: „Wir haben über Vance gesprochen."

„Ich verstehe." Preston wandte sich an seinen Cousin, der gelangweilt lächelte. „Mutter erwartet dich in der Bibliothek", sagte er steif. „Wir nehmen an, du hast einen Grund, uns mit deiner Anwesenheit zu beehren."

„Richtig", stimmte ihm Cord lässig zu, als hätte er die Beleidigung nicht bemerkt. „Geh nur voraus. Ich trau dir nicht, wenn ich dich im Rücken habe."

Preston spannte sich an, und Susan verhinderte einen Eklat, indem sie eine Hand leicht auf Cords Arm legte. „Wir wollen Mrs. Blackstone nicht warten lassen."

„Du brauchst nicht mitzukommen, Susan. Bleib hier bei den Gästen", wandte Preston ein.

„Ich hätte sie aber gern dabei", widersprach Cord. „Sie gehört doch zur Familie, nicht wahr? Susan soll sich anhören, was ich zu sagen habe. Ich möchte nicht, dass sie nachher die geschönte Version von dir und Imogene zu hören bekommt."

Preston spannte die Kinnmuskeln an, dann drehte er sich um und ging voran. Niemals hätte er vor Gästen eine Szene gemacht, auch wenn er Cord am liebsten an den Hals gesprungen wäre.

Cord folgte ihm, während er seine Hand leicht auf Susans Hüfte ruhen ließ. „Ich will nur sichergehen, dass Sie mir nicht entwischen."

Susan war eine erwachsene Frau, kein Teenager mehr. Fünf Jahre lang hatte sie umsichtig ein großes Unternehmen geführt, sie war längst aus dem Alter heraus, wo sie rot wurde. Aber dieser Mann hier mit diesem herausfordernden Blick ließ ihr das Blut in den Kopf steigen. Eine unbekannte Erregung durchströmte sie, ihr Herz klopfte laut, und ihr war schwindlig.

Susan wusste, was Liebe war. Sie hatte Vance so sehr geliebt, dass sein Tod sie beinahe umgebracht hätte. Das hier dagegen war eine rein körperliche Anziehung, berauschend und fiebrig, und hatte nur mit Sex zu tun. Bei Vance Blackstone war es Liebe gewesen, Cord Blackstone bedeutete reine Lust.

Und diese Tatsache steigerte noch die Wirkung, die er auf sie hatte, während sie seine Hand auf ihrem Rücken so deutlich spürte, als berührte er ihren nackten Körper. Aber Susan war nicht der Typ für eine Affäre. Sie hatte die Liebe kennengelernt und würde sich niemals mit weniger zufrieden geben.

Kurz bevor sie die Bibliothek betraten, wo Imogene schon auf sie wartete, sagte Cord leise: „Mein Angebot mit dem Garten steht, noch."

Sie warf ihm einen empörten Blick zu, der ihn auflachen ließ. Mit seiner Bemerkung hatte er sie genau zum richtigen Zeitpunkt wieder aus der Fassung gebracht. Unsicher schweifte Imogenes Blick von Susan zu Cord und zurück.

„Susan, geht's dir gut? Du hast so rote Wangen."

„Mir ist vom Tanzen nur ein bisschen warm geworden", redete Susan sich heraus.

Cord ließ sich ungebeten auf einem blauen Sessel nieder, was ihm einen abschätzigen Blick von Preston und Imogene einbrachte. „Hallo, Tante Imogene. Was macht das Familienvermögen?"

Kühl ignorierte Imogene seine Frage. „Warum bist du zurückgekommen?"

„Wieso sollte ich nicht? Das ist mein Zuhause, erinnerst du dich? Mir gehört sogar ein Teil des Grundbesitzes. Ich war so lange unterwegs, und jetzt möchte ich sesshaft werden. Wo sonst als daheim? Ich dachte, ich ziehe in die Hütte am Jubilee River ein."

„Diese Bruchbude hinter dem Fluss?" Prestons Stimme war voller Verachtung.

Cord zuckte die Schultern. „Geschmackssache. Lieber eine Bruchbude als ein Mausoleum." Abwertend warf er einen Blick auf die Möbel, die Ölgemälde und die kostbaren Vasen und Miniaturen, die die Regale schmückten. Der Raum hieß zwar Bibliothek, aber die wenigen Bücher wirkten auf Susan manchmal so, als wären sie eher wegen der Farbe ihres Einbandes und nicht wegen ihres Inhalts ausgewählt worden.

Prestons Stimme zitterte vor kalter Verachtung. „Wie viel wird es uns kosten?"

Spöttisch hob Cord die Augenbrauen. „Was kosten?"

„Dass du die Stadt für immer verlässt."

Cord lächelte spöttisch. „So viel Geld hast auch du nicht, mein Lieber."

„Sei nicht dumm oder voreilig", riet Imogene. „Dir ist doch klar, dass wir dir eine beträchtliche Summe anbieten würden, wenn du Biloxi wieder verlässt?"

„Kein Interesse", sagte Cord lässig, immer noch lächelnd.

„Aber ein Mann mit deinem Lebensstil hat sicher Schulden, die beglichen werden müssen. Nebenbei bemerkt habe ich viele einflussreiche Freunde, die dir den Aufenthalt hier äußerst unangenehm gestalten können."

„Oh, da bin ich leider nicht deiner Meinung, Tante Imogene." Cord war völlig entspannt und streckte die Beine aus. „Ich brauche kein Geld. Nebenbei bemerkt, wenn irgendwelche von deinen Freunden es mir schwer machen wollen, solltest du daran denken, dass auch ich Freunde habe. Und glaub mir, gegen meine Freunde werden deine wie Engel aussehen."

Zum ersten Mal fühlte sich Susan gezwungen einzugreifen. Ihre ruhige Stimme zog die Aufmerksamkeit auf sich. „Imogene, sieh ihn dir an." Sie deutete auf den gut gekleideten Mann neben sich. „Cord sieht nicht aus, als ob er Geld braucht."

Cord betrachtete sie mit unverhohlener, wenn auch spöttischer Bewunderung. „Sie hat recht, Imogene, auch wenn du es nicht gern hörst. Ich brauche euer Geld nicht, denn ich habe selber welches. Ich werde in der Hütte wohnen, weil ich meine Ruhe haben will, und nicht, weil ich mir nichts Besseres leisten kann. Und jetzt schlage ich vor, dass wir unsere Differenzen klären, denn ich habe vor, hierzubleiben. Wenn du die schmutzige Wäsche dieser Familie in der Öffentlichkeit waschen willst, bitte. Mich stört es nicht, aber du wirst diejenige sein, die darunter leidet."

Imogene seufzte. „Du warst schon als Kind immer schwierig, Cord. Und später hast du die Ehre der Blackstones durch dein ungebührliches Verhalten so tief in den Schmutz gezogen, dass ich dir nicht verzeihen kann. Du magst einen teuren Anzug tragen, aber ich kann mir nicht vorstellen, dass ein zivilisierter Mensch darin steckt."

„Seit damals ist viel Zeit vergangen", erwiderte er düster. „Ich war lange in Europa und Südafrika. Ich bin hier, weil ich meine Heimat vermisst habe."

„Wirklich? Verzeih, wenn ich ein anderes Motiv dahinter vermute, aber deine Vergangenheit lässt mir keine andere Wahl. Also gut, schließen wir einen Waffenstillstand … jedenfalls vorläufig."

„Einen Waffenstillstand." Er zwinkerte ihr zu. Aber wenn er glaubte, dass für Imogene die Sache geklärt war, täuschte er sich. Susan kannte ihre Schwiegermutter nur zu gut. Es mochte vielleicht so aussehen, als gäbe sie nach, aber das war nur Schein. Imogene gab niemals nach, sie änderte nur die Taktik. Wenn sie Cord nicht bestechen oder bedrohen konnte, würde sie eben zu anderen Maßnahmen greifen.

Er stand auf. „Du hast deine Gäste schon viel zu lang allein gelassen", sagte er höflich zu Imogene. „Ich gebe dir mein Wort, dass ich es nicht auf einen Skandal anlege. Du kannst beruhigt sein. Kommen Sie, Susan."

„Einen Moment", unterbrach Preston ihn und trat ihm in den Weg.

Für Imogene mochte es ein Waffenstillstand sein, für ihn nicht. „Keine Feindseligkeiten, aber auch keine Bündnisse. Susan geht nirgendwo mit dir hin."

„Ach? Ich glaube, das sollten wir der Lady selbst überlassen. Susan?", wandte Cord sich an sie.

Susan zögerte. Sie selbst wäre gern mit Cord gegangen. Sie wollte mit ihm lachen, das mutwillige Blitzen in seinen Augen sehen und das magische Gefühl in seinen Armen genießen. Aber sie durfte ihm nicht trauen, und zum ersten Mal in ihrem Leben traute sie sich selbst nicht.

Bedauernd schüttelte sie den Kopf. „Nein, ich glaube, es wäre besser, wenn ich nicht mit Ihnen komme."

Er kniff die blauen Augen zusammen und ließ Susans Arm los. „Vielleicht haben Sie recht." Ohne ein weiteres Wort verließ er die Bibliothek.

Einen Augenblick herrschte Schweigen, dann seufzte Imogene. „Gott sei Dank bist du nicht mitgegangen, Liebes. Er ist charmant, ich weiß, aber er hasst die Familie. Er wird alles tun, um uns zu schaden. Du kennst ihn nicht, aber es wäre in deinem Interesse, ihm aus dem Weg zu gehen." Sie zuckte die Schultern. „Nun, ich fürchte, wir werden das durchstehen müssen, bis ihm langweilig wird und er sich etwas Neues sucht." Sie strich ihr knöchellanges graues Kleid zurecht und folgte Cord.

Preston nahm Susans Hand. „Entspannen wir uns einen Augenblick, bevor wir zurückgehen. Möchtest du einen Drink?"

„Nein, danke." Susan setzte sich wieder und beobachtete, wie er sich einen Whisky einschenkte. An seiner gerunzelten Stirn sah sie, dass Preston etwas auf dem Herzen hatte, aber sie drängte ihn nicht. Seit Vance' Tod standen sie sich nahe, und Susan mochte ihn gern. Er hatte zwar weniger Humor als Vance, doch er war ein guter Freund und Geschäftspartner.

„Du bist eine schöne Frau, Susan", sagte er unvermittelt.

Erschrocken sah sie ihn an. Ihr war bewusst, dass sie heute Abend gut aussah. Und ein paar verrückte Minuten lang hatte sie es genossen, gut auszusehen, nicht um ihrer selbst willen, sondern wegen eines anderen Augenpaars – fremden stahlblauen Augen. Was wäre wohl passiert, wenn sie die Party tatsächlich mit Cord Blackstone verlassen hätte, statt hier zu bleiben?

Preston betrachtete sie sanft. „Du bist keine Gegnerin für meinen Cousin. Wenn du es zulässt, wird er dich benutzen, um uns zu verletzen. Dann wirft er dich auf den Müllhaufen, ohne sich nach dir umzudrehen. Halte dich von ihm fern, er ist Gift für dich."

Susan erwiderte seinen Blick. „Preston, ich bin kein Kind mehr, ich kann gut auf mich selbst aufpassen. Du kannst deinen Cousin nicht leiden, aber mir hat er nichts getan."

Auf ihren Einwand hin lächelte er reuig. „Ich habe diesen Tonfall in den letzten fünf Jahren in genug Vorstandsbesprechungen gehört, um zu wissen, dass du nicht klein beigeben wirst. Aber du kennst Cord Blackstone nicht. Er ist gefährlich, weil ihm nichts etwas bedeutet."

„Was genau hat er denn so Schreckliches getan?" Sie fragte es leichthin, um Preston nicht zu zeigen, wie brennend es sie interessierte.

„Ich möchte es mal so sagen, es gibt wenig, was er *nicht* getan hat", bemerkte Preston sarkastisch. „Schlägereien, Trunkenheit, Frauen, Glücksspiel ... aber sein Meisterstück war, sich mit Grant Kellers Frau erwischen zu lassen."

Susan verschluckte sich fast. Grant Keller war die Würde in Person, genauso wie seine Frau.

Preston konnte sich ein Grinsen nicht verkneifen. „Nicht die jetzige Mrs. Keller, sondern seine erste Frau. Sie war sechsunddreißig und Cord einundzwanzig, als sie zusammen die Stadt verließen."

„Das ist lange her", bemerkte Susan.

„Vierzehn Jahre, um genau zu sein, aber die Leute haben ein langes Gedächtnis. Ich habe vorhin Grant Kellers Gesicht gesehen, als er Cord erkannte. Wenn Blicke töten könnten ..."

Susan wollte nicht tiefer in Preston dringen. Aber der alte Skandal erklärte in keiner Weise den persönlichen Hass, den Preston gegen Cord hegte. Doch im Augenblick wollte sie das Thema nicht weiterverfolgen.

Sie stand auf und strich sich das Kleid glatt. „Fährst du mich nach Hause? Ich bin müde."

2. *KAPITEL*

Die gesellschaftlichen Beziehungen der Blackstones reichten bis nach New Orleans, wobei die Gegend um Biloxi der Mittelpunkt des dichten Netzes ihrer begüterten Bekanntschaften war.

Bald war Cord Blackstone das einzige Gesprächsthema. Susan wusste schon gar nicht mehr, wer sie alles mit Fragen gelöchert hatte, die sie nicht beantworten konnte. Was hätte sie auch sagen sollen? Dass sein Lächeln und seine Art zu tanzen sie betört hatten?

Seit jener Nacht war er nicht mehr aufgetaucht, und Susans Verstand sagte ihr, dass es gut so war. Er machte keine Anstalten, sie wiederzusehen: Weder rief er an, noch kam er vorbei, was sie gleichzeitig fürchtete und hoffte. Das Beste war, die Sache auf sich beruhen zu lassen und Cord zu vergessen. Doch das war nicht einfach.

Preston sprach von nichts anderem als seinem Cousin. Von Preston erfuhr Susan, dass Cord tatsächlich die alte Hütte am Jubilee River ausbesserte. Preston hatte außerdem in Erfahrung gebracht, dass Cord die Reparaturen ohne Kredit finanzierte und sogar ein beträchtliches Konto bei der größten Bank in Biloxi eröffnet hatte.

Preston und Imogene überlegten stundenlang, woher er das Geld haben könnte und was er in Mississippi wollte. Susan schien es müßig, sich an den Spekulationen um Cord zu beteiligen. Im Stillen hingegen beschäftigte auch sie sich ständig mit diesem Mann, nur gingen ihre Fragen in eine andere Richtung: Sie war überzeugt, dass er an jenem Abend mit ihr geschlafen hätte, wenn sie sich von ihm nach Hause hätte fahren lassen.

Und hätte sie protestiert? Was war überhaupt mit ihr los? Abgesehen von der Leere seit Vances Tod war sie mit ihrem Leben in Einklang gewesen. Nun war ihre Welt mit einem Mal aus den Fugen geraten.

Und alles wegen Cord. Er war ein Mann, der seine eigenen Regeln hatte und mit einer Intensität lebte, die jeden anderen Mann neben ihm farblos wirken ließ. Ihr bisheriges Leben schien ihr jetzt langweilig im Vergleich zu der verwegenen Freiheit, die Cord ihr für ein paar Minuten vermittelt hatte.

Es war nicht so, dass Susans Leben problemlos verlaufen wäre. Ohne Bedauern hatte sie die Universität verlassen, um ihre kranke

Mutter in New Orleans zu pflegen. Während ihr Vater nach dem Tod ihrer Mutter wieder geheiratet und sich in Florida niedergelassen hatte, war sie in Mississippi geblieben und hatte einen Job als Sekretärin gefunden. Sie hatte sich ein paar Mal verabredet, doch bis Vance Blackstone in ihr Leben getreten war, hatte sie sich nie ernsthaft auf einen Mann eingelassen.

Imogene war nicht davon begeistert gewesen, dass ihr Sohn eine Frau heiraten wollte, die nicht aus ihren gesellschaftlichen Kreisen stammte. Aber nicht einmal sie konnte einen Fehler an Susan finden. Susan war, wie alle es ausdrückten, eine perfekte Lady und wurde bald ganz als Vances Frau akzeptiert.

Drei Jahre lang war sie glücklich gewesen. Vance war ein aufmerksamer Liebhaber und Ehemann und hatte ihr gezeigt, dass sie ihm wichtiger war als alles Geld. Nach seinem plötzlichen Tod hatte er ihr sein gesamtes Vermögen samt der Kontrolle über seinen Anteil an der Firma hinterlassen.

Und die Zeit hatte allmählich die Wunden geheilt. Sie hatte sich gut geschlagen, sowohl privat als auch in der Firma, und stand mit beiden Füßen fest auf dem Boden – jedenfalls bis zu dem Zeitpunkt, als ein zweiter Blackstone in ihr Leben getreten war.

Sie ärgerte sich selbst über ihre Dummheit. Warum sollte sie über diesen Mann nachdenken, der seit jenem Abend nicht das geringste Interesse an ihr gezeigt hatte? Wahrscheinlich hatte er mit seinem Verhalten ihr gegenüber nur Preston ärgern wollen, das war alles. Aber dann erinnerte Susan sich an Cords Erregung, als er sie an sich gepresst hatte. Er hatte ihr doch nichts vorgemacht.

Sie konnte sein Gesicht nicht aus ihren Gedanken verbannen. Hör auf, an ihn zu denken, befahl sie sich eines Abends zu Hause vor dem Spiegel. Sie wartete auf Preston, der sie zu einer Party abholen wollte. Als sie sich in ihrem Kleid betrachtete, ertappte sie sich wütend bei dem Gedanken, ob Cord sie darin attraktiv finden würde. Sie musste ihn endlich aus ihrem Kopf verbannen!

Susan nahm einen Mantel aus dem Kleiderschrank, denn jetzt im März konnte es nachts noch empfindlich kalt werden. Dann ging sie die Treppe hinunter.

Preston war pünktlich und half Susan in den Mantel. „Es ist kalt draußen", bemerkte er.

„Es ist erst März“, wies Susan ihn lächelnd hin. „Sei nicht so ungeduldig, der Frühling kommt sicher bald.“

Caroline Gage begrüßte die beiden an der Tür. „Preston, Susan! Wie schön, euch zu sehen! Möchtet ihr einen Drink vor dem Abendessen? William spielt heute den Barkeeper.“

Im Haus war die Party bereits in vollem Gang. Preston ließ sich gleich von William Gage beiseiteziehen, Susan schlenderte herum, begrüßte Bekannte und plauderte mit Freunden.

Hinter Carolines Fröhlichkeit bemerkte Susan eine leichte Unruhe. Als kurz vor dem Abendessen noch einmal die Klingel ging, fiel ihr auf, wie nervös Caroline zur Tür ging. Susan war gespannt, wer jetzt noch kommen würde.

Sie war erstaunt, als nur George und Olivia Warren eintraten. Die Warrens waren seit Jahren mit den Gages befreundet. Dahinter folgte ihre Tochter, Cheryl Warren, in einem eng anliegenden schwarzen Kleid … und hinter ihr überragte sie Cord Blackstone.

Deshalb war Caroline so nervös gewesen! Sie hatte gewusst, dass Cheryl ihn mitbringen würde. Aber sie hätte sich keine Sorgen machen müssen, dachte Susan, denn Preston würde in einem fremden Haus keine Szene machen. Und wenn Cord sich ebenfalls benahm, würde der Abend problemlos verlaufen.

Tatsächlich war er während des Abendessens ein perfekter Gentleman. Gegenüber Cheryl war er so aufmerksam und höflich, dass Susans Magen sich zusammenzog. Sie versuchte, nicht zu Cord hinüberzusehen. Dennoch durchfuhr sie jedes Mal ein Stich, wenn sie Cheryls Lachen oder Cords tiefe Stimme hörte.

Nach dem Essen wurde getanzt. Susan hoffte, dass Preston sie bald nach Hause fahren würde, aber er war in eine Unterhaltung vertieft, die noch Stunden dauern konnte. Seufzend beobachtete sie die tanzenden Paare, als sie sich plötzlich Auge in Auge mit Cord sah. Er hielt Cheryl im Arm, schenkte ihr aber keinerlei Aufmerksamkeit. Stattdessen starrte er Susan an, ohne zu lächeln, und ließ seinen Blick über ihren Körper gleiten.

Susan wandte den Blick ab. Was sollte das? Durch sein Schweigen in den letzten drei Wochen hatte er doch klargemacht, dass ihm ihr Flirt von neulich nichts bedeutete. Warum wirkte er jetzt so, als wollte er sie mit Blicken ausziehen? Wie konnte er sie überhaupt so ansehen, wenn er Cheryl im Arm hielt?

Susan verscheuchte die Gedanken, indem sie ihm den Rücken zudrehte und sich einem Gespräch über Kreuzfahrten anschloss. Plötzlich spürte sie Cord hinter sich.

Er berührte sie an der Taille. „Wollen Sie tanzen?“, fragte er mit seiner dunklen Stimme.

Das hatten wir doch schon einmal, dachte sie verwirrt und ließ sich auf die Tanzfläche führen. Sie fühlte sich, als hätte seine Umarmung sie vom Rest der Welt abgeschnitten. Cord hatte sie unwiderruflich in seinen Bann gezogen.

Der herbe Duft seines Aftershaves stieg ihr zu Kopf. Sie spürte Cords Hand heiß auf ihrer Haut, und ein prickelndes Verlangen überkam sie. Wild, fast schmerzhaft klopfte ihr das Herz in der Brust.

Susan folgte einfach Cords Führung, während ihr die Stärke seines Körpers und die Eleganz, mit der er sich bewegte, intensiv bewusst wurden. Sein warmer Atem liebkoste ihre Schläfe, und sie sah ihn an.

„Ich habe versucht, mich von Ihnen fernzuhalten“, murmelte er.

„Das ist Ihnen gelungen.“

„Es ist mir überhaupt nicht gelungen“, widersprach er. Er verstärkte den Griff um ihre Taille, sodass seine harten Schenkel sich an ihre pressten. Erschauernd sog Susan den Atem ein. Er senkte den Kopf zu ihrem Ohr.

„Ich will dich lieben, Susan Blackstone. Du bringst mich um den Verstand.“

Eigentlich hätten ihr diese Worte Angst machen sollen, aber Susan war weit davon entfernt. Ihre Sinne waren nur auf diesen Mann konzentriert, sie hatte das Gefühl, ganz allein mit ihm im Raum zu sein.

„Heute muss ich Cheryl nach Hause bringen“, sagte er und legte die Lippen an ihre Schläfe. „Aber wir müssen reden. Bist du morgen Nachmittag zu Hause?“

„Ja, ich bin da. Weißt du, wo ich wohne?“

Seine Lippen verzogen sich zu einem Lächeln. „Natürlich. Das habe ich gleich am nächsten Tag herausgefunden.“

Als der Tanz vorbei war, wollte Susan sich gleich wieder von ihm lösen, aber Cord hielt sie fest. „Du musst mir noch für ein paar Minuten Schutz geben.“

Eine zarte Röte überzog Susans Wangen. „Dann sollten wir aber nicht tanzen. Es würde die … Situation nur noch verlängern."

„Wir finden schon eine Ecke." In der Tiefe seiner Augen glitzerte es. „Jedenfalls müssen wir stehen bleiben, denn ich kann mich im Moment unmöglich hinsetzen."

Er dirigierte sie in eine Ecke und drehte sich so zur Wand, dass er ihr den Blick auf den Raum verstellte.

„Bist du mit Preston hier?", fragte er unvermittelt.

„Ja."

„Dränge ich mich zwischen dich und Preston? Hast du etwas mit ihm?"

„Nein."

Er hob einen Mundwinkel. „Gut. Ich wollte nur wissen, ob ich Konkurrenz habe. Das würde mich zwar nicht aufhalten, aber ich weiß gern, woran ich bin."

Nein, er hatte keine Konkurrenz. Diese konzentrierte Aufmerksamkeit, die er auf sie richtete, war alarmierend. Eigentlich hätte Susan die Flucht ergreifen müssen, aber ihr Körper verweigerte sich ihrem Verstand.

Ein Schatten huschte über Cords Gesicht, doch dann lächelte er und strich mit den Fingerspitzen über ihre Wange. „Bis morgen, Susan."

In dieser Nacht schlief Susan sehr unruhig. Am nächsten Tag, einem Sonntag, war sie bei Imogene und Preston zum Mittagessen eingeladen.

Zu ihrer Erleichterung erwähnte Preston Cords Anwesenheit auf der Party am Vortag mit keiner Silbe. Sie waren gerade fertig, als die Haushälterin Mrs. Robbins erschien. „Jemand möchte Sie sprechen, Ma'am", sagte sie und führte Cord herein.

Susan ließ den Blick über sein Gesicht schweifen. Er wirkte eine Spur verärgert, sie hier zu sehen, aber der Eindruck währte nur kurz, dann ging er zu Imogene und gab ihr einen Kuss auf die Wange.

„Hallo, Cord. Wir haben schon gegessen. Möchtest du etwas trinken?"

„Danke. Einen Whisky pur bitte." Er setzte sich in einen der großen braunen Ledersessel und nahm dankend das Glas, das Imogene ihm reichte.

Bis auf das Ticken der antiken Uhr auf dem Kaminsims herrschte vollkommene Stille. Cord war der Einzige, dem das nichts auszumachen schien. Preston wurde immer röter, Imogene rückte unruhig auf ihrem Stuhl hin und her. Und Susans Herz schlug ihr hart gegen die Rippen. Wie konnte dieser Mann durch seine bloße Anwesenheit so auf sie wirken? Das war ja verrückt!

Zum ersten Mal nahm sie den goldenen Ring wahr, den er am rechten kleinen Finger trug. Ob es ein Ehering war?

Preston war offensichtlich mit seiner Geduld am Ende. „Machst du jetzt einen auf Familienidylle, oder hast du einen Grund für deinen Besuch?", fragte er unverblümt.

Spöttisch hob Cord eine Braue. „Und hast du einen Grund, so misstrauisch zu sein? Natürlich bin ich nicht grundlos hier." Er lächelte amüsiert. „Ich weiß, ihr denkt, ich wäre die letzten vierzehn Jahre nutzlos in der Weltgeschichte herumgestreunt, aber das ist nicht der Fall. Ich arbeite schon seit längerer Zeit für eine Ölfirma, als eine Art Krisenmanager." Bei den erstaunten Gesichtern seiner Verwandten blitzten seine blauen Augen vor Vergnügen auf. „Sagen wir mal so, ich bereinige Dinge", fuhr er fort. „Mein Job hat mich in die verschiedensten Länder auf der Welt geführt. Und immer war ich erfolgreich."

Imogene gönnte Cord ein höfliches Lächeln. „Freut mich, dass du deine Arbeit gut machst. Aber warum erzählst du uns das?"

„Ich möchte nur, dass ihr über meine Position Bescheid wisst. Betrachtet meine Ausführungen sozusagen als Vorspann. Denn jetzt reden wir übers Geschäft."

„Wir machen keine Geschäfte mit dir", unterbrach ihn Preston.

Cord warf ihm einen ungeduldigen Blick zu. „Die Blackstones besitzen sehr viel Land in Alabama, im südlichen Mississippi und in Louisiana. Ich habe einen Teil geerbt, ich weiß also, wovon ich rede. Aber das Land, das mich interessiert, gehört nicht zu meinem Erbe. Sonst wäre ich nicht hier. Ich weiß, dass etliche Ölfirmen euch in den letzten zehn Jahren um eine Bohrgenehmigung ersucht haben und ihr abgelehnt habt. Neue Untersuchungen haben ergeben, dass die Erdöl- und Gasvorkommen in den Hügeln von Biloxi viel größer sind als bisher angenommen. Ich will die Hügel für meine Firma pachten."

„Nein", sagte Preston ohne Zögern. „Mutter, Vance und ich haben bereits vor Jahren darüber gesprochen. Wir wollen keine Bohrungen auf Blackstone-Land."

„Und aus welchem Grund, außer, dass das bei einer alten Südstaatenfamilie wie den Blackstones zu sehr nach Geldgier aussehen könnte?"

Susan fröstelte leicht. Die Hügel waren keine richtigen Hügel, es war eher ein sanft gewellter Landstrich, dicht von Fichten bewachsen. Sie mochte diese friedliche Gegend mit ihrem Geruch nach Erde und Nadelbäumen.

„So einfach ist es nicht", erklärte Imogene ruhig. „Wir finden nur, dass die Chancen auf ein bedeutsames Ölvorkommen zu klein sind, um dieses Idyll zu zerstören. Das Gebiet ist für den Verkehr nicht erschlossen, man müsste Straßen anlegen und Bäume fällen. Und ich kenne die Verwüstungen, die bei Bohrungen entstehen."

„In den letzten Jahren hat sich das geändert", erwiderte Cord und nippte an seinem Glas. „Man nimmt jetzt viel mehr Rücksicht auf die Umwelt, und wie ich schon sagte, es gibt wahrscheinlich viel mehr Öl dort als zunächst angenommen."

Preston lachte. „Danke für die Information. Wir werden darüber nachdenken, vielleicht entscheiden wir uns ja doch für eine Bohrung. Aber ich glaube kaum, dass wir dann deine Firma beauftragen werden."

Ein zufriedenes Lächeln überzog Cords Gesicht. „Ich denke schon, mein Lieber. Oder du musst dich auf ein Gerichtsverfahren gefasst machen."

Susan hatte keine Ahnung, wovon er sprach, aber offensichtlich hatte er die beiden jetzt genau dort, wo er sie haben wollte, denn Preston war bleich geworden, ebenso Imogene.

„Wie bitte?", fragte Preston heiser.

„Mein Erbe." Cord lächelte nachlässig. „Ich bin ein Blackstone, habt ihr das vergessen? Ich besitze Anteile an allen Blackstone-Firmen. Aber seltsamerweise habe ich nie etwas vom Gewinn gesehen. Nichts ist auf einem meiner Konten angekommen. Ich habe nicht lange suchen müssen, bis ich Papiere mit meiner gefälschten Unterschrift fand." Er nahm noch einen Schluck Whisky. „Ich glaube, Fälschung und Diebstahl verstoßen gegen das Gesetz. Und wir reden nicht von einem Taschengeld, nicht wahr? Ihr dachtet, ich komme nie mehr zurück, und habt euch die Taschen mit meinem Geld vollgestopft. Nicht gerade ehrenwert, findet ihr nicht?"

Imogene sah aus, als fiele sie gleich in Ohnmacht. Preston war wie versteinert. Cord sah sie an, hochzufrieden mit dem Effekt, den er hervorgerufen hatte. Er lächelte wieder. „Und nun zu der Pacht."

Langsam stand Susan auf. „Du verhandelst mit den falschen Leuten", sagte sie ruhig in das feindselige Schweigen hinein. „Preston und Imogene mögen dir Geld schulden, aber die Hügel können sie dir nicht geben. Sie gehören mir."

3. KAPITEL

Als Susan wieder zu Hause war, entschied sie sich, ein heißes Bad zu nehmen. Sie brauchte etwas, um die innere Kälte loszuwerden.

Sie fühlte sich von Cord vor den Kopf gestoßen. Preston hatte ihr gesagt, wie rücksichtslos er war. Aber es war nicht einmal so sehr, *was* er getan hatte, sondern *wie* er es getan hatte.

Er hatte ja durchaus das Recht, Preston und Imogene für den Diebstahl anzuzeigen, und wenn er statt einer Rückzahlung die Hügel pachten wollte, war das ebenso sein Recht. Aber er hatte die beiden absichtlich gedemütigt, und das war unnötig gewesen.

Das heiße Bad hatte ihre innere Kälte nicht vertrieben. Susan zog sich an und zündete das Kaminfeuer an, bevor sie in die Küche ging, um sich Kaffee zu machen.

Als sie zurückkehrte, knisterte das Feuer hell im Kamin. Lange saß sie vor den blauen und orangefarbenen Flammen. An einem kalten Tag gab es nichts Beruhigenderes als ein Feuer. Sie wollte etwas lesen, um den Tag aus ihrem Gedächtnis zu streichen, aber bevor sie ein Buch heraussuchen konnte, klingelte es. Susan konnte sich schon denken, wer es war.

Cord lehnte am Türrahmen, und in seinem Blick lag eine seltsame Wut. „Ich hatte nicht vor, dich da hineinzuziehen", sagte er.

Susan bat ihn herein und nahm ihm seine Jacke ab. „Ich habe gerade Kaffee gemacht. Möchtest du welchen?"

Er lächelte spöttisch. „Willst du mir nicht wie Imogene auch einen Whisky anbieten, damit ich vielleicht umgänglicher werde?"

„Ich habe keinen Whisky im Haus, weil ich keinen trinke. Wenn du etwas Alkoholisches willst, musst du dich mit Wein begnügen."

„Nein. Ich kann unberechenbar werden, wenn ich betrunken bin. Vielleicht doch lieber Kaffee", knurrte er und folgte ihr in die Küche, während er die Zimmer begutachtete, die so ganz anders waren als die kühle Perfektion, die im Stammhaus der Blackstones herrschte. Susans Haus war großzügig und hell, Pflanzen gaben ihm Farbe und Gemütlichkeit.

Sie nahm zwei Tassen aus dem Schrank und goss Kaffee ein. „Milch oder Zucker?" Er schüttelte den Kopf und nahm die Tasse entgegen.

„Ich habe ein Feuer im Kamin gemacht, gehen wir doch ins Wohnzimmer“, schlug sie vor. Dort machte sie es sich in ihrem Lieblingssessel direkt am Feuer bequem, während Cord sich an den Kaminsims lehnte.

Susan stellte ihre Tasse ab. „Ich nehme an, du willst über die Hügel sprechen.“

Cord stieß einen so heftigen Fluch aus, dass Susan entrüstet aufsprang, um ihm die Tür zu weisen, doch er packte sie am Arm und riss sie an sich.

Sie hatte keine Angst vor ihm, doch ihre Ruhe war dahin. Sie war sich sicher, dass Cord ihr nicht wehtun würde, aber diese übermächtige Anziehung, gegen die sie nichts tun konnte, verunsicherte sie. Sie stemmte sich gegen seine Brust, als er sich herunterbeugte.

„Nein“, flüsterte sie und drehte den Kopf gerade noch so rechtzeitig weg, dass seine Lippen nur ihre Wange streiften. Er begann, spielerisch an ihrem Ohrläppchen zu knabbern. Susan hielt die Luft an, als sein warmer Atem über ihren Hals strich und Cord ihren Kragen lüpfte, um die weiche Höhlung ihres Schlüsselbeins zu küssen.

„Cord, nein!“, protestierte sie.

„Susan, Honey, sag nicht Nein“, murmelte er an ihrer Schulter, bevor er ihren Hals mit kleinen Küssen bedeckte. Erregt grub Susan die Finger in seine Schulter.

Schließlich hob er den Kopf. Ihre Lippen waren nur Millimeter voneinander entfernt. „Küss mich“, verlangte er mit rauer Stimme.

Sie zitterte in seinen Armen und sehnte sich nach seiner Nähe, aber ihre Abwehr war genauso groß wie ihr körperliches Begehren. Irgendwie war Cords Blick gleichzeitig kalt und feurig. Entsetzt begriff sie, dass Cord genau wusste, wie er auf sie wirkte. Wenn sie ihn nicht bald stoppte, war es zu spät.

Noch hatte er nicht mehr getan, als ihre Schulter zu küssen, aber sie spürte bereits seine Erregung. Er war wie ein Feuer, das sie verschlingen wollte, und sie hatte keine Ahnung, wie sie es bekämpfen sollte.

„Nein, ich kann nicht …“, setzte sie an, aber das genügte ihm, um ihren Mund mit seinem zu verschließen.

Susan schmolz förmlich dahin vor Wonne. Sie öffnete bereitwillig die Lippen und schob die Hand in Cords dichtes Haar. Angesichts seiner überwältigenden Männlichkeit verstummte die warnende Stimme in ihrem Hinterkopf. Das Spiel seiner Zunge ließ sie vor Lust erschauern. Sie stellte sich auf die Zehenspitzen, um Cord näher zu sein, und er ließ die

Hände über ihren Rücken nach unten gleiten und umfasste ihren Po.

Sanft streichelte er die festen Rundungen, während er sie an sich presste, um sie seine harte Männlichkeit spüren zu lassen.

Nein.

Zuerst war es nur ein Flüstern in Susans Hinterkopf. Sie durfte diese lustvollen Freuden nicht auskosten. Sie würde sich in ihn verlieben, und das durfte sie nicht.

Nein! Susan straffte sich und löste den Mund von seinem. Sie begegnete seinem Blick. „Nein. Lass mich runter. Bitte."

Sein Gehorsam war fast so provokativ wie seine Leidenschaft, denn er ließ sie quälend langsam an seinem Körper hinabgleiten. Beinahe hätte Susan nachgegeben und die Arme wieder um seinen Nacken gelegt, aber sobald ihre Füße den Boden berührten, trat sie zurück.

„Gestern Abend warst du nicht so schüchtern", stellte er amüsiert fest.

Ja, denn gestern war sie sich über seine Rücksichtslosigkeit noch nicht so klar gewesen. Susan betrachtete ihn ernst. Sie könnte versuchen, ihn mit vagen Entschuldigungen abzuspeisen, aber bei ihm würde das nicht funktionieren.

„Ich glaube nicht, dass ich dir trauen kann, nach dem, was du heute getan hast."

Er straffte sich. „Ich bin nur so weit wie nötig gegangen. Wenn die beiden der Verpachtung der Hügel zugestimmt hätten, hätte ich ihnen nicht gedroht."

Susan schüttelte den Kopf. „Es war mehr als das. Du hast es genossen, ihnen zu drohen."

Sie unterbrach sich, um nicht auch noch ihren anderen Verdacht zu äußern. Womöglich hatte er die ganze Zeit gewusst, dass die Hügel ihr gehörten. Und jetzt hoffte er, sie zwingen zu können, ihm die Hügel zu verpachten. Dass sie ihrer angeheirateten Familie helfen würde, war kein Geheimnis. Aber noch schlimmer war ein anderer Verdacht: Wollte er sie nur verführen, um sich die Pacht der Hügel zu sichern?

Er betrachtete sie immer noch mit diesem beunruhigenden Blick. „Stimmt, ich genieße jede Minute, die sich dieser schleimige kleine Bastard windet."

„Es war grausam und unnötig", erwiderte sie kalt.

„Grausam vielleicht", gab er zu, „aber verdammt notwendig!"

„Wieso? Um deine Rachegelüste zu befriedigen?“

Susan hatte offenbar genau ins Schwarze getroffen, denn er wandte sich ab und starrte ins Feuer. „Ich habe meine Gründe“, sagte er rau.

Sie wartete auf eine Erklärung, aber es kam nichts. Also fragte sie: „Was wirst du wegen des Geldes unternehmen, das Preston dir schuldet, jetzt, wo du weißt, dass er die Hügel gar nicht besitzt?“

Er blitzte sie an. „Ich habe mich noch nicht entschieden.“

Susan versuchte, sich zusammenzureißen. „Ich kann dir noch keine Antwort geben, was die Hügel betrifft. Bevor ich eine Entscheidung treffe, möchte ich selbst eine Untersuchung vornehmen lassen. Meine Entscheidung wird aufgrund der Untersuchung fallen, nicht aufgrund deiner Erpressung.“

„Ich kann mich nicht erinnern, dich nach den Hügeln gefragt zu haben“, bemerkte er mit einem kalten Lächeln.

„Deswegen bist du doch hier, oder nicht?“

„Wirklich?“

„Oh, bitte.“ Sie winkte müde ab. „Ich habe keine Lust auf solche Spielchen. Ich weiß doch, dass du hinter den Hügeln her bist.“

„Das wäre das erste Mal, dass ich mich für Öl verkaufe“, sagte er scharf.

Susan warf ihm einen wütenden Blick zu. „Wir wissen doch beide, dass ich nicht gerade dein Typ bin.“

„Das bist du nicht, stimmt!“ Wütend sah er sie an. „Sag mir doch, Lady, kann man dich irgendwie aus der Reserve locken? Hast du überhaupt Gefühle, oder bist du nur eine hübsche Porzellanpuppe?“

„Ja, ich habe Gefühle“, entgegnete sie. „Und ich will nicht verletzt werden. Ich will nicht, dass du mich benutzt.“

Er trat auf sie zu. „Ich glaube kaum, dass du irgendetwas fühlst“, fauchte er. „Jedenfalls hast du Angst vor deinen Gefühlen. Du willst mich, aber du hast zu viel Angst davor, was die Leute sagen könnten, nicht wahr? Ihr Blackstones seid alle so nette, nutzlose Leute, die sich von der Arbeit anderer ernähren. Du bist verdammt hübsch, Honey, aber ansonsten hast du nichts zu bieten.“

Seine Worte trafen sie, doch sie hob stolz das Kinn. „Du weißt überhaupt nichts von mir.“

„Ich weiß, dass Leidenschaft in deinem Universum nicht vorkommt“, antwortete er spöttisch. „Wegen der Pacht werde ich mich melden, aber auf einen Tanz mit mir brauchst du nicht mehr zu hoffen.“ Mit diesen Worten wandte er sich ab und ging.

Cord hatte recht. Sie wollte ihn, aber sie hatte Angst, dass er ihre Schwäche ausnutzen und sie für seine Rache benutzen würde. Das durfte sie auf keinen Fall zulassen.

Die Nacht über wälzte Susan sich schlaflos von einer Seite zur anderen, und am nächsten Morgen wäre sie am liebsten im Bett geblieben. Aber sie zwang sich zum Aufstehen. Auf keinen Fall würde sie sich von Cord Blackstone aus der Ruhe bringen lassen.

Wie jeden Morgen fuhr sie ins Büro. Beryl Murphy, ihre gemeinsame Sekretärin, war noch nicht da, aber Preston saß bereits in seinem Zimmer. „Komm rein. Ich habe gerade Kaffee gemacht.“

„Den kann ich gut gebrauchen“, seufzte Susan und hielt ihm ihre leere Tasse hin.

Sie nahm einen Schluck und stellte die Tasse ab. „Was machen wir jetzt?“

Preston wusste, was sie meinte. „Ich bin gestern Abend die Bücher durchgegangen, um festzustellen, wie viel wir ihm genau schulden. Es ist ziemlich viel.“ Müde rieb er sich die Stirn.

„Du wirst es ihm zurückzahlen, oder?“

Preston nickte. „Was soll ich sonst machen? Das Schlimme ist nur, dass wir das Geld im Moment nur schwer lockermachen können. Wir haben alles in die Firma investiert, und deine Anlagen werde ich nicht anrühren. Mutter und ich haben gestern Abend beschlossen, die Summe von unserem Privatvermögen abzuzweigen.“ Er zuckte die Schultern. „Wir hielten es für richtig, Cords Anteil an den Gewinnen einzubehalten, wir haben das Geld auch nicht privat genutzt. Jeder Cent ist der Firma zugute gekommen, aber ich fürchte, vor Gericht würde das nicht viel zählen. Immerhin habe ich Cords Unterschrift gefälscht.“

„Und wirst du das Geld aufbringen können?“ Vance hatte ihr so viel hinterlassen, dass sie Preston im Notfall aushelfen konnte. Und sie hatte ja die Hügel.

„Ich habe eine Idee“, sagte sie, ohne auf Prestons Antwort zu warten. „Ich besitze etwas, was er will, vielleicht können wir ja handelseinig werden.“

Preston lehnte sich zurück und sah sie prüfend an. „Du sprichst von den Hügeln. Auch wenn du sie ihm überlässt, kann er immer noch gegen uns klagen. Er wird schwören, es nicht zu tun, aber sein Ehrenwort ist nicht viel wert. Und nicht nur das, du würdest dich erpressen lassen."

„Nicht ganz", erwiderte sie und versuchte, den Gedanken durchzuspielen. „Ich werde die Hügel geologisch untersuchen lassen. Wenn Cord die Hügel als Ersatz für die Summe annimmt, die ihr ihm schuldet, hätte er ja keinen Grund mehr, Klage zu erheben, oder?"

Preston war wie vom Donner gerührt. „Mein Gott, du willst sie ihm einfach so überlassen? Hast du eine Ahnung, was das Gelände wert sein könnte?"

„Millionen wahrscheinlich, sonst wäre er nicht so versessen darauf."

„Viel mehr, als wir ihm schulden! Bestimmt würde er den Handel sofort eingehen, aber du würdest ein Vermögen verlieren! Nein, das kann ich nicht zulassen."

„Du kannst mich nicht daran hindern", erinnerte sie ihn freundlich. Um ihre Familie zu schützen, würde sie jederzeit ein Vermögen opfern. Preston hatte seine Fehler, genau wie Imogene, aber Susan wusste, dass sie auf die beiden zählen konnte, egal, was passierte. Sie waren zwar manchmal stolz und arrogant, aber immer loyal.

Prestons Unwillen war ihm deutlich anzusehen. „Dieser sanfte Ton gefällt mir nicht. Es bedeutet, dass du mal wieder nicht nachgeben wirst, stimmt's?"

Beryl klopfte an, und Susan nutzte die Gelegenheit, um in ihr Büro zu verschwinden, bevor Preston sie doch noch überredete, die Hügel zu behalten.

Auf ihrem Schreibtisch lag genug unerledigte Arbeit, aber sie konnte sich nicht konzentrieren. Immer wieder kam ihr das Angebot in den Sinn, das sie Cord machen wollte. Sie überlegte hin und her und beschloss schließlich, sich sofort an ihn zu wenden, bevor er Maßnahmen ergreifen konnte, die ihrer Familie schaden würden.

Allein bei dem Gedanken, ihn wiederzusehen, schoss ihr das Blut heiß durch die Adern. Cord zog sie auf einer sinnlichen Ebene so sehr an, wie sie es niemals für möglich gehalten hatte. Sie wollte ihn. Ihr Verlangen machte jede Begegnung mit ihm zu einem gefährlichen Spiel, weil sie nicht sicher war, wie weit ihr Verstand fähig war, die Kontrolle über ihren Körper zu behalten.

Doch es war sinnlos, sich mit solchen Tagträumen zu beschäftigen. Sie erledigte ihre Arbeit und tätigte die notwendigen Anrufe, um die geologischen Untersuchungen in die Wege zu leiten.

Am Nachmittag kam die Sonne schwach durch die Wolkendecke. Arbeitete Cord jetzt an der alten Hütte am Jubilee River? Susan beschloss, ihr Glück einfach dort zu versuchen.

Auf der Fahrt dorthin riss die Wolkendecke auf. Vielleicht ist die Sonne ein gutes Omen, dachte sie, dann verwarf sie den Gedanken. Alles in ihr sträubte sich bei der Vorstellung, mit Cord verhandeln zu müssen.

Zur Ablenkung versuchte sie sich auf die Landschaft zu konzentrieren. Das Wetter mochte kühl sein, aber es gab untrügliche Zeichen für den Frühling. An den Bäumen spross schon das erste Grün. In ein oder zwei Wochen würde alles in voller Blütenpracht stehen. Susan konnte es kaum erwarten.

Fast hätte sie die schmale Abbiegung vom Highway zur Hütte verpasst. Die Straße war nur dürftig befestigt und auf beiden Seiten von hohen Kiefern und Eichen flankiert. Die Allee machte einen weiten Bogen und überquerte bald die Holzplanken der alten Brücke über den Jubilee River, der vom Regen angeschwollen war.

In einiger Entfernung konnte Susan die Hütte sehen, ein kleines Gebäude auf einer Erhebung, dahinter drei riesige Eichen. Die Terrasse schien komplett erneuert worden zu sein, auch das Dach war neu gedeckt.

Als sie vor der Hütte parkte, trat Cord aus der Tür. Sein eisiger Blick bereitete sie darauf vor, dass es nicht einfach werden würde, und sie atmete zur Beruhigung tief durch, bevor sie ausstieg.

Der Weg die Stufen hoch war quälend, weil Cord sie nicht aus den Augen ließ. Er lehnte mit verschränkten Armen im Türrahmen und schwieg beharrlich. Er trug ausgewaschene Jeans und ein schwarzes T-Shirt sowie abgetragene braune Stiefel. Die kurzen Ärmel gaben den Blick auf gebräunte Arme frei.

„Auch mal ein bisschen Landleben spielen?“, begrüßte er sie eisig.

Sie unterdrückte das Zittern in ihren Knien. „Ich will dir einen Deal vorschlagen“, sagte sie bestimmt.

Cord trat zur Seite und machte eine theatralische Verbeugung. „Kommen Sie rein, Lady, und lassen Sie hören, was Sie zu bieten haben.“

4. KAPITEL

Cord schloss die Tür hinter ihr. Der Duft von frisch gesägtem Holz stieg Susan in die Nase, feiner Sägestaub tanzte durch die Luft. Durch die offene Hintertür sah sie einen Sägebock, auf dem ein Balken lag.

Um sich zu sammeln, schaute Susan sich in der Hütte um. Sie bestand nur aus zwei Räumen. Trotz der Neuerungen hatte sie immer noch etwas Altes und sehr Solides an sich. Die neuen Fenster ließen viel Licht herein und waren gegen die feuchte Kühle gut isoliert, das Feuerholz im Kamin verhieß gemütliche Abende. Der eingelassene Holzboden schimmerte golden. Trotz ihrer Nervosität gefiel Susan die Hütte gut.

Cord ging an ihr vorbei und zündete das Zeitungspapier unter den Scheiten an. Die blauen Flammen züngelten hoch und griffen schnell auf das Holz über.

Man konnte nirgends sitzen, aber Cord schien das nichts auszumachen. Er lehnte bequem am Kaminsims und betrachtete sie abwartend. „Okay, Lady, du wolltest reden, also rede."

Susan verschwendete keine Zeit. „Hast du deine Klage schon eingereicht?"

„Ich hatte heute keine Zeit", erwiderte er lässig. „Ich habe gearbeitet."

„Wenn du die Klage fallen lässt, mache ich dir ein Angebot."

Sein Blick schien sie durchbohren zu wollen. „Bietest du mir deinen Körper an?"

„Nein, natürlich nicht."

„Schade. Das wäre das einzige Angebot gewesen, das mich gelockt hätte. Wäre interessant zu sehen, ob du wenigstens aus dir herauskommst, wenn du Sex hast. Ich bezweifle es ja."

Susan ballte die Hände. „Ich biete dir die Hügel an."

Er lächelte amüsiert. „Darf ich dich erinnern, dass das *mein* Angebot war? Aber ich habe darüber nachgedacht und meine Meinung geändert. Und hast du mir nicht gestern erzählt, dass du dich nicht erpressen lässt?"

Sie trat näher zum Feuer, um ihm besser in die Augen sehen zu können. „Ich biete dir nicht die Pacht des Landes an, ich werde es dir schenken als Ersatz für die Summe, die Preston und Imogene dir schulden."

Er lachte auf. „Hast du überhaupt eine Vorstellung, wie viel Geld das Gelände wert sein könnte?"

„Mehr, als sie dir schulden, das ist mir durchaus klar. Ich bitte dich, das Gelände als Entschädigung anzunehmen."

„Warum willst du ihre Schulden bezahlen? Wieso sollte ich sie so davonkommen lassen?"

„Sie sind meine Familie."

„Familie? Es sind Vipern, das weiß ich besser als irgendjemand sonst. Ich will nicht, dass *du* zahlst, *sie* sollen zahlen!"

„Du willst sie also doch demütigen."

„Ganz genau."

„Du lehnst ein Land ab, das mit seinen Ölvorkommen ein Vermögen wert ist, nur um deine Rachegelüste auszuleben?", rief sie ungläubig.

„Langsam, Lady", sagte er gefährlich sanft. „So lasse ich nicht mit mir reden."

„Offenbar geht es nicht anders. Wie kann man nur so stur sein!" Verzweiflung machte sich in ihr breit. „Warum willst du die Hügel nicht als Ausgleich annehmen?"

Er lächelte, aber in seinem Blick lag unterschwelliger Zorn. „Weil ich, wenn ich dein Angebot akzeptiere, nichts mehr gegen sie in der Hand habe, wie du weißt. Hat Preston dich dazu überredet? Nun, richte ihm aus, dass es nicht klappen wird. Ich bezahle die Pacht, und ich bezahle gut, aber ich lasse nicht zu, dass Preston sich hinter deinem Rockzipfel versteckt."

Tränen traten ihr in die Augen. Als Cord sich umwandte, um Holz nachzulegen, griff sie nach seinem Arm. „Bitte!"

Er wirbelte herum. In seinen Augen funkelte es. „Verdammt! Wage es nie wieder, für sie zu bitten!"

Susan packte ihn am T-Shirt. Der Gedanke, dass er seine Familie, sein eigen Fleisch und Blut, ruinieren wollte, war ihr unerträglich. Sie musste Cord unbedingt davon überzeugen, wie falsch seine Rache war. „Tu es nicht!", bat sie. „Ich flehe dich an …"

„Hör auf!" Er stieß sie unsanft weg. „Du erniedrigst dich für *ihn*. Raus hier! Du kannst ihm sagen, dass sein schlauer Plan nicht funktioniert hat. Los, geh, geh zu ihm in sein Bett."

Bei diesen Worten verlor Susan endgültig die Beherrschung. „Es war *mein* Plan, nicht seiner! Er hat sogar versucht, ihn mir auszureden! Du Narr! Du bist ja schon krank vor Rachsucht! Wenn du vor vierzehn Jahren auch schon so warst, ist es kein Wunder, dass sie dich aus der Stadt gejagt haben!“

Cord umfasste ihre Taille und riss sie an sich, dass ihr schier die Luft wegblieb. Susan warf den Kopf zurück, aber er beugte sich vor, schloss seinen Mund über ihren und zwang sie, die Lippen zu öffnen. Diesmal lag in seinem Kuss nichts Sanftes oder Verführerisches.

Völlig überrumpelt, dachte Susan nicht daran, sich zu befreien. Sie vergaß ihre Wut und den Grund, warum sie gekommen war. Ihn zu spüren, so hart, warm und stark, war alles, was sie sich wünschte.

Sein Kuss wurde tiefer und heizte ihre Leidenschaft an. Cord ließ eine Hand unter ihre Bluse gleiten und umschloss ihre Brust. Dann öffnete er rasch die Knöpfe, und bevor sie es richtig registrierte, lag seine Hand auf der seidigen Haut ihrer Brust. Susan spürte, wie sich die zarte Spitze vor Erregung aufrichtete.

Leise stöhnte sie auf, als er ihre Brust streichelte und sanft knetete. Cords fordernde Berührung verursachte ihr einen sinnlichen Genuss, der sie förmlich dahinschmelzen ließ.

Susan zerrte an seinem T-Shirt, um endlich auch seine Haut zu spüren. An seinem Erschauern merkte sie, dass er genauso erregt war wie sie. Als er sie daher unvermittelt losließ, sah sie ihn fassungslos an.

Auch er atmete schwer, das Gesicht war gerötet. „Ist das Plan B, um mich umzustimmen?“

Susan trat zurück. Sie wurde blass. „Glaubst du das wirklich?“, brachte sie ungläubig hervor.

„Möglich wäre es. Du hast nicht den Mumm zuzugeben, dass du mich willst, du musst ja deinen guten Ruf wahren. Aber wenn du dich mir sozusagen opferst, um deine Familie zu retten, kannst du als edle Märtyrerin die Sünde genießen, ohne wirklich zu sündigen. Ich gebe zu, es klingt weit hergeholt, aber so stellt es sich in meinen Augen dar.“

Susan schluckte, um sich zu sammeln, und sagte leise: „Bitte überleg es dir noch einmal. Wie kannst du dieses Vermögen ablehnen? Du weißt, was die Hügel wert sind und was sie dich normalerweise kosten würden.“

„Schätzchen, euer ausgeklügelter Plan hat einen Haken: Mein Interesse an den Hügeln ist nicht persönlicher Natur, sondern Teil meiner Arbeit für die Firma. Ich würde meiner Firma sicherlich einen Haufen Geld sparen, wenn ich dein Angebot annehme, nur, für mich persönlich springt gar nichts dabei raus. Also geh und sag das deiner Familie."

Mit Tränen in den Augen drehte Susan sich um. Sie wollte so schnell wie möglich raus hier.

Als sie in ihre Auffahrt bog, stand Imogenes Cadillac vor dem Haus. Susan stöhnte auf. Sich Imogenes bohrenden Fragen zu stellen, war das Letzte, was sie jetzt brauchen konnte. Am liebsten hätte sie erst ein Bad genommen, um ihre Nerven zu beruhigen.

Preston hatte seiner Mutter sicher von Susans Plan erzählt, und jetzt wollte Imogene wahrscheinlich wissen, wie es gelaufen war. Es fiel Susan nicht leicht, die Hoffnungen ihrer Schwiegermutter zu zerstören.

Imogene wartete bereits im Wohnzimmer und stand auf, als Susan hereinkam. „Er hat abgelehnt, nicht wahr?", Imogene fand sich mit Niederlagen nur ungern ab, und diesmal war ihr die Enttäuschung deutlich anzumerken.

Susan ließ sich in einen Sessel sinken. „Ja."

„Ich wusste es." Imogene seufzte und nahm wieder Platz. „Es wäre auch zu einfach, wenn *du* ihn ausbezahlen würdest. Er ist hinter Preston und mir her, nicht hinter dir."

Das Herz zog sich Susan zusammen. Warum musste das so sein? Wenn sie an die Magie der ersten beiden Begegnungen mit Cord dachte, wollte sie am liebsten sterben wegen der hässlichen Worte, die seither zwischen ihnen gefallen waren. Beim ersten Mal war sein Kuss so sanft gewesen. Aber heute … Susan berührte ihre Lippen, die von Cords heftigen Küssen immer noch geschwollen waren.

Imogene war ihrer Handbewegung mit einem wissenden Blick gefolgt. Sie setzte sich auf. „Susan! Er interessiert sich für dich, nicht wahr? Wie wunderbar! Gott sein Dank", sagte sie glühend.

Susan hätte eher einen Vorwurf erwartet als einen solchen Freudenausbruch. „Was ist daran denn wunderbar?"

„Verstehst du nicht? Du bist damit in der Position, herauszufinden, was er vorhat. Du kannst uns informieren, dann können wir die entsprechenden Schritte gegen ihn unternehmen. Ja, du könntest sogar versuchen, ihn zu überreden, die Gegend wieder zu verlassen!“

Susan konnte nicht glauben, was ihre Schwiegermutter da von ihr verlangte, und bemühte sich, ruhig zu bleiben. „Er hat kein Interesse an mir. Er glaubt doch, ich stecke mit euch unter einer Decke.“

Imogene wischte ihre Bemerkung mit einer ungeduldigen Handbewegung beiseite. „Unsinn.“ Sie betrachtete Susan prüfend. „Du bist eine schöne Frau, Susan. Es sollte nicht schwierig für dich sein, ihn herumzukriegen.“

„Aber ich *will* ihn nicht herumkriegen!“

„Liebes, du *musst!* Begreifst du nicht, dass das die einzige Möglichkeit ist, im Voraus zu wissen, was er plant?“

Aufgewühlt erhob sich Susan. „Es ist unmöglich“, platzte sie heraus. „Ich bin kein … kein Flittchen. Ich kann nicht mit ihm schlafen, um ihn auszuspionieren!“

Imogene wirkte brüskiert. „Natürlich nicht. Das verlange ich ja auch gar nicht von dir, Susan. Ich will doch nur, dass du dich mit ihm triffst, mit ihm redest und herausfindest, was er vorhat. Ich bin mir bewusst, dass es dich ein paar Küsse kosten wird, aber das wird dir doch nicht schwerfallen, wenn du uns damit schützen kannst.“

Ein paar Küsse! Kannte Imogene ihren Neffen so schlecht? Langsam schüttelte Susan den Kopf. „Er will nicht nur ein paar Küsse“, sagte sie matt. Und selbst wenn er mit ihr ins Bett ging, würde er ihr noch lange nicht seine Geheimnisse preisgeben. Alles, was er wollte, war die Lust des Augenblicks.

Doch Imogene gab nicht so leicht auf. Bestimmt sagte sie: „Dann liegt es an dir, ihn unter Kontrolle zu halten. Nimm ihn eben an die Leine.“

Wenn sie nicht so schockiert gewesen wäre, hätte Susan aufgelacht, aber sie stand wie festgefroren da und sah Imogene an, als wäre sie eine Fremde. Was ihre Schwiegermutter hier vorschlug, war ungeheuerlich. Sie fröstelte bei der Erkenntnis, dass Imogene so wenig Respekt vor ihren Gefühlen hatte.

„Nein“, entgegnete sie leise. „Ich kann das nicht tun … ich *werde* es nicht tun.“

„Wirklich nicht? Sind wir dir so wenig wert, Preston und ich, dass du tatenlos mit ansehen kannst, wie dieser Bastard uns vernichtet? Wir werden nicht die Einzigen sein, auch du wirst darunter zu leiden haben. Wenn er uns auf Schadenersatz verklagt, ist das schöne Leben bald dahin, das du jetzt noch genießt. Die Leute werden über uns reden, auch über dich, und jeder wird glauben, dass auch du von Anfang an von den gefälschten Unterschriften gewusst hast.“

Imogene war keine Frau, der man einfach widersprechen konnte. Dennoch: Sie hätte wissen müssen, dass sie auf diese Weise bei Susan gar nichts erreichte.

Susan blickte Imogene ruhig in die Augen. „Egal, was irgendjemand sagt, *ich* weiß, dass ich nichts Falsches getan habe. Das ist es, was für mich zählt. Ich helfe euch auf jede andere Weise, aber so nicht. Ich verkaufe alles, aber ich spiele nicht die Hure für euch, denn genau das verlangst du von mir. Du weißt genau, dass Cord kein Mann ist, der sich von einer Frau kontrollieren lassen würde.“

Imogene stand auf. „Ich hatte mehr Loyalität von dir erwartet. Wenn du uns den Rücken kehren willst, wo wir in Schwierigkeiten sind, kann ich es nicht verhindern, aber bedenke genau, was du dabei verlieren wirst.“

„Den Respekt vor mir selbst“, meinte Susan trocken.

Hoheitsvoll rauschte Imogene hinaus. Susan sah ihr traurig vom Fenster aus nach. Sie hatte nicht die Absicht gehabt, das gute Verhältnis zu ihrer Schwiegermutter zu trüben, das sie so mühsam aufgebaut hatte. Imogene war kein schlechter Mensch, aber ihr war eben jedes Mittel recht, wenn es darum ging, ihre Familie zu schützen.

Susan fühlte sich wie ausgestoßen. Auch Cord war ausgestoßen worden, weil er sich nicht anpassen wollte und seine Familie der üblen Nachrede preisgegeben hatte. Hatte er sich genauso gefühlt wie sie jetzt, so verloren und betrogen? Fröstelnd rieb sich Susan die Arme. Und jetzt rächte er sich an seiner Familie dafür, dass sie sich von ihm abgewendet hatten.

Als Susan am nächsten Morgen ins Büro kam, war ihre Anspannung deutlich sichtbar. Sie hatte in der Nacht schlecht geschlafen, und um ihre Erschöpfung zu verbergen, hatte sie ihr Make-up sorgfältiger als sonst aufgetragen und das Haar zu einem festen Knoten zusammengebunden. Sie trug ein elegantes schwarzes Kostüm und eine weiße Bluse. Das strenge Outfit passte heute gut zu ihrer Verfassung.

Entschlossen verscheuchte sie den Gedanken an die sinnlose Fahrt zu Cord gestern und nahm eine Akte zur Hand. Da klopfte es an der Tür.

Ohne auf eine Antwort zu warten, schlenderte Preston herein und setzte sich ihr gegenüber. „Was hast du Mutter denn gesagt?“, fragte er neugierig. „Ich habe sie seit Jahren nicht mehr so wütend erlebt.“

Susan entging sein Grinsen nicht, und sie musste gegen ihren Willen lächeln. Preston hatte manchmal etwas Schelmisches an sich, und dann erinnerte sie dieses Funkeln in seinen Augen an Vance.

„Hat Imogene dir erzählt, dass Cord mein Angebot abgelehnt hat, die Hügel anzunehmen?“

Er nickte. „Und ich bin froh darüber. Ich möchte nicht, dass du für etwas bezahlst, das unsere Schuld ist.“ Er zuckte die Schultern. „Mutter ist anderer Meinung. Sie dachte, die Sache wäre es wert, wenn wir damit einen Skandal verhindern können.“

Susan entschied sich, Preston die Wahrheit zu sagen, in der Hoffnung, er wäre auf ihrer Seite. Sie holte tief Luft.

„Sie wollte, dass ich mich mit Cord treffe, ihm schöne Augen mache und herausfinde, was er vorhat. Ich habe abgelehnt.“

Preston war entrüstet. „Gott sei Dank! Ich will nicht, dass er sich in deiner Nähe aufhält. Diese Idee, dich an Cord heranzumachen, ist ja Irrsinn. Wie kam sie denn darauf?“

Eine leichte Röte breitete sich über Susans Wangen aus, und sie sah weg. „Sie weiß, dass wir uns geküsst haben.“

Er fuhr hoch. „Ihr habt was?“

„Er hat mich geküsst“, wiederholte sie ruhig.

Preston wurde bleich. „An dem Abend, an dem er wieder aufgetaucht ist, dachte ich, er macht sich nur an dich heran, um mir eins auszuwischen. Steckt da noch mehr dahinter?“

Susan hätte es selbst gern gewusst. Unglücklich sah sie Preston an. „Ich weiß es nicht.“

„Susan, bitte, lass dich nicht weiter mit ihm ein. Triff dich nur mit ihm, wenn es unbedingt sein muss. Du hast keine Ahnung, was für eine Sorte Mann er ist.“

„Doch“, unterbrach sie ihn. „Er ist ein harter, einsamer Mann.“

Preston sah sie spöttisch an. „Mein Gott, wie kannst du so naiv sein? Immer siehst du in allen nur das Gute! Manche Leute sind einfach durch und durch schlecht. Versprichst du mir, ihn nicht mehr zu treffen, bevor er eine Chance hat, dich wirklich zu verletzen?“

Es war eher wahrscheinlich, dass Cord *sie* nicht mehr sehen wollte, aber sollte sich ihr wunderbarerweise eine weitere Möglichkeit bieten, würde sie sie mit beiden Händen ergreifen. Sie wollte herausfinden, ob ihre Gefühle nur eine vorübergehende sexuelle Anziehung waren oder der Anfang einer wirklichen Liebe.

Fünf Jahre lang hatte sie um Vance getrauert. Sie wollte wieder lieben, sie wollte wieder heiraten und Kinder haben. Vielleicht war Cord nicht der richtige Mann dafür, aber sie musste es wenigstens versuchen, sonst würde es ihr für den Rest ihrer Tage leid tun.

Sie begegnete Prestons Blick. „Das kann ich nicht versprechen.“

Er sank ein wenig in sich zusammen. „All diese Jahre“, murmelte er. „Erst warst du Vances Frau, dann seine Witwe. Ich habe gewartet, denn ich wusste, dass du noch nicht über ihn hinweggekommen warst. Verdammt, warum muss es ausgerechnet Cord sein?“

Susan sprang auf, erschrocken darüber, was er ihr da offenbarte. „Preston … das habe ich nicht gewusst“, flüsterte sie.

In seinen blauen Augen schimmerte es. „Ich weiß“, sagte er und holte zitternd Luft. „Ich habe es immer für mich behalten, was hätte ich sonst tun sollen? Meinem Bruder die Frau wegnehmen?“

„Es tut mir leid! Es tut mir so leid!“

Was konnte sie anderes dazu sagen? Die Dinge waren nicht zu ändern. Vielleicht hätte sie sich eines Tages in Preston verliebt, wenn alles anders gekommen wäre. Aber von dem Augenblick an, als sie Cord gesehen hatte, war ihr geregeltes Leben so aus den Fugen geraten, dass sie die Folgen noch gar nicht abschätzen konnte.

„Ich weiß.“ Preston wandte sich ab, damit sie seinen Schmerz nicht sah. Seine Geduld hatte ihm gar nichts eingebracht. Alles, was er jetzt noch hatte, war sein Stolz. Schweigend verließ er den Raum.

Susan wusste, was ihn das kostete, und Tränen traten ihr in die Augen. Würde sich Cord freuen, wenn er wusste, dass es ihm gelungen war, Preston bis ins Mark zu verletzen, wenn auch unfreiwillig? Bei dem Gedanken zuckte sie zusammen. Niemals würde sie Cord erzählen, dass Preston auf mehr gehofft hatte. Das war das Mindeste, was sie für ihn tun konnte.

5. KAPITEL

Gegen Ende der Woche waren die Spuren, die der emotionale Aufruhr in Susan verursacht hatte, nicht mehr zu übersehen. Sie war dünner geworden und wirkte noch zerbrechlicher.

Wenigstens hatte sie mit Imogene eine Art Frieden geschlossen. Ohne den Vorfall zu erwähnen, hatte ihre Schwiegermutter sie gebeten, an ihrer Stelle am Freitagabend zu einer Spendenparty bei Audrey Gregg zu gehen.

Der Frühling kündigte sich an, das Wetter war wärmer geworden. Susan entschied sich für ein eng anliegendes, halblanges Kleid in Schattierungen von Blau und Lavendel mit tiefem Ausschnitt. Sie war zu müde, um sich lange mit ihrem Haar zu beschäftigen, also bürstete sie es bloß sorgfältig und trug es offen.

Auf der Fahrt zu Audrey ging die Sonne in prächtigen rotgoldenen Farbtönen unter, und diese Schönheit heiterte Susan etwas auf. Doch ihre Laune hielt nicht lange, als sie unter den vielen Leuten bei Audrey auch Cord entdeckte, der mit Cheryl Warren tanzte.

Schon wieder Cheryl! Obwohl Susan sie mochte, fühlte sie einen eifersüchtigen Stich. Es war nur, dass Cheryl so … so sexy war und so selbstsicher. Im Vergleich zu ihr fühlte sich Susan unscheinbar.

Plötzlich erschien Preston an ihrer Seite und dirigierte sie zum Büfett. Besorgt sah er sie an. „Entspann dich", empfahl er ihr.

„Das versuche ich ja", seufzte sie und ließ sich von ihm einen Teller füllen. „Ich wünschte, ich könnte mal wieder eine Nacht durchschlafen. Wenigstens spricht Imogene wieder mit mir."

Er lächelte. „Ich wusste, dass sie das nicht lange durchhalten würde. Honey, wenn dich das alles so belastet, warum nimmst du nicht Urlaub?"

„Im Moment geht das nicht", widersprach sie. „Ich kann euch nicht verlassen, solange ich nicht weiß, ob …"

„Ich weiß. Ich kümmere mich darum, du musst dir keine Sorgen machen. In zehn Tagen ist das Geld vollständig auf Cords Konto."

Sie biss sich auf die Lippen. Ihr war klar, dass Preston dafür eine Menge Wertpapiere verkaufen musste, und sie fühlte sich schuldig, weil er ihr nicht erlaubt hatte, ihm zu helfen.

Sie musste ihren ganzen Willen zusammennehmen, um sich nicht ständig nach Cord umzudrehen. Er tanzte jetzt nicht mehr mit Cheryl, sondern unterhielt sich mit verschiedenen Leuten. Warum war er hier?

Um sich zu zerstreuen, unterhielt sie sich mit Preston über belanglose Themen, bis er sie unterbrach.

„O-o“, bemerkte er. „Gleich geht Grant Keller auf Cord los.“

Susan drehte sich um. Die feindselige Stimmung zwischen den beiden war unübersehbar. Grant Keller stand mit geballten Fäusten direkt vor Cord. Sein Gesicht war vor Wut verzerrt. Cord dagegen wirkte gelangweilt, aber in seinen Augen lag eine Kälte, die verriet, dass er gleich die Beherrschung verlieren würde.

Plötzlich packte Susan ein Zorn, der ihre Niedergeschlagenheit vertrieb. Dieser dumme Skandal hatte schon genug angerichtet. Und jetzt musste auch noch Mary Keller mit ansehen, wie ihr Mann wegen seiner früheren Frau gleich einen Streit anfangen würde.

Und Cord … was war mit ihm? Diese Liebesaffäre aus Jugendtagen hatte ihn bei seiner Familie geächtet und ihn seither isoliert. Es stimmte zwar, dass Grant Keller der Gehörnte war, aber er war nicht der Einzige, der gelitten hatte. Es war Zeit, das alles zu beenden.

Die Gäste hatten Susan Blackstone noch nie zornig erlebt. Erstaunt traten sie beiseite, um ihr Platz zu machen, als sie sich einen Weg durch die Menge bahnte. Mit geröteten Wangen stellte sie sich zwischen die beiden Männer.

„Grant“, begann sie, „ich möchte bitte mit dir reden. Allein. Sofort.“

Überrascht sah er sie an. „Was?“

Cord versuchte, sie zur Seite zu schieben. Über die Schulter hinweg lächelte sie ihn an. „Wage es nicht“, sagte sie, immer noch liebenswürdig. Dann wandte sie sich wieder an Grant.

„Grant?“ Zur Sicherheit hakte sie sich bei ihm ein und schob ihn aus dem Saal auf die Terrasse.

„Was soll das?“, fragte sie, als sie außer Hörweite waren. „Sind nicht schon genug Leute von diesem alten Skandal in Mitleidenschaft gezogen worden? Es ist *vorbei!* Es kann nicht rückgängig gemacht werden, alle Beteiligten haben dafür bezahlt. Vergiss diese Geschichte endlich!“

„Ich kann nicht!“, gab er ebenso eindringlich zurück. „Ich habe ihn in meinem Bett mit meiner Frau gefunden! Glaubst du, er hätte sich geschämt? Er hat mich angeglotzt, als wäre Judith seine Frau und als hätte ich kein Recht, überhaupt reinzukommen!“

Ja, das hörte sich ganz nach Cord an. Aber sie schob den Einwand beiseite. „Damit musst du leben. Liebst du denn deine erste Frau immer noch? Hast du dir mal überlegt, wie sich Mary fühlen muss, wenn sie sieht, wie du wegen einer anderen Frau einen Streit vom Zaun brichst? Du könntest ihr genauso gut gleich ins Gesicht schlagen!“

Grant fuhr sich nervös mit dem Handrücken über die Stirn. „Daran habe ich gar nicht gedacht.“

„Die Sache ist vorbei“, wiederholte Susan. „Und jetzt geh rein und sieh zu, dass du dich bei Mary entschuldigst.“

Als er gegangen war, blieb sie noch einige Augenblicke stehen, um sich zu sammeln.

„Das ist aber eine schlechte Angewohnheit.“

Die dunkle Stimme ließ sie herumwirbeln. Cord trat auf die Terrasse. Mit dem Finger berührte er die sanfte Rundung von Susans Wange und strich bis zu ihrem Hals. „Hat dir deine Mutter nicht beigebracht, dass man sich nicht in einen Streit einmischt?“

Es fiel ihr schwer, eine Antwort zu finden. „Dieser Streit war vor vierzehn Jahren.“

Langsam streichelte er über ihr Schlüsselbein und die empfindliche Höhlung an ihrer Schulter. Bei der Berührung stockte Susan der Atem.

Er hob die Mundwinkel zu einem dünnen Lächeln. „Ich weiß wirklich nicht, was ich mit dir anfangen soll. Ich kann mich einfach nicht entscheiden, was dich betrifft.“

„Was meinst du damit?“ Sie brachte nur ein heiseres Flüstern zustande.

Langsam strich er über ihre andere Schulter. Ihr Herz begann wild zu schlagen, als er durch die Berührung schlagartig ihr Verlangen weckte.

„Ich durchschaue noch nicht ganz, auf wessen Seite du stehst“, murmelte er. „Entweder bist du eine sehr gute Schauspielerin oder so unschuldig, dass du nicht frei herumlaufen solltest. Stell dich mir nie wieder in den Weg. Wenn Grant bei dem Versuch, mich zu schlagen, zufällig dich getroffen hätte, hätte ich ihn umgebracht.“

Susan wollte etwas erwidern, aber jeder Gedanke verflog, als er mit den Fingern in ihren Ausschnitt glitt. Sie unterdrückte ein Stöhnen, als er ihre Brust umschloss.

Er betrachtete ihr zartes Gesicht, auf dem sich ihre Erregung widerspiegelte. Bei dem plötzlichen Gedanken, sie würde auf Preston auch so reagieren, zog er seine Hand zurück.

„Du gehst besser wieder rein“, erklärte er. Dann drehte er sich um und ging zurück zur Party.

Susan fühlte sich verlassener als nach Vances Tod. Ihr Körper brannte von Cords Berührung, dennoch zitterte sie vor Kälte.

Einige Minuten stand sie noch in der kühlen Nachtluft, dann mischte sie sich wieder unter die Partygäste und verabschiedete sich bald darauf.

Doch zu Hause fand sie keinen Schlaf. Schließlich stand sie wieder auf und sah sich im Fernsehen eine alte Komödie an, die sie einigermaßen ablenkte.

Mitten im Film klingelte es an der Tür. Es war fast Mitternacht. „Wer ist da?“, rief sie und zog den Gürtel ihres Morgenmantels enger um sich.

„Cord.“

Sie öffnete ihm die Tür. Er stand lässig am Türrahmen gelehnt und straffte sich, bevor er eintrat. In seiner Hand bemerkte sie eine halb volle Whiskyflasche.

„Bist du betrunken?“, fragte sie argwöhnisch.

„Auf dem besten Weg dazu.“ Er lächelte und nahm einen Schluck.

„Wieso willst du dich denn betrinken?“ Wenn er tatsächlich betrunken war, hatte er sich noch erstaunlich gut im Griff. Sein Gang war gerade, seine Sprache klar. Er setzte sich auf die Couch und streckte seufzend die Beine aus. Susan schaltete den Fernseher aus und wiederholte ihre Frage.

„Ich tu es einfach. Eine Art Tribut an die Vergangenheit.“

„Du erhebst also das Glas … Verzeihung, die Flasche auf die guten alten Zeiten.“

„Richtig.“ Er trank wieder, dann stellte er die Flasche ab und durchbohrte Susan mit Blicken. „Warum musstest du dich zwischen uns stellen? Ich hätte diesem Kerl so gerne eine reingehauen!“

„Noch ein Tribut an die Vergangenheit?“, fragte sie trocken.

„An Judith“, verbesserte er sie mit einem kleinen Lächeln. „Weißt du, was Keller gesagt hat? Er hat gesagt: ‚Also ist die kleine Hure auch bei dir nicht geblieben.‘ Ich hätte ihm auf der Stelle das Genick brechen sollen.“

Susan setzte sich neben Cord und wartete.

Er lehnte sich zurück, seine Augenlider waren halb geschlossen. „Judith war das reinste Feuer", fing er leise an. „Sie passte überhaupt nicht zu Grant. Sie lachte und tanzte gern, lauter Sachen, für die Grant überhaupt nicht der Typ ist. Aber soweit ich weiß, war sie ihm immer treu." Schweigend hing er seinen Gedanken nach.

„Bis du kamst."

„Bis ich kam", stimmte er ihr rau zu. Er griff nach der Flasche und trank sie aus. „Da war nicht genug drin." Eine dünne Schweißschicht hatte sich auf seinem Gesicht gebildet, die er mit einer Handbewegung wegwischte.

„Unsere Affäre dauerte fast ein Jahr, bis er uns entdeckte." Seine Stimme klang angestrengt. „Ich habe sie immer wieder gebeten, sich von Grant scheiden zu lassen und mit mir wegzugehen, aber Judith war trotz allem ziemlich konservativ. Ihr guter Ruf bedeutete ihr viel, und sie liebte ihre Kinder abgöttisch. Sie wollte diese Bande nicht zerreißen. Aber nachdem Grant uns zusammen erwischt hatte, war ihr keine andere Wahl geblieben."

Susan schluckte. Sie versuchte, sich die Szene nicht vorzustellen, die für alle Beteiligten schrecklich gewesen sein musste.

„Es war die Hölle für sie." Cord mühte sich von der Couch hoch und ging nervös auf und ab. „Sie verlor alle ihre Freunde, selbst ihre eigenen Kinder sprachen nicht mehr mit ihr, nachdem Grant sie hinausgeworfen hatte. Meine liebe Tante Imogene stand an der Spitze dieser selbst ernannten Richter. Einmal wurde Judith auf der Straße von Kindern verfolgt, die ‚Blackstone-Hure' hinter ihr her brüllten. Hört sich an wie aus einem schlechten Film, wie? Ich habe mir eins der Kinder vorgeknöpft und herausbekommen, wer sie dazu angestiftet hat. Dreimal darfst du raten. Preston hat sich leider wie ein Feigling versteckt, und ich konnte ihn nicht finden."

Deswegen hasste er Preston so! Jetzt verstand Susan, warum er so verbittert war.

„Und wo ist sie jetzt?" Sie trat zu ihm und nahm seine Hände.

„Judith ist tot." Seine Stimme war jetzt sanft, als müsste er Distanz zwischen sich und seine Erinnerungen bringen. „Meine Frau ist tot, und dieser Bastard hat sie eine Hure genannt!"

Susan war schockiert. Seine Frau! „Was ist passiert?"

„Sie haben ihren Lebensmut gebrochen." Er atmete tief durch, fast verzweifelt, und verschränkte seine Finger fest mit Susans.

„Wir haben geheiratet, sobald ihre Ehe geschieden war. Aber sie war nie mehr die Judith, die ich kannte, die fröhliche Frau, die ich so begehrte. Ich konnte ihr die Kinder und ihre Freunde eben nicht ersetzen."

„Wenn sie dieses Risiko einging, hat sie dich wirklich geliebt", sagte Susan teilnahmsvoll.

„Ja, sie liebte mich. Aber sie konnte ihren Kummer nicht überwinden. Sie bekam eine Lungenentzündung und gab auf. Und weißt du was, verdammt?", knirschte er. „Ich konnte sie nicht mehr lieben. Sie war nicht mehr die Frau, die ich geliebt hatte, aber ich bin bei ihr geblieben, weil sie so viel für mich aufgegeben hatte. Verdammt, sie hatte etwas Besseres verdient! Ich bin auch an ihrem Tod schuld, schuld wie nur irgendwas!"

Seine Augen waren trocken, aber sie schimmerten verräterisch. Sie löste die Hände aus seinem Griff und legte sie um sein gerötetes Gesicht. Cord schloss die Augen.

„Sie war eine erwachsene Frau und wusste, worauf sie sich bei einer Affäre mit dir einließ", meinte sie tröstend. „Sie hat es nicht verkraftet, aber ich finde nicht, dass du mehr Schuld trägst als sie."

Er schmiegte das Gesicht in ihre Handfläche. Dann seufzte er tief auf, bevor er die Augen wieder öffnete.

„Du bist eine gefährliche Frau", murmelte er. „Ich hatte nicht die Absicht, dir das alles zu erzählen."

Der Whisky zeigte offenbar allmählich seine Wirkung. Vorsichtig lenkte Susan Cord zurück zur Couch, wo er sich entspannt fallen ließ. In diesem Zustand konnte er unmöglich fahren. Susan kniete sich vor ihn hin und knotete seine Schuhe auf.

„Was machst du da?", murmelte er mit halb geschlossenen Augen.

„Dir die Schuhe ausziehen. Ich würde sagen, du bleibst heute Nacht besser hier." Sie stellte die Schuhe zur Seite und hievte Cords lange Beine auf die Couch.

„Was werden bloß die Leute sagen?", spottete er, dann schloss er die Augen wieder. Mit einem tiefen Seufzer machte er es sich bequem, und einen Augenblick später war er auch schon eingeschlafen.

Susan konnte sich ein Lächeln nicht verkneifen. Von oben holte sie eine Decke und ein Kissen, doch selbst als sie Cord das Kissen unter den Kopf schob, rührte er sich nicht.

Als sie später allein in ihrem Bett lag, gab ihr das Wissen, dass Cord unter demselben Dach schlief, ein beruhigendes Gefühl. Aber sie wollte mehr als nur seine Anwesenheit. Sie wollte alles für ihn sein, ihn trösten und beruhigen und ihn seine schlimmen Erlebnisse vergessen lassen.

Die Wahrheit ließ sich nicht länger leugnen: Sie liebte Cord!

Am nächsten Morgen wurde Susan vom munteren Gezwitscher der Vögel sanft aus dem Schlaf geweckt. Sie schaute aus dem Fenster – es war ein strahlender Frühlingstag. Nach dem Duschen zog Susan ein helles Sommerkleid mit Blumenmuster an, das ihrer guten Laune entsprach. Summend ging sie nach unten, wo Cord immer noch im Tiefschlaf auf der Couch lag, das Gesicht zur Rückenlehne gedreht, sodass nur sein zerzaustes schwarzes Haar zu sehen war. Leise schloss sie die Tür und ging in die Küche.

Emily war bereits da und bereitete das Frühstück zu. „Wer ist denn Ihr Gast?“

„Cord Blackstone“, erwiderte Susan lächelnd und goss sich Kaffee ein, dann half sie beim Tischdecken.

„Cord Blackstone“, wiederholte Emily nachdenklich. „Meine Güte, den Jungen habe ich schon Ewigkeiten nicht mehr zu Gesicht bekommen. Als Kind war er mit meinem Sohn befreundet und hat ab und zu bei uns übernachtet.“

Susan goss Kaffee in eine weitere Tasse, ging damit ins Wohnzimmer und stellte sie auf dem Couchtisch ab. Dann legte sie Cord eine Hand auf die Schulter. „Cord, aufwachen!“

Er rollte sich herum, bevor er sich streckte und gähnte. „Guten Morgen.“

„Guten Morgen“, antwortete sie. „Lust auf eine Tasse Kaffee?“

„Hm“, brummte er. Er stützte sich auf und fuhr sich mit der Hand durchs Haar, dann nahm er die Tasse und nippte vorsichtig an dem dampfenden Kaffee. „Das tut gut.“

Er trank aus, stellte die Tasse ab und sank wieder zurück auf die Couch, dabei nach Susans Hand greifend.

Sie rüttelte ihn. „Hey, nicht wieder einschlafen! Es ist Zeit fürs Frühstück!“

Ohne die Augen zu öffnen, zog er sie an sich. Er atmete scharf ein, während er ihr mit der Hand durchs Haar strich.

„Ich hätte viel lieber dich zum Frühstück“, murmelte er heiser und beugte sich gerade so weit vor, dass sein Mund dicht vor ihrem war.

Erschauernd öffnete Susan die Lippen. Cords Atem duftete nach Kaffee, und langsam schob er die Zunge in ihren Mund und erforschte das zarte Innere. Dabei streichelte er langsam ihren Rücken hinab.

Susan vergaß das Frühstück. Sie legte die Arme um Cords Nacken, wühlte die Hände in sein Haar. Es fühlte sich so gut an, in seinen Armen zu liegen. Sie spürte seine Hände auf ihrem Körper. Er umfasste ihren Po und presste Susan an sich.

Ihr schwindelte vor Lust, sie war unfähig, ihr glühendes Begehren zu unterdrücken. Cord wusste genau, was er tun musste. Mit einer kurzen Bewegung schob er ihren Rock hoch und drückte seine heißen Handflächen auf die Haut unter ihrem Slip.

Susan stöhnte laut auf, aber der Laut wurde von seinem Kuss verschluckt. Sanft knabberte Cord an ihrer Unterlippe.

Susans Herzschlag beschleunigte sich. Diese Lust machte sie schier verrückt, willenlos presste sie ihre Hüften an seine. Cord küsste ihren Hals, fuhr mit der Zungenspitze über die empfindsame Haut. Erregt stöhnte Susan auf. Sie wollte Cord alles geben, sehnte sich danach, mit ihm zu verschmelzen.

„Zwei Minuten noch!“, rief Emily aus der Küche.

Susan hörte es, aber die Worte ergaben keinen Sinn für sie. Cord stöhnte und fasste sie noch fester um den Po, dann ließ er widerstrebend von ihren verlockenden Kurven ab. „Ich dachte, die Zweiminutenwarnung gibt’s nur im Football“, murmelte er und schob Susan sanft von sich weg.

Sie setzte sich benommen auf, um Fassung bemüht. „Wahrscheinlich willst du vor dem Frühstück noch ins Bad“, murmelte sie und erklärte Cord den Weg zum Gästebad. „Komm in die Küche, wenn du fertig bist.“

Sie brauchte einige Minuten, bis sie wieder in die Küche gehen konnte. Ihr wurde bewusst, dass sie zum ersten Mal seit fünf Jahren wieder mit einem Mann frühstückte. Und nicht mit irgendeinem Mann! Es war ein Mann, der jeden anderen im Vergleich blass aussehen ließ. Wieder überlief sie ein Schauer des Begehrens, und bei dem Gedanken, dass sie vor ein paar Minuten auf der Couch fast mit Cord geschlafen hätte, während Emily in der Küche war, wurde sie rot.

Als Cord im Türrahmen erschien, klopfte ihr Herz zum Zerspringen.

Emily begrüßte ihn mit einem strahlenden Lächeln. „Cord Blackstone, du siehst ja noch besser aus als früher!“

Er brauchte einen Augenblick, um die Mutter seines Jugendfreundes wiederzuerkennen, doch dann erhellte ein Lächeln sein Gesicht.

„Mrs. Ferris!“ Er ging zu ihr, umarmte sie und küsste sie auf die Wange.

Emily lachte und tätschelte seine Wange. „Dieser Bart! Du siehst ja wie ein Verbrecher aus! Setz dich. Bestimmt magst du deine Spiegeleier immer noch von beiden Seiten gebraten?“

„Ja, Ma'am.“

Früher als es Susan lieb war, hatten sie das Frühstück beendet, und schweren Herzens brachte sie Cord zur Tür.

6. KAPITEL

Cords Blick war undurchdringlich, doch er streichelte Susan über die Schulter. Auf ihrer seidig weichen Haut zog er mit einem Finger eine heiße Spur bis zu ihrem Kinn. Er sagte kein Wort – denn das Feuer, mit dem er ihre Lippen in Besitz nahm, sagte ihr alles, was sie zu wissen brauchte.

Leise stöhnend sank sie gegen Cord, umfasste sein Gesicht mit den Händen und gab ihm auf Zehenspitzen einen Kuss.

„Wie siehst du eigentlich ohne Bart aus?“, fragte sie verträumt.

„Immer noch wie ich, würde ich sagen. Warum? Willst du es wissen?“

„Mhm“, sagte sie und überließ es Cord, diese Antwort zu interpretieren. „Wie lange hast du ihn schon?“

„Erst seit diesem Winter. Ich hatte eine Woche lang keine Gelegenheit, mich zu rasieren. Erst da habe ich gemerkt, was für eine Zeitverschwendung es ist, es jeden Tag zu tun, wenn er doch wieder nachwächst. Also habe ich ihn stehen lassen.“

Sie strich mit dem Finger über sein Kinn. „Hast du ein Grübchen am Kinn?“

Lachend entzog er sich ihr. „Nun, das kannst du gleich selbst feststellen“, neckte er sie, nahm ihre Hand und zog Susan mit sich die Stufen hinauf. „Wo ist dein Bad?“

Susan lachte und versuchte ihn aufzuhalten. „Was machst du denn? Nicht so schnell!“

Er drehte sich um, fing sie in seinen Armen auf und küsste sie so heftig, dass ihre Lippen brannten. Dann öffnete er alle Türen, bis er das Schlafzimmer gefunden hatte. An den Fenstern hingen luftige Vorhänge aus weißem Stoff, auf dem Bett lag eine cremefarbene Tagesdecke aus feinem Baumwollbatist, und die Wände waren in einem zarten Blumenmuster tapeziert.

„Hier hat Vance aber nicht geschlafen, oder?“

Susan schluckte. „Doch, es war unser Zimmer“, erwiderte sie. „Aber ich habe es nach seinem Tod neu eingerichtet. Wenn alles so geblieben wäre wie zu seinen Lebzeiten, hätte ich nicht mehr hier schlafen können.“

„Das Bett ist auch neu?“, fragte Cord.

„Ja“, flüsterte sie. „Alles.“

„Gut.“ Er sagte dieses einzige Wort mit einer solchen Zufriedenheit, dass es Susan durch und durch ging. Dann deutete er auf eine Tür. „Ist dort das Bad?“

„Ja, aber warum …“

„Darum“, antwortete er und zog sie an der Hand mit sich ins Bad. Dort knöpfte er sein Hemd auf, zog es aus der Hose und reichte es Susan. Automatisch nahm sie es.

„Das wirst du doch nicht machen“, sagte sie ungläubig, als sie merkte, was er vorhatte.

„Warum nicht? Hast du eine frische Klinge? Und zuerst brauche ich eine Schere.“

„Da in der Schublade. Cord, warte. Ich wollte damit nicht sagen, dass du deinen Bart abrasieren sollst.“

„Ich lasse ihn wieder wachsen, wenn dir mein Gesicht ohne nicht gefällt“, meinte er und holte die Schere aus der Kommode.

Susan setzte sich und beobachtete, wie Cord sich den Bart mit der Schere so kurz wie möglich stutzte. Dann legte er eine neue Klinge in ihren Ladyshaver, benetzte sein Gesicht mit Wasser und schäumte den Bart mit Susans Rasierschaum stark ein.

Zum ersten Mal sah Susan Cord mit nacktem Oberkörper. Seine breiten Schultern glänzten im Morgenlicht, seine Muskeln waren fest und geschmeidig.

Susan betrachtete Cord im Spiegel. Deutlich zeichneten sich die Muskeln auf seinem Bauch ab, wo sich die Haare zu einer dünnen und seidigen Linie verjüngten, die unter seinem Hosenbund verschwand. Rechts vom Nabel hatte er eine schmale Narbe.

Schließlich konnte sie sich nicht länger zurückhalten und berührte die Narbe leicht. Jetzt, wo sie Cord genauer betrachtete, fand sie noch andere. Eine kleine Narbe an der Schulter schien von einer Schussverletzung zu stammen. Unter seiner Brust verlief eine weitere, die erst auf dem Rücken unter dem Schulterblatt endete.

Plötzlich bemerkte sie, dass er ganz still geworden war. Sie nahm ihre Hand weg. Langsam spritzte er sich Wasser ins Gesicht und trocknete sich ab.

„Du kannst mich ruhig überall berühren“, meinte er rau. „Warum hast du aufgehört?“

„Ich hatte Angst, du denkst, ich bin neugierig. Mein Gott", brach es aus ihr heraus. „Woher hast du nur diese vielen Narben ..."

Bitter lachte er auf. „Ich habe einiges mitgemacht", erwiderte er düster.

Sie blickte auf. Sein kantiger Kiefer wirkte entschlossen, seine Unterlippe schien ihr jetzt voller als zuvor. Cord war nicht schön im klassischen Sinn, aber er hatte das Gesicht eines Mannes, der wusste, was er wollte. Und der dafür kämpfte.

Susan war klar, dass sie ihr ganzes wohlgeordnetes Leben riskierte, wenn sie sich auf ihn einließ, und sie akzeptierte dieses Risiko, um ihrem Herzen zu folgen. Aufseufzend streckte sie die Arme zu ihm hoch.

Ein seltsamer Schmerz trübte Cords Blick, doch dann hob er Susan hoch und trug sie ins Schlafzimmer, um sich mit ihr aufs Bett zu legen. Mit einer Hand in ihrem Haar presste er seinen Mund auf ihren. Bereitwillig öffnete Susan die Lippen und schmiegte sich glücklich an ihn. Feurig küsste sie ihn zurück und presste die Brüste an seinen warmen Oberkörper, bis er die Lippen von ihren löste.

Er atmete schwer. „Susan ... du bringst mich noch um den Verstand", murmelte er. „Warum bist du nur so verdammt anders, als ich dachte?"

Bevor Susan ihn fragen konnte, was er damit meinte, hatte er den Mund wieder auf ihren gelegt und die Arme leidenschaftlich um sie geschlossen. Er öffnete den Reißverschluss ihres Kleides und zog es über ihre Brüste hinunter, um diese hungrig zu erobern, erst mit seinen geschickten Händen, dann mit seinem Mund. Susan schrie leise auf und bog sich ihm entgegen, als seine Küsse Wellen der Lust in ihr auslösten.

Bis das Telefon auf dem Nachttisch klingelte. Cord fluchte leise, dann schob er sich auf Susan und drückte ihre Beine mit seinen auseinander. Ihre Brustspitzen rieben sich am rauen Haar seiner Brust, und wild klammerte sie sich an ihn. Die restliche Kleidung störte sie, aber um sie loszuwerden, hätte sie Cord loslassen müssen. Seufzend wand sie sich unter ihm und wollte mehr, immer mehr ...

„Susan! Telefon!"

Emilys Stimme vom Fuß der Treppe katapultierte Susan in die Wirklichkeit zurück. Susan holte tief Luft, unfähig zu antworten. *Nein, nein! Warum jetzt?*

„Susan?“, rief Emily wieder.

Sie biss sich auf die Lippen. „Ja, ich geh schon ran! Danke, Emily“, rief sie heiser.

Seufzend rollte Cord von ihr herunter. „Nur zu“, sagte er grimmig. „Sonst kommt sie noch hoch.“ Er nahm den Hörer ab und hielt ihn ihr hin, dann ließ er sich in die Kissen zurückfallen.

Susan holte noch einmal tief Atem. „Hallo.“

„Hallo, Liebes“, hörte sie Imogenes lebhafte Stimme. „Ich wollte dir zu deiner klugen Tat gestern Abend gratulieren. Ich wusste, dass du uns nicht im Stich lassen würdest.“

Susan runzelte die Stirn. Sie war noch zu benommen, sodass sie nicht wusste, worauf Imogene hinauswollte. „Tut mir leid, ich verstehe nicht. Was meinst du?“

„Na, dass du Cord jetzt doch eingewickelt hast“, erwiderte Imogene ungeduldig. „Vergiss nicht, du hast genauso viel zu verlieren wie wir. Bleib an ihm dran und finde heraus, was er vorhat. Wie gesagt, ein brillanter Schachzug …“

Susan warf Cord einen ängstlichen Blick zu. Sie erschauderte, als sie seinem eisigen Blick begegnete. Er hatte jedes Wort mit angehört. Ein kaltes Lächeln lag auf seinen Lippen, während er ihr sanft den Hörer aus der kraftlosen Hand nahm.

„Du bist ein bisschen früh mit deinen Glückwünschen, Tante Imogene“, grollte er drohend. „Das war ein Fehler. Du hättest warten sollen, bis die Luft rein ist.“

Er hängte den Hörer ein und wandte sich Susan zu. „Du bist so schön“, murmelte er und ließ den Blick auf ihren nackten Brüsten ruhen. „Und bereit, mir alles zu geben, was ich will, nicht wahr? Kein Wunder, dass du mich gestern Abend hast so viel reden lassen. Dachtest du, ich vertraue dir und erzähle dir, was ich vorhabe?“

Susan bebte. „Nein“, flüsterte sie. „Du wolltest reden. Und ich war da.“

„Du warst da? Bist du für mich genauso da wie für Preston?“

Ihr war, als hätte er sie geschlagen. Sie wollte sich losmachen, aber Cord hielt sie fest. Tränen traten ihr in die Augen. „Ich bin nicht für Preston da! Außer als … als Freundin! Ich bin für niemanden ein Ventil für seine sexuellen Bedürfnisse!“ Ihr brannten die Wangen, und vergeblich versuchte sie freizukommen.

„Bestimmt nicht", höhnte er. „Deswegen liegst du ja auch hier mit mir im Bett. Du hast dich mir angeboten, Darling, um ein bisschen Spaß zu haben. Aber das liebe Tantchen konnte nicht die Finger vom Telefon lassen, so neugierig ist sie, und sie hat's dir verdorben. Und was machst du jetzt?"

„So ist es nicht!", protestierte sie. „Imogene wollte, dass ich mit dir schlafe, damit ich herausfinde, was du vorhast, aber ich habe mich geweigert …"

Ungläubig lachte er auf. „Genau so sieht es auch aus", spottete er. „Aber endlich hat Imogene mal eine Idee, die mir gefällt. Wir sollten uns von einem kleinen Telefonanruf nicht unterbrechen lassen …"

„Nein!" Es gelang ihr, die Arme zwischen sich und Cord zu schieben. Wütend blitzte sie ihn an.

„Warum nicht? Es wird dir Spaß machen. Du wirst es genießen, mal wieder einen richtigen Mann zu spüren. Ich verspreche dir, dass ich deine Wünsche nicht unbefriedigt lassen werde."

„Hör auf!", schrie sie, entsetzt darüber, wie etwas, das sich so richtig angefühlt hatte, plötzlich in etwas so Hässliches umschlagen konnte. „Ich hatte nie Sex mit Preston! Lass mich in Ruhe!"

Er lachte. „Keine Sorge, ich tu dir nichts." Dann ließ er sie abrupt los. Susan setzte sich auf und zog sich das Kleid über die Schultern. Cord stand auf und holte sein Hemd aus dem Bad.

„Schau nicht so unglücklich, Süße", sagte er spöttisch. „Ich hätte dir so oder so nichts erzählt." Er trat zu ihr und gab ihr einen kurzen Kuss. „Schade, dass die gute Imogene nicht noch eine halbe Stunde mit ihrem Anruf warten konnte." Er berührte ihre Wange. „Wir sehen uns."

Dann war er fort, und Susan saß wie gelähmt auf dem Bett, während Cords Schritte auf der Treppe verhallten und die Tür hinter ihm ins Schloss fiel.

Erst nach längerer Zeit gelang es ihr aufzustehen. Sie lehnte sich an die Wand, schloss die Augen und versuchte zu verarbeiten, was geschehen war. So konnte er sie einfach nicht verlassen! Wenn sie ihn liebte, musste sie eben um ihn kämpfen, auch wenn das bei seiner Sturheit nicht einfach werden würde. Sie musste sofort handeln.

Susan zog sich an, griff sich ihre Handtasche und stieg ins Auto, während sie überlegte, was sie ihm sagen wollte.

Susan donnerte über die alte Brücke am Jubilee River die leichte Anhöhe zur Hütte hinauf und parkte hinter Cords Wagen. Auf ihr Klopfen hin rührte sich nichts, doch dann gellte ein durchdringender Pfiff hinter ihr. Sie wirbelte herum und sah Cord etwa hundert Meter entfernt am Fluss stehen.

Er war gerade dabei, mit einer Sense die Wiese zu mähen. Während sie zu ihm ging, setzte er seine Arbeit fort. Rhythmisch flogen die grünen Halme in die Luft.

Susans Schritte wurden langsamer. Cord hielt inne und lehnte sich auf den Griff.

Susan wusste nicht, was sie sagen sollte, aber im Moment genügte es ihr, nur dazustehen und seinen Anblick zu genießen. Cord glänzte vor Schweiß, sein dunkles Haar klebte ihm am Kopf. Sein Oberkörper war nackt, die Jeans dreckig.

Als Susan nichts sagte, fragte er: „Gibt es einen Grund für deinen Besuch?"

Sie versuchte, ruhig zu klingen. „Ja. Ich bin hergekommen, damit du mir zuhörst."

„Bisher hast du nicht besonders viel gesagt."

Susan suchte nach den richtigen Worten, aber bei Cords spöttischem Blick sank ihr der Mut. Dann hielt sie es nicht mehr aus.

„Als Imogene mich bat, dich auszuspionieren, habe ich abgelehnt, und sie ist ein Nein nicht gewohnt. Irgendjemand hat wohl deinen Wagen heute Nacht vor meinem Haus gesehen und ihr davon erzählt. Daher dachte sie wahrscheinlich, ich hätte meinen Entschluss geändert. Habe ich aber nicht."

Er lachte laut auf und schüttelte erstaunt den Kopf. „Was hast du dann bitte vorhin auf dem Bett mit mir gemacht? Mein Ego ist nicht so überdimensioniert, dass ich dir glaube, dass du mich einfach nur willst. Ich kenne deinen Ruf, Lady, und der ist solide. Und ich habe meine Zweifel, was Preston angeht ..."

„Halt den Mund", rief sie zornig. „Ich hab's dir schon einmal gesagt ..."

„Ich weiß", unterbrach er sie müde. „Du hast nicht mit Preston geschlafen."

„Das ist die Wahrheit!"

„Er ist in dich verliebt."

Verwundert gab sie zu: „Ja. Aber das weiß ich erst seit einigen Tagen. Und es ändert überhaupt nichts. Ich mag Preston sehr, aber ich bin nicht in ihn verliebt, es war nie etwas zwischen uns."

„Okay, nehmen wir mal an, dass das stimmt", sagte er scharf. „Aber wenn es seit Vance niemanden mehr in deinem Leben gegeben hat, verstehe ich nicht, warum du plötzlich so leidenschaftlich auf mich reagierst. Dafür muss es doch einen Grund geben."

Susan wurde bleich. „Richtig. Als ich dich kennenlernte, habe ich gemerkt, dass ich noch nicht tot bin. Ich habe fünf Jahre lang um Vance getrauert, aber er kommt nicht wieder. Bei dir *fühle* ich wieder etwas. Ich will mit dir zusammen sein, weil *ich* es will, nicht weil es Preston oder Imogene für einen geschickten Schachzug halten."

Während ihrer Worte hatte sich sein Blick verdunkelt. Einen Augenblick lang betrachtete er sie. Sie war angespannt und sah ihn ernst, fast verzweifelt aus ihren dunkelblauen Augen an.

Susan hielt sein Schweigen nicht mehr aus. „Wenn es nur darum ginge, etwas über dich herauszufinden, wieso sollte ich dir dann noch hinterherlaufen? Erstens würdest du mir jetzt sowieso nichts mehr erzählen. Und zweitens will ich auch gar nicht wissen, was du vorhast. Es interessiert mich nicht."

Er seufzte und schüttelte den Kopf. „Susan", begann er schließlich so sanft, dass sie ein Schauer überlief. „Wir sind so verschieden. Mein Leben war nicht einfach und ist auch nicht immer auf der richtigen Seite des Gesetzes verlaufen. Du dagegen siehst aus, als wärst du dein Leben lang auf Händen getragen worden. Wenn du zärtliche Worte und Blumen und Händchenhalten im Mondschein willst, suchst du dir besser einen anderen. Mir jedenfalls reicht Händchenhalten nicht."

Sie bebte. „Ich weiß", flüsterte sie.

„Wirklich?" Er kam näher, sodass sie den Duft seines erhitzten Körpers wahrnehmen konnte, der ihre Sinne erregte. „Weißt du wirklich, was ich will?" Er fasste sie um die Taille. „Ich halte nichts von züchtigen Verabredungen am Samstagabend. Ich bin hungrig. Ich will dir die Kleider ausziehen und dich überall schmecken", sagte er heiser und zog sie näher, bis sie sich berührten. Wie ein Feuer begann sich die Lust wieder in Susan auszubreiten.

„Ich will deine Brustspitzen in den Mund nehmen und daran saugen, bis sie hart sind und du nach mehr verlangst. Ich will dich stöhnen hören, will deine Beine um meinen Rücken spüren und mich so tief in dich senken, dass ich nicht mehr weiß, wo ich aufhöre und du anfängst. Genau das will ich jetzt in diesem Moment. Und wenn du es nicht genauso willst, dann sieh besser zu, dass du das Weite suchst, denn sonst bekommst du es auf der Stelle."

Susan seufzte berauscht auf. Ihr Körper pulsierte vor Leben und wollte alles, wovon Cord sprach, und noch mehr. Sie wollte ihm ihr Herz und die Glut ihres Körpers schenken. Nur *sagen* konnte sie ihm nicht, dass sie ihn liebte – noch nicht.

„Ich werde nicht das Weite suchen", flüsterte sie.

„Dann lass uns keine Zeit verlieren", erwiderte er rau und umfasste ihren Po. Er schwang sie auf seine Arme und trug sie in Richtung Hütte.

Der Gedanke, dass sie dabei war, sich ihm ganz hinzugeben, machte Susan schwach. Nur ein einziger Mann hatte sie je geliebt, und das mit Liebe und tiefer Zärtlichkeit. Cord dagegen traute ihr nicht. Er würde sie aus Lust und nicht aus Liebe nehmen, und Susan war sich nicht sicher, ob sie damit umgehen konnte. Auf der anderen Seite wollte sie ihm klarmachen, dass sie ihn weder verriet noch sich verkaufte. Sie musste ihm zeigen, was Liebe war.

Cord ging die Stufen hinauf. Mit der Schulter drückte er die Tür auf, trat ein und warf sie mit der Stiefelspitze wieder zu. Im Schlafzimmer ließ er Susan herunter, bevor er sich aufs Bett fallen ließ und sich ein Kissen unter den Kopf schob.

„Okay", sagte er. „Zieh dich aus."

Susan zuckte zusammen. „Was?"

„Zieh dich aus. Deine Kleider. Du bist ja so beseelt davon, mich ins Bett zu kriegen, also gebe ich dir die Gelegenheit. Wenn du vorhattest, bloß kurz den Rock hochzuheben, muss ich dir leider sagen, dass das, was ich vorhabe, etwas länger dauern wird."

Offenbar glaubte er nicht, dass sie es tun würde. Vermutlich dachte er, dass er nur ein bisschen unverschämt werden musste, damit sie weinend zu Preston lief. Warum war Cord so misstrauisch?

Ihre Finger zitterten so sehr, dass sie den Reißverschluss auf der Rückseite ihres Kleides nicht fassen konnte. Susan holte tief Luft und setzte sich mit dem Rücken zu Cord aufs Bett. „Ich komme nicht zurecht damit", sagte sie unsicher. „Hilfst du mir bitte?"

Cord setzte sich auf und zog ihr den Reißverschluss ganz langsam nach unten. Susan erhob sich, um Cord anzusehen.

Sein Gesicht war ausdruckslos. Die halb geschlossenen Lider verbargen alles, was sein Blick ihr hätte mitteilen können.

Susan streifte die Sandalen ab und schob sich die Träger des Kleides von den Schultern, woraufhin ihr das Kleid um die Hüften fiel und ihre nackten Brüste enthüllte. Als durch das offene Fenster eine frische Frühlingsbrise strich, richteten sich die kleinen rosigen Knospen auf. Ihre Brüste waren hoch und fest.

Cord hatte sich nicht bewegt, aber Susan spürte förmlich, wie angespannt er war. Ihr war, als berührte er ihren Körper allein mit seinem Blick.

Anmutig schob sie sich das Kleid über die Hüften, bis es ihr um die Füße fiel. Sie trug jetzt nichts mehr außer einem spitzenbesetzten Slip. Ohne sich zu rühren, ließ sie sich von Cord betrachten, während sie registrierte, wie sich sein Begehren langsam steigerte.

Sie hätte nicht sagen können, wie lange sie einfach nur so dastand. Zeit existierte nicht mehr. Sie hörte nur das Vogelgezwitscher und das Summen der Insekten draußen. Als Cord sich nicht rührte, begann sie langsam ihren Slip abzustreifen, bis sie ihm ihr letztes Geheimnis enthüllt hatte.

Wild schlug ihr das Herz gegen die Rippen. Was, wenn er gar nichts tat? Wenn er einfach aufstand und ging? Auf der Stelle würde sie sterben. Mit einem tiefen Atemzug schob sie den Spitzenslip über die Oberschenkel und ließ ihn zu Boden gleiten.

Cord lag immer noch ausgestreckt auf dem Bett, aber jeder Muskel in ihm war angespannt, und auch der feste Stoff seiner Jeans konnte seine Erregung nicht mehr verbergen. Mit der Zungenspitze fuhr er sich über die Unterlippe.

Schließlich zog er sich Stiefel und Strümpfe aus und warf sie in eine Ecke. Dann richtete er sich auf.

Er löste die Gürtelschnalle und riss den Gürtel mit einem Ruck aus den Schlaufen. Als er die Jeans aufknöpfen wollte, kam wieder Leben in Susan. Sie hielt seine Hand fest.

„Lass mich das machen“, flüsterte sie.

Langsam öffnete sie den obersten Knopf und zog den Reißverschluss herunter. Sie ließ die Hände unter den Stoff gleiten und fuhr die Linie seiner Hüftknochen nach, erforschte seinen Nabel und umfasste dann mit den Handflächen die feste Rundung seines Pos. Dann glitt sie seine Schenkel entlang und schob ihm die Hose mitsamt dem Slip nach unten.

Ungeduldig schleuderte Cord beides von sich, riss Susan an sich und ließ sich mit ihr rückwärts aufs Bett fallen.

Susan legte die Arme um seinen Nacken und rieb sich verlangend an Cord. Besitzergreifend bedeckte er ihren Mund mit seinem und zog sie ganz auf sich. Er löste sich von ihren Lippen, um mit der Zungenspitze ihre Wange entlang hinunter zu ihrem Hals zu gleiten. Aufstöhnend barg er das Gesicht an ihrer Schulter. Susan erschauerte und schob die Hand in sein Haar, während sie sich an ihn presste.

Er knabberte zärtlich an ihrem Ohrläppchen, was ihr einen leisen Schrei entlockte. „Du machst mich verrückt", raunte er. „Ich würde alles tun, um dich zu bekommen."

Mit einem kräftigen Schwung rollte er sich mit ihr herum und legte sich auf sie. Mit den Fingerspitzen zeichnete er kleine Kreise um ihre rosigen Brustspitzen, die sich hart aufrichteten.

„Süße Susan", keuchte er und senkte den Kopf, um ihre Brüste mit den Lippen und der Zunge zu liebkosen. Susan stöhnte auf, und sie glaubte, vor Lust schier zu vergehen. Cord saugte aufreizend an ihren Knospen, bis ihr Stöhnen zu einem leisen Flehen wurde.

Doch er war noch nicht bereit, ihrem Verlangen nachzugeben. Bedächtig erforschte er sie mit seinen Händen und seinem Mund und entdeckte ihre empfindsamsten Stellen. Susan wand sich unter seinen Berührungen. Als er mit der Hand ihre intimste Stelle berührte, schrie sie heiser auf.

Cord atmete tief ein. „Jetzt", sagte er mit feurigem Blick und schob ihre Schenkel auseinander. Sanft umfasste er ihren Po und presste seine männliche Härte gegen ihre zarte Weiblichkeit.

Susan stöhnte leise. Sie wollte Cord so sehr, dass es fast schmerzte. Endlich drang er tief in sie ein, und sie nahm ihn begierig in sich auf. Dann hielt er plötzlich inne.

Ihre Lippen waren leicht geöffnet, sie atmete schnell. „Cord?", keuchte sie verunsichert.

„Willst du, dass ich aufhöre?", fragte er. „Ich will dir nicht wehtun."

„Nein, nein! Nicht aufhören! Bitte, hör nicht auf." Ihre Worte wurden zu einem Stöhnen. Wenn er jetzt aufhörte, könnte sie es nicht ertragen.

Aber er rührte sich nicht, bis die Spannung in ihr nachgelassen hatte und sie anfing, die Hüften in kleinen Bewegungen kreisen zu lassen. Sie klammerte sich an seine Schultern und schlang die Beine um seinen Rücken, bis er sich schließlich sanft ihren Bewegungen anpasste.

Seine heißen Liebkosungen löschten jeden klaren Gedanken in Susan aus. In Cords Armen war sie nicht mehr die stille Susan Blackstone, sondern wild, heiß und verlangend, und sie spürte nur noch die Lust, die sie durchströmte.

Jetzt war auch er nicht mehr sanft, sondern bewegte sich in ihr mit einer wilden Kraft, die nur ein Ziel hatte. „Ich kann nicht genug von dir kriegen", stieß er heiser hervor.

Es war die Wahrheit. Er konnte nicht tief genug in sie eindringen, um das brennende Verlangen zu befriedigen, das ihn quälte. Er wollte sich mit ihr vereinigen, bis er ganz in ihr aufgegangen war und sich ihrem Körper für immer unauslöschlich eingeprägt hatte.

Susan war nicht bewusst gewesen, wie unvollkommen sie sich bis zum heutigen Tag gefühlt hatte, als sie zu einem ekstatischen Höhepunkt gelangte. Sie versuchte Cord mit ihren Händen und ihrem Mund zu zeigen, wie sehr sie ihn liebte. Mit jeder Bewegung ihres Körpers gab sie ihm alles, was sie hatte, und verschmolz mit Cord in einem Liebesakt, der über das rein Körperliche hinausging.

Hier auf einem sonnenüberfluteten Bett verschenkte sie ihr Herz an einen Abenteurer und fand ein Paradies, von dem sie nicht einmal geträumt hatte.

Danach blieben sie schweigend liegen, während sich ihr Puls langsam wieder beruhigte. Die Zeit verstrich, ohne dass einer von beiden den Zauber brechen wollte. Susan fuhr Cord sanft durch die zerzausten dunklen Locken, und er entspannte sich mit einem zufriedenen Seufzer.

Susan war so glücklich, dass sie es kaum fassen konnte. Sie biss sich auf die Lippen, um ein Schluchzen zu unterdrücken, aber sie konnte nicht verhindern, dass ihr Tränen in die Augen traten. Wieso weinte sie, wenn ihr gerade das Schönste im Leben passiert war?

Cord hob den Kopf und sah sie aufmerksam an, dann verlagerte er sein Gewicht und wischte mit seinem rauen Daumen die Tränen weg.

„Habe ich dir doch wehgetan?", fragte er besorgt.

Sie schüttelte den Kopf und versuchte zu lächeln. „Nein. Es war nur, dass … Ich habe nicht erwartet …" Sie fand nicht die richtigen Worte und schluckte. „Es war nur so … so besonders."

Er küsste Susan auf die Schläfe. „Susan", sagte er leise. „Ich will dich noch einmal."

Goldenes Sonnenlicht überflutete hell den Raum. Susans Lippen zitterten, als sie Cord wieder auf sich herabzog.

Sie konnte ihre Gefühle nicht leugnen. Schlicht sagte sie: „Ja."

7. KAPITEL

Während der folgenden Stunden gab es nur wenige Momente, in denen Susan fähig war zu denken, die meiste Zeit war sie überwältigt von der unaufhaltsamen Welle des Verlangens.

Cord wusste genau, wie er sie berühren und wo er verweilen musste und wie er sie immer und immer wieder auf den Höhepunkt der Lust bringen konnte. Er lernte jeden Zentimeter ihres Körpers kennen und zeigte Susan, wie sie sein Begehren befriedigen konnte.

Rückhaltlos gab sie sich ihm hin. Weil ihr weniger nicht möglich war, liebte sie ihn mit aller Hingabe. Cord war wild und hungrig, und ohne Worte erwiderte sie seine Leidenschaft mit unbedingtem Vertrauen.

Die Sonne näherte sich bereits dem Horizont, als Cord sich entspannte und erschöpft einschlief. Susan betrachtete ihn. Sein Mund bekam im Schlaf sanftere Züge, die Wimpern waren lang und geschwungen.

Er war ein Mann, an dem ein hartes Leben sichtbare Spuren hinterlassen hatte. Er hatte ihr von Judith erzählt, mehr aber auch nicht. Bei dem Gedanken, dass er so tief enttäuscht worden war, zog sich ihr Herz schmerzhaft zusammen.

Von Mitgefühl erfüllt, berührte sie die runde Narbe auf seiner Schulter ganz leicht mit den Lippen und glitt weiter zu der langen dünnen Linie, die unter seinem linken Arm verlief, als wollte sie durch die Berührung den Schmerz ungeschehen machen, den er erfahren hatte.

An seinem Erschauern merkte sie, dass er wach geworden war. „Du solltest lieber aufhören“, warnte er sie heiser, doch Susan wandte ihre zärtliche Aufmerksamkeit einer Narbe auf der Innenseite seines Schenkels zu, dann einer frischeren, die sich über seinen Unterbauch schlängelte.

Cord stöhnte auf. Susan liebkoste seine Männlichkeit, bis sich seine Erregung wieder hart und pulsierend aufbaute. Ein tiefes Stöhnen entrang sich ihm, als er sich erneut auf Susan rollte und in sie eindrang. Seine Bewegungen waren schnell und ungeduldig, und er packte Susan fest an den Hüften. Dann hielt er plötzlich inne und machte mit langsam kreisenden Bewegungen weiter, die Susan zu einem schnellen und heftigen Höhepunkt brachten. Während sie noch lustvoll erschauerte, gelangte er selbst zur Erfüllung.

Danach zog er sie an seine Seite, und Susan kuschelte sich seufzend an ihn. Er strich ihr das Haar aus der feuchten Stirn. „Tut mir leid, dass ich dir wehgetan habe heute Morgen“, murmelte er.

„Seit Vance …“ Sie hielt inne. „Seit Vance bist du der Erste.“

Rasch drückte er sie fest an sich, dann stützte er sich auf den Ellbogen und legte eine Hand besitzergreifend auf ihren flachen Bauch. „Ich will dich nicht mehr so oft mit Preston sehen“, sagte er unvermittelt.

Überrascht sah Susan ihn an. Mit fester Stimme fragte sie: „Sehe ich dich dann öfter?“

Unsicher strich er sich übers Kinn. „Wenn ich verfügbar bin“, erwiderte er ausweichend.

Susan wand sich langsam aus seinen Armen und setzte sich auf. Ihr war kühl geworden. „Und wann bist du nicht verfügbar?“, wollte sie wissen. „Wenn du bei Cheryl bist?“

Zuerst hob Cord erstaunt die Augenbrauen, dann begann es in seinen Augen zu funkeln. Er ließ den Blick über Susan schweifen, über ihr zerwühltes dunkles Haar, die leichte Röte, die ihr Liebesspiel auf ihrer Haut hinterlassen hatte. Ihre Lippen, mit denen sie seinen Körper erkundet hatte, waren geschwollen, die hohen runden Brüste rosig von seinen Liebkosungen.

Bevor Cord Susan begegnet war, war er niemals eifersüchtig gewesen, doch der Gedanke, dass sie mit Preston tanzte, ihn küsste und berührte, hatte ihn halb verrückt gemacht. Jetzt glaubte er ihr zwar, dass sie nichts mit ihm hatte, aber es bestand immer noch die Möglichkeit, dass sie trotzdem auf Prestons Seite stand.

Susan sah ihn abwartend an, doch seine Miene war undurchdringlich. Wieso war er plötzlich so verschlossen? Dachte er vielleicht, sie hätte nicht das Recht, ihn nach seinen Beziehungen zu anderen Frauen zu fragen? Nun, wenn er glaubte, sie würde brav zu Hause sitzen, während er mit Cheryl Warren die Nacht durchtanzte, hatte er sich getäuscht!

„Antworte mir“, forderte sie. In ihren blauen Augen leuchtete es auf. „Wirst du weiter mit Cheryl ausgehen? Oder einer anderen Frau, wenn wir schon dabei sind?“

Er schwang seine langen Beine über die Bettkante. „Nein“, sagte er kurz und beugte sich vor, um seine Jeans aufzuheben. „Ich werde mit keiner anderen Frau ausgehen."

Plötzlich verlegen über ihre Nacktheit, zog sich Susan das Laken über die Brust. Gerade noch hatte sie sich in Cords Nähe beschützt gefühlt, aber jetzt schien er wieder wie ein Fremder, und sie kam sich in ihrer Blöße verletzlich vor.

Mit einem kühlen Blick streifte er das Laken. „Ein bisschen spät, um dich zu bedecken."

„Wie du meinst", sagte sie und kletterte aus dem Bett, um sich anzuziehen. Ohne Cord anzusehen, schlüpfte sie in ihren Slip. „Ich hatte nicht die Absicht, dir zu nahe zu treten. Ich habe schon begriffen, die Tatsache, dass wir Sex hatten, heißt noch nicht …"

„Moment, Lady!" Er ließ seine Jeans fallen und zog Susan an sich. „Versuch nicht, mir diesen Blödsinn zu erzählen, denn ich nehme dir das nicht ab. Ich fühle mich einfach ein bisschen unwohl. Die Dinge werden plötzlich kompliziert." Er nahm ihr Gesicht in seine warmen Hände. „Tut es dir leid, dass es passiert ist?"

Sie legte die Hände über seine und schmiegte die Wange in seine Handfläche. „Nein, es tut mir nicht leid, wie auch? Ich … ich wollte es auch."

Fast hätte sie gesagt „Ich liebe dich", aber im letzten Moment hielt sie inne. Cord wollte doch gar nicht wissen, was sie wirklich fühlte. Solange sie nichts sagte, konnte er ihre wahren Empfindungen ignorieren.

„Ich wollte dich nicht verletzen", murmelte er.

Susan legte die Arme um Cord. Sie wusste, dass er sie nur davor warnte, etwas Dauerhaftes von ihm zu erwarten. Bei dem Gedanken, dass er eines Tages einfach gehen würde, durchschoss sie bereits jetzt ein bohrender Schmerz. Auf der anderen Seite war sie ihm für seine Ehrlichkeit dankbar.

Aber vielleicht würde er seine Meinung doch noch ändern. Es war offensichtlich, dass Cord mehr für sie empfand, als ihm lieb war. Sie hatte also eine Chance, und die würde sie nicht verpassen.

„Man wird immer irgendwie verletzt", murmelte sie. „Ich mache mir jetzt noch keine Gedanken darüber, was irgendwann einmal passieren wird. Das hat Zeit, bis es so weit ist."

Irgendwann würde sie ohne ihn zurechtkommen müssen, aber das war irgendwann. Heute war sie in seinen Armen, und das machte sie mehr als glücklich.

Am nächsten Tag, einem Sonntag, ging Susan wie üblich in die Kirche, aber sie konnte sich nicht konzentrieren. Imogene neben ihr wirkte ebenso zerstreut und zurückgezogen. Preston hatte Schatten unter den Augen und schien sogar ein bisschen abgenommen zu haben, doch er lächelte und begrüßte Bekannte wie sonst auch.

Susan fragte sich, ob Imogene ihm erzählt hatte, was sich am gestrigen Abend in ihrer Küche ereignet hatte, konnte es sich aber nicht vorstellen. Imogene war nicht die Frau, die sich bei jemandem ausweinte, nicht einmal bei ihrem Sohn.

Susan lehnte die Einladung zum Mittagessen ab und ging nach Hause, wo sie sich eine Kartoffelsuppe und einen frischen Salat machte. Der Frühlingstag war zu schön, um drin zu bleiben, daher setzte sie sich auf die Terrasse. Äußerlich schien sie ruhig, aber sie wartete doch voller Spannung darauf, Cords Wagen auf der Auffahrt zu hören. Würde er sie heute besuchen? Bei dem Gedanken hielt sie den Atem an und stellte sich vor, wie er sie nach oben ins Schlafzimmer tragen und sie lieben würde.

Im Westen sammelten sich langsam schwere Regenwolken, und der Wind wurde kühler, aber Susan blieb draußen sitzen, bis die ersten Tropfen fielen. Dann ging sie nach drinnen, und im selben Moment, als sie die Glasschiebetüren schloss, brach das Gewitter los.

Es war bereits nach acht Uhr abends, bis sie einsah, dass Cord wohl nicht mehr kommen würde. Der Sturm hatte sich gelegt, aber es regnete noch, und nachdem sie zu Bett gegangen war, lag sie noch Stunden wach, lauschte auf das hypnotisierende Plätschern und wünschte sich, Cord läge bei ihr.

Obwohl Cord nicht gekommen war und es am nächsten Morgen draußen wieder grau war, beschloss Susan, sich nicht deprimieren zu lassen. Sie zog einen roten Pullover aus dem Kleiderschrank, den sie mit einem schwarzen Rock und passenden Pumps kombinierte.

Die auffallend sinnliche Frau, die ihr im Spiegel entgegenlächelte, sah ihr kaum mehr ähnlich. Eine Frau, die ihr Herz riskierte und wusste, dass die Chancen nicht besonders gut standen, konnte nicht so konventionell bleiben, wie Susan es bisher gewesen war.

Als sie bis zum Abend wieder nichts von Cord hörte, begann sie zu grübeln. Wenn ihm ihr gemeinsamer Tag irgendetwas bedeutet hatte, warum machte er dann keinerlei Anstalten, sie wiederzusehen? War es für ihn nur eine passende Gelegenheit gewesen? Eine zufällige sexuelle Begegnung, die er schon wieder vergessen hatte?

Sie überlegte, ob sie zum Jubilee River fahren sollte, aber die späte Stunde und der Regen sprachen dagegen. Morgen würde sie sicherlich von Cord hören.

Aber auch am nächsten Tag geschah nichts, die Stunden schleppten sich dahin, und Susan konnte ihre aufgesetzte Fröhlichkeit nicht länger beibehalten. Ihre Anspannung spiegelte sich in ihren Zügen.

Dazu kam ihre Sorge um Preston. Susan wusste, dass er momentan einen großen Teil seines Grundbesitzes verkaufte, um Cord das Geld zu ersetzen, das ihm rechtmäßig zustand. Und weil Preston ein stolzer Mann war, sah sie davon ab, ihn zu fragen, ob er Hilfe brauchte. Er würde sie selbst dann ablehnen, wenn es noch schlimmer käme.

Am Donnerstagnachmittag fuhr sie hinaus zum Jubilee River, aber keine Spur von Cord. Vergebens rüttelte sie an den verschlossenen Türen.

Bei dem Gedanken, dass Cord für immer gegangen sein könnte, musste sie bittere Tränen zurückdrängen. Sie bedauerte nicht das, was geschehen war, sondern die Tatsache, dass sie nur einen Tag in seinen Armen gehabt hatte.

Es war nicht fair, ihr nur einen kurzen Blick ins Paradies zu gewähren und dann den Vorhang zuzuziehen! Sie wollte Cord ganz, sein Lächeln, seine Küsse, ihn jeden Tag um sich haben. Sie wollte seine Leidenschaft entfachen, jeden Morgen neben ihm aufwachen und sein verschlafenes Gesicht sehen und nachts dicht an seinem großen warmen Körper liegen.

Aber vielleicht täuschte sie sich, denn immerhin war in der Hütte noch alles an seinem Platz, wie sie durchs Fenster sehen konnte. Also kam er wahrscheinlich wieder. Es war nur … warum konnte er ihr nicht sagen, dass er wegfuhr oder wann er wiederkam? Fiel ihm ein Anruf so schwer?

Doch was, wenn seine Abwesenheit etwas mit Preston und Imogene zu tun hatte? Sie waren überzeugt, dass er etwas gegen sie im Schilde führte, und obwohl Susan ihn verteidigt hatte, war sie plötzlich unsicher. Was wusste sie schon von Cord, außer dass er so aufregend und verwegen war, dass ihr Herzschlag jedes Mal aus dem Takt kam, wenn sie ihn sah? Dass er ein fordernder Liebhaber war, der sie dennoch sanft behandelte. Dass sein Körper von Narben übersät war, die er sich über die Jahre geholt hatte.

Sie liebte ihn zwar, aber sie war sich schmerzhaft bewusst, dass er sein Inneres vor ihr verbarg. Und konnte sie wirklich sicher sein, dass er keine Maßnahmen gegen ihre Familie ergreifen würde?

Am nächsten Morgen kam Preston in ihr Büro und ließ sich in einen Stuhl fallen. „Ich habe es geschafft“, sagte er müde. „Ich habe mein Vermögen bis zur Grenze ausgeschöpft, um Cord alles zurückzuzahlen.“

Susan hatte Mitleid mit ihm. „Ich hätte dir doch helfen können.“

„Nein danke, Susan.“ Er brachte ein kleines Lächeln zustande. „Du hattest damit nichts zu tun. Jetzt ist die Schuld beglichen, und wenn du ihm die Hügel nicht verpachten willst, brauchst du es auch nicht mehr zu tun. Ich habe alles getan, damit er uns keine Scherereien mehr machen kann, sogar die Zinsen habe ich ihm gezahlt.“

„Ich wünschte, ihr könntet miteinander reden und Frieden schließen“, meinte sie traurig. „Es ist schrecklich, dass die Familie so zerrissen ist. Es ist doch alles schon so lange her. Warum könnt ihr die Vergangenheit nicht ruhen lassen?“

„Dafür ist zu viel geschehen“, erwiderte Preston und schlug die Beine übereinander. „Wir sind noch nie miteinander klargekommen. Diese Sache mit Judith Keller schlug dem Fass den Boden aus. Und was mich betrifft …“ Er sah Susan an. „Solange du dich für ihn interessierst, muss ich ihn hassen.“

Susan errötete. Es tat ihr weh, dass Preston wegen ihr litt. „Bitte nicht. Mach den Ärger nicht noch größer. Ich ertrage den Gedanken nicht, euer Zankapfel zu sein.“

„Aber was für ein süßer Zankapfel“, neckte Preston sie. Einen Augenblick lang leuchteten seine blauen Augen auf. „Siehst du ihn oft?“, fragte er rau.

„Nein, ich sehe ihn kaum.“

„Er soll wissen, dass ich ihm das Geld zurückgezahlt habe. Bitte sag es ihm.“

„Wenn ich ihn wiedersehe“, gab Susan zurück. „Ich weiß nicht, wo er ist.“ Der Gedanke, sie könnte ihn überhaupt nicht wiedersehen, versetzte ihr einen Stich.

„Hat er die Stadt verlassen?“

„Ich weiß es nicht. Ich habe ihn die ganze Woche lang nicht gesehen, und in der Hütte ist er nicht.“

„Dann ist er entweder wieder verschwunden, oder er plant etwas“, murmelte Preston. „Sag mir, wenn du von ihm hörst.“ Damit stand er auf und verließ ihr Büro.

8. KAPITEL

Als Susan in ihre Auffahrt einbog, brach plötzlich ein Gewitter los. Sie wurde bis auf die Haut nass, während sie zum Haus stürmte, wo Emily sie mit einem Handtuch empfing. Genauso schnell, wie das Unwetter gekommen war, hörte es auch wieder auf, und die Sonne brach durch die Wolken und ließ die Regentropfen wie Diamanten glitzern.

Susan zog sich die klatschnassen Sachen aus. „Wenn ich eine Minute Geduld gehabt hätte, wäre ich trocken geblieben."

Emily konnte sich das Kichern nicht verkneifen. „Ja, Petrus treibt eben ein wenig Schabernack mit uns. Gehen Sie nach oben und ziehen Sie sich um, ich mache inzwischen das Abendessen."

Eine Viertelstunde später war Susan in der Küche und half Emily beim Tischdecken. Als Susan wieder nur einen Teller auf den Tisch stellte, stemmte Emily die Hände in die Hüften.

„Ich möchte mal wissen, warum Sie jeden Abend allein essen, anstatt sich von Cord ausführen zu lassen."

Susan wurde rot, unsicher, was sie antworten sollte. „Nur weil er einmal hier auf der Couch seinen Rausch ausgeschlafen hat, heißt das noch nicht, dass er Interesse an mir hat."

„Unsinn", unterbrach Emily sie ungehalten. „Ich habe Augen im Kopf und bemerkt, wie er Sie angeschaut hat. Und wie Sie ihn angeschaut haben. Versuchen Sie nicht, es zu leugnen. Dann seid ihr nach oben gegangen und eine ganze Weile nicht wieder heruntergekommen."

„Ich weiß nicht, wo er ist", gestand Susan hilflos. „In der Hütte jedenfalls nicht. Er hat mir nicht gesagt, wo er hin will. Wahrscheinlich kommt er nie mehr."

„Er kommt bestimmt wieder", tröstete Emily. „Er ist es eben nicht gewohnt, jemandem Rechenschaft über seine Schritte abzulegen. Aber wenn er vorgehabt hätte, für immer zu gehen, hätte er es Ihnen sicher gesagt."

Susan hoffte es. „Sie kannten ihn, als er klein war", sagte sie in der Hoffnung, mehr über Cord zu erfahren. „Wie war er?"

Emilys Züge belebten sich, als sie Susans bittende Miene sah. „Setzen Sie sich", drängte sie. „Ich erzähle, und Sie essen."

Susan gehorchte und aß die Lammkoteletts mit gedünsteten Karotten, eine ihrer Lieblingsspeisen. Emily setzte sich ihr gegenüber.

„Er war ein süßer Junge", begann sie, „immer zum Lachen und irgendeinem Blödsinn aufgelegt. Er war wild und den anderen immer voraus, stärker, besser in der Schule, hatte mehr Freundinnen als andere in seinem Alter. Selbst die Mädchen, die älter waren als er, waren hinter ihm her. Alles fiel ihm leicht, aber ich habe auch selten jemanden gesehen, der so eigensinnig sein konnte. Cord Blackstone war ein Glückskind."

Susan dachte über Emilys Worte nach. Das Bild eines Jungen, der keine Grenzen anerkannte, tauchte vor ihrem inneren Auge auf. Er hatte alle Bequemlichkeiten und Privilegien: gutaussehend, charmant, intelligent, aus wohlhabender Familie. Doch sein ruheloses Wesen hatte Cord dazu getrieben, die Grenzen seines Glücks auf die Probe zu stellen.

„Jeder tut so, als wäre Cord ein wildes Tier", sagte sie schmerzlich. „Warum haben die Leute solche Angst vor ihm?"

„Weil sie ihn nicht verstehen. Weil er anders ist als sie, deshalb sind sie vorsichtig."

Susan sah Emily an. In ihren Augen standen Tränen. „Ich liebe ihn."

Emily nickte mitleidig. „Ich weiß, Honey, ich weiß. Was haben Sie jetzt vor?"

„Ich kann nichts tun, oder? Nur ihn lieben und hoffen, dass alles in Ordnung kommt."

Eine törichte Hoffnung, die von Anfang an zum Scheitern verurteilt war. Wie sollte irgendetwas in Ordnung kommen? Er war weg, und jede Minute, die er nicht da war, zerrte an ihren Nerven. Nichts konnte sie von ihrer Sehnsucht ablenken, sie konnte immer nur an Cord denken.

Wenn er nur da wäre! In Cords Armen wäre ihr alles egal, Preston, Imogene, alles. Sie liebte ihn einfach bedingungslos.

In der Nacht riss sie ein lauter Donnerschlag aus ihrem unruhigen Schlaf. In ihrem kuschelig warmen Bett lauschte Susan dem Knistern der Blitze, bis der Regen einsetzte und gegen das Fenster prasselte. Als sie sich aufsetzte, um Licht zu machen und das Radio anzuschalten, hörte sie ein Klopfen. Sie hielt inne. Da war es wieder. Susan sprang aus dem Bett. Jemand hämmerte gegen die Tür.

Sie zog sich den Morgenmantel an und rannte die Treppe hinunter. „Wer ist da? Was ist denn los?“ Sie schaltete das Licht an.

Ein tiefes Lachen war die Antwort. „Nichts. Nur dass ich auf der falschen Seite der Tür stehe!“

„Cord!“ Das Herz schlug ihr bis zum Hals, während sie hastig das Schloss öffnete und die Tür aufriss. Er trat ein, wild wie die Nacht. Der Wind hatte sein schwarzes Haar zerzaust, seine Augen funkelten, und er brachte den frischen Duft des Regens mit herein. Der Mantel über seinem schwarzen Geschäftsanzug war offen, die Krawatte gelockert, und das Hemd aufgeknöpft.

Ohne zu denken, sprudelte Susan los: „Wo warst du? Warum hast du mich nicht angerufen? Ich habe mir solche Sorgen gemacht …“ Abrupt unterbrach sie sich, als sie bemerkte, was sie gesagt hatte.

„Du wolltest doch keine Fragen mehr stellen. Ich erzähle dir nichts, weder wo ich war, noch wann ich wieder gehe.“ Der nächste Donner krachte. „Ich mag Stürme“, murmelte er und machte einen Schritt auf Susan zu, um sie in die Arme zu nehmen. „Ich mache gern Liebe, wenn es stürmt.“

„Ich wollte gerade den Wetterbericht hören“, stammelte sie.

Er lächelte. „Gewitterwarnung, eventuell Sturm“, sagte er und zog sie näher an sich. „Wen kümmert’s?“

„Wann bist du zurückgekehrt? Oder ist das auch eine Frage, die ich nicht stellen darf?“

„Heute Abend“, gab er zurück. „Ich war auf dem Weg nach Hause und wollte eigentlich ins Bett fallen, müde, wie ich bin. Aber dann dachte ich, viel besser wäre es doch, mit dir zusammen ins Bett zu fallen, also bin ich hier.“

„Du siehst aber gar nicht müde aus“, stellte Susan vorsichtig fest. Im Gegenteil, er wirkte, als könnte er es an Energie mit dem Sturm aufnehmen.

„Ich bekomme gerade wieder Aufwind.“ Er küsste sie und hob sie auf seine Arme, um sie die Treppen hochzutragen.

Im Schlafzimmer ließ er sie hinunter und zog sich, ohne Susan aus den Augen zu lassen, die Krawatte vom Hals und warf sie auf einen Stuhl. Der Mantel folgte, dann das Hemd. Susan band ihren Morgenmantel auf, während sie Cords Blicke auf sich spürte. Nachdem er die Schuhe von sich geworfen hatte und sich bückte, um sich die Socken auszuziehen, schluckte Susan beim Anblick seines halbnackten muskulösen Körpers.

Schließlich zog er sich auch die Hosen aus. Jetzt hatte er nur noch dunkelblaue Seidenshorts an, die seine Männlichkeit nicht verbargen. Heiße Erregung durchschoss Susan, als er sich lässig der Shorts entledigte und auf sie zukam.

Eilig zog sie sich das seidene Nachthemd über den Kopf. Sein hungriger Blick wurde immer verlangender, und als sie gemeinsam auf dem Bett lagen und Susan das Licht ausmachen wollte, hielt er sie am Handgelenk fest.

„Lass es an“, sagte er rau. „Ich habe die ganze Zeit daran gedacht, als ich weg war. Ich will dich sehen.“ Dann nahm er sie in die Arme.

Ihr Liebesspiel dauerte lange. Cord erforschte Susans Körper so gründlich, als hätte er sie nicht bereits einen köstlichen Tag lang auf seinem Bett geliebt. Als sie sich in wildem Begehren an ihn drängte, glitt er so machtvoll in sie hinein, dass sie beide vor Lust laut aufstöhnten.

Leidenschaftlich bewegte sich Cord in ihr. Susan legte die Beine um ihn und nahm ihn hingebungsvoll in sich auf. Plötzlich baute sich ein überwältigender Höhepunkt in ihr auf, und heiße Schauer pulsierten durch ihren ganzen Körper. Sie hörte Cord rau aufschreien, dann war er still und sank erschöpft und befriedigt auf sie.

Schließlich rollte er seufzend von ihr herunter. Susan kuschelte sich an ihn.

Cord schloss die Augen und lächelte. Entspannt legte er einen Arm um Susan. Es war so selbstverständlich, mit Cord im Bett zu liegen. Sie schmiegte das Gesicht gegen seine Brust.

Cord döste ein, doch als der Sturm draußen wieder auffrischte und fast gleichzeitig mit dem Blitzschlag der Donner erfolgte, wachte er auf. Susan richtete sich abrupt auf. Das Geräusch von splitterndem Holz war nicht zu überhören.

„Was ist denn los?“

„Die Bäume …“, fing sie an, und im selben Moment flackerte das elektrische Licht und verlosch.

„Oh, verdammt“, sagte Cord in die Dunkelheit. Ein weiterer Blitz zuckte und beleuchtete das Zimmer in einem unheimlichen blauen Licht.

Susan stützte das Kinn auf die angezogenen Knie und lauschte auf den Sturm, der beunruhigend laut ums Haus tobte. Die Bäume am Haus konnten leicht Schaden nehmen oder sogar aufs Dach fallen.

Cord schaltete das Radio auf dem Nachttisch an, bevor er Susan wieder an sich zog. Im Radio wurde Entwarnung gegeben. Es hatte zwar einige kleinere Schäden und Stromausfälle gegeben, aber für die Gegend war nichts Schlimmeres zu erwarten. Cord machte den Apparat wieder aus.

„Es klingt schon ab“, murmelte er, und die Abstände zwischen den Blitzen wurden tatsächlich größer, das Donnern wurde schwächer. Plötzlich ging das Licht wieder an und blendete beide mit unerwarteter Helligkeit.

Cord setzte sich auf. „Ich wollte noch warten, bis das Licht wieder funktioniert“, sagte er und stieg aus dem Bett, um sich anzuziehen.

Irritiert schaute Susan ihn an. „Bleibst du nicht?“

„Nein.“ Er warf ihr einen plötzlich distanzierten Blick zu.

„Aber ... es ist doch schon so spät. Warum willst du jetzt noch zum Jubilee River ...“

„Drei Gründe“, unterbrach er sie. „Erstens schlafe ich gern allein. Zweitens brauche ich meinen Schlaf, und den kriege ich nicht, wenn ich hier bei dir bleibe. Und drittens hat Emily zwar kein Wort darüber verloren, dass ich auf deiner Couch geschlafen habe, aber wenn sie mich in deinem Bett findet, ist es etwas anderes.“

Seine Worte trafen sie, aber sie nahm alle Kraft zusammen und versuchte ein Lächeln. „Sorgst du dich um deinen Ruf? Ich verspreche, ich behaupte, dass ich dich verführt habe.“

Lächelnd setzte er sich auf die Bettkante und streichelte Susans Wange. „Gib dir keine Mühe“, sagte er leise. Aus der Nähe konnte er sehen, wie sehr er ihr wehtat, obwohl sie alles versuchte, um ihre Gefühle zu verbergen. Normalerweise sprach er nie über seine Gründe, doch jetzt hatte er zum ersten Mal den Wunsch, seine Handlungen zu erklären, um Susans Schmerz zu lindern.

„Susan, ich fühle mich nicht mehr wohl dabei, bei jemand anderem zu schlafen. Dafür habe ich zu viele Jahre nie in Ruhe schlafen können. Ich mag zwar eindösen, wenn wir uns geliebt haben, aber ich finde keinen richtigen Schlaf. Und heute bin ich wirklich müde. Lass uns morgen Abend zusammen essen gehen ... oder besser heute, denn es ist ja fast schon Morgen. Halb acht?“

„Ja. Ich warte auf dich."

Susan sah ihm beim Anziehen zu und biss sich auf die Lippen. Offenbar konnte Cord sich nicht entspannen, wenn jemand bei ihm war. Und sie war wahrscheinlich nur eine in der langen Reihe von Frauen, die ihn in ihren Armen gehalten hatten, um das Paradies zu schmecken und dann mitten in der Nacht verlassen zu werden.

Er griff nach seinem Mantel, dann beugte er sich über Susan, um ihr einen flüchtigen Kuss zu geben. Sie ließ das Laken los, das sie um sich geschlungen hatte, und legte die Arme um seinen Nacken.

Cord hielt inne und schaute sie an. Ihre vollen Lippen und die dichten dunklen Wimpern über Susans klaren Augen wirkten so sexy. Sie war wie eine nackte Venus für ihn, weich und warm, und automatisch streichelte er über ihre Kurven, während er Susan einen tiefen Kuss gab, der ihn trotz seiner Müdigkeit schon wieder erregte.

Schließlich machte er sich von ihr los. „Du bist noch mein Verderben", murmelte er und warf ihr einen letzten Blick zu. Dann war er verschwunden.

Susan rührte sich nicht, bevor die Haustür zuschlug, dann sackte sie auf dem Bett zusammen und kämpfte die Tränen zurück. Einen Moment lang hatte sie gespürt, dass er fast geblieben wäre. Sie wusste, dass sie ihn nur hätte zu berühren brauchen, dann wäre er wieder zu ihr aufs Bett gesunken. Aber das war nicht das, was sie wollte. Sie wollte Cords Liebe und sein Vertrauen.

Wütend boxte sie auf die Matratze. Wieso hatte sie sich nicht in einen Mann verlieben können, der *gern* kuschelte und neben ihr einschlief? Warum musste sie sich einen aussuchen, der seine Jahre irgendwo an gottverlassenen Orten zugebracht hatte, anstatt eine ganz normale Arbeit zu haben und am Wochenende den Rasen zu mähen?

Aber sie wusste es ja: weil so ein Mann nicht wie Cord wäre. Er war wild und attraktiv – und gefährlich. Wenn sie einen Mann wollte, der alles das nicht war, hätte sie sich schon lang in Preston verliebt.

Am nächsten Nachmittag bekam sie ihre Periode. An ihrer Enttäuschung erkannte sie, wie sehr sie unbewusst gehofft hatte, von Cord schwanger zu sein. Sie hatte nicht die Absicht, ihn durch eine Schwangerschaft an sich zu binden, aber sie wollte so gern ein Kind von ihm.

Abends holte Cord sie ab. Sie gingen in ein Restaurant in New Orleans und tanzten nach dem Essen zu langsamer Musik. Susan genoss es, wie Cord sie an diesem Abend verwöhnte. Sie trank etwas mehr Wein als gewohnt und war leicht beschwipst, als Cord sie nach Hause fuhr.

Im Armaturenlicht wirkte sein Gesicht hart und aufregend. Leicht berührte sie seinen Mund.

„Du bist so schön", murmelte sie heiser.

„Sie dürfen mich jederzeit gern bewundern, Madam", sagte er, aber das sinnliche Funkeln in seinen Augen strafte seinen gleichmütigen Tonfall Lügen. Susan Blick war träumerisch, und Cord konnte ihr heute Abend kaum widerstehen.

Wenn alles erledigt war, was er vorhatte, schwor er sich, würde er eine lange Reise mit ihr unternehmen, vielleicht eine Kreuzfahrt, und sie so oft lieben, wie er wollte. Er würde sein Verlangen nach ihrem schlanken, biegsamen Körper ein für alle Mal befriedigen. Susans Sinnlichkeit war so natürlich, dass sie sich ihrer nicht einmal bewusst war. Sie war eine vollkommene Lady, die sich in seinen Armen in eine feurige Frau verwandelte und ihm den Atem raubte.

Weiter in die Zukunft plante er nicht, denn so konnte er besser auf veränderte Umstände reagieren. Diese Flexibilität war überlebensnotwendig gewesen, ohne dass er seine Ziele je aus den Augen verloren hätte.

Cord war auf alles vorbereitet gewesen, nur nicht auf das heiße Begehren nach einer Frau, die mit einem Fuß im Feindeslager stand und offenbar auch dort bleiben wollte. Doch bald würde sie ihm gehören und ihre angeheiratete Familie vergessen. Sie sollte nur noch an ihn denken. Durch dieses unsinnige Verlangen nach ihr hatte er seine Pläne ändern müssen, aber letztendlich … letztendlich würde alles so werden, wie er es sich vorgestellt hatte.

Susan fühlte, wie schwer es Cord fiel, ihr an ihrer Haustür nur einen Gutenachtkuss zu geben. Aber sie war zu müde, um zu überlegen, warum er nicht mit hereinkam. Sie war nur ein bisschen enttäuscht. Eigentlich hatte sie Kaffee machen und zusammen mit Cord noch ein bisschen auf dem Sofa plaudern wollen wie so oft mit Vance …

Aber Cord war nicht Vance.

Susan stand in der dunklen Halle und sah sich in dem wunderschönen Haus um, das Vance ihr gebaut hatte. Es strahlte Gemütlichkeit aus, denn es war mit Liebe eingerichtet. Und jetzt stand Susan hier in der Dunkelheit, umgeben von den Dingen, die Vance ihr geschenkt hatte, und alles, woran sie denken konnte, war ein anderer Mann.

Cord füllte ihre Tage, ihre Nächte, ihre Gedanken, ihre Träume. Seine blauen Augen faszinierten ihn. Sie versuchte, sich Vances Gesicht vorzustellen, aber es gelang ihr nicht. Von ihm hatte sie gelernt, was Liebe heißt, aber er war nicht mehr da.

Vance, ich habe dich wirklich geliebt. Doch Vance war tot, und Cord war so lebendig.

Statt sich ins Bett zu legen, ging sie ins Wohnzimmer und machte das Licht an. Aus dem Bücherregal holte sie ein Fotoalbum, das sie lange Zeit nicht mehr in der Hand gehabt hatte. Sie öffnete es und betrachtete die Bilder von Vance.

Wie jung er aussah, wie lebhaft und fröhlich! In seinen Augen glitzerte es schelmisch, in seinem Lächeln spiegelten sich die typischen Züge der Blackstones. Sie fuhr die Konturen mit dem Finger nach und erkannte die Ähnlichkeiten mit Cord. Er sah so aus, wie sie sich Cord vorstellte, bevor seine unbeschwerte Jugend durch schlimme Erfahrungen getrübt worden war.

„Ich habe dich geliebt", flüsterte sie. „Und wenn du bei mir geblieben wärst, würde ich dich jetzt noch lieben."

Aber es war anders gekommen, und jetzt hatte Cord ihr Herz erobert.

Sanft stellte sie das Album zurück und ging langsam hoch ins Schlafzimmer. Susan schminkte sich ab und schloss die Augen, um den leichten Schwindel vom Wein abzuschütteln. Wie leidenschaftlich war Cord gestern Nacht gewesen, und wie zärtlich heute Abend! Sie versuchte sich zu überzeugen, dass ihm etwas an ihr lag, aber der Gedanke, dass er vorhin nicht mit hereinkommen wollte, nagte an ihr. Und gestern war er gegangen, nachdem sie miteinander geschlafen hatten.

Er will nur Sex von mir, sagte sie im Stillen zu ihrem Spiegelbild. Ich muss mich damit abfinden und die kurze Zeit mit ihm genießen. Über alles andere machst du dir später Gedanken, befahl sie sich selbst. Nur wollte sie, dass dieses Später nie eintreffen würde.

9. KAPITEL

Nach Ablauf einer weiteren Woche war Susan überzeugt, dass Cord der rätselhafteste Mann war, den sie je kennengelernt hatte.

Gerade als sie zu dem Schluss gekommen war, dass er nur sexuelles Interesse an ihr hatte, verwirrte er sie damit, dass er sie jeden Abend ausführte, sie mit Wein und gutem Essen verwöhnte und mit ihr bis in die Morgenstunden tanzte.

Mit ihm zu tanzen, war etwas Besonderes. Er bewegte sich so verführerisch, dass das Tanzen fast wie ein Vorspiel war. Wenn sie seinen kraftvollen Körper an ihrem spürte, spielten ihre Sinne verrückt, und die unverhohlene Reaktion seines Körpers zeigte ihr, dass es ihm genauso ging. In Cords Armen fühlte Susan sich sicher und beschützt.

Er war in jeder Hinsicht ein Gentleman: Er war zärtlich, besorgt und machte ihr auf eine Weise den Hof, die sie genoss. Ein paar Tage ließ er sie allein schlafen, dann trug er sie wieder auf seinen Armen in ihr Schlafzimmer. Wenn er dann einige Stunden später ging, lag sie nackt auf dem Bett, zu erschöpft, um sich auch nur zuzudecken. Mit einem Lächeln auf den Lippen, die von leidenschaftlichen Küssen geschwollen waren, schlief sie ein.

Eigentlich hätte Susan schon längst vor Schlafmangel zusammenbrechen müssen, aber im Gegenteil: Sie war voller Energie. Spielend erledigte sie die Arbeit und war von ihrer Vorfreude, abends wieder in Cords Armen zu liegen, so eingenommen, dass sie Prestons Niedergeschlagenheit kaum bemerkte.

Doch dieses Glück machte den Schlag, der unweigerlich folgen musste, umso grausamer. Eines Morgens kam Preston in ihr Büro, grau im Gesicht. Als Susan von ihren Unterlagen aufsah, erstarb ihr das Lächeln auf den Lippen. Besorgt stand sie auf und nahm Prestons Arm.

„Was ist denn passiert?“ Sie machte sich Vorwürfe, dass sie in den letzten Tagen so wenig auf ihn geachtet hatte. Irgendetwas hatte ihn beschäftigt, und jetzt schämte sich Susan für ihren Egoismus.

Wortlos reichte er ihr einige Papiere. Sie runzelte die Stirn. „Was ist das?“

„Lies es.“

Susan blätterte die Unterlagen durch. Ihre Augen weiteten sich, während sie noch hoffte, es handele sich nur um einen Irrtum. Aber die Schriftstücke waren unmissverständlich, ihre Bedeutung war klar. Cord hatte eine ausstehende Anleihe der Blackstone Company aufgekauft und forderte jetzt den Betrag zurück. Sie hatten eine Zahlungsfrist von dreißig Tagen.

Das Gefühl, betrogen worden zu sein, erstickte Susan fast. Sie ließ die Papiere auf den Tisch fallen und sah Preston entsetzt an. Wie konnte Cord so etwas tun?

„Nun, jetzt weißt du, auf wen du dich da eingelassen hast“, sagte Preston mit einem Blick auf die Unterlagen.

Susan musste sich auf den Tisch stützen, weil ihr schwindelig wurde. Ihre Enttäuschung war unermesslich. Warum hatte Cord das getan? Begriff er denn nicht, dass er damit nicht nur Preston, sondern auch ihr wehtat? Er bedrohte die ganze Firma, nicht nur ihr Vermögen, sondern auch die Arbeitsplätze von Hunderten. Das musste er doch wissen, und daraus folgte, dass es ihm egal war.

Nach der Woche voller Leidenschaft war die brutale Erkenntnis, dass ihm das alles nichts bedeutete, für Susan wie ein Schlag ins Gesicht.

„Ich hatte immer angenommen, dass wir gegen so etwas abgesichert sind.“ Teilnahmslos starrte Preston zu Boden. „Aber Cord hat einen Weg gefunden und die Anleihe gekauft. Er will sie eintreiben. Gott weiß, woher er das Geld hat oder wie er überhaupt von der Anleihe erfahren hat …“ Er brach ab und sah Susan anklagend an.

Wie konnte Preston glauben, dass sie ihn an Cord verraten würde, nach allem, was sie getan hatte, um Cord von seinen Racheplänen abzubringen! Aber andererseits, warum nicht? Wieso sollte Preston ihr vertrauen? Cord tat es ja auch nicht, obwohl sie sich ihm leidenschaftlich hingab.

„Wie kannst du das glauben?“, brachte Susan hervor. „Ich habe nicht mit ihm darüber gesprochen.“

„Woher wusste er es dann?“

„Ich weiß es nicht!“, rief sie. Sie war nahe daran, die Beherrschung zu verlieren. „Es tut mir leid, aber ich habe ihm nichts gesagt, ich schwöre es.“

Preston holte bebend Luft. „Er spielt uns gegeneinander aus“, sagte er elend. Dann nahm er Susan in die Arme. „Ich weiß, dass du ihm nichts gesagt hast, du könntest so etwas gar nicht. Es tut mir leid. Ich bin völlig fertig, Susan. Er versucht, uns zu ruinieren."

Sie konnte es nicht leugnen, denn der Beweis lag vor ihr auf dem Tisch. Susan drückte das Gesicht an Prestons Schulter. Das Schlimme war, dass sie Cord nicht weniger liebte, obwohl er so rücksichtslos war. Sie hätte wissen müssen, worauf sie sich bei einem Mann wie ihm einließ.

Jetzt mussten sie handeln und eine Strategie entwickeln. „Wie sehr wird die Gesellschaft zu leiden haben?", begann sie sachlich.

Preston ließ sich in einen Stuhl fallen. „Sehr. Er hätte sich keinen besseren Zeitpunkt aussuchen können. Zurzeit können wir wenig Geld lockermachen, weil wir sehr viel in Projekte investiert haben, die sich frühestens in einem Jahr auszahlen werden, vielleicht sogar erst in zwei. Du hattest mit dem Laserwerk in Palo Alto zu tun, du weißt ja, wie viel allein in diesem Projekt steckt."

„Und was ist mit unserem persönlichen Vermögen? Wenn wir das liquide machen, können wir vielleicht genug Geld aufbringen ..."

Preston schüttelte den Kopf und lächelte resigniert. „Was glaubst du, womit ich unsere Schulden bei ihm bezahlt habe?"

Susan lehnte sich zurück. Das hatte Cord ja geschickt eingefädelt! Und er musste es schon lange geplant haben. Erst hatte er gedroht, vor Gericht zu gehen, dann hatte er sich zurückgelehnt und gewartet, bis Preston ihm das Geld zurückgezahlt hatte, das ihn bis an sein Limit brachte. Und jetzt startete er eine neue Attacke.

Doch sie hatte nicht vor aufzugeben. „Imogene und ich könnten doch dafür aufkommen. Wir haben Aktien, die wir verkaufen können, und Grundstücke in bester Lage ..."

„Susan, hör auf damit", wandte Preston sanft ein. „Mutter hat Cord ebenfalls aus ihrem eigenen Vermögen bezahlt und ist so knapp bei Kasse wie ich. Du könntest die Summe allein nicht aufbringen, ohne dich zu ruinieren."

Sie zuckte die Schultern. „Wenn wir zwei Jahre durchstehen, wäre die Firma wieder sicher. Das ist alles, was zählt."

„Glaubst du wirklich, ich lasse zu, dass du alles verkaufst, was Vance dir geschenkt hat? Von eurer Hochzeit an hat er alles getan, damit du immer in gesicherten Verhältnissen lebst, egal, was noch passiert. Er liebte dich, und ich erlaube nicht, dass du rückgängig machst, was er für dich getan hat."

„Solange wir nicht Bankrott gehen, kann man das alles ersetzen."

„Dass wir die Anleihe bezahlen, ist keine Garantie. Offensichtlich hat Cord genug Geld im Hintergrund, um uns zu zerstören, wenn er will. Wenn er eine zweite Anleihe kauft, müssen wir Konkurs anmelden, selbst wenn du alles verkaufen würdest."

Prestons Argumente waren unwiderlegbar. Susan fror bis ins innerste Mark. „Dann können wir gar nichts tun?"

„Ich weiß nicht. Wir müssen genau überlegen. Das Schlimme ist, Cord hat ebenfalls Anteile an der Gesellschaft, aber das scheint ihn nicht aufzuhalten. Offenbar nimmt er den Verlust in Kauf, solange er mir nur schadet. Ich kann nicht glauben, dass er so weit geht. Ich weiß ja, dass er mich hasst, aber das ist … das ist verrückt!"

Der Gedanke, dass jemand so wild entschlossen war, aus Rache gegen sein eigenes Interesse vorzugehen, war für Susan unerträglich. Cord zog die Schrauben an und freute sich, dass Preston litt. Er hatte ja sogar zugegeben, dass er ihn demütigen wollte.

Es war Zeit, das sinnlose Herumreiten auf der Vergangenheit endlich zu beenden. Das Ganze dauerte schon viel zu lange und hatte Menschen einer Familie zu bitteren Feinden gemacht.

Es war schon spät, als Susan an diesem Tag das Büro verließ. Die ganze Zeit hatte sie mit Preston verschiedene Möglichkeiten durchdacht, wie sie die Gesellschaft vor dem Ruin retten könnten. Sie kam vollkommen erschöpft nach Hause, wo Emily auf sie wartete und sie zum Essen drängte.

„Gehen Sie heute Abend wieder mit Cord aus?", fragte sie.

„Oh … ich weiß nicht. Er sagte, er käme heute vielleicht später. Er hatte irgendetwas in New Orleans zu erledigen." Bei dem Gedanken wurde ihr übel. Was könnte er vorhaben? Wollte er noch einen weiteren Nagel in den Sarg der Blackstone Company treiben?

„Nun, ich glaube, Sie brauchen mehr Schlaf, als Sie in der letzten Zeit hatten", schalt Emily. „Sie sehen aus wie aus dem Wasser gezogen. Schicken Sie ihn früh weg, wenn er kommt."

Irgendwie brachte Susan ein dankbares Lächeln zustande. „Ja, mach ich."

Sie liebte Cord, aber was seine Gefühle für sie betraf, war sie unsicher. Sie hatte im Augenblick eher den Eindruck, er wollte ihr ein Messer in den Rücken stechen.

Vielleicht kam er ja auch gar nicht. Susan hoffte es fast: Sie war müde und zu verletzt von seinem Verrat. Aber wieso sollte sie sich etwas vormachen? Schließlich hatte er ihr nichts versprochen. Alles, was er ihr bisher gegeben hatte, war körperliche Lust, und es gab keinerlei Anzeichen dafür, dass er sich darüber hinaus binden wollte.

Dass er an diesem Abend dennoch kam, überraschte Susan. Es war schon nach neun Uhr, als sie sein Auto auf der Auffahrt hörte. Ihr Herz klopfte laut, und sie streifte ihre feuchtkalten Hände am Rock ab. Wie sollte sie Cord gegenübertreten?

Es klingelte an der Tür. Susan stand einfach nur da, unfähig, sich zu rühren. Kalte Furcht überlief sie. Die Sekunden verrannen, und Cord läutete erneut. Erst als er gegen die Tür hämmerte, fand sie die Kraft, zu öffnen.

Cord stand drohend auf der Schwelle. Grob fasste er Susan am Arm. „Bist du in Ordnung?", fragte er atemlos, und die Sorge in seiner Stimme war unüberhörbar. „Das Licht war an, aber ich dachte, es stimmt was nicht, als du nicht aufgemacht hast."

Er riss Susan in seine Arme, presste seinen Mund auf ihren und küsste sie so hungrig, dass sie einen Moment lang alles vergaß. Sein aufregender männlicher Duft und der Kaffeegeschmack seines Mundes überwältigten sie, und sie grub die Finger tief in seine Rückenmuskeln, während sie seinen Kuss erwiderte.

Bevor sie denken konnte, hatte er sie auf seine Arme gehoben und lief mit ihr die Treppen hinauf. Als sie spürte, wie ihr der letzte Rest Selbstkontrolle entglitt, keuchte Susan: „Warte! Ich muss mit dir …"

Wieder legte er seinen Mund auf ihren und erstickte ihre verzweifelten Worte mit einem tiefen Kuss, bevor er sich mit ihr aufs Bett legte. Hätte er sie losgelassen, hätte sie vielleicht eine Chance gehabt, sich zu sammeln. Aber er schob sich auf sie, ohne seine Küsse zu unterbrechen, und ließ die Hände unter ihren Rock gleiten, um ihr den Slip auszuziehen.

Überwältigt von Cords grenzenloser Lust, vergaß Susan den Graben, der sie von ihm trennte. Sie legte ihm die Arme um den Nacken, als er ihre Beine spreizte und so leidenschaftlich in sie eindrang, dass sie lustvoll aufschrie.

Nicht nur Susan war von seiner Eile überrascht. Cord war beunruhigt gewesen, als Susan auf sein Klopfen hin nicht geöffnet hatte, und im Geist hatte er sie schon leblos am Fuß der Treppe liegen sehen. Nachdem sie schließlich doch aufgemacht hatte, zwar bleich und still, aber offenbar wohlbehalten, hatte sich seine Erleichterung in heißes Verlangen verwandelt.

Er musste sie sofort besitzen und sich tief in sie senken, um sich zu versichern, dass sie immer noch da war und ihm gehörte. Nur ihr Geschmack, das Gefühl ihrer seidigen Haut unter seinen Händen, ihre vertraute Umarmung konnten seine Angst vertreiben. Sein Verlangen steigerte sich immer mehr, während er spürte, wie die Spannung auch in ihr wuchs. Zu wissen, dass sie ihn wollte und er sie befriedigen konnte, verschaffte ihm genauso viel Lust wie ihr biegsamer Körper.

Susan war machtlos, die kleinen Schreie zu unterdrücken, die sich ihr entrangen. Sie wollte Befriedigung, schob die Finger in sein Haar und bog sich Cord entgegen.

Er lag schwer auf ihr, aber sie spürte sein Gewicht kaum. Als Cord sich ihre Beine um den Rücken legte, wurde ihr Stöhnen lauter. Absichtlich verlangsamte er sein Tempo, um Susans Lust zu verlängern. Mit seinen starken Händen auf ihren Hüften führte er sie und hielt immer wieder inne, sobald sie sich seinem Rhythmus angepasst hatte.

Plötzlich hörte Susan sich selbst die drei Liebesworte keuchen, die sie ihm immer hatte sagen wollen, aber bislang nie ausgesprochen hatte.

Cord stöhnte auf und verstärkte seinen Griff. Auch er war am Ende seiner Kontrolle. Hungrig drang er noch einmal tief in sie ein, und unmittelbar darauf verströmte er sich in ihr.

Um ihre Schreie zu unterdrücken, vergrub sie das Gesicht an seiner Schulter, als ein ekstatischer Höhepunkt sie wild erschauern ließ.

Susan strich Cord das schweißnasse Haar von der Schläfe. Er rollte sanft von ihr herunter und legte sich auf den Rücken, einen Arm über den Augen.

Jetzt, nachdem ihre körperliche Sehnsucht gestillt war, kehrte Susans Anspannung zurück. Niemals hätte sie zulassen dürfen, dass er mit ihr schlief, heute, wo so viel geschehen war. Und jetzt wusste er auch noch, dass sie ihn liebte!

In ihrer Resignation bekam Susan nur halb mit, wie Cord ins Bad ging. Als sie Wasser rauschen hörte, öffnete sie die Augen und sah, dass er ein Glas Wasser trank. Er hatte seine Kleidung schon wieder in Ordnung gebracht, und Susan wusste, dass er gleich gehen würde, jetzt, da er seine Lust gestillt hatte. Sie ballte die Hände zu Fäusten.

Cord sah sie vorwurfsvoll an. „Du hast mich vorhin zu Tode erschreckt", sagte er. „Warum bist du nicht an die Tür gegangen?"

Susan setzte sich auf und schob sich den Rock hinunter. Dann strich sie sich das zerzauste Haar aus dem Gesicht. „Du hast eine Anleihe der Blackstone Company aufgekauft und forderst sie ein", erklärte sie tonlos.

„Das hat nichts mit dir zu tun", bemerkte er rau.

Das Lachen, das aus ihr herausbrach, klang fast wie ein Schluchzen. Susan stand auf. Fast hätten ihr die Beine den Dienst verweigert.

„Doch, das hat es, und das weißt du. Wenn du Preston und Imogene attackierst, attackierst du auch mich. Wenn sie Bankrott gehen, dann gehe ich auch Bankrott."

„Darüber musst du dir keine Sorgen machen. Ich sorge für dich."

Die kühle Arroganz seiner Worte machte sie sprachlos. „Was soll das denn heißen? Willst du mich wie eine ... eine Sklavin halten? Soll ich dafür auch noch dankbar sein?"

Er hob eine Augenbraue. „Ich verstehe ehrlich gesagt nicht ganz, wo dein Problem liegt", meinte er und fügte wie beiläufig hinzu: „Immerhin hast du gesagt, dass du mich liebst."

Susan stöhnte auf. Was er da sagte, war unglaublich. Sie konnte ihm kaum in die Augen sehen.

„Du würdest ... du würdest uns wirklich in den Bankrott treiben, nur um es Preston heimzuzahlen? Selbst wenn du weißt, dass viele andere auch ihren Job verlieren werden?"

„Ja." Sein Ton war unerbittlich, und die letzte Hoffnung in ihr erstarb. Bisher hatte sie einen winzigen Hoffnungsschimmer gehabt, er würde die Dinge nicht bis zum Äußersten treiben.

„Damit tust du dir doch nur selbst weh!", rief sie. „Wie kannst du das tun?"

Lässig zuckte er die Schultern.

„Cord, hör auf damit! Bitte! Übertreib es nicht. Wann wirst du genug haben? Und wenn du uns alle ruiniert hast, was dann? Davon wird Judith auch nicht mehr lebendig."

Seine Züge versteinerten, und Susan spürte, dass sie seinen wunden Punkt getroffen hatte. „Du willst doch nur deine Schuldgefühle wegen

Judith beruhigen, weil du daran beteiligt warst, was ihr passiert ist ..."

Mit wenigen Schritten war er bei ihr und packte sie an den Schultern. „Hör auf mit Judith! Es war ein Fehler, dir von ihr zu erzählen, aber es wird noch ein viel größerer sein, wenn du sie noch einmal erwähnst. Zum letzten Mal, halt dich da raus."

„Ich kann nicht. Es ist schon zu spät." Traurig sah sie ihn an.

Er und Preston würden einander vernichten, und sie konnte nichts dagegen tun. In diesem Familienkrieg konnte es keine Gewinner geben. Welten trennten sie von Cord, und sie wollte verzweifelt aufschreien, aber mühsam unterdrückte sie den Schmerz, der ihr das Herz zerriss.

Cord lockerte seinen Griff und zog sie an sich. Susan ließ es schweigend geschehen: Vielleicht war es ja das letzte Mal, dass er sie so hielt. Er presste die warmen Lippen auf ihre empfindsame Halsbeuge, wobei sie ein süßer Schauer überlief. Nur diese schlichte Berührung löste bereits wieder Begehren in ihr aus.

„Geh nicht ins Büro", bat er und küsste sie aufs Haar. „Halt dich aus der Sache heraus. Vance hat dir ein sicheres Vermögen hinterlassen, und was mit Preston geschieht, wird dich nicht betreffen." Langsam streichelte er ihren Rücken. „Du hast gesagt, dass du mich liebst, und wenn du das wirklich tust, wirst du dich nicht gegen mich auf seine Seite schlagen."

Einen schwachen Moment lang wollte Susan tun, was Cord von ihr verlangte, damit sie in seiner süßen Umarmung alles vergessen könnte. Dann straffte sie sich und schob ihn energisch weg. Sie war bleich.

„Ja, ich liebe dich", sagte sie leise, weil es keinen Sinn hatte, es zu leugnen. „Aber ich werde alles tun, was in meiner Macht steht, um zu verhindern, dass du die Familie in den Bankrott treibst."

„Du entscheidest dich für ihn?"

„Nein. Aber ich finde es falsch, was du tust, und wenn du nicht damit aufhörst, muss ich ihm helfen, dich zu stoppen."

Wut blitzte in seinen Augen auf. „Ist es zu viel verlangt, wenn ich dich bitte, mir einfach zu vertrauen?", fragte er heiser.

„So, wie du mir vertraust?", gab sie ungehalten zurück. „Du hast mir doch selbst gerade erzählt, dass du versuchst, uns in den Bankrott zu treiben! Soll mich das vielleicht beruhigen?"

Er schnaubte verächtlich. „Ich hätte es wissen müssen! Du behauptest, dass du mich liebst, und dann bittest du mich, Preston in Ruhe zu lassen. Du bist gut im Bett, Baby, aber so kannst du mir nicht kommen. Da beißt du auf Granit."

„Ich weiß", gab sie zurück. „Ich wusste es schon immer. Aber ich hatte nicht vor, dich unter Druck zu setzen. Ich glaube … du gehst jetzt besser."

„Das glaube ich allerdings auch."

Aus tränenverschleierten Augen sah sie ihn zur Tür gehen. Bestimmt kommt er nie wieder, dachte sie. „Leb wohl", brachte sie hervor. Innerlich zerbrach sie fast.

Grimmig sah er sie an. „Wir sehen uns noch, auch wenn du dir das Gegenteil wünschen wirst." Damit verschwand er.

Die ganze Nacht brachte Susan schlaflos zu. Cord war weg.

Endlos wiederholten sich die Worte in ihrem schmerzenden Kopf und begleiteten sie auch an den folgenden grauen Tagen.

Sie wusste nicht einmal, ob die Sonne schien, und es war ihr auch egal, nur ihr Durchhaltevermögen trieb sie noch voran. Nach Vances Tod hatte sie derselbe stählerne Wille aufrecht gehalten, auch wenn sie sich am liebsten für immer irgendwo verkrochen hätte.

Vances Tod konnte sie akzeptieren, weil sie sein Sterben miterlebt hatte, aber mit Cord war es schlimmer. Er hatte sie verlassen, doch er schien überall zu sein. Sie sahen sich auf verschiedenen Veranstaltungen, und Susan musste so tun, als wäre nichts, obwohl der Kummer sie fast überwältigte. Meistens war er mit Cheryl da, aber wie sie hörte, war die nicht die Einzige, mit der er ausging.

Susan musste mit ansehen, wie er höflich mit anderen sprach oder seinen Arm um Cheryls Taille legte, während er Susan nur eisige Blicke zuwarf. Sie quälte sich mit der Vorstellung, wie er die andere küsste und heiße Nächte mit ihr verbrachte.

Um nicht verrückt zu werden, fuhr sie jeden Tag ins Büro und machte Überstunden, um mit Preston einen Plan auszuarbeiten. Sie mussten Bargeld beschaffen, ohne die Gesellschaft ernsthaft zu gefährden. Es war eine fast unmögliche Aufgabe, und wenn Cord eine zweite Anleihe aufkaufte, wären sie am Ende ihrer Möglichkeiten.

Ohne Preston etwas davon zu sagen, verkaufte Susan einige Grundstücke in New Orleans, die Vance ihr hinterlassen hatte, und fügte das

Geld der Summe für Cord zu.

Schließlich hatten sie es geschafft: Es war genug Geld zusammengekommen, um die Anleihe zu decken. Ihre Erleichterung war so groß, dass Susan und Preston beschlossen, abends in New Orleans in einem Restaurant zu feiern.

Susan tat das Essen gut. Seit Cord sie verlassen hatte, hatte sie abgenommen. Jeden Morgen beim Blick in den Spiegel sagte sie sich, dass es nur an der vielen Arbeit lag und nicht an der Frustration, dass ihr die Kleider nicht mehr richtig passten.

Auf der Heimfahrt wandte sich Preston an sie. „Du hast dich wegen der Anleihe von Cord getrennt, nicht wahr?“

Es wäre unsinnig gewesen, eine Ausrede zu suchen, also beließ sie es bei einem kurzen „Ja.“

„Das tut mir leid.“ Er warf ihr einen frustrierten Blick zu. „Ich sollte mich freuen, weil ich dich ungern mit ihm gesehen habe, aber es tut mir leid, dass er dich verletzt hat. Ich wollte nicht, dass du da mit hineingezogen wirst.“

„Es war meine Entscheidung. Er bestand darauf, dass ich Stellung beziehe, und ich konnte es einfach nicht mit ansehen, dass eine Menge Leute ihren Arbeitsplatz verlieren, ohne dass es ihn kümmert.“

„Ich hoffe, er weiß, was er verliert“, bemerkte Preston und wandte seine Aufmerksamkeit wieder der Straße zu.

Und selbst wenn, dachte Susan, wäre es ihm egal. Er verging sicherlich nicht vor Sehnsucht nach ihr, ja, er sah sogar jedes Mal besser aus, wenn sie ihn zufällig traf, und wurde von der Frühlingssonne immer brauner. Ob er wohl schon fertig war mit dem Ausbau der Hütte am Jubilee River?

Seit er nicht mehr da war, war ihr Leben freudlos geworden. Susan fragte sich, wann dieses stumpfe Dasein je ein Ende nehmen würde.

10. KAPITEL

Hätte Susan gewusst, was sie drei Tage später im Büro erwartete, wäre sie gar nicht erst hingegangen. Beryl war bereits da und hatte Kaffee gemacht.

„Guten Morgen, Beryl. Ist Mr. Blackstone schon da?“

„Nein, noch nicht. Möchten Sie einen Kaffee?“

Susan lächelte die junge Frau an. „Gern. Sieht aus, als hätten Sie heute genug zu tun“, meinte sie und nickte zu den Unterlagen, die verstreut auf Beryls Schreibtisch lagen.

„Ja, Mr. Blackstone hat gestern offenbar bis Mitternacht gearbeitet. Er hat mir das alles dagelassen und noch einige Bänder für das Diktiergerät, für die ich wohl das ganze Wochenende brauchen werde.“

„Wirklich? Er ist doch gestern zusammen mit mir gegangen. Ich wusste gar nicht, dass er noch einmal zurückkommen wollte. Gab es denn etwas Dringendes?“

Sie goss sich Kaffee in eine Tasse und ging damit in ihr Büro, wo sie die Vorhänge zurückzog, um die helle Morgensonne hereinzulassen. Es war bereits so schwül, dass Susan sich nach einem Urlaub sehnte, irgendwo am Strand, wo sie nichts Anstrengenderes tun musste, als in der Sonne zu liegen.

Erst nachdem sie ihre Zimmerpflanzen begutachtet hatte, fiel ihr der dicke braune Umschlag auf ihrem Schreibtisch auf, auf dem in Blockbuchstaben ihr Name stand. Stirnrunzelnd öffnete sie das Kuvert, das einen Packen Unterlagen enthielt.

Als sie das obenauf liegende Schreiben las, wurde sie blass. Cord hatte eine weitere Anleihe aufgekauft und forderte sie jetzt ein.

Mein Gott, er würde es wirklich tun. Dagegen kamen sie nicht mehr an. Sie konnten nicht zahlen, und die Schockwelle, die er dadurch auslösen würde, würde alle Firmen der Gesellschaft und die betreffenden Banken erschüttern. Ihre Kreditwürdigkeit wäre ruiniert. Bezahlen und gleichzeitig weiterbestehen, war unmöglich.

Wo war Preston? Sie wollte von ihm hören, dass er ein Wunder bewirken könne und das benötigte Geld doch irgendwo auftreiben würde.

Er selbst hatte ihr den Umschlag hingelegt. Unter den Papieren fand Susan einen Brief von ihm in zittriger Handschrift. Nachdem sie ihn gelesen hatte, ließ sie ihn auf den Boden fallen. Tränen brannten ihr in den Augen.

Wenn es Cord nur darum ging, Preston zu schlagen, hatte er gewonnen. Preston hatte die Stadt verlassen. Sein Brief klang niedergeschlagen und verzweifelt: Er kam nicht mehr gegen Cord an. Durch seinen Rückzug hoffte er nun, dass Cord vielleicht von seinen Racheplänen abließ.

Cord hatte ihm den Bescheid durch einen persönlichen Boten nach Hause liefern lassen, was Susan besonders grausam vorkam, weil es so berechnend war. Daraufhin war Preston wieder ins Büro gefahren, hatte erledigt, was zu erledigen war, den Brief an Susan geschrieben und war dann verschwunden.

Sie konnte ihm keine Vorwürfe machen, denn es war sein letzter Versuch, die Gesellschaft zu retten. Er hoffte, dass Cord seine Forderung zurückziehen würde, wenn nur noch Susan die Gesellschaft leitete. Denn sonst würde Cord die Frau angreifen müssen, an der er bisher sehr interessiert gewesen war.

Als ob ihn das aufhalten könnte, dachte Susan verzweifelt. Dann straffte sie sich. Niemals würde sie zu ihm laufen und um Gnade betteln! Um Prestons willen hatte sie Cord schon einmal um etwas gebeten, und er hatte ihr die kalte Schulter gezeigt.

Zorn ergriff sie. So schnell würde sie nicht aufgeben, und wenn sie bis zum letzten Cent kämpfen musste. Entschlossen griff sie zum Telefon und wählte Imogenes Nummer.

„Imogene, weißt du, wo Preston ist?“, fragte sie, ohne Zeit mit höflichen Begrüßungsfloskeln zu verschwenden.

„Nein. Er sagte nur, er geht weg.“ Imogene hörte sich gepresst an, als hätte sie geweint.

„Weißt du, warum er gegangen ist?“

„Ja. Ich habe versucht, ihn davon abzubringen, aber er wollte nicht auf mich hören“, seufzte sie. „Er glaubt, dass er Cord nur so stoppen kann. Was … was willst du tun? Willst du dich mit Cord treffen?“

„Nein!“, erwiderte Susan heftig. Sie atmete tief ein, um ruhig zu bleiben. „Ich werde überhaupt nicht mit ihm sprechen. Ich werde mit allen Mitteln kämpfen, die mir zur Verfügung stehen, aber ich brauche deine Hilfe.“

„Meine Hilfe?“, wiederholte Imogene resigniert. „Was kann ich denn schon tun?“

„Du kennst die Gesellschaft seit Jahren. Du hast eine Menge Kontakte und weißt Bescheid, auch wenn du nicht im Büro mitarbeitest. Es gibt zu viel zu tun, als dass ich es allein schaffen könnte. Hilfst du mir? Willst du ihn aufhalten oder nicht?"

Am anderen Ende der Leitung folgte langes Schweigen. Angespannt wartete Susan, denn sie war tatsächlich auf Imogenes Hilfe angewiesen und machte sich nicht vor, dass sie es allein schaffen könnte.

„Ich will ihn nicht aufhalten", erwiderte Imogene schließlich leise. „Dieser Wahnsinn hat schon viel zu lange gedauert. Wenn ich überzeugt wäre, dass es etwas nützt, würde ich ihm alles übereignen, was mir gehört, nur damit der Familienfrieden wiederhergestellt wird. Ich trage auch Schuld an diesem Schlamassel, und ich bin nicht stolz darauf. Ich hätte mir Cord nicht zum Feind machen sollen, schließlich gehört er zur Familie. Ich bedaure es jetzt sehr, aber das nützt nun auch nichts mehr."

Susans Mut sank. „Du willst mir also nicht helfen?"

„Das habe ich nicht gesagt. Ich komme so bald wie möglich rüber, aber nicht, um ihn zu bekämpfen, Liebes. Um dir zu helfen und alles zu tun, was in meiner Macht steht, um die Gesellschaft vor dem Bankrott zu bewahren. Das ist das Einzige, was jetzt zählt. Und wenn es vorbei ist, werde ich auf den Knien zu Cord kriechen, wenn ihn das nur glücklich macht und er diesen Krieg beendet."

Der Gedanke, dass die stolze Imogene sich so demütigen wollte, trieb Susan die Tränen in die Augen. „Ich warte hier", flüsterte sie und hängte ein, bevor Imogene hören könnte, dass sie weinte.

In den folgenden Tagen arbeitete Susan wie eine Besessene. Morgens kam sie vor Tagesanbruch ins Büro und blieb bis weit nach Mitternacht.

Auf den ersten Blick hin schien es unmöglich, Cords Forderungen nachzukommen, aber sie gab nicht auf. Imogene versuchte, bei Freunden Kredite aufzunehmen, die den Fortbestand der Gesellschaft sichern sollten. Aber selbst alte Freunde waren plötzlich misstrauisch geworden, denn die Geschäftswelt war sehr empfindlich für Gerüchte, und es war durchgesickert, dass die Blackstone Company auf unsicherem finanziellen Grund stand.

Der Verkauf ihrer eigenen Aktien reichte bei weitem nicht. Susan musste weitere Maßnahmen ergreifen. Sie verkaufte ihre besten Geldanlagen, ohne es Imogene zu sagen, die bei der Vorstellung genauso entsetzt gewesen wäre wie Preston.

Imogene selbst hielt sich tapfer und entwickelte bei der Arbeit eine erstaunliche Zähigkeit. Susan war froh, dass sie sich nicht von den Sorgen überwältigen ließ, die ihr das Verschwinden ihres einzigen Sohnes verursachen mussten.

Jeden Morgen vor dem Spiegel sah Susan, dass sie am Rand eines Nervenzusammenbruchs lebte. Sie fragte sich, wie lange sie das noch durchhalten würde. Die Schatten unter ihren Augen ließen sich mittlerweile nicht einmal mehr mit Make-up überdecken. Sie ging aus dem Haus, bevor Emily kam, und war so angespannt, dass sie sich nicht einmal ein Frühstück gönnte.

Abends hatte Emily ihr meist etwas zubereitet, was sie nur noch warm machen musste, aber oft war Susan selbst dafür zu erschöpft. Sie ernährte sich von Kaffee und Sandwiches, die sie zwischendurch hastig aß.

Zusätzlich zehrte das feuchtheiße Wetter an ihrer Gesundheit. Nachts konnte sie nicht schlafen und sah sich das Wetterleuchten über der Bucht an, aber das erlösende Gewitter und kühlere Luft blieben aus. Im Gegenteil, es wurde von Tag zu Tag heißer.

Wenn sie so ohne Decke dalag, weil ihr selbst ein dünnes Laken noch zu viel war, dachte sie an Cord. Tagsüber war es leicht, gegen ihn anzukämpfen und ihm Widerstand zu leisten, aber in der Nacht konnte sie die Erinnerungen nicht länger unterdrücken, und sie weinte lautlos in die Kissen.

Auf diesem Bett hatte er mit ihr gelegen, seinen dunklen Kopf neben ihr. Sie hatte die Beine um ihn geschlungen, als er tief in sie eingedrungen war und ihr Herz erobert hatte. Ihr Körper schmerzte vor Sehnsucht nach ihm.

Sie wollte ihn nur sehen, seinen Mund mit dem umwerfenden Lächeln. Wenn sie eindöste, träumte sie von ihm, dann schreckte sie hoch und tastete nach ihm. In diesen heißen schwülen Nächten war der Drang, ihn aufzusuchen, manchmal fast zu stark, und Susan litt entsetzlich.

Gerüchte kamen ihr zu Ohren, dass Cord wieder aus Biloxi verschwunden sei. Es hätte sie nicht gewundert, wenn er gar nicht mehr zurückkommen würde. Vermutlich schmiedete er nur neue Pläne gegen sie. Vielleicht wusste er gar nicht, dass Preston verschwunden war und ihr alles überlassen hatte. Offiziell hieß es, Preston sei auf einer Geschäftsreise. Dieses Märchen hatten Susan und Imogene in die Welt gesetzt, um Klatsch und Tratsch so lange wie möglich zu verhindern.

Trotz allem hatte Susan keine Angst, als sie hörte, dass Cord wieder da war. Einen verrückten Moment lang war sie sogar froh darüber. Irgendwie spürte sie, dass noch nicht alles vorbei sein konnte, wenn er wieder in der Stadt war.

Die vergangene Nacht hatte sie wieder nicht geschlafen, bis ihre Gedanken sich nur noch im Kreise gedreht hatten. Der Ventilator im Büro nützte nichts mehr gegen die Hitze, das leichte Sommerkostüm klebte ihr an der Haut. Beryl und Imogene waren längst gegangen. Ein entferntes Donnergrollen versprach dem ausgedörrten Land den ersehnten Regen, aber Susan glaubte längst nicht mehr daran.

Sie hatte alles getan, was ihr einfiel, aber die Summe, die sie aufbringen konnte, reichte immer noch nicht aus. Sogar das Vermögen, das Vance für sie angelegt hatte, war aufgebraucht, alles, außer ihrem Haus und ... und den Hügeln.

Natürlich. Die Hügel! Sie konnten eine Goldmine sein, wenn die Gas- oder Ölvorkommen tatsächlich so reich waren, wie vermutet wurde. Und die ganze Zeit hatten sie vor ihrer Nase gelegen! Wenn sie sie verpachtete, hätte sie genug Geld, um den Betrag für Cord aufzubringen. In ihrer Erschöpfung fand sie es nur passend, dass sie Cord ausgerechnet mit den Hügeln schlagen würde, denn genau deswegen hatte ja überhaupt alles angefangen.

Dennoch verstand sie nicht ganz, warum Cord sie bisher nicht gedrängt hatte, ihm das Gelände zu verpachten. Egal, der Gedanke gab ihr jedenfalls neue Kraft und Zuversicht. Sie wollte zu ihm hinausfahren und ihm die Pacht anbieten. Er konnte sie entweder annehmen oder ablehnen. Wenn er die Hügel nicht annehmen wollte, würde sie das Gelände der erstbesten Ölfirma anbieten, die Interesse zeigte. Nur wollte sie Cord eben die erste Chance einräumen.

Ohne weiter über die Idee zu grübeln, schloss sie das Büro ab und ging. Susan wusste, sobald sie nachdachte, würde sie nur Zweifel bekommen und es sich am Ende anders überlegen.

Ihre Hände zitterten, als sie den Wagen über die Straßen zum Jubilee River lenkte. Zerstreut bemerkte sie, dass der Benzinanzeiger fast auf null stand, aber sie hatte jetzt keine Zeit zum Tanken. Für die Heimfahrt nachher reichte es sicher noch.

Die Radiomusik zerrte an ihren Nerven, und sie schaltete sie aus. Es war so heiß! Als ihr die Klimaanlage kühle Luft ins Gesicht blies, fühlte sie sich besser.

Cords Geländewagen war unter den gewaltigen Eichen geparkt, die Vordertür der Hütte stand offen. Susan fuhr bis zur Veranda, und als sie ausstieg, schlenderte Cord aus der Hütte und lehnte sich an einen der Pfosten, die das Vordach stützten. Er trug nur Stiefel und alte Jeans.

Einen Moment lang stockte Susan der Atem. Cord hatte sich den Bart wieder wachsen lassen und wirkte wie ein Abenteurer. Sein muskulöser Oberkörper war braun gebrannt, das Haar länger, und der Blick seiner blauen Augen fesselte sie mehr als je zuvor.

Mit zittrigen Knien stieg sie die Stufen zur Veranda hinauf und machte sich auf alles gefasst.

„Komm rein. Willst du einen Eistee?", lud er sie ein. „Du siehst aus, als würdest du gleich schmelzen."

Wie bitte? Susan musste ein spöttisches Lachen unterdrücken. Sie hatte eine solche Panik gehabt, wie er auf ihr Kommen reagieren würde, und jetzt lud er sie höflich zu einem Eistee ein?

Sie setzte sich an den Küchentisch, während Cord an der Spüle hantierte. „Ich wollte sowieso gerade essen", erklärte er leichthin. „Nichts Heißes bei dem Wetter, nur ein Schinkensandwich und einen Salat, aber es reicht auch für zwei."

„O nein, danke ..."

Er unterbrach sie, indem er ihr einen Teller hinschob. Susan starrte auf das Sandwich und fragte sich, wie sie auch nur einen Bissen davon herunterbringen sollte. Daneben stellte Cord eine kleine Salatschüssel und ein großes Glas mit bernsteinfarbenem Eistee und Eiswürfeln. Dann setzte er sich Susan gegenüber.

„Iss", forderte er sie freundlich auf. „Danach geht's dir besser."

Wann hatte sie zum letzten Mal richtig gegessen? Die Tage waren ein einziger verschwommener Albtraum gewesen. Angebissene Sandwiches, Kaffee und ab und zu ein Schokoriegel waren das Einzige gewesen, was sie seit Prestons Verschwinden zu sich genommen hatte.

Langsam begann sie zu essen. Plötzlich schien ihr der frische knackige Salat das Beste, was sie je gekostet hatte. Sie genoss jeden Bissen, und der Eistee kühlte sie angenehm von innen. Schließlich räumte Cord den Tisch ab und stellte das Geschirr in die Spüle, bevor er Susan Tee nachschenkte und sich wieder setzte.

„Nun siehst du wenigstens nicht mehr so aus, als würdest du gleich vom Stuhl kippen. Also, warum bist du hier?“

Susan hielt das angenehm kalte Glas mit beiden Händen fest. „Ich will mit dir über die Hügel sprechen“, sagte sie, aber sie konnte sich nicht auf ihr Anliegen konzentrieren. Stattdessen starrte sie Cord an, als wollte sie sich seine Züge für immer in ihr Gedächtnis einprägen.

„Was ist damit?“ Er verschränkte die Arme und legte die Beine hoch.

Nervös nippte sie an ihrem Tee und stellte das Glas wieder auf dem Tisch ab. „Wenn du sie immer noch willst, dann pachte sie jetzt. Ich habe beschlossen, nicht auf die Gutachten zu warten. Wenn du sie nicht willst, werde ich sie einer anderen Gesellschaft anbieten.“

„Oh, ich will sie immer noch“, meinte er sanft, „aber ich werde dir das Geld dafür nicht sofort geben. Du würdest damit nur gleich zu Preston rennen, und ich will verdammt sein, wenn ich dir auch nur einen Dollar gebe, bevor das hier alles vorbei ist. Das Geld aus den Hügeln ist für dich, damit du dein gewohntes Leben weiterführen kannst, wenn Preston keinen Cent mehr besitzt.“ Er lächelte zynisch.

Susan sprang auf, ihre Wangen waren gerötet. „Dann werde ich sie jemand anderem verpachten!“

„Das glaube ich nicht.“ Er nahm die Füße vom Stuhl und stand auf. „Wenn du denkst, ich habe meine Mittel gegen Preston ausgeschöpft, täuschst du dich. Solltest du das Land jemand anderem überlassen, werde ich ihn zermalmen, darauf kannst du wetten.“

Susan prallte zurück. Sie war so erschöpft, dass sie unfähig war, sich zu wehren, als er ihre Taille umfasste.

Er zog die Brauen zusammen. „Wie viel hast du abgenommen?“

Susan hielt sich aufrecht, obwohl sie innerlich zitterte. „Das geht dich nichts an.“ Sie versuchte Cord wegzuschieben, aber er stand da, unbeweglich wie ein Felsblock.

Ohne sie loszulassen, strich er mit einer Hand über ihre ausgezehrte Figur. Seine Augen blitzten vor Wut. „Was hat er dir angetan?“

Sie zuckte zusammen und schaffte es irgendwie, sich aus Cords

Griff zu befreien und ihn wegzustoßen. In ihrer Verzweiflung konnte sie Cord nur noch anschreien.

„Er hat überhaupt nichts getan! *Du* hast es getan! Du zermalmst nicht *ihn,* sondern *mich!* Er ist fort …“ Entsetzt über ihren Ausbruch schlug Susan sich die Hände vor den Mund.

Cord schlug mit der Faust auf den Tisch. „Was soll das heißen, er ist fort? Diese verdammte Ratte!“

„Er ist keine Ratte! Er ist weg, weil er hoffte, dass du endlich aufhörst, wenn du siehst, dass du ihm nicht länger schaden kannst! Er versucht die Gesellschaft zu retten, er versucht Hunderte von Arbeitsplätzen zu erhalten …“

„Du meinst, er dachte, du kommst zu mir gelaufen, um mir das zu erzählen, und dass ich dann einen Rückzieher mache? Verdammt, Susan, warum hast du das getan? Warum hast du dich so ruiniert?“

„Du hast unrecht! Preston benutzt mich nicht als Opferlamm! Wenn du mal eine Minute genau hinsehen würdest, würdest du begreifen, dass er nicht mehr der ist, der er vielleicht mal vor Jahren war! Du kannst deine Rachegelüste befriedigen, indem du ihn bezahlen lässt, aber du liegst falsch!“

„Hast du dich nur deswegen so ruiniert, um mir zu zeigen, wie falsch ich liege?“

Mit Vernunft war ihm nicht beizukommen. Die Wucht dieser Erkenntnis war wie ein Schlag ins Gesicht. „Nein“, flüsterte Susan. „Ich habe mich ruiniert, um die Gesellschaft zu erhalten. Ich schlafe nicht mehr, weil ich die ganze Zeit überlege, wie ich das Geld aufbringen könnte, und ich esse nichts, weil ich keine Zeit dafür habe.“ Sie blitzte ihn an. „Ich habe alles verkauft, was ich besitze, außer meinem Haus und den Hügeln. Willst du das auch noch? Oder vielleicht meine Autoschlüssel?“

„Halt den Mund!“, donnerte er und fasste nach ihrer Hand.

Susan konnte seine Berührung nicht ertragen. Sie riss sich los. „Lass mich“, sagte sie schroff, lief die Stufen hinunter zu ihrem Wagen und startete den Motor. Als sie einen Gang einlegte, machte er einen Ruck und blieb dann stehen.

„Nein, das darf nicht wahr sein“, stöhnte sie und versuchte es noch einmal, ohne Erfolg. Dann sah sie entsetzt, dass die Benzinnadel auf null stand.

„Verdammt“, schrie sie und schlug mit beiden Händen auf das Lenkrad ein. „Verdammt, verdammt, verdammt!“ Tränen stürzten ihr aus den Augen.

„Susan!“ Cord riss die Tür auf und zog sie aus dem Wagen. „Susan, hör auf. Beruhige dich, Honey, beruhige dich. Reg dich nicht so auf. Vielleicht kann ich den Wagen starten.“

„Nein!“, platzte sie heraus und verbarg das Gesicht in den Händen. Es war einfach zu viel. Sie war in Tränen aufgelöst, nur weil der Tank leer war. „Das Benzin ist alle.“

„Ich fahr dich nach Hause.“

„Ich will mich nicht von dir nach Hause fahren lassen!“ Sie wollte zu Fuß losgehen, aber Cord packte sie am Arm.

Im selben Moment erschütterte ein gewaltiger Donnerschlag die Erde. Susan erschrak. Über ihnen hing eine bedrohliche schwarze Wolke, die den ganzen Himmel bedeckte, ein frischer Wind war aufgekommen, die ersten schweren Tropfen fielen bereits.

Cord legte den Arm um Susan und eilte mit ihr gerade rechtzeitig auf die Terrasse zurück, bevor eine ohrenbetäubende Sintflut losbrach.

„Du kannst jetzt nicht nach Hause laufen“, übertönte er den Regen. „Wir müssen warten, bis es aufhört, dann bringe ich dich zurück.“

Entnervt schaute Susan durch den grauen Regenvorhang, der die Umgebung der Hütte im Handumdrehen in einen kleinen Fluss verwandelte, der den Abhang zum Jubilee River hinunterfloss. Wenn sie wirklich zu Fuß gehen wollte, würde sie bis zu den Knöcheln im Wasser waten. Aber hier konnte sie auch nicht bleiben, so nah bei Cord und in der Hütte, wo sie zum ersten Mal miteinander geschlafen hatten.

„Ich will nach Hause“, schrie sie. „Ich halte es hier keine Sekunde länger aus!“

Er warf ihr einen verärgerten Blick zu. Schließlich zog er Susan in die Hütte und knallte die Tür zu, damit sie sich besser verständigen konnten. „Na gut!“, rief er. „Aber wir werden patschnass sein, bis wir im Auto sind, das ist dir hoffentlich klar!“

„Ist mir vollkommen egal.“ Störrisch starrte sie ihn an, und genauso störrisch blickte er zurück.

„Ich fahre den Geländewagen so nah an die Veranda, wie es geht“, erklärte er. „Nimm die Zeitung da auf dem Tisch und halte sie dir über den Kopf. Aber ich sage dir gleich, viel wird es nicht nützen.“

Aus der Vorratskammer holte er eine große Plastiktüte und verschwand damit im Schlafzimmer. Susan blieb, wo sie war, während ihr eisige Schauer über den Rücken liefen. Einen Augenblick später kam Cord wieder, jetzt mit einem T-Shirt bekleidet. Die Tüte hatte er unter dem Arm.

Ohne ein Wort trat er auf die Veranda, wohin Susan ihm folgte, dann sprang er die Stufen hinunter und raste zu seinem Wagen.

Neben dem Fluss schlug zischend ein Blitz ein. Susan schrie auf und wich zurück, als die Erde vibrierte. Elektrizität lag in der Luft, und plötzlich begriff sie, wie gefährlich dieser Sturm war. Die mächtigen Eichen schwankten im Wind hin und her, und sie wollte Cord zurückrufen, aber er war schon im Auto. Mit eingeschalteten Scheinwerfern fuhr er an die Veranda heran.

Susan holte die Zeitung aus der Hütte, wo es schon so finster war, dass sie fast nichts mehr sehen konnte. Draußen hupte Cord. Was stand sie noch im Dunkeln herum? Schnell trat sie wieder auf die Veranda. Ihr Haar und ihre Kleidung waren bereits von der hohen Luftfeuchtigkeit durchdrungen, und der Wind blies so heftig, dass sie kaum die Tür hinter sich zubekam.

Ohne zu denken, hielt sie sich die Zeitung über den Kopf und stürmte die Stufen hinunter. Sofort war sie klitschnass und keuchte auf, weil der Regen eiskalt war. Cord lehnte sich hinüber, um ihr die Tür zu öffnen, aber der Geländewagen war so hoch gelagert, dass sie nicht mit einem Satz hineinkam. Fluchend zog Cord sie in den Wagen, bevor Susan die Tür hinter sich zuschlug.

„In der Tüte hinten sind Handtücher“, teilte er ihr knapp mit und legte einen Gang ein.

Susan nahm sich eins vom Rücksitz und rieb sich die Arme und den Kopf damit trocken. Die Sitze waren bereits völlig durchnässt.

„Tut mir leid“, murmelte sie.

Im Scheinwerferlicht tauchten die wirbelnden schlammigen Wassermassen des Jubilee River auf, bevor sie über die Brücke fuhren, und Susan erschrak, wie hoch das Wasser in der kurzen Zeit gestiegen war. Cord warf einen grimmigen Blick darauf. „Ich hoffe, ich komme überhaupt wieder zurück.“

Um den Geländewagen gegen den Sturm ruhig zu halten, musste er mit beiden Händen lenken. Einmal wurde das Auto über den Weg hinaus getrieben, bis es mit zwei Rädern im Schlamm steckte. Cord manövrierte den Wagen wieder auf die schlecht gepflasterte Straße, aber sie kamen nur im Schritttempo voran. Trotz der Scheinwerfer sahen sie kaum durch den dichten Regenvorhang, nicht einmal die Scheibenwischer zeigten Wirkung.

Cord fuhr den Wagen an den Straßenrand, machte den Motor aus und schaltete auf Standlicht. Der Regen trommelte jetzt umso lauter auf das Dach. Fragend sah Susan ihn an.

„So kann ich nicht fahren", erklärte er. „Wir müssen warten, bis der Regen nachlässt."

Sie verschränkte die Hände im Schoß und starrte durch die Windschutzscheibe. Es war absolut nichts zu sehen, der Regen schnitt sie völlig von der Außenwelt ab.

Die Sekunden wurden zu Minuten, und der Regen wurde zusehends stärker. Im Radio waren die atmosphärischen Störungen so groß, dass der Sprecher kaum zu verstehen war. Susan fröstelte und rieb sich die Arme. Cord schaltete die Heizung ein.

Der Luftstrom auf ihren Armen und Beinen wärmte sie, und sie zog sich die nassen Schuhe aus, um die Füße direkt an die Heizung zu halten. Das Schweigen zerrte immer stärker an ihren Nerven.

„So einen Regen habe ich schon lange nicht mehr erlebt", fing sie an, nur um etwas zu sagen.

Cord trommelte mit den Fingern aufs Lenkrad.

„Warum lässt du dir den Bart wieder wachsen?"

„Ich habe keine Lust, mich zu rasieren."

Die schroffe Antwort tat ihr weh. An einer Unterhaltung war ihm offenbar nicht gelegen. Sie schlang die Arme um sich und dachte an die Jacke, die sie genauso wie ihre Handtasche in ihrem Auto vergessen hatte.

Durch den Regen drang ein metallisches Geräusch an ihr Ohr, das sie nicht einordnen konnte. Susan fuhr erschrocken zusammen. „Was ist das?"

„Eisregen."

Kaum hatte er es ausgesprochen, wurde das Geräusch lauter. Cord lauschte wachsam.

„Der Donner klingt jetzt weiter weg", stellte Susan voller Hoffnung fest.

„Ruhig." Er neigte den Kopf etwas, um zu lauschen, und umfasste beruhigend Susans Hand. Sie hielt den Atem an und horchte, während ihr immer unbehaglicher wurde. Abrupt hörte der Eisregen auf, und in der darauffolgenden Stille waren nur die Regentropfen zu hören, die von den zerschlagenen Bäumen tropften.

Diese plötzliche Stille war nervtötend. In der Luft lag eine schwere Spannung, die Susan kaum atmen ließ. Sie packte Cords Hand fester. „Jetzt kannst du doch weiterfahren", schlug sie nervös vor.

Er rutschte über den Mittelsitz bis zu ihr, legte ihr tröstend einen Arm um die Schulter und drückte ihr einen Kuss auf die Schläfe.

„Wir warten noch etwas", sagte er. „Wenn der Motor läuft, hören wir ihn nicht kommen."

Susan schauderte und schloss die Augen. „Ich weiß." Jeder Nerv in ihr stand unter Spannung, ihr Herz schlug schneller. Die Ruhe vor dem Sturm war keine reine Redensart, sondern Wirklichkeit. Nur zu gut kannte sie die tödliche Kraft der Tornados, die sich bei Gewittern an der feuchtwarmen Küste entwickeln konnten. Bereits in der Schule hatte sie gelernt, wie man so etwas überlebte. Regel Nummer eins: sich fernhalten.

„Sobald wir etwas hören, verlassen wir sofort den Wagen", schärfte Cord ihr ein. „Dort links ist ein kleiner Graben, der vermutlich voller Wasser steht, aber das spielt jetzt keine Rolle."

„Okay." Susan kurbelte das Fenster ein wenig nach unten, um besser hören zu können, aber nur das Tröpfeln des Regenwassers auf dem Unterholz drang an ihre Ohren.

Das erste Hagelkorn schlug so heftig auf der Windschutzscheibe auf, dass sie beide hochschraken. Susan unterdrückte einen Schrei, Cord begann zu fluchen, aber seine Worte gingen in dem Hagel der golfballgroßen Eisklumpen unter, die auf den Wagen prasselten und die Blätter von den Bäumen schlugen.

Der Lärm war unglaublich. Susan kam sich vor wie in einer überdimensionalen Trommel, auf die ein Verrückter einschlug. Sie entzog Cord ihre Hand und presste sich beide Hände auf die Ohren.

Dann war es vorbei. Der Boden draußen war übersät von schimmernden Eisklumpen. Ein tiefes Grollen folgte.

Unvermittelt beugte Cord sich über sie und stieß die Tür auf. Bevor Susan in ihren Strümpfen auf dem Eis ausgleiten konnte, hatte Cord sie um die Taille gefasst. Das Eis war unerträglich kalt und schmerzte an den Füßen, aber mit ihren hochhackigen Schuhen hätte sie auf dem glatten Boden sowieso keinen Halt gefunden.

Ohne auf den Schmerz zu achten, rannte sie mit Cord auf den Graben zu, während das Grollen zunahm. Sie sprangen hinein, dass das Wasser hochspritzte.

Die Kälte nahm Susan fast den Atem. Über ihnen leuchtete ein unheimliches Gelb, das den Nachthimmel seltsam fahl erscheinen ließ. Cord drückte sie tiefer in den Graben.

Der Geschmack von schlammigem Wasser lag ihr auf der Zunge. Sie spuckte aus und hob den Kopf, um Cord anzusehen. Wenn sie schon sterben sollte, dann wenigstens mit ihm gemeinsam. Wieder presste er sie tiefer in das brackige Wasser und schützte sie mit seinem Körper vor dem heranrasenden Tornado.

Irgendwie schien die Situation vollkommen unwirklich. Einerseits war Susan von Angst erfüllt, auf der anderen Seite seltsam ruhig, als wäre es gar nicht sie, die da lag. Sie spürte, wie der aufkommende Sturm so heftig an ihnen zerrte, dass er das Wasser mitsamt den Regenmassen aus dem tintenschwarzen Himmel aus dem Graben über das Feld schleuderte.

Der Wolkenbruch jetzt war gar nichts im Vergleich zu vorhin. An unzähligen Stellen bekam Susan Hautabschürfungen von Steinchen und anderen Teilen, die durch die Luft flogen. Außer dem Donnern des Tornados, der über die Erde peitschte, war nichts zu hören.

Sie klammerte sich an Cord und legte die Arme um seinen Kopf, um ihm wenigstens ein bisschen Schutz zu bieten. Ein tiefes Dröhnen erklang, und sie schrie auf, doch ihr Schrei verhallte in dem Getöse.

Cord verstärkte seinen Griff um sie, bis sie dachte, ihre Rippen würden gleich brechen. Als der Tornado alle Luft in seine wirbelnde Röhre saugte, rang sie nach Atem. Sie konnte nur noch denken, wie froh sie war, dass Cord bei ihr war.

Sie musste kurz das Bewusstsein verloren haben, obwohl sie nicht sicher war. Sie fühlte sich wie betäubt und völlig aufgelöst. Jeden Moment hatte sie darauf gewartet, dass der Tornado direkt über sie hinwegzog, doch plötzlich war wieder alles ruhig. Es regnete zwar immer noch, aber es war ein ganz normaler Regen, als hätte die Gewalt von vorhin zu einer anderen Welt gehört. Keine Blitze, kein Donner, kein Hagel … und kein Sturm mehr.

Cord lag noch immer schwer auf ihr und atmete heftig, die ausgestreckten Arme wie Anker in den Schlamm gesenkt. Einige Minuten blieben sie so liegen, während der Regen auf sie niederging, und versuchten zu begreifen, dass ihnen nichts passiert war.

Susan rührte sich unter Cord und wandte ihm das Gesicht zu. Mit den Fingern strich sie ihm übers Haar. Cord rollte von ihr herunter, und sie setzten sich beide auf.

„Bist du okay?“, fragte er rau.

„Ja“, erwiderte sie. Sie war so heiser, dass sie kaum ein Wort herausbrachte.

Mühsam kamen sie auf die Füße, ohne einander loszulassen. Cord fluchte leise, als er zum Geländewagen hinüberspähte. „Ich will verdammt sein“, murmelte er. „Der Sturm hat den Wagen auf die andere Seite der Straße gehoben.“

Susan versuchte sich zu sammeln. Wie lange war es her, dass sie ausgestiegen waren? Minuten oder eine Ewigkeit?

„Wir sind davongekommen.“ Cord konnte es kaum glauben. „Der Sturm hat uns knapp verfehlt.“

Sie folgte der Richtung seines ausgestreckten Arms und erkannte in der Dunkelheit ein verdrehtes Etwas quer über der Straße, offenbar ein riesiger Baum. Es herrschte ein seltsam helles Licht, das in den Augen schmerzte. Umgestürzte Bäume hatten Strommasten mit sich gerissen, ein Stromdraht schwang hin und her und sprühte bei jeder Bodenberührung Funken. Auf seinem Weg hatte der Tornado alles niedergewalzt und sie nur um kaum fünfzig Meter verpasst.

Cord stolperte über die Hagelkörner. Susan war am Ende ihrer Kräfte und dankbar, dass Cord sie jetzt auf seine Arme hob. Sie ließ den Kopf gegen seine Schulter sinken, und einen Moment lang verstärkte er den Druck seiner Arme. Am Wagen angekommen, half er ihr auf den Beifahrersitz und stieg dann selbst ein.

Zu Susans Überraschung sprang der Motor sofort an. Cord manövrierte den Wagen durch den Schlamm wieder auf die Straße zurück. „Wir fahren zurück zur Hütte“, erklärte er, während er behutsam über die Hagelkörner steuerte. „Vor morgen früh kann ich dich nicht nach Hause bringen.“

Susan erwiderte nichts. Bestimmt war der Strom in der Hütte ausgefallen, aber sie konnten ja ein Feuer machen. Der Gedanke daran, sich am warmen Feuer zu trocknen, erschien ihr himmlisch.

Im strömenden Regen erreichten sie den Kamm des sanften Hügels, der zum Jubilee River hinunterführte. Cord hielt den Wagen an. „Ich sehe mir erst mal die Brücke an", erklärte er und stieg aus.

Nach einigen Minuten war er wieder da. „Das Wasser steht bis über die Brücke. Wir können nicht rüber. Wir müssen die Nacht im Wagen verbringen."

11. KAPITEL

Aus dem wärmenden Feuer würde also nichts werden. Susan biss sich auf die Lippen und schwieg, während Cord den Rückwärtsgang einlegte und umdrehte. Ein Stück weiter parkte er am Wegrand.

Vorhin wollte ich so schnell wie möglich von ihm weg, dachte sie, und jetzt bin ich froh, dass er bei mir ist. Sie waren dem Tod so nah gewesen ... und was, wenn es einen von ihnen getroffen hätte? Der Gedanke, Cord wäre in dem Sturm umgekommen, war ihr unerträglich.

Mit zitternden Fingern strich sie sich durch das tropfnasse Haar. Den Schlamm hatte der Regen ausgewaschen, aber es steckten einige kleine Zweige und Blätter darin. Was spielte ihre Frisur jetzt noch für eine Rolle? Sie fing an zu lachen.

Cord berührte sie an der Schulter. „Baby, alles ist gut“, murmelte er und nahm sie in die Arme. „Es ist vorbei, wir sind in Sicherheit.“

Susan schmiegte sich an ihn und legte die Arme um seine Taille. Ihr Lachen wurde zu einem Schluchzen, doch als er tröstend auf sie einredete und ihr übers Haar streichelte, beruhigte sie sich langsam.

„Mein Gott, du erfrierst ja“, stellte Cord fest, als sie nicht zu zittern aufhörte. Er nahm die zwei Handtücher vom Rücksitz, die er vorhin eingepackt hatte, und wickelte ihr eins davon um den Kopf. „Zieh dir die Sachen aus“, wies er sie an. „Hinten ist eine Decke, in die du dich wickeln kannst.“ Er stellte die Heizung auf die höchste Stufe.

Susan sah ihn an. „Du musst deine Sachen auch ausziehen, sonst erkältest du dich.“

Er lächelte. „So kalt ist mir nicht, aber ich muss zugeben, dass nasse Jeans verdammt unangenehm sind.“ Er schälte sich aus dem T-Shirt und wrang es aus, bevor er es über das Lenkrad hängte.

Susan knöpfte sich die Bluse auf, während Cord versuchte, seine Stiefel loszuwerden. Als er fertig war, half er ihr, den Rock und die Unterwäsche auszuziehen, dann rubbelte er Susan kräftig ab, bis die Kälte wenigstens ein bisschen nachließ.

Schließlich griff er nach der Decke auf dem Rücksitz, breitete sie über den Sitz und setzte sich darauf, bevor er Susan auf seinen Schoß zog und die Decke wie einen Kokon um sie beide wickelte.

Wohltuende Wärme umgab sie. Susan gab einen glücklichen Seufzer von sich und kuschelte sich an Cord. Plötzlich fühlte sie sich ganz friedlich. Im Augenblick wollte sie nur trocken sein und es warm haben, alles andere konnte bis morgen warten, denn jetzt lag sie in Cords Armen, und das war himmlisch.

Der männliche Duft seiner Haut tröstete und erregte sie gleichzeitig, und sie drängte sich dichter an ihn.

Cord hielt sie fest. „Ich hatte in meinem ganzen Leben noch nie so viel Angst wie heute", gab er leise zu.

Susan hob den Kopf. „Du?", fragte sie ungläubig. „Du hattest Angst?" Das schien ihr kaum möglich. Cord hatte doch Nerven aus Stahl.

„Ich dachte die ganze Zeit, was ist, wenn ich dich nicht mehr festhalten kann? Wenn dich irgendetwas trifft? Wenn dir irgendetwas passiert wäre …" Finster unterbrach er sich.

„Aber du warst doch genauso in Gefahr."

Er zuckte die Schultern. Sein eigenes Schicksal schien ihm offenbar egal gewesen zu sein. Vielleicht fürchtete er den eigenen Tod nicht, aber er hatte Angst um sie gehabt … Susan wagte den Gedanken nicht weiterzudenken, sondern drückte Cord einfach an sich.

Er rieb seine stoppelige Wange an ihrer Stirn und verstärkte seinen Griff um sie. „Susan."

Sie liebte es, zu hören, wie er ihren Namen aussprach. Unbewusst rieb sie ihre Brüste an ihm.

„Hmm?", murmelte sie abwesend.

„Ich will dich lieben. Möchtest du?"

Allein der Gedanke und das raue Verlangen in seiner Stimme ließen Susan vor Freude erschauern. Sie hob ihren Mund Cord entgegen, der ihn mit zärtlicher Glut eroberte. Lange küsste er sie, ihre Zungen begegneten sich in einem erregenden Spiel, während er ihre Brüste streichelte, bis ihre Knospen hart wurden.

Er hob den Kopf und lachte unsicher. „Ist das ein Ja?"

„Das ist ein Ja."

In diesem Moment trennte sie nichts mehr, kein Schmerz, keine Meinungsverschiedenheiten. An all das würde sie erst bei Sonnenaufgang wieder denken, bis dahin zählte nur das süße Fieber zwischen ihnen.

Cord war unendlich zärtlich. Mit seinen Küssen und erfahrenen

Händen brachte er Susan an den Rand des Höhepunkts, bevor er sich mit ihr auf den Sitz legte.

Lustvoll wand sie sich, und sie stöhnte verlangend, während sie mit geschlossenen Augen den Kopf hin und her warf. Quälend lange saugte Cord an ihren Brüsten und ließ die Zunge abwechselnd um ihre Brustspitzen kreisen. Heiße Erregung durchfuhr sie.

Zärtlich strich er mit dem Mund von ihren Brüsten weiter hinunter zu ihrem Bauch. Sein Bart kitzelte rau über ihre seidenweiche Haut, sodass Susan vor Lust aufstöhnte. An ihrem Nabel verweilte er lange, bevor er weiter zu ihrer intimsten Stelle vordrang.

Ein erstaunter Schrei entrang sich ihr, als Cord sie mit seinem Mund eroberte und in rascher Folge mit der Zunge in sie eindrang, was sie so erregte, dass sie kaum atmen konnte. Susan fuhr mit den Fingern durch sein feuchtes Haar, während diese Lust sie fast verrückt machte. Mit seiner Zunge brachte Cord sie schier um den Verstand, bis sie zum Höhepunkt kam. Dann hielt er sie fest, bis sie wieder ruhig in seinen Armen lag.

„Cord?“, fragte sie verunsichert. „Und was ist mit dir?“

„Mir geht’s gut.“ Zärtlich küsste er sie. „Ich möchte nur nicht, dass du etwas machst, was du morgen bereust.“

Seine Rücksicht rührte sie, doch die Lust, die er ihr gerade geschenkt hatte, reichte ihr nicht. Sie wollte ihn in sich spüren. Sanft berührte sie sein Gesicht.

„Ich will dich“, sagte sie leise. „Alles andere ist mir egal.“

Ein Schauer überlief ihn. Ohne zu zögern legte er sich über sie, schob ihre Beine auseinander und drang mit einem lauten Stöhnen in sie ein. Dabei zitterte er, wie sie es noch nie erlebt hatte. Susan versuchte ihn mit der nachgiebigen Weichheit ihres Körpers zu trösten, aber viel zu früh schrie er seine Befriedigung heraus und sank auf ihr zusammen.

Dann erst wurde ihnen ihre unbequeme Lage bewusst. Während der Hitze ihres Liebesspiels hatten sie es kaum bemerkt, aber jetzt spürten sie den Schaltknüppel, das Lenkrad, die Türgriffe überall. Cord versuchte vergeblich, in eine ordentliche Position zu kommen, ohne sich zu verrenken.

„Hinten hätten wir es bequemer. Ich weiß gar nicht, wieso wir das nicht gleich gemacht haben.“

Nachdem er den Rücksitz nach hinten ausgeklappt hatte, hatten sie bedeutend mehr Platz, auch wenn Cord seine langen Beine immer noch nicht ganz ausstrecken konnte. Susan spürte die Kälte nicht mehr. Sie wickelten sich in die Decke, und Susan schmiegte sich zufrieden an Cord.

„Ich bin so müde“, murmelte sie und unterdrückte ein Gähnen. Sie wollte nicht schlafen, damit sie keine Zeit mit ihm versäumte, aber ihr Körper forderte sein Recht ein. Der Stress der letzten Wochen, die emotionale Anspannung und die Angst, die sie heute erlebt hatte, machten sich nun bemerkbar. Ihre Glieder waren bleischwer, und sie konnte die Augen einfach nicht mehr offen halten.

Wieder gähnte sie und schloss die Augen. Sie legte die Hand auf Cords Brustkorb, wo sie das starke, gleichmäßige Schlagen seines Herzens spüren konnte.

„Ich liebe dich“, sagte sie leise. Wenigstens jetzt, wo Frieden zwischen ihnen herrschte, wollte sie ihren Gefühlen Ausdruck geben.

„Ich weiß“, flüsterte er an ihrer Schläfe und hielt Susan fest, bis sie einschlief.

Das gleichförmige Prasseln des Regens auf das Dach und die Dunkelheit, die sie umgab, schläferten auch ihn ein. Ihm war warm, er war trocken und angenehm zufrieden. Susan lag so weich und zerbrechlich in seinen Armen, dass er sich von Anfang an hatte bemühen müssen, ihr nicht aus Versehen wehzutun.

Als sie heute Nachmittag so geweint hatte, war ihm gewesen, als hätte sie ihm in den Magen geboxt. Es tat ihm leid, dass er schuld an ihren Tränen war. Dabei war er nur wütend gewesen, dass Preston verschwunden war und alles auf sie abgewälzt hatte. Um Susans willen musste diese Geschichte ein Ende haben, und zwar so bald wie möglich. Sie war am Ende ihrer Kräfte, physisch und psychisch.

Und sie liebte ihn. Früher hätte ihn so etwas verrückt gemacht, außerdem hatte er kein Interesse an den Verwicklungen, die sich daraus ergaben.

Judiths Tod hatte ihn tief verwundet, und seither hatte er sich instinktiv geschützt, damit ihm das nicht noch einmal passierte ... doch dann war Susan gekommen. Sie hatte ohne Weiteres seinen Schutzschild durchbrochen, und weil sie nichts von ihm forderte, konnte er ihr umso mehr geben.

Erst als sie ihm praktisch die Tür gewiesen hatte, hatte er begriffen, wie nahe er ihr bereits stand. Gerade die Einsamkeit, die er früher so geschätzt hatte, konnte er nicht mehr ertragen. Er wollte Susan, die so süß war und nur ihm gehörte.

Jetzt lag sie wieder in seinen Armen. Schläfrig legte er sich bequemer hin, und Susan bewegte sich im Schlaf mit, ohne ihn loszulassen. Lächelnd schlief er ein.

Der nächste Tag begann sonnig und warm und ohne die erstickende Schwüle der letzten Tage. Über dem Wagen, den die Sonne bereits gut aufgeheizt hatte, spannte sich der strahlend blaue Himmel. Es war, als wäre die Natur vorerst mit der Zerstörung zufrieden, die sie angerichtet hatte.

Cord öffnete als Erster die Augen. Susan rührte und streckte sich, dabei rutschte die Decke weg und gab den Blick auf ihren schlanken Körper frei, ihre vollen, schönen Brüste mit den rosigen Knospen. In seinen Lenden regte es sich, und er legte Susan eine Hand auf die Hüfte.

„Honey, wir müssen los“, sagte er heiser. „Aber vielleicht …?“

Susan hörte die Frage aus seinen Worten heraus und wandte sich ihm zu. „Ja“, sagte sie schlaftrunken und streckte die Hand nach ihm aus.

Er liebte sie ganz zärtlich, und danach stützte er sich auf einen Ellbogen und sah Susan an. „Bleib bei mir. Geh nicht zurück. Ich werde alles für dich tun.“

Tränen verschleierten ihren Blick, aber sie brachte ein Lächeln zustande. „Ich muss zurück, ich kann nicht einfach allen den Rücken zudrehen, die von mir abhängig sind.“

„Und ich? Wie kannst du mir den Rücken zudrehen?“

Seine Worte trafen sie hart. „Ich liebe dich, aber du brauchst mich nicht. Du willst mich zwar, aber das ist etwas vollkommen anderes. Außerdem bin ich nicht der Typ für eine Mätresse.“ Sie streichelte sein bärtiges Gesicht. Ihre Lippen zitterten. „Bitte, fahr mich jetzt nach Hause.“

Schweigend zogen sie sich ihre feuchten und zerknitterten Sachen wieder an, dann begann eine quälende Fahrt zwischen umgefallenen Bäumen und herabhängenden Spannungsleitungen hindurch. Es waren bereits Reparaturtrupps unterwegs, der Lärm von Kettensägen störte die Morgenstille. Für den Weg von normalerweise fünfzehn Minuten brauchten sie über eine Stunde, bis sie schließlich nach Hause gelangten.

Emily empfing sie an der Tür. „Da seid ihr ja! Meine Güte, wie seht ihr denn aus!“, rief sie entsetzt.

Cord lächelte. „Ich finde, dafür, dass wir den Tornado in einem Straßengraben überstanden haben, sehen wir noch ganz gut aus.“ Dabei schmerzte ihn jeder Muskel. Sanft streichelte er über eine kleine Abschürfung auf Susans Wange.

Emily drängte die beiden ins Haus. „Ihr geht sofort nach oben und nehmt eine heiße Dusche. Zieht eure Kleider aus, damit ich sie waschen kann …“

„Ich muss gleich wieder gehen“, unterbrach Cord sie. „Ich muss nachsehen, ob die Hütte Schaden genommen hat. Aber zu einem Kaffee würde ich nicht Nein sagen.“

Emily brachte ihm eine Tasse Kaffee, die er dankbar austrank. Daraufhin zog er Susan wortlos in seine Arme, um sie tief, fast verzweifelt, zu küssen.

Ihre Augen füllten sich mit Tränen. Am liebsten wäre sie mit Cord gegangen und hätte alles andere vergessen.

„Ruhig, Darling“, tröstete er sie und trocknete ihre Tränen mit den Fingerspitzen. Er nahm ihr Gesicht in beide Hände und schaute ihr in die Augen. „Es kommt alles in Ordnung. Ich verspreche es.“

Sie blieb stumm, und er küsste sie nochmals, bevor er sie freigab. Dann ging er, ohne sich umzudrehen.

Susan konnte ein Schluchzen nicht unterdrücken und lief nach oben. Eigentlich waren tausend Dinge zu tun, aber sie konnte für nichts die Energie aufbringen. Am liebsten hätte sie sich auf dem Bett zusammengerollt und geweint, bis sie nicht mehr konnte. Es war einfach alles zu viel. Mit reiner Willenskraft unterdrückte sie das Weinen und stellte sich lange unter die heiße Dusche. Dann zog sie sich an und ging nach unten, um etwas zu essen.

Es spielte keine Rolle mehr, was sie tat, sie würde die Blackstone Company sowieso nicht vor dem Ruin retten können, egal, ob sie alles bis auf das letzte Hemd verkaufte oder nicht.

Sie setzte sich auf die Terrasse und genoss die Sonnenstrahlen. Später rief sie Imogene an und teilte ihr mit, dass sie heute nicht ins Büro kommen konnte.

Wahrscheinlich ist es dumm, Cords Vorschlag nicht anzunehmen, dachte sie müde. Sie sollte einfach nicht mehr an morgen denken, an all ihre Verpflichtungen, denen sie immer zuverlässig nachkam. Sie könnte mit Cord gehen und sich mit dem zufriedengeben, was er ihr bot. Jedenfalls war sie ihm nicht gleichgültig. Vielleicht liebte er sie nicht, aber immerhin bemühte er sich um sie.

Sehnsüchtig stellte sie sich vor, wie es wäre, mit ihm um die Welt zu reisen. Für Cord würde sie jede Nacht ihren Kopf auf ein anderes Kissen betten, obwohl sie bisher mit dem Leben in Mississippi zufrieden gewesen war. Es war sowieso nur eine Frage der Zeit, bis es mit ihrem bisherigen Lebensstil vorbei sein würde. Sie hatte versagt, konnte die Anleihe nicht bezahlen.

Als Cord ihren Wagen auch am nächsten Morgen noch nicht gebracht hatte, rief Susan Imogene an, um sich von ihr abholen zu lassen. Sie musste ins Büro, um die letzten Vorkehrungen zu treffen. Mochte das Schiff auch sinken, sie würde es in geordneten Verhältnissen verlassen und selbst im Unglück Haltung bewahren.

Gleichzeitig war Susan sich bitter bewusst, dass sie an beiden Fronten verloren hatte. Statt ihre Familie zu versöhnen, hatte sie den Streit nur verschärft. Cord begehrte sie vielleicht, aber würde er ihr jemals vertrauen? Schließlich hatte sie zu den Blackstones gehalten, obwohl er sie gebeten hatte, sich auf seine Seite zu schlagen. Selbst ihre Überzeugung, dass Cord im Unrecht war, milderte ihren nagenden Schmerz nicht.

Als Imogene sie am Abend nach Hause fuhr, stand Susans Wagen in der Auffahrt. Enttäuschung machte sich in ihr breit. Warum war Cord nicht gekommen, während sie zu Hause war? Vielleicht mied er sie. Sie starrte den Wagen an, bevor sie sich bei Imogene fürs Mitnehmen bedankte.

Ihre Schwiegermutter tätschelte ihr die Hand. „Kann ich irgendetwas für dich tun?“, fragte sie. „Soll ich vielleicht mal mit Cord reden? Ich weiß, dass du unglücklich bist, und ich habe das Gefühl, es ist alles meine Schuld.“

„Nein, es ist nicht deine Schuld“, wehrte Susan ab und brachte ein Lächeln zustande. „Es ist meine Entscheidung, ich muss eben damit leben.“

Wie immer wartete Emily und tat so, als würde sie die Küche aufräumen, während Susan pflichtbewusst aß. Zufrieden nickte Emily.

„Cord hat angerufen. Ich soll aufpassen, dass Sie genug essen. Sie sind zu dünn, diese Geschichte macht Sie noch ganz krank."

„Es wird nicht mehr lange dauern", seufzte Susan. Sie hasste sich dafür, aber sie musste Emily einfach fragen. „Hat er noch etwas gesagt?"

„Er hat erzählt, dass ein Baum umgestürzt ist, aber glücklicherweise nicht auf die Hütte. Das Dach ist vom Hagel leicht beschädigt, aber ansonsten hat alles den Sturm gut überstanden."

„Gut." Es waren keine persönlichen Nachrichten, doch besser als nichts.

Emily war gerade gegangen, als Imogene anrief.

„Susan, kannst du herkommen?" Es klang dringend. „Preston ist wieder da, und er hat etwas über Cord herausgefunden."

„Ich bin sofort da."

Susan warf den Hörer auf die Gabel und schnappte ihre Handtasche. Etwas über Cord? Ihr Herz zog sich zusammen. Hatte er etwas Illegales getan? Was es auch sein mochte, sie würde ihn irgendwie beschützen. Und wenn Preston etwas gegen Cord unternehmen wollte, würde sie es Cord auf alle Fälle wissen lassen.

Unterwegs schlug ihr das Herz wild in der Brust. Die ganze Zeit hatte sie sehnlich auf Prestons Rückkehr gehofft, aber nun fürchtete sie, dass er versuchen würde, Cord zu schaden.

Preston öffnete ihr die Tür. Erschrocken sah er Susan an. „Mein Gott, du hast ja mindestens zehn Pfund abgenommen. Was hast du denn gemacht?"

Sie wischte seine Bemerkung beiseite. „Das spielt keine Rolle. Was hast du über Cord herausgefunden?"

Er begleitete sie ins Wohnzimmer, wo Imogene bereits wartete. Susan setzte sich. „Ich habe ein wenig Detektivarbeit geleistet, während ich weg war", begann Preston. „Cord sollte annehmen, ich kneife, und es hat funktioniert. Er muss gedacht haben, er hätte gewonnen, ohne richtig dafür zu kämpfen."

„Das bezweifle ich", unterbrach ihn Susan. „Bis vorgestern wusste er nämlich gar nicht, dass du überhaupt weg warst."

Preston runzelte irritiert die Stirn. „Aber warum das denn? Hast du es ihm nicht gesagt?"

„Das wolltest du wohl, nicht wahr? Du hast alles mir überlassen, weil du dachtest, ich renne schnurstracks zu ihm hin und flehe um Gnade. Genau das hat er dir auch unterstellt, aber ich wollte ihm nicht glauben." Anklagend sah sie ihn an.

Preston rutschte unruhig auf seinem Sessel hin und her. „Was sollte ich sonst denken?", versuchte er zu erklären. „Willst du damit sagen, dass ich die Situation vollkommen falsch eingeschätzt habe?"

„Ich weiß nicht. Ich habe keine Ahnung, wie du sie einschätzt." Kühl sah sie ihn an.

Verlegen wandte er sich ab. „Sei's drum. Ich war in New York und habe mich ein wenig umgehört. Die Preise der Blackstone-Aktien blieben trotz der Gerüchte um die Firma stabil, und ich folgerte daraus, dass jemand sie kaufte. Ich hatte früher schon einen Verdacht, aber ich wollte sichergehen. Cord hat alle Aktien aufgekauft, die auf den freien Markt kamen. Er treibt die Gesellschaft gar nicht in den Ruin, er hat uns nur dazu veranlasst, Aktien zu verkaufen, um sie selbst wieder aufzukaufen. Er bereitet eine Übernahme vor."

Eine Übernahme! Einen Moment lang war Susan vor den Kopf gestoßen, dann musste sie lachen. Er wollte sich nur die Aktienmehrheit sichern und Preston als Vorsitzenden der Gesellschaft ablösen? Dann war die Blackstone Company ja gar nicht bedroht!

„Eine Übernahme? Er will nur die Aktienmehrheit?" Lachend klatschte sie in die Hände.

„Ich weiß nicht, was daran so lustig sein soll."

„Natürlich nicht! Ich war diejenige, die Aktien verkauft hat, um das Geld aufzubringen, mit dem die zweite Anleihe bezahlt werden sollte!"

Imogene wurde blass. „Susan! Dein eigenes Vermögen!"

Preston starrte sie an, dann fluchte er leise. „Susan, wir haben doch darüber gesprochen. Das solltest du nicht tun."

„Du bist getürmt und hast mich allein in dem Schlamassel sitzen lassen", bemerkte sie. „Die Gesellschaft stand vor dem Bankrott, ich hatte keine Ahnung, dass das nur ein Spiel war! Die Aktien sind nicht alles, was ich flüssig gemacht habe!"

„Mein Gott, das hast du getan … und er hatte gar nicht die Absicht, die Anleihe einzufordern. Er wollte uns nur panisch machen, damit wir die Aktien verkaufen. Susan, wie viel hast du verkauft?"

„Neun Prozent."

„Dann hast du noch sechs. Ich habe noch elf Prozent, Mutter auch. Also insgesamt achtundzwanzig Prozent."

„Wenn diese Übernahme nicht gelingt, kann Cord die Anleihe immer noch einfordern", meinte Imogene, aber Preston schüttelte entschieden den Kopf.

„Nein, damit würde er seine eigene Einnahmequelle zerstören. Es hat von Anfang an keinen Sinn ergeben, dass er sich selbst finanziellen Schaden zufügt, nur um es mir heimzuzahlen. Als ich dann beobachtete, dass die Aktien sofort aufgekauft wurden, sobald sie auf den Markt kamen, war ich mir fast schon sicher, dass Cord dahintersteckt. Der Kerl hatte von Anfang an etwas ganz anderes als Rache im Sinn."

„Warum hast du mir das nicht gesagt?", wollte Susan wissen. „Aber lass nur, ich weiß die Antwort schon. Du hast mir nicht getraut, weil ich mich mit Cord getroffen habe, und Cord hat mir nicht getraut, weil ich dir geholfen habe."

„Es tut mir leid", entgegnete Preston leise. „Ich hatte keine Ahnung, dass du es so schwernehmen würdest. Ich schwöre dir, ich ersetze dir alles, was du verkauft hast."

Susan wischte seine Bemerkung mit einer Handbewegung fort. „Es spielt keine Rolle mehr." Jetzt wollte sie das Ganze nur noch hinter sich bringen.

„Ich habe heute Nachmittag mit Cord gesprochen", fuhr er fort. „Morgen Vormittag werden wir vier uns treffen und darüber abstimmen, wer die übrigen Aktien auf dem Markt bekommt. Es sieht schlecht für ihn aus. Er kann sich denken, dass das Spiel vorbei ist."

Es war nur ein Spiel gewesen. Susan konnte es nicht fassen. Nur ein Spiel.

Sie hatte nicht genau gewusst, wer wie viele Anteile hatte. Die Familie besaß einundfünfzig Prozent, je fünfzehn davon Preston, Vance und Imogene. Die restlichen sechs Prozent hatte Susan bei entfernt lebenden Verwandten vermutet, da sie ja von Cords Existenz früher nichts gewusst hatte. Jetzt war ihr klar, wem dieser Teil gehörte.

Preston und Imogene hatten jeweils vier Prozent ihrer Aktien verkauft, um Cord das Geld zurückzuzahlen, das sie ihm schuldeten, das waren schon vierzehn Prozent für ihn. Susan selbst hatte neun Prozent verkauft, also hatte er dreiundzwanzig. Wenn er jetzt sechsundzwanzig hatte, hieß das, er hatte auch von den freien Aktien welche dazugekauft.

Es war alles nur ein Zahlenspiel, sonst nichts. Die Blackstone Company war jetzt sogar stärker als vorher, denn die Familie besaß jetzt insgesamt vierundfünfzig Prozent der Aktien. Alles war bestens.

Jetzt ergaben auch Cords Nachfragen einen Sinn. Er hatte gewusst, dass die Gesellschaft nicht vom Bankrott bedroht war, aber er hatte ihr nicht genügend vertraut, um ihr zu sagen, was los war, genauso wenig wie Preston ihr von seinem Verdacht erzählt hatte. Sie wollte die Vermittlerin sein und war stattdessen nur zwischen die Fronten geraten.

Susan war froh, dass die Sache am nächsten Morgen ein Ende finden würde. Sie war der Spiele müde.

12. KAPITEL

Von den fünf Leuten im Besprechungszimmer wirkte Cord am entspanntesten. Der Bart gab ihm ein verwegenes Aussehen und ließ seinen eleganten schwarzen Anzug weniger seriös erscheinen. Aber seine ausgeprägte Männlichkeit erlaubte ihm, alles mit Stil zu tragen ... oder gar nichts, dachte Susan und sah ihn in Gedanken nackt vor sich.

Imogene war ruhig, fast geistesabwesend, Preston gab sich ganz als Geschäftsmann. Beryl führte Protokoll.

Susan fühlte sich unbehaglich. Sie schaute zu Cord, nur um festzustellen, dass er sie anblickte. Er zwinkerte ihr sogar zu. War ihm der Ausgang der Abstimmung gleichgültig? Wollte er mit diesem raffinierten Plan nur Preston verärgern?

Sie war so in Gedanken, dass sie kaum mitbekam, wovon die anderen sprachen. Erst als sie wütende Stimmen hörte, nahm sie sich zusammen und konzentrierte sich.

„Das ist mein Geburtsrecht", sagte Cord gerade kalt. „Das habe ich erst nach Jahren begriffen, aber ich gebe es nicht auf. Auf Kompromisse lasse ich mich nicht ein."

„Das ist dein Pech", meinte Preston knapp. „Sollen wir jetzt abstimmen?"

„Von mir aus gern."

Cord saß so selbstsicher da, als könnte er gar nicht anders. Woran dachte er jetzt, wo ihm der Sieg zu entgleiten schien? An Rache? Oder war er nur entschlossen, dieser Familie wieder anzugehören, ob sie wollten oder nicht? Verantwortung für seinen Anteil zu übernehmen und endlich sesshaft zu werden?

„Ich stimme mit Ja", sagte er leichthin, und Susan verbannte die Gedanken aus ihrem Kopf.

Niemals hätte Imogene gegen ihren eigenen Sohn gestimmt. Sie sah weder Cord noch Preston an. „Ich stimme mit Nein."

„Ich ebenso", schloss sich Preston an. „Susan?"

Offenbar war er sich ihrer sicher. Ungeduldig blickte er sie an, bereits siegesgewiss, dass er den Vorsitz der Gesellschaft nicht verlieren würde.

In Cords Blick konnte sie gar nichts lesen. Er wartete einfach ab. Er hatte nicht versucht, sie zu seinen Gunsten zu überreden, warum auch? Er nahm ja an, dass sie sowieso auf Prestons Seite stand.

„Susan!“, forderte Preston ungeduldig.

Irgendwo muss Vertrauen doch anfangen, dachte sie schmerzlich. Cord war so gewöhnt daran, niemandem zu vertrauen, dass es ihm fast zur zweiten Natur geworden war.

„Ich stimme mit Ja“, sagte sie ruhig.

Völliges Schweigen legte sich über den Raum. Preston war bleich geworden und presste die Lippen zusammen. Vielleicht war sogar Cord über die Wendung der Ereignisse erstaunt.

Susans Entschluss war so spontan gekommen, dass sie selbst überrascht war, aber tief in ihrem Inneren hatte sie das Gefühl, dass sie Cord jetzt nicht einfach im Stich lassen konnte. Hätte er verloren, hätte er sich mit dem Ergebnis niemals zufriedengegeben, sondern weitergemacht und die Blackstone Company am Ende vielleicht doch ernsthaft bedroht. Sie wollte ein Ende machen, auch auf das Risiko hin, Prestons und Imogenes Zuneigung zu verlieren.

Warum auch nicht? Sie war zu müde, um sich darüber zu sorgen, und verbittert darüber, dass sowohl Cord als auch Preston so herzlos mit ihr gespielt hatten. Sie war nur ein Pfand gewesen, das sie nach Lust und Laune hin und her geschoben hatten, ohne sie einzuweihen.

Imogene beugte sich vor und faltete die Hände auf dem Tisch. „Machen wir ein Ende damit“, begann sie leise, während sie von Cord zu Preston schaute. „Wir waren einmal eine Familie, und ich möchte, dass wir es wieder sind. Ich selbst habe auch Fehler gemacht, und wenn du mir vergeben kannst, Cord, wäre ich sehr froh.“

Susan war ihre Schwiegermutter nie sympathischer gewesen. Jetzt wandte Imogene sich an ihren Sohn, ohne auf Cords Antwort zu warten. „Ich weiß, dass es für dich nicht leicht ist, den Vorsitz zu teilen, aber ich bitte dich, alles zu tun, damit die Blackstone Company nicht leidet. Cord gehört zur Familie, er ist genauso ein Blackstone wie du. Ich hoffe, wir können der Sache Einhalt gebieten, bevor sie uns völlig zerstört. Susan war die Einzige von uns, die von Anfang an begriffen hat, wohin das führt. Wenn ihr um euretwillen nicht aufhören wollt, dann tut es um meinetwillen ... und ihretwegen. Gott weiß, wie viel sie für eure Feindschaft bezahlt hat.“

Susan zuckte zusammen. Sie hasste es, ihre Gefühle von Imogene ans Licht zerren zu lassen. Still und bleich schaute sie auf ihre Hände. Jetzt lag es an den beiden Männern, ob sie Frieden schlossen oder den Kampf weiterführten. Egal wie sie sich entschieden, sie war zu erschöpft, als dass es ihr noch wichtig gewesen wäre.

„Ich habe dich stets beneidet", begann Preston abwesend. „Dir fiel immer alles so leicht. Vance war schon schwer zu erreichen, aber du … wenn du anwesend warst, wurde ich unsichtbar. Alle haben nur dich gesehen."

Cord starrte seinen Cousin über den Tisch hinweg an. Sein Gesicht war ausdruckslos. Es war unmöglich zu erraten, was er dachte.

Ungläubig schüttelte Preston den Kopf, als könnte er nicht begreifen, wie weit ihre Feindschaft sie gebracht hatte. Er straffte sich und sah Cord direkt an. „Mit sechzehn ging ich mit Kelly Hartland. Ich war unglaublich verliebt in sie. Du warst gerade aufs College gekommen, und für sie war das offenbar unwiderstehlich. Als sie dich an einem Wochenende zu Hause auf einer Party kennenlernte, hat sie mich wie eine heiße Kartoffel fallenlassen."

„Kelly Hartland? Ich kann mich kaum an sie erinnern. Ich bin ein paar Mal mit ihr ausgegangen, aber es war nichts Ernstes." Cord zuckte die Achseln.

„Für mich schon. Ich habe dich dafür gehasst, dass du sie mir weggenommen hast, obwohl du dir nichts aus ihr gemacht hast. Mit sechzehn dachte ich, sie wäre die Liebe meines Lebens. Als deine Affäre mit Judith nach hinten losging, war das ein Anlass für mich, es dir endlich heimzuzahlen. Ich bin nicht unbedingt stolz darauf, aber ich kann es eben leider nicht mehr ändern."

Cord holte tief Luft, und auch ohne ihn anzusehen, wusste Susan, dass ihn die Erwähnung von Judith tief getroffen hatte, weil er sich schuldig fühlte an der Art und Weise, wie man sie behandelt hatte. Dennoch konnten die beiden Männer trotz aller Geschehnisse die Blutsbande zwischen sich nicht leugnen.

„Judith war meine Frau." Cords Stimme war schmerzerfüllt, als er wieder sprach. „Wir heirateten, nachdem wir von hier weggegangen waren. Ein Jahr später ist sie gestorben." Seine Augen schimmerten plötzlich. „Ich trage mehr Schuld als irgendjemand sonst an ihrem Tod." Selbst nach so vielen Jahren hatte die Bitterkeit, die er über ihren sinnlosen Tod empfand, nicht nachgelassen.

Schweigen folgte, bis Susan die Stille nicht mehr ertragen konnte. Ohne jemanden anzusehen, schob sie den Stuhl zurück und verließ den Raum. Ihr tat das Herz in der Brust weh, aber sie konnte nicht weinen. Die Zeit dafür war vorbei.

Matt ging sie in ihr Büro. Ihr war so kalt, dass sie das Gefühl hatte, ihr würde nie wieder warm werden.

Dieser ganze hasserfüllte Streit wegen Frauen, die längst Vergangenheit waren. Und auch in Susans Situation lag eine gewisse Ironie. Wollten die beiden Männer sie eigentlich um ihrer selbst willen oder nur, weil der eine vom anderen dachte, er wollte sie?

Kaum hatte sie die Tür hinter sich geschlossen, kam Cord herein. „Warum bist du gegangen?"

„Ich fahre nach Hause." Ihre Beine waren wie Blei, als sie zum Schreibtisch ging, um ihre Handtasche zu holen. Sie vermied Cords Blick und versuchte, an ihm vorbeizugehen.

Mit einem Schritt versperrte er ihr den Weg. „Ich brauche dich, Susan. Du weißt, dass ein Wechsel im Vorstand nicht einfach ist. Bis jetzt hatte nur die Familie damit zu tun, aber nun müssen eine Menge mehr Leute informiert werden. Ich brauche deine Hilfe. Du kannst mit einem Blick mehr ausrichten als viele andere mit einem Baseballschläger."

„Wenn ich nicht gedacht hätte, dass du das allein schaffst, hätte ich nicht für dich gestimmt", entgegnete sie müde. „Lass mich bitte vorbei."

„Warum hast du überhaupt für mich gestimmt? Ich war darüber genauso überrascht wie die anderen." Er legte eine Hand auf ihren bloßen Arm.

„Ich bin müde, ich will nach Hause", wiederholte sie.

Cord merkte, dass sie bleich und angespannt war und Schatten unter den Augen hatte. Obwohl sich alles in ihm dagegen sträubte, sie jetzt gehen zu lassen, sah er, dass sie am Ende ihrer Kräfte war. „Ich fahre dich."

„Nein." Ihre Antwort kam schnell und bestimmt.

Er unterdrückte einen Fluch. „Na gut, wenn du nicht willst, dass ich dich fahre, wird dich sicher Imogene ..."

„Ich besitze ein Auto und kann selbst fahren. Ich werde mich schon nicht in irgendwelchen herunterhängenden Stromleitungen verheddern."

Es fiel ihm schwer nachzugeben. „Na schön. Dann komme ich heute Abend vorbei."

„Nein", unterbrach sie ihn und sah ihn endlich an. Schmerz und Enttäuschung standen ihr ins Gesicht geschrieben. „Nicht heute Abend."

„Aber wir müssen reden."

„Ich weiß. Vielleicht später. Ich glaube nicht, dass ich so schnell damit klarkomme."

„Wann?"

Sie zuckte die Schultern. Ihre Lippen zitterten. „Ich weiß nicht. Vielleicht in ein paar Jahren."

„Verdammt!", dröhnte er. Mit seiner Beherrschung war es vorbei.

„Bitte lass mich in Ruhe! Meine Aktien und meine Stimme habe ich dir gegeben, also habe ich sowieso nichts mehr, was du willst." Sie drängte sich an ihm vorbei, ohne ihn anzusehen.

Draußen brannte die Sonne vom Himmel herunter und blendete sie. Susan nahm die Sonnenbrille aus der Handtasche. Die Sonne tat ihr gut, und sie beschloss, sich zu Hause auf die Veranda zu setzen und zu schlafen. Zu etwas anderem war sie im Moment nicht fähig.

Vorsichtig fuhr sie nach Hause. Zum Glück stellte Emily keine unnötigen Fragen. Wie ein Roboter zog sich Susan aus, dann wählte sie eine weite kurze Hose, die sie sonst zu Gartenarbeiten anzog, und eine schlichte Bluse. Zum ersten Mal seit Tagen konnte sie wieder frei atmen. Es war vorbei. Sie hatte so viel verloren, aber jetzt konnte sie sich endlich ausruhen.

Sie streckte sich auf einer Liege in der Sonne aus. Ihre Augenlider waren schwer, und sie versuchte gar nicht erst, die Augen offen zu halten.

Nur einmal weckte Emily sie mit Eistee, den sie dankbar zu sich nahm. Ihre innere Kälte war verschwunden, ihr war nun wieder angenehm warm, und sie schlief weiter und wachte erst am späten Nachmittag auf. Emily hatte ihr etwas zu essen bereitet, und Susan setzte sich an den Tisch.

„Tut mir leid", murmelte sie. „Ich bin immer noch so müde."

Emily tätschelte ihr den Arm. „Sehen Sie doch ein bisschen fern, da können Sie die Füße hochlegen und sich entspannen."

„Hört sich gut an", seufzte Susan.

Später vor dem Fernseher schlief sie sofort wieder ein. Als sie erwachte, sah sie direkt in Cords Gesicht.

Mit neuer Energie setzte sie sich auf. „Was machst du hier?"

„Darauf warten, dass du aufwachst“, erklärte er ruhig. „Ich wollte dich nicht erschrecken. Und jetzt werde ich genau das tun, was ich bereits machen wollte, als ich dich zum ersten Mal gesehen habe.“

„Und das ist?“

„Dich über die Schulter werfen und wegtragen.“ Sanft fasste er sie an den Handgelenken, und zu ihrem Erstaunen fand sich Susan plötzlich auf seiner Schulter wieder.

Susan griff nach seinen Gürtelschlaufen, um Halt zu finden. „Lass mich runter!“, keuchte sie, während er den Fernseher ausschaltete und dann das Licht ausmachte. „Was soll das?“

„Das wirst du gleich sehen.“

Erst als er sie nach draußen in die warme, duftende Nacht getragen hatte, fing sie an, sich zu wehren. „Lass mich runter! Wohin bringst du mich?“

„Fort“, entgegnete er schlicht. Seine Stiefel knirschten auf dem Kies auf der Auffahrt, wo sein Geländewagen stand. Er öffnete die Tür und setzte Susan ganz sanft auf dem Beifahrersitz ab.

„Emily hat deine Sachen gepackt“, informierte er sie und küsste sie flüchtig. „Dein Gepäck ist bereits im Wagen. Es ist alles erledigt, du musst nur noch mitkommen. Wenn du schlafen willst, hinten liegt noch die Decke.“ An seinem Blick sah sie, dass er sich noch gut an die Nacht erinnerte, wo sie sie gebraucht hatten.

Wie benommen vor Überraschung saß sie da, während Cord auf der Fahrerseite einstieg. Er kidnappte sie, und das auch noch mit Emilys Hilfe! Eigentlich hätte Susan empört sein müssen, aber sie war immer noch zu erschöpft.

„Woher wusstest du, dass ich nicht davonlaufe?“

„Zwei Gründe.“ Er ließ den Motor an und fuhr im Rückwärtsgang die Auffahrt hinunter. „Erstens, du bist zu klug, um das bisschen Energie zu verschwenden, das du noch hast.“ Er bremste und schaltete in den ersten Gang. „Zweitens, du liebst mich.“

Diese Argumente konnte sie nicht widerlegen. Sie liebte Cord von ganzem Herzen, obwohl er sie sehr verletzt hatte, als er und Preston sie in ihrem Spiel wie eine Schachfigur benutzt hatten.

Cord warf ihr einen prüfenden Blick zu. „Du willst mir nicht widersprechen?“

„Nein.“

Ihre teilnahmslose Feststellung erschütterte ihn bis ins Mark. Susan liebte ihn, aber hatte jede Hoffnung aufgegeben.

Als Susan heute Morgen das Büro verlassen hatte, war sein erster Gedanke gewesen, ihr Zeit zu geben, um sich zu erholen. Doch dann war er zu dem Entschluss gekommen, dass es höchste Zeit war, um sie zu kämpfen und sie zurückzugewinnen.

Susan saß ganz still da. Schließlich fragte sie: „Wohin fahren wir?"

„Ans Meer", erwiderte er. „Du wirst nichts anderes tun als essen, schlafen und am Strand liegen, bis du wieder zugenommen hast und diese Ringe unter deinen Augen verschwunden sind."

Einen Augenblick lang dachte sie über seine Worte nach. Sie waren schon viel zu weit gefahren, als dass er einen Strand meinen konnte, den sie kannte. Sie seufzte. „Welchen Strand?"

Er lachte. „Wenn du es unbedingt wissen willst, er liegt in Florida. Reicht dir das?"

Bevor sie ankamen, schlief Susan doch noch ein. Am frühen Morgen parkte Cord den Wagen an einem kleinen Haus am Meer und rüttelte Susan sanft wach.

Das Haus lag direkt am Strand, davor erstreckte sich eine glitzernde Bucht. Im Sternenlicht wirkte der weiße Sand wie Schnee. Als Susan ausstieg, strich ihr eine leichte Brise durchs Haar, die nach Ozean und frischem Regen duftete.

Es war ein schlichtes weißes Strandhaus mit großen Fenstern und niedrigen Decken. Susan folgte Cord hinein. Die kleine, freundliche Küche war in Weiß und Gelb gehalten, in einer Nische stand ein Glastisch, darüber hing ein Ventilator. Das Wohnzimmer war mit Korbstühlen ausgestattet. Dann zeigte Cord ihr das Schlafzimmer und stellte den Koffer, den Emily gepackt hatte, ans Bettende.

„Dein Bad ist da drüben." Er wies auf eine Tür, die von dem Raum abging. „Ich bin in dem Zimmer gegenüber, wenn du irgendetwas brauchst."

Cord küsste sie auf die Stirn und verließ das Zimmer. Susan stand da und blinzelte vor Erstaunen. Sie hatte immer gedacht, Cord wollte nur Sex von ihr. Warum ließ er sie dann jetzt allein schlafen? Warum hatte er sich solche Mühe gegeben, mit ihr bis nach Florida zu fahren?

Aber das Bett lachte sie an, und sie duschte rasch und schlüpfte dann nackt unter die Laken, zu müde, um nachzusehen, ob Emily ein Nachthemd für sie eingepackt hatte. Über den rätselhaften Cord konnte sie auch morgen noch nachdenken.

Am nächsten Morgen wurde sie durch den Duft von Kaffee und gebratenen Eiern geweckt. Cord stand in der Küche und drückte Susan eine Tasse heißen Kaffees in die Hand. „Guten Morgen!"

Susan begriff gar nichts mehr. „Solltest du angesichts deiner neuen Position nicht besser in der Firma sein?"

Er zuckte die Schultern und strich sich großzügig Marmelade auf den Toast. „Das kann man so oder so sehen. Ich glaube, ich habe meine Prioritäten schon richtig gesetzt."

Susan schnitt ihren Toast sorgfältig in Streifen. Sie war sich überhaupt nicht sicher, warum Cord sie hergebracht hatte. Zum ersten Mal seit Wochen war sie wieder richtig ausgeschlafen, und sie hatte eine Menge Fragen.

„Du hattest das alles schon sorgfältig geplant, bevor du nach Biloxi zurückgekommen bist, nicht wahr?"

Er sah auf. „Es hing alles vom ersten Schritt ab. Als ich anfing, Druck zu machen, musste Preston Aktien verkaufen und seine Position schwächen, um mir mein Geld zurückzuerstatten. Er hat meine Übernahme sozusagen finanziert, denn mit dem zurückgezahlten Geld habe ich die erste Anleihe aufgekauft. Als ich dafür das Geld bekam, nahm ich es, um die zweite zu kaufen."

Cord hatte eiserne Nerven bewiesen. Susan war beeindruckt. „Du hattest daneben keine anderen Rücklagen?"

„Natürlich habe ich Geld", gab er zurück. „Ich bin ein ziemlich guter Spieler, egal ob mit Karten, Würfeln, Pferden ... oder Öl. Ich habe zwar schon ein paar Mal mein Hemd verloren, aber meistens gewinne ich."

„Öl?", fragte sie erstaunt. „Wolltest du die Hügel für dich selbst pachten? Also gibt es gar keine Gesellschaft, für die du arbeitest?"

Er zuckte die breiten Schultern unter seinem hellblauen Poloshirt. „Die Hügel waren nur ein Vorwand", gab er zu. „Damit konnte ich Preston unter Druck setzen. Ich wollte, dass er die Pacht verweigert, damit ich ihm drohen konnte."

Susan erinnerte sich dunkel, dass er Preston absichtlich dazu gebracht hatte, ihm die Hügel zu verweigern. Sie alle waren nur seine Marionetten gewesen und hatten getan, was er wollte.

„Also gibt es gar kein Öl dort? Kein Wunder, dass du es nicht eilig hattest, einen Pachtvertrag zu unterschreiben!"

„Das habe ich nicht gesagt." Er legte seine Hand auf ihre. „Iss doch endlich deinen Toast", empfahl er. „Hast du noch kein Gutachten veranlasst?"

„Nein, noch nicht."

„Nun, es besteht durchaus eine Chance auf ein Erdöl- oder Erdgasvorkommen."

Sie aß einen Bissen, dann schob sie den Teller weg. „Ich bin wirklich nicht hungrig, tut mir leid."

„Ist schon gut. Du wirst bald wieder Appetit bekommen." Er stand auf und begann den Tisch abzuräumen. Als Susan ihm helfen wollte, stoppte er sie mit einer Handbewegung. „Moment, Lady. Stell den Teller hin. Du bist nicht zum Arbeiten hier."

„Ich kriege es gerade noch hin, einen Teller wegzuräumen", teilte sie ihm sanft mit.

„Setz dich. Ich muss dir wohl erst mal die Regeln erklären."

Auf seine gespielt ernste Anweisung setzte sie sich wieder hin. Cord nahm ihr gegenüber Platz und erklärte: „Du bist hier, um dich auszuruhen. Ich koche, ich wasche ab, ich mache alles."

„Und wie lange wird dieses Paradies andauern?", fragte sie lächelnd.

„So lange, wie es eben dauert", antwortete er leise.

Er meinte es ernst. Die folgenden Tage vergingen ohne Aufregung. Nach dem Stress der letzten Wochen war es genau das, was Susan brauchte. Sonnenaufgang und Sonnenuntergang bestimmten ihre Zeit. Anfangs schlief sie viel und beschäftigte sich nicht mit quälenden Fragen. Sie ruhte sich bloß aus, aß, schlief, und all das unter der schweigsamen Aufmerksamkeit, die Cord ihr schenkte.

Sie schlief nicht nur allein, sie war vollkommen ungestört und kam langsam wieder zu Kräften. Die Depression und die Müdigkeit, die sich gegenseitig bedingt hatten, verschwanden. Es war fast wie eine Wiedergeburt, und sie freute sich im Stillen darüber.

Auch für Cord musste ihre Erholung unübersehbar sein, und jede Nacht wartete sie darauf, dass er zu ihr käme. Fast bekam sie Angst, er begehrte sie nicht mehr, doch dann begriff sie, dass er darauf wartete, dass sie den ersten Schritt tat.

Doch aus Unsicherheit schwieg sie. Sie wusste nicht genau, was sie eigentlich wollte. Sie liebte ihn zwar immer noch, aber da war trotzdem dieses Gefühl, von ihm benutzt worden zu sein. Und solange sie Zweifel hatte, musste sie unnahbar bleiben. Zudem wollte sie nicht nur eine Affäre mit Cord, sondern mehr. Sie wollte seine Liebe, eine richtige Beziehung, und sie wollte seine Kinder.

In der fünften Nacht zog ein Gewitter vom Golf her auf und entlud sich mit solcher Wucht über dem Haus, dass die Fensterläden schlugen. Susan erwachte mit einem Schrei auf den Lippen, bevor sie begriff, wo sie war. Dann rollte sie sich wieder unter der Bettdecke zusammen und lauschte auf den Regen, der gegen das Fenster prasselte. Solange das Gewitter nicht in einen Tornado ausartete, genoss sie das Schauspiel der Naturgewalten eher, als dass sie sich ängstigte.

Unvermittelt öffnete sich die Tür, und Cord kam herein. Im Aufleuchten eines Blitzes sah sie, dass er nackt war.

„Bist du in Ordnung?“, fragte er sanft. „Ich dachte, vielleicht hast du Angst.“

Sie setzte sich auf und strich sich das Haar aus der Stirn. „Mir geht’s gut. Ich bin nur erschrocken.“

„Gut.“ Er wollte das Zimmer wieder verlassen.

„Cord, warte!“, rief sie. Zögernd drehte er sich um.

„Ich glaube, wir sollten reden“, versuchte sie es.

„Gut.“ Er wirkte verunsichert. „Ich zieh mir was an und komme wieder.“

„Nein.“ Susan streckte ihm die Hand entgegen. „Das ist doch nicht nötig, oder?“

„Nein“, erwiderte er. „Aber ich wusste nicht, ob es dir vielleicht etwas ausmacht.“

„Nein ... bitte setz dich.“ Sie rückte ein wenig zur Seite und wickelte sich die Decke um.

Cord ließ sich aufs Bett fallen und stopfte sich ein Kissen hinter den Rücken, bevor er seine langen Beine ausstreckte und die Lampe anmachte. „Wenn wir reden, will ich dich sehen können.“

Susan steckte die Beine unter die Decke und versuchte, sich von Cords Nähe nicht durcheinanderbringen zu lassen. Sie richtete ihre Aufmerksamkeit auf sein Gesicht. Auf sein wissendes Lächeln hin errötete sie und musste selbst lachen.

„Tut mir leid. Du hast ein Talent, mich erröten zu lassen."

„*Ich* sollte eher rot werden, wenn ich deine Gedanken richtig lese."

Er hatte recht. Susan brachte sich rasch wieder unter Kontrolle. Was jetzt kam, war ihr viel zu wichtig, um sich ablenken zu lassen.

„Bevor ich anfange, möchte ich ein für alle Mal etwas klarstellen. Ich liebe dich. Wenn du damit nicht umgehen kannst oder wenn es dir unangenehm ist, dann haben wir nichts zu besprechen, und du kannst genauso gut wieder in dein Zimmer gehen."

Er rührte sich nicht von der Stelle. „Das weiß ich schon lange", sagte er. Seine Augen waren dunkel vor Leidenschaft. „Ich wusste es, als wir zum ersten Mal miteinander geschlafen haben. Wenn du mich nicht geliebt hättest, hättest du dich niemals so hingegeben."

„Und trotzdem konntest du mir nicht vertrauen? Du hast mich im Ungewissen gelassen, obwohl du wusstest, dass ich mir Sorgen machte und wie es mich quälte, dass ich gegen dich kämpfen musste." Allein die Erinnerung daran verursachte ihr einen stechenden Schmerz, und sie holte Luft, um ihr inneres Gleichgewicht wiederzufinden.

„Zu meiner Verteidigung muss ich sagen, dass ich nicht erwartet hatte, jemanden wie dich zu treffen", sagte Cord. „Du hast mich kalt erwischt, Susan Blackstone, und ins Straucheln gebracht. Ich habe mich so viele Jahre nur auf mich allein verlassen, dass ich es selbst kaum glauben konnte, was geschah. Du hast Preston so stur verteidigt. Wie sollte ich da nicht glauben, dass du sofort zu ihm rennst, wenn ich dir gesagt hätte, dass ich gar nicht vorhatte, die Firma Bankrott gehen zu lassen, sondern nur die Aktienmehrheit haben wollte?"

„Aber verstehst du denn nicht?", rief sie aus. „Ich habe Preston gerade deswegen verteidigt, *weil* ich dachte, dass du die Firma ruinieren willst, um Judith an ihm zu rächen!"

„Nein, ich war nicht auf Rache aus, obwohl ich ihn das glauben lassen wollte. Ich trage selbst zu viel Schuld an der Sache, als dass ich das Recht hätte, mich an irgendjemandem zu rächen. Aber so, wie die Dinge lagen, als ich wegging … Honey, du hast keine Ahnung, wie bitter ich geworden war. Ich wollte zurück nach Hause, aber nur aus einer Machtposition heraus. Ich wollte nicht einfach so wieder hier leben. Ich wollte akzeptiert werden und ein Teil der Welt sein, zu der ich früher gehört habe, als ich zu jung und zu hitzköpfig war, um es zu schätzen."

„Und du denkst, wenn du mir das alles erzählt hättest, hätte ich dir das unmöglich gemacht?“ Susan musste die Tränen zurückhalten.

Er legte die Hände um ihr Gesicht und streichelte sanft ihre Wangen. „Weine nicht“, murmelte er. „Ich habe dir gesagt, ich bin es nicht mehr gewohnt, jemandem zu vertrauen. Ich war zu lange in schlechter Gesellschaft, als dass … nun gut. Aber verdammt, ich wollte nie, dass auch du deine Aktien verkaufst! Ich hätte nie gedacht, dass Preston alles auf dich abwälzt, aber er ist ein schlauer Hund, das muss ich ihm lassen. Fast hätte es funktioniert. Wenn ich gewusst hätte, dass *du* finanziell darunter leidest, hätte ich sofort aufgehört. Nur durch deine eigene Sturheit, mir nicht davon zu erzählen, hatte ich genug Zeit, so viele Aktien zu kaufen, wie ich brauchte.“

„Und meine Stimme habe ich dir auch noch gegeben“, erinnerte sie ihn schwach.

„Das auch“, bestätigte er. Sie sah so unglaublich sexy aus mit dem zerwühlten Haar und den halb geschlossenen Augenlidern. Die dunklen Schatten unter ihren Augen waren verschwunden, und unter dem seidenen Nachthemd hoben sich die weichen Kurven ihrer Brüste ab.

Sein Herz zog sich zusammen, als er plötzlich erkannte, dass Susan sein Leben wie ein helles Licht erleuchtete. Wenn diese Flamme verlosch, wäre er zu einem Leben in Dunkelheit verdammt.

„Es war ein Fehler, dir nicht zu vertrauen“, sagte er leise. „Ich wusste, dass du mich liebst, und es war fast zu viel für mich. Ich hatte Angst, es zu glauben. Susan, verstehst du nicht? Hast du denn eine Ahnung, welche Wirkung du auf andere hast? Überall überschlagen sich die Leute, um dir zu gefallen und nur ein Lächeln von dir zu bekommen, selbst Imogene würde sich für dich zerreißen! Wenn ich geglaubt hätte, dass diese ganze Süße nur mir allein gehört, und dann hätte feststellen müssen, dass ich mich täusche – ich hätte es nicht ertragen. Ich durfte dich nicht zu nahe an mich heranlassen, ohne mich zu schützen.“

Seine Worte verwirrten Susan. „Die Leute überschlagen sich für mich? Was meinst du damit?“

Sie wusste es wirklich nicht. Wahrscheinlich hatte sie noch nie bemerkt, welchen Effekt ihr strahlendes Lächeln auf andere hatte. Mein Gott, er hatte einen Schatz, um den andere Männer kämpfen würden, und sie war sich nicht einmal bewusst, welche Macht sie durch ihren unbeschreiblich süßen Charme ausübte.

„Nicht so wichtig", meinte Cord liebevoll. Sie würde es ihm ja doch nicht glauben, wenn er es erklärte. „Es zählt nur, ob du mich genug liebst, um mir zu verzeihen."

„Das tue ich", antwortete sie. Wenn sie auf ihr Herz horchte, stellte sie fest, dass sie ihn so liebte, dass sie ihm alles verziehen hätte.

Zärtlich umfasste er ihre Taille und zog Susan auf seinen Schoß. „Ich bin froh", sagte er ernst. „Weil ich dich so liebe, dass ich es nicht ertrüge, wenn du mich jetzt wegschickst."

Susans Augen weiteten sich. Ihr Herz machte einen freudigen Satz, bevor es heftig gegen die Rippen zu schlagen begann. „Du … was?"

„Ich sagte, ich liebe dich", wiederholte er und streichelte ihr langsam über den Rücken. Susan bebte und versuchte etwas zu sagen, aber über ihre zitternden Lippen kam kein Wort. Stattdessen ließ sie den Kopf auf seine Schulter sinken und hielt sich an ihm fest.

Cord legte die Arme um sie und drückte ihren zarten Körper an sich. Bei dem Gedanken, dass er Susan fast verloren hätte, brannten ihm plötzlich Tränen in den Augen.

„Ich liebe dich", flüsterte er wieder in ihr duftiges Haar. Heiße Tränen rannen ihm über die sonnengebräunten Wangen, aber er bemerkte sie nicht, denn er ging ganz in dem Wunder auf, diese zarte Frau in den Armen zu halten, die so viel Süße und so ein unendliches Liebesvermögen besaß, dass er es kaum begreifen konnte.

Susan hob den Kopf. Als sie sah, dass er weinte, stockte ihr der Atem. In diesem Moment wusste sie ohne Zweifel, dass Cord sie liebte. In seinen Tränen löste sich die letzte Bitterkeit auf, seine Trauer und die Schuld, die er wegen Judith empfand. Susan legte ihre Wange an seine. Sie würde diesen Mann nie wieder abweisen.

Cord überkam das plötzliche Verlangen, seine Empfindungen durch ihre Vereinigung zu besiegeln, und rollte Susan herum. Er zog ihr das Nachthemd über den Kopf und betrachtete einen Moment lang ihre Schönheit, bevor er sich auf sie sinken ließ. Hungrig küsste er sie, dann hielt er inne. „Wir werden heiraten."

Wieder stockte Susan der Atem, aber diesmal vor Glück, und endlich glaubte sie, was ihr geschah. Ein Lächeln spielte um ihre Lippen. Es war kein Antrag oder eine Frage, es war einfach eine Feststellung. Sie würden heiraten, und sie tat besser daran, sich nicht mit ihm darüber zu streiten!

„Ja", sagte sie und seufzte verzückt, als er in sie eindrang und ihr weicher, süßer Körper ihn willkommen hieß. Cord bewegte sich langsam und stöhnte laut auf vor Lust.

Dann hielt er inne und stützte sich auf einen Ellbogen, um Susan anzusehen, Begehren in seinem Blick. „Und du wirst meine Kinder bekommen", murmelte er.

„In Ordnung." Sie legte Cord die Hände um den Nacken und lächelte ihn an. „Es wird mir ein Vergnügen sein."

Er lächelte zurück. „Dann lass uns nicht länger warten." Er küsste sie wieder, dann begannen ihre Körper sich in einem gemeinsamen Rhythmus zu bewegen. Ihre Leidenschaft war wild und zärtlich zugleich, ihre Liebe voll gegenseitiger Hingabe.

Was auf einer Tanzfläche begonnen hatte, war zu Liebe geworden, vervollkommnet durch die Tränen eines Mannes, der gelernt hatte zu weinen.

– ENDE –

Linda Howard

Kurzschluss!

Roman

Aus dem Amerikanischen von
Erdmute Gabriel-Seter

MIRA®

1. KAPITEL

In Dallas war es an diesem Donnerstag im Juli sehr heiß. Der Bürgersteig glühte vor Hitze, sie drang durch das dünne Leder von Elizabeth Majors Schuhen und zwang sie zur Eile, obwohl ihr eigentlich jede Bewegung bei der drückenden Temperatur schwer fiel. Das moderne Bürohochhaus, in dem sie arbeitete, besaß keine eigene Tiefgarage, da der Bauherr diese wegen eines vorhandenen Parkplatzes auf der anderen Straßenseite für überflüssig gehalten hatte. Jedes Mal, wenn Elizabeth die Straße bei Regen überquerte oder, wie jetzt, seit Beginn der Hitzewelle, in der Sonne schmorte, schwor sie sich, Ausschau nach anderen Büroräumen zu halten. Sie änderte ihre Meinung aber immer, sobald sie das Gebäude betrat. Doch das Bewusstsein, frei entscheiden zu können, vermittelte ihr ein gutes Gefühl.

Abgesehen von der Parksituation, bot das Bürohochhaus perfekte Arbeitsvoraussetzungen. Es war erst zwei Jahre alt, die Einrichtung wirkte reizvoll und gleichzeitig zweckmäßig. Die Farbzusammenstellung im Foyer stellte eine harmonische Mischung aus Grau, Dunkelrot und Weiß dar und entsprach dadurch sowohl dem männlichen als auch dem weiblichen Geschmack. Üppige Grünpflanzen, von Fachkräften kunstvoll arrangiert, verstärkten den Eindruck von Frische und Geräumigkeit. Die Aufzüge waren technisch auf dem neuesten Stand und funktionierten einwandfrei. Elizabeths vorheriges Büro hatte in einem älteren Gebäude gelegen. Dort hatte es immer wieder Ärger mit den Fahrstühlen und dem Reparaturservice gegeben. Daher schätzte sie die neuen Räume doppelt.

Ein privater Wachdienst kümmerte sich um die Sicherheit. Er war von sechs Uhr morgens bis zehn Uhr abends in zwei Schichten im Einsatz. Jeder, der das Gebäude vor sechs Uhr früh betreten oder später als zehn Uhr abends verlassen wollte, musste den Wachdienst informieren. Es ging allerdings das Gerücht um, dass die Computerfirma in der zehnten Etage die Einführung einer dritten Arbeitsschicht plante. Dann wäre der Wachdienst sogar rund um die Uhr im Einsatz. Bis dahin aber wurde das Gebäude werktags um zweiundzwanzig Uhr und am Wochenende um achtzehn Uhr verschlossen.

Elizabeth öffnete die Außentüren und seufzte erleichtert, als sie die kühle Luft auf dem heißen Gesicht spürte. Die Schweißperlen, die sich dort auf dem Weg vom Auto bis ins Haus gebildet hatten, trockneten schnell. Elizabeth betrat das Foyer durch eine der großen Glastüren, die hinter den Außentüren den Innenraum schützten. Die Klimaanlage arbeitete auf vollen Touren, und der plötzliche Temperaturwechsel ließ Elizabeth eine Sekunde lang erschauern. Ihre Seidenstrumpfhose klebte an den Beinen, und bei dem feuchten Gefühl verzog sie das Gesicht. Trotz allem war sie bester Stimmung und frohlockte, während sie das Foyer in Richtung der Aufzüge durchquerte.

Ein hoch gewachsener Mann mit ungekämmten Haaren, der wie ein Rennradfahrer aussah, betrat den Aufzug direkt vor ihr. Elizabeth war sofort in Alarmbereitschaft versetzt, verlagerte den Riemen ihrer Handtasche auf die linke Schulter und streckte die rechte Hand flink nach dem Knopf für die fünfte Etage aus. Der Mann war noch schneller. Elizabeth sah seine große, schwielige Hand vor sich, als er genau diesen Knopf drückte. Sie warf dem Mann ein unverbindliches Lächeln zu, so, wie sich Fremde in Aufzügen zulächeln, und heftete den Blick dann fest auf die geschlossenen Türen. Auf dem kurzen Weg nach oben entspannte sie sich allmählich. Wenn der Mann zur fünften Etage wollte, hatte er zweifellos irgendetwas mit „Quinlans Sicherheitsservice“ zu tun.

Elizabeth verließ den Aufzug. Der Mann folgte ihr, als sie den Flur entlangging. Ihre Büroräume lagen auf der linken Seite. Die elegante Einrichtung war durch eine Glaswand sichtbar. Elizabeth stellte fest, dass ihre Sekretärin Chickie von der Mittagspause zurück war und ihr neugierig entgegenblickte. Besser gesagt, sie begutachtete unverhohlen den Mann hinter ihr. Elizabeth bemerkte, wie ihre dunklen Augen sich fasziniert weiteten.

Elizabeth öffnete die Tür zu ihrem Büro. Der Rennradfahrer öffnete, ohne zu zögern, die Tür gegenüber, die zu „Quinlans Sicherheitsservice“ führte. Quinlans Büro hatte kein Fenster zum Flur, es gab nur ein diskretes Namensschild auf der massiven Tür. Elizabeth war aus verschiedenen Gründen froh, dass dort ein Fenster fehlte. Die Leute, die durch diese Tür gingen, waren … interessant, das musste man immerhin zugeben.

„Toll“, sagte Chickie und konnte den Blick nicht von der geschlossenen Tür gegenüber lösen. „Hast du das gesehen?“

„Ich hab’s gesehen“, lautete Elizabeths trockener Kommentar.

Chickie tendierte bei Männern bedauerlicherweise zu der ungepflegten, raubeinigen Kategorie. „Er trug einen Ohrring", schwärmte sie träumerisch. „Und hast du sein Haar gesehen?"

„Ja. Es war lang und ungekämmt."

„Was für eine unglaubliche Mähne! Ich frage mich, was er bei Quinlan will." Chickies Augen leuchteten auf. „Vielleicht ist er ein neuer Angestellter!"

Elizabeth schauderte es bei der Vorstellung, aber es war möglich. Leider befasste sich „Quinlans Sicherheitsservice" nicht mit der finanziellen Absicherung seiner Klienten, sondern bot nur körperlichen Schutz. Chickie hatte gleich nach ihrem Umzug in dieses Bürohochhaus unverblümt Erkundigungen eingezogen und erfreut berichtet, dass Quinlan nicht nur verschiedene Sicherheitssysteme, sondern auch Bodyguards zur Verfügung stellte. Nach Elizabeths Auffassung war das keine ausreichende Erklärung für den merkwürdigen Personenkreis, der in Quinlans Büro aus und ein ging. Die Klienten, aber vielleicht handelte es sich auch um Angestellte, waren zweifellos ungehobelte Gesellen ohne Manieren. Falls es sich um Erstere handeln sollte, war für Elizabeth unvorstellbar, dass sie genug Geld besaßen, um einen Sicherheitsservice zu bezahlen. Falls es sich um Letztere handelte, konnte sie sich keinen Klienten vorstellen, der die Gegenwart eines Bodyguards ertrug, der wie ein Massenmörder aussah.

Elizabeth war im vergangenen Winter ein paar Mal mit Tom Quinlan, dem Besitzer der Firma, ausgegangen, aber er war sehr verschwiegen gewesen, sobald das Gespräch auf sein Geschäft kam. Sie mochte dann nicht weiter fragen. Genau genommen hatte vieles an ihm sie irritiert. Er war ein hoch gewachsener, breitschultriger Macho, ein Mann, der es gewohnt war, zu bestimmen, und der mit seiner Persönlichkeit und seiner körperlichen Präsenz erdrückend wirkte. Als Elizabeth merkte, dass er ihr Leben in die Hände nehmen wollte, hatte sie die Beziehung abrupt beendet und ging ihm seither aus dem Weg. Sie würde nicht noch einmal die Verantwortung für ihr Leben abgeben wollen, an Tom Quinlan schon gar nicht.

Chickie wandte den Blick von der geschlossenen Tür gegenüber und sah Elizabeth erwartungsvoll an. „Nun?"

Elizabeth konnte ein triumphierendes Lächeln nicht unterdrücken. „Sie war begeistert. Das ist gewiss nicht übertrieben."

„Wirklich? Dann hast du den Auftrag bekommen?" Chickie sprang spontan auf und gab ihrem Schreibtischstuhl einen solchen Schubs, dass er sich um die eigene Achse drehte.

„Ja, ich hab ihn bekommen. Nächsten Monat fangen wir an." Elizabeth hatte sich zum Mittagessen mit Sandra Eiland getroffen, der einer der ältesten feudalen Wohnsitze in Dallas gehörte. Sandra hatte beschlossen, ihr luxuriöses Haus im Hazienda-Stil zu renovieren, und Elizabeth hatte gerade den Auftrag für die Innenausstattung erhalten. Sie war nun seit fünf Jahren Inhaberin eines eigenen Büros. Dies war ihr bisher größter Auftrag, der für sie sehr werbewirksam sein würde. Sandra Eiland liebte Partys und Empfänge und die Rolle der Gastgeberin. Elizabeth konnte sich keine bessere Werbung wünschen. Dieser eine Auftrag ermöglichte ihr vielleicht ein neues Arbeitsfeld in den Kreisen der Reichen und brachte ihr berufliches Weiterkommen voran.

Chickies Begeisterung war offensichtlich. Sie tanzte durch das Empfangszimmer, dass ihre langen schwarzen Haare flogen. „Aufgepasst, Dallas, jetzt kommen wir", jubelte sie. „Heute der Auftrag von Mrs. Eiland, morgen … morgen etwas anderes. Wir werden viel zu tun haben."

„Hoffentlich", meinte Elizabeth und ging weiter in ihren Büroraum.

„Was heißt hier hoffentlich?" Chickie tänzelte hinter ihr her. „Dafür gebe ich dir eine Garantie. Das Telefon wird so oft klingeln, dass ich eine Hilfskraft brauche. Ja, die Idee gefällt mir. Jemand anderes soll den Telefondienst übernehmen, ich werde durch die Stadt sausen und Einkäufe und solche Sachen erledigen."

„Wenn du unterwegs bist, kannst du das Kommen und Gehen dort drüben nicht mehr beobachten", gab Elizabeth zu bedenken und verbarg ihre Belustigung.

Chickie hörte auf zu tanzen und dachte nach. „Quinlans" war ihre Quelle für interessante, aufregende Männer, das Büro war ergiebiger als jede Single-Bar.

„Dann werde ich vielleicht zwei Assistenten brauchen", meinte sie unbekümmert. „Einen für den Telefondienst und einen für Besorgungen, während ich hier bleibe und alles organisiere."

Elizabeth lachte laut. Chickies übersprudelndes Wesen, ihre positive Art machte es zur reinen Freude, mit ihr zusammenzuarbeiten. Mit ihren unterschiedlichen Persönlichkeiten und Lebensweisen ergänzten sie sich optimal. Elizabeths scharfer Verstand und trockener Witz fanden ein passendes Gegengewicht in Chickies Herzlichkeit und

Offenheit. Elizabeth war groß und schlank, Chickie klein und üppig proportioniert. Chickie kleidete sich gern auffällig und liebte den dramatischen Auftritt, Elizabeth bevorzugte elegante Kleidung im klassischen Stil und gab sich zurückhaltend. Gerade ihre Gegensätzlichkeit schien den Kunden zu gefallen. Sie vermittelte ihnen das Gefühl, dass ihre Wünsche nicht in ein bestimmtes Schema gepresst, sondern individuell behandelt wurden.

Natürlich fand Elizabeth ihren Kleidungsstil manchmal unbequem, wie heute bei dieser Hitze. Shorts und ein Baumwoll-T-Shirt wären angebrachter, aber sie hatte sich an Seidenstrumpfhosen gewöhnt. Die gehörten für sie zum kompletten Outfit. Ohne Klimaanlage hätte sie es allerdings niemals ausgehalten, allein das Überqueren der Straße bei dieser extrem hohen Temperatur glich einem Härtetest.

Chickies Armreifen klirrten, als sie im Besuchersessel vor Elizabeths Schreibtisch Platz nahm. „Wann gehst du nach Hause?"

„Nach Hause?" Manchmal war es nicht so einfach, Chickies Gedankensprüngen zu folgen. „Ich bin gerade erst gekommen."

„Hörst du nie Radio? Die Hitze ist inzwischen zum Risikofaktor geworden. Die Gesundheitsbehörde, oder war's das Wetteramt, rät jedem, während der heißesten Tageszeit drinnen zu bleiben, viel Mineralwasser zu trinken und Ähnliches. Die meisten Geschäfte öffnen nur morgens und schicken ihre Angestellten früh nach Hause, damit sie in keinen Verkehrsstau kommen. Ich habe mich umgehört. In unserem Gebäude ist fast überall gegen vierzehn Uhr Dienstschluss."

Elizabeth betrachtete den Aktenordner für das Haus von Mrs. Eiland, den sie gerade auf den Schreibtisch gelegt hatte. Sie konnte es kaum erwarten, mit ihren Entwürfen anzufangen. „Du kannst jederzeit nach Hause gehen", sagte sie. „Aber ich möchte ein paar Ideen umsetzen, solange sie noch frisch sind."

„Ich habe nichts anderes vor", beteuerte Chickie sofort. „Ich bleibe auch."

Elizabeth begann zu arbeiten und vergaß bald, wie gewöhnlich, alles andere um sich herum. Sie liebte ihre Arbeit, vor allem die Herausforderung, die Inneneinrichtung eines Hauses sowohl schön als auch funktional und passend zum Charakter des Besitzers zu gestalten. Für Sandra Eiland wollte sie etwas, das an die Glanzepoche der Südstaaten erinnerte, ein Gefühl von Helligkeit und Unbegrenztheit vermittelte und außerdem die Eleganz und Kultiviertheit von Sandra widerspiegelte.

Das Klingeln des Telefons unterbrach Elizabeth bei der Arbeit, sie schaute auf und stellte erstaunt fest, dass es schon nach fünfzehn Uhr war. Chickie nahm den Hörer ab, lauschte einen Moment lang und sagte dann: „Ich werde es herausfinden. Warten Sie." Sie drehte sich ein Stück mit ihrem Schreibtischstuhl und konnte so durch die offene Tür Elizabeths Büroraum überblicken. „Es ist der Wachmann im Foyer. Er ist eine Aushilfe und ruft in allen Büros an, weil er die Gewohnheiten der einzelnen Leute nicht kennt. Er sagt, dass inzwischen fast alle gegangen sind, und möchte wissen, wie lange wir noch bleiben wollen."

„Geh du doch jetzt nach Hause", schlug Elizabeth vor. „Es gibt keinen Grund für dich, noch länger zu bleiben. Und sag dem Wachmann, dass ich im Laufe der nächsten Stunde fertig werde. Ich möchte diese Skizze noch beenden, aber das dauert nicht mehr lange."

„Ich bleibe so lange bei dir", versicherte Chickie wieder.

„Nein, das ist nicht nötig. Stell einfach den Anrufbeantworter an. Ich verspreche dir, dass ich kurz nach dir gehe."

„Tja, wenn du meinst." Chickie gab die Nachricht an den Wachmann weiter, legte den Hörer auf und holte ihre Handtasche aus der untersten Schreibtischschublade. „Ich fürchte mich davor, bei dieser Hitze rauszugehen", sagte sie. „Vielleicht wär's am besten, bis zum Abend zu warten, wenn's sich etwas abkühlt."

„Es sind noch mehr als fünf Stunden bis zum Sonnenuntergang. Vergiss nicht, wir haben Juli."

„Andererseits könnte ich die fünf Stunden damit verbringen, den schnuckeligen Typ zu verführen, der letzte Woche einen Termin bei ‚Quinlans' hatte."

„Das klingt vielversprechend."

„Und macht bestimmt mehr Spaß." Chickie schmunzelte. „Ich wickle ihn um den kleinen Finger. Also, bis morgen."

„Ja. Viel Glück." Als Chickie in ihrem scharlachroten Rock gut gelaunt das Büro verließ, war Elizabeth schon wieder in die Arbeit vertieft. Die Skizze war fast fertig und stellte Elizabeths Talent unter Beweis. Sie gab bei jedem Entwurf das Beste, aber dieser sollte absolut perfekt werden, nicht nur zum Nutzen ihrer Karriere, sondern weil das wundervolle alte Haus es verdiente.

Schließlich verkrampften sich ihre Finger, und sie legte den Stift kurz weg. Gleichzeitig merkte sie, dass ihr Nacken schmerzte. Das passierte normalerweise erst, wenn sie mehrere Stunden lang über einer Zeichnung gesessen hatte. Ganz in Gedanken lockerte sie die Schultern und griff wieder nach dem Stift, als ihr plötzlich klar wurde, was das ungute Gefühl bedeutete. Sie seufzte verärgert, als sie feststellte, dass es siebzehn Uhr zwanzig war, viel später, als sie beabsichtigt hatte. Jetzt würde sie genau in den Feierabendverkehr kommen, den sie eigentlich hatte vermeiden wollen – wegen all der aufgrund der Hitze gereizten, aggressiven Fahrer.

Elizabeth stand auf und streckte sich, dann griff sie nach ihrer Handtasche und schaltete die Lampen aus. Die grelle Nachmittagssonne war wegen des Hochhauses in unmittelbarer Nähe nicht zu sehen, trotzdem drang noch genügend Licht durch die getönten Fensterscheiben. Als Elizabeth in den Flur trat und sich umdrehte, um ihre Tür abzuschließen, verließ auch Tom Quinlan gerade sein Büro und schloss ebenfalls ab. Elizabeth vermied es, ihn anzusehen, aber sie spürte seinen Blick und versteifte sich unwillkürlich. Quinlan brachte sie immer aus der Ruhe. Das war einer der Gründe, warum sie nicht mehr mit ihm ausgegangen war, wenn auch nicht der wichtigste.

Elizabeth konnte den Verdacht nicht loswerden, dass Tom Quinlan auf sie gewartet hatte. Sie blickte sich unbehaglich um, aber niemand sonst war zu sehen. Normalerweise war das Gebäude zu dieser Zeit voller Menschen, die sich nach Dienstschluss auf den Heimweg machten. Heute herrschte ungewohnte Stille. Bestimmt sind wir nicht die Einzigen, die hier sind, versuchte Elizabeth sich einzureden. Doch ihr gesunder Menschenverstand sagte ihr, dass es exakt so war, dass alle anderen vernünftigerweise früher nach Hause gegangen waren. Sie würde nichts Ablenkendes zwischen sich und Quinlan haben.

Er holte sie auf dem Weg zu den Aufzügen ein. „Sagst du nicht mal mehr Hallo zu mir?“

„Hallo.“

„Du hast lange gearbeitet. Alle anderen sind vor Stunden gegangen.“

„Du nicht.“

„Nein.“ Er wechselte abrupt das Thema. „Geh mit mir essen.“ Das klang mehr wie ein Befehl und weniger wie eine Einladung.

„Nein, danke“, antwortete Elizabeth kurz angebunden. Dann standen sie vor den Aufzügen. Sie drückte auf den Knopf und betete insgeheim, dass der Aufzug schnell kommen möge. Je eher sie von diesem Mann wegkam, desto sicherer würde sie sich fühlen.

„Warum nicht?"

„Weil ich nicht will."

Ein leises Geräusch signalisierte die Ankunft der Kabine, die Türen öffneten sich, und Elizabeth trat ein. Quinlan folgte ihr, die Türen schlossen sich und sperrten sie auf engstem Raum zusammen. Elizabeth wollte den Knopf zum Foyer drücken, aber Quinlan ergriff ihre Hand und drängte sich zwischen sie und die Schalttafel.

„Du willst, du hast nur Angst."

Elizabeth dachte einen Moment über seine Behauptung nach, dann straffte sie die Schultern und hielt seinem grimmigen Blick stand. „Du hast Recht. Ich habe Angst. Und ich gehe nicht mit Männern aus, die mich erschrecken."

Die Antwort gefiel ihm gar nicht, dabei hatte er selbst das Thema angeschnitten. „Hast du Angst, dass ich dich verletzen könnte?", fragte er zweifelnd.

„Natürlich nicht!", höhnte sie, und sein Gesichtsausdruck entspannte sich. Elizabeth wusste, dass ihre Antwort nicht ganz der Wahrheit entsprach, aber das war ihre Sache, nicht seine, auch wenn er das nicht begreifen wollte. Schnell entzog sie ihm ihre Hand. „Aber du würdest mein Leben furchtbar kompliziert machen, und ich habe keine Zeit für solche Komplikationen. Ich fürchte, dass du meinen Terminkalender total durcheinanderbringen würdest."

Tom Quinlans Augen weiteten sich ungläubig, dann verlor er die Fassung. „Verdammt noch mal, du zeigst mir seit mehr als einem halben Jahr die kalte Schulter, weil du nicht willst, dass ich dir deinen ganzen Terminkalender durcheinanderbringe?"

Elizabeth zuckte die Achseln. „Was soll ich sagen? Wir setzen alle unsere Prioritäten." Sie lehnte sich geschickt zur Seite, drückte den Knopf, und der Aufzug setzte sich in Bewegung.

Drei Sekunden später stoppte er unvermittelt. Elizabeth verlor das Gleichgewicht und stürzte gegen Quinlan. Geistesgegenwärtig schloss er die Arme um sie und drehte seinen muskulösen Körper so, dass er sie beim Aufprall abschirmen konnte. Gleichzeitig gingen die Lichter aus, und es wurde stockfinster.

2. KAPITEL

Das rote Notlicht schaltete sich kurz darauf ein und tauchte Elizabeth und Tom Quinlan in ein mattes, unwirkliches Licht. Elizabeth rührte sich nicht, sie war wie gelähmt und empfand gleichzeitig Schreck und Wohlempfinden. Sie lag ausgestreckt auf Quinlan und hatte die Arme instinktiv um seinen Hals gelegt, während er sie umfangen hielt. Sie spürte die Wärme seines Körpers durch die Kleidung, und der aufregend männliche Duft seiner Haut weckte Erinnerungen an eine Nacht, in der sie kein störender Stoff voneinander getrennt hatte. Elizabeths Körper reagierte mit Begehren, aber ihr Verstand rebellierte, und sie drückte leicht gegen Toms Arme, um sich zu befreien. Für einen Augenblick presste er sie an sich und fühlte ihre Brüste an seiner muskulösen Brust. Im Halbdunkel schimmerten seine tiefblauen Augen fast schwarz. Elizabeth las darin Entschlossenheit und unverhohlenes Verlangen.

Sie war versucht, ihren Widerstand aufzugeben und an seine Brust zu sinken, doch die Bestimmtheit seines Blickes hielt sie zurück. Unvermittelt gab Quinlan sie frei, obwohl es ihm schwer fiel. Er sprang geschmeidig auf. Dann umfasste er ihre Arme und stellte sie mühelos auf die Füße. „Ist alles in Ordnung? Oder hast du dir wehgetan?“, fragte er besorgt.

Elizabeth strich ihren Rock glatt. „Nein, mir geht’s gut. Und dir?“

Er murmelte zustimmend und war schon dabei, das Kästchen mit dem Notfall-Telefon zu öffnen. Dann nahm er den Hörer ab und drückte den Knopf, der die Wartungsfirma alarmieren würde. Elizabeth wartete, aber Quinlan sagte kein Wort. Er zog die dunklen Augenbrauen zusammen und warf den Hörer schließlich wieder auf die Gabel. „Da meldet sich niemand. Die Handwerker sind bestimmt wie alle anderen früher nach Hause gegangen.“

Elizabeth starrte das Telefon an. Es hatte keine Wählscheibe, nur einen einzigen Knopf. Die einzige Verbindung ging zur Wartungsfirma, und das bedeutete, dass sie sonst niemanden anrufen konnten.

Gleich darauf machte sie eine weitere Entdeckung und hob den Kopf. „Die Klimaanlage arbeitet nicht mehr.“ Die Ventilatoren standen still, das fehlende Geräusch hatte sie zuerst bemerkt.

„Offenbar ist die Elektrizität ausgefallen“, meinte Quinlan und richtete seine Aufmerksamkeit auf die Tür.

In der engen Kabine wurde es bereits stickig. Das gefiel Elizabeth gar nicht, aber sie zwang sich, nicht in Panik zu geraten. „Es wird wahrscheinlich nicht lange dauern, bis die Belüftung wieder funktioniert."

„Normalerweise würde ich dir zustimmen, wenn wir keine Hitzewelle hätten, aber unter diesen Umständen ist damit zu rechnen, dass die Stromnetze überlastet sind. Wenn das zutrifft, kann die Reparatur Stunden dauern. Wir müssen hier raus. Das Notlicht ist batteriebetrieben und wird nicht lange halten. Außerdem staut sich die Hitze auf engstem Raum, und wir haben kein Wasser und nicht genug Sauerstoff." Während er sprach, setzte er seine starken Arme schon als Hebel ein, um die Aufzugstür zentimeterweise auseinanderzuzwängen. Elizabeth half ihm mit aller Kraft, obwohl ihr bewusst war, dass er es problemlos alleine schaffen würde. Aber sie konnte seine Art, die Initiative wie selbstverständlich zu ergreifen, nicht akzeptieren. Dadurch vermittelte er ihr ein Gefühl von Nutzlosigkeit.

Wie sich herausstellte, steckte der Aufzug gerade zwischen zwei Etagen. Am unteren Teil der Kabine war die Außentür etwa einen Meter breit sichtbar. Elizabeth half Quinlan, diese Tür ebenfalls zu öffnen. Bevor sie etwas sagen konnte, bückte er sich und sprang behände ins Freie.

Er drehte sich um und hielt ihr die Hand entgegen. „Lass dich nur hinabgleiten. Ich fange dich auf."

Elizabeth rümpfte abweisend die Nase, obwohl ihr doch ein wenig bange zumute war bei dem, was sie versuchen wollte. Es war lange her, seit sie solche Turnübungen gemacht hatte. „Danke, aber ich brauche keine Hilfe. Ich hatte Sportunterricht in der Schule." Sie holte tief Luft und schwang sich dann genauso locker aus dem Aufzug wie zuvor Tom, trotz Schultertasche und hochhackigen Pumps. Quinlan zog die Augenbrauen anerkennend hoch und applaudierte schweigend. Sie verbeugte sich. Es hatte ihr immer an Quinlan gefallen, dass sie so gut mit ihm scherzen konnte. Genau genommen besaß er etliche Eigenschaften, die sie unwiderstehlich fand, und deswegen hatte sie seine Neigung zur Herrschsucht lange ignoriert. So lange, bis sie den Aktenordner mit ihrem Lebenslauf in seinem Apartment entdeckte. Das war zu viel gewesen.

„Ich bin beeindruckt", sagte er.

„Ich auch“, bemerkte sie trocken. „Schließlich ist es Jahre her.“

„Du warst im College in der Leistungsgruppe Sport, nicht wahr? Davon hast du mir nie etwas erzählt.“

„Da gibt es nichts zu erzählen, weil es nicht stimmt. Ich bin zu groß, um wirklich gut zu sein. Aber ich wählte Sport, um fit zu bleiben und weil's mir Spaß gemacht hat.“

„Das erinnert mich an etwas“, meinte er gedehnt, „und du bist immer noch großartig in Form.“

Elizabeth drehte sich auf dem Absatz um und eilte zum Treppenhaus, um weiteren vertraulichen Bemerkungen zu entgehen. Sie spürte Quinlan direkt hinter sich. Hektisch stieß sie die Tür auf und blieb wie angewurzelt stehen. „Oh.“

Das Treppenhaus war stockfinster. Da es nicht an einer Außenwand lag, gab es keine Fenster. Im Flur war es schon dunkel, weil nur ein Büro Glastüren hatte, doch das Treppenhaus wirkte wie ein großes schwarzes Loch auf Elizabeth, und sie zögerte unwillkürlich beim Schritt in die tiefe Finsternis.

„Kein Problem“, meinte Quinlan. Er stand so dicht hinter ihr, dass sie seinen Atem in ihrem Nacken spürte. Bei jedem Atemzug berührte seine Brust ihren Rücken leicht. „Es sei denn, du leidest an Platzangst.“

„Bisher nicht, aber vielleicht in ein paar Minuten.“

Er schmunzelte amüsiert. „So lange dauert es nicht, bis wir unten sind. Wir befinden uns in der dritten Etage, das bedeutet, vier kurze Treppenfluchten, dann haben wir's geschafft. Ich halte die Tür auf, bis du am Geländer bist.“

Die einzige Alternative war, an Ort und Stelle zu warten, bis die Stromzufuhr wieder funktionieren würde. Also holte Elizabeth tief Luft, als ob sie tauchen wollte, und trat in die Dunkelheit. Quinlan war so groß, dass er das karge Licht vom Flur fast verdeckte, aber sie fand das Geländer trotzdem und stieg die erste Treppenstufe hinab.

„Warte, bis ich bei dir bin.“ Quinlan ließ die Tür hinter sich ins Schloss fallen, während er vorwärts ging.

Elizabeth hatte sofort den Eindruck, in ein Grabgewölbe eingeschlossen zu sein. Im nächsten Moment war Quinlan bereits neben ihr, streckte den linken Arm hinter ihrem Rücken aus, umfasste das Geländer und hielt ihren rechten Arm mit der freien Hand. In der warmen

Dunkelheit fühlte sie sich von seiner Kraft ganz und gar umschlossen. „Ich werde nicht fallen", behauptete sie trotzig.

„Natürlich nicht", antwortete er ruhig, ließ sie aber nicht los.

„Quinlan ..."

„Geh weiter."

Sie ging, denn je schneller sie unten waren, desto eher konnte sie sich seinem Griff wieder entziehen. Die völlige Dunkelheit machte sie zuerst orientierungslos, doch dann ließ sie die Treppe vor ihrem geistigen Auge entstehen, stellte sich auf den Abstand der Stufen ein und ging fast mit normaler Geschwindigkeit hinunter. Vier kurze Treppenfluchten, wie er gesagt hatte, zwei Treppenfluchten davon durch einen Absatz von der nächsten Etage getrennt. Als sie unten angelangt waren, ließ Quinlan sie los, trat ein paar Schritte vor und öffnete die Tür zum Foyer.

Elizabeth eilte dankbar in die sonnendurchflutete Halle. Sie wusste, dass es Einbildung war, aber sie hatte das Gefühl, als ob sie jetzt freier atmen könnte.

Quinlan ging auf den Tisch des Wachmannes zu, an dem niemand saß. Elizabeth runzelte die Stirn. Der Wachmann war bisher immer da gewesen, wo steckte er heute?

Als Quinlan den Tisch erreicht hatte, versuchte er zunächst, die Schubladen zu öffnen. Alle waren verschlossen. Dann rief er: „Hallo?" Seine tiefe Stimme hallte in der gespenstisch stillen Halle wider.

Elizabeth stöhnte, als ihr klar wurde, was geschehen war. „Der Wachmann ist offensichtlich auch vorzeitig nach Hause gegangen."

„Zu seiner Aufgabe gehört es, hierzubleiben, bis der letzte Angestellte das Gebäude verlassen hat."

„Es ist eine Aushilfe. Als er in meinem Büro anrief, teilte Chickie ihm mit, dass ich noch vor sechzehn Uhr Schluss machen würde. Wenn zu dem Zeitpunkt noch andere Nachzügler gegangen sind, hat er wohl angenommen, dass ich dabei bin. Was ist mit dir?"

„Mit mir?" Quinlan reagierte mit einem Achselzucken, sein Gesichtsausdruck war undurchdringlich. „Bei mir war's genauso."

Elizabeth glaubte ihm kein Wort, verkniff sich aber die entsprechende Bemerkung. Stattdessen ging sie zum Ausgang und rüttelte an den Innentüren. Die bewegten sich keinen Millimeter. Na, großartig. Quinlan und sie waren eingeschlossen. „Es muss doch einen Weg hinaus geben", murmelte sie.

„Es gibt keinen", erklärte er lakonisch.

Elizabeth erstarrte. „Was soll das heißen?"

„Es heißt, dass das Gebäude rundum verschlossen ist. Bei Stromausfall tritt automatisch ein spezielles Sicherheitssystem in Kraft, das für Plünderer oder andere Einbrecher unüberwindbar ist. Alle Scheiben sind aus unzerbrechlichem Panzerglas. Selbst wenn wir den Wachdienst anrufen und sie jemanden herschicken, kann der nichts ausrichten, bis die Stromversorgung wieder funktioniert. Der Mechanismus ist vergleichbar mit dem im Tresorraum einer Bank."

„Du bist der Sicherheitsexperte. Bring uns hier raus. Tricks das System irgendwie aus."

„Das geht nicht."

„Natürlich geht das. Oder willst du etwa zugeben, dass es etwas gibt, was du nicht kannst?"

Quinlan verschränkte die Arme vor der Brust und lächelte. „Ich habe das Sicherheitssystem für dieses Gebäude selbst entworfen, und es ist perfekt. Ich kann es nur ausschalten, wenn der Strom wieder da ist. Vorher kann das keiner."

Elizabeth hielt die Luft in einem Anflug von Zorn an. Dabei regten die Umstände sie weniger auf als Toms selbstgefällige Haltung.

„Lass uns den Rettungsdienst anrufen", schlug sie vor.

„Warum?"

„Wieso warum? Wir sind in diesem Gebäude eingesperrt."

„Ist einer von uns beiden krank oder verletzt? Sind wir in Gefahr? Dies ist kein Notfall, es ist nur lästig und unbequem für uns. Glaub mir, der Rettungsdienst hat momentan alle Hände voll mit echten Problemen zu tun. Außerdem könnte er auch nicht in das Gebäude rein. Der einzige Ausweg wäre, aufs Dach zu klettern und sich vom Hubschrauber bergen zu lassen, aber der Aufwand ist ungerechtfertigt und viel zu groß für jemanden, der gar nicht wirklich in Gefahr ist. Wir haben zu essen und ausreichend Wasser. Das Vernünftigste ist, einfach hier zu bleiben und abzuwarten."

Elizabeth musste ihm widerwillig Recht geben und akzeptieren, dass sie keine andere Wahl hatte. „Ich weiß", seufzte sie. „Ich fühle mich nur so … ausgeliefert." In mehr als einer Hinsicht, fügte sie in Gedanken hinzu.

„Es wird bestimmt lustig. Wir plündern die Imbissautomaten …"

„Die funktionieren doch auch mit Strom."

„Ich habe nicht gesagt, dass wir Geld einwerfen." Er lachte und zwinkerte ihr zu. „Unter diesen Umständen wird bestimmt keiner etwas dagegen einzuwenden haben, denke ich."

Außer mir, dachte Elizabeth. Jede Minute hier kam ihr zu viel vor, dabei würde der Stromausfall vielleicht noch Stunden dauern. Sie wollte überhaupt nicht mit Quinlan allein sein und hatte doch keine Wahl. Wenn ich mich in seiner Gesellschaft entspannen könnte, wär's mir egal, wusste sie, aber das schaffe ich einfach nicht. Sie fühlte sich in seiner Gegenwart äußerst unwohl, und das hatte mehrere Gründe. Der Hauptgrund war die skrupellose Art, wie er in ihrem Privatleben herumspioniert hatte. Das konnte Elizabeth ihm nicht verzeihen. Andererseits schuldete sie ihm wenigstens eine Erklärung, und die Wahrheit war immer noch schmerzhaft und demütigend. Außerdem konnte sie eine gewisse Sehnsucht nicht unterdrücken, weil ihr so viel an ihm gefallen hatte. Mehr noch: Seit sie vor Monaten diese einzige Nacht zusammen verbracht hatten, brannte ein ungestilltes Verlangen in ihr.

„Wir müssen nicht um die Luftversorgung bangen", sagte Quinlan und sah sich in dem zweistöckigen Foyer um. „Es wird erheblich wärmer werden, aber die Isolierung und die Thermopen-Scheiben schützen uns vor der schlimmsten Hitze."

Elizabeth schüttelte die quälenden Gedanken ab und zwang sich zur Vernunft. Es gab keinen Ausweg aus der misslichen Situation, also musste sie das Beste daraus machen. Dazu gehörte, für möglichst viel Bequemlichkeit zu sorgen.

Elizabeth sah sich um. Wie Quinlan gesagt hatte, verfügten sie über genügend Wasser und Lebensmittel, wenn sie dafür auch Automaten knacken mussten. Mit den Sitzgruppen im Foyer hätte man mehrere Wohnzimmer ausstatten können, und es gab viele Kissen, sodass sich problemlos Betten bauen ließen. Elizabeth wandte sich abrupt ab. Ihr Blick wanderte zur Tür des Treppenhauses. Hieß es nicht: Wärme steigt nach oben? „Lass uns die Tür zum Treppenhaus öffnen, dann zieht die heiße Luft wie in einem Schornstein hoch", schlug sie vor.

„Eine gute Idee", stimmte Quinlan zu, „ich geh noch mal in mein Büro zurück, um eine Taschenlampe zu holen und die Imbissautomaten zu plündern. Soll ich dir aus deinem Büro etwas mitbringen?"

Elizabeth überlegte, und ihr fielen mehrere Dinge ein, die nützlich sein könnten. „Da gibt es einiges. Ich gehe mit dir."

„Es ist unnötig, dass wir beide im Dunkeln die Treppen hochsteigen", entschied Quinlan. „Sag mir, was du haben willst."

Das ist typisch für ihn, dachte Elizabeth gereizt, er will alles selber tun und mich nicht mit einbeziehen. „Es ist sinnvoller, wenn wir beide gehen. Du durchstöberst dein Büro, und ich durchstöbere meins. Ich habe auch eine Taschenlampe, ich weiß nur nicht genau, wo sie ist."

„Diesmal müssen acht Treppen bewältigt werden, und zwar aufwärts statt abwärts", warnte er sie und deutete vielsagend auf ihre hochhackigen Pumps.

Als Antwort schlüpfte Elizabeth aus den Schuhen und zog die Augenbrauen erwartungsvoll hoch. Quinlan musterte sie nachdenklich, dann gab er ohne weitere Diskussion auf und bedeutete ihr, vorzugehen. Er stellte ein eingetopftes Bäumchen vor die Tür zum Treppenhaus, damit sie offen blieb. Dabei hob er den Topf so selbstverständlich hoch, als wöge er nicht über hundert Pfund. Elizabeth konnte das Gewicht gut einschätzen, denn sie liebte Topfpflanzen und hatte viele in ihrer Wohnung. Sie fragte sich, was für ein Gefühl es wohl war, über solche Körperkräfte zu verfügen und dieses unerschütterliche Selbstvertrauen zu besitzen, jede Situation und Schwierigkeit meistern zu können. Toms Selbstsicherheit paarte sich mit einer gewissen Arroganz, das war bezeichnend für einen Mann, der seine Stärke und seine Fähigkeiten kannte. Obwohl er es geschickt vermieden hatte, irgendetwas aus seiner persönlichen Vergangenheit preiszugeben, ahnte Elizabeth, dass einige seiner Fähigkeiten tödliche Folgen haben konnten.

Sie betrat das Treppenhaus diesmal mutiger. Das Licht, das durch die offene Tür fiel, reichte für die ersten zwei Treppen. Danach herrschte wieder absolute Dunkelheit. Wie zuvor umfasste Quinlan, den linken Arm hinter ihrem Rücken, das Geländer und legte die freie Hand auf ihren rechten Arm. Das hat er immer getan, wenn wir irgendwo Treppen benutzten, fiel Elizabeth ein. Zuerst hatte sie es als angenehm empfunden, dann kam sie sich zunehmend eingeengt vor. Quinlans besitzergreifende Art hatte ihr kein Gefühl von Sicherheit vermittelt, sondern sie nachhaltig erschreckt. Elizabeth wusste allzu gut, wie ein solches Verhalten außer Kontrolle geraten konnte.

Um das Schweigen zu brechen, scherzte sie: „Wenn einer von uns beiden rauchen würde, hätten wir ein Feuerzeug, das uns den Weg weisen könnte."

„Wenn einer von uns beiden rauchen würde, hätten wir nicht genug Atem, um die Treppen hochzukommen", erwiderte er trocken.

Elizabeth schmunzelte und konzentrierte sich wieder auf die Stufen. Sie schaffte es ohne Weiteres, fünf Etagen hochzusteigen, aber anstrengend war es trotzdem. Ihr Puls schlug heftig, als sie die fünfte Etage erreichten, und die Dunkelheit verunsicherte sie. Quinlan ging vor und öffnete die Tür zum Flur. Endlich wurde es wieder heller.

Sie trennten sich vor ihren jeweiligen Büros. Quinlan verschwand in seinen Räumen, während Elizabeth ihre Tür aufschloss. Die Nachmittagssonne schien immer noch durch die Fenster. Es war also erst wenig Zeit vergangen, seit der Aufzug so plötzlich stehen geblieben war. Elizabeth schaute ungläubig auf ihre Armbanduhr. Erst eine halbe Stunde!

Die Taschenlampe war der wichtigste Gegenstand, und sie durchsuchte die Aktenschränke, bis sie Erfolg hatte. Hoffentlich funktionieren die Batterien noch, dachte sie, knipste die Taschenlampe an und bemerkte erleichtert den Lichtstrahl. Sie schaltete die Lampe wieder aus und legte sie auf Chickies Schreibtisch. Chickie und sie kochten sich ihren eigenen Kaffee, weil das bequemer war und er besser als der aus dem Automaten schmeckte. Jetzt holte Elizabeth Tassen und stellte sie neben die Taschenlampe. Aus Tassen zu trinken, würde erheblich einfacher sein, als die hohle Hand zu benutzen, und sie wusste, dass Chickie nichts dagegen hätte, wenn Quinlan ihre Tasse nahm. Im Gegenteil.

Chickie war ein Fan von Süßigkeiten. Suchend zog Elizabeth jede Schreibtischschublade auf. Prompt fand sie einen Sechserpack Schokoriegel, von denen nur einer fehlte, außerdem eine ungeöffnete Packung Feigen, Kaugummi, eine Rolle Kekse und einen kleinen Blaubeerkuchen. Der Nährwert dieser Naschereien war natürlich minimal, aber sie stillten den Hunger. Zum Schluss holte Elizabeth noch zwei weiche Kissen, die die Besuchersessel in ihrem Büroraum zierten. Sie würden als Kopfkissen besser geeignet sein als die Polsterkissen im Foyer.

Quinlan öffnete seine Tür, und Elizabeth blickte ihm entgegen. Er hatte sein Sakko ausgezogen und trug eine kleine schwarze Ledertasche. Als er sah, was sie auf dem Schreibtisch aufgebaut hatte, lachte er amüsiert. „Warst du zufällig mal bei den Pfadfindern?"

„Das meiste ist nicht mein Verdienst. Chickie ist diejenige von uns beiden, die gern nascht."

„Erinnere mich dran, dass ich ihr dafür eine Umarmung schulde, wenn ich sie das nächste Mal sehe."

„Es wäre ihr bestimmt lieber, wenn du ein Rendezvous für sie mit dem Rennradfahrer arrangieren würdest, der heute nach der Mittagspause in deinem Büro verschwand."

Quinlan lachte erneut. „Deine Sekretärin scheint abenteuerlustig zu sein."

„Chickie ist stets auf Abenteuer aus. War er ein Kunde von dir?"

„Nein."

Elizabeth spürte sofort, dass er nicht bereit war, weiter über den Besucher zu sprechen. Für ihn war das Thema abgeschlossen. Wie immer war er extrem verschwiegen, sobald es um sein Geschäft, sein Personal und die Kunden ging. Wenn sie zusammen aus gewesen waren, wollte er immer nur über sie reden und zeigte Interesse an jedem Detail ihres Lebens. Gleichzeitig hatte er ihre zaghaften Versuche, mehr über ihn zu erfahren, hartnäckig abgeblockt. Es hatte nicht lange gedauert, bis seine Neugier, verbunden mit der Weigerung, private Auskünfte über sich selbst zu geben, sie misstrauisch gemacht hatte. Elizabeth konnte es verstehen, wenn man über gewisse Dinge nicht reden wollte. Es gab einen bestimmten Abschnitt in ihrem Leben, über den sie auch nicht sprechen konnte, aber Quinlans Verschwiegenheit war so umfassend, dass sie nicht einmal wusste, ob er eine Familie besaß. Andererseits hatte er die Lücke in ihrem Lebenslauf bemerkt und schon damit begonnen, sie auszufragen, woraufhin sie die Beziehung kurzerhand beendete.

Einer von Elizabeths Sesseln war mit einem hübsch gemusterten Tuch dekoriert. Dieses Tuch breitete sie jetzt auf dem Schreibtisch aus, um den Proviant hineinzupacken. Als sie die Süßigkeiten in die Mitte stellte, zeigte Quinlan auf das Tuch. „Gibt es wirklich Leute, die Tücher zur Dekoration von Sesseln kaufen, nur weil das gut aussieht?"

„Natürlich. Warum nicht?"

„Das ist doch lächerlich, oder?"

„Das hängt vom jeweiligen Standpunkt ab. Findest du es lächerlich, wenn Leute einen Haufen Geld für Alu-Felgen für ihr Auto ausgeben, nur weil das gut aussieht?"

„Autos sind nützlich."

„Sessel auch", bemerkte sie trocken. Dabei knotete sie die vier Ecken des Tuches zusammen. „Fertig."

„Wir müssen hier oben noch die Imbissautomaten plündern, denn vielleicht reicht dein Proviant nicht aus. Das können wir gleich erledigen, dann müssen wir später nicht noch mal herkommen."

Elizabeth warf ihm einen skeptischen Blick zu. „Glaubst du, dass wir so lange hier eingesperrt sind und so viel Verpflegung brauchen?"

„Wahrscheinlich nicht, aber ich habe lieber zu viel als zu wenig zur Verfügung. Was wir nicht essen, können wir jederzeit zurückgeben."

„Das ist einleuchtend", gab Elizabeth zu.

Er drehte sich um und wollte ihr die Tür öffnen. Elizabeth starrte entsetzt auf die Pistole, die er hinten in seinen Gürtel gesteckt hatte. „Was, um alles in aller Welt, hast du damit vor?" rief sie empört.

3. KAPITEL

Quinlan hob die Augenbrauen. „Die Pistole gebrauche ich nur im Notfall."

„Vielen Dank für die ausgesprochen beruhigende Auskunft! Erwartest du irgendwelche Schwierigkeiten? Du hast doch behauptet, dass das Gebäude verschlossen ist."

„Das stimmt auch, und nein, ich erwarte keine Schwierigkeiten. Was nicht heißt, dass ich unvorbereitet sein will, falls ich mich irre. Mach dir keine Sorgen. Ich bin immer bewaffnet, auf die eine oder andere Weise. Du hast es nur zum ersten Mal bemerkt."

Elizabeth wollte es nicht glauben. „Du trägst normalerweise keine Pistole, oder?"

„Doch. Du hättest es nicht registriert, wenn ich mein Sakko nicht ausgezogen hätte."

„Du hattest keine bei dir in der Nacht, als wir …"

„Uns geliebt haben?", beendete Quinlan den Satz für sie und musterte sie aufmerksam aus seinen tiefblauen Augen. „In jener Nacht hatte ich tatsächlich keine bei mir. Ich wusste, dass ich mit dir schlafen würde, und wollte dich auf keinen Fall erschrecken. Deshalb verschloss ich die Pistole im Handschuhfach, bevor ich dich abholte. Aber ich trug ein Messer in meinem Schuh. Wie jetzt auch."

Elizabeth blieb die Luft weg. Dann zwang sie sich, tief durchzuatmen. Noch weitaus schockierender als die Tatsache, dass er eine Pistole trug, war seine Bemerkung gewesen. „Du wusstest, dass wir miteinander schlafen würden?"

Er warf ihr einen nachdenklichen Blick zu. „Du willst jetzt bestimmt nicht darüber reden. Lass uns hier fertig werden und das Foyer nach unseren Vorstellungen einrichten, bevor es dunkel wird. So können wir Batterien sparen."

Das klang wie ein weiterer einleuchtender Vorschlag, allerdings würde es nicht vor einundzwanzig Uhr dunkel werden, sie hatten also noch viel Zeit. Elizabeth lehnte sich gegen den Schreibtisch und verschränkte die Arme vor der Brust. „Wie kommst du darauf, dass ich jetzt nicht darüber reden will?"

„Das war lediglich eine Vermutung. Du bist mir ein halbes Jahr lang aus dem Weg gegangen, deshalb rechnete ich nicht damit, dass du plötzlich Interesse an einer ernsthaften Aussprache haben könntest. Wenn ich mich täusche, dann lass uns endlich reden. Warum bist du mir weggelaufen?"

Quinlans Stimme klang gefährlich leise und verbittert, und er trat bedrohlich dicht an sie heran. Elizabeth hatte nie erlebt, dass er die Kontrolle über sich verlor, aber als sie den Zorn in seinen Augen bemerkte, wusste sie, dass er jetzt dicht davor stand. Das hatte sie nicht erwartet, und unwillkürlich erbebte sie. Nicht aus Angst, sondern weil sie vollkommen überrascht war, dass ihm die kurze Affäre mit ihr doch so viel bedeutete.

Dann straffte sie entschlossen die Schultern. Diesmal würde sie nicht zulassen, dass er das Gespräch an sich riss und das Thema nach seinen Vorstellungen wechselte, wie so oft zuvor. „Woher hast du gewusst, dass wir in jener Nacht miteinander schlafen würden?", beharrte sie auf ihrer ursprünglichen Frage.

„Ich wusste es einfach."

„Wieso warst du dir so sicher? Ich persönlich hatte es nicht eingeplant."

„Das mag sein. Aber ich wusste, dass du mich nicht abweisen würdest."

„Du weißt verdammt viel, nicht wahr?", fuhr sie ihn an. Sein unerschütterliches Selbstvertrauen machte sie wütend.

„Ja. Aber ich weiß nicht, warum du mich hinterher verlassen hast. Warum sagst du es mir nicht? Dann können wir das Problem lösen und da wieder anfangen, wo wir aufgehört haben."

Elizabeth funkelte ihn böse an und rührte sich nicht vom Fleck. Quinlan fuhr sich durch das dunkle Haar, das er sehr kurz geschnitten trug. Er war normalerweise so beherrscht, dass dies eines der wenigen Anzeichen von Nervosität war, das sie je bei ihm bemerkt hatte. „Also gut", erklärte er. „Ich wusste, dass du etwas vor mir verheimlichst, vielleicht, weil du kein Vertrauen in unsere Beziehung hattest. Ich dachte, wenn wir erst mal miteinander geschlafen hätten und du wüsstest, dass du zu mir gehörst, würde sich alles ändern. Dann würdest du mir vertrauen und nichts mehr vor mir verbergen."

Elizabeth traute ihren Ohren kaum. „Zu dir gehören? Entschuldige bitte! Besitzt du vielleicht einen Kaufvertrag über mich, von dem ich nichts weiß?"

„Jawohl, zu mir gehören!“, brauste er auf. „Ich habe mit einer Ehe, Kindern und allem, was dazugehört, gerechnet, doch du hast dich davongemacht. Und ich wusste nicht, warum. Ich weiß es immer noch nicht.“

„Ehe? Kinder?“ Elizabeths Stimme überschlug sich fast, sie konnte es einfach nicht fassen. „Ich muss wohl annehmen, dass es dir nie in den Sinn gekommen ist, mich in all deine Pläne einzuweihen, nicht wahr? Nein, spar dir die Mühe zu antworten. Du hattest etwas beschlossen, ohne Rücksicht auf meine Gefühle.“

„Ich kannte deine Gefühle. Du liebtest mich. Du liebst mich immer noch. Deswegen ist es unverständlich, warum du mir weggelaufen bist.“

„Du verstehst das vielleicht nicht, für mich ist es aber sonnenklar.“ Sie wich seinem Blick aus, ihr Gesicht glühte. Sie hatte nicht gewusst, dass ihre Gefühle für Quinlan so offensichtlich gewesen waren. Obwohl sie bereits sehr früh in ihrer Beziehung gemerkt hatte, dass sie ihn liebte, hatte sie mehr und mehr versucht, die Intensität ihrer Gefühle zu verbergen, als er anfing, über ihr Leben zu verfügen.

„Dann verrate mir das Geheimnis. Ich habe dieses ewige Versteckspielen satt. Was auch immer ich falsch gemacht habe, ich entschuldige mich dafür. Wir haben genug Zeit verschwendet.“

Seine Arroganz war erstaunlich, obwohl Elizabeth diesen Charakterzug schon zu Beginn ihrer Bekanntschaft bemerkt hatte. Quinlan war im Allgemeinen ein ruhiger Mann. Er besaß die innere Ausgeglichenheit eines Menschen, der nichts beweisen muss, weder sich selbst noch sonst irgend jemandem. Jetzt hatte er entschieden, die für ihn momentan unbefriedigende Situation zu beenden, und das war von seinem Standpunkt aus das einzig Vernünftige.

Da war Elizabeth allerdings ganz anderer Meinung.

„Hör zu, Tom Quinlan“, rief sie zornig. „Es ist mir egal, was für Pläne du gemacht hast. Mich kannst du daraus streichen. Ich bin nicht bereit …“

„Das kann ich nicht tun“, unterbrach er sie.

„Warum nicht?“

„Darum.“

Sie sah das Glitzern in seinen Augen und wich instinktiv ein Stück zurück, bereit zur Flucht. Elizabeth war schnell, aber Quinlan war schneller. Er packte ihre Handgelenke, drehte ihr die Arme auf den Rücken und zog sie im selben Moment an sich. Der Druck seiner muskulösen Arme ließ ihr kaum Bewegungsfreiheit. Sie spürte seinen Körper, und da sie ihn nackt kannte, wusste sie, dass die Kleidung verbarg, wie kräftig und durchtrainiert er tatsächlich war. Sie hatte keine Chance, ihm zu entkommen, wenn er sie nicht losließ. Deshalb wehrte Elizabeth sich nicht länger. Stattdessen strafte sie ihn mit einem vernichtenden Blick.

„Katzenaugen", murmelte Quinlan. „Als ich dich das erste Mal sah, wusste ich gleich, dass du keine prüde Lady bist. Deine Augen verraten dich, und zum Glück hatte ich mich nicht getäuscht. Die Nacht, die wir zusammen verbrachten, war der Beweis dafür, dass dir strenge Sittenregeln egal sind. Du bist wild und leidenschaftlich, und wir gaben und nahmen alles. Du hättest wissen müssen, dass ich dich niemals auf Dauer gehen lasse."

Er war erregt, sie spürte es deutlich. Er drängte sich gegen sie, bewegte die Hüften und spielte seine körperliche Anziehungskraft wortlos aus. Elizabeth fiel es schwer, der Versuchung zu widerstehen. Sie begehrte ihn und hatte auch nie versucht, das zu leugnen, aber genauso stand fest, dass sie ihm nicht vertraute. Da hatte Quinlan Recht.

„Es kann nicht funktionieren", sagte sie heiser.

„Es funktioniert doch schon." Seine Stimme klang sanft, fast zärtlich, und sein warmer Atem streichelte ihr Gesicht, bevor er die Lippen verführerisch auf ihren Mund legte. Dann neigte er den Kopf, und sein Kuss wurde fordernder. Sie öffnete die Lippen, obwohl sie es eigentlich nicht wollte, aber seine Küsse hatten sie von Anfang an in Trance versetzt. Sein Selbstvertrauen zeigte sich sogar hierbei. Da gab es kein Zögern, keine Zweifel. Er küsste sie, als ob es sein Recht wäre, und erforschte ihren Mund mit der Zunge, bis sie vor Lust erschauerte.

So dicht an ihn gepresst, fühlte Elizabeth die Spannung in seinem Körper und wie seine Erregung wuchs. Quinlan hatte nie versucht, seine körperliche Reaktion auf sie zu verheimlichen. Doch obwohl sein Begehren schon bei ihrem ersten Treffen offensichtlich gewesen war, hatte er sie nicht unter Druck gesetzt. War das der Anfang ihrer Liebe gewesen? Seine Reaktion amüsierte ihn, und er fand sie offenbar absolut natürlich in ihrer Gegenwart. Elizabeth gefiel, wie unverkrampft und ehrlich er auf diesem Gebiet war, und sie hatte sich nie bedroht gefühlt. Im Nachhinein betrachtet, wusste sie, dass Quinlan sich – eigentlich untypisch für ihn – so zurückgehalten hatte, um sie auf keinen Fall zu erschrecken. Er hatte erstaunlich lange abgewartet und ihr nie das Gefühl vermittelt, am Ende eines Abends einen Ringkampf befürchten zu müssen. Selbst in der Nacht, in der sie sich geliebt hatten, war ihr erst wirklich klar geworden, worauf seine Küsse hinausliefen, als sie nackt mit ihm im Bett lag und ihr Körper vor Verlangen brannte.

Die Erinnerung versetzte Elizabeth in Panik, und sie löste ihren Mund von seinem. Es gab keinen Zweifel, wenn sie Tom jetzt nicht stoppte, würden sie in fünf Minuten miteinander schlafen. Die Sinnlichkeit seiner heißen Küsse erregte sie heftiger, als sie erwartet hatte, und sie war nahe daran, alles um sich herum zu vergessen. Genauso wie in jener Nacht. Zuerst hatte er sie nur geküsst, und bevor sie wusste, wie ihr geschah, war sie verrückt nach ihm gewesen. Er hatte ein Feuer in ihr entzündet, das sie vorher nicht gekannt hatte.

„Was ist falsch?“, flüsterte Quinlan und eroberte ihren Mund mit federleichten, sanften Küssen zurück, die dennoch brannten. „Magst du es nicht? Oder magst du es zu sehr?“

Sein Wahrnehmungsvermögen beunruhigte sie noch mehr, und sie begann sich zu wehren, obwohl sie am liebsten nachgegeben hätte. Zu ihrer Überraschung ließ er sie sofort los, blieb aber stehen.

„Sag mir, was zwischen uns falsch gelaufen ist“, bat er sanft, „sonst kann ich es nicht richtig machen.“

Elizabeth legte die Hände auf seine Brust, um ihn wegzuschieben, und wurde sich schmerzhaft bewusst, wie warm und begehrenswert sein Körper unter dem dünnen Hemd auf sie wirkte. Sie spürte seine Brusthaare und fühlte seinen kräftigen Herzschlag unter ihren Fingern. „Quinlan ...“

„Sag es mir“, lockte er und küsste sie wieder aufreizend.

Verzweifelt riss sie sich von ihm los und nahm ein paar Schritte Abstand. Sie musste ihm die Wahrheit sagen, sonst würde er all seine Verführungskünste anwenden, und lange konnte sie ihm nicht mehr widerstehen. „Einverstanden.“ Das war sie ihm schuldig. Sie hatte nicht vor, ihre Beziehung wieder aufzunehmen, aber er verdiente eine Erklärung. Sie hätte ihm die Wahrheit schon eher sagen sollen, aber damals wollte sie nur weg von ihm. „Ich sag’s dir, aber ... später, nicht jetzt. Wir müssen hier fertig werden und das Foyer einrichten.“

Quinlan streckte sich und lächelte ironisch. „Wo habe ich das schon mal gehört?"

„Es ist nicht nett, sich über andere lustig zu machen."

„Vielleicht nicht, aber es ist äußerst befriedigend."

Sie ist nervös, dachte Quinlan. Er wunderte sich, wie tief beunruhigt und unsicher sie wirkte, weil das eigentlich gar nicht zu ihrem Wesen passte. Was mochte der Grund dafür sein? Diese Frage stellte er sich seit sechs Monaten, seit sie ihn nach einer Nacht voller Seligkeit Hals über Kopf verlassen hatte. Sie hatte keine Angst vor ihm, das war etwas, was er besonders an ihr mochte. Er fand Frauen nur dann attraktiv, wenn sie auch intelligent waren. Unglücklicherweise scheuten die meisten intelligenten Frauen misstrauisch vor ihm zurück.

Quinlan konnte nichts gegen die Aura von Bedrohlichkeit tun, die ihn umgab. Die Charaktereigenschaften, Gewohnheiten und Instinkte, die ihm diese gefährliche Ausstrahlung verliehen, ließen sich nicht einfach ablegen. Das wollte er auch nicht. Sie waren ein Teil von ihm, gehörten zu seiner Persönlichkeit. So hatte er sich bisher mit flüchtigen Bekanntschaften und Sex begnügt und doch gleichzeitig auf die richtige Frau gewartet. Durch das Leben, das er lange Zeit geführt hatte, kam es ihm manchmal so vor, als ob nur wenige Leute auf dieser Welt wirklich begriffen, was um sie herum geschah, dass die meisten mit Scheuklappen durch ihr Leben gingen. Aber jetzt, wo er sich weitgehend aus höheren Verpflichtungen zurückgezogen hatte, sehnte er sich nach einem normalen Privatleben, wie es für den Durchschnittsmenschen selbstverständlich war. Er wollte heiraten, eine Familie gründen und ein ruhiges, abgesichertes Leben führen. Als er Elizabeth begegnet war, wusste er sofort, dass sie die Frau seiner Träume verkörperte.

Es lag nicht nur an ihrem guten Aussehen, obwohl er bei ihrem Anblick jedes Mal in Schweiß ausbrach. Sie war etwas größer als die meisten Frauen, sehr schlank und hatte glänzendes dunkles Haar, das sie für gewöhnlich in einem klassischen Knoten trug. Ihre Gesichtszüge waren aristokratisch, und Quinlan hatte nicht gewusst, wie sexy das war, bis er sie kennen lernte. Doch ihre Augen faszinierten ihn am meisten. Katzenaugen hatte er sie genannt, und das stimmte. Dabei war es weniger die grüne Farbe als vielmehr der Ausdruck, der sie so katzenartig erscheinen ließ. Elizabeths Naturell spiegelte sich in ihren Augen. Sie hatte ihm einen warnenden Blick zugeworfen, der gleich klarstellte, dass sie sich von ihm nicht einschüchtern ließ, und der ein wenig hochmütig wirkte.

Ihre Art hatte ihn herausgefordert und gleichzeitig erregt. Je besser er sie kennen lernte, desto entschlossener war er, sie für sich zu gewinnen. Elizabeth war intelligent, geistreich, manchmal sarkastisch und verfügte über einen gesunden Sinn für Humor. Ihm imponierte, wie redegewandt und schlagfertig sie war. Außerdem strahlte sie eine innere Stärke aus, die ihn unausweichlich wie ein Magnet anzog.

Die Intensität seiner Gefühle überrumpelte ihn. Er wollte alles von ihr wissen und fragte sie sogar über ihre Kindheit aus, weil das eine Zeitspanne ihres Lebens war, die immer für ihn verschlossen bleiben würde. Er wollte Kinder mit ihr haben und fand die Vorstellung von einer kleinen eigenwilligen, scharfzüngigen Tochter mit einem süßen Engelsgesicht, die Elizabeth glich, faszinierend. Wenn sie über Elizabeths Kindheit sprachen, kam ihm der Wunsch immer realistischer vor.

Zuerst hatte Elizabeth offen erzählt, mit einem Anflug von Arroganz, die besagte, dass sie nichts zu verbergen hatte und ihr gleichgültig war, ob es ihm gefiel oder nicht. Aber dann hatte er gespürt, dass sie ihm doch etwas verschwieg. Er konnte nicht sagen, was es war, und sie gab ihm immer weniger die Gelegenheit, es herauszufinden. Es war, als ob sie einen inneren Schutzwall errichtet hätte, den er nicht überwinden sollte.

Quinlan konnte das nicht akzeptieren. Er verstand ihren Rückzug nicht, weil er instinktiv wusste, dass sie genauso viel für ihn empfand wie er für sie. Sie begehrte und liebte ihn. Wenn sie wirklich etwas vor ihm verbarg, wollte er wissen, was es war, und er verfügte über die nötigen Verbindungen, alles über eine Person herauszufinden. Seine Nachforschungen hatten ergeben, dass sie schon einmal verheiratet gewesen war. Die kurze Ehe schien aber ziemlich typisch gewesen zu sein. Viele Schulabgänger heirateten spontan und fanden dann erst heraus, dass sie nicht zueinander passten. Quinlan hatte das selbst hinter sich und wusste, wie schnell es passierte.

Doch je länger er darüber nachdachte, desto mehr war ihm aufgefallen, dass es genau der Zeitraum ihrer Ehe war, über den Elizabeth nicht sprach. Sie verschwieg einfach, dass sie schon einmal verheiratet gewesen war. Quinlan erkannte, dass mehr dahinterstecken musste, und er begann, behutsame Fragen über die zwei fehlenden Jahre zu stellen. Als er merkte, dass sie sich ihm allmählich entzog, hatte er mit ihr geschlafen, überzeugt davon, dass ihre Beziehung dadurch gefestigt würde. Die körperliche Nähe sollte ihr Vertrauen steigern, nun musste sie sich ihm doch öffnen!

Es hatte nicht funktioniert.

Sie war am nächsten Morgen geflohen, während er noch unter der Dusche stand, und seitdem hatte er sie kein einziges Mal allein getroffen.

Mehr als ein halbes Jahr war verschwendet, fast sieben lange Monate, endlose Nächte voller Sehnsucht und brennendem Verlangen.

Aber jetzt war er ganz allein mit ihr, und bevor sie dieses Gebäude verlassen würden, wollte er die Gelegenheit nutzen, um herauszufinden, was passiert war, und dafür zu sorgen, dass sie zu ihm zurückkehrte.

4. KAPITEL

Lass uns die Imbissautomaten plündern", drängte Elizabeth, griff nach dem Tuch mit dem Proviant und eilte zur Tür. Quinlan hatte einfach nur dagestanden und sie schweigend gemustert. Minutenlang, wie es Elizabeth vorkam, dabei waren es wahrscheinlich nicht einmal dreißig Sekunden gewesen. Der Ausdruck seiner strahlend blauen Augen war undefinierbar, und sie wollte ihm nicht länger hilflos ausgeliefert sein.

Quinlan schlenderte hinter ihr her, und sie verschloss ihre Bürotür und spähte über den düsteren Flur. „Wo sind denn diese Imbissautomaten?", fragte sie schließlich. „Ich mag keine Fertiggerichte und abgepackten Süßigkeiten, deshalb habe ich sie noch nie benutzt."

„Es gibt einen Getränkeautomaten an diesem Ende des Flurs", erklärte er, „aber das Versicherungsbüro besitzt Imbissautomaten. Es gibt dort einen Pausenraum für die Angestellten, den wir mitbenutzen dürfen." Er ging den Flur hinunter, weg von den Aufzügen, und Elizabeth folgte ihm.

„Wie kommen wir rein?" Sie konnte sich die bissige Bemerkung nicht verkneifen. „Willst du das Schloss aufschießen?"

„Wenn's sein muss", meinte er gut gelaunt. „Aber so weit wird es wohl nicht kommen."

Hoffentlich nicht, dachte Elizabeth. Versicherungsgesellschaften waren in solchen Angelegenheiten meistens absolut humorlos, und sie konnte auf eine Schadenersatzforderung gut und gerne verzichten.

Quinlan kniete vor der Tür zu den Räumen des Versicherungsbüros und öffnete den Reißverschluss seiner Ledertasche. Er holte ein kleines Etui heraus, das ihrem Schminktäschchen glich. Das klappte er auf, und mit der Ähnlichkeit war es vorbei. Statt Puderdöschen und Lippenstift enthielt es ein Sortiment von seltsam geformten Werkzeugen. Quinlan nahm zwei davon, steckte zuerst das eine ins Schlüsselloch, schob dann vorsichtig das zweite hinein und bewegte es geschickt hin und her.

Elizabeth trat dichter heran und bückte sich, um nichts zu verpassen. „Kannst du mir das beibringen?", fragte sie fasziniert.

Um seine Mundwinkel zuckte es amüsiert, während er konzentriert weiterarbeitete. „Warum?", zog er sie auf. „Hast du gerade eine diebische Ader in dir entdeckt?"

„Hast du denn eine?“, erwiderte sie schlagfertig. „Es scheint mir lediglich eine nützliche Fertigkeit zu sein. Jeder kann sich zufällig mal aussperren.“

„Dann willst du also demnächst Schlosserwerkzeug in deiner Handtasche herumtragen?“

„Wieso nicht?“ Sie stieß seine Ledertasche mit der Fußspitze an. „Du tust es doch auch.“

„Das ist keine Handtasche. Geschafft“, stellte Quinlan zufrieden fest, als das Schloss nachgab, steckte das Werkzeug zurück ins Etui und das Etui zurück in die Ledertasche. Dann öffnete er seelenruhig die Tür.

„Erklär mir den Unterschied zwischen deiner und meiner Handtasche“, forderte Elizabeth ihn auf, als sie das halb dunkle Großraumbüro betraten.

„Meine Tasche ist keine Handtasche, weil ich ganz andere Dinge als du dabeihabe.“

„Ich verstehe. Wenn ich also den Inhalt meiner Handtasche in deine Ledertasche packen würde, wäre sie dann plötzlich auch eine Handtasche?“

„Ich geb’s auf“, seufzte Quinlan. „Einverstanden. Es ist eine Handtasche, obwohl Männer die schlichte Bezeichnung Ledertasche bevorzugen.“

„Wie edel!“, spottete Elizabeth.

Quinlan schmunzelte. „Das ist eine der Eigenschaften, die ich am meisten an dir schätze. Du bist so eine großzügige Gewinnerin, die ihre Schadenfreude niemals verbirgt.“

„Manche Leute fordern das einfach mehr heraus als andere.“ Elizabeth blickte sich um, sah aber nur leere Schreibtische und abgeschaltete Computerbildschirme. „Wo ist der Pausenraum?“

„Hier geht’s lang.“ Quinlan führte sie durch das Großraumbüro und öffnete die letzte Tür auf der rechten Seite.

Der Raum besaß zwei Fenster, es war darin also zum Glück nicht dunkel. An einer Wand waren mehrere Getränke- und Imbissautomaten angebracht. Man konnte zwischen Coca-Cola, Kaffee, Säften und verschiedenen Naschereien wählen. Auf einem Tischchen stand ein Mikrowellenherd, und daneben entdeckte Elizabeth einen Kühlschrank. Außerdem gab es ein mit Kunstleder bezogenes Sofa, dessen Polsterkissen zum Teil so beschädigt waren, dass die Füllung zum Vorschein kam. Eine Anzahl Klappstühle und zwei Cafeteria-Tische bildeten den Rest der spärlichen Einrichtung.

„Schau du im Kühlschrank nach, während ich die Automaten öffne", schlug Quinlan vor. „Vielleicht gibt es Eis. Wir brauchen jetzt keins, aber wenn wir wissen, dass welches da ist, können wir jederzeit darauf zurückgreifen. Schließ die Tür schnell wieder, damit möglichst wenig kalte Luft entweicht."

„Ich kenne mich mit Kühlschränken aus und weiß, was ein Stromausfall ist", bemerkte Elizabeth spitz, öffnete das Gefrierfach und warf einen schnellen Blick hinein. Durch das Aufeinandertreffen von kalter und warmer Luft entstand weißer Dampf. Sie entdeckte sechs volle Eisbehälter und schloss das Gefrierfach sofort wieder. „Wir haben Eis."

„Gut." Quinlan hatte einen Imbissautomaten aufgebrochen und holte Kekspackungen heraus.

Elizabeth öffnete nun die große Tür vom Kühlschrank, war vom Inhalt jedoch enttäuscht. Ihr Blick fiel auf eine braune Papiertüte voller unappetitlicher Fettflecken. Sie wollte lieber nicht wissen, was darin war. Daneben lag ein einziger Apfel, den sie mitnahm. Außerdem gab es ein reichhaltiges Sortiment von Gewürzsoßen, auf die sie verzichten konnte. Ihr grauste es bei der Vorstellung, Ketchup auf ein Honigtörtchen zu schmieren.

„Hier gibt's nur einen Apfel", sagte sie.

Quinlan verstaute seine Ausbeute gerade in der Ledertasche. Dabei zählte er auf: „Wir haben Kekse, Cracker, Schokoladenriegel und außerdem die Süßigkeiten aus Chickies Schreibtisch. Ich vermute, dass wir bestenfalls morgen früh hier herauskommen, bis dahin haben wir mehr als genug zu essen. Möchtest du Saft trinken? Im Foyer gibt es genügend Wasser, wir müssen die Getränkeautomaten also nicht unbedingt knacken. Aber entscheide du."

Elizabeth überlegte kurz und schüttelte den Kopf. „Ich bin mit Wasser zufrieden."

Er zog den Reißverschluss der Ledertasche zu. „Dann sind wir hier fertig. Lass uns hinuntergehen und es uns gemütlich machen."

„Sollen wir keine Nachricht hinterlassen?"

„Nicht nötig. Ich kümmere mich darum, wenn wieder Strom da ist und alles seinen normalen Gang geht."

Der Weg nach unten war mit Hilfe einer Taschenlampe erheblich schneller bewältigt. Sie kehrten unverzüglich ins Foyer zurück. Dort war es wegen der hohen Decke viel kühler. Elizabeth spähte durch die getönten doppelten Glasscheiben des Haupteingangs. Die Straße lag seltsam verlassen vor ihr, nur gelegentlich kam ein Auto vorbei. Eine Polizeistreife fuhr im Schritttempo. „Es wirkt unheimlich", murmelte sie, „als ob alle evakuiert worden sind."

„Wenn der Stromausfall weiter anhält, wird nach Sonnenuntergang wahrscheinlich eine Menge los sein", meinte Quinlan grimmig. „Übrigens habe ich versucht, von meinem Büro aus zu telefonieren, um einen Überblick über die Lage zu bekommen und Freunden mitzuteilen, wo wir sind. Ich konnte aber nirgends durchkommen. Falls es sich um einen Stromausfall in der ganzen Stadt handelt, wie ich annehme, sind die Telefonleitungen garantiert überlastet. Allerdings fand ich ein batteriebetriebenes Radio, wir können also Nachrichten hören."

„Schalt es ein", bat Elizabeth und stellte den Proviant auf ein Sofa. „Ich möchte gern wissen, was eigentlich los ist."

Quinlan öffnete die Ledertasche und holte ein winziges Radio heraus, das kleiner als ihre Hand war. Er stellte es auf, schaltete es ein und suchte nach einem Sender. Plötzlich erklang eine Stimme, erstaunlich laut und klar für so ein kleines Radio. „... die Nationalgarde wird in mehreren Staaten eingesetzt, um Einbrüche und Raubüberfälle zu verhindern ...", sagte der Sprecher gerade.

„Verdammt", entfuhr es Quinlan. „Das klingt übel."

„Unsere Informationen sind leider lückenhaft", fuhr der Ansager fort, „aber wir erhalten laufend neue Meldungen. Der augenblickliche Stand ist, dass ein Großteil der Südstaaten und fast ganz Texas vom Stromausfall betroffen sind."

„Ich bin kein Experte", meldete sich eine zweite Stimme, „doch durch die extreme Hitzewelle, die das Land seit zwei Wochen plagt, ist der Stromverbrauch vermutlich so angestiegen, dass das Versorgungsnetz wegen Überbelastung zusammengebrochen ist. Haben Sie schon eine Stellungnahme des Präsidenten?"

„Noch nicht, denn es ist schwierig, eine Telefonverbindung zu bekommen. Bitte, Leute, benutzt eure Telefone nur für Notfälle. Niemand kann den Rettungsdienst erreichen, wenn ihr eure Freunde anruft, um ihnen zu erzählen, dass ihr keinen Strom habt. Glaubt mir, sie wissen es längst."

Der zweite Sprecher mischte sich ein. „Und denken Sie an die Vorsorgemaßnahmen, die die Gesundheitsbehörde seit zwei Wochen empfiehlt. Ohne Klimaanlage und Ventilatoren steigt das Gesundheitsrisiko bei diesen hohen Temperaturen. Gehen Sie möglichst nicht an die Sonne. Öffnen Sie die Fenster und trinken Sie viel. Vermeiden Sie unnötige Bewegung, schonen Sie Ihre Energiereserven."

„Wir sind die ganze Nacht lang für Sie da", erklärte der erste Sprecher. „Unser Sender verfügt glücklicherweise über einen Hilfsgenerator. Falls irgendetwas Neues passiert, hören Sie es zuerst bei ..."

Quinlan schaltete das Radio aus. „Das genügt. Jetzt wissen wir, was los ist, und können Batterien sparen."

Elizabeth warf ihm einen gespielt ungläubigen Blick zu. „Was? Hast du etwa keine Ersatzbatterien?"

„Das ist nicht mein Radio."

Er brauchte nicht hinzufügen, dass er selbstverständlich Ersatzbatterien gehabt hätte, wenn es sein Radio wäre. Elizabeth wünschte, es würde ihm gehören. Und da sie gerade dabei war, verwünschte sie, dass sie das Gebäude nicht rechtzeitig verlassen hatte. Offen blieb allerdings die Frage, ob es ihr hier nicht besser als in ihrem Apartment ging. Hier konnten jedenfalls keine ungebetenen Gäste hereinschneien.

Die Situation war erheblich problematischer, als sie gedacht hatte. Der weitreichende Stromausfall konnte kaum in ein paar Stunden behoben werden. Die Reparaturarbeiten würden bestimmt über Nacht andauern, und es war durchaus möglich, dass sie morgen um die gleiche Zeit noch eingeschlossen waren.

Elizabeth sah Quinlan an. „Bist du sicher, dass es hier nicht bedrohlich heiß werden kann?"

„Ich kann es nicht beschwören, aber es ist absolut unwahrscheinlich. Wir sind nicht in Gefahr. Wir haben ausreichend Wasser, und das ist entscheidend. Die meisten Leute in der Stadt haben es nicht bequemer als wir, weil es nur wenige Notfall-Generatoren gibt. Wenn uns zu heiß wird, ziehen wir einfach ein paar Kleidungsstücke aus."

Bei dieser Vorstellung schlug Elizabeths Herz schneller, und sie fing sofort an zu schwitzen. Schmetterlinge tanzten in ihrem Bauch bei dem Gedanken, nackt im Dunkeln neben Tom zu liegen. Bleib vernünftig, beschwor sie sich und erinnerte sich doch mit jeder Faser ihres Körpers an das Vergnügen, mit Quinlan zu schlafen. Sie drehte sich abrupt um, weil er ihre Gedanken nicht lesen sollte, und spähte wieder durch die Glastüren. Da fiel ihr etwas Wichtiges ein, und sie wechselte dankbar das Thema.

„Kann man uns von draußen sehen, wenn es dunkel wird und wir die Taschenlampe anschalten? Oder bieten die getönten Scheiben nachts auch Sichtschutz?“

„Wer ganz genau hinschaut, wird ein Licht erkennen, aber keine Einzelheiten“, sagte Quinlan. „Niemand wird uns wirklich sehen.“

Die Möglichkeit allein reichte Elizabeth. Zunächst hatte sie die Sitzgruppe neben dem Haupteingang ausgewählt, um sich dort niederzulassen, jetzt suchte sie nach einem weniger auffälligen Ort. Im Foyer gab es mehrere bequeme Sitzgruppen. Elizabeth entschied sich für eine in der Mitte des Raumes. Eine Reihe dichter Pflanzen, die bis an die Hüfte reichten, schuf die Atmosphäre einer kleinen Laube, und man konnte sich halbwegs ungestört fühlen. Außerdem war der Weg zu den Waschräumen und Toiletten kürzer.

Elizabeth breitete ihren Proviant auf einem niedrigen Tischchen aus, während Quinlan ein paar Sessel beiseite schob, um Platz zu schaffen. Dann sammelte er genügend Polsterkissen von den anderen Sitzgruppen, um daraus später Betten bauen zu können, und stapelte sie in Reichweite. Elizabeth warf einen verstohlenen Blick auf die Kissen. Sie bezweifelte, dass sie in Quinlans Nähe überhaupt ein Auge zutun könnte. Außerdem war es bestimmt nicht klug, einzuschlafen, selbst wenn es ihr gelingen sollte.

Sie sah Tom an und zuckte ertappt zusammen. Er beobachtete sie unverhohlen und wandte den Blick nicht von ihr, als er langsam seine Krawatte aufknotete und ablegte, dann sein Hemd bis zum Bauchnabel aufknöpfte und die Hemdsärmel aufrollte. Was er tat, war angesichts der Temperaturen praktisch und eigentlich harmlos, aber der Anblick seiner muskulösen, leicht behaarten Brust erweckte Gefühle in Elizabeth, die mit gesundem Menschenverstand nichts mehr zu tun hatten.

„Warum ziehst du nicht die Strumpfhose aus?“, schlug er sanft vor. „Sie muss bei der Hitze furchtbar störend sein.“

Er hatte Recht. Elizabeth zögerte, obwohl ihr eigentlich klar war, dass die Seidenstrumpfhose sie sowieso nicht vor ihm schützte. Das konnte nur sie selbst. Quinlan war kein Mann, der bei Frauen Gewalt anwendete. Wenn sie Nein sagte, würde er sie niemals zwingen. Davor hatte sie nie Angst gehabt, sie fürchtete sich nur, in seinen Armen willenlos dahinzuschmelzen. Das war einer der Gründe, warum sie ihm in den vergangenen sechs Monaten aus dem Weg gegangen war.

Wenn sie also die Strumpfhose anbehielt, würde ihn das nicht daran hindern, mit ihr zu schlafen, falls sie nicht entschlossen Nein sagte. Andererseits ging sie ohne die lästigen Strümpfe kein Risiko ein, solange sie die Selbstbeherrschung nicht verlor.

Elizabeth nahm eine Taschenlampe, ging in den Waschraum und legte sie auf ein Waschbecken. Die Luft in dem Raum war stickig. Eilig zog sie die Strumpfhose aus und fühlte sich sofort besser. Sie drehte den Wasserhahn auf und ließ kaltes Wasser über ihre Handgelenke laufen. Die erprobte Methode der Abkühlung half sofort. Danach befeuchtete sie ein Papierhandtuch und tupfte ihr Gesicht ab. Das war herrlich erfrischend.

Sie atmete noch einmal tief durch, sprach sich Mut zu und war dann bereit, Quinlan erneut entgegenzutreten. Ich werde dafür sorgen, dass er mir nicht zu nahe kommt, beschloss sie. Mit den Strümpfen in einer Hand und der Taschenlampe in der anderen, kehrte sie zuversichtlich ins Foyer zurück.

Er wartete schon auf sie, räkelte sich lässig in einem Sessel und beobachtete sie doch so angespannt wie ein Tiger seine Beute. „Jetzt ist der richtige Zeitpunkt für unser kleines Gespräch“, bestimmte er.

5. KAPITEL

Elizabeths Herz setzte einen Schlag aus. Sie kam sich wie gelähmt vor und ging doch scheinbar ungerührt zu ihrem Sessel, machte es sich bequem, schlug sogar die Beine übereinander und lehnte sich genauso lässig wie Quinlan zurück. „Einverstanden“, sagte sie ruhig.

Er warf ihr wieder diesen abschätzenden Blick zu, als ob er noch entscheiden müsste, wie er sie am besten behandeln sollte. Elizabeth missfiel die Vorstellung, „behandelt“ zu werden, aber sie unterdrückte ihre Verärgerung. Sie wusste, wie unnachgiebig Quinlan sein konnte, wenn man seine Pläne durchkreuzte. Jetzt kam es darauf an, dass sie einen kühlen Kopf bewahrte und sich nicht provozieren ließ.

Quinlan betrachtete sie weiter schweigend, und Elizabeth wusste, was er wollte. Er hatte seine Frage längst gestellt und wartete auf die Antwort.

Es fiel ihr schwer, gelassen zu bleiben. Obwohl sechs Monate vergangen waren, wurde sie immer noch zornig, wenn sie an das dachte, was er ihr angetan hatte. Sie hielt seinen Blick fest und klagte ihn direkt an. „Ich fand den Lebenslauf von mir, den du hast anfertigen lassen.“ Sie betonte jedes Wort. „Du hast hinter meinem Rücken Nachforschungen über mich angestellt.“

„Aha.“ Quinlan musterte sie eingehend. „Das ist es also.“ Dann machte er eine wohlüberlegte Pause. „Natürlich habe ich das getan.“

„Was heißt hier ‚natürlich‘? Du hast hinter mir herspioniert. Du bist unerlaubt in meine Privatsphäre eingedrungen ...“

„Und du in meine“, unterbrach er sie nüchtern. „Der Lebenslauf lag nicht offen herum.“

„Das stimmt. Ich habe deinen Schreibtisch durchsucht“, gab Elizabeth zu, ohne zu zögern.

„Warum?“

„Etwas an dir beunruhigte mich, und ich hoffte, ein paar Antworten zu finden.“

„Warum hast du mich nicht selbst gefragt?“ Die Worte klangen messerscharf.

Sie lächelte bitter. „Das habe ich oft getan. Du bist ein Meister darin, Antworten zu umgehen. Ich habe mit dir geschlafen, aber ich weiß eigentlich nichts von dir.“

Quinlan wich dem Vorwurf geschickt mit einer Gegenfrage aus. „Was hat dir an mir nicht gefallen? Ich habe dich körperlich nie bedrängt. Du weißt, dass ich ein eigenes Büro besitze und meinen Beruf engagiert ausübe, dass ich zahlungsfähig bin und nicht auf der Flucht."

„Das ist typisch für dich", warf Elizabeth ihm vor. „Du bist äußerst erfinderisch, wenn es darum geht, nichts von dir preiszugeben. Es dauerte eine Weile, bis ich deine Verschleierungstaktik begriff, doch dann fiel mir auf, dass du keine meiner Fragen wirklich beantwortet hast. Stattdessen hast du eigene Fragen gestellt und meine ganz selbstverständlich ignoriert."

Er musterte sie nachdenklich und meinte dann: „Ich habe kein Interesse daran, über mein Leben zu sprechen. Ich kenne alle Einzelheiten."

„Das könnte ich von mir auch behaupten", entgegnete sie zuckersüß. „Ich wollte etwas von dir persönlich wissen, dich besser kennen lernen, und lief immer ins Leere. Trotzdem wäre ich niemals auf die Idee gekommen, jemanden zu bezahlen, damit er hinter dir herspioniert."

„Es hätte mir nichts ausgemacht", behauptete Quinlan, weil er wusste, dass sie sowieso nicht viel über ihn herausgefunden hätte. Seine Lebensgeschichte seit dem Highschool-Abschluss war in keinem Staatsarchiv schriftlich niedergelegt.

„Bravo! Mir ist es aber nicht egal."

„Und das ist alles? Du hast unsere Beziehung abgebrochen, nur weil ich Nachforschungen über dich anstellen ließ? Warum hast du dich nicht beschwert, mich angebrüllt? Wir hätten offen darüber sprechen können. Findest du nicht, dass du die Angelegenheit überbewertet hast?"

Quinlans Frage klang vorwurfsvoll und gleichzeitig ungläubig. Offensichtlich hielt er ihre Reaktion für ziemlich hysterisch und absolut übertrieben.

Elizabeth erstarrte innerlich. Dass ihr eine Schuld zugewiesen wurde, egal, was passiert war und aus welchem Grund, kannte sie allzu gut. Wie oft war alles nur ihr Fehler gewesen! Sie verdrängte die Erinnerungen. Nie wieder würde sie dulden, dass ihr irgendjemand solche Schuldgefühle vermittelte. Sie war nicht mehr bereit, den Sündenbock zu spielen. Es war ihr schwer genug gefallen, ihre innere Freiheit und ihr Selbstwertgefühl wiederzugewinnen. Sie wusste, dass sie sich Quinlan gegenüber ungeschickt verhalten hatte, aber ihren Entschluss stellte sie nicht in Frage.

„Nein, ich habe die Angelegenheit nicht überbewertet", entgegnete sie kühl. „Ich hatte mich schon vorher in deiner Gesellschaft unwohl gefühlt. Dass du heimlich Erkundigungen über mich eingezogen hast, war der Auslöser, nicht der einzige Grund für meine Entscheidung."

„War es so schlimm für dich, dass ich ein paar Fragen nicht beantwortet habe?" Quinlan wollte sich mit ihrer Erklärung nicht abfinden.

„Unter anderem."

„Was noch?"

Wer A sagt, muss auch B sagen, dachte Elizabeth und antwortete wahrheitsgetreu. „Zum Beispiel nervte mich deine Angewohnheit, alles bestimmen zu wollen. Du hast meine Einwände oder Vorschläge einfach ignoriert, als ob ich nichts gesagt hätte."

„Wann denn? Welche?", fragte er verblüfft und schien allmählich die Geduld zu verlieren. Seine blauen Augen verengten sich und sprühten Blitze. Es überraschte Elizabeth, wie erregt er war.

Sie machte eine unbestimmte Handbewegung. „Fast immer. Ich habe doch keine Liste über jede Einzelheit angelegt."

„Das erstaunt mich wirklich", höhnte er.

„Du hast mich fortwährend unterdrückt. Wenn ich einkaufen gehen wollte, musste ich warten, bis du mitgehen konntest. Wenn ich zum Ausgehen eine Jacke anziehen wollte, hast du darauf bestanden, dass ich einen Mantel trage. Du hast sogar versucht, mich zum Wechseln meiner Bank zu überreden!"

Er zog die Augenbrauen hoch. „Deine jetzige liegt zu weit entfernt. Die, die ich vorschlug, ist besser geeignet."

„Für wen? Ich bin mit meiner Bank sehr zufrieden, also ist sie auch für mich geeignet, oder?"

„Dann wechselst du sie eben nicht. Wo ist das Problem?"

„Das Problem", erklärte Elizabeth langsam und wählte dabei ihre Worte sorgfältig, „besteht darin, dass du alle Entscheidungen treffen willst und nicht bereit bist, Aufgaben und Verantwortung zu teilen. Du willst keine Partnerschaft, sondern Alleinherrschaft."

Gerade hatte er noch bequem in seinem Sessel gelehnt, die langen Beine lässig ausgestreckt, im nächsten Augenblick beugte er sich über sie, die Hände auf die Armlehnen ihres Sessels gestützt. Elizabeth zuckte zusammen, als sie sah, wie wütend er war, aber sie ließ sich nicht einschüchtern. Stattdessen hob sie das Kinn und hielt seinem Blick stand, ohne mit der Wimper zu zucken.

„Ich glaube es einfach nicht!“, rief er laut. „Du hast mich verlassen, weil ich vorschlug, dass du die Bank wechselst?“ Er richtete sich abrupt auf, entfernte sich ein paar Schritte und fuhr sich durchs Haar.

„Nein“, berichtigte Elizabeth ihn hitzig, „ich habe dich verlassen, weil ich nicht will, dass du über mein Leben bestimmst!“ Sie konnte auch nicht mehr stillsitzen und sprang auf. Augenblicklich drehte Quinlan sich um, umschloss ihre Arme und zog sie dicht an sich. Sie spürte seinen Atem und nahm seinen männlichen Duft wahr. Alle ihre Sinne reagierten sofort auf ihn, und doch versteifte sie sich bei seiner Berührung.

„Warum hast du mir nicht gesagt, dass du schon einmal verheiratet warst?“

Die Frage kam eigentlich nicht unerwartet, dennoch berührte sie Elizabeth unangenehm. Natürlich wusste er dank seiner verwünschten Nachforschungen Bescheid.

„Es ist kein Lieblingsthema von mir“, erwiderte sie kurz angebunden, „aber auch kein Staatsgeheimnis. Ich hätte dir davon erzählt, wenn wir uns besser kennen gelernt hätten. Was erwartest du von mir? Sollte ich dir gleich am ersten Tag unserer Bekanntschaft mein ganzes Leben beichten?“

Quinlan musterte sie eindringlich. Sie standen so dicht voreinander, dass er die kleinste Regung auf ihrem Gesicht bemerkte. Aha, es steckt also doch mehr dahinter, dachte er.

„Wie gut hätten wir uns denn noch kennen lernen müssen?“ Er zwang sich zu einem ruhigen Tonfall. „Wir waren fast immer zu zweit und trafen uns kaum mit anderen Leuten. Wir schliefen zwar nur in der letzten Nacht miteinander, aber vorher gab es mehr als einen intimen Moment.“

„Trotzdem hatte ich Zweifel“, gestand sie ebenso ruhig.

„Vielleicht, das hat dich damals allerdings nicht davon abgehalten, mich genau wie jetzt zu begehren.“ Er senkte den Kopf und legte den Mund sanft und verführerisch auf ihre Lippen. Elizabeth versuchte, ihm auszuweichen, doch sie war machtlos angesichts seiner Stärke. „Sei still“, flüsterte er an ihrem Mund.

Verzweifelt wandte sie sich ab. Er zwang sie, ihn wieder anzusehen, doch statt sie zu küssen, hielt er direkt vor ihrem Mund inne. „Warum hast du mir nichts von deiner Ehe erzählt?“ murmelte er. Sein warmer Atem streifte ihre Lippen, und das ließ sie erbeben. Mit der für ihn typischen Hartnäckigkeit hatte er sich vorgenommen, das Rätsel zu lösen, und er würde sie nicht eher freigeben, bis er mit der Antwort zufrieden war. Elizabeth spürte, wie Furcht in ihr aufstieg, und voller Panik begann sie, gegen ihn anzukämpfen. Es war sinnlos. Er hielt sie mühelos fest, aus seiner warmen, festen Umarmung gab es kein Entrinnen.

„Was passierte damals?", fragte Quinlan und hauchte zwischen den Worten kaum spürbare Küsse auf ihre Lippen. „Warum bist du zusammengezuckt, als ich deine Ehe erwähnte? Erzähl mir davon. Ich muss wissen, was los ist. Hat er dich betrogen? War er ein Herumtreiber?"

„Nein." Elizabeth wollte eigentlich nicht antworten, aber seine Nähe verwirrte sie, und das Nein rutschte ihr unwillkürlich heraus. Sie hörte, wie unsicher ihre Stimme klang, und ärgerte sich darüber. „Nein!", wiederholte sie energischer und kämpfte um ihre Selbstbeherrschung. „Er hat mich nicht betrogen." Wenn er es doch getan hätte, dachte sie, dann hätte ich nicht so unter seiner zerstörerischen Aufmerksamkeit leiden müssen. „Hör auf, Quinlan. Lass mich gehen."

„Warum nennst du mich jetzt immer Quinlan?" Er fragte leise und besänftigend und liebkoste ihren Mund weiter mit leichten, zärtlichen Küssen. „Du hast mich früher Tom genannt – auch in der Nacht, in der wir uns liebten."

Elizabeth sagte Quinlan, weil sie sich von ihm distanzieren wollte. Sie wollte nicht an ihn als Tom denken, denn der Name war für sie unwiderruflich mit jener Nacht verbunden, als sie sich ihm, lustvoll an seine nackte Schulter geklammert, entgegengebogen und seinen Namen verzückt wieder und wieder gestammelt hatte, voller Verlangen und dann befriedigt. Tom war der Name ihres Liebhabers, Quinlan der des Mannes, vor dem sie geflüchtet war.

Und Quinlan war der Mann, mit dem sie jetzt fertig werden musste, der Mann, der niemals aufgab. Er hielt sie in seinen starken Armen, und sie war ihm hilflos ausgeliefert. Er küsste sie beharrlich, bis sie den letzten Widerstand aufgab und die Lippen bereitwillig öffnete. Sofort begann er ein verlockendes Spiel mit der Zunge, und beide erbebten sie unter dem heftigen Ansturm ihrer Gefühle.

Quinlan legte eine Hand auf ihre Brust und streichelte sie aufreizend. Elizabeth stöhnte, während er sie gekonnt weiterküsste. Sie versuchte verzweifelt, vernünftig zu bleiben. Er verführte sie genauso erfolgreich wie beim ersten Mal, und obwohl ihr klar war, worauf das hinauslief, fehlte ihr die Willenskraft, ihn wegzustoßen. Sie liebte ihn zu sehr, war seinen Küssen verfallen, begehrte ihn über alles und genoss es zu sehr, wenn er sie streichelte.

Durch sein Streicheln hatte sich ihre Brustspitze verhärtet, er spürte sie trotz der Kleidung rau an der Handfläche. Ungestüm öffnete er die Knöpfe ihrer Bluse, küsste sie fordernder, schob eine Hand in ihren Ausschnitt und dann unter den hauchdünnen Stoff ihres BHs. Elizabeth erschauerte, als er sie so intim berührte. Wellen der Erregung überliefen sie und steigerten ihr Verlangen. Sie seufzte hingerissen, und ihre Reaktion elektrisierte ihn.

Sie war wie Wachs in seinen Händen, als er den BH beiseiteschob und ihre volle Brust mit der Hand umfasste. Dann beugte er sich über sie und küsste ihre seidenweiche Haut. Der Geschmack und der Duft ihres Körpers brachten ihn fast um den Verstand. Er umkreiste ihre Brustspitze mit der Zunge, und während seine eigene Erregung wuchs, stellte er triumphierend fest, dass sie sich ihm entgegendrängte. Elizabeth wollte ihn. Nach der heißen Nacht, die sie zusammen verbracht hatten, war er davon überzeugt gewesen, doch die folgenden sechs Monate hatten ihn verunsichert. Nun wusste er, dass er sich nicht geirrt hatte. Er brauchte sie kaum zu berühren, und schon zitterte sie vor Verlangen und war für ihn bereit.

Quinlan ließ ihre Brust los und küsste erneut ihre weichen sinnlichen Lippen. Er war verrückt nach ihr! Keine andere Frau hatte jemals zuvor vergleichbare Gefühle in ihm ausgelöst, mit keiner Frau hatte er so perfekt harmoniert.

Er wollte mit ihr schlafen, jetzt sofort, aber es gab immer noch zu viele Fragen, die nicht beantwortet waren. Wenn ich die Missverständnisse zwischen uns nicht bereinige, solange wir hier zusammen eingesperrt sind, dachte er, dauert es vielleicht noch sechs Monate, bis ich wieder die Gelegenheit dazu bekomme. Nein, das durfte nicht passieren, das könnte er nicht ertragen.

Widerwillig löste er die Lippen von ihrem Mund. Mit jeder Faser seines Körpers sehnte er sich danach, das Liebesspiel zu vollenden, und er wusste, dass sie seine Hingabe teilen würde, wenn er sie nicht zum Nachdenken kommen ließ. Doch er wollte Antworten und nicht länger darauf warten. „Sag's mir", schmeichelte er, wanderte mit dem Mund über ihren Hals, knabberte an ihrem Ohrläppchen und fühlte, wie sie vor Erregung erschauerte. Endlich war er auf der richtigen Spur. „Sag es mir, was er dir angetan hat, und wofür du mich nun büßen lässt."

6. KAPITEL

Elizabeth versuchte, Quinlan wegzustoßen, aber ihre krampfhaften Bemühungen waren lächerlich. Es kostete ihn keinerlei Anstrengung, sie festzuhalten. Trotzdem presste sie die Hände gegen seine breiten Schultern und setzte alle Kraft ein. „Lass mich gehen!"

„Nein", weigerte er sich mit eindringlicher Stimme. „Hör auf, gegen mich anzukämpfen, antworte mir lieber."

Das kann ich nicht, dachte sie verzweifelt. Panische Angst ergriff sie. Sie fürchtete sich nicht vor Quinlan, sie fürchtete sich davor, über ihre Ehe mit Eric Landers zu sprechen. Sie wollte die Hölle, die sie durchlebt hatte, nicht in der Erinnerung wiedererwecken. Doch Quinlan hatte beschlossen, darüber zu reden, und Elizabeth war klar, dass er das Thema nicht fallen lassen würde, bis er wusste, was er wissen wollte. Sie kannte ihn gut genug. Er würde jede Einzelheit erfahren wollen, und das war zu viel für sie.

Es war also reine Überlebenstaktik, dass sie plötzlich nachgab, an seine Brust sank und seine Schultern umklammerte, anstatt ihn wegzuschieben. Sie spürte, wie er sich bei ihrer unerwarteten Kapitulation schlagartig anspannte, während sie selbst vor Erleichterung zitterte, und ihr stockte der Atem, als sie ihre Hüften gegen seine drängte und spürte, wie erregt er war. Sie zog ihn noch dichter an sich, und der Funken der Erregung sprang auf sie über. Ihr wurde ganz heiß vor Verlangen.

Quinlan fühlte die Veränderung und sah sie auch ihrem Gesichtsausdruck an. Eben hatte Elizabeth noch gegen ihn angekämpft, einen Moment später bebte sie voller Erwartung. Dabei war sie angespannt, und ihre aufreizenden Bewegungen waren nicht misszuverstehen. Quinlan fluchte und versuchte, seine Erregung zu zügeln. Umsonst, er hatte sich zu sehr nach ihr gesehnt, hatte zu lange warten müssen. Sie würden später reden, für den Augenblick hatte sie gewonnen. Er konnte nur noch daran denken, dass er sie endlich wieder in den Armen hielt und dass sie ihn begehrte. Er kannte den Grund für ihren Sinneswandel nicht und kümmerte sich jetzt nicht darum. Es reichte, dass sie ihn leidenschaftlich fordernd umarmte, wie in jener Nacht, die für immer in sein Gedächtnis eingebrannt war. Seitdem hatte Quinlan unzählige schlaflose Stunden verbracht, sich rastlos hin und her gewälzt und vor Sehnsucht nach ihr verzehrt. Er hatte keine Ruhe gefunden und nicht begriffen, warum sie ihn auf einmal verschmähte. Er war zornig auf sie geworden und hatte sie doch nicht vergessen können.

Jetzt war Elizabeth nicht mehr kühl und abweisend, im Gegenteil. Er spürte ihre Erregung und wie sie bei jeder seiner Berührungen vibrierte. Sie bewegte die Hüften bei der instinktiven Suche und stöhnte lustvoll, als sie fand, was sie wollte. Dann lud sie ihn unmissverständlich ein und presste sich ungeduldig an ihn.

Quinlan fuhr ungestüm durch Elizabeths Haar und bog ihren Kopf zurück. „Willst du mit mir schlafen?“, fragte er heiser und zwang sich verbissen zur Beherrschung. Die Situation hatte sich zu überstürzt entwickelt. Er wollte sicher sein, dass Elizabeth wirklich einverstanden war. Doch lange konnte er nicht mehr warten. Es war ihm zuletzt als Teenager passiert, dass er die Kontrolle über sich verlor. Sein Verlangen überwältigte ihn und forderte Befriedigung. Es war ihm nun egal, warum Elizabeth ihre Meinung geändert hatte, er wollte nur noch eins mit ihr werden.

Elizabeth zögerte Sekunden mit der Antwort. Quinlan fluchte schon unterdrückt, als sie die Fingernägel entschlossen in seine Schultern grub. „Ja“, antwortete sie wie in Trance.

Quinlan hob sie hoch und bettete sie auf den Fußboden. „Das Sofa …“, murmelte sie, aber er konnte sich nicht länger zurückhalten und legte sich auf sie. Da vergaß sie alles um sich herum und erwiderte seine Leidenschaft. Ursprünglich hatte sie nur vorgehabt, ihn von seinen bohrenden Fragen abzulenken, doch sie hatte ihre Gefühle und Bedürfnisse unterschätzt. Sie war wie ausgehungert nach ihm. Wie oft hatte sie nachts wachgelegen und stille Tränen geweint, weil sie ihn so sehr vermisste, fast so sehr, wie sie ihn und ihre Gefühle für ihn gleichzeitig fürchtete. Die Erleichterung, schließlich doch wieder in seinen Armen zu liegen, war beinahe schmerzlich, und sie verdrängte alle Gründe, die dagegen sprachen. Später würde sie dem Unvermeidlichen ins Auge sehen, jetzt zählte nur die Gegenwart, sie wollte mit Tom Quinlan schlafen.

Er war stürmisch, sein eigener Hunger zu groß und zu lange ungestillt, um die Geduld zu einem langen Vorspiel aufzubringen. Er schob ihren Rock bis zur Taille hoch, zog ihren Slip herunter, und Elizabeth öffnete sich bereitwillig, um ihn zu empfangen. Dann zog er sich selbst schnell aus und war wieder bei ihr. Als er gleich darauf in sie eindrang, schrie sie vor Leidenschaft auf. Sie bog sich ihm entgegen, und er stöhnte lustvoll, umfasste ihre Schenkel, zog ihre Beine höher und begann mit heftigen, rhythmischen Bewegungen.

Elizabeth genoss es und fühlte sich bald so befreit, dass sie laut aufschluchzte. Quinlan entzündete ein Feuer in ihr, das sie bisher nicht gekannt hatte. Nur er konnte sie bis zur Ekstase erregen, und nach jener ersten Nacht hatte sie geglaubt, dass sie diese Seligkeit nie wieder erfahren würde. Sie war bereit gewesen, auf die körperliche Befriedigung zu verzichten, um sich vor seinem beherrschenden Wesen zu schützen. Aber die Sehnsucht nach ihm hatte sie nicht unterdrücken können und sich oft bitter gefragt, warum die gefährlichsten Fallen mit den süßesten Ködern versehen waren.

Quinlans Erregung steigerte sich dem Höhepunkt entgegen. Er umfasste ihre Hüften mit seinen kräftigen Händen, drang noch tiefer in sie ein und beschleunigte seine Bewegungen. Benommen spürte Elizabeth den harten Fußboden unter sich, ihr Rücken und ihre Schultern schmerzten. Allmählich nahm sie die Umgebung wieder wahr, während er sie wild an sich presste. Instinktiv hielt sie ihn, schenkte ihm ihre Wärme und Hingabe. Er stöhnte lustvoll und schrie dann unterdrückt auf. Sein Puls raste, als er hinterher erschöpft auf sie sank.

Sie verharrten in dieser Stellung. Die Stille in dem großen, düsteren Foyer wurde nur von ihrem heftigen Atmen unterbrochen. Toms Herzschlag verlangsamte sich, das spürte sie genau. Plötzlich wurde Elizabeth bewusst, dass sie sich beide nicht um Verhütungsmaßnahmen gekümmert hatten.

Nach dem ersten Schock konnte sie wieder klar denken. Sie hatte gerade erst ihre Periode gehabt, es war also höchst unwahrscheinlich, dass sie schwanger werden würde. Seltsamerweise stimmte diese Erkenntnis sie eher traurig als froh. Das hatte mit Vernunft nichts mehr zu tun.

„Elizabeth?“

Sie hielt die Augen geschlossen. Noch wollte sie die Realität verdrängen, sich ihrem Traum hingeben. Sie wollte Tom nicht fortlassen und wusste doch, dass sie ihn bald fortschicken musste.

Quinlan stützte sich auf die Ellenbogen, und sie spürte seinen durchdringenden Blick, öffnete die Augen aber immer noch nicht.

Sie merkte, wie seine Muskeln sich anspannten. Ihr erster Impuls war, ihn festzuhalten, doch er richtete sich auf, und sie hielt die Luft an, als er sich langsam aus ihr zurückzog. Es war ein erregendes Gefühl, und unwillkürlich hob sie die Hüften in einer unkontrollierten, verräterischen Bewegung. Dann öffnete sie die Augen, weil ihr intimes Beisammensein endgültig vorbei war. Sie begegnete seinem Blick. Er war nach der körperlichen Befriedigung satt und ein wenig träge, genau wie ihrer. Doch gleichzeitig entdeckte sie eine kaum verhohlene Wachsamkeit an ihm, als ob er wüsste, dass er seine Beute zwar gefangen, aber noch nicht besiegt hatte.

Sein Scharfsinn war wie immer beunruhigend. Elizabeth warnte ihn mit ihrem Blick, falsche Schlüsse aus dem zu ziehen, was gerade passiert war. Sie hatten Sex miteinander gehabt, nicht mehr und nicht weniger, ohne Konsequenzen für die Zukunft. Das redete sie sich jedenfalls ein.

Quinlan verzog spöttisch die Mundwinkel, als er aufstand, seine Hose lässig überstreifte und den Reißverschluss mit einem Ruck hochzog. Dann reichte er Elizabeth die Hand und half ihr mühelos hoch. Ihr zerknitterter Rock rutschte wieder in die richtige Position. Er schlüpfte aus seinem Hemd, anschließend bückte er sich, hob ihren Slip auf und gab ihr beides. „Zieh deine Sachen aus und mein Hemd an“, schlug er vor. „Es wird wärmer hier drinnen, und ein weites Hemd ist bestimmt bequemer als ein enges Kostüm.“

Elizabeth drehte sich schweigend um, nahm eine Taschenlampe und ging mit zitternden Beinen in den Waschraum. Ihr ganzer Körper pulsierte von den Nachbeben ihres Liebesspiels. Quinlan hatte ihr nicht wehgetan, aber es war, als ob sie ihn immer noch in sich spüren könnte.

Sie blickte ihr Spiegelbild an, das im fahlen Licht der Taschenlampe ein wenig geisterhaft wirkte. Ihre Augen sahen riesengroß und dunkel aus. Ihr Haar hatte sich gelöst, es fiel zerzaust um ihre Schultern. Sie strich es verwirrt glatt, starrte ihr Spiegelbild weiter an und vergrub dann plötzlich das Gesicht in den Händen.

Peinlich. Worauf hatte sie sich da nur eingelassen! Warum habe ich so eine Dummheit gemacht?, warf Elizabeth sich vor. Ich bin kaum länger als eine Stunde mit ihm allein und schon schlafen wir miteinander auf dem Fußboden wie die Tiere. Wenn ich ihm wenigstens die Schuld geben könnte, aber nein, ich habe den entscheidenden Schritt getan, mich ihm aus Angst vor seinen bohrenden Fragen an den Hals geworfen. Nun habe ich genau das bekommen, was ich provoziert habe.

Die widersprüchlichen Gefühle brachten Elizabeth durcheinander. Sie schämte sich und war doch gleichzeitig in gehobener Stimmung. Sie schämte sich, weil sie Sex als Ablenkungsmanöver benutzt hatte … oder schämte sie sich, weil sie eine Ausrede gebraucht hatte, um das zu tun, wonach sie sich seit Monaten verzehrte? Die körperliche Anziehungskraft, die Quinlan auf sie ausübte, war so stark, dass ihm zu widerstehen unnatürlich erschien, ihre Instinkte trieben sie in seine Arme.

Sie fühlte sich innerlich gewärmt und zufrieden und genoss die Nachwirkungen des Liebesspiels. Doch jetzt berührte Quinlan sie nicht mehr, und da kamen die alten Zweifel wieder und zogen sie in zwei Richtungen. Elizabeth hatte ihre Entscheidung gegen eine Beziehung mit Quinlan für einfach und folgerichtig gehalten, obwohl sie ihr nicht leicht gefallen war. Aber nun musste sie erkennen, dass sie sich selbst getäuscht hatte. Weder Quinlans noch ihre Gefühle waren unkompliziert.

Benommen zog sie die zerknitterte Kleidung aus und benutzte ein paar nasse Papierhandtücher, um sich zu waschen. Das war herrlich erfrischend, doch die drückende Schwüle im Waschraum ließ sie gleich darauf wieder schwitzen. Wenn ich es auch unangenehm finde, ich habe keine andere Wahl, als Quinlan wieder gegenüberzutreten, erkannte Elizabeth ironisch. Wenn sie hier bliebe, würde sie einen Hitzschlag erleiden. Was für ein trauriger Tag, an dem eine Frau nicht einmal im Waschraum Zuflucht fand! Aber war das nicht sowieso einerlei? Bisher hatte sie keinen Ort gefunden, an dem sie vor Quinlan wirklich sicher war, zumal ihre eigenen Gefühle sie ständig im Stich ließen.

Elizabeth zog gerade ihren Slip an, als die Tür geöffnet wurde. Quinlan trat ein. Seine hoch gewachsene Gestalt verdeckte das Licht, das vom Foyer hereinfiel, fast ganz, doch gleichzeitig drang kühlere Luft herein. Die zarte Brise umschmeichelte sie und ließ ihre Brustspitzen wieder hart werden. Oder war es die instinktive Reaktion auf die Nähe des Liebhabers? Elizabeth wollte ihr Verhältnis zu Quinlan nicht so primitiv erklären, aber ihr Körper widersetzte sich ihrem Verstand.

Natürlich bemerkte Quinlan die Veränderung. Seine Augen wurden dunkel vor Verlangen, als er ihre Brüste unverhohlen bewunderte. Aber er beherrschte sich und trat keinen Schritt näher, als ob er ihre Verwirrung spürte. „Versteckst du dich?“, fragte er sanft.

„Das ist Verzögerungstaktik“, gab Elizabeth bereitwillig zu. Sie versuchte nicht, sich seinen Blicken zu entziehen. Ein solches Verhalten wäre ihr töricht erschienen, nachdem sie sich eben geliebt hatten. Schließlich sah er sie nicht zum ersten Mal nackt, sie hatten ja schon vorher miteinander geschlafen. Außerdem hatte Quinlan seine Hose ebenfalls ausgezogen und stand in kurzen dunklen Boxershorts vor ihr. Barfuß und fast nackt, das schwarze Haar zerzaust und feucht vom Schweiß, wirkte er aufreizend unzivilisiert. Trotz der Hitze lief Elizabeth ein erregender Schauer über den Rücken, die unmissverständliche Reaktion auf Quinlans überwältigenden Sex-Appeal. Elizabeth wandte eilig den Blick ab. Quinlan sollte nicht in ihrem Gesicht lesen.

Er kam zu ihr, hob sein Hemd auf und half ihr hinein. Dann drehte er sie zu sich um und knöpfte das Hemd zu, als ob er ein kleines Kind anziehen würde. „Du kannst nicht hierbleiben“, sagte er. „Es ist einfach zu heiß.“

„Ich weiß. Ich wollte gerade herauskommen.“

Er begleitete sie zur Tür, wie immer eine Hand auf ihrem Rücken. Elizabeth fragte sich, ob das Ausdruck von Bevormundung war oder Beschützerinstinkt. Wahrscheinlich ist es eine Mischung aus beidem, dachte sie und seufzte.

Quinlan war nicht untätig gewesen, während sie mehr Zeit im Waschraum vertrödelt hatte, als sie eigentlich wollte. Die Polsterkissen waren in Form eines Doppelbettes auf dem Fußboden arrangiert, und zwei Tassen Wasser standen zum Trinken bereit. Für das Wasser war Elizabeth dankbar, aber wenn er glaubte, sie würde sich neben ihn auf die Kissen legen, dann hatte er sich getäuscht. Sie setzte sich in einen Sessel, nahm ihre Tasse und nippte zuerst nur daran, um gleich darauf gierig zu trinken, als sie wieder mal entdeckte, wie gut einfaches klares Wasser quälenden Durst stillte. Es war ein Genuss aus der Kindheit, der in der Erwachsenenwelt durch Kaffee, Tee und Mixgetränke in Vergessenheit geriet.

„Bist du hungrig?“ wollte Quinlan wissen.

„Nein.“ Was für eine absurde Idee! Elizabeths Nerven waren zum

Zerreißen angespannt. Ich kann erst wieder essen, wenn wir aus dieser Situation heraus sind, dachte sie.

„Ich habe jedenfalls Hunger“, meinte Quinlan ungerührt, packte ein Blaubeertörtchen aus und biss hinein. „Erzähl mir von deiner Ehe.“

Elizabeth versteifte sich und warf ihm einen abweisenden Blick zu. „Es war keine gute Ehe“, antwortete sie knapp. „Und sie geht dich nichts an.“

Er blickte bedeutsam auf den Fußboden, wo sie eben noch miteinander geschlafen hatten. „Da kann man verschiedener Ansicht sein. Aber lass es uns anders versuchen. Ich werde dir von meiner Ehe erzählen, wenn du mir von deiner berichtest. Ohne Ausflüchte. Ich beantworte jede Frage, die du stellst.“

Elizabeth starrte ihn schockiert an. „Deine Ehe?“

Quinlan zuckte mit den Schultern. „Sicher. Schließlich bin ich siebenunddreißig Jahre alt und kein Unschuldsengel. Du kannst nicht erwarten, dass ich ein Eremitendasein geführt habe.“

„Du hast vielleicht Nerven!“, fuhr Elizabeth ihn verärgert an. „Mir wirfst du dauernd vor, dass ich nicht über meine Ehe sprechen will, aber deine eigene erwähnst du jetzt zum ersten Mal.“

Quinlan rieb sich verlegen die Nase. „Das ist mir auch aufgefallen“, gab er zu.

„Dann merk’ dir gleich noch etwas. Die Zeit für herzergreifende Geständnisse ist längst vorbei. Unsere Beziehung ist beendet, es gibt also keinen Grund mehr, irgendetwas zu teilen.“

Quinlan biss erneut genüsslich in das Blaubeertörtchen. „Mach dir nichts vor. Was wir gerade getan haben, funktioniert nicht ohne Beziehung.“

„Das war nur Sex“, sagte Elizabeth abwertend. „Den braucht man von Zeit zu Zeit, und bei mir war es eine Weile her.“

„Ich weiß genau, wie lange.“ Er zog die Augenbrauen unwillig zusammen, offensichtlich missfiel ihm ihre Antwort. „Du bist mit keinem anderen Mann ausgegangen, seit du mir weggelaufen bist.“

„Hast du mich etwa beschatten lassen?“

Das hatte er tatsächlich, aber das wollte er ihr jetzt nicht erzählen. Stattdessen sagte er: „Chickie ist besorgt um dich, weil dein Privatleben – um es in ihre Worte zu fassen – total öde ist, weil einfach nichts Interessantes passiert.“

Elizabeth schnaubte verächtlich, aber sie konnte ihn nicht als Lügner bezichtigen, denn sie hatte genau den Kommentar von Chickie selbst zu hören gekriegt. Trotzdem würde sie Chickie bitten, in Zukunft etwas mehr auf Diskretion zu achten.

„Ich war beschäftigt", informierte sie ihn und kümmerte sich nicht darum, ob er ihr glaubte oder nicht. Es entsprach der Wahrheit. Sie hatte absichtlich so viel wie möglich gearbeitet, um nicht an ihn denken zu müssen.

„Ich weiß. Du befasst dich mit dem Luxus der Leute."

Elizabeth biss die Zähne zusammen. „Dann lohnt es sich wenigstens für die Leute, deine kostspieligen Sicherheitssysteme einzubauen. Ich verschönere die Wohnungen, und du beschützt die Häuser."

„Ich beschütze Menschen", widersprach Quinlan.

„Ach, wie edel! Installierst du etwa auch Sicherheitssysteme in ärmeren Stadtteilen, wo das Leben der Menschen viel mehr in Gefahr ist?"

„Ich glaube, dass wir uns in dem Punkt nie einigen werden."

„Du hast damit angefangen."

„Mein Fehler. Lass uns zum ursprünglichen Thema zurückkehren, nämlich zu unseren gescheiterten Ehen. Fang an, frag mich, was du willst."

Die beste Antwort wäre natürlich gewesen, zu behaupten, dass sie kein Interesse hätte. Aber das stimmte nicht. Elizabeth war nicht nur interessiert, sondern plötzlich furchtbar eifersüchtig auf diese unbekannte Frau, die Quinlans Gattin gewesen war, seinen Namen getragen, das Bett mit ihm geteilt und offiziell zu ihm gehört hatte. Elizabeth schwieg, blickte ihn jedoch durchdringend an.

Quinlan seufzte. „Also gut, ich berichte dir die nackten Tatsachen, auch ohne dass du mich fragen musst. Ihr Name war Amy. Wir haben uns während der Schulzeit kennen gelernt und sind regelmäßig miteinander ausgegangen. Nach dem Schulabschluss kamen wir uns wahnsinnig erwachsen vor und wollten das auch aller Welt beweisen. So heirateten wir. Doch ich war beruflich viel unterwegs, und Amy lernte in dem Büro, in dem sie arbeitete, jemanden kennen, der ihr besser gefiel als ich. Sechs Monate nach unserer Heirat wussten wir, dass wir einen Fehler begangen hatten, aber wir probierten es noch ein Jahr lang miteinander. Dann merkten wir, dass alles umsonst war und wir nur Zeit verschwendeten. Die Scheidung war für uns beide eine Erleichterung. Das ist das Ende der Geschichte."

Elizabeth sah ihn immer noch starr an. „Ich weiß nicht einmal, was für ein College du besucht hast."

Quinlan seufzte wieder. Das ging ihr allmählich auf die Nerven. Er tat so, als ob er ihr gegenüber mit seinen Auskünften äußerst großzügig wäre und als ob sie seine Geduld übermäßig strapazierte. „Ein naturwissenschaftliches College."

„Aha." Das erklärte seine Kenntnisse im Hinblick auf Elektronik und Computer.

„Ich habe keine Kinder", fügte er hinzu.

„Das fehlte gerade noch!" Elizabeth fand es schlimm genug, dass er aus irgendeinem Grund alle anderen Einzelheiten seines Lebens vor ihr verheimlichte. „Ich hätte es dir nie verziehen, wenn du mir Kinder verschwiegen hättest."

Seine Augen funkelten. „Heißt das, du hast mir verziehen?"

„Nein."

Er lachte trocken. „Wie ich dich vermisst habe! Du nimmst wirklich kein Blatt vor den Mund. Wenn du auf jemanden schlecht zu sprechen bist, hältst du es nicht für nötig, dich um ein bisschen Liebenswürdigkeit zu bemühen."

Sie sah ihn stolz an. „Ich bin nicht liebenswürdig."

„Zum Glück", sagte er nachdrücklich. Dann lehnte er sich im Sessel zurück und streckte die langen, muskulösen Beine lässig aus, als ob er völlig entspannt wäre. „Jetzt bist du dran. Weih mich in die tiefen, dunklen Geheimnisse deiner Ehe ein."

7. KAPITEL

„Dieses Plauderstündchen war deine Idee, nicht meine.“ Elizabeth wurde die Kehle eng bei der Vorstellung, Einzelheiten aus ihrer Ehe wieder aufzuwärmen. An diesen Albtraum wollte sie nicht einmal denken, geschweige denn darüber sprechen.

„Du hast Fragen gestellt“, behauptete Quinlan.

„Ich habe dich nur gefragt, was für ein College du besucht hast. Das ist etwas anderes, als im Privatleben eines Mitmenschen herumzuschnüffeln.“ Elizabeth stand entnervt auf und blickte sehnsüchtig durch die großen Fenster auf die Außenwelt. Lediglich zwei Glasscheiben hielten sie gefangen mit Quinlan. Es sah zerbrechlich aus und war es doch nicht. Ganz im Gegensatz zu mir, dachte Elizabeth. Äußerlich erschien sie ruhig und selbstbewusst, innerlich spürte sie eine erschreckende Schwäche.

„Lauf nicht weg“, warnte Quinlan sie sanft.

Sie sah ihn kaum an, als sie aus dem Halbkreis von Sofa und Sesseln trat. „Ich laufe nicht weg“, behauptete sie und wusste doch, dass es gelogen war. „Es kühlt ab, wenn man sich ein bisschen bewegt.“

Schweigend stand Quinlan auf und folgte ihr fast nackt, die dunklen Boxershorts wirkten wie eine moderne Version des Lendenschurzes. Seine breite, muskulöse Brust war leicht behaart, und eine dunkle Haarlinie verlief von seinem Oberkörper über den Bauch nach unten. Seine langen Beine waren ebenfalls mit feinen glatten Härchen bedeckt. Er war ein Mann in der Blüte des Lebens und im Vollbesitz seiner Kräfte mit einer Ausstrahlung, die unwiderstehlich wirkte. Elizabeth musterte ihn verwirrt und zunehmend beunruhigt. Dann fiel ihr Blick auf seine intimste Stelle, und ihre Augen weiteten sich.

Er folgte ihrem Blick und zuckte mit den Schultern. „Ich weiß, in meinem Alter sollte ich mich nicht so schnell wieder erholen. Das tu ich für gewöhnlich auch nicht“, meinte er gedankenverloren. „Es ist einfach eine Reaktion auf dich. Komm her, Darling.“ Seine Stimme klang einschmeichelnd.

Soll daraus etwa eine Art Jagd werden?, fragte Elizabeth sich erregt. Gleichzeitig wurde ihr bewusst, dass sie keine Chance hätte, falls sie tatsächlich vor ihm fliehen wollte. Quinlan würde nicht aufhören, ihr zu folgen, und damit einem Instinkt gehorchen, der seit Urzeiten Gültigkeit hatte. Gerade der Widerstand der Frau reizte den Mann, seine Verführungskünste anzuwenden. Sie konnte diese Farce verhindern, indem sie nicht vor ihm davonlief und ihm so keinen Grund zu solchem Verhalten gab. Aber würde das nicht zu demselben Resultat führen? Elizabeth hatte nur eine Möglichkeit, den Lauf der Dinge zu verhindern, und zwar musste sie schlicht Nein sagen. Das wäre ihr leicht gefallen, wenn ihr Quinlan gleichgültig gewesen wäre. Dann hätte sie es problemlos sagen können. Doch sie war heute schon einmal schwach geworden. Jetzt, unter diesen Umständen, brachte sie es nicht fertig, ihm zu widerstehen – und das wussten sie beide.

Quinlan trat näher, seine Augen funkelten. „Heute Nacht gehörst du mir", murmelte er. „Lass mir wenigstens das. Du kannst nicht vor mir fliehen, du willst es auch gar nicht. Die Umstände sind ungewöhnlich. Sobald wir hier herauskommen, hast du die freie Wahl, aber jetzt bist du gezwungen, mit mir zusammen zu sein. Was auch immer geschieht, ist nicht deine Schuld. Lass es einfach zu und denk nicht darüber nach."

Elizabeth holte tief Luft. „Du bist ein ziemlich guter Psychologe, nicht wahr? Aber ich bin kein Feigling. Für meine Entscheidungen trage ich freiwillig die Verantwortung."

Quinlan stand vor ihr und legte einen Arm um sie. Elizabeth sah zu ihm auf, ihr Blick wanderte von seinen zerzausten Haaren zu den ausdrucksvollen blauen Augen, und ihre Gefühle überwältigten sie. „Einverstanden", wisperte sie. „Das gilt für heute Nacht und solange wir hier eingesperrt sind." Sie schloss die Augen und erbebte erwartungsvoll. Diese Nacht wollte sie sich gönnen und jeden Augenblick auskosten. Quinlan sollte ihr gehören, sie würde sich ihm rückhaltlos und voller Leidenschaft hingeben. Die Dunkelheit der Nacht sollte sie beide schützend einhüllen und quälende Gedanken fernhalten. Der Alltag würde sie viel zu schnell wieder einholen, und dann musste Elizabeth Quinlan fortschicken. Warum also jetzt nur eine einzige kostbare Minute verschwenden, indem sie gegen ihn und sich selbst ankämpfte?

„Ich bin zu allem bereit", hörte Elizabeth sich sagen, als Quinlan sie hochhob. Ihre Stimme kam ihr dabei fremd vor, rau und trunken vor Verlangen.

Er lachte heiser und bettete sie auf die bereitliegenden Polsterkissen. „Zu allem?", fragte er vieldeutig. „Du könntest dich auf eine hochinteressante Nacht einlassen."

Sie streckte die Hand aus und strich verlockend über seine nackte Brust. „Ja“, seufzte sie. „Das könnte ich.“

„Kleine Katze.“ Er atmete schnell, als er ihren Slip eilig herunterstreifte und achtlos beiseite warf. „Den wirst du heute Nacht mit Sicherheit nicht mehr brauchen.“

Sie zog am Hosenbund seiner Boxershorts. „Und du wirst die nicht mehr brauchen.“

„Ich hab sie nur anbehalten, weil ich dachte, dass du dich wie eine Wildkatze wehren würdest, wenn ich splitternackt hinter dir herlaufe.“ Er hatte die Shorts genauso schnell ausgezogen wie ihren Slip.

Elizabeth konnte es kaum erwarten, dass er mit seinem gefühlvollen, ausgedehnten Liebesspiel begann. Quinlan war ein Mann, der das Vorspiel genoss und bewusst die Vereinigung hinauszögerte, das wusste sie von der einen Nacht, die sie miteinander verbracht hatten. Doch diesmal kam es anders. Er bog ihre Beine auseinander, kniete sich dazwischen und drang in sie ein. Sie erzitterte, dann versuchte sie ihm Einhalt zu gebieten.

Quinlan drängte weiter und stöhnte, als er ihren Widerstand spürte. Dann hatte er sie ganz erobert. Elizabeth wand sich unter ihm, umfasste seine Oberschenkel und wollte, dass er in der Position verharrte, aber er zog sich bedächtig aus ihr zurück und drang aufreizend langsam wieder in sie ein.

„Hat dein Ehemann solche Gefühle bei dir erweckt?“, flüsterte er.

Sie warf ihren Kopf auf den Kissen hin und her unter dem Eindruck der überwältigenden Empfindungen. Es fiel ihr schwer, sich auf seine Worte zu konzentrieren. „N…nein“, seufzte sie schließlich.

„Sehr gut.“ Quinlan konnte die Genugtuung nicht ganz unterdrücken. Der Gedanke, dass ein anderer Mann Elizabeth befriedigen könnte, missfiel ihm. Nur mit ihm hatte sie den Höhepunkt der Lust erreicht. Das hatte er gespürt, als sie sich das erste Mal liebten, aber erst jetzt hatte sie es zugegeben.

Er steigerte ihre Erregung, indem er sich wieder langsam zurückzog und sie erneut in Besitz nahm. „Was hat er dir angetan?“, murmelte er und rückte danach unvermittelt ein Stückchen von ihr ab.

Elizabeth öffnete protestierend die Augen, griff nach ihm und stöhnte verlangend, während sie den Körperkontakt wieder herzustellen versuchte. Dann begriff sie allmählich den Sinn seiner Worte, ihre

Augen weiteten sich, sie schreckte zurück und richtete sich halb auf. „Du … du …“, rief sie schockiert.

Quinlan drückte sie in die Kissen zurück und drang noch einmal in sie ein. „Sag es mir“, forderte er beharrlich. „Hat er dich misshandelt? Oder irgendwie verletzt? Für welches Verhalten von ihm lässt du mich bezahlen?“

Elizabeth riss sich von ihm los. Ihr war übel, und ihr Begehren war abrupt verflogen. Warum tat Quinlan ihr das an? Sie griff zitternd nach seinem Hemd und bedeckte ihren nackten Körper. Dabei verwünschte sie sich. Wie konnte ich so dumm sein und glauben, dass uns diese Nacht unabhängig von der Vergangenheit und der Zukunft gehören könnte? Mir hätte klar sein müssen, dass Quinlan niemals aufgibt.

Nein, er gab niemals auf. Wieso erzählte sie ihm nicht einfach alles? Es würde ihr nicht leicht fallen, aber dann würde er wenigstens wissen, warum sie ihm jeglichen Einfluss auf ihr Leben verweigerte, warum sie ihm ihre Liebe vorenthielt, wenn ihr dabei auch fast das Herz brach.

Elizabeth drehte sich weg, zog die Beine an und senkte den Kopf auf die Knie. Ihr Haar verbarg ihr Gesicht. Quinlan wollte sie in die Arme nehmen und seine Verführungskünste weiter ausspielen, doch Elizabeth wehrte ihn ab. Sie versteifte sich, als die Erinnerungen sie überfluteten.

„Fass mich nicht an!“, flehte sie. „Du willst die Wahrheit wissen, also setz dich hin und hör zu, aber – fass mich nicht an.“

Quinlan runzelte die Stirn, langsam wurde ihm unbehaglich zumute. Er hatte absichtlich Druck auf Elizabeth ausgeübt, sie aber nicht so bedrängen wollen, dass sie sich von ihm zurückzog. Genau das war jetzt passiert. Ihm war immer noch heiß vor Verlangen, doch er biss die Zähne zusammen und zwang sich zur Selbstbeherrschung. Wenn Elizabeth nach all den Monaten endlich bereit war zu sprechen, dann würde er genau zuhören.

Sie hob den Kopf nicht, als sie mit dem Erzählen anfing, und ihre Stimme klang in dem inzwischen halb dunklen Foyer so leise, dass Quinlan sich anstrengen musste, um sie zu hören.

„Ich traf ihn, als ich die oberste Klasse des College besuchte: Eric. Eric Landers. Aber du kennst seinen Namen ja schon, nicht wahr? Er steht in dem verflixten Lebenslauf, den du über mich anfertigen lassen hast. Er war der Besitzer eines bekannten Innenarchitekturbüros, und eine Halbtagsstelle bei ihm zu bekommen, war ein echter Glücksfall." Elizabeth seufzte traurig und ein wenig müde. „Eric war fünfunddreißig Jahre alt, und ich war zweiundzwanzig. Er sah gut aus, war weltgewandt, selbstbewusst und stand in dem Ruf, ein Frauenliebhaber und Gentleman zu sein. Gleichzeitig galt er als vorbildlicher Geschäftsmann. Ich fühlte mich sehr geschmeichelt, als er mich zum Essen einlud, und handelte total leichtsinnig und absolut kritiklos, was eigentlich nicht zu mir passt."

Ihr Blick verdüsterte sich. „Wir sind drei Monate lang regelmäßig ausgegangen, bevor er mir einen Heiratsantrag machte, und in den drei Monaten fühlte ich mich wie eine Prinzessin. Er nahm mich überallhin mit und führte mich in die besten Restaurants. Er war an allem interessiert, was ich tat. Eine echte Prinzessin hätte nicht mehr verwöhnt werden können. Ich war noch Jungfrau – ein bisschen ungewöhnlich in dem Alter, aber ich musste, während ich zum College ging, immer nebenbei Geld verdienen und hatte keine Zeit für intime Beziehungen. Eric war sehr verständnisvoll und drängte mich nicht zu Sex. Er versprach, dass er bis zu unserer Hochzeitsnacht warten würde. Da ich meine Jungfräulichkeit so lange bewahrt hätte, wolle er sich nach alter Tradition richten."

„Lass mich raten", sagte Quinlan grimmig. „Er war schwul."

Elizabeth schüttelte den Kopf. „Nein. Sein Ruf als Gentleman stimmte, was das betraf. Eric war sehr zärtlich zu mir in unserer Hochzeitsnacht. Das muss ich ihm zugestehen. Im Bett hat er mich nie misshandelt."

„Wenn es dir nichts ausmacht", unterbrach Quinlan sie heftig, „möchte ich keine Einzelheiten aus eurem Sexleben wissen, wenn euer Problem nicht darin begründet lag."

Elizabeth hob überrascht den Kopf. „Bist du etwa eifersüchtig?", fragte sie erstaunt.

Quinlan fuhr sich über das Kinn. So spät am Nachmittag machten sich die ersten Bartstoppeln bemerkbar. „Nicht direkt eifersüchtig", knurrte er. „Ich will nur nicht hören, dass es dir Spaß gemacht hat, mit ihm zu schlafen. Doch, ich geb's zu, ich bin eifersüchtig!"

Elizabeth lachte kurz auf und hielt dann verblüfft inne. Sie hätte nie geglaubt, dass sie lachen könnte, während sie über Eric Landers sprach. Aber Quinlan war so offensichtlich frustriert, dass sie ganz spontan darauf reagierte.

„Du darfst dir selbst auf die Schulter klopfen", sagte sie betont großzügig. „Denn du bist der erste Mann, der mich ... hm ..."

„Befriedigt hat", vollendete er ihren Satz. Sein Gesichtsausdruck war undefinierbar.

„Ich bin nicht sehr erfahren. Du bist der erste Mann seit meiner Scheidung, mit dem ich geschlafen habe. Nach Eric wollte ich einfach nicht, dass mir jemand so nahe kommt."

Elizabeth stockte, und sie schwiegen eine Zeitlang. Es wurde von Minute zu Minute dunkler, bis die Sonne ganz untergegangen war. Elizabeth fühlte sich geborgen unter dem Schutzschild der Nacht. „Warum?", fragte Quinlan schließlich.

In der Dunkelheit und nach dem Lachen fiel es ihr leichter, weiterzusprechen. Sie entspannte sich sogar ein wenig und fühlte sich nicht mehr in die Verteidigerposition gedrängt.

„Es war merkwürdig", sagte sie, „aber Eric wollte nicht, dass ich sinnlich und leidenschaftlich bin. Ich sollte seine perfekte Prinzessin sein, seine zum Leben erweckte Barbie-Puppe. Ich hatte mich daran gewöhnt, dass er als mein Beschützer auftrat, wenn wir miteinander ausgingen. So bin ich zunächst nicht misstrauisch geworden, als er mich jedes Mal begleiten wollte, sobald ich das Haus verließ. Irgendwie hatte er immer einen plausiblen Grund, warum ich dies oder das nicht tun sollte und warum ich nicht mehr in seinem Büro arbeiten konnte. Er ging mit mir einkaufen, wählte meine Kleider aus ... zuerst schien alles so schmeichelhaft. Meine Freundinnen waren von seinem Verhalten ungeheuer beeindruckt und beneideten mich." Sie stockte.

„Dann erfand er Gründe, warum ich meine Freundinnen nicht mehr sehen sollte. Eine nach der anderen war nicht mehr gut genug für mich. Ich konnte sie nicht zu uns einladen, und ich sollte sie nicht mehr besuchen oder mich außerhalb zum Essen mit ihnen treffen. Er begann, meine Telefongespräche zu kontrollieren. Das alles vollzog sich schrittweise", sagte Elizabeth, und in ihrer Stimme klang Verwunderung mit. „Und dabei war er so freundlich und wohlmeinend. Er schien für alles, was er tat, einen guten Grund zu haben, und war dabei immer auf mich fixiert. Er schenkte mir die Art von Aufmerksamkeit, von der alle Frauen träumen. Er wolle nur mein Bestes, behauptete er."

Quinlan fühlte sich allmählich nicht mehr so wohl in seiner Haut. Dennoch lehnte er sich in seinem Sessel zurück, streckte die Beine aus und täuschte so eine entspannte Haltung vor. „Ein Kontroll-Freak also“, grollte er.

„Wir waren etwa sechs Monate verheiratet“, fuhr Elizabeth fort, „bevor ich wirklich begriff, wie vollständig er mich von der Umwelt abgeschnitten hatte, damit ich nur für ihn da sein sollte. Ich fing an, mich gegen seine Autorität aufzulehnen und ein paar Entscheidungen selbst zu treffen, wenn auch nur in unbedeutenden Dingen wie der Wahl des Friseurs.“

„Lass mich noch mal raten. Plötzlich war er nicht mehr so freundlich, stimmt’s?“, warf Quinlan ein.

„Er war wütend darüber, dass ich den Friseur gewechselt hatte, und nahm mir die Autoschlüssel weg. Da wurde ich zum ersten Mal richtig zornig. Bis dahin hatte ich sein Verhalten entschuldigt, weil er so nett und liebevoll zu mir war. Ich hatte es nie auf einen Streit ankommen lassen, doch als er die Autoschlüssel aus meiner Handtasche nahm, verlor ich die Nerven und schrie ihn an. Er schlug mich nieder.“

Quinlan sprang erregt auf. Was er da gehört hatte, brachte ihn so in Wut, dass er nicht länger sitzenbleiben konnte. Jetzt wollte er nicht mehr vortäuschen, unbeteiligt zu sein.

Elizabeth sprach weiter. Nachdem sie erst mal den Anfang gefunden hatte, wollte sie nun alles erzählen. Seltsamerweise fand sie es nicht so traumatisch, wie sie befürchtet hatte, nicht so schrecklich wie in ihren Albträumen. Vielleicht nahm der Schmerz ab, weil jemand bei ihr war. Bisher war sie immer allein mit ihren Erinnerungen gewesen.

„Ich wurde buchstäblich seine Gefangene“, fuhr sie fort. „Jedes Mal, wenn ich etwas durchzusetzen versuchte, bestrafte er mich. Dabei war er unberechenbar. Meistens ohrfeigte er mich, aber manchmal schrie er mich nur an. Ich wusste nie, was ich zu erwarten hatte. Es war beinahe schlimmer, wenn er mich nur anbrüllte und nicht schlug, denn dann wusste ich, dass er mich das nächste Mal bestimmt schlagen würde. Eric handelte ganz bewusst so. Ich bemühte mich krampfhaft, ihm alles recht zu machen und ihn nicht zu verärgern. Es war umsonst. Ich war so fertig mit den Nerven, dass ich ständig etwas falsch machte. Er fand immer einen Anlass, um mich zu züchtigen.“

Langsam fuhr sie fort: „Wenn ich zurückblicke, kann ich kaum glauben, dass ich so dumm war. Doch als mir damals klar wurde, was er getan hatte, und ich anfing, mich gegen ihn zu wehren, hatte er mich so isoliert und mein Denken derart beeinflusst, dass ich mich machtlos fühlte. Ich hatte kein Geld, keine Freunde, kein Auto. Ich schämte mich sehr. Niemand sollte merken, was vorging. Am schlimmsten war eigentlich, dass Eric mich lange Zeit davon überzeugen konnte, selbst an allem schuld zu sein. Ich versuchte einmal fortzulaufen, aber er hatte den Pförtner bestochen, ihn anzurufen, wenn ich das Haus verließ, und innerhalb einer halben Stunde hatte er mich gefunden. Diesmal schlug er mich nicht. Er fesselte mich ans Bett und ging weg. Es war furchtbar, hilflos auf ihn warten zu müssen, ohne zu wissen, welche Bestrafung er sich als Nächstes ausdenken würde. Damals hätte ich Schlagen als Erleichterung empfunden, weil es dann wenigstens vorbei gewesen wäre. Stattdessen hielt er mich zwei Tage lang gefesselt, und ich drehte fast durch, wenn er ins Zimmer kam."

Quinlan stand bewegungslos da und schaute sie an, aber Elizabeth spürte seine tiefe Betroffenheit.

„Er ließ das Telefon sperren", berichtete sie. „Ich konnte also niemanden mehr anrufen und keine Gespräche mehr in Empfang nehmen. Dann schlug er mir eines Tages ein blaues Auge. Ich weiß nicht mehr, warum. Zu der Zeit regte er sich über jede Kleinigkeit auf. Als ich am nächsten Morgen in den Spiegel blickte, schaltete ich plötzlich, ich begriff, dass ich Eric entweder sofort verlassen musste oder ihn umbringen würde. Dieses Leben konnte ich keinen Tag, keine Stunde länger ertragen."

„Ich hätte mich wahrscheinlich dafür entschieden, ihn umzubringen", meinte Quinlan tonlos. „Ich würde es jetzt gern noch tun."

„Danach war alles so einfach", murmelte Elizabeth und ignorierte ihn. „Ich habe meine Koffer gepackt und bin gegangen. Der Pförtner sah mich, griff nach dem Telefon und hielt inne. Er betrachtete mein blaues Auge und legte den Hörer zurück auf die Gabel. Dann öffnete er mir eigenhändig die Tür und fragte, ob er ein Taxi rufen solle. Als ich ihm gestand, dass ich kein Geld hätte, zog er sein Portemonnaie heraus und gab mir vierzig Dollar. Ich suchte Schutz bei der Hilfsorganisation für misshandelte Frauen. Diesen Schritt empfand ich als sehr demütigend … Eigentlich ist es komisch, dass es die Frauen sind, die sich schämen", setzte Elizabeth nachdenklich hinzu, „und niemals die Männer, die sie geschlagen und terrorisiert haben. Die Männer scheinen zu glauben, dass sie im Recht sind oder dass die Frauen es verdient haben. Aber ich weiß, wie die Frauen sich fühlen, weil ich eine von ihnen war. Es ist, als ob man öffentlich preisgeben muss, wie dumm man war, was für eine schlechte Menschenkenntnis man hatte und was für furchtbare Fehler einem passiert sind. Die betroffenen Frauen, die ich kennen lernte, trauten sich kaum, jemandem offen ins Gesicht zu sehen, dabei waren sie die Opfer!"

Elizabeth fuhr sich mit der Hand durchs Haar. „Ich wurde geschieden. Ohne Einwände. Die Fotos, die eine Mitarbeiterin der Hilfsorganisation geknipst hatte, galten als Beweis für die Misshandlung, und Eric hätte alles getan, um seinen guten Ruf zu wahren. Er machte glühende Versprechungen, schwor, dass sich alles ändern würde. Ich war sogar versucht, nachzugeben", gestand Elizabeth. „Aber ich konnte meinem eigenen Urteilsvermögen nicht mehr trauen, und so war die beste Lösung für mich, Eric Landers zu verlassen und Liebesbeziehungen im Allgemeinen zu vermeiden."

Jetzt war Quinlan alles klar. Ihm stockte der Atem, als ihm bewusst wurde, wie viele Fehler er im Umgang mit Elizabeth gemacht hatte. Kein Wunder, dass sie geflüchtet war. Er hatte sie so sehr begehrt, dass er ihren persönlichen Freiraum einengte, als er sie verwöhnen und beschützen wollte. Dieses typisch männliche Verhalten hatte Elizabeth abgeschreckt. Anstatt ihr Zeit zu gewähren und ihr die notwendige Entscheidungsfreiheit zu lassen, hatte er sie bedrängt. Er wollte sie für sich gewinnen, und nichts sollte ihn daran hindern. Doch er hatte sie nicht an sich gebunden, sondern verscheucht.

„Ich bin nicht wie Landers", sagte Quinlan heiser. „Ich werde dich nie misshandeln, Elizabeth, das schwöre ich dir."

Sie schwieg, und er spürte ihre Traurigkeit. „Wie kann ich dir vertrauen?", fragte sie schließlich. „Wie kann ich mir selbst vertrauen? Vielleicht treffe ich wieder die falsche Entscheidung. Du bist viel stärker als Eric, sowohl in körperlicher als auch in psychischer Hinsicht. Wie könnte ich mich schützen, falls du doch versuchen solltest, mir wehzutun? Du willst die Verantwortung für unsere Beziehung übernehmen, das hast du selber zugegeben. Du bist dominant und verschwiegen, sobald es um deine Person geht. Ich liebe dich, Quinlan, aber ich fürchte mich auch vor dir."

Sein Herz schlug bei ihren Worten schneller. Er hatte es geahnt, doch nun hatte sie es endlich ausgesprochen. Sie liebte ihn wirklich!

Gleichzeitig überfiel ihn plötzlich Panik, weil er nicht wusste, wie er ihr Vertrauen erringen konnte. Denn um Vertrauen ging es. Wie sollte er sie davon überzeugen, dass er es ernst meinte? Elizabeth quälten tief greifende Zweifel an ihrer Menschenkenntnis, das begriff er.

Quinlan wusste nicht, was er tun sollte. Zum ersten Mal in seinem Leben hatte er keinen Plan für sein Verhalten. Und er befürchtete, dass er sich auf seine Instinkte nicht verlassen konnte, wenn es um Elizabeth ging. Bisher hatte er schon mehr als genug falsch gemacht. Er versuchte, sich ein Leben ohne Elizabeth vorzustellen, falls sie ihn wieder abwies, doch die Aussicht war so trostlos, dass sie ihn erschütterte. So elend hatte er sich selbst in den vergangenen Monaten nicht gefühlt, als sie sich weigerte, ihn zu treffen und mit ihm zu sprechen. Da war er noch überzeugt gewesen, dass er sie früher oder später zurückgewinnen würde.

Er musste Elizabeth einfach zurückgewinnen! Keine andere Frau kam für ihn in Frage. Und er wollte sie so, wie sie war: elegant, intellektuell, unabhängig und leidenschaftlich im Bett. Da hatte er wenigstens nicht versagt, denn in seinen Armen hatte sie Wonnen der Ekstase erlebt.

Quinlan vermutete, dass Elizabeth einverstanden wäre, wenn er eine Affäre vorschlagen würde. Es war der Gedanke an die gesetzliche Verbindung, der sie abschreckte. Sie hatte gekränkt reagiert, als er wie selbstverständlich von Heirat und Kindern sprach, ohne sie nach ihren Zukunftsvorstellungen zu fragen, aber in Wirklichkeit hatte sie einfach Angst vor der Institution Ehe. Hatte sie gespürt, dass er ihr einen Heiratsantrag machen wollte? Als sie den unseligen Lebenslauf gefunden hatte, war sie wütend geworden, doch verlassen hatte sie ihn, weil er mehr als eine körperliche Beziehung von ihr wollte. Sie genoss es, mit ihm zu schlafen, aber der Gedanke, ihm Rechte über sich einzuräumen, verursachte ihr Albträume.

Quinlan räusperte sich umständlich. Es kam ihm so vor, als ob er mit verbundenen Augen über ein Minenfeld ginge, aber er wollte nicht aufgeben. „Ich habe einen Grund dafür, dass ich nichts von mir erzähle", begann er zögernd.

Ihre Antwort klang ironisch. „Natürlich hast du den."

Er zögerte immer noch und zuckte hilflos mit den Schultern. Alles, was er zu sagen hatte, würde in ihren Ohren wie eine dreiste Lüge klingen. So kam er nicht weiter.

„Ich liebe dich."

Eigentlich wusste er das seit Monaten. Schon kurz, nachdem er Elizabeth kennen gelernt hatte, war es ihm klar geworden, aber seit sehr langer Zeit hatte er diese Worte nicht mehr laut ausgesprochen. Oh, er hatte sie während seiner Ehe gesagt, am Anfang. Es war ihm leicht gefallen, denn es hatte dazugehört. Jetzt wusste er, dass es ihm damals so leicht gefallen war, weil es nicht der Wahrheit entsprochen hatte. Wenn etwas wirklich von Bedeutung war, brachte man es viel schwerer über die Lippen.

Elizabeth nickte. Es war inzwischen so dunkel, dass Quinlan nur die Bewegung sah, nicht ihren Gesichtsausdruck. „Ich glaube dir", antwortete sie.

„Und trotzdem kannst du mir nicht vertrauen."

„Wenn mich jemand vor einer echten Gefahr beschützen müsste, würde ich niemandem mehr vertrauen als dir. Aber im normalen Alltagsleben habe ich Angst davor, eine so enge Beziehung einzugehen. Nie wieder soll jemand einen solchen Einfluss auf mich ausüben können."

Quinlan wich aus. „Wir könnten uns dennoch weitertreffen", schlug er vorsichtig vor. „Ich weiß, dass ich zu ungeduldig war. Ich werde mich zurückhalten und dich zu nichts verpflichten."

„Das ist nicht fair dir gegenüber. Du willst heiraten."

„Ich will dich", sagte er offen, „egal, ob mit oder ohne Trauschein. Wir ergänzen uns ideal im Bett und verstehen uns auch sonst sehr gut. Wir haben viel Spaß miteinander. Das können wir auch haben, ohne zu heiraten, wenn dir das lieber ist."

„Willst du eine Affäre?", fragte Elizabeth und zwang ihn zu einer ehrlichen Antwort.

„Nein. Ich will alles", gestand Quinlan, „den Ring, die Kinder und was noch dazugehört. Wenn ich aber nur eine Affäre haben kann, begnüge ich mich damit. Was sagst du dazu?"

Elizabeth schwieg ziemlich lange und dachte nach. Zuletzt seufzte sie und sagte: „Es wäre dumm von mir, jetzt eine Entscheidung zu treffen. Wir sind nicht unter normalen Umständen hier. Wenn das Stromnetz wieder funktioniert und das Leben seinen gewöhnlichen Gang geht, werde ich mich entscheiden."

Quinlan hatte schon immer gewusst, wann es besser war, zurückzustecken. „Immerhin bleibt mir diese Nacht", sagte er bedeutungsvoll. „Und ich habe nicht vor, auch nur eine einzige Minute zu verschwenden."

8. KAPITEL

Es war wie bei ihrem ersten Zusammensein, nur liebten sie sich viel intensiver, bis Elizabeth vor Entzücken aufschrie und alle Bedenken vergaß. Die Dunkelheit umgab sie wie eine Schutzhülle, die alles andere von ihnen fernhielt. Zeit und Begrenzungen spielten keine Rolle mehr, alles wurde möglich. Die Stunden erschienen endlos ohne Uhr und die anderen Hilfsmittel der Zivilisation. Auf der Straße draußen blieb es dunkel und ruhig. Weder Quinlan noch Elizabeth schalteten das Radio ein, weil sie von der Außenwelt gar nichts wissen wollten.

Es war noch immer zu heiß, um schlafen zu können, obwohl die hohe Decke die Hitze etwas milderte. Sie lagen nackt auf den Polsterkissen und unterhielten sich leise. Quinlan nahm die Hände nicht von ihrem Körper, und Elizabeth verdrängte alle Zweifel in dieser zauberhaften Nacht. Sie wurde schläfrig, aber jeder Gedanke an Schlaf verflog sofort, wenn Tom sich in der schwülen Dunkelheit über sie beugte, auf eine sinnliche Entdeckungsreise ging und sie bis zur Ekstase reizte. Sein Liebesspiel war so heiß wie die Nacht. In der Dunkelheit verlor Elizabeth alle Hemmungen. Sie gewährte ihm sämtliche Freiheiten und kostete seine Liebeskünste voll aus. Nicht ein Millimeter ihrer beider Körper blieb unerforscht.

Dann wurde es Tag, und die Sonne ließ die Temperaturen steigen. Die Stromzufuhr blieb weiter unterbrochen. Elizabeth wusste, dass niemand durch die getönten Glasscheiben hineinschauen konnte und war froh, dass sie ihr gemütliches Lager nicht verlassen mussten. Sie tranken Wasser und aßen, und schließlich bestand Elizabeth darauf, sich frisch zu machen. Quinlan konnte es kaum erwarten, bis sie zurückkam. Wurde dieser Mann denn niemals müde?

Plötzlich hörte sie Stimmen und erstarrte, voller Angst, dass jemand sie nackt im Waschraum überraschen könnte. Funktionierte die Stromzufuhr wieder? Unmöglich, denn im Waschraum blieb es dunkel. Oder hatte der Pförtner einfach nur die Beleuchtung ausgeschaltet, bevor er das Gebäude verließ? Elizabeth war bisher nicht auf die Idee gekommen, den Lichtschalter auszuprobieren.

Dann hörte sie eine bekannte Melodie und entspannte sich. Das Radio, natürlich! Sie verließ den Waschraum und war ein bisschen verärgert über ihre schreckhafte Reaktion und über Quinlan als deren Verursacher. „Beinah hätte ich einen Herzinfarkt bekommen", tadelte sie ihn. „Ich dachte, jemand wäre hereingekommen, während ich nackt im Waschraum stand."

Quinlan grinste. „Und was ist mit mir? Ich bin schließlich genauso nackt wie du."

Er lag immer noch ausgestreckt auf den Kissen, und irgendwie wirkte er absolut natürlich in dieser Pose. Keine falsche Scham beeinträchtigte seine Stimmung. Elizabeth sah an sich herab und lachte. „Ich kann kaum glauben, dass dies wirklich geschieht."

Davon werden wir unseren Enkelkindern noch erzählen, wollte er sagen, hielt sich aber im letzten Moment zurück. Elizabeth wollte so etwas nicht hören, und er hatte versprochen, sie nicht unter Druck zu setzen. Stattdessen reichte er ihr die Hand, und sie kuschelte sich zu ihm auf die Kissen und sank in seine Arme.

„Was wurde in den Nachrichten gesagt?"

„Die Nacht verlief verhältnismäßig ruhig in Dallas, von vereinzelten Plünderungen abgesehen. Landesweit verhielt es sich ähnlich. Es war wohl einfach zu heiß für anstrengende Aktionen."

„Tatsächlich?", fragte sie gedehnt und warf ihm einen vielsagenden Blick zu.

Quinlan lachte, rollte sie flink auf den Rücken und legte sich auf sie, wie schon oft zuvor in dieser Nacht. „Was gibt es noch für Neuigkeiten?", wollte sie wissen.

Er knabberte an ihrem Ohrläppchen und atmete ihren Duft tief ein. „Die Nationalgarde ist von Texas bis zur Ostküste mobilisiert worden. Es gab Ausschreitungen in Miami, aber die sind inzwischen unter Kontrolle."

„Du hast doch behauptet, es sei verhältnismäßig ruhig gewesen."

„Das stimmt auch. Wenn ein Viertel des Landes ohne Stromversorgung ist, könnten viel schlimmere Dinge passieren." Quinlan wollte nicht über den Stromausfall sprechen. Elizabeths Nacktheit berauschte ihn mehr als der stärkste Whisky. Er küsste sie aufreizend, und sie erwiderte seine Zärtlichkeiten und bog sich ihm entgegen. Als er in sie eindrang, grub sie die Fingernägel in seinen Rücken und presste ihn an sich. Seine Gefühle für sie überwältigten ihn, und er wünschte, dass der Stromausfall ewig dauern würde.

Hinterher gähnte sie zufrieden und schmiegte sich an seine Schulter. „Hat der Radiosprecher gesagt, wann die Stromgesellschaft mit den Reparaturarbeiten fertig sein wird?"

„Voraussichtlich heute Nachmittag."

So bald? Elizabeth war ein bisschen enttäuscht – als ob ihr ein Urlaub versprochen und dann gekürzt worden wäre. Doch dies war schließlich kein Urlaub, sondern eine ernste Situation für viele Menschen. Für manche Kranke war die Stromversorgung lebensnotwendig. Wenn wir nur noch ein paar Stunden für uns haben, dachte sie, will ich das Beste daraus machen.

Das schien auch Quinlans Absicht zu sein. Abgesehen davon, dass sie regelmäßig Wasser tranken, hielt er sie in seinen Armen. Selbst als er schließlich ermüdete und sich vom Liebesspiel ausruhen musste, verharrte er in ihr. Elizabeth war im Moment zu glücklich, um zu denken, sie konnte nur noch fühlen. Quinlan beherrschte ihre Sinne so vollständig, dass es sie entsetzt hätte, wenn es ihm nicht sichtbar genauso gegangen wäre. Er tat ihr nichts an, im Gegenteil, sie ergänzten sich perfekt.

Dann dösten sie, eng umschlungen trotz der Hitze.

Elizabeth wachte auf, als kühle Luft über ihre Haut strich, und fröstelte unwillkürlich.

Quinlan setzte sich hin. „Der Strom funktioniert wieder", stellte er fest und blinzelte in Richtung Deckenbeleuchtung, die nach den Stunden ohne Licht blendete. Dann warf er einen Blick auf seine Armbanduhr. „Es ist genau elf Uhr."

„Das ist zu früh", protestierte Elizabeth. „Das Stromnetz sollte doch erst heute Nachmittag repariert sein."

„Die Stromgesellschaft hat wahrscheinlich einen gewissen Spielraum bei der Zeitangabe einberechnet, für den Fall, dass Verzögerungen aufgetreten wären."

Elizabeth fühlte sich in der künstlichen Beleuchtung entblößt und suchte eilig ihre Kleidung zusammen.

„Was machen wir jetzt?", fragte sie und ordnete ihr Haar.

Quinlan zog den Reißverschluss seiner Hose hoch. „Jetzt gehen wir nach Hause."

„Wie denn? Sollen wir den Wachdienst verständigen?"

„Das werde ich übernehmen, aber erst später. Da gibt es einiges zu sagen. Nachdem wieder Strom zur Verfügung steht, kann ich uns auch allein herausbringen."

Während er das Sicherheitssystem auszuschalten versuchte, schob Elizabeth die Möbel zurecht und verteilte die Polsterkissen auf die dazugehörigen Sofas. Sie errötete bei der Vorstellung, dass jemand ihr Liebesnest mitten im Foyer entdeckte. Es war überhaupt fraglich, ob sie dieses Gebäude jemals wieder betreten konnte, ohne rot zu werden.

Quinlan frohlockte, als er die Schaltstelle gefunden hatte, die für die Seitentür zuständig war. Im Handumdrehen hatte er die Tür geöffnet und ergriff Elizabeths Hand. „Komm."

Sie hatte kaum noch Zeit, ihre Handtasche mitzunehmen, so eilig hatte er es, hinauszukommen. Es dauerte einen Augenblick, bis sich ihre Augen an das grelle Tageslicht gewöhnt hatten. Dazu kam die mörderische Hitze. „Wir können doch nicht einfach weggehen und das Gebäude unverschlossen lassen", gab sie zu bedenken.

„Das tun wir auch nicht", meinte Quinlan. „Ich habe dafür gesorgt, dass der Schließmechanismus gleich wieder funktioniert." Er nahm sie am Arm und führte sie über die Straße zum Parkplatz.

Bevor Elizabeth reagieren konnte, hielt er ihr schon die Tür zu seinem Auto auf. „Ich habe meinen eigenen Wagen!", wandte sie entrüstet ein.

„Ich weiß. Keine Angst, ich will dich nicht entführen. Aber wir wissen nicht, ob die ganze Stadt wieder mit Strom versorgt ist und welche Situation dich in deiner Wohnung erwartet. Ich bleibe bei dir, bis ich mich davon überzeugt habe, dass du in Sicherheit bist."

Diese Art von Bevormundung hatte Elizabeth in der Vergangenheit immer abgewehrt. Jetzt fügte sie sich widerspruchslos. Vielleicht, weil sie so müde war, vielleicht aber auch, weil Quinlan Recht hatte. Egal, woran es lag, sie entspannte sich auf ihrem Sitz und schloss die Augen.

Quinlan musste einigen Umleitungen folgen, bis er ihr Apartment erreichte, doch es gab keinen Stau, und so erreichten sie ihr Ziel erstaunlich schnell. Elizabeth erhob keinen Einspruch, als er ihr in die Wohnung folgte. Die Stromversorgung war intakt, die Klimaanlage kämpfte gegen die aufgestaute Hitze an.

„Ab unter die Dusche", kommandierte Quinlan.

„Was?" Elizabeth blinzelte ihn schläfrig an.

Er legte einen Arm um sie und drehte sie in Richtung Schlafzimmer. „Wir werden beide ein erfrischendes,kühles Duschbad nehmen. Wir sind zwar in guter Verfassung, doch danach werden wir uns noch besser fühlen. Ich denke, wir sind beide ein bisschen ausgetrocknet."

Ihren Friedenspakt hatten sie eigentlich nur für eine Nacht geschlossen, aber da der Tag sowieso schon angebrochen war, wollte Elizabeth der Realität noch ein wenig Aufschub gewähren. Sie erlaubte Quinlan, dass er sie auszog und mit ihr zusammen in die Duschkabine trat. Das Wasser war kalt genug, um die Lebensgeister zu wecken. Elizabeth ließ es genüsslich über ihren Rücken laufen und lehnte den Kopf zurück, damit die verschwitzten Haare nass wurden.

„Fühlt sich das gut an?", murmelte Quinlan und strich über ihren Körper, als ob er sie waschen würde, nur die Seife fehlte.

„Hmm." Er beugte den Kopf, und Elizabeth hob ihm die Lippen entgegen. Warum kann die Zeit nicht stillstehen?, dachte sie, während sie sich küssten. Er schloss sie in die Arme, und alle Zweifel verflogen.

Das kühle Wasser belebte in mehr als einer Weise. Quinlan hob Elizabeth abrupt hoch und lehnte sie gegen die Wand der Duschkabine. Sie schrie lustvoll auf, als er tief in sie eindrang. Diesmal war er nicht sanft und zärtlich, sondern wild und stürmisch wie am Tag zuvor auf dem Fußboden des Foyers – als ob sie sich in der Zwischenzeit nicht schon oft genug geliebt hätten.

Später gingen sie ins Schlafzimmer. Elizabeth konnte die Augen kaum noch offen halten, als er ihr die Haare fönte, danach trug er sie ins Bett und deckte sie mit einem kühlen weichen Laken zu. Sie seufzte zufrieden und schlief augenblicklich ein, ohne zu merken, dass er neben sie ins Bett schlüpfte.

Trotzdem war sie nicht überrascht, als sie am Nachmittag aufwachte und Quinlan neben sich fand. Träge ließ sie den Blick über seine athletische Gestalt wandern. Er musste sich rasieren, die schwarzen Bartstoppeln wirkten wie ein dunkler Schatten auf seiner Haut. Seine Haare waren zerzaust, und im Schlaf wirkte er verletzlich wie ein Kind. Seltsam, bisher hatte sie empfindsame Charakterzüge nie mit ihm in Verbindung gebracht, obwohl er selbst in der heftigsten Leidenschaft feinfühlig mit ihr umgegangen war. Quinlans Zärtlichkeit war ganz anders als die von Eric. Eric hatte sich sanft gezeigt, weil er ihre Leidenschaft gar nicht haben wollte, das wusste sie jetzt. Er wollte nur eine schöne, gehorsame Puppe, die seinem Ego schmeichelte und kein

Eigenleben entwickelte. Quinlans Gefühle dagegen waren genauso spontan und intensiv wie ihre.

Seine Nähe erregte sie. Noch schlaftrunken stieß Elizabeth ihn an. Er öffnete die Augen und rollte sich auf den Rücken. „Stimmt was nicht?", wollte er wissen.

„Eine ganze Menge", raunte sie, glitt auf ihn und spürte seine Reaktion unverzüglich. „Es ist lange her, mindestens ..." Sie schaute auf ihre Armbanduhr, doch die war stehen geblieben. „Jedenfalls viel zu lange, seit ich das hier gehabt habe." Sie griff nach ihm, und er hielt die Luft an, als sie ihn an die richtige Stelle führte.

„Es tut mir schrecklich leid", entschuldigte er sich bereitwillig und unterdrückte ein Stöhnen, als sie sich auf ihm bewegte. Er hatte immer gewusst, dass Elizabeth in ihrer Leidenschaft mitreißend sinnlich sein würde, und ihm wurde ganz schwindelig vor Lust.

Ihre Augen glühten, ihre Lippen waren von seinen Küssen geschwollen, das dunkle Haar hing ihr wirr ins Gesicht. Quinlan sah, wie ihre Erregung sich steigerte, als sie sich rhythmisch zu bewegen begann. „Jetzt", murmelte sie, „muss ich einfach mal oben sein."

Seine Bizeps traten hervor, als er die Gitterstangen am Kopfende des Messingbettes umklammerte. „Ohne Wenn und Aber?"

„Ohne Rücksicht auf Verluste", beharrte sie und keuchte vor Vergnügen.

„Einverstanden." Quinlan bog sich ihr entgegen. „Solange du nicht aufhörst."

Sie hörten nicht auf. Als Elizabeth schließlich erschöpft auf ihm lag, hatten sie den Höhepunkt gemeinsam erreicht. Er fuhr durch ihre Haare und drückte sie so fest an sich, dass es fast schmerzte. Sie atmete seinen verlockenden Duft ein und rieb die Wange an seiner behaarten Brust. Sein kräftiger Herzschlag wirkte ungeheuer beruhigend. Beide schliefen wieder ein, erwachten, als die Sonne farbenprächtig unterging und liebten sich noch einmal.

Dann stand Quinlan auf und schaltete den Fernseher ein, der auf der Frisierkommode stand. Er kehrte ins Bett zurück, und Arm in Arm hörten sie die Nachrichten, deren Hauptthema natürlich der Stromausfall war. Elizabeth fand es komisch, dass sie mitten in einer nationalen Krise kaum etwas davon bemerkt hatte, obwohl sie ganz persönlich davon betroffen war. Ganz persönlich in mehr als einer Hinsicht, dachte sie ironisch. Vielleicht hatte sie deshalb das Gefühl, nicht mehr vollkommen mit der Realität in Verbindung zu stehen. Während der vergangenen vierundzwanzig Stunden hatte sie kaum an den Stromausfall gedacht, sondern alle Gedanken auf Quinlan konzentriert.

Der „große Blackout“, wie die Nachrichtensprecher in Dallas ihn nannten, hatte die Stromversorgung in fast allen Südstaaten lahm gelegt. Der durch die Hitzewelle bedingte erhöhte Stromverbrauch, dazu die langen Hochsommertage mit nur kurzen Nächten und intensiver Sonnenstrahlung hatten schließlich zur Überlastung der Stromnetze geführt, die Stromkreise unterbrochen und die Sicherungen durchbrennen lassen. Und Quinlan hat dafür gesorgt, dass meine persönlichen Sicherungen durchgebrannt sind, dachte Elizabeth. Denn Sex mit ihm steht immer für Hochspannung.

Quinlan verbrachte die restlichen Nachtstunden bei ihr. Er fragte nicht, ob er bleiben durfte, und sie schickte ihn nicht fort. Elizabeth wusste, dass sie das Unvermeidliche lediglich aufschob, aber sie gönnte sich diese Zeit mit ihm. Sie hatte ihre Meinung nicht geändert, nachdem sie ihm von Eric erzählte hatte. Ebenso wenig hatte das Wissen über Eric Quinlans Charakter grundlegend verändert.

Am nächsten Morgen wussten beide, dass die Schonzeit zu Ende war. Der Alltag holte sie ein.

„Wie geht es jetzt weiter?“, fragte Quinlan ruhig.

Elizabeth schaute aus dem Fenster und nippte an ihrem Kaffee. Es war Samstag. Keiner von ihnen beiden musste arbeiten, obwohl Quinlan gleich nach dem Aufstehen schon mehrere Telefongespräche mit seinen Angestellten geführt hatte. Elizabeth wusste, dass sie nur ein Wort sagen musste, nämlich „bleib“, und sie würden das Wochenende zusammen im Bett verbringen. Eine wunderbare Vorstellung, doch danach würde der Abschied am Montag noch schwerer fallen.

„Die Situation hat sich nicht geändert“, sagte sie schließlich.

„Verdammt noch mal, Elizabeth!“ Er sprang erregt auf. „Willst du im Ernst behaupten, dass ich Landers ähnlich bin?“

„Du bist sehr dominant.“

„Du liebst mich.“

„Damals dachte ich auch, dass ich Eric liebe. Was ist, wenn ich mich wieder irre?“ Sie blickte ihn aus großen Augen starr an. „Du weißt nicht, wie schrecklich alles war, weil du es nicht selbst erlebt hast. Lieber würde ich sterben, als so etwas noch einmal durchzumachen. Kann ich riskieren, dir eine Chance zu geben? Ich kenne dich immer noch nicht so gut, wie du mich kennst. Du bist so verschwiegen, dass ich nicht ahne, wer du wirklich bist. Wie soll ich dir vertrauen, wenn ich zu wenig von dir weiß?“

„Und wenn du es wüsstest?“, fragte er barsch. „Wenn du alles wüsstest, was es über mich zu wissen gibt?“

„Ich weiß es nicht“, antwortete sie, dann sahen sie einander an und fingen an zu lachen. „Es steckt viel oder wenig Information in ein paar kurzen Sätzen.“

„Wenigstens wissen wir, was wir meinen“, sagte Quinlan, und Elizabeth seufzte. Danach lachten beide wieder. Aber schnell wurde Quinlan ernst, strich Elizabeth eine widerspenstige Haarsträhne aus der Stirn und umfasste ihren Nacken. „Lass mich noch einen Versuch wagen“, bat er nachdrücklich. „Vielleicht kann ich deine Meinung doch ändern.“

„Soll das heißen, dass du es nicht weiter versuchst, falls es misslingt?“, meinte sie trocken und musste über seinen Gesichtsausdruck lachen. „Oh, Tom, du hast doch keine Ahnung, wie man aufgibt, oder?“

Er zuckte mit den Schultern. „Ich habe noch niemanden so sehr haben wollen wie dich.“ Er lächelte gezwungen. „Aber wenigstens habe ich einen Fortschritt gemacht. Du nennst mich wieder Tom.“

Er zog sich an, küsste sie ungestüm und ging zur Tür. „Ich komme so schnell wie möglich zurück. Denn ich will dir etwas zeigen, bevor du deine endgültige Entscheidung triffst.“

Elizabeth lehnte sich gegen die Tür, nachdem er sie hinter sich geschlossen hatte. Endgültige Entscheidung? Sie wusste nicht, ob sie lachen oder weinen sollte. Für sie war die Entscheidung seit sechs Monaten endgültig. Warum wurde sie das Gefühl nicht los, dass sie ihm ihre Gründe noch in fünf Jahren erklären musste, wenn er nicht die Antwort bekam, die er wollte?

9. KAPITEL

Am Sonntagmorgen klingelte es kurz vor fünf Uhr an der Wohnungstür. Elizabeth stand schlaftrunken auf und schaute ungläubig auf ihre Armbanduhr. Sie hatte sie wieder aufgezogen, aber offensichtlich falsch eingestellt. Wer würde morgens um vier Uhr vierundfünfzig bei ihr läuten?

„Quinlan“, murmelte sie und wankte über den Flur.

Sie sah durch das Guckloch, um sicherzugehen. Kein Zweifel, da stand er. Gähnend entfernte sie die Kette und öffnete die Tür. „Hättest du nicht noch ein paar Stunden warten können?“, fragte sie ungehalten und ging voraus in die Küche, um Kaffee zu kochen. Wenn sie sich mit ihm auseinandersetzen wollte, dann musste sie erst mal wach werden.

„Nein“, sagte er. „Ich habe nicht geschlafen, und ich will das hier hinter mich bringen.“

Elizabeth hatte selbst wenig geschlafen. Nachdem Quinlan sie am letzten Morgen verlassen hatte, war sie rastlos durch die Wohnung gewandert und hatte sich auf nichts konzentrieren können. Es dauerte eine Weile, bis sie die Ursache erkannte, dann war es klar: Sie fühlte sich einsam. Quinlan war sechsunddreißig Stunden lang ununterbrochen mit ihr zusammen gewesen, hatte sie in den Armen gehalten, während sie schliefen, sich liebten, miteinander sprachen, sich stritten und lachten. Der Stromausfall hatte sie gezwungen, die Zeit gemeinsam zu verbringen. Dabei war eine große Vertrautheit zwischen ihnen gewachsen, die Elizabeth half, ihre Albträume und die Angst davor zu überwinden.

Allein kam ihr das Bett zu groß, zu kalt und zu leer vor. Zum ersten Mal bezweifelte sie, dass ihre Entscheidung gegen Quinlan richtig gewesen war. Quinlan war ganz sicher anders als Eric Landers. Körperlich fühlte sie sich absolut geborgen und glücklich mit ihm. Zumindest diesbezüglich war sie überzeugt, dass er sie niemals verletzen würde.

Es war die andere Seite seiner Persönlichkeit, die Elizabeth am meisten beunruhigte, seine Verschwiegenheit und die Sucht, alles unter Kontrolle zu haben. In gewisser Hinsicht konnte sie das sogar akzeptieren, da sie selbst großen Wert auf ihre Eigenständigkeit legte. Ihr Problem: Sie hatte nach Eric so hart um ihr Selbstvertrauen kämpfen müssen, dass sie jetzt einfach kein Risiko eingehen wollte. Quinlan verfolgte seine Ziele unerbittlich. Weniger gefestigte Persönlichkeiten konnten ihm nicht standhalten. Elizabeth wusste kaum etwas über sein Leben und die Entwicklung, die ihn zu dem Mann gemacht hatte, der er heute war. Möglicherweise verbarg er etwas vor ihr, das sie nicht ertragen konnte. Oder unterdrückte er die dunkle Seite so lange, bis sie ihm schutzlos ausgeliefert war?

Elizabeth machte sich keine Illusionen über die Ehe. Selbst in dieser aufgeklärten Zeit gab sie dem Mann gewisse Rechte über seine Frau. Und niemand mischte sich gern in häusliche „Streitigkeiten" anderer ein, selbst dann nicht, wenn der Mann seine schwächere Frau schlug. Mancherorts begann die Polizei, solche Vorfälle ernster zu nehmen. Doch angesichts der allgemeinen Überlastung durch Straßen- und Drogenkriminalität erschienen das blaue Auge oder der gebrochene Arm einer Ehefrau den Beamten wohl als kleineres Übel.

Und Quinlan wollte heiraten, das stand fest. Wenn ich ein Verhältnis mit ihm eingehe, wird er sich einige Zeit zufriedengeben, dachte Elizabeth und gab ihm dafür in Gedanken höchstens eine Woche. Danach wird er sein eigentliches Ziel hartnäckig weiterverfolgen. Sie liebte ihn so sehr, dass sie ihren Widerstand früher oder später aufgeben würde. Deshalb musste sie sofort eine endgültige Entscheidung treffen, solange sie noch Nein sagen konnte. Noch hatte sie genug Kraft, um ihn zu verlassen, in ihrem eigenen Interesse. Wenn sie den Zeitpunkt verschob, würde der Entschluss immer schwieriger werden.

Quinlan sah Elizabeth schweigend zu, wie sie Wasser in die Kaffeemaschine goss, den Filter füllte und auf den Einschaltknopf drückte. Es zischte und gluckerte, als das Wasser heiß wurde, dann tropfte es in die Kanne, und das köstliche Aroma von frisch aufgebrühtem Kaffee erfüllte die Luft.

„Komm, setz dich", bat Quinlan und legte seine Aktentasche auf den Küchentisch. Elizabeth bemerkte erst jetzt, dass er sie bei sich hatte.

Sie schüttelte den Kopf. „Wenn Nachdenken erforderlich ist, warte wenigstens, bis ich eine Tasse Kaffee getrunken habe."

Er verzog die Mundwinkel. „Ich weiß nicht. Irgendwie rechne ich mir eine bessere Chance aus, wenn du weniger nachdenkst und lieber deinen Instinkten vertraust."

„Du meinst wohl meinen Hormonen."

„Gegen die habe ich ebenfalls nichts einzuwenden.“ Er rieb seinen Bart und seufzte müde. „Aber eine Tasse Kaffee könnte ich auch gebrauchen.“

Immerhin hat er sich umgezogen, stellte Elizabeth fest. Er trug Jeans, die mindestens zehn Jahre alt aussahen, dazu ein bequemes weißes Baumwoll-T-Shirt. Aber er hatte dunkle Augenringe vom Schlafmangel. Seit dem Stromausfall hatte er offensichtlich noch keine Zeit gefunden, sich zu rasieren. Sein schwarzer Bart ließ ihn wild und ungepflegt erscheinen. Er sah genauso aus wie ein Teil der Leute, die er engagierte.

Als der Kaffee fertig war, schenkte Elizabeth zwei Tassen ein, stellte eine vor ihn hin und setzte sich gegenüber an den Tisch. Vorsichtig nippte sie an der heißen Flüssigkeit und wartete auf die Wirkung.

Quinlan öffnete seine Aktentasche und holte zwei Ordner heraus, der eine war sehr dünn, der andere prall gefüllt. Den dünnen Ordner schob er ihr hin. „Lies zuerst das.“

Elizabeth klappte den Ordner auf. Sie zog die Augenbrauen hoch, als sie einen Lebenslauf entdeckte, wie er ihn von ihr hatte anfertigen lassen. Quinlans Lebenslauf war allerdings sehr skizzenhaft abgefasst. Sein Name, Geburtsdatum, Geburtsort, seine Körpermaße und seine Sozialversicherungsnummer waren verzeichnet. Es folgte eine Beschreibung seines Ausbildungswegs und seines gegenwärtigen Arbeitsplatzes. Außerdem wurde seine kurze Ehe vor vielen Jahren erwähnt. Das war alles. In den Jahren zwischen der Scheidung und der Eröffnung seines Sicherheitsbüros schien er nicht existiert zu haben.

„Hast du fünfzehn Jahre auf Eis gelegen?“, fragte Elizabeth schließlich und gab ihm den Ordner zurück. „Ich weiß deine Geste zu schätzen, doch wenn mir das hier Auskunft über dich erteilen sollte, fehlt ein bisschen.“

Er musterte sie aufmerksam und schmunzelte dann. „Es gibt nicht viele Leute, die um fünf Uhr morgens so bissig sein können.“

„Das ist alles, was ich um fünf Uhr morgens kann.“

„Ich werd’s mir merken“, murmelte er und schob ihr den zweiten Ordner hin. „Hier findest du die Informationen, die dir kein Detektiv bieten könnte.“

Elizabeths Interesse war sofort geweckt. Sie schlug den Ordner auf. Die Dokumente darin waren Kopien und Briefe. Sie las einen Briefkopf und sah Quinlan überrascht an. „Ist das von der Regierung?"

„Ich habe einen Freund gebeten, diese Dokumente über meinen Lebenslauf, meine Aufgaben und Tätigkeiten zusammenzustellen. Sie enthüllen keine Staatsgeheimnisse, sind aber um meinetwillen geschützt und niemandem sonst zugänglich. Ich hätte den Computercode knacken können, doch das ist strafbar. So hat es eine Weile gedauert, bis alle Papiere vollständig waren."

„Was genau hast du getan?", fragte Elizabeth und war sich gar nicht mehr sicher, ob sie es wirklich wissen wollte. Nachdem seine Verschwiegenheit sie enttäuscht hatte, war sie jetzt, da sein Leben offen vor ihr lag, nicht unbedingt versessen darauf, alle Einzelheiten zu erfahren. Vielleicht war Quinlan mehr als einmal in Lebensgefahr gewesen ... und das würde ihr neue Albträume verschaffen.

„Nichts, was in Hollywood-Krimis vorkommt", versicherte er lächelnd.

„Wie schade. Warst du etwa kein Geheimagent?" In Wirklichkeit war sie sehr erleichtert.

„Das ist auch so ein Filmausdruck. Nein, ich war nicht im Regierungsauftrag im Außendienst tätig. Ich sammelte Informationen, entwickelte Überwachungs- und Sicherheitssysteme und arbeitete mit Antiterroreinheiten zusammen. Es war nicht die Art von Arbeit, die man mit Kumpeln am Stammtisch bespricht."

„Das kann ich verstehen. Du hast dir angewöhnt, nicht über dich und deinen Job zu reden."

„Es war mehr als eine Angewohnheit, nämlich absolut notwendig, Menschenleben konnten davon abhängen. Ich rede immer noch nicht darüber, weil ich nach wie vor Leute kenne, die für die Regierung und den Geheimdienst arbeiten. Informationen sind ein großer Vorteil für eine Regierung, können aber auch gefährlich werden."

Elizabeth tippte auf den Ordner. „Warum zeigst du mir das?"

„Weil ich dir vertraue", antwortete Quinlan. Dann lächelte er wieder. „Und weil du mir nicht geglaubt hättest, wenn ich einfach gesagt hätte: ‚Ich darf nichts über mich erzählen, es geht um streng vertrauliche Regierungsangelegenheiten.' Du hättest mich ausgelacht und für einen Angeber gehalten."

Elizabeth blätterte ein paar Seiten durch und überflog den Inhalt. „Du hast Recht. Ich hätte dir nicht geglaubt. Die meisten Menschen beschäftigen sich nicht mit dieser Art Arbeit."

Er zuckte mit den Schultern. „Wie ich schon sagte, habe ich ein naturwissenschaftliches College besucht, ich war Experte in technischen Dingen."

„War?", fragte sie skeptisch. „Das bist du doch immer noch. Nur jetzt arbeitest du für dich statt für die Regierung." Ihr kam ein Gedanke. „Die Leute, die du einstellst. Haben die auch –"

„Einige von ihnen", gab er zu.

„Wie der Rennradfahrer?"

Quinlan lachte. „Ja, wie der Rennradfahrer. Denkst du etwa, ich würde jemanden, der so aussieht, einstellen, wenn ich ihn nicht persönlich kenne? Der zum Beispiel war im Außendienst tätig."

„Suchen sie Arbeit bei dir, wenn sie beim Geheimdienst ausscheiden?"

„Nein, so ist das nicht. Ich bin keine Endstation für ausgebrannte Regierungsangestellte. Ich behalte Leute im Auge, trete mit ihnen in Verbindung und erkundige mich, ob sie Interesse haben, für mich zu arbeiten. Die meisten von ihnen führen ein sehr normales Leben und wechseln eigentlich nur von einem Computerjob zum anderen."

Elizabeth schloss den Ordner und schob ihn weg. Quinlan sah sie beunruhigt an. „Willst du den Inhalt nicht lesen?"

„Nein. Ich muss nicht jede Einzelheit aus deinem Leben wissen. Ein kurzer Überblick reicht."

Er holte tief Luft und lehnte sich zurück. „Okay. Das ist dann alles. Mehr kann ich nicht tun. Ich kann dir nicht beweisen, dass ich dich niemals so behandeln werde, wie Landers es tat. Ich weiß das. Aber du bist diejenige, die mir glauben muss. Elizabeth, Darling, willst du mich heiraten?"

Sie konnte nicht anders und lachte lauthals. Das war zwar keine gebührende Antwort auf einen Heiratsantrag, aber Tom Quinlans Hartnäckigkeit war einfach zu typisch. Er würde ihr die Frage wahrscheinlich jeden Tag stellen, bis sie ihm die Antwort gab, die er hören wollte … Doch anstatt sich wie früher bedrängt zu fühlen, gefiel Elizabeth jetzt sogar dieses Durchsetzungsvermögen, denn es signalisierte auch, dass sie sich hundertprozentig auf Quinlan verlassen konnte. Dass er ihr den zweiten Ordner gezeigt hatte, bedeutete ihr mehr, als er je ahnen konnte. Damit war nicht nur die Informationslücke in seinem Leben gefüllt, sondern er bewies ihr auch sein absolutes Vertrauen.

Elizabeth wurde wieder ernst und musterte ihn schweigend. Irgendwie hatte ihr Zusammensein während des Stromausfalls den Einfluss, den Eric Landers immer noch auf ihr Leben ausübte, verringert. In den Stunden dieser heißen Nacht war sie gezwungen gewesen, sich endgültig mit den damaligen Ereignissen auseinander zu setzen. Zum ersten Mal war ihr bewusst geworden, dass die Erinnerung an Eric sie nach wie vor gefangen hielt. Seinetwegen hatte sie Angst vor dem Leben gehabt und davor, Gefühle zuzulassen. Sie war noch unsicher, aber plötzlich fürchtete sie am meisten, das zu verlieren, was sie jetzt besaß ... Wenn es überhaupt möglich ist, Quinlan zu verlieren, dachte sie zärtlich. Aber sie würde ihn verlieren, wenn sie nicht schätzen lernte, was er ihr bot. Die Zeit der Entscheidung war gekommen.

Er wurde allmählich nervös unter ihrem abschätzenden Blick. Elizabeth atmete tief durch. „Heiraten? Sollen wir nicht zuerst ohne Trauschein zusammenleben, um auszuprobieren, ob es funktioniert?"

„Nein. Ich will die Ehe. Mit dem Schwur, dich zu lieben und zu ehren bis zum Tod."

Elizabeth runzelte die Stirn. Wenn Quinlan einen Entschluss gefasst hatte, war er unbeirrbar. „Dein Tod könnte eher kommen, als du denkst", drohte sie im Scherz.

„Ich habe nichts dagegen, wenn du mich um die Ecke bringst. Ich wüsste sogar, wie ..." Sein Blick wurde heiß vor Verlangen. Er zitterte unwillkürlich, dann riss er sich zusammen und hob die rechte Hand. „Ich schwöre, dass ich ein absolut pflegeleichter Ehemann sein werde. Eine Frau wie du braucht ihren Freiraum."

Elizabeth schaute ihn ungläubig an. „Warum hast du mir dann bisher keinen Freiraum gelassen?"

„Weil ich befürchtete, dass du mich abweisen könntest, sobald ich dir die Gelegenheit dazu gebe." Mit einem schiefen Lächeln gestand Quinlan seine Verletzlichkeit ein und streckte ihr die Hand entgegen. „Du machst mir Angst, mein Schatz. Ich bange am meisten davor, dass du entscheiden könntest, weiterhin ohne mich zurechtzukommen."

Elizabeth verschränkte die Arme vor der Brust, ignorierte seine ausgestreckte Hand und funkelte ihn angriffslustig an. „Wenn du glaubst, dass ich deine Sklavin sein werde, täuschst du dich gewaltig!

Ich räume nichts hinter dir her, ich mag nicht kochen, und ich dulde keine schmutzigen, achtlos hingeworfenen Kleidungsstücke in meiner häuslichen Umgebung."

Quinlans Gesicht erhellte sich, während sie sprach. Er schien ungeheuer erleichtert zu sein, hielt seine Freude aber noch zurück. „Ich bin ziemlich ordentlich ... für einen Mann", behauptete er.

„Das reicht nicht. Ich habe die Einschränkung bemerkt."

Er seufzte. „Also gut. Wir werden diese Klausel zusammen mit unseren anderen Eheversprechen schriftlich niederlegen. Ich will meine Kleidung nicht herumliegen lassen, will nach dem Rasieren das Waschbecken sauber machen. Morgens stehe ich mit den Kindern auf ..."

„Kinder?", fragte sie gedehnt.

Er hob die Augenbrauen, und Elizabeth unterdrückte ein Lächeln. Quinlan war einfach einmalig! „Einverstanden", sagte sie und tat so, als ob sie sich erweichen ließ. „Kinder also. Aber nicht mehr als zwei."

„Das klingt gut. Gib mir die Hand darauf."

Sie zögerte absichtlich, sagte dann: „Abgemacht", und sie schüttelten sich feierlich die Hände.

Quinlan seufzte zufrieden und riss Elizabeth überschwänglich in die Arme. Er zog sie buchstäblich über den Tisch und stieß dabei ihre Kaffeetasse um. Der Kaffee tropfte auf den Fußboden, doch das war ihm egal. Er hielt sie auf dem Schoß und küsste sie stürmisch, bis ihr die Knie weich wurden. Als er schließlich den Kopf hob, grinste er spitzbübisch. „Übrigens kenne ich einen Weg, um meine Sicherheitssysteme auch bei Stromausfall auszuschalten."

Elizabeth umfasste sein raues Kinn und küsste ihn weiter. „Ich weiß", meinte sie vielsagend.

Über eine Stunde später hob Quinlan den Kopf vom Kissen und sah sie zweifelnd an. „Das kannst du nicht gewusst haben."

„Ich war mir nicht sicher, aber ich hab's vermutet." Elizabeth räkelte sich genüsslich. Ihr Körper brannte noch vom Liebesspiel.

Er umarmte sie und drückte einen Kuss auf ihre Stirn. „Sechs Monate", grollte er. „Und es war ein verdammter Stromausfall nötig, um dich dazu zu bringen, mit mir zu sprechen."

„Ich bin froh über den Stromausfall", murmelte sie. „Ohne ihn wäre ich nicht gezwungen gewesen, so viel Zeit mit dir zu verbringen."

„Willst du damit sagen, dass wir ohne den Stromausfall nie zueinander gefunden hätten?"

„Ich hätte dir keine Chance gegeben, mir noch mal näher zu kommen", sagte Elizabeth ehrlich. „Es war kein Spiel für mich, Tom. Ich hatte Angst vor dir und davor, meine Selbstachtung ein zweites Mal zu verlieren. Unter normalen Umständen hättest du mich nie überzeugen können."

„Dann danke ich Gott für den Wink des Himmels und die überlasteten Stromnetze", brummte Quinlan. „Aber ich hätte einen Weg zu dir gefunden, so oder so."

„Da hättest du mich schon entführen müssen", meinte sie spöttisch.

Er schwieg, und die anhaltende Stille machte sie misstrauisch. Sie hob den Kopf und blickte ihn durchdringend an. Er setzte eine unschuldige Miene auf, merkte aber, dass es sinnlos war.

„Genau das hatte ich fürs Wochenende geplant, falls du dich geweigert hättest, am Donnerstagabend mit mir essen zu gehen", gab er zähneknirschend zu.

„Aha. Ich hatte an dem Nachmittag tatsächlich das untrügliche Gefühl, dass du mir auflauerst."

„Man muss sich etwas einfallen lassen, wenn die Frau, die man liebt, einem nicht einmal mehr die Uhrzeit sagt. Ich war verzweifelt."

„Es ist sechs Uhr dreißig", meinte Elizabeth trocken.

Er wirkte einen Moment lang verwirrt, dann schaute er auf seine Armbanduhr und schmunzelte. „Das stimmt", stellte er zufrieden fest. Sie hatte ihm gerade die Uhrzeit mitgeteilt, und das war erst der Anfang. Er drückte sie in die zerknitterten Laken und schob sich auf sie.

„Ich liebe dich", sagte er leidenschaftlich. „Und ich habe immer noch nicht das Ja gehört, auf das ich warte."

„Wir haben eine Abmachung getroffen, und ich habe zugestimmt."

„Ich weiß, aber ich lege Wert auf ein bisschen Tradition. Elizabeth Major, willst du mich heiraten?"

Sie zögerte nur eine Sekunde. Eric Landers hatte die Macht über sie verloren. „Ja, Tom Quinlan, natürlich will ich das."

Er senkte den Kopf, um sie zu küssen. Einen Augenblick später riss die Erregung beide mit, und sie wussten, dass es eine Weile dauern würde, bis sie aus dem Bett kämen. Quinlan warf einen zweiten Blick auf seine Armbanduhr. „Erinnere mich gegen neun Uhr daran, dass ich telefonieren muss“, murmelte er. „Schließlich muss ich die Entführung abbestellen.“

Elizabeth lachte befreit auf. Dann drang Tom in sie ein, und sie schrie vor Entzücken leise auf, als er alles daransetzte, um sie die Ekstase durchleben zu lassen, die nur sie miteinander erreichten. Sie hatte panische Angst vor seiner Willensstärke gehabt, aber jetzt wusste sie, dass er gerade deshalb der Mann war, auf den sie sich für den Rest ihres Lebens verlassen konnte. Elizabeth umklammerte seine Schultern und wiederholte im Stillen: *Ich danke Gott für den Stromausfall!*

– ENDE –

Penny Jordan
Eine Hochzeit und drei Happy-Ends

Band-Nr. 20006
8,95 € (D)
ISBN: 978-3-89941-695-4
384 Seiten

Sherryl Woods
Die Carltons – Liebe findet ihren Weg

Band-Nr. 20005
8,95 € (D)
ISBN: 978-3-89941-687-9
416 Seiten

Sandra Brown
Unbestechliche Herzen /
Das verbotene Glück

Band-Nr. 20003
8,95 € (D)
ISBN: 978-3-89941-674-9
400 Seiten